KB204053

우리 시의
얼굴 찾기

우리 시의
얼굴 찾기

지은이 • 이동순
발행인 • 김윤태
발행처 • 도서출판 선
북디자인 • 디자인이즈
초판 1쇄 발행 • 2007년 12월 6일

등록번호 • 제15-201호
등록일자 • 1995년 3월 27일
주소 • 서울시 종로구 낙원동 58-1 종로오피스텔 314호
전화 • 02-762-3335
전송 • 02-762-3371

값 19,800원
ISBN 978-89-86509-91-5 03810

이 책의 판권은 지은이와 도서출판 선에 있습니다.

우리 시의 얼굴 찾기

이동순 지음

산

사람다운 사람을 찾으려고 대낮에 등불을 켜고 다녔다는 고대 서양의 어느 철학자 이야기를 들었던 기억이 난다. 예나 제나 사람다운 사람을 찾아보기가 그만큼 어렵다는 뜻이리라. 그것은 우리 한국의 문단 사정에서도 마찬가지다. 시인은 많은데 진정 시인이란 이름에 걸맞는 얼굴을 만나기가 이렇게도 어려운 것인가?

우리 주변에서 스스로 시인이란 호칭을 쓰는 사람은 왜 이다지도 많아졌는지. 그것을 좋게 해석할 수도 있을 터이나 무릇 어떤 하나의 신분을 갖추려면 그만큼 합당한 구비요건이 갖추어져야만 할 것이다. 제대로 요건과 소양도 갖추지 못한 사람이 시인 행세를 하고 다닌다면 이는 세상의 혼탁함을 증거하는 것에 다름 아니다. 대개 그런 부류들은 자신을 터무니없이 내세우고 과장하며 문학에 관심가진 사람들을 속이려 든다.

명색이 등단한 시인으로서 돈벌이에 여념이 없거나, 매명賣名에 모든 관심이 쏠려 있다면 이 또한 거부하여 마땅한 속물적 대상이 아닐 수 없다. 원래 세속이란 것의 특성이 혼탁하고 비루한 것이거늘 달리 무엇을 나무라고 무엇을 원망하리오.

하지만 시인의 이름을 걸고 자신에게 주어진 한 평생이라는 시간을 훌륭한 시탑詩塔 쌓아올리기에 분투하면서 생애를 바친 우직한 얼굴들도 많이 볼 수 있다. 지금 이 순간 우리는 그분들의 발자국을 더듬어 그 고결한 자취를 손바닥으로 쓰다듬는다. 모름지기 문학을 하며 살아간다는 것은 나의 삶을 송두리째 바쳐서 제대로 된 삶의 정신을 일으켜 세우려는 포부와도 같다.

나의 오늘은 과연 어떤 모습인가?

나는 현재 어떠한 삶을 살아가고 있는가?

이 책은 우리 시대 '정말 좋은 시인'들의 정신적 주소를 더듬어 그들의 눈물과 사랑, 그들의 아픔과 고달픔, 그들의 분노와 격정, 그들의 과오와 애잔함을 다시금 되짚으며 그 뜻을 곰곰이 되새겨 보려는 목적을 지니고 있다. 이런 체험은 나의 오늘과 내일을 살찌우는 시간으로 이어진다. 많은 독자들이 이 책의 속내를 겪어보게 되기를 바란다.

2007년 11월   이동순

우리 시의
얼굴 찾기

한용운

만해를 일으켜 세운 네 여성

우리는 일생을 통해서 많은 사람을 만나고 헤어진다.

그 중에는 바람결처럼 잠시 스쳐 지나간 사람도 있을 것이요, 비록 짧은 만남이었으나 서로의 마음이 깊이 닿았던 경우도 있을 것이다. 하지만 긴 시간을 함께 부대끼고 살아가면서 마음이 일치하지 않았던 경우도 적지 않으리라. 이처럼 사람은 언제 어디서나 자신에게 주어진, 혹은 자기 스스로의 업으로 말미암아 헤어나지 못하는 인연에 시달리며 살아가게 마련이다. 그를 일러서 옛사람들은 사바娑婆의 고달픈 바다라고 했던가.

사람이 살아온 생애를 곰곰이 헤아려 보노라면 거기엔 여러 가지 사실들을 미루어 짐작할 수 있게 된다. 한 인간을 일으켜 세우고 만들어온 주체는 누구인가? 첫째는 본인 자신일 것이다. 하지만 우리가 지나치기 쉬운 많은 부분은 뒷전에서 조용히 돕고 보조해온 여성들의 노력이 아닌가 한다. 거기에는 인내의 눈물과 탄식의 한숨이 있었을 것이요, 정신적 물질적 보조와 일상의 공궤供饋도 함께 뒤따랐을 것이다.

우리는 오늘날 한국문학사에서 참으로 빛나는 시인이자 민족운동가이며 불교계의 대표적 승려였던 만해萬海 한용운(韓龍雲 : 1879~1944)의 일생을 잠시 돌이켜 보고자 한다. 그 중에서도 만해와 깊은 인연으로 만나고 헤어졌던 네 사람의 여성들을 다루고자 한다. 만해의 문학과 사상을 들여다 볼 수 있는 렌즈가 비록 여러 가지 있을 터이나, 만해의 생애에 나타나는 네 여성들을 통해 그 인연의 경과를 헤아려 보는 시간은 주옥같은 만해의 시작품을 더욱 뜻 깊게 되새기며 읽어볼 수 있는 경험

만해 한용운 시인

으로 우리를 인도할 것이다.

첫 번째의 여성은 만해의 어머니 온양 방씨였다. 누구에게 있어서나 어머니는 우리가 이승에서 가장 최초로 만난 여성이다. 그분은 아버지와 더불어 '나'라는 존재를 고해苦海라는 바다에서 살아가도록 떨어뜨려 주셨다. 부모은중경父母恩重經에 나오는 이야기지만 그분들은 낳아서 길러주신 은혜, 진자리 마른자리 갈아주신 은혜, 쓴 것은 당신이 드시고 단것만 골라 먹여주신 은혜, 우리가 타향에 가 있을 때도 늘 걱정하며 기다려 주신 은혜를 무한정 베푸셨다. 특히 어머니는 우리가 두 다리로 보행을 하며 세상에 우뚝 서게 될 때까지 당신의 몸과 마음을 모두 바치셨다.

다음으로 만해의 생애에서 두 번째로 등장하는 여성은 만해의 나이 14살에 만났던 아내 전정숙이다. 그리고 세 번째로 만나게 된 여성은 만해의 승려 시절, 오랜 기간을 서로 사모하며 마음속으로 연정을 나누었던 서여련화였다. 하지만 그들의 사랑은 서로 이룰 수 없는 것이었다.

만해가 일생을 통해 마지막으로 만났던 여성은 유숙원이라는 여성이었다. 그녀와는 만년에 정식으로 혼인을 하였다. 어떤 측면에서 보면 이 네 여성들과의 인연이 있었으므로 만해의 정신적 문학적 세계가 비로소 아름다운 꽃을 피워낼 수 있었을 것이다. 그들은 만해의 그늘에 가려져 있었지만, 만해라는 역사적 인물을 일으켜 세우는데서 제각기 훌륭한 공로자였다.

한용운은 19세기 후반의 혼란한 시대를 배경으로 태어났다. 일본 공사 하나부사花房義質가 서울에 와서 개항을 요구하며 각종 압력을 행사하고 있을 때요, 전국에는 일본에서 들어온 무서운 전염병인 콜레라가 제국주의처럼 불안하게 번져가고 있던 시절이었다. 당시에는 콜레라를 호열자虎烈刺라고 했다. 한용운이 태어난 고향은 충청남도 홍성군 결성면 성곡리 박철동이란 곳이었다. 부친 한응준은 원래 가난한 농민이었으나 홍주로 옮겨가 살게 된 후에는 지방 관아의 호방에 소속된 관군 병사였다. 모친은 온양 방씨로 이름은 알 수 없고, 다만 조용하고 정숙한 성품이었다고 한다. 한용운은 위로 열아홉 살이나 많은 형이 하나 있었고, 자신은 막내였다. 어릴 때 이름은 유천裕天이었고, 나중에 정옥貞玉으로 불렸다. 용운龍雲이란 이름은 승려가 된 이후 얻은 이름이다.

만해의 성장 과정을 살펴보면 자신의 어머니와 관련된 일화는 거의 발견되지 않는다. 다만 부친이 만해의 총명한 재주를 아껴서 장래의 성공을 몹시 기대하였다고 한다. 우리가 짐작하건대 한용운의 모친은 아마도 차분하고 순종적인 조선의 전통적 여성상이었던 것으로 여겨진다. 만해는 어려서부터 장난기가 많고 다소 거친 편이어서 혼자 산중을 헤매다가 다리의 골절상을 입기도 했다. 이런 아들이 차분한 성품을 갖도록 모친은 항상 타이르고 충고하였을 것이다.

한용운은 나이 14세에 전정숙全貞淑과 혼인하였다. 그녀는 한용운의 생애에 나타난 두 번째의 인연으로 당시의 전형적인 농촌 여성이었다. 낭군의 어떤 일에도 관여하지 않았으며, 설혹 불만이 있다 하더라도 그것을 내색하지 않고 오직 안으로만 지니고 삭혀갈 뿐이었다. 한 마디로 인내와 순종으로 다듬어진 여성이다. 한용운은 자신의 아내에게 따뜻한 애정과 관심을 보이지 않았다. 그가 적극적인 관심을 갖고 있는 것은 오직 새로운 지식과 진리에 대한 탐구였다.

그런 가운데 첫아들 보국保國이 태어났고, 어중간한 부부생활이 12

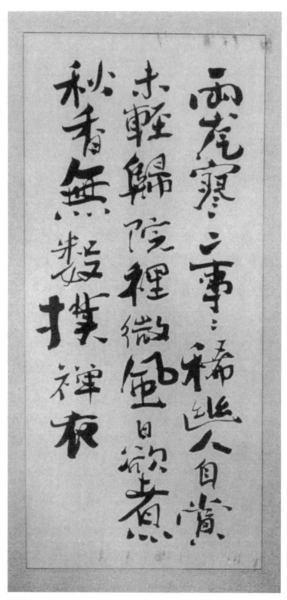

雨庵寒雨稀幽人自賞
木輕歸院裡微風日欲煮
秋香無數撲禪衣

■ 만해 정신이 느껴지는 시인의 글씨

년이나 이어졌다. 아마도 한용운은 당대의 규범과 관습이 가져다주는 속박과 구속에 대하여 강렬한 저항감을 느끼고 있었던 듯하다. 이러한 감정이 아내에게 냉담한 태도로 나타났을 수도 있다. 한용운의 외모를 설명한 여러 자료를 보면 작은 키, 꽉 다문 입, 쌀쌀한 표정 따위를 주요 특징으로 들고 있다.

이런 남편에게 따뜻한 사랑과 관심을 받지 못한 전정숙은 일생을 불행하게 살았다.

이것은 만해의 유일한 아들이던 보국의 경우도 마찬가지다. 아버지가 승려로 들어간 이후 보국은 어머니마저 세상을 떠나고 외롭게 살아가는 떠돌이가 되었다. 신간회 홍성지회에서 사환으로 일을 하였고, 나중에는 홍성 거리를 다니는 엿장수가 되었다고 한다. 한때 부친을 만나러 당시 서울 안국동 선학원을 찾아갔으나 한용운은 자신의 아들을 냉정한 박대로 그냥 돌려보냈다고 한다. 그 후 거의 걸인과 다름없이 살았는데, 한국전쟁의 소용돌이 속에서 좌익으로 활동하다가 불행하게 세상을 떠나고 말았다.

남편과 아버지로서의 역할이란 측면에서 헤아려 볼 때 한용운은 처자에게 너무도 가혹하였다. 하지만 곰곰이 생각해 볼 때 만약 만해가 이 시기에 단지 평범한 한 사람의 가장으로 충실하였더라면 이후의 만해의 격조 높은 문학과 사상은 출현될 수 없었을 것이다.

역설적이고 뼈아픈 이야기지만 아내 전정옥은 모든 것을 운명으로 받아들이며 오직 자신을 희생하고 묵묵히 인고忍苦의 삶을 살아감으로써 만해가 자신의 길을 열어 가는 일에 높은 기여를 하였다. 하지만 이러한 사실들은 중생의 제도를 추구하는 만해의 삶에서 평생 지워지지 않는 얼룩이 아니었던가 한다.

만해의 생애에서 세 번째로 나타난 여성은 서여련화徐如蓮華라는 독실한 불교신자이다. 그녀는 만해가 승려가 된 이후 금강산 건봉사에 머물던 시절부터 인연을 갖게 된다. 서여련화의 남편은 강원도 속초에서 해운업을 하던 사람이었는데 일찍 죽었다. 남편을 잃어버린 충격과 인생의 허무를 절감한 그녀는 한적한 사찰을 자주 찾아가곤 하였다. 물려받은 유산도 많았으며, 더구나 혼자 살아가기에는 너무 젊고 아름다웠다.

그녀는 남편의 영가靈駕를 위로하는 법회를 건봉사에서 갖게 되어 하얀 소복차림으로 자주 그곳을 드나들었다. 이때 만해 스님은 동안거冬安居에서 해제되어 조용한 시간을 갖고 있었고, 서여련화 보살은 만해 스님의 냉혹하면서도 예지에 찬 눈빛에 어떤 감화를 느끼게 되었다. 그로부터 두 사람은 은연중에 이성으로서의 관심을 느끼게 된다. 서여련화 보살은 만해 스님에게 적극적으로 자신의 외로운 마음을 표현하였다. 둘은 일정한 기간 동안 조용히 만나서 사랑하는 서로의 마음을 확인할 수 있었다. 그럴수록 승려로서의 본분에 더욱 충실하려는 만해는 냉정한 태도로 그녀를 대하였다. 이때 만해의 가슴속에는 서여련화에 대한 사랑과 구도자의 엄정한 자세가 서로 복잡하게 뒤엉켜 있었다.

만해는 마음의 갈등을 벗어나기 위하여 소리 없이 건봉사를 떠나고 말았다. 그가 찾아간 곳은 금강산 유점사였다. 하지만 그곳에서도 만해는 서여련화의 청초한 잔상을 마음속에서 지워내지 못했다. 이후 일본을 다녀오고, 전국의 여러 사찰을 다니며 불교개혁 운동을 하였으며, 민족운동에 헌신적인 노력을 쏟게 된다. 그러다가 감옥에 갇히는 일도

■ 강유문의 저서 표지에 쓴 만해의 글씨　　　　■ 『님의 침묵』 초판본 속표지

있었다.

　드디어 1925년 여름부터 설악산 백담사에 머물며 불멸의 시집 『님의 침묵』을 탈고하게 된다. 이때 시인으로서의 만해를 내조하며 일으켜 세운 사람은 다름 아닌 서여련화였다. 한용운의 제자였던 이춘성은 이 시기의 일화를 다음과 같이 증언한다.

　"첫여름의 오세암에서 십현주해+玄註解에 열중하고 있을 무렵 서여련화 보살의 시봉은 극진했어요. 그런가 하면 가을 한 철을 백담사에서 계실 적에도 그 보살은 거의 백담사 객실에서 살다시피 했답니다."

　그녀는 만해 스님의 주변에 그림자처럼 뒤따르며 극진한 시봉과 뒷바라지를 하였다. 이 내조에 힘입어 『십현담주해』라는 불경 번역이 이루어졌고, 또 그녀를 향한 사무치는 애정이 바탕이 되어 시집 『님의 침묵』이 세상에 나올 수 있었다.

> 당신이 맑은 새벽에 나무 그늘 사이에서 산보할 때에,
> 나의 꿈은 작은 별이 되어서 당신의 머리 위에 지키고 있겠습니다
> 당신이 여름날에 더위를 못 이기어 낮잠을 자거든,
> 나의 꿈은 맑은 바람이 되어서 당신의 주위에 떠돌겠습니다
> 당신이 고요한 가을밤에 그윽이 앉아서 글을 볼 때에
> 나의 꿈은 귀뚜라미가 되어서 책상 밑에서 귀뚤귀뚤 울겠습니다
>
> − 「나의 꿈」 전문

　너무도 아름다운 시작품이다. 첫 행은 아마도 봄의 시간성으로 느껴진다. 사랑하는 사람의 생각으로 긴 밤을 꼬박 새우고 새벽 뜰에 나

와 서성이는 님의 모습이 있고, 그 가까이로 다가갈 수 없는 자신은 님의 머리 위에서 애처로운 샛별이 되어 비추고 있다. 여름날 더위에 지쳐 평상 위에서 낮잠을 자고 있는 님의 주변에서 한 줄기 바람으로 서성이는 자신의 갈망을 발견하기도 한다.

가을밤에는 귀뚜라미로 변하여 님의 책상 밑을 찾아가는 자신을 상상한다. 이 가을밤의 정경은 매우 전통적인 분위기를 방불하게 한다.

조선 중엽 이후의 여러 시조 작품에서 우리는 귀뚜라미 이미지로 형상화된 사랑의 곡진한 광경을 자주 보아왔다. 하지만 봄과 여름의 장면은 꽤 인도적이고 불가佛家의 설화적인 요소도 있다.

만해와 서여련화는 늘 지척에 있으면서도 부부처럼 서로에게 가까이 다가갈 수 없는 애절한 심정이 서려 있었을 것이다. 그녀는 만해를 정신적 지주로서 늘 마음속에 모시며 사모하였다. 불경을 번역하여 그것을 책으로 발간하는 사업에 직접 자금을 보조하기도 하였다. 뿐만 아니라 만해가 어려운 고비를 겪을 때마다 보살피고 도와주었다.

만해는 이러한 서여련화의 사랑 속에서 한 편 한 편 주옥같은 시작품들을 엮어갔다. 그러므로 만해의 시집 『님의 침묵』에서 반짝이고 있는 무수한 님의 이미지들 가운데 상당한 부분은 서여련화를 반영한 것이라 할 수 있다. 그녀는 만해 스님에게 있어서 원효대사의 요석공주와도 같았고, 의상대사로 두고 보자면 당나라의 여인 선묘였다.

만해의 생애에서 마지막 인연을 가졌던 여성은 유숙원兪淑元이다.

그녀는 서울 진성당 병원에서 근무하던 간호사였다. 충남 보령 출생으로 간호학교를 졸업하고 16년 동안 줄곧 간호사 일만 돌보아온 36세의 미혼녀였다.

한용운은 과거 블라디보스톡을 여행하다가 한 동포 청년의 오해로 뒷머리에 총탄을 맞은 적이 있었다. 이 후유증 때문에 찬바람이 불면 체머리를 흔드는 증세가 나타나곤 했다. 이 불편한 몸으로 옥중의 고초를 겪었으며 불교 현대화 사업과 민족운동, 그리고 문학에 힘을 쏟았다. 그의 나이 55세에 차디찬 단칸 셋방에서의 생활은 심한 고통이었다. 이런 만해에게 주위의 벗들이 재혼을 권하였다. 이때 떠오른 인물이 유숙원이었다.

벗들은 만해의 새 출발을 위하여 성북동에다 부지를 마련하고 직접 건물까지 지어주었다. 조선총독부 쪽을 외면하기 위해 일부러 북향으로 앉혔다는 심우장尋牛莊에서 한용운은 아내 유숙원의 내조를 받으며 살아가게 된다. 두 사람의 연령 차이는 19년. 그들은 결혼 후 십 년 세월을 함께 살았다. 유숙원은 늙고 아버지 같은 남편을 하늘처럼 받들고 섬겼다고 한다. 만해는 그녀와의 사이에서 딸 하나를 두었다. 만혼의 행복감과 평화스러움이 심우장 주변에 따스한 봄바람처럼 감돌았다.

만해는 이후 『유마힐경維摩詰經』의 번역 작업에 착수하고, 조선일보에 장편소설 「흑풍」등을 의욕적으로 발표하기 시작한다. 하지만 생활은 여전히 곤궁하였으므로 아내는 삯바느질, 빨래 품, 남의 집에 물 길어다 주기 등으로 어려운 살림을 꾸려 나갔다. 유숙원은 만해의 노년기 삶을 지탱해준 든든한 지줏대였다. 일제강점기 전반을 통하여 민적을 갖지 않은 상태로 창씨개명도 하지 않았던 비타협적 성품의 만해 한용운. 그는 해방을 1년 앞두고 1944년에 세상을 떠났다.

만해는 일생을 통하여 모두 네 사람의 여성과 만나고 헤어졌다.

한 분은 낳아준 어머니였고, 다른 세 여성은 필연적 인연으로 맺어

▌만해 선생이 만년에 기거했던 서울 성북동의 심우장

진 사람들이었다.

만해는 험한 세월 속에서 자신의 천부적 재능과 성품으로 스스로를 일으켜 세웠다. 하지만 우리는 만해의 생애를 읽으며 이 네 분 여성들의 몰아적沒我的 희생, 처연한 인내, 온유한 사랑, 헌신적 내조의 힘이 항시 작용하고 있음을 잊지 말아야 한다. 만해와 네 여성들의 끈끈한 인연은 수만 년을 이어져 내려와 맺어진 것이었고, 그것은 우리들 가슴 속에서 그칠 줄 모르고 이어져 갈 것이다. '아아, 님은 갔지마는 나는 님을 보내지 아니하였습니다' 라는 시의 한 구절이 새삼 깊은 철학이 되어 다가온다.

신채호

시로써 나라 위기를 구하려 했던 지식인

1980년대를 나는 충청북도 청주에서 살았다.

청주가 있는 충청북도 지역은 예로부터 고구려, 백제, 신라 등 삼국이 대립하던 경계 지점으로 갈등과 분쟁이 끊이지 않았던 곳이다. 나는 70년대 후반까지 경북 안동에서 살다가 갑자기 충청도 지역으로 옮겨서 살아가게 되었는데, 처음엔 낯선 곳에 대한 호기심도 전혀 없는 바는 아니었다.

하지만 차츰 살아보니 말씨와 기후의 차이가 현저히 다른 곳에서 쓸쓸함이 눈처럼 쌓이는 것을 어찌할 수 없었다. 다만 시작품에 몰두하는 것으로 힘든 시간을 이겨갈 뿐이었다. 청주를 둘러싸고 있는 충북 청원군 지역은 산도 많고 수목도 울창한 전형적 중부 내륙의 골짜기였다. 틈만 나면 가족들과 더불어 주변지역의 산천을 더듬는 것이 당시 나의 일과였다.

80년대 초반, 나는 대학에 재직하면서 이른바 박사학위라는 것을 반드시 받지 않으면 안 되는 분위기 속에 청주에서 대구까지 머나먼 길을 매 주일 오르내리면서 대학원 박사과정을 다녔다. 건강도 별반 좋지 않은 터에 과로로 말미암은 피로가 덧쌓여서 하루가 멀다 하고 쏟아지는 코피는 멈출 줄 몰랐다. 급기야 몸져누워서 여러 달 동안 병원에 입원해서 치료를 받아야 하는 서글픈 신세가 되고 말았다.

한참만에 병원에서 퇴원하여 돌아오는 나의 집은 어찌 그리도 반갑고 눈물겹기만 하였던지. 그때가 마침 만발했던 봄꽃도 뚝뚝 떨어지던 봄의 끝물이었는데, 그 꽃을 감격스럽게 창문으로 내다보며, 혹은 가까

중국 여순 감옥에 투옥되어 죄수복을 입은 단재 신채호 선생

이 다가가서 꽃잎을 볼에 쓰다듬으며 감개에 젖었다. 만약 나의 목숨이 병원에서 수명을 다하여 기어이 집으로 돌아오지 못했더라면 나는 그해 봄의 꽃을 볼 수 없었을 것이다.

차츰 몸이 회복되기 시작하면서 나는 다시 청원군 일대의 산골을 헤매다니기 시작하였다. 한번은 청원군 미원면 일대를 두루 뒤지고 다니다가 낭성면이라는 이름이 특이한 여운으로 느껴져서 일부러 찾아가 보았다. 마침 내가 당도한 곳은 귀래리였고, 고두미 마을이었다.

그 마을의 입구에는 〈단재 신채호 선생 묘소〉란 표지가 서 있었는데, 그리 큰 감흥은 느끼지 못한 상태였다. 그 과정에서 어느 날, 나는 여러 권으로 제작된 『단재신채호전집』을 구입해서 읽어보게 되었다. 어려운 국한문 혼용체의 문장이 많았고, 난삽한 한자어투도 복병처럼 많았으나 단재 선생의 문장은 보는 이의 마음을 단번에 몰입하게 만드는 격정이 스며 있었다.

1980년대 초반으로 말할 것 같으면 광주항쟁을 총검으로 진압하고 불법적 정권을 수립한 독재자의 횡포로 말미암아 온 세상의 초목금수가 분노와 슬픔으로 상처를 받아 있을 때였다. 나 또한 상심한 마음을 어쩌지 못하고 때론 허공에 주먹질이나 하면서 단재 선생의 글을 읽고 분풀이를 하곤 하였다. 읽으면 읽을수록 단재 선생의 글은 독자의 마음을 격동시키는 묘한 힘이 들어 있었다.

단재 전집을 다 읽고 난 어느 날, 나는 그 격동을 이기지 못하고 기어이 붓을 들어 한 편의 논문을 폭포수처럼 써 내려갔다. 그것이 바로 『단재 문학에 나타난 낭가사상』이다. 낭가사상이란 바로 화랑도의 자주적 기상을 뜻하는 것인데, 단재야말로 이러한 민족자주의 굳건한 기상을 가졌고, 이러한 사상은 과거 연개소문과 최영장군, 강감찬, 일목대왕으로 불렸던 궁예, 사대주의자 김부식에게 패했던 승려 묘청, 정여립 등등… 우리 역사에서 대개 이단자가 반역자로 지목된 인물들에 대한 완전하고도 새로운 재평가를 해놓았고, 그분들이야말로 민족자주사상을 지녔던 낭가의 대표적 인물이라고 했다.

단재는 또한 『동사강목』을 저술한 안정복 선생의 저서에 깊이 몰입하였다. 나는 단재의 이러한 주장에 감복하여 단재전집을 읽고 또 읽었다. 책 표지가 너덜너덜해졌다. 단재 선생이 『동사강목』을 읽었을 때도 이러하였으리라.

그리고 곧이어 또 한 편의 논문을 썼으니 그것이 곧 『단재 신채호의 〈천희당시화〉에 대하여』이다. 그때만 하더라도 단재 선생의 문학관에 대한 논문으로 이렇다 할 것이 별반 없던 시절이라 나의 논문은 학계의 관심을 끌었다.

단재 문학에 관한 공부는 날이 갈수록 그 매력을 더해갔고, 결국 단재 문학을 테마로 한 세 번째의 논문을 썼는데, 그것은 단재의 소설 「용과 용의 대격전」을 읽은 특별한 독후감과 비평적 분석이었다. 단재 선생은 시 뿐만 아니라, 시조, 소설, 한시, 평론 등 여러 장르의 작품을 많이 저술하였다. 특히 인상적이었던 것은 거의 대부분의 소설들이 '미완'으로 중단되고 있다는 점이다. 그 까닭은 아마도 떠돌이 망명객 신세인 단재 선생이 이리 저리 물풀처럼 뿌리 내리지 못하는 부유적 생활을 하실 때에 어느 한 편의 작품이라도 완결할 수 있는 순조로운 시간을 갖지 못하였을 것이다.

논문을 쓰는 중에 실마리가 제대로 풀리지 않고, 앞이 막막한 심정에 빠질 때면 단재 선생을 찾아가서 그 앞에 앉아 마치 친할아버지를 찾아뵙고 응석을 부리듯 투정하였다. 때론 궁금한 것을 여쭙기도 하였다.

마침내 세 편의 논문이 모두 완성된 어느 날, 나는 술과 안주를 갖추어 청원군 낭성면 귀래리에 있는 단재 선생의 유택을 찾아갔다. 산수유가 노랗게 핀 이른 봄 오전 시간이었다. 단재 선생의 묘소로 들어가는 호젓한 입구에는 사당을 조성해 놓았고, 영정 앞에 큰 절을 드린 다음 나는 내가 그동안 단재 사상에 몰입하여 썼던 세 편의 논문을 제단에 바쳤다. 그리곤 사당 뒤로 가서 묘소 앞에 무릎을 꿇고 앉아 역시 앞서의 그 논문을 상석 위에 헌정하였다. 한 순간 단재 선생이 무덤 속에서 걸어 나와 나의 두 어깨를 포근히 햇살처럼 감싸 안는 듯한 상상에 잠겼다. 나는 단재 선생이 남긴 절창 중의 한 편인 「너의 것」을 큰 소리로 낭송했다. 고요하던 사당이 일순 뜻밖의 진동으로 긴장되었다.

너의 눈은 해가 되어
여기 저기 비치우고지고
님 나라 밝아지게
너의 피는 꽃이 되어
여기 저기 피고지고
님 나라 고와지게
너의 숨은 바람 되어
여기 저기 불고지고
님 나라 깨끗하게

▌단재 신채호와 의열단의 거두 약산 김원봉

너의 말은 불이 되어

여기 저기 타고지고

님 나라 더워지게

살이 썩어 흙이 되고

뼈는 굳어 돌 되어라

님 나라 보태지게

　그날따라 따사로운 봄볕이 내리쬐어 무덤 앞에 정좌한 나의 목덜미
는 마치 날벌레들이 붙어서 간질이는 듯 느껴졌는데, 그것이 마치 단재
선생의 자애로운 손길처럼 여겨졌다.

　단재 선생이 타이완의 기륭항에서 일본 경찰에게 체포되어 중국 여
순 감옥으로 수감되었다가 기어이 이국 땅 차디찬 옥중에서 형장의 이
슬로 사라진 것이 무릇 몇 년의 세월이 흘러갔는가. 기록에 의하면 단
재 선생의 유골은 순국한 이후로 줄곧 중국 땅에 묻혔다가 해방 이후
고국으로 봉안되었지만 호적을 갖지 못한 상태라 곧바로 고향 땅 언덕
에 편안한 유택을 갖지 못하였다. 단재 선생이 활동하던 시절, 임시정
부 수반으로 있던 이승만의 무능함과 외세의존적 태도를 비판했던 것
이 화근이었다.

　이승만 정부는 단재 선생의 유골이 고국 땅에 순조롭게 묻히는 것
조차 방해를 하고 사사건건 제동을 걸었다. 그로부터 세월이 흘러 단재
선생의 유택은 모양새를 갖추어 고향땅 언덕에 제대로 묻혔다. 하지만
여전히 『조선상고사』를 비롯한 단재 선생의 여러 귀한 저술들은 금지

도서의 목록으로 묶이어 자유를 얻지 못하였으니 묘소를 찾는 이조차 드물었던 것이 사실이다.

이러한 때 나는 3편의 논문을 써서 묘소 앞에 헌정하였으므로 지하의 단재 선생께서도 필시 감복하셨으리라 확신한다. 이렇게 단재 선생 묘소를 친근하게 드나들다가 그 충북 땅을 분연히 떠나온 지도 어느 덧 스무 해 가까운 세월이 흘렀다. 단재 선생 묘소를 자주 찾아뵙지는 못하지만 나는 꿈에서 단재 선생을 이따금 뵙곤 한다.

어느 날이었던가.

충남 부여의 낙화암 부근 정자였다. 내가 막 정자에 도달했을 때 단재 선생은 하얀 두루마기 차림으로 앉아서 유유히 흘러가는 백마강 물줄기를 고즈넉이 바라보고 계셨다.

그날 나는 큰절을 드리고 계단 아래에서 선생께 이런 저런 질문을 당돌하게 많이 드렸고, 선생께서는 나의 질문에 조목조목 예를 들어가며 친절하고 자상하게 설명을 해 주셨다. 문학에서의 궁금증, 창작에서 유의할 점, 이 나라가 나아갈 앞으로의 방향과 좌표에 대하여 어찌 그리도 궁금한 것이 많은 지 막상 선생을 만나 뵙게 되니 그동안 떠오르지 않던 질문까지 한꺼번에 폭포처럼 쏟아져 나왔다. 마치 지난 날 백암 박은식이 소설 『몽배금태조夢拜金太祖』에서 꿈에 금태조를 백두산 천지 호반에서 만나 오랜 시간 문답과 토론을 나누었던 기록을 엮은 것처럼 나 또한 단재 선생과의 대화를 풀어서 정리하자면 장강대하에 버금갈 것이다.

그날 아쉽게 선생께 인사도 제대로 못 드리고 꿈이 깨어서 나는 침상에 누운 채 단재 선생의 그 특유의 말투와 정좌한 자세, 다정한 느낌

■ 단재 신채호 선생의 저서 『전후삼한고前後三韓考』에 쓴 친필 서문

의 음성을 반추하며 새벽 미명을 홀로 즐기었던 것이다.

몸은 비록 단재 선생 묘소 주변을 떠났지만 내 마음 속에 단재 선생은 언제나 먼저 들어와 계신다. 내 몸과 마음이 나태와 무절제에 방치될 때마다 준엄한 어조로 나를 일깨워 주신다. 단재 선생 계신 곳이 어디 내 마음속뿐이겠는가.

단재 선생의 숨결은 이 나라 땅덩이 구석구석마다 살아나서 지금도 용솟음치는 활력으로 작용하고 있을 것이다.

단재 신채호의 시정신과 민족자아의 각성

1. 민족 시론의 구성과 시대 배경

문학가로서의 단재 신채호의 활동과 업적에 대한 평가는 아직 미진한 단계이다.

단재의 모든 생애는 민족 사학의 탐구, 항일 독립 투쟁, 민족 언론 활동, 민중 운동, 창작 활동 등의 궤적으로 나타나고 있으며, 근자에 이르러 비로소 단재 문학의 가치에 대한 전반적이고도 새로운 논의가 이루어지고 있다.

하지만 단재의 문학을 다룬 지금까지의 논의들은 주로 그의 몇몇 수필, 소설 등에 국한된 것이었고, 또한 논의의 형식들도 한말 일제침략기의 시대성을 떠올릴 경우에만 불과 몇 편 가량의 인용 작품을 언급하는 정도에 지나지 않았다. 이는 아마도 단재라는 특정인의 활약이 역사학, 언론사의 부문에서 오히려 문학보다 우위를 독점하고 있기 때문이기도 하겠지만, 무엇보다도 단재 문학 작품의 산질로 말미암아, 작품의 전모와 그것의 본격을 쉽게 접해 볼 수 없었던 것도 연구가 소원하였던 이유 가운데 하나일 것이다.

단재는 일본 제국주의의 침략과, 이후의 강점기에 있어서 그 누구보다도 먼저 민족과 민중의 자강 의지自强意志의 필요성을 절감하였다. 그는 역사 이론의 기조를 '아我'와 '비아非我'의 대립 갈등 관계에 두고, 그것의 상호 투쟁을 통한 '비아'의 극복과 '아'의 튼튼한 체계를 수립하려 하였다. 그의 이러한 민족 전체 의지로서의 자주성 회복과 고양을 위하여 논설뿐만 아니라, 다른 형태의 문학 장르를 통해 이를 실천함으로써 민족 자강 의지를 한층 확대하려는 시도를 했다. 여기에서 단재의 문학적 성과에 대한 논의의 당위성이 설정 되어질 수 있다.

단재의 평론 문학은 대체로 시론時論과 사론史論으로 크게 구분되는데, 이제 본장에서 다루고자 하는 것은 시론적 성격을 내포하는 문학론 중에서도 시 비평에 관한 부문이다. 단재의 시 비평으로 지금까지 별도로 알려진 것은 거의 없었다. 이런 관점에서 〈대한매일신보〉에 발표된 「천희당시화」(1909)는 단재의 개인적 노작의 가치일 뿐만 아니라, 우리나라 민족문학사에 있어서의 초기 시 비평사 형성에 관계되는 매우 중요한 고찰의 대상이 아닐 수 없다.[1]

「천희당시화」는 단재 신채호의 평론 문학 가운데 유일한 시 비평적 산문으로 단재의 민족주의적 시관詩觀을 체계적으로 나타낸 대표적인 아포리즘이다. 이 글의 표제에서 '시화'라는 용어를 쓰고 있는데 이는 아무래도 평론 문학의 한 양식을 나타내는 의미가 있을 것이다. '시화'의 표현 양식은 꽤 고전주의적 비평 형태를 나타내는 것으로서 이른바 시학, 시평, 시화 등의 포괄적 성격을 띠는 것이라 하겠다.[2]

----

1) 이 「천희당시화」에 대한 본격적인 연구작업으로는 지금까지 필자의 논문과 임형택 교수의 논문이 있다. 이동순, "단재 신채호의 〈천희당시화〉에 대하여", 충북대 〈개신어문연구〉, 제1집, 1981. / 임형택, "동국시계혁명과 그 역사적 의의", 「백영정병욱선생환갑기념논총」, 1982.
2) '시학'은 시에 대한 일반론적 해명을 그 대상으로 하며 '시평'은 시작품에 대한 구체적 논평을 그 대상으로 하며, '시화'는 시와 시인의 주변적 설담을 그 대상으로 하는 것인 바 「천희당시화」는 이 세 가지의 부분을 동시에 포괄한 종합적 성격을 나타내 보인다.

단재 시화의 대체적인 형성 과정을 살펴보면 다음과 같다.

이 글의 집필 시기는 1909년 무렵이며 같은 해 11월 9일(화요일)부터 〈대한매일신보〉 지상에 연재를 시작하여 12월 4일(토요일)까지 도합 17회에 걸쳐서 연재되었다. 연재 기간 중에 일요일 정기 휴간 3회와, 영국 황제의 생일, 묘사 서고일廟社誓告日로 인한 2회 휴간(11월 9일, 19일)과 아마도 작자의 개인 사정으로 추측되는 4회의 연재 탈락분(11월 27일, 28일, 30일, 31일)을 모두 제외하고 전편의 문맥을 파악해 보더라도 시화로서의 구조와 논지 전개에 있어서의 일관성은 뚜렷하게 입증된다.[3] 전편의 구조는 대개 국시國詩의 개념 규정에 관한 항목, 국시 개량론, 국시를 통한 시의 발전 등 세 부분으로 나뉘어진다.

「천희당시화」가 발표된 1909년은 순종의 즉위 3년이 되던 해이며, 일본 군국 세력의 야욕이 한층 노골화되고, 민생의 기반마저 학정의 압박이 가중되어 국운은 날로 급속히 꺼져가고 있던 상황이었다.

융희 2년(1908) 겨울에 동양척식회사가 설립되고, 이듬해 정월에는 순종이 일본의 통감 이등박문과 함께 대구, 부산, 의주 등지를 순행巡幸하고 있는데, 이후로 가옥세, 주세, 연초세 등의 착취 세법이 잇달아 공포되고 사법권과 감옥 사무마저 기유각서己酉覺書가 발표되면서 완전히 일본의 손아귀로 넘어가고 만다.

1909년 10월에는 안중근에 의해 이등박문이 하얼빈에서 사살되는 역사적 사건이 발생하고, 12월에는 일진회一進會가 이른바 '일한합방'을 선동하기 시작하는데 전민족적인 암울과 혼돈 속에서 연재된 단재의 「천희당시화」는 이 시기의 민족 지성을 대표하는 가장 훌륭한 민족적 웅변이 되었다. 이 글은 경술년(1910) 8월의 참혹한 망국의 치욕으로 치달아가는 과정에서 진정한 국시가 담아낼 수 있는 민족자강 의식과 국권 부활의 의지를 강력히 호소하였다. 전국 각지에서는 의병이 분연히 봉기하여 일본군과 직접 교전하였으며, 이 같은 정치 상황의 위기감은 혹심한 농촌 경제의 피폐와 외채의 누증, 민족 자본의 급속한 와해를 초래하였다. 민족정기의 좌절로 말미암아 문화적 상황의 황폐화 또한 극히 우려되는 것이었다.

　이러한 사회 상황의 전반적 황폐성을 기반으로 하여 창간된 〈대한매일신보〉는 영국인 베델(裵說:Ernest Bethell:1872~1909)과 논객 양기탁(梁起鐸:1871~1938)을 대표로 해서 명실상부하게 민족 민중을 대변하는 최고 언론 기관으로서의 막중한 소임을 다하였는데, 장지연(張志淵:1864~1921)의 논설 「시일야방성대곡是日也放聲大哭」사건으로 〈황성신문〉(1898~1910)이 폐간되면서, 단재는 〈대한매일신보〉의 주필로 초빙되었다. 이 때부터 그는 언론인, 사학자다운 시론과 사론의 춘추필법으로 꺼져가는 국혼에 불을 붙이고, 민중 의식 개발 운동의 급선봉으로 붓을 휘두르기 시작한다.[4]

　「천희당시화」는 국운을 위기에서 구하는 인간상을 그린 「동국 거걸 최도통전東國巨傑崔都統傳」(1909)이 연재되기 직전 〈대한매일신보〉에 발

----
3) 단재는 「천희당시화」를 연재하는 도중에 발표순을 별도로 명기하지 않았고, 다만 매 발표분의 끝에 〈미완(未完)〉의 표시만 남겨 두었으며, 마지막 연재분의 끝에 이르러 〈완(完)〉이라고만 밝혀 두었을 따름이다. 또한 연재 중이라는 표시로 표제 아랫부분에 〈속(續)〉이라는 말을 덧붙였다. 한편 「천희당시화」가 단재의 글임을 회의하는 견해도 있으나, 그것은 (1)1909년 말경 〈대한매일신보〉의 1면은 거의 단재에 의하여 독자적으로 편집 제작되고 있다는 점 (2) 「천희당시화」에 나타난 국시개량론에 있어서의 상무정신(尙武精神) 회복의 주장은 단재의 민족사론에서의 고대적 정신의 부활과 일치된다는 점 (3)문체상의 특징으로 볼 때 강건성, 호방성, 국권주의적 성격이 단재 특유의 것이라는 점 (4) '천희당' 이 한말의 윤상현이란 인물의 당호임을 제기하는 설도 있으나, 그의 글과 「천희당시화」의 정신과는 판연히 구별되어진다는 점 등의 다각적인 방증을 통하여 이 글이 단재의 소작(所作)임을 분명히 확증하게 한다.
4) 단재가 '사조' 와 '사회등' 란에 정치 및 현실풍자의 담시(談詩)들을 계속 집필한 시기는 그의 29세가 되던 해 1908년부터였다. 이때 사장 베델의 도미유학 권고가 있었으나, 이를 단호히 사절하고 오직 〈대한매일신보〉의 주필로서만 근무하였다.

표된 것이다. 「최도통전」에서는 문약文弱의 풍토를 배격하고 무풍武風의 기상을 불러일으키려는 의도가 나타나는데, 「천희당시화」는 이 작품의 정신을 크게 집약한 것으로 여겨진다.

1회에서 8회까지의 연재는 〈대한매일신보〉의 제1면 논설, 관보, 외보의 다음 단에 게재하고, 잇따라 '사조詞藻'란에서 시 작품을 발표하고 있으나, 연재 9회부터 제3면의 상단으로 위치를 옮기고 있음을 볼 수 있다. 1면의 「천희당시화」연재 공간에는 새로운 연재물인 '담총談叢'이 게재되고, 시화는 '사회등社會燈'란의 뒷부분으로 옮겨갔다.

단재 시화의 집필 과정은 대개 제국주의 침략기에 있어서의 한말의 정치, 사회, 경제, 문화적 상황을 시대 배경으로 두루 참조해야만 할 것이다. 시화가 발표된 이듬해 봄, 단재는 중국의 칭따오靑島로 망명을 떠나는데, 이때를 단재의 민족 자강 의지가 실천되는 시기로 잡는다면, 국내에서의 활동은 이념적 자강 의지의 확충 기간으로 보아야 할 것이다.

그러므로 「천희당시화」는 이러한 위기와 좌절 속에서 상황을 딛고 일어서려는 초극 의지의 보편화와 그것의 추구에 정신사적 가치가 있다고 하겠다. 역사를 생각하는 단재의 인식 방법과 태도의 엄숙성은 그의 문학관에서도 역력히 드러나는데, 단재의 그 어느 평필보다도 더욱 확연한 의식구조와 준열한 문학 정신을 나타내 보이는 것이 「천희당시화」이다. 단재의 이 글은 특히 을사조약 이후 일제의 제도적 동화 정책이 이미 시작된 시기에서 가장 엄숙하게 민족 문학의 자기반성을 촉구한 글로서 큰 의의가 있다.

2. 「천희당시화」에 나타난 시대정신

(1) '국시國詩'의 개념

한시 비판론

단재시화에서 국시의 개념을 정립하기 위한 첫 단계로 대두되는 것이 종래의 우리 나라 한문학에 대한 강한 비판이다.

단재의 주장에 의하면 한시는 원래 중국에서 들어와 오랜 기간이 지나는 동안 거의 '아국我國의 일종 문학—種文學'으로 흡수되었지만, 거의 대부분이 '이두한소李杜韓蘇타여唾餘'에 지나지 않는 것이 되었다. 단재는 그 자신이 전통적 유학 교육을 체득한 지식인이었으나, 한자의 유입과 더불어 중국문화의 근원에 대한 맹목적인 숭배를 보였던 사대주의와 모화사상의 잔재 및 그것의 병폐적 요소를 누구보다도 먼저 깨닫고 있었다.

이것은 단재 자신의 언어, 문자관의 주체적 확립을 보여주는 것이라 하겠다. 수천 년 동안에 걸친 거의 관행적인 한자의 잡용雜用은 문학작품에 대한 일반 대중의 이해를 더욱 어렵게 하였을 뿐 아니라, 국시의 발전에 장애를 초래한 가장 근본되는 독소 조항으로 판단한다.

한시는 한문과 공共히 아국에 수입하야 일종 문학을 성成한 자者…(중략)…허다 시학사詩學士가 배출하엿으나 개皆 이두한소李杜韓蘇의 타여唾餘를 습습拾하야 전사戰事를 비관하고 구안苟安을 구가謳歌하야 사대주의만 고취할 뿐이오.[5]

----

5) 〈대한매일신보〉, 제1240호, 1909년 11월 13일자.

중국의 문자와 우리의 문자는 엄연히 서로 다른 것이며, 표현 방법 마저 차이가 있는 것임에도 불구하고, 아동들의 학교 창가唱歌에서조차 한자를 마구잡이로 씀으로써 한자를 잘 깨치지 못하는 유아와 부녀들 이 창가를 부르고 들어도 그 의미를 제대로 파악하지 못하는 경우를 지 적하면서, 이를 교육계의 가장 불합리한 점으로 지적하고 있다.[6]

이러한 폐단 뿐 아니라, 한문학의 자질을 익힌 지식인들에게서 보 이는 무조건적 사대주의와 외국인에 대한 상대적 열등의식을 한층 개 탄해마지 않는 것이다. 그 중에서도 운양雲養 김윤식(金允植:1835~1922)이 일본에 갔을 때, 일본의 시인들이 그를 후지산 시회詩會에 초청을 했었 다. 운양은 그 자리에서 「부사산富士山」이란 제목의 7언시를 지었다.

怪怪事奇摠不同
化工於此技應窮
森沈劍戟皆兵氣
羅列兒孫盡父風

단재는 이 시를 신랄하게 비판하며 탄식하기를 '속없는 자의 허풍' 으로 규정한다. 김윤식의 7언 시가 일본의 후지산 경치의 아름다움을 극치로 묘사함으로써 역사와 민족의 현실을 망각한 것뿐만 아니라, 사

----
6) 실제로 1910년 학부간행본 『교육창가 제1집』이 공간되어 「학도가」「애국가」「운동가」등의 창가들이 보급되었
는데, 이 보다 조금 앞서 1909년 봄, 소학교 연합 대운동회에서 제창하였던 학교 창가 「운동가」의 가사는 다음과
같다.
　　대한제국 광무일월 부국안태(富國安泰)는
　　국민교육 보급함에 전재(專在)함일세
　　운동할 때 운동하여 체육 힘쓰고
　　공부할 때 공부하여 지식 넓히세

대의 대상이 소멸되지 않고 중국에서 다시 일본으로 옮겨간 사실을 개탄하였다.

희噫라 피彼의 외국숭배하는 열성熱誠이 하여시何如是오 외국인물을 숭배할 뿐 아니라 외국산천까지 숭배하엿도다 희噫라.[7]

시가에서의 무절제한 한자 사용 문제를 해결하려는 하나의 실험적 방법으로서 단재는 아마도 〈대한매일신보〉의 '사조'란을 적극 활용하고 있는 듯하다.

단재가 특히 개탄해마지 않았던 것은 거의 무의식적인 한시의 습작과 무분별한 한자 사용이었는데, 이것의 극복을 위하여 시조의 양식을 변형한 이른바 '국시'란 관념적 장르를 새로 창출해내게 되었던 것으로 여겨진다.

'국시'의 정의

단재가 사용하는 바의 국시의 개념은 우선 한시의 표기 수단에 대한 강한 반발을 나타내고 있다. 아마도 국시는 외국시(중국시, 일본시)의 대립적 의미로서의 동국시東國詩, 아국시我國詩등에서 안출해낸 말일 듯하다. 국시는 표현 형식의 측면에서 볼 때는 동국어, 동국문, 동국음으로 만들어진 것을 지칭함이요,[8] 내용 구조면에서 볼 때는 우리나라 고대사의 진정으로 강건하고 무사적인 민족정신을 표현하였다거나, 민족적 국수國粹의 보전이 잘 이루어지고 있는 것을 뜻함일 것이다.

국시의 형식을 동국어, 동국문, 동국음에 따르는 것이라 했을 때의 '어語, 문文, 음音'은 한국의 말과 글이 중국문자의 구조와 근본적으로

----
7) 〈대한매일신보〉 제1241호(1909.11.14).

다르다는 언어관의 주체적 인식을 보여 주며, 당시의 언어 사회적 현실에 대한 깊은 성찰과 고뇌를 나타낸다. '어'는 아마도 어휘, 어형, 어조의 고유성을 내포한 말이며, '문'은 문자, 문체, 문장의 자주성을 포괄한 말이며, '음'은 음운, 음율, 음상音相의 독자성을 총칭하는 함축적 성격의 용어가 아닐까 한다.

또한 국시의 내용을 규정함에 있어서 '진정 강무眞正强武'한 정신의 전통과, 완벽한 국수의 보전을 들고 있는데, 이는 단재 사학이 나타내 보여주는 민족성 옹호와의 연관을 가진다 할 것이다.

그러므로 단재가 말한 바의 국시의 개념은 다분히 민족시적 성격으로 떠오른다. 진정한 국시, 곧 민족시는 어디까지나 국어(민족언어) 위주의 시가 되는데, 이러한 측면에서 볼 때 이 땅에 일찍이 진정한 국시, 즉 민족시가 수립될 터전이 거의 마련되지 못했다는 것이다. 한시형의 시가뿐만 아니라, 국어 표현의 국시에서도 그 주제의 안일함과 터무니없는 허구성이 과다하게 노출되어, 그로 말미암아 이 땅의 문학이 강대국의 노예 문학으로 치달아가게 되었다는 것이다.

그러면 단재가 말하는 국시 개념의 구체적 실체는 과연 무엇인가.

이는 아마도 개량된 시조의 형태를 잠칭하고 있는 듯한데, 여기에

----

8) "동국시(東國詩)가 하(何)오 하면 동국어(東國語), 동국문(東國文), 동국음(東國音)으로 제(制)의 문학관에서 완전히 불식되지 못한 사대주의적 이식성이 단재의 시화에 이르러서는 거의 청산되어 있음을 보여준다. 한 자가 시(詩)오"(《대한매일신보》 제1245호, 1909년 12월 20일자). 단재의 동국시 정의에 있어서 동국인(東國人)이 누락되어 있는 것은 정의(定義)의 상식적 규정으로 말미암은 탓이라 여겨진다. 단재의 이러한 국시 정의는 조선조 서포 김만중의 자주적 국문학관의 영향을 받고 있는 듯하다. 특히 서포의 자주성, 고유성을 중시한 이론과 단재의 주체적 자강론은 많은 상호 유사성을 보이고 있다. 가령 「서포만필」에서의 송강가사에 대한 논평 대목에서 '오늘날 우리나라의 문학은 대체로 제 나라의 말을 버리고 남의 나라 말로써 하는 풍조가 많다. 설사 그것이 문학인 것처럼 보인다 할지라도 다만 앵무새가 사람의 말을 흉내 내는 것과 무엇이 다르랴?(今我國詩文 捨其言 而學他國之言 假令十分相似 只是鸚鵡之人言)'이라한 것과, 단재의 국시론에서 나타나는, 민족 고유의 언어 표현에 의한 문예창작을 강조하고 있는 점은 서로 좋은 대조가 될 수 있다. 이러한 대조는 서포의 문학관에서 완전히 불식되지 못했던 사대주의적 이식성이 단재의 시화에 이르러서 거의 청산되고 있음을 보여준다.

서의 변용이란 다름 아닌 무절제한 한자 사용의 배제, 종장 결구 처리의 변화, 민족적 감수성의 확충 등을 의미하는 것이다. 진정한 민족시의 부재를 외쳤던 단재는 시가에서의 한자 사용에 대하여 거의 신경질적인 반응을 보인다.

또한 한자뿐만 아니라 음율에 있어서의 모방성을 벗어날 것을 주장한다. 이것은 곧 국문 운國文 韻에 대한 새로운 자각과 개발로 이어진다. 그러나 그가 실제로 국문 운의 본보기로 추천하는 작품은 지극히 소박한 형태에 지나지 않을 뿐더러, 최소한의 한자 말투의 조어造語조차도 그가 생각했던 국시의 수준에는 미달되는 것이었다.

> 장검을 높이 들고 우주간에 배회하니
> 만고 흥망은 흉중에 역력하고
> 육대부주六大部洲는 안중에 회회恢恢하다.
> 아마도 장부의 득의추得意秋는 이때인듯[9]

> 제몸은 사랑컨만 나라 사랑 왜 못하노
> 국가 강토 업서지면 몸둘 곳이 어디메뇨
> 찰아리 몸은 죽더래도 이 나라는[10]

이 작품에서도 알 수 있지만, 단재의 국시 이론은 어디까지나 이념 과잉의 상태에 머물고만 느낌이 없지 않다. 작품이 채택하고 있는 시어

----
9) 단재가 국시 작품의 본보기로 제시한 「장부가」의 전문.
10) 역시 단재가 국시의 본보기로 제시한 「애국음(吟)」의 전문.

의 방식이라든가, 고시조를 연상케 하는 한문 표현 등은 낡은 진부한 옛 모습을 아직도 그대로 부여잡고 있는 듯한 당착을 드러낸다.

이것은 단재가 표현 방법에 관한 고민보다, 표현 내용에 대하여 과도한 강박 심리에 스스로 얽매어 있었음을 반증해준다. 단재는 시 형식의 실질적 혁신에 대해서는 이처럼 여전히 소박한 견해를 보이는 것이다. 우리는 이것을 단재의 문학 작품에 대한 객관적 인식의 결여로 지적할 수밖에 없다. 단재의 국시론은 작품의 형식보다 주제 의식에 더 큰 비중을 두고 있던 것이다.

그러므로 고려조 몽고 병란이 일어났을 때의 저항시인이었던 임춘林椿의 문장[1]에 나타난 충렬과 의분의 정신을 추켜세우면서, 진정한 국시의 내용은 '국혼을 규叫하며 민기民氣를 고鼓하는' 것이어야 한다는 인식의 형태로 고정되는 것이다.

최초의 국시

국시론에서의 단재의 논지는 대략 다음의 세 가지로 요약된다.

첫째, 최초의 국시 논의에 있어서 세속에서의 일반적인 보편론은 옳지 않다는 것

둘째, 승려 요의了義의 「진언시眞言詩」는 국시가 아니라는 것

셋째, 이렇게 판단해볼 때 최초의 국시로서 최영과 정몽주의 「단심가丹心歌」를 들 수 있다는 것

그런데 첫 번째의 보편론 부정은 고대 시가 중에서 당시 최초의 것으로 알려져 있던 「황조가」 「여수장우중문시與隋將于仲文詩」 등의 표현양식이 한시이기 때문에, 근본적으로 국시의 범주에 들 수 없다는 것이다.

아국인我國人다려 문왈問曰 아국시我國詩가 하시何時에 시始하엿나뇨 하
면 혹왈或曰 유리왕의 황조시黃鳥歌가 시始라 하나 시是는 개皆 한시오 국시
가 아니라 오백년래 문학가 안상案上에 단지 한시만 퇴적하야·········12)

　이때는 진나라 최표崔豹가 쓴 「고금주古今柱」에 실려 있는 고조선의
노래 「공무도하가公無渡河歌」가 아직 확인되기 이전의 일이었을 뿐만 아
니라, 단재의 시관이 오로지 주제 의식의 민족 주체적인 밀도를 관념적
으로 검증하는 방법에 의하여 최초의 국시를 결정하는 것이었음을 짐
작할 수 있다. 즉, 국가와 민족에의 관심을 얼마나 농밀하게 표현하고
있느냐에 따라서 국시와 국시 아닌 것을 판별하고 있는 평가 방법이 당
시 민족사학에 깊은 탐구열을 보이고 있던 단재로서는 극히 당연한 태
도였을지 모른다.
　그러나 문학 작품 속에 깃들어 있는 복합성, 다양한 가치의 요인을
객관적으로 분석해야 할 문학 이론가의 전문인적인 입장으로서는 경직
된 자세가 아닌가 한다. 문학의 영역을 고정 관념의 세계로 한정해서
작품의 공간을 소폭화小幅化시키고 있는 점이 그대로 노출되고 있는 것
이다.
　단재의 생각으로 볼 때 「황조가」는 '아동의 한시 비조鼻祖'로서만 가
능하며, 그 감정 표현에 있어서도 오직 부부간의 애정적 결손감을 서술

----
11) 이 작품은 〈대한매일신보〉 제970호(1908.12.5)에 「애국조(愛國調)」란 제목으로 수록되어 있다. 나라는 크고
작든 백성에게 달려 있고, 시대는 이롭든 불리하든 인재에게 좌우되는 것이다. 진실로 백성의 마음을 용기로써 북
돋울 수 있고, 인재를 키우는 데 법도가 있다면 강적을 어찌 두려워하겠는가. 한무제, 수양제, 쿠빌라이 따위가 무
엇이 두렵겠는가.(國無大小係于民 時無利鈍係于才 苟能導民以勇養 才有法何畏乎 强敵何畏乎 劉徹楊廣忽必烈)
12) 〈대한매일신보〉 제1238호(1909.11.11).

하고 있기 때문에 더 이상 작품 가치를 논할 일고의 여지가 없다고 한다. 또한 을지문덕의 「오언시」도 전쟁터에서의 한가하고 우아한 멋스러움이 수긍되긴 하지만, 어디까지나 전문 시인의 시가 아니기 때문에 풍영風詠의 한시들을 모두 둘러보아도 진정한 국수주의적 의식을 갖춘 한시는 없고, 다만 남이南飴장군의 시 한 편만 손꼽을 따름이라고 한다.

다음으로 승려 요의了義의 국문창제론도 잘못된 학설이라 비판하며, 이는 요의의 「진언시」가 오직 산스크릿말梵語의 음역에 불과하다는 것이다. 그리하여 단재는 최초의 국시로서 고려말 최영과 정몽주의 시가에서만 진정으로 강개한 감정을 느낄 수 있다고 하였다.

> 호두장군虎頭將軍 최영崔瑩씨가 누차 지나 일본등 외구를 진퇴하고 기
> 其 백전백승의 여위餘威를 석席하야…(중략)…일우인一友人이 장군의 시를
> 녹송錄送하엿난대 기시其詩가 격렬하고 기의其意가 웅혼하야 족히 장군의
> 인격을 상상할너라[13)]

단재의 작품 평가 방법은 대체로 어語, 조調, 의意등에 한정되어 있는 듯하다. 최초의 국시를 규정하는 기준도 결국은 어, 조, 의에 나타난 지사적 사상성에 그 바탕을 두고 있는 것이다. 이러한 단재의 태도는 물론 당대의 시대적 난국 타개와 민족 공동체 해방의 이념이라는 관념적 가두리를 미리 설정해 놓고 모든 활동 영역, 이를테면 문학까지도 그 속으로 수렴해 가는 과정을 보인다.

여기에서 우리는 단재가 주장하는 국시 이론의 몇 가지 문제점을

----
13) 〈대한매일신보〉 제1237호(1909.11.9).

지적할 수 있다.

첫째는 「단심가」가 과연 최초의 국시로 성립될 수 있는가 라는 점이다. 왜냐하면 고려말의 「단심가」란 것이 제작 당시부터 한역가漢譯歌로써 유지되어 오다가 국자 제정 이후에야 비로소 국어 표기로 정착된 것이니, 문학 작품의 한자 표기를 전적으로 거부하는 그의 국시론과 정면으로 위배되고 있다.

둘째는 국문학의 범주에 대한 객관적 인식의 결여를 보이는 점이다. 이러한 점은 한국인의 정서생활을 한국의 언어와 문자로써 표현한 것만이 국문학 작품이라 평가하는 과정에서, 우리나라의 한문학은 모조리 사대주의적 표현의 결집에 불과하다고 가볍게 규정해 버리는 점에서 나타난다. 그는 이 사대주의의 축출에 과도한 적극성을 보임으로써 우리나라 한문학에 대한 전면적이고 획일적인 부정에까지 이르고 있는데, 여기에서 우리는 민족 문학 이론을 인식하는 단재의 심리적 경직성을 엿보게 된다.

셋째는 국시 작품에 대한 평가에서 어語, 조調, 의意 세 가지를 다루고 있는데, 이를 시어의 선택, 음률특히 외형율의 감각, 주제의 감흥 등으로 해석할 수 있다면, 예술의 일반적 정서와 시의 형태면에 대해서는 거의 무관심에 가까울 정도의 냉담한 태도를 드러낸다.

넷째는 이러한 단재의 시관이 표현 주제의 획일화만을 은근히 강박하게 된다는 점이다. 시에서의 이미지 균제미, 형태에 관한 성찰을 보이지 않기 때문에 시의식의 소폭화를 초래하게 된 점도 없지 않았다. 이처럼 단재의 국시론은 후대의 민족시 이론으로 그 맥락을 잇닿아 발전해가지만, 그러나 이러한 성격의 편내용주의偏內容主義가 일제 말의 오도된 국민문학론과 같은 극단적 정신 파탄의 문학으로 악용 당하게 되었던 것도 일단 짚고 넘어가야 할 사실이다.

(2) 국시론의 민족 문학론적 성격

선결 과제로서의 시의 이해

국시를 발전시키는 가장 중요한 선결 과제로써 단재는 우선 시에 관한 새로운 상식을 일반 독자층에서도 가질 것을 촉구하고 있다. 대상으로서의 시를 파악하는 일은 국권 회복의 절대적 바탕이며, 이것은 시의 기본상식에 대한 올바른 이해에서만 가능하다는 것이다.

그러므로 사회 일반에서 시를 잘못 판단하게 되면, 국가의 존립에까지 우려할만한 영향을 미쳐서 국민의 생존 기반마저 그르치게 되는데, 대체로 이러한 현상중의 하나가 시는 아무 짝에도 쓸모가 없다는 시詩 무용론無用論이라 한다. 단재는 이러한 시 무용론을 통렬히 비판하면서, 이것의 원인으로 곧 시의 근본을 잘못 이해해 온 과정을 문제점으로 지적한다.

> 본조本朝이래로 과연 시학이 성盛하엿으며 시학이 성한 후에 과연 국치國恥가 빈래頻來하엿스니 자子가 시를 구씀함이 역의亦宜로다만은 단但 자子가 시의 하물何物 됨을 부지不知하고 시를 망론妄論 하난도다.[14]

시를 아예 폐지해 버리자는 주장을 하는 사람들의 견해로는 임병

양란壬丙兩亂의 모진 참화를 겪는 동안, 시라고 하는 것이 오직 군신들의 피눈물과 한만 남기게 하였으므로, 시의 공功을 논하기는커녕 차라리 처음부터 없었던 것보다도 못하다는 것이다. 시의 근본되는 성질과 기능도 모르고서 이처럼 함부로 시를 왈가왈부 용훼하는 세태를 비판하면서, 단재는 시학 이해의 갈래를 여러 가지로 분류하여 언급하고 있다.[15]

　　대범大凡 시란 자嗟난 즉차卽此 환호, 분규, 처량쇄읍灑泣, 신음광체狂諦등의 정태情態로 결성한 문언文言이니……[16]

이와 같이 단재의 시정의는 인간의 감정 분화에 강한 초점을 두고 있다. 감정의 정태적靜態的인 분화와 역동적인 분화의 모든 현상이 시로 구조화될 수 있다는 가능성을 내포한 말이다.

시의 기능을 설명하는 단재의 입장은 인간의 개인적 감정이 국가적 현상에 보다 직접적인 영향을 미친다는 점을 강조하고 있다. 개인감정의 풍요로움은 시의 양적 질적인 풍요를 가져오게 하는 요인이 되고, 시의 이러한 풍요는 결과적으로 민족 국가의 풍요로움에 까지 이른다는 논리이다.

----

14) 〈대한매일신보〉 제1247호(1909.11.23).
15) 단재의 시학 분류는 일정한 체계로 구분되어진 것이 아니라, 「천희당시화」의 전편을 통하여 부분적, 단편적으로 언급하고 있을 따름이다. 산만하게 흩어져 있는 언급들을 종합해서 다시 나누어보면　　대체로 다음의 여섯 항으로 구분되어진다. (1)시의 정의 (2)시의 기능 (3)시의 목적(시의 방법적 성격 포함) (4)시의 위치 (5)시의 능력 (6)시의 공용(功用) 등이 그것이다. 먼저 시의 정의에 관한 설명을 살펴보면 인간의 환희, 분노, 애원, 고통 등을 시가 아니고서 어떻게 표현할 수가 있을 것인가라는 감정 표현 매체의 절대적 구조로서 시를 정의한다.
16) 〈대한매일신보〉 제1247호(1909.11.23).

시가 성성盛하면 국國도 성하며, 시가 쇠衰하면, 국도 역쇠亦衰하며, 시가 존存하면 국도 역존亦存하며, 시가 망하면 국도 역망亦亡한다 하노라.[17]

시의 성쇠존망盛衰存亡이 곧 국가의 현실에 직접적인 변화 요인이 된다는 시와 국가의 함수 관계를 나타낸다. 단재의 시관은 이와 같이 공리적인 기능을 예술적인 성격보다 더욱 강조하고 있다.

시의 목적에 관한 정리에서 단재는 대개 두 가지로 나누고 있는데, 여기에서는 방법론으로 연결되는 것이 포함되어 있다.

시가는 인人의 감정을 도융陶融함으로 목적하나니 의호宜乎 국자國字를 다용多用하고 국어로 성구成句하야 부인유아婦人幼兒도 일독一讀에 개효皆曉 하도록 주의하여야 국민지식 보급에 효력이 내유乃有할지어날······[18]

시가의 목적이 먼저 인간의 감정을 갈고 닦는 일과 국민 교육의 기능을 담당하는데 있는 것임을 깨닫고 있다. 이의 실천을 위한 구체적 방법의 하나로써 시인들이 그 누구보다도 국어와 국문을 즐겨 채택하여 쓰고, 아울러 부인과 어린이들까지도 이해할 수 있는 문학적 표현에 노력해야 한다는 것이다. 또한 단재는 일부 지각없는 사람들이 주장해 온 시 무용론과 시 폐지론을 반박하면서, '시를 없애자는 것은 국민의 목구멍을 없애고 뇌腦를 깨뜨리는 만행蠻行'이라고까지 하였다.[19]

이러한 견해는 시의 능력에 관한 설명에서도 나타나는 바, 시는 곧 '인정의 감발感發에 불가사의한 능력'이 있다는 것이다.[20] 그러므로 시

----
17) 〈대한매일신보〉 앞의 날자와 같음.

의 공리적 측면에서도 시가 능히 '세계를 도주陶鑄해내는 능력'을 가졌으며, 시가 지니고 있는 자체의 속성인 '인심의 개이改移' 능력에 종교의 포교 방법마저도 의존하고 있다고 말한다.[21]

앞에서 살펴본 단재의 시관을 통해서 우리는 그의 시학 인식이 지극히 시대 현실의 대상적 측면에만 계박되어 있는 이해 과정에 놓여 있다는 점을 알게 되었다. 그러나 그가 시 이해의 대중화 작업을 추구하려 했던 노력은 또 다른 측면에서 매우 뜻 깊은 일이라 하겠다.

다음으로 단재의 시관은 지나칠 정도로 감정 위주의 시, 그것의 특징이 설령 정적이거나 혹은 동적이라 하더라도 오직 주정주의적 시에만 기호의 편향을 두고 있다는 점이다. 개인과 국가와의 불가분성을 주장해온 단재의 민족 이론은 자신의 문학론마저 경직된 모습으로 만든 느낌이 없지 않다. 일제강점기에 있어서 민족 집단의 활력을 일깨우고 공동체 의식을 환기시키기 위하여 마땅히 필요했던 의식을 함축하고 있긴 하지만, 시의 미적인 감각 형태 구조 등을 비롯한 예술성의 인식에는 너무도 소홀히 생각하고 있음을 지적할 수 있다.

그럼에도 불구하고 시의 위치를 설정하는 단재의 인식이 상당히 현대적 의의를 지니는 것은 민중의 상위성上位性과 민족의 주체성에 대한 일깨움 때문일 것이다. 실제로 그의 작품은 고통에 처한 민생을 되살리는 시로써의 성격을 철저히 보여주고 있다. 작품의 구체적 감동을 직접 체험하기 위해서 독자들이 먼저 시의 기초 상식을 학습해야 한다는 생

----
18) 〈대한매일신보〉 제1242호(1909.11.16)
19) '시를 폐(廢)코자하면 시(문)는 국민의 후(喉)를 폐(廢)하며 뇌(腦)를 파(破)함이니 차(此)-----엇지 가(可)하며' (〈대한매일신보〉 제1247호)
20) 〈대한매일신보〉 제1248호 참조.
21) 〈대한매일신보〉 제1257호(1909.12.4)

각과, 시의 기본도 잘 알지 못하면서 시의 효용성을 왈가왈부하는 경거
망동을 스스로 경계해야 한다는 점을 일반 대중에게 두루 알려 깨우치
고자 했던 활동은 놀라운 것이다.

단재의 시화를 고전적 시화 양식인 「동인시화東人詩話」, 「성수시화惺
搜詩話」등의 표현 양식과 비교할 때, 일반적 시담詩談을 포함하는 점과
시화라는 용어를 쓰는 점에서는 서로 상통한다 할 것이다.

그러나 무엇보다도 시의 정의를 설명하는 과정에서 그것의 현대적
성격과 가치가 두드러진다는 의의만으로도 우리는 「천희당시화」를 애
국계몽기 민족 문학론 특유의 자아 확충적이고 자강적인 시론으로 별
도의 가치를 부여하지 않을 수 없다.

시인의 지위 회복

독자들에게 시의 이해를 촉구하는 다른 한편으로 참신성을 띤 단재
의 문학적 견해는, 사람들이 시인의 위치를 터무니없이 낮추어보는 세
태에 관한 그의 비판이다. 흔히들 시인은 옛적부터 음풍농월吟風弄月에
만 전념하여 민생의 풍속과 교화라든지, 정치교육 등에 도무지 무관한
존재라 하여, 시인의 쓸모없음을 논하기조차 하였는데, 이것이 오해이
자 망발이라는 것이다.

그러면서 단재는 시와 국가 간의 현실적 상관성이 극히 밀접하므
로, 한 나라의 대시인은 곧 영웅이면서 위인이요, 동시에 역사적인 인
물일 수밖에 없다는 점을 강조한다. 그리하여 시인의 날카로운 붓끝은
능히 세계를 변혁시킬 능력을 갖추고 있으므로 '변사辯士의 혀, 협사俠

----
22) 〈대한매일신보〉 제1257호(1909.12.4)

士의 칼, 정객政客의 수완'과도 동일하게 비견할 수 있는 것이라 한다.

> 자래自來 태동인泰東人은 시인의 지위를 저간低看하야 시是가 풍화風化
> 에 무관하며 정교政敎에 무관하고 단지 황엽촌석黃葉村席 문중門中에서 충
> 명와규蟲鳴蛙叫하난 일개一個 세외기물世外棄物로 지知하니 오호라 차此난
> 오해의 대오해大誤解로다.[22]

시인의 지위를 낮추어 평가하는 세태를 비판함으로써 시의 공리주
의적 효용성을 더욱 강조하고 있다. 시가 인간의 마음을 고치고 변화시
킬 수 있는 능력이 신라의 향가, 중국 육조六朝때의 달마達磨의 게구偈
句, 성경 구약의 시편 등에서 확실하게 작용하고 있음을 지적한다.

단재가 의도하는 시인의 지위에 관한 문제는 혼란한 시대에 있어서
의 시인의 사회적 역할이 보다 중시된다는 자각에서 기인한 듯하다. 명
망 높은 종교가의 전교傳敎 사업도 우선 시가의 방법에 절대적으로 의
존하고 있음을 지적하면서 무엇보다도 시인의 사회적 지위가 향상되어
야 함을 강조하고 있다. 시인은 세속의 풍속과 교화에 그 어떤 신분보
다 가장 긴밀한 역할을 담당해야 하므로, 시인의 사회적 사명은 매우
중대한 것이라고 말한다.

그러나 시인의 지위 향상은 누가 누구에게 부여해주는 타율적인 것
이 아니라, 시인 스스로가 능동적으로 이러한 자질을 향상시켜 나가야
한다는 의미로 다시 되새겨 읽을 수 있다. 단재가 시인의 지위 회복을
역설하고 있는 대상은 당시 좌절과 허무주의, 혹은 자기도취와 무자각
속에 빠져있던 시인들이었고, 「천희당시화」는 그들의 맹렬한 각성을

촉구하는 일종의 웅변적 성격으로 보아야 할 것이다.

시와 국가와의 상관 관계

시와 국가와의 불가분적 성격에 대해서는 이미 앞장에서 설명한 바 있거니와, 우리는 이러한 단재가 주장을 적극적으로 나타나게 된 근거가 어디에 있는지를 다시 검토해 보아야 할 것이다. 모든 국가의 정치적 현상과 국민성이 그 나라의 시에 달려 있다고 하는데, 이는 곧 시가 나라의 대표적 문학 양식이라는 생각 때문이다.[23]

> 그 시詩가 무열武烈하면 전국이 무열할지며, 그 시詩가 음탕淫蕩하면 전국이 음탕할지며, 그 시가 웅건하면 전국이 웅건할지며 그 시가 유약柔弱하면 전국이 유약할지며 기타 용한창광勇悍猖狂 맹분직열猛奮織劣 혹선혹악或善或惡 혹미추或美醜가 무비시가無非詩歌의 지배력을 수愛하난 바인대 시사試思하라 아국의 유행하난 시가 과연 하여何如한 시이뇨[24]

이와 같이 시가 미치는 힘이 국가의 흥망에 얼마나 깊고 큰 영향을 주는가를 생각할 때 우리는 언제나 시의 현재의 모습을 우려하지 않을 수 없게 된다. 이 대목에서 단재는 지금까지의 국시의 주제가 거의 모두 세상을 한가롭게만 보는 이야기, 미치광이의 몸부림, 더럽고 음란한 것, 현실도피적이고 소극적인 태도를 표현한 것뿐이며, 한시 또한 이러한 말과 뜻에 지나지 않는 수준임을 개탄한다.

단재가 말하는 국시의 형태가 시조양식을 염두에 두고 있는 듯하다는 점은 이미 앞에서 말한 바 있지만, 고시조 작품들의 주제를 살펴볼 때 작자의 심정, 취지, 정감, 사용한 시어들에 있어서 대개 안타까운 문 약성文弱性 뿐이니 이것으로써 어떻게 '사회의 공덕公德을 도주陶鑄하 고, 군국민軍國民의 감정을 제조'할 것인지 의심스럽다는 것이다.

결국 이 나라의 문단은 오직 '비시非詩의 시'들만이 판을 치는 노예 적 문단으로 전락해 버렸다고 한다. 시 아닌 시들이 가득 차있는 문단 의 안타까운 현실을 극복하고 나약한 민심을 강무強武한 기풍으로 바꾸 어가기 위해서는 나라의 발전을 이루어 가기 위해서는 나라의 장래를 근심하고 염려하는 지사들이 먼저 주체가 되어 시의 발전을 이루어 가 야 한다고 말한다.

여기에서 우리는 문화의 질병 감염 상태를 우려하는 한 지사로서의 단재가 보여주는 민족주의적 안목과 자강론적 의지의 적극성을 엿보게 된다.

희噫라 외면外面으로 시가 아국我國이 막성莫盛하다 할지나 내용을 찰察하면 아국의 시가 망한지 기구已久라 할지라.

시가 망하얏거니 국민의 사상이 하유何由로 고상高尙하며 국민의 정 신이 하유何由로 결합하리오 고故로 아국 금일현상은 피등彼等 비시非詩 의 시詩로 차此를 치致하엿다함도 역가亦可하도다 절망切望하노니 금일 국가 전도前途에 유의하난 지사여 불가불 시도詩道를 진흥함에 유의할 지니라.[25]

'비시非詩의 시'를 진정한 국시의 범주에 포함시키지 않는 단재는,

---

23) 단재가 「천희당시화」에서 말하는 '국가'의 의미는 오늘날 흔히 사용되는 전체주의적 의미로서의 국가 개념 과는 다른 것이다. 단재의 용어에서 국가는 오직 민족 동질 집단으로서만 구성된 정체성(政體性)을 뜻하는 것 으로, 일제식민통치 체제에 대한 상대적인 주권국가로서의 순정한 의미를 지니는 것이다.
24) 〈대한매일신보〉 제1248호(1909.11.24)

그것의 이유로 모든 '비시'들이 민족의 강인한 정신을 소멸시킨 죄악을 지적한다. 고대(삼국 시대)에는 대부분의 지식인들이 강인한 품성이 살아 있는 국시와 향가를 즐겼지만, 이제는 그것이 '탕자음기蕩子淫妓'의 더러운 놀음으로 타락해 버렸다고 말한다.

여기서 단재가 굳이 국시와 향가를 구분해서 말하는 의도를 자세히 규명할 수는 없지만, 강인한 낭가사상郎家思想의 표현이 향가보다 상대적으로 두드러진다는 판단에서 국시라는 용어를 구태여 별도로 쓰고 있는 것이 아닌가 한다.

단재는 일제 침략과 애국계몽기라는 특수한 시대 상황에 이르러서 사회의 상류 지식 계층도 국시의 한 구절을 직접 짓지 못하고, 한 구절의 향가도 그 뜻을 풀어 음미하지 못하는 현상을 비판하면서 이를 시의 위축으로 규정한다. 또한 음란한 애정주의에 함몰된 시의 위기 현상이 국민의 정신을 위축시키고 패배주의로 이끌어가고 있지는 않은지 깊이 우려한다.[26] 시의 이러한 위축된 현실을 극복할 수 있는 시 정신의 본보기로 이퇴계李退溪, 윤고산尹孤山, 김유기金裕器의 시조를 본보기로 들고 있다.

단재가 의도했던 시의 발전은 시 정신이 점차 문약화되어 가는 현실에서, 국시가 원래 지니고 있었던 주제상에 있어서의 강무強武한 정신을 회복하는 방법이라 여겼던 듯하다.

----

25) 〈대한매일신보〉 제299호(1909.11.25)
26) '만일 상등사회(上等社會) 조수(調修)하난 사자(士子)이면 국시 일구(一句)를 능제(能製)치 못하며 향가 일절을 해음(解吟)치 못함으로 시가난 유유(愈愈)히 음미의 방(方)에 츄하고 인사(人士)는 유유히 유쾌(愉快)의 도가 절(絕)하니 국민위패(委敗)의 고(故)가 다단(多端)하나 차(此)도 또한 일단(一端)이 될진저'(〈대한매일신보〉 제1255호 참조)

(3) 국시 부흥론

모방적 창작 풍토의 지양

한 나라의 민족적 품성을 결정하는 가장 중요한 관건을 그 나라 시 문학의 형편으로 생각하는 단재의 견해는 이미 앞에서 검토해 본 바 있 다. 그가 내세우는 실천의 한 갈래로써 국시를 개량하자는 명분은 사실 상 민족정신을 자꾸만 쇠퇴시켜가는 모방적 소모적 한시 제작의 습관 때문이며, 이러한 시단 풍토의 위기를 극복하려는 의지의 표현이 국시 부흥론의 내용이다.

> 시詩란 자참난 국민언어의 정화精華라 고故로 강무한 국민은 그 시부터 강무하며 문약한 국민은 그 시부터 문약하나니 일국一國의 성쇠치란盛衰治 亂은 대저 그 국시國詩에서 가험可驗 할지오 우又 그 국國의 문약을 회回하 야 강무强武에 입入코자 할진대 불가불 그 문약한 국시부터 개량할지라[27]

우리나라의 시풍이 처음부터 문약하였다는 것이 아니고, 다만 한시 류의 관행적 습작 풍토로 말미암아 유약성이 심화되었다는 것이다.

대개의 한시들이 '동국어, 동국문, 동국음'에 의하지 아니하고, 오 직 '유미 음탕流靡 淫蕩'의 주제로 풍속의 부패를 초래하여 국민의 뇌수 를 썩게 하는 지경에 이르렀으니, 삼국 시대의 강인하고 튼튼한 시 정 신을 회복할 때만이 비로소 문약성은 극복될 수가 있다는 설명이다. 시 의 위기를 참으로 걱정스럽게 생각하는 문화인들의 가장 시급한 과제 가 종래의 국시를 대폭 개량함으로써 시단에 일대 혁명을 일으키는 활동이라고 한다.

단재는 이 사업의 실제적 선결 과제로써 민중들의 생활에 유익한 가치를 보태어 주는 시가 수집을 주장하는데, 이때의 유익한 가치라는 것이 민족의 전통적 현실 극복 의지가 살아있는 민요, 즉 구비 문학 작품을 일컬음은 물론이다.

바보 온달과 을지문덕의 「출군가出軍歌」, 신라인이 장군 운련韻蓮의 전사를 위로했다는 「양산가陽山歌」, 신라인들의 노동요인 「회소가會蘇歌」등에 나타나 있는 시 정신을 본보기로 들면서, 많은 자료를 소장하고 있는 소장가들이 자료 제공에 너무도 인색함을 아울러 책망하고 있다.

국시의 전통이 단절된 이후로 우수한 한시를 양산하게 되었지만, 대부분 민족 문화의 발전을 위해서 모두 쓸모없는 것이요, 다만 그 중에서도 남이와 최영의 한시 1편씩을 제외하고는 모조리 불 속에 처넣어도 아깝지 않은 것으로 판단하는 것이다. 이것은 이른바 한시 작품의 지나친 모방성에 대한 극도의 염기厭忌와 혐오감의 표현으로 보아야 할 것이다.

주제, 표기 방법, 율격 따위에 이르기까지 거의 맹목적인 모방 풍조는 마침내 사대주의의 병독을 불러일으키는 근원이 되고 말았음을 환기하면서, 우리나라에는 본래부터 엄연한 독립 개념으로서의 훌륭한 국시가 있었음에도 불구하고 볼썽사나운 아류亞流의 작태를 빚어내게 된 민족 주체성의 상실을 무엇보다도 가슴 아픈 것으로 생각한다.

일체의 한자 시, 모방 시들을 '비시의 시'로 규정하는 단재는 고대의 국시, 즉 향가가 지녔던 튼튼한 민족적 전통의 회복을 소망함으로써 국문학에 대한 민족주의적 자아각성을 이 땅의 문사들에게 준엄히 촉구하고 있는 것이다.

그는 또한 국자운國子韻을 내건 이른바 국문 7자시國文七字詩[28]의 한시 음수율을 본뜬 모방 행위와, 각급 교에서 일본 음절의 효과를 내고 있는 이른바 국문 11자가國文十一字歌의 어이없는 작태에 대하여 그것의 진정한 국시 전통 회복에 역행하는 반민족성, 반역사성을 호되게 비판한다.

단재의 이러한 주장은 내 것과 내 것이 아닌 것, 즉 '아我'의 시풍과 '비아非我'의 시풍의 대립에서 '아'의 약화로 말미암은 '비아'의 기회주의적 득세를 우려하는 역사 인식과 관련된다. 이 '비아'의 세력 확대가 민족 자주성을 말살하고, 풍속을 마비시키는 흉적임에 틀림없으므로 모든 지사들은 모름지기 반민족적 '비아'의 축출과 극복에 힘을 기울여야 한다는 것이다. 이것이 단재 시론의 이념이자 근본 바탕이라 하겠다.

동국 상무 정신東國尙武精神의 확립

한시가 지닌 주제의 문약성으로 말미암아 국운의 위기를 초래하게 된다는 단재의 지론은 민족자존의 기반이 상실되어가는 위기의 상황에서 삼국 시대의 강무했던 의지를 회복하여 민족이 당면한 난국을 극복하려는 것이었다. 이 땅에 한자 문화가 전래된 지 유구한 세월이 흘

----
27) 〈대한매일신보〉 제1238호(1909.11.11)
28) 〈제국신문〉에서 국자운 '날, 발, 갈' '닝, 징, 싱'을 걸어놓고 국문 7자시를 현상 공모하였는데, 단재는 이 7자시가 결코 새로운 국시의 형태가 될 수 없는 구체적인 이유를 들어, 나라마다 민족 고유의 율격과 음절이 있기 때문에 갑국(甲國)의 음절로 을국(乙國)의 음절을 표현해 낼 수 없다고 하였다. 한편 단재 자신이 어느 학교의 청탁으로 국문11자를 지어 주었던 과거의 실책을 거듭 후회하면서, 개제(改製)의 요청이 있으면 즉시 받아들이겠다고 다짐한다. 이때는 이미 국시율격에 대한 그의 자주성 인식이 뚜렷하게 확립되었던 시기로 판단된다.

렀지만, 한자 문화를 무조건 숭배하고 흠모하는 사대주의파들의 득세가 김부식金富植이 묘청妙淸의 혁명을 진압하고 난 뒤부터라고 그는 말한다.

단재는 묘청을 마지막 자주파自主派의 우두머리로 보고, 자주파 묘청의 포부가 사대파 김부식에 의해 단절된 사건을 '조선역사상 일천년래 제일대사건朝鮮歷史上 一千年來 第一大事件'이라고 규정한다.

사대파들의 득세는 이후로 오랜 세월동안 정치 무대의 전면을 독점하면서 민족의 자주 의식을 말살하고, 스스로를 모화慕華의 충노忠奴로 타락시켜 나갔으며, 고대의 상무적 정신의 전통마저 짓눌러 버렸다는 것이다. 나라의 운명이 일제의 침략을 당하여 금방 숨이 넘어가려 하는데도 이 땅의 문사들은 민족혼을 불러일으키는 국시가 아닌 무분별한 한시의 제작에만 몰두하였다. 이러한 그들의 시대착오적 망상은 시인의 사회적 역할과 시의 기능에 대한 일반의 불신 및 냉담을 초래하게 되었으며, 급기야는 노예적 문단 풍토에 길들여진 '비시非詩의 시'들만이 난무하게 되었다는 것이다.

이 모든 원인의 근본이 '동국 상무 정신'의 결핍에 있다고 단재는 말한다. 민족의 생존 기반이 절대적 위기에 봉착한 상황에서 상무 정신의 실천이란 곧 다름 아닌 고질화된 노예 문화 풍토와 그 체제에 저항하는 혁명가적 활동을 의미하는 것이다.

동학농민전쟁 때 널리 불린 민중의 노래 「파랑새요謠」를 분석해 볼 때 녹두 장군 전봉준(全琫準:1854~1895)이야말로 혁명가적 자질과 병략兵略까지도 아울러 겸비하였음을 알 수 있지만, 그러나 그가 변화하는 세계의 객관성을 꿰뚫어보지 못한 아쉬움은 여전히 허전함으로 남는다고 단재는 지적한다. 비록 그가 뜻을 달성하지는 못했지만, 옛 땅을 회복하려 하였던 최영도 혁명가적 큰 뜻을 갖고 있었으므로 그의 시가에도 만만찮은 호기로움이 깃들어 있다는 것이다.

'동국 상무 정신'을 문학 작품에서 발휘하는 첫 단계가 곧 외국어, 외국문(곧 중국어문)의 망령에서 신속히 벗어나 국어 국자를 위주로 하되 한자는 불가피한 경우에만 그 사용을 인정하는 작시 방법作詩方法이라고 하였다. 이러한 형식을 갖추어 '국혼을 규叫하고 민기民氣를 고鼓'하는 감정을 표현할 때에야 비로소 진정한 국시로서의 체격을 갖출 수 있는 것으로 보았다.

단재의 시화를 형성하고 있는 이념의 기반이 국권주의적인 민족 자강의 논리에 있었음을 이미 논급한 바 있지만, 그의 후기 평론에 이르러서는 문학과 민중(혹은 국가)의 불가분적 성격을 더욱 분명히 밝히고 있다.

> 예술주의의 문예라 하면 현 조선을 그리는 예술이 되어야 할 것이며 인도주의의 문예라 하면 조선을 구하는 인도人道가 되어야 할 것이니, 지금에 민중에 관계가 없이 다만 간접의 해를 끼치는 사회의 모든 운동을 소멸하는 문예는 우리가 취할 바가 아니다.[29]

단재의 자강주의적 문학 이론은 중국의 청조 말기 민족 초기 양계초(梁啓超:1873~1930)의 「신민설新民說」에 강한 영향을 받은 듯하다. '신민'은 왕조 시대의 '백성'의 개념과 대립되며, 단체적 결합에 의해서 진보적 신민을 성취할 수 있다는 것이다. 단재의 「천희당시화」에는 실제로 양계초의 「음빙실시화飮氷室詩話」를 읽고, 또한 「음빙실전집」을 읽은 감명이 깊이 반영되어 있는 듯하다.[30]

양계초의 문학관에서 개념이 불분명하게 전개되는 점, 사회적 교화 기능을 매우 중요하게 인식하고 있는 점이 그대로 단재의 문학관에 영향을 준 것이라 보는 견해도 있다.[31]

단재는 민족의 새로운 세력 균형을 이룩함으로써 모든 침략 세력들에 당당히 맞설 수 있고, 영속적인 민족자존을 도모할 수 있다고 보았는데, 여기에는 이른바 '비아' 세력에 투쟁하는 정신적인 힘의 필요성을 강조하였다.[32]

이 힘의 구체적이고 근원적인 모색이 고대의 상무적尙武的 혁명 정신으로 부각되는 것이다. 특히 전통 문학 작품 속에 나타난 힘의 잠재적 원형을 찾아 그것을 오늘의 문학에다 부활시키려는 의지적 표현의 몸부림은 우리나라 민족시 정신사의 형성기에 있어서 매우 값진 의미로 기록되어야 할 것이다.

시계 혁명詩界革命을 위한 방법과 기술의 개발

국시의 개혁과 발전을 위하여 단재가 제시하는 구체적 방안은 대체로 다음의 네 가지로 요약된다.[33]

----
29) 「낭객(浪客)의 신년만필(新年漫筆)」, 〈동아일보〉(1915.1.2)
30) 양계초, 「음빙실전집」권4, 타이뻬이:동광출판사, 1980, 33~57면.
31) 엽건곤, 「양계초와 구한말문학」, 법전출판사, 1980, 85~87면.
32) 단재의 자강적(自强的) 문학관은 1920년대 이후로 접어들면서 일정한 변모를 나타내 보인다. 그것은 자강 이론을 평면적으로만 생각하는 일단이 일제의 회유정책에 악용되어질 소지가 있었기 때문이다. 이를테면 순응적 민족자치론의 저급한 속성과 아무런 구별 없이 다루어질 위험이 내재하고 있었던 것이다. 이후로 단재는 아나키즘에의 탐구로 차츰 방향을 전환해간다.

첫째, 민요 속에 들어있는 완루阮陋를 개혁하자는 것이다. '완루성'이라고 하면 아마도 민요 표현에 있어서의 단순 유희성과 봉건성이라 하겠는데, 이는 삶을 비극적으로 인식하는 행위, 대상의 시적 형상화 작업에 진지성이 결여된 것, 감각의 고루한 표현 따위를 지적하는 것이라 하겠다.

단재가 「아리랑」 「영변가」 따위의 민요 작품들에서 국시 혁명의 가능성을 기대하고, 민요가 지니는 단점을 보완하는 방법으로 진정한 국시 발전을 모색한 것은 의미 있는 작업이 아닐 수 없다. 단재는 민중에 의하여 집단 가창되는 자연발생적 민요의 기능과 효과를 이미 깨닫고 있었던 것이다.

둘째, 국시의 발전을 위한 새로운 사상을 수입하자는 것이다. 세계 문학의 커다란 흐름을 의식하고, 선진적인 사상과 방법의 여러 유파들을 수용하여 이를 국시 발전의 보탬돌로 삼자는 것인데, 국시의 개혁 명분이 국권의 회복을 겨냥하고 있었음은 물론이다.

단재의 「천희당시화」가 발표된 것이 육당 최남선의 〈소년〉지 창간 이듬해의 일이니, 이때는 이용구(李容九:1868~1912)가 중심이 된 친일 매국 단체인 일진회의 악랄한 농간이 극에 달해 있던 시기로써, 신문학 여명기에 있어서의 서구 문예 사조의 수입을 이론적 근거를 바탕으로 정식 제기한 최초의 평론이 된다 하겠다. 이를 통해 보더라도 단재의 문학 인식은 우리가 가볍게 생각할 정도의 단순하고 평면적인 국수주

----
33) 〈대한매일신보〉 제1246호(1909.11.21) 참조. 단재가 국시개혁의 방법과 기술을 밝히게 되는 동기는 지방의 어느 무명인사가 자신의 한시를 스스로 자화자찬하는 어리석음을 보고서 그에게 올바른 국시 개념을 인식시켜 주는데서 시작된다. 가능하다면 단재 자신이 '동국시계 혁명' 의 중심인물이 되고자 한다는 뜻을 시화의 도처에서 나타내 보이고 있다.

의류는 아니었던 것이다.[34)]

셋째, 부녀자와 어린이가 함께 애송할 수 있는 민족시를 창작하자는 것이다. 새로운 국시는 마땅히 국어 국자를 그 바탕으로 해야 하는 것이므로, 이를 통하여 시의 대중화를 이룩하자는 뜻으로 해석할 수도 있겠다. 시가 종래에는 일부 지식인들의 전유물처럼 되어 있었으나, 국시의 실현 과정에 이르러서는 민중 전체가 함께 즐길 수 있는 보편적인 수단이 되어야겠다는 것이다. 진정한 국시가 곧 민중의 노래이어야 한다는 생각이 단재로 하여금 민요의 방법 개혁에 눈을 돌리게 했던 것으로 보인다.

넷째, 개량된 국시로써 전국의 풍속과 감정을 강건한 힘의 체계로 발전시켜 가자는 것이다. 시의 형편이 그 나라의 현실과 장래를 결정한다고 보는 단재의 시관을 단적으로 나타낸다. 시의 목적을 설명하는 단재의 견해를 분석할 때 시가 국민들의 정신을 일깨워 준다는 부분을 살펴본 바가 있거니와, 민중 교화의 한 실천 방법으로서 시가의 성격을 떠올리는 것이다.

이와 같은 방법을 통하여 이른바 '동국 시계 혁명'을 이룩함으로써 단재는 그 자신이 국시 혁명의 창시자가 되려 했다고 밝힌다.

「단재 신채호 전집」에 실려 있는 그의 시 작품은 국문시가 11편, 한시 15편 등 도합 26편이다.[35)]

그는 국시부흥론을 주장하고 있지만, 여전히 그 자신은 한시 제작의 습관에 익숙해져 있었고, 국어 국자로 된 시 작품은 틈틈이 국시론

----

34) 실제로 단재가 북경 망명시절 서양의 철학, 사학, 문학 등의 원서를 광범하게 읽는 일에 몰두하고 있던 모습을 우리는 이광수, 정인보, 홍명희, 이윤재, 심훈 등이 쓴 단재에 관한 추억담 속에서 접할 수 있다.

을 스스로 의식하고 쓴 것으로 보인다. 국문시 형태의 작품은 「1월 28일」「새벽의 별」「매암의 노래」「한나라 생각」등 11편이다.

　　이 가운데 국시로서의 자질을 가장 훌륭히 내포하고 있는 작품은 아마도 「너의 것」이 아닌가 한다.

　　　　　너의 눈은 해가 되어

　　　　　여기 저기 비치우고지고

　　　　　님나라 밝아지게

　　　　　너의 피는 꽃이 되어

　　　　　여기 저기 피고지고

　　　　　님 나라 고와지게

　　　　　너의 숨은 바람 되어

　　　　　여기 저기 불고지고

　　　　　님 나라 깨끗하게

　　　　　너의 말은 불이 되어

　　　　　여기 저기 타고지고

　　　　　님 나라 더워지게

----
35) 단재가 남기고 있는 시작품 26편의 목록은 다음과 같다.
(1) 국시　가.자유시 「1월 28일」「새벽의 별」「매암의 노래」「한나라 생각」
　　　　　나.정형시 「너의 것」「철퇴가」
　　　　　다.시조 「61계단(階段)의 회고」「현량사 불상을 보고」「금강산」「고려영」
(2)한시 「고원」「계해시월초이일」「가형기일」「夢김연성」「무제」「구력세제봉우술회」(이 작품은 〈대한매일신보〉
　　　　1312호(1910.2.13)에 실려 있다.)「백두산 도중」「추야술회」「증별 기당 안태국」「독사(讀史)」「북경우음」
　　　　「영오」「서분」「술회1」「술회2」「증 기생 연옥」
이 밖에도 단재의 시 작품은 앞으로 상당한 분량이 추가 발굴될 가능성이 있다.

살이 썩어 흙이 되고

뼈는 굳어 돌 되어라

님 나라 보태지게[36)]

　　이 시는 「천희당시화」보다는 훨씬 후대의 것으로, 단재의 천진天津
시절에 쓴 작품이다. 필자의 판단으로 볼 때 이 작품이야말로 단재가
의도하는 바의 국시, 즉 민족시의 표본이 아닌가 한다[37)]

　　시 「한나라 생각」에 나타나 있는 강건한 감수성과 현실 극복의 정신
도 앞의 작품에 뒤지지 않는다.

나는 네 사랑

너는 내 사랑

두 사랑 사이 칼로써 베면

고우나 고운 핏덩이가

줄줄줄 흘러내려 오리니

한 주먹 덥썩 그 피를 쥐어

한 나라 땅에 고루 뿌리리

떨어지는 곳마다 꽃이 피어서

봄맞이 하리[38)]

----
36) 「너의 것」의 전문.
37) 임중빈씨는 이 작품을 '민중혁명시'로 부르나, 필자는 '국시'라는 단재 자신의 용어를 존중하면서 민족시의
한 전형으로 부르고자 한다. 단재는 「천희당시화」에서 정몽주의 「단심가」를 민족 최초의 국시로 손꼽고 있으나,
그의 국시 이론에서 제기된 여러 가지 조건과 이념이 가장 뚜렷하게 실현된 작품은 역시 자신의 시작품이었고, 그
가운데서도 이 「한나라 생각」이라 여겨진다.
38) 「한나라 생각」의 전문.

단재의 시 작품 중에는 연작형으로 된 것이 많다. 이것은 그가 시 창작에 임하는 과정에서 항상 느끼고 있던 일종의 주제의식의 과잉 때문이 아닌가 한다. 이런 계열의 시작품으로 「1월 28일」은 3연 연작, 「새벽의 별」은 5연 연작, 「매암의 노래」는 6연 연작, 「61일 계단의 회고」는 6연 연작 형태이다.

이중에서 '미완성 유고'라는 편집자의 보충 설명이 붙어 있는 시 「1월 28일」은 웅혼하고 호방한 시정신과, 조국을 떠나 바람처럼 흘러 떠도는 유랑 망명객의 안타까움이 잘 그려져 있다. 작품의 전문은 다음과 같다.

밤새도록 빨간 등불

밤새도록 우르릉 하는 바람

밤새도록 출렁 출렁하는 마음 물결

바람을 맞아 꺼질 듯 말 듯한 등불

바람을 따라 오르락 내리락 하는 마음 물결

바람을 따라 가볼까

요동遼東의 먼지로 쓸려

발해渤海의 물결로 밀려

바람을 따라 가볼까

나야 바람뿐이랴

바람보다 더 빨리 더 멀리가

하늘에 가 별도 따고 해도 잡아오려 한다마는

네가 쫓아오지 못하니 나도 가지 못한다

열 해를 갈고 나니

칼날은 푸르다마는

쓸 곳을 모르겠다

춥다 한들 봄 추위니

그 추위 며칠이랴

자지 않고 생각하면

긴 밤만 더 기니라

푸른 날이 쓸 데 없으니

칼아 나는 너를 위하여 우노라³⁹⁾

　　이상의 인용 시들이 우리에게 알려주는 것은 단재 신채호의 초지일
관하는 부동不動의 역사주의적 신념이다. 그의 작품은 분량적 측면으로
볼 때 그다지 많은 정도는 아니지만, 강무强武한 시 정신의 뜨거움을 단
순하고 평면적인 짐작으로 헤아리기란 거의 불가능하다. 그가 이러한
시 정신에 도달한 사실만으로도 국시 혁명의 창시자라는 이름이 결코
부족하지 않다.

　　이처럼 단재의 「천희당시화」에서 가장 핵심을 이루고 있는 부분은
국시를 개량하고 발전시켜 가자는 국시부흥론에 관한 것이었으며, 이
개혁론은 우리나라 근대 문학 전반기를 통하여 전개된 가장 동적이고
적극적인 의지가 담긴 최초의 민족시 부흥 운동이었다 할 것이다.

----
39) 「1월 28일」의 전문. 이 작품의 제목다음에는 "이 날 밤에 태풍이 일다"라는 작은 구절이 있어서, 창작과정에
있어서의 심리 상태를 암시해 준다.

3. '아我'의 역사 의식과 주체성 복원을 위한 긴장

앞의 고찰을 통하여 우리는 단재 신채호의 「천희당시화」가 한국의 근대 문학 초기에 발표된 오직 하나 뿐인 자강적 시화임을 알게 되었다. 이 확인 과정을 통하여 1900년대 후반 한국 민족문학사에서 일제 침략기라는 허전한 공간 속에다 하나의 강건한 민족 시론을 채워 넣을 수 있게 된 것은 매우 다행한 일이다.

단재 시학이 차지하는 문학적 가치의 비중은 무엇보다도 일제 강점기 식민지 조선 민중의 위축된 의식 내부에 강력한 복원력과 생기를 불어 넣음으로써 민족 자주 독립의 의지를 함양하고 계승시켜가는 일에 공헌하였다는 정신사적 의의로 귀납되어진다. 논의의 주요 내용을 정리하면 다음과 같다.

첫째로 「천희당시화」는 현존 유일의 단재 시론이며, 동시에 1900년대 후반 우리나라의 근대 문학 형성기에 발표된 최초의 자강적 국시 부흥론이다.

둘째로 「천희당시화」는 반민족적 '비아'에 대립하는 '아'의 시론으로써 민족 문학론의 초창기적 이념과 당위적 성격을 지닌다.

셋째로 「천희당시화」는 일제 강점기 무명 저항시 운동의 확산과 적극적 전개에 기폭 역할로서의 성격을 지닌다.

넷째로 단재가 한자의 잡용을 비판한 것은 당시 식민지 제도권 문단의 보편적 현상이었던 문학 행위의 주체적 자아 상실을 비판한 것이다.

다섯째로 「천희당시화」를 통하여 혁신적인 국시 개량론을 제시하고, 시학 이해의 보편화 작업과 시의 대중화에 주력함과 아울러 직접 여러 편의 국시를 창작함으로써 국시의 개념 정립과 창조적 발전적 개량에 상당한 성과를 거두었다.

그리고 여섯째로는 시인과 애국지사의 사회적 역할을 동일한 것으로 설파하고, 시인의 지위가 무엇보다도 향상되어야 함을 역설하였다.

일곱째로 단재의 국시 개념은 작품의 형식보다 의미의 내용을 더욱 중시하는 감정 우위의 개념이며, 국시의 첫 단계로 나타난 형태는 변형 시조의 체격이었다. 그러나 단재는 곧 변형 시조의 고정된 틀을 벗어나 자유시의 활달한 형태로 국시를 쓰기 시작하였다.

여덟째로 「천희당시화」는 국권주의적이고 자강주의적인 민족 주체성 옹호의 시론이다.

단재 신채호의 「천희당시화」를 경험한 우리나라 근대 저항시 정신사는 비전문 무명 시인들의 적극적인 현실 대응으로 확대 증폭되어 가는 양상을 뚜렷이 나타내 보이고 있다. 「천희당시화」가 발표된 이듬해에 나라의 주권은 완전히 일제의 손아귀로 넘어가고, 우리나라 민족시 정신사의 활동 공간은 일단 망명 정부를 중심으로 하는 해외 지역과 식민지 억압 상황 중의 제도권 체제 내부로 이원화되는 모습으로 전개되어 갔다.

이상화

경상도 선비의 꼿꼿한 민족저항시

4월 하순!

온 천하의 산들이 핏빛 진달래로 뒤덮여 가고 있었다.

나는 대구의 젊은 시인들과 함께 대구시 달성군 화원면 본리동에 있는 이상화(李相和 : 1901~1943) 시인의 묘소를 찾았다. 아지랑이는 아른거리고, 두 볼을 스쳐가는 훈풍도 정겨웁게 느껴지고, 깃털이 고운 산새는 여기저기서 지저귀고……

말 그대로 완연한 봄이었다.

젊은 문학인들은 모처럼 야외나들이를 나서는 기대와 설레임으로 표정도 한결 밝아 보였다. 사실 이날은 상화 선생의 돌아가신 기일忌日이었기 때문에 미리 예정했던 묘소 참배를 실천하는 날이었던 것이다.

한 지역을 대표하는 문인이 그곳에 있다는 사실은 얼마나 미더운 일인가?

상화 시인이야말로 대구 지역을 대표할 뿐만 아니라 이곳에서 문학활동을 하는 후배 문인들에게 늘 삶의 귀감이 될 수 있기 때문이다. 부산이라면 요산 김정한 선생을 먼저 떠올리게 되고, 강릉은 김동명 시인을 자연스럽게 떠올린다. 경주는 박목월 시인의 터전이요, 경북 영양은 조지훈의 마당이다. 경남 통영은 청마 유치환 시인을 먼저 떠올리게 되고, 충남 홍성은 만해 한용운의 터전이요, 대전은 시인 박용래, 춘천은 작가 김유정이 서둘러 생각난다. 군산은 채만식이요, 옥천은 정지용 시인이 아니던가?

충주의 신경림, 단양의 신동문, 서울의 토박이 시인 김수영, 전라도

청년 시절의 이상화 시인

고창의 서정주, 부안의 신석정, 옥구의 고은, 목포의 김지하, 평안도 곽산의 김소월, 정주의 백석, 함경도 경성의 김동환, 성진의 김기림, 경기도 개성의 김광균, 황해도 장연의 양주동 등등.

이렇게 하나 하나 헤아리다 보면 우리나라 삼천리 방방곡곡마다 문인의 고향이 아닌 곳이 없건마는 애달프다 그 고장마다 자기 지역의 문학예술인을 자랑스럽게 기리는 곳이 과연 몇몇이나 되던고?

대구는 북으로 팔공산과 남으로 비슬산을 끼고 분지 형국으로 발달한 신라 때부터의 고도古都이다. 일찍이 조선조부터 이 지역은 남명 조식 선생, 한훤당 김굉필 선생, 점필재 김종직 선생 등의 학풍과 퇴계 이황 선생의 학풍이 함께 혼합적으로 삶의 바탕이 되어 하나의 중추로써 이 지역 사람들의 삶의 의식 속에 자리 잡아 왔다.

근대사회로 접어들어서도 조국이 이민족의 통치를 받는 굴욕을 당하게 되자, 그것이 경제적 약체로 말미암아 빚어진 위기였음을 깨달은 이 지역 지식인들은 먼저 담배를 끊고, 국산품을 쓰고, 알뜰살뜰 근검절약하는 생활로 돈을 모아서 나라가 일본에게 진 국채國債를 갚으려는 운동을 전국적으로 펼쳐갔다.

해방 후에는 독재정권의 허구를 눈치 챈 이곳 청년 학생들이 전국에서 맨 먼저 반독재 항거의 기치를 높이 들었던 곳도 대구였다. 이런 대구에서 태어났거나 이곳을 무대로 자신의 문학적 포부를 펼쳐갔던 문학인들이 있었으니 그들은 바로 소설가 빙허 현진건, 장덕조, 백신애, 시인으로는 이상화, 백기만, 이육사, 이설주, 박목월, 이호우 등이다.

대구지역 사람들은 이분들 가운데서도 유달리 상화 시인에 대한 애착을 특별히 갖고 있으며, 마음속으로 깊은 흠모와 존경의 마음을 갖고 있다. 왜냐하면 상화 시인이야말로 대구에서 태어나 대구를 중심으로 활동하였으며, 고향을 떠나 있는 동안에도 항시 대구를 잊지 아니하는 자세로 자신의 문학을 이끌어 나갔기 때문이다.

상화의 문학에 나오는 고향은 모두 대구를 가리키면서 동시에 우리 국토의 전체성을 가리키는 것이라 할 수 있다. 불과 60편 가까운 시작품뿐이지만 그 작품세계의 내부에는 통렬한 어조로 내뿜는 조국에 대한 사랑이 있고, 제국주의 압제자에 대한 서슬 푸른 분노의 외침이 있으며, 나약하기 짝이 없는 우리들 자신의 유약성에 대한 안타까운 눈물이 스며 있다.

당장 떠올려 보더라도 「말세의 희탄」 「나의 침실로」 「가장 비통한 기욕祈慾」 「빈촌貧村의 밤」 「폭풍우를 기다리는 마음」 「구루마꾼」 「금강송가金剛頌歌」 「조선병朝鮮病」 「통곡」 「비갠 아침」 「빼앗긴 들에도 봄은 오는가」 「역천逆天」 「서러운 해조諧調」 등의 대표작들이 줄줄이 떠오른다. 그리 많지도 않은 작품 편수임에도 불구하고 어쩌면 이다지도 출중한 작품들을 많이도 써내었던 것일까? 그것은 아마도 이상화 시인의 정신적 자세와 그 견결성에 힘의 기초가 있었던 것이 아닌가 한다.

〈백조〉 동인 시절에 발표된 「나의 침실로」는 1920년대의 식민지 낭만주의 시작품의 한 특성을 전형적으로 반영하고 있는 작품으로 그 동안 학계에서 많은 논란의 대상이 되어 왔다. 이 작품의 한 대목은 대구 달성공원 안에 세워져 있는 상화 시비에도 새겨져 있다.

이 시비는 우리나라에서 가장 아름다운 시비 중의 하나가 아닌가 한다.

〈개벽〉지를 통해 발표된 초기의 대표시 중에서 「빼앗긴 들에도 봄은 오는가」는 상화의 시 정신을 총체적으로 대표하는 시작품이다.

지금은 남의 땅─빼앗긴 들에도 봄은 오는가?

나는 온몸에 햇살을 받고
푸른 하늘 푸른 들이 맞붙은 곳으로
가르마 같은 논길을 따라 꿈속을 가듯 걸어만 간다

입술을 다문 하늘아 들아
내 맘에는 나 혼자 온 것 같지를 않구나
네가 끌었느냐 누가 부르더냐 답답워라 말을 해다오

바람은 내 귀에 속삭이며
한 자욱도 섰지 마라 옷자락을 흔들고
종다리는 울타리너머 아씨같이 구름 뒤에서 반갑다 웃네

고맙게 잘 자란 보리밭아
간밤 자정이 넘어 내리던 고운 비로
너는 삼단 같은 머리를 감았구나 내 머리조차 가뿐하다
혼자라도 가쁘게 나가자
마른 논을 안고 도는 착한 도랑이
젖먹이 달래는 노래를 하고 저 혼자 어깨춤만 추고 가네

나비 제비야 깝치지 마라

맨드라미 들마꽃에도 인사를 해야지

아주까리 기름을 바른 이가 지심 매던 그들이라 다 보고 싶다

내 손에 호미를 쥐어 다오

살찐 젖가슴과 같은 부드러운 이 흙을

발목이 시도록 밟어도 보고 좋은 땀조차 흘리고 싶다

강가에 나온 아이와 같이

짬도 모르고 끝도 없이 닳는 내 혼아

무엇을 찾느냐 어데로 가느냐 우스웁다 답을 하려무나

나는 온몸에 풋내를 띠고

푸른 웃음 푸른 설움이 어우러진 사이로

다리를 절며 하루를 걷는다 아마도 봄신령이 지폈나 보다

그러나 지금은―들을 빼앗겨 봄조차 빼앗기겠네

―「빼앗긴 들에도 봄은 오는가」 전문

    사실 이 시로 말할 것 같으면 내 나이 십대 후반, 나의 몸과 마음이 안정을 얻지 못하고 마구 방황하던 시절에 너무도 애송하던 시작품이었다. 당시 나는 마땅히 안돈安頓할 곳이 없어 대구 수성못 부근의 상동이란 마을에 살고 있던 큰 누님 댁으로 들어가 잠시 기식하고 있었는

데, 때는 마침 가을이라 대구의 수성들판은 온통 누렇게 황금 들녘으로 무르익어 가고 있었다.

나는 틈날 때마다 상동 뒷길을 빠져서 농로를 따라 한참을 걸어 수성 못뚝 위에까지 오르곤 하였다. 논과 논 사이의 좁다란 길을 걸어가다 보면 상화의 시에 나오는 '마른 논을 안고 도는 착한 도랑'과 함께 나란히 길을 걸어가기도 했고, 맨드라미 들마꽃이 피어있는 밭두렁 부근에서는 나비와 제비가 그야말로 '깝치는 보채는' 듯이 어깨를 스쳐 날아다니기도 했다.

경상도 방언을 잘 모르는 시작품의 해설자들은 이 '깝치지 마라'라는 대목을 '까불지 마라'라는 전혀 얼토당토 하지 않은 해석을 붙여서 복잡한 난센스를 만들어 놓은 경우가 많았다. 상화의 시에는 그만큼 경상도 대구 지역의 토박이말이 제법 다양하게 구사되어 있는 것을 볼 수 있다.

사실 상화의 이 절창은 바로 대구의 수성 들판을 거닐며 씌어졌다는 이야기를 어느 선배로부터 들은 적이 있었다. 그래서 나는 이 기억을 내내 새롭게 되새기며 나도 장차 시인이 된다면 꼭 상화 선생 같은 시인이 되리라는 다짐을 수성 들판에서 굳게 품었던 것이다.

하지만 세월은 흘러 그 옛날 나의 소년시절에 거닐던 수성들판은 이제 흔적도 없이 사라지고 그 위에 세워진 번화한 도시에다 번쩍이는 술집과 호텔, 음식점의 네온 간판들만이 휘황하게 빛날 뿐, 옛 추억은 아련한 기억 속에 겨우 실낱같이 남아서 저 홀로 빛 바래져가고 있는 것이다. 당시 품었던 가슴속의 다짐은 여전히 살아 있건만 나는 상화 시인의 그림자라도 과연 뒤따르고 있는 것인지 부끄럽기 짝이 없다.

이 작품은 해방 후 우리나라 모든 청년 학생들이 교과서를 통해서 소년 시절에 배웠던 시작품이요, 북한의 문학사에서도 이 시작품을 탁월한 민족저항시로 높이 평가하고 있으니 비극적 분단체제 하에서도 이 작품만큼은 남북이 공통으로 함께 공감하는 민족문화 유산임에 틀림없다.

온갖 상념을 접고 다시 상화 시인의 묘소로 돌아와 보자.

대구의 나이 든 시인들도 상화 시인의 묘소가 어디에 있는지를 제대로 알고 있는 이는 드물다. 달성공원과 두류공원에 있는 시비와 문학비를 찾는 이는 더러 있으나 묘소를 찾는 이는 별로 없다는 이야기다.

언젠가 대구의 향토문학연구회에서 상화 묘소를 찾을 적에 함께 따라갔다가 그 고즈넉함에 매우 놀란 적이 있었다. 그러니까 대구에서 화원 논공 쪽으로 빠지는 도로 한 켠에 이름도 을씨년스러운 대구교도소가 있다. 이곳에서 다시 시내 방향으로 약 2킬로미터쯤 내려오면 상인동 로터리를 조금 못 가서 시립 희망원과 시립 정신병원 가는 길 입구를 만나게 되는데 이곳이 바로 상화 묘소로 가는 입구이다. 이 길을 따라서 조금만 걸어가면 언덕진 곳에 삼엄한 경계를 하고 있는 정신병원 정문이 나타난다.

그곳 좌측으로 자동차 한 대가 겨우 빠져나갈 수 있는 길이 있고, 그곳을 지나오면 왼편에 오래된 한옥 한 채가 보인다. 아마도 이곳은 월성 이씨 가족묘역을 관리하는 건물로 지어졌을 듯 여겨지나 지금은 퇴락하여 사는 사람이 따로 없는 듯이 보인다. 그곳 대문 앞에 자동차를 세워두고 미리 준비해온 약간의 주과酒果를 장만하여 앞에 보이는 길을 따라 야산을 오르게 되는데 이 길가에는 영세한 공해물질 배출공장들이 주변을 몹시 지저분하게 만들어서 눈살을 찌푸리게 만든다.

　야산의 언덕길을 따라 조금만 올라가면 울창한 송림 속에 한 채의 제각祭閣이 있고, 그 뒤로 월성 이씨 가족 묘역이 가지런하게 펼쳐져 있다. 맨 윗쪽부터 상화 시인의 부모님이 계시고, 그 다음으로 상화 시인의 형인 독립운동가 이상정 장군 부부의 묘소가 있고 그 다음으로 상화 시인 부부의 묘소가 있다. 바로 아랫쪽으로 아우이신 이상백 선생 부부, 또 그 아랫쪽으로 막내이신 수렵가 이상오 선생의 묘소가 있다. 살아 계실 적이나 영계靈界에 드신 후이나 모두 출중하기 그지없다.

　형과 아우의 묘소 앞에는 키보다 높은 비석이 우뚝하건만 시인의 묘소 앞에는 벗들이 세운 작은 돌비가 초라하기 그지없다.

　'시인 백아白啞 월성 이공 상화지묘'

　나는 차디찬 돌비를 어루만진다. 시인의 몸을 쓰다듬는 듯한 심정으로. 나는 묘소의 더부룩한 잡초와 아카시아를 꺾어 던진다. 시인의 옷에 묻은 검불을 집어내는 심정으로. 그리고 무덤 앞에 한잔 술을 부어놓고 온 정성을 다해 절을 올린다. 이 나라의 문학에 상화 시인의 드높은 문학정신이 길이길이 이어나가길 바라는 심정으로…… 함께 온 젊은 시인들도 마음을 모아서 절을 올리는 눈치다.

　우리는 묘소 위의 푸른 소나무 등걸에 기대어 상화 시인의 빼어난 시작품들을 돌아가며 낭송했다. 낭랑한 시 낭송은 봄바람을 타고 멀리멀리 퍼져 나갔다. 나는 상화 문학의 정신과 현재성, 그리고 우리들의 부족함에 대해서 다소 힘주어 이야기했다.

　상화 시인이 무덤 속에서 벌떡 일어나 앉으셔서 당신을 찾아온 우리들을 물끄러미 보고 계신 듯하다. 어딘지 모르게 수척하고 쓸쓸해 보

▌ 이상화 고택의 쓸쓸한 전경

이신다.

한 청년시인이 「빼앗긴 들에도 봄은 오는가」를 낭송하는데, '고맙게 잘 자란 보리밭아' 라는 대목에서 나는 그만 눈물이 왈칵 솟구치고 말았다.

정말 그렇구나!

우리나라는 모진 겨울을 이겨낸 보리밭의 푸르름처럼 온갖 환난과 고통을 다 이겨내고 이렇게 듬직한 광경으로 우리 앞에 놓여 있구나!

하나의 몸 떨리는 실존으로, 무한한 감격으로 이렇게 우리 앞에 놓여 있구나!

나는 젊은 후배들 앞에서 차마 눈물을 보일 수 없어 공연히 고개를 들고 하늘을 올려다보았다. 거기엔 젖은 구름 한 덩이가 빠른 속도로 바람에 밀려 어디론가로 떠나가고 있었다.

1. 머리말

한 문학인의 창작 활동은 대체로 그가 살았던 역사적 시간의 내용에 의해 제약받고 규정이 된다. 이러한 관점에서 볼 때 시인 이상화(李相和: 1901~1943)의 문학과 생애도 결코 예외가 될 수 없다. 이상화가 태어난 시기는 20세기의 개막과 궤軌를 같이 한다.

상화가 태어난 1901년은 일본 제국주의의 한반도 식민지화가 예정된 각본대로 빈틈없이 진행되어 가던 시기였다. 같은 해에 일본정부는 한국 연안에 무선전선 및 해저육상전선 가설의 특권을 얻는 한편 한반도와 중국 대륙에 대한 본격적 침략을 위한 발판으로 경부선 철도 건설의 기공식을 가졌다.

이상화가 태어나 살았던 전체 생애는 일제가 한반도를 그들의 식민지로 전락시키고 대륙침략을 위한 전진기지로서 활용해감으로써 우리 민족에게 있어서는 엄청난 붕괴와 고통의 시간이었다. 그러한 세월을 배경으로 이상화의 문학세계는 형성 전개되었다. 한국의 현대문학사에서 이제 이상화의 문학은 민족적 성격을 지닌 하나의 전형성典型性으로 확고한 자리를 차지하고 있다. 여기에 대해서 학계와 문단의 대다수 의

견은 묵시적으로 동의하고 있는 형편이다.

　하지만 아직도 일부에서는 이상화의 시작품이 기질적으로 낭만주의적 특성에 기초하고 있다는 명분으로 여전히 그의 시적 미학을 오직 서정시의 위상으로만 규정하면서 낭만주의적 세계관과 결부시키는 관행을 고집하고 있다. 또 비평가 유종호의 글에서는 이상화의 시작품을 1920년대의 만해나 소월의 작품과 단순 비교를 하면서 그들보다 상대적으로 저급하게 평가를 하는 위험한 시각을 드러내기도 한다.

> 만해나 소월시와 비교할 때 저자(백철:필자 주)가 주류라고 정의한 낭만주의나 퇴폐주의에서 거론한 박종화, 오상순, 황석우, 이상화, 홍노작, 박영희의 소작들은 거의가 문학 이전의 습작 수준이다. 이것은 많은 시간이 지나간 뒤에는 힘들이지 않고 얻어지는 뒷지혜라는 특권적 관점에서 하는 애기가 아니다.

　이 글은 백철白鐵의 조선신문학사조사를 비판하면서 1920년대 대표 시인을 만해 소월 두 사람만으로 제약하고 있다. 이러한 서술은 평자 자신의 왜곡된 관점을 드러낸 것일 뿐 아니라 문학사 연구의 객관성 확보를 위하여 무책임한 태도를 나타낸 것이다.

　또 한 가지 우려할 만한 사실은 이상화 시의 오독誤讀이 지닌 문제점이다. 이른바 〈전집〉이란 이름으로 그 동안 발간된 여러 권의 자료들이 교열校閱의 불성실을 드러냄으로써 이상화 시작품의 원형을 훼손시키는 일에 오히려 상당한 일조를 하고 있다. 이런 아이러니를 극복하기 위해서라도 제대로 된 정본定本 전집의 확정과 발간은 시급하다.

한국문학사에서 이상화 문학이 지니는 중요성에 비해서 볼 때 그 동안 출간된 문학사 연구 자료들은 텍스트에 대한 본격적인 연구가 대체로 소홀한 것이 사실이었다. 이런 여러 가지 주변적인 상념들을 정리해 볼 때 이상화 문학의 새로 읽기는 오늘의 우리들에게 매우 필요한 과제 중의 하나라 하겠다.

2. 연표年表와 더불어 다시 읽어보는 이상화의 시작품

(1) 문학적 개안開眼에 이르기까지의 예비과정

이상화는 소년 시절 백부가 세운 대구의 사설학습기관 '우현서루友弦書樓'에서 한문을 학습하였다. 14세 되던 해인 1915년 서울로 올라와 경성중앙학교(현재 중동고등학교)에 입학하게 된다. 1915년으로 말하자면 일제가 민족 동화정책에 악용할 의도를 지니고 한국사를 왜곡 날조하여 '조선사편찬'을 획책하던 해이다.

뿐만 아니라 일제가 한국인의 사립학교를 억제하기 위해 '사립학교규칙'을 혹독하게 뜯어고쳤던 해이기도 하다. 이 때문에 이른바 '조선교육령'이란 것을 만들어서 각급학교 규칙에 준하여 정할 것을 강요하였다. 이러한 학교의 분위기에 상화는 쉽게 적응하기 어려웠을 것으로 짐작된다.

이상화가 문학에 뜻을 갖기 시작한 것은 1918년경부터이다. 백기만白基萬, 아우 이상백李相佰 등과 습작동인지 〈거화炬火〉를 발간하였다고 하지만 그 자료는 현재 보존되어 있지 않다. 상화의 문학적 개안을 위하여 결정적 계기가 되었던 것은 그 해 7월부터 3개월 동안 강원도 등지를 떠돌아 다녔던 방랑경험으로 보인다. 여기에 대해서 다음 기록은 우리들에게 흥미를 끈다.

> 그 해 여름에 상화는 입은 옷 그대로 행장도 없고 아무에게 한 마디 말도 없이 슬몃이 방랑의 길을 떠났다.(…) 그가 없어진 후로 날이 가고 달이 지나도 그는 편지 한 장조차 없이 집안에서나 우인들의 궁금증이 짙어가기만 했다. 그 해 늦가을 어느 날 오후 사랑 문을 열고 지팡이를 짚고 들어오는 거러지가 있었다. 의복은 쩔어 빠진 여름옷을 입었고, 흐트러진 장발은 어깨를 덮었으며 얼굴은 마르고 타서 중병을 치르고 일어난 걸인이 틀림없었다.(…) 상화가 돌아온 것은 석 달 열흘이 지났고, 그는 금강산을 비롯하여 강원도 일대를 방랑하였으며 무인지경의 산중에서 끼니를 굶고 노숙한 적도 여러 번 있었다는 것이다.

당시 상화에게 있어서 방랑의 의미는 무엇이었을까? 진리를 찾아 떠나는 구도자적 심정이었을 것이다. 일생을 방랑으로 살았던 일본의 바쇼는 '방랑규칙'이란 것을 만들어서 삶의 덕목으로 실천했거니와, 17세의 조숙한 소년 상화는 이 방랑을 통하여 땅과 시간, 그리고 그곳에 깃들여 사는 인간에 대한 관점을 조금씩 깨닫게 된다. 그가 보았던 것은 식민지 체제하의 피폐한 농촌과 농민들의 참상이었다. 시인으로서의 문학 수업을 위하여 이보다 더 훌륭하고 직접적인 현장 체험이 어디에 있으랴.

일제는 경술국치와 동시에 착수한 한반도 전역의 토지조사 사업을 1918년에 이르러 드디어 완료하게 되었다. 이것은 식민지 체제의 고착화를 위한 작업의 하나였다. 상화는 이듬해 봄 전국적으로 펼쳐졌던 독립만세운동에 직접 참가하게 되었는데, 이 경험은 민족과 역사에 대한 자각과 신념을 일깨워 주게 되었다.

1922년 상화는 드디어 벗 현진건玄鎭健의 소개로 〈백조白潮〉 동인이 되었고, 첫 작품 '말세의 희탄嘆'을 창간호에 발표하였다. 하지만 이 작품은 상화의 속마음을 제대로 드러내지 못하고 단지 어둡고 우울한 분위기와 함께 비극적 세계관이 어렴풋한 실루엣처럼 나타나 있을 뿐이었다.

> 저녁의 피 묻은 동굴 속으로
> 아, 밑 없는 그 동굴 속으로
> 끝도 모르고
> 끝도 모르고
> 나는 꺼꾸러지련다
> 나는 파묻히련다
>
> – 시 「말세의 희탄」 부분

이 무렵에 상화는 향우 현진건을 비롯하여 나도향, 홍사용, 박종화 등 백조 동인들과 친교를 갖게 된다. 그 과정에서 당시 문단 친구들의 허무주의와 퇴폐주의적 경향에 상당한 영향을 받게 된다. 하지만 당시 유행처럼 확산되었던 데카당스라는 것은 그것이 지니는 관념성과 몰역사성 때문에 좌파로부터 비판의 표적이 되었다.

문학, 예술의 건강한 정신이 쇠잔하여, 예술 활동이 제 기능을 상실하고, 형식적으로도 막다른 경지에 이르러 이상한 감수성과 자극의 향락으로 나타나던 퇴폐적 경향이 바로 그 표적이었다. 이 데카당스는 사회 전반의 부패 현상에 대응하는 탐미주의나 악마주의의 형태가 되어 극단적인 전통 파괴, 배덕背德, 생에 대한 반역 등의 경향으로도 나타났다.

데카당스 현상이 반드시 부정적인 의미만 지닌 것은 아니었다. 그것은 이전시대 문화의 급속한 붕괴를 촉진하여 새로운 발전 능력을 낳는다는 긍정적인 의미도 있었다.

그러나 식민지 조선에서의 데카당스 현상은 어디까지나 그 표피적인 가치에만 몰두하고 탐닉하는 분위기로 일관되었다. 당시 이상화의 시에서 '저녁의 피묻은 동굴, 밑 없는 그 동굴' 이라는 표현형태로 나타나는 시적 문맥도 구체성이 결여된 채 관념적인 분위기로서만 전달이 된 것이었지만 우리는 거기서 상화의 시적 관점과 지향이 어떠한 곳으로 열려져 있었는지를 충분히 짐작할 수 있다. 단조單調(1922)도 동일한 맥락에서 설명될 수 있다.

'침울 몽롱한/ 캔버스 위에서 흐느끼다' 라는 대목과 '비 오는 밤/ 가라앉은 영혼이/ 죽은 듯 고요도 하여라' 란 대목이 바로 그것이다.

시 '나의 침실로(1923)' 는 몽롱성의 미학이라는 관점에서 볼 때 가장 정점을 이루고 있다. 이 시의 기본 화법은 '~오너라' 와 '~가자' 의 두 가지 중심축으로 강렬하게 집중되고 있는 듯이 보인다. 그때까지 정신의 분명한 안착지점을 발견하지 못한 이상화에게 있어서 꿈은 항시 마음대로 들어가 숨거나 휴식할 수 있는 편리한 공간이었다.

이 시를 줄곧 미세한 문맥 분석에 치우쳐서 해설한다면 그것은 난센스만 유발할 뿐이다. 전체적으로 느껴지는 갈망과 호소만 읽어내면 충분한 것이다. 이 시를 쓰던 무렵을 전후하여 상화는 일본 도쿄의 아테네 프랑세즈에 입학하였고, 그곳에서 관동대지진을 겪으며 한국인에 대한 무차별적 학살을 목격하게 된다.

그 후 이상화는 식민지 종주국의 반역사적 실체에 대한 인식과 깨달음을 가진 후 울분과 갈등에 찬 심정으로 귀국하였다. 비록 수년 뒤에 발표된 작품이긴 하지만 시 도쿄에서(문예운동 창간호, 1926)는 당시 시인의 정신적 지향을 뚜렷이 말해준다. 이 작품에는 '1922 추秋'라는 부제가 붙어 있다.

오늘이 다 되도록 일본의 서울을 헤매어도
나의 꿈은 문둥이 살 같은 조선의 땅을 밟고 돈다(…)

아 진흙과 짚풀로 얽맨 움 밑에서 부처같이 벙어리로 사는 신령아
우리의 앞엔 가느나마 한 가닥 길이 뵈느냐 없느냐 어둠뿐이냐?

(…) 조선의 하늘아
눈물도 땅속에 묻고 한숨의 구름만이 흐르는 네 얼굴이 보고 싶다

– 시 「도쿄에서」 부분

(2) 새로운 자각과 시정신의 수립

1925년 봄, 이상화는 파스큘라PASKYULA 주관의 문학 행사에 참여하였고, 이후 카프 발기인으로 가담하고 있다. 〈백조〉를 중심으로 한 퇴폐적 낭만주의는 '힘力의 예술'이라는 기치를 앞세우고 일본에서 귀국한 김기진金基鎭과 그에 동조하는 박영희朴英熙에 의해서 일대 전환을 맞게 된다. 〈백조〉 동인들 가운데 상당수가 좌파로 변신하였다.

일본에서 제국주의의 본질을 경험하고 돌아온 상화에게 있어서 1925년과 1926년 두 해는 숨 가쁜 격정의 시기였다. 시인은 우선 그동안의 지나치게 관념적이고 퇴폐적인 분위기에 젖어 있었던 자신의 문학적 방법과 태도에 대해서 깊이 반성하였다. 문학이 보다 진정한 문학이 되기 위해서는 시인이 살아가고 있는 동시대의 현실에 깊이 동참하고 정의의 편에 가담하는 것이라 확신하였다. 상화가 좌파 문학인 조직에 참여하게 된 것은 바로 이러한 이유 때문이었다.

상화의 개인사에 있어서 파스큘라와 카프의 가입은 매우 중요한 전환점을 이룬다. 문학에서의 민중의 발견, 민족주체성의 자각, 조국에 대한 인식의 심화, 자기세계에 대한 반성과 극복으로 나아가게 되었고, 이를 토대로 해서 시인으로서의 존재 의의를 스스로 깨닫는 계기가 되었다.

카프의 본격적인 활동은 조직의 제1차 방향전환이라 불리는 조직 개편과 함께 이루어진다. 제1차 방향전환은 지금까지를 자연발생적 단계로 규정하고 명확한 목적의식을 가지고 활동함으로써 작품행동에만 국한할 것이 아니라 전운동의 총기관이 지도하는 투쟁을 실현하기 위한 무기가 되지 않으면 안 된다고 강령으로 밝히는 것이었다. 정치투쟁을 위한 투쟁예술의 무기로서 조직의 임무를 규정하였다. 이렇게 된 데에는 당시 신간회新幹會의 결성이라는 정치적 움직임과도 깊은 연관이 있었다. 여기에다 일본의 조직이었던 나프NAPF의 영향이 첨가되었다.

하지만 카프는 조직의 활동으로 11명의 동맹원이 체포되는 사태가 벌어진다. 이를 제1차 검거사건이라 하는데 이 기간 중에 예술대중화나 농민문학론을 둘러싼 논쟁이 벌어지고 창작방법론으로 프롤레타리아 리얼리즘론과 유물변증법적 창작방법론이 제출되었다. 하지만 카프 1차 검거사건을 계기로 조직 활동은 서서히 위축되기 시작하였고, 다시 2차 검거사건을 겪으면서 조직은 급속도로 약화되었다.

한편 이러한 시기는 일제의 한반도 수탈의 강화와 그대로 맞물려 있다.

1925년의 사건들만 예를 들어 보더라도 동양척식주식회사(이하 '동척東拓'이라 한다)는 1월에 황해도 북율면에서 소작인 가산차압을 집행하고 있다. 평북 구성에서는 일본인 지주의 착취로 농가의 대부분이 빈집으로 공동화되고 있음을 보도하고 있다. 동척의 수법은 주로 미납 소작료에 대한 가산 압류처분이었고, 이를 무리하게 강제집행하기 위하여 동척과 그 앞잡이들은 엽총으로 무장하는 일까지 서슴지 않았다. 동척과 소작인들 간의 갈등은 점점 골이 깊어져만 갔고, 일제는 급기야 치안유지법(1925년 4월 22일 공포)이란 것을 만들어서 동척의 활동을 도왔다.

이렇게 터전을 쫓겨난 사람들이 화전민이 되었고, 간도 유랑민이 되었다. 당시의 자료에 의하면 함경남도 화전민의 총수는 약 118,042명으로 집계되고 있는데, 이는 함남 전체 인구의 8%에 해당하는 것이었다. 이 때문에 당국에서는 아무런 예고 없이 무작정 화전금지령을 내리고 화전민을 억압하는 정책을 쓰게 된다.

이와 시기를 같이 하여 〈개벽開闢〉 55호를 통해 발표된 이상화의 시 「비음緋音」과 「가장 비통한 기욕祈慾」, 「빈촌의 밤」, 그리고 〈여명〉 2호에 발표된 「금강송가金剛頌歌」등의 작품들은 이러한 시대현실의 전형성을 담고 있다.

> ⅰ) 이 세기를 몰고 넣는, 어둔 밤에서
>
> 다시 어둠을 꿈꾸노라 조으는 조선의 밤
>
> 망각 뭉텅이 같은 이 밤 속으론
>
> 햇살이 비추어 오지도 못하고
>
> 하느님의 말씀이, 배부른 군소리로 들리노라
>
> 낮에도 밤 밤에도 밤(하략)
>
> ―「비음」 부분

> ⅱ) 아, 가도다, 가도다, 쫓겨가도다
>
> 잊음 속에 있는 간도와 요동벌로
>
> 주린 목숨 움켜쥐고 쫓겨가도다
>
> 진흙을 밥으로 해채를 마셔도
>
> 마구나 가졌으면 단잠은 얽을 것을
>
> 사람을 만든 검아 하루 일찍
>
> 차라리 주린 목숨 뺏어 가거라(하략)
>
> ―「가장 비통한 기욕」 부분

위의 인용 부분에 나타난 것은 시인이 종래의 퇴폐주의적 관념성을 벗어나 뚜렷한 역사의식을 갖게 되었다는 사실을 극명히 보여준다. 이 일련의 작품에서 시제는 대개 캄캄한 밤을 배경으로 하고 있다. '어둔 밤' '조으는 조선의 밤' '낮에도 밤, 밤에도 밤'이다. 시 빈촌의 밤에서는 '깜빡이는 호롱불'로 상징화되어 나타난다.

이것은 다름 아니라 절대 절명의 위기에 봉착한 민족의 운명이었던 것이다.

'담조차 못 가진 거적문 앞에를/ 이르러 들으니, 울음이 돌더라'라는 대목은 일찍이 선각적 지식인이었던 다산 정약용의 한시 「애절양哀絕陽」을 연상하게 한다. 다산이 직접 유배 지역 주변의 농가를 찾아가 보았듯이 시인은 자신을 둘러싸고 있는 울타리와 서재를 과감하게 벗어나 직접 농촌의 참상을 찾아가서 확인하며 빈궁의 직접적인 원인이 어디에 있는가를 깨닫고 있다. 이로부터 시인의 창작을 위한 발상과 표현에는 대전환이 이루어지게 된다.

과거엔 보이지 않던 '추운 겨울밤에 언 길을 밟고 가는 장돌림 봇짐 장수'(시 「조소」)의 헐떡이는 숨결이 들려오고, '나른한 몸으로 어둔 부엌에서 밥 짓는 어머니의 은근한 미소'(「어머니의 웃음」)가 새삼스럽게 다가온다. 길거리에서는 구루마꾼과 엿장수, 거러지의 모습이 또 다른 의미로 부각이 되며, 심지어는 조국의 자연까지도 민족 주체의식의 놀라운 원천으로 되살아난다.

> 금강! 너는 보고 있도다(…)
> 금강! 아, 조선이란 이름과 얼마나 융화된 이름이냐.(…)

금강! 벌거벗은 조선물이 마른 조선에도(…)

금강! 오늘의 역사가 보인 바와 같이 조선이 죽었고 석가가 죽었고 지장 미륵 모든 보살이 죽었다(…)

금강! 너는 사천여 년의 오랜 옛적부터 퍼붓는 빗발과 몰아치는 바람에 갖은 위협을 받으면서 황량하다.(…)

금강! 하루 일찍 너를 못 찾은 나의 게으름나의 둔각이 얼마만치나 부끄러워, 죄스러운 붉은 얼굴로 너를 바라보지 못하고 벙어리 입으로 너를 바로 읊조리지 못하노라.(…)

금강! 조선이 너를 뫼신 자랑네가 조선에 있는 자랑자연이 너를 낳은 자랑이 모든 자랑을 속 깊이 깨치고 그를 깨친 때의 경이 속에서 집을 얽매고 노래를 부를 보배로운 한 정령이 미래의 조선에서 나오리라.(…)

금강!(…) 나의 생명, 너의 생명, 조선의 생명이 서로 묵계되었음을 보았노라

― 「금강송가」 부분

이듬해에도 시인은 「조선병朝鮮病」, 「초혼」, 「시인에게」, 「통곡」, 「비갠 아침」, 「빼앗긴 들에도 봄은 오는가」등의 시작품을 〈개벽〉지를 통해 잇따라 발표하고 있다. 이 작품들은 훨씬 더 발전된 경지를 나타내 보였다. 과거의 퇴폐적 낭만주의에서 비롯된 몽롱성을 일거에 극복하고 국토와 민족에 대한 사랑과 역사의식을 세련된 솜씨로 그리고 있다. 이러한 그의 작품은 카프에 소속된 일반적인 시인들의 계급주의적 시작품과는 완전히 구별되면서 민족시의 가능성을 열어가게 되었다.

i) 어제나 오늘 보이는 사람마다 숨결이 막힌다

   오래간만에 만나는 반가움도 없이

   참외꽃 같은 얼굴에 선웃음이 집을 짓더라

   눈보라 몰아치는 겨울 맛도 없이

   고사리 같은 주먹에 진땀 물이 굽이치더라

   저 하늘에다 봉창이나 뚫으랴 숨결이 막힌다

-「조선병」 전문

ii) 하늘을 우러러

   울기는 하여도

   하늘이 그리워 울음이 아니다

   두 발을 못 뻗는 이 땅이 애달파

   하늘을 흘기니

   울음이 터진다

   해야 웃지 마라

   달도 뜨지 마라

-「통곡」 전문

빼앗기고 유린 받는 조국에 대한 억색臆塞의 심정이야말로 당시 민중들의 공통된 병이 아니었을까 한다. 상화는 이것을 '조선병'이란 말로 상징하고 있다. '참외꽃 같은 얼굴'은 굶주린 농민들의 안색이다. 그로부터 불과 10년 뒤에 시인 백석白石이 시 삼천포(1936)에서 곳간 마당에 둘러서 있는 농민들을 '볏짚같이 누우란 사람들'의 공간으로 이어지고, 이는 다시 해방시기 여상현呂尙玄 시인에 의해 '갈대꽃 같이 메마른 생활'(푸른 하늘, 1947)의 공간으로 계승되고 있다. 사실 일제강점기 문학사에서 이 '조선병'에 대해서 무관심하고 냉담하기까지 했던 시인들이 얼마나 많았던 것인가?

상화의 일생일대에서 최고의 걸작이라 할 수 있는 절창이 바로 「빼앗긴 들에도 봄은 오는가」이다. 상화 자신도 초기에는 그러했지만 상당수의 시인들이 외래적 몽환夢幻과 비현실의 분위기 속에서 자기중심을 상실하고 있었다. 이것은 자연스럽게 반역사성, 반민족성으로 전락되었다.

하지만 개인적 자각의 적극성으로 이 추상성을 극복하고, 또한 거기에 대하여 분연히 반기를 들고 나타난 작품이 곧 이상화의 「빼앗긴 들에도 봄은 오는가」일 것이다. 상화는 이 시를 통하여 먼저 '빼앗긴 들'의 이유와 과정을 밝혀 알 것을 권유하였다. 조국의 주권 상실은 곧 삶의 봄(생기)을 잃어버리는 길로 직결된다는 사실을 민중들로 하여금 자연스럽게 깨우치도록 이끌었다. '마른논을 안고 도는 착한 도랑'을 제시하였고, 이는 곧 주권을 상실한 조국에 대한 깊은 사랑과 회복에 대한 애착으로 이어지도록 하였다. 시달리는 조국은 이 시에서 '마른논'의 형상으로 나타났고, 그 마른논을 구할 수 있는 애국청년들이야말로 바로 '착한 도랑'이었던 것이다.

이 작품 한 편으로 이상화는 우리 민족문학사에서 우뚝한 봉우리가 되었다.

분단 이후 대부분의 문학사가 남과 북의 이념적 편파성에 의해 갈라지고 다시 구획이 되는 양상을 보였지만 이상화의 시작품은 시 「빼앗긴 들에도 봄은 오는가」를 중심으로 남북한 양쪽에서 모두 애착을 받는 소중한 성과로 인정이 되었다. 이는 다른 문학인들에 비해 행복한 경우라 할 수 있겠다.

　이상화가 남긴 시작품 중에서도 가장 대표작으로 손꼽히는 수작들이 대개 1925년과 1926년 두 해에 걸쳐서 발표되었고, 이 무렵 시인의 나이는 20대 중반의 열혈 청년이었다.

　일제의 한반도 수탈정책은 더욱 광적인 양상을 보이며 강화되어 갔다. 1928년 5월23일 일제는 조선농민에 대한 고리대 수탈과 식민지 통치를 강화하기 위하여 농민들에게 소액생업자금을 대부하고 대부자 30명을 단위로 하는 이른바 '근농공제조합勤農共濟組合'이란 단체를 만들었다. 하지만 이것은 식민지의 농민들을 더욱 수탈하려는 방편의 일환이었다.

　한편 일본 제국주의자들은 만주에서 무려 1,934,500여 섬의 좁쌀을 수입하여 조선의 가난한 농민에게 비싸게 팔아 차액을 챙겼다. 삶과 현실의 부조리에 대한 불평과 모순의 인식이 늘어나자 일제는 치안유지법을 더욱 강화시켜 이른바 '국체변혁을 목적으로 하는 결사조직 자와 그 역원役員, 또는 지도자는 사형무기에 처할 것'을 규정하였다.

　이 숨 가쁜 격동의 시기에 시인은 신간회 이념에 적극 찬동하고 그 단체의 대구지회 출판간사를 맡아서 활동하는 한편, 대구청년회, 민족운동자 간담회 등을 주도적으로 개최하기도 한다. 여기서 잠시 신간회에 대해서 살펴보기로 한다.

　1920년대 반일 민족운동 전선에는 두 가지의 큰 과제가 제기되었다. 그 하나는 일본 제국 내에서의 자치를 주장하는 이른바 '자치론'이었고, 다른 하나는 사회주의 운동이었다. 그런데 이 두 운동 세력 사이에는 분열이 확산되었다. 이를 해결하지 않고서는 일제에 대항하여 민족의 해방을 이룰 수 없었기 때문에 반일 민족운동 전선의 통일과 단결을 도모하려는 노력이 진행되었고, 그 결과가 신간회였다.

여기에 참가한 세력은 정우회, 서울청년회, 민흥회 등의 민족주의 세력과 사회주의 세력들이었다. 1927년 창립되어 1931년 해소된 신간회는 일제강점기 민족 운동 전선의 양대 세력이었던 민족주의 계열과 사회주의 계열이 민족 해방을 달성하기 위한 투쟁 방법과 해방 후 건설할 신국가 수립 구상의 차이를 극복하고, 민족의 해방이라는 공동의 목표를 실현하기 위해 통일전선을 형성했던 획기적 민족운동 조직이었다.

그들의 활동 목표는 주로 ①완전 절대 독립 노선의 옹호, 자치론과 일제에 대한 타협주의 배격 ②민족의 대동 단결 ③한국인 착취 기관의 철폐와 한국인에 대한 특수 취체법 폐지 ④일본인의 한국 이민 정책 반대 ⑤한국인 본위의 민족 교육과 한국어 교육의 실시 ⑥소작쟁의와 노동쟁의 지원 ⑦학생 독립 운동 지원 등 다양한 형태의 민족 운동을 전개하였다. 신간회는 전국 141개 지회와 39,410명의 회원을 가진 거대한 민족 운동의 중심조직으로 급속한 발전을 이룩했다.

상화는 바로 이 시기에 시 「비를 다고」를 써서 〈조선지광朝鮮之光〉 69호에 발표하였다. 그리고 그 후 독립운동 자금 모집을 위한 활동의 일환인 'ㄱ당사건'에 연루되어 체포되었다. 시 「비를 다고」는 5연 21행 구성으로 된 작품으로 각 연 4행씩 배분되어 있으나 3연에서 1행을 추가시키는 파격을 이루고 있다. 부제에서도 '농민의 정서를 읊조림'이라고 되어 있지만 이 시는 전편이 줄곧 농민화법農民話法으로 일관되고 있다.

사람만 다라워진 줄로 알았더니

필경에는 믿고 믿던 하늘까지 다라워졌다

보리가 팔을 벌리고 달라다가 달라다가

이제는 곯아진 몸으로 목을 댓자나 빼고 섰구나

(…)

비가 안 와서(…)원수ㅅ놈의 비가 안 와서

보리는 벌써 목이 말라 입에 대지도 않는다

(…)

다라운 사람 놈의 세상에 몹쓸 팔자를 타고나서

살도 죽도 못해 잘난 이 짓을 대대로 하는 줄은

하늘아! 네가 말은 안 해도 짐작이야 못 했것나

보리도 우리도 오장이 다 탄다 이러지 말고 비를 다고!

– 「비를 다고」 부분

　　오랜 가뭄에 시달리며 한 모금 비를 기다리는 농민의 현실은 곧 당시 우리 민족 전체의 정신적 정황을 그대로 직시해 낸 것이라 하겠다. 도처에서 구어체 형태의 농민언어를 감지할 수 있는데, 이 방법이 시의 실감과 현장감을 북돋우는데 중요한 기여를 하고 있다.

　　이 밖에도 상화의 시 세계를 이해하는 데 유익한 도움을 주는 작품으로 「시인에게」를 들 수 있으며, 미래시간에 대한 낙관적 전망을 끝까지 지니고 있는 「비 갠 아침」등도 주목할 만한 작품들이다. 이상화는 시 창작방법에 대한 해설이나 아포리즘을 별로 남기지 않았다.

하지만 몇 안 되는 산문들에서도 우리는 문학에 임하는 시인의 태도와 가치관을 충분히 읽어낼 수 있다. 「산문 출가자의 유서」에서는 '내 몸 속에 있는 개, 돼지의 성격을 무엇보다 먼저 부숴야 한다' 는 의미 있는 발언을 하였고, 문단측면관에서는 '남의 세상을 모방한 양적 존재를 읊조리기보다 나의 세상을 창조한 질적 생명을 부르짖어야 한다' 고 역설하였다.

3. 마무리

이상화는 60여 편 남짓한 그리 많지 않은 작품을 문학사에 남겼다.

하지만 그의 시정신은 우리 민족문학사에서 몇 안 되는 거봉 중의 하나가 되었다. 무엇이 그것을 가능하게 하였을까.

첫째는 자신이 현재 추구하고 있는 문학적 관점과 방법이 객관적으로 정당하지 않다는 판단이 들었을 때 이를 신속히 바로잡으려는 적극성이 있었기 때문이다. 이 점은 상화의 시정신이 보유하고 있는 독특한 힘이기도 한데, 오늘의 우리 문학사는 무엇보다도 이것을 진지하게 배워야만 한다. 상화는 시대의 요청이 무엇인지 제대로 알았고, 동시에 그것을 실천했던 것이다. 이것이야말로 올바른 지성에서의 분별지分別智가 아니고 무엇인가.

한편 상화의 시작품은 만해, 소월을 포함한 동시대의 다른 시인들이 여성화법으로 현실을 지탱하려 할 때 꿋꿋한 기상과 돌파력이 느껴지는 경상도 특유의 전통적인 남성화법으로 일관하였다. 이런 자세를 지켜나가기까지 상화의 시인적 삶은 유달리 고통스러웠다.

어쩌면 시인 이상화에게 있어서 부성父性의 제자리 잡기, 흔들림이 없는 요지부동, 즉 태산교악泰山喬嶽의 시정신은 온갖 변절과 타협이 난무하던 식민지 사회에서 가장 필요했던 덕목이었으리라 여겨진다. 이런 점에서 상화의 문학에 나타난 부성성父性性 분석도 하나의 연구과제가 될 것이다.

흔히들 경상도 기질을 과단성과 추진력, 예와 의의 남다른 중시, 과묵함과 인내심, 절제와 화합의 지향 등으로 정리하기도 하지만 또 다른 면으로는 무뚝뚝하며 거친 성격, 반항성, 유교적 선비기질과 그로 말미암은 지나친 보수성이 동시에 지적되기도 한다. 상화의 시에는 이러한 경상도적 기질이 두루 분포되어 있다고 볼 수 있다.

이상화는 비록 파스큘라에 이어서 카프의 맹원으로 활동하기도 하였으나 곧 조직 내부의 분열과 갈등에 심한 회의를 느끼게 된다. 자신의 근무하던 대구교남학교에서 권투부를 조직하고, 일제와 맞서 싸워 이기려면 우선 주먹이라도 세어야 한다고 부르짖었던 시인 이상화.

일제말 그의 삶은 방랑과 고독, 혹은 단정한 생활인으로서의 차분한 시간으로 되돌아 왔으나, 시대현실의 모순과 부조리를 날카롭게 의식하는 정신적 울분과 중압감은 결국 건강을 지나칠 정도로 악화시켰다. 1943년, 시인은 42세의 이른 나이로 세상을 떠났다.

그의 시작품은 퇴폐적 낭만주의라든가 저항적 낭만주의라는 어느 한 가지의 단순한 관점과 논리만으로는 결코 풀어낼 수 없다. 이상화의 시정신은 자신의 내부에 뿌리박은 모순을 찾아내고 그것을 과감하게 일탈하는 순간, 이미 당대의 문예사조와 답답한 형식 규정으로부터 동시에 해방되면서 하나의 빛나는 성취로 성큼 올라섰다.

　　바로 이 과정을 시인은 지금도 작품을 통하여 우리들에게 생생하게
보여주고 있질 아니한가.

이장희

관상학으로 풀어본 고월 이장희의 생애

고월古月 이장희李章熙는 1920년대를 대표하는 한국의 시인이다.

만해 한용운이나 김소월처럼 한국문학사에서 걸출한 문학인으로 자리잡지는 못했지만 그 나름대로 당대의 대표성을 지니고 있으므로 각급학교의 교과서와 문학교재에서 고월 이장희의 시작품이 빠지는 경우가 많지 않다. 하지만 고월 이장희를 단번에 기억하는 사람은 드물다. 이른바 '7080' 세대들의 경우 백이면 백 사람이 이렇게 말한다.

"아, 〈그건 너〉 부른 가수 이장희 말이지요? 그 가수가 시도 썼던가요?"

이런 반응에는 질문 자체가 아연 무색해진다. 요즘 청년세대들은 더더욱 이장희를 모른다. 그러나 이름은 기억하지 못하지만 '봄은 고양이' 어쩌구 하는 시를 쓴 사람을 기억하느냐고 물으면 그건 들어본적이 있다고 대답한다. 놀랍고 무서운 일이다. 이름은 몰라도 고양이와 관련된 특정 시인의 개성과 분위기는 짐작하고 있으니 말이다.

한국의 전체 문학사를 통틀어 일찍 요절한 문학인들의 경우를 이야기할 때 고월 이장희는 반드시 단골로 들어간다. 불과 29세에 허무하게 세상을 떠났기 때문이다. 한 자료에 수록된 이장희 연보에는 이장희의 죽음에 대하여 이렇게 기록하고 있다.

1929년 11월3일 오후 3시경, 이장희는 대구부大邱府 서성정西城町 1정목町目 103번지 본가의 머슴이 거처하던 작은 방에서 극약을 복용하고 한 장의 유서나 한 마디의 유언도 남기지 않고 세상을 떠났다. 그의 장지는

청년 시절의 고월 이장희 시인

선산인 대구부 신암정으로 정해져 유해가 안치되었으나 지금 현재 그의 묘소는 찾을 수가 없다.

－『봄은 고양이로다』(김재홍 편저)의 연보 부분

이 어인 변고인가? 망자의 무덤을 찾을 수가 없다니.

흘러간 나의 20대 청년시절, 대구에서 태어나 대구에서 이승을 하 직한 시인 이장희의 존재성에 대해서 나는 유난히 측은지심惻隱之心을 가졌었다. 왜냐하면 고월의 경우와 마찬가지로 나 또한 일찍 어머니를 여의었기 때문이다. 고월의 경우 다섯 살 때 어머니를 잃었으므로 어머 니의 얼굴도 기억할 것이고, 또 어머니와의 추억도 가슴에 사무치도록 새겨져 있을 것이다. 하지만 나의 어머니는 불과 10개월짜리, 강보에 쌓인 젖먹이를 방 윗목에 버려둔 채 홀로 이승을 하직하셨기에 나는 어 머니의 얼굴조차 모른다. 나를 낳고 어머니는 줄곧 시름시름 위중한 병 을 앓으셨으므로 나는 어머니의 젖도 빨아보지 못했던 것이다. 이런 점 을 생각하면 고월의 경우는 그래도 나보단 낫다는 생각을 한다.

이로부터 고월 이장희는 그 어머니의 기억이 가슴에 내내 사무쳐서 새 어머니에 빠져있는 아버지, 이재理財에만 눈이 밝은 아버지에 대한 증오심이 점점 커져만 갔다. 가슴 속에서 어머니의 기억이 없었더라면 세상을 떠난 어머니에 대한 애착이 그다지 크지는 않았을 터였으나 어 머니를 생각하면 할수록 아버지의 처신이 못내 마음에 들지 않고 증오 심으로 발전되어갔다. 이 때문에 자주 아버지와 의견의 대립과 충돌이 있었고, 가족 간의 갈등이 깊어져 갔다.

워낙 집이 부유했으므로 이장희의 부친은 아들을 일본 경도중학으로 유학을 보냈지만 항상 심리적 불안과 초조 속에서 학업을 마치지 못하고 결국 고향 대구로 돌아왔다. 돌아와서는 집 사랑채 작은 방에 내내 갇혀만 있었다. 자기 스스로를 가두었다고 말해도 되겠다. 빈 종이에는 낙서처럼 그림을 그리곤 했었는데, 어항 속의 금붕어였다고 한다. 그 금붕어는 바로 인습의 굴레와 비운의 숙명 속에 갇힌 이장희 자신의 모습을 표상한 것에 다름 아닐 것이다. 아무리 금붕어를 반복해서 그리고 또 그린다 할지라도 고월을 겹겹이 둘러싸고 있는 불행의 굴레가 해소될 기미는 전혀 보이지 않았다. 이장희는 스스로를 죽음의 수렁으로 몰고간 것과 다름 아니다.

나의 20대 시절, 학비와 생활비는 곤궁하고 내일의 전개는 하염없이 불투명하던 때 나는 왜 그리도 이장희의 칙칙한 불행과 비극성에 슬그머니 빠져들었던지, 기어이 고월 이장희의 무덤을 찾으려는 뜻을 가지고 대구의 동구 신암동 일대를 헤매 다닌 적이 있다. 그러나 나의 이 비밀스런 사업은 종내 뜻을 이루지 못했다. 왜냐하면 고월이 세상을 떠난 1929년만 하더라도 대구 신암동 일대는 완전히 대구의 변두리 지역으로 밤이면 여우가 흉흉하게 울어대는 공동묘지와 가시덤불로 뒤덮인 구릉 지역이었기 때문이다.

이러한 곳이 해방 이후 대구로 유입되는 인구가 점차 늘어나면서 신암동은 도시 진출로 중심부에 진입하지 못한 주변부 인생들이 거주하는 빈민촌으로 형성되었다. 판잣집, 양철집, 바라크집, 하꼬방 등등 1950년대 특유의 난민촌을 방불케 하는 곳으로 바뀌었다. 그 과정에서 고월의 무덤은 아무도 돌보는 이 없는 주인 없는 무덤으로 포크레인의 삽날에 밀려 두개골과 무릎 뼈가 산산조각으로 부서져 흙속에 사라졌을 것이다. 살아생전에도 한없이 고독했던 이장희는 죽어서도 찬밥신세였던 것이다. 그야말로 무주고혼無主孤魂이란 말은 고월 이장희의 경우를 두고 하는 어휘가 아닐까 한다.

그로부터 무려 20여년이 지난 즈음에 내가 고월 이장희의 무덤을 찾겠다고 신암동 일대를 뒤지고 다녔으니 과연 어느 지역이 공동묘지였던지, 어느 구간이 이장희의 무덤이 있던 곳인지 알 수가 없었다. 그 어떤 최소한의 자료나 증언도 듣지 못한 채 나는 다만 바람 부는 허공 중에 홀로 슬피 울며 헤매고 있을 고월 이장희의 원혼을 느끼면서 호주머니에 두 손을 푹 찌른 채 혼자 방황하고 다녔던 것이다.

당시 대구의 시청 부근에는 '돌체'란 이름의 지하막걸리집이 있었는데, 주로 돈 없는 학생들과 싸구려 술집을 좋아하는 부류들이 늦은 밤까지 드나들던 술집이었다. 고월의 묘소를 찾다가 실패하고 돌아온 날, 나는 돌체의 탁자에 혼자 앉아 몇 주전자의 막걸리를 비웠던 것인가. 안주라곤 구운 꽁치 한 마리와 마구 썰어내 놓은 양파, 날고구마 조각이 전부였다. 그렇게 몇 되를 마셨던 것일까? 밤이 깊어갈수록 점차 술기운이 달아올라 혼몽해지는 흐릿한 의식 속에서 나는 드디어 고월 이장희의 실루엣과 만날 수 있었다. 하지만 그것은 나 자신의 덧없는 환영幻影었다. 그리곤 그 뒤로 이장희를 아주 잊었다. 더 이상 고월, 혹은 고월 스타일의 비극적 탐닉에 잠겨들다간 내 인생이 절단날 것 같았기 때문이다.

그러다가 2006년 여름, 대구시에서 발간하는 대구를 대표하는 인물지人物誌에 대한 원고 집필 청탁을 받고 나는 다시금 고월 이장희의 기억과 실루엣을 먼지 속에서 찾아 털며 예전 일을 되새겼다. 그동안 세

■ 백기만 편 상화와 고월 표지　　　　　■ 추연근 화백의 금붕어 삽화가 있는 고월 시집

월은 강물처럼 참 많이도 흘러갔다.

고월 이장희란 존재는 다시금 지역민에 의해 되새겨져서 대구의 달서구에 위치한 두류공원에 고월시비가 세워져 있다. 하지만 나는 이 시비가 전혀 마음에 들지 않는다. 너무 투박하고 너무 분위기를 고려하지 않고 제작하여 고월의 문학정서를 되새기려는 문학도들에게는 거의 도움이 되지 않는다. 시비 하나를 만들더라도 그 시인 특유의 생애와 작품성을 고려하여 좀더 아담하고 분위기 있게 제작하면 어떨까. 한국 현대사 100여 년 동안 우리는 이렇게 과거의 문화를 마구잡이로 구획하고 거침없이 왜곡시키면서 살아온 것이다.

고월 이장희의 문학과 관련하여 우리가 확인해 볼 수 있는 자료라곤『상화와 고월』(백기만 편, 청구출판사, 1951),『씨뿌린 사람들』(백기만 편, 경북작고예술가평전, 사조사, 1959), 그리고 이장희전집과 평전으로 꾸려진『봄은 고양이로다』(김재홍 편저, 문학세계사, 1983) 등이 거의 전부이다.

옛스런 분위기가 감도는 꽃병들로 가득한 표지 장정의『상화와 고월』에서 이상화 다음으로 수록된 고월 이장희 편의 삽화는 금붕어이다. 추연근秋淵槿 화백이 그렸다는 금붕어 삽화는 검은 어둠을 배경으로 물밑바닥에서 아슬아슬하게 헤엄치고 있는 금붕어의 모습이다. 금붕어는 한 줄기 수초에 의지하여 겨우 몸의 중심을 가누고 있는데, 숨쉬기가 답답한 듯 입에서는 줄곧 공기방울을 뿜어내고 있다.

그런데 자세히 보니 금붕어의 눈은 노한 눈빛이다. 무엇에 대하여 금붕어는 저렇게도 분노한 눈빛을 하고 있는 것일까. 보면 볼수록 금붕어의 모습이 고월 이장희의 이미지와 너무도 닮아있다. 그러니까 추연근 화백은 이장희의 작품을 읽어본 뒤 오래 생각하고 그린 금붕어 삽화를 완성했던 것이다. 별 것 아닌 것으로 가볍게 흘려버리기 쉬운 금붕어 삽화가 이토록 생생한 감동과 전율을 주게 될 줄이야.

『씨 뿌린 사람들』에는 삽화가 들어있지 않고 다만 무애 양주동의 고월 회고록과 작품 3편 만이 수록되어 있을 뿐이다. 표지화는 연둣빛 바탕색을 배경으로 혼자 춤추는 버드나무를 그렸는데, 이는 서양화가 정점식鄭點植 화백의 솜씨다. 고월 이장희는 저 버드나무처럼 아무도 눈여겨보지 않는데도 혼자 바람 속에서 가만히 일렁이다가 온다간단 말도 없이 세상을 홀홀히 떠나갔던 것이다.

고월 이장희의 경우 지금까지 남아있는 사진 한 장이라곤 없다. 워낙 폐쇄와 차단 속에서 칩거생활로 일관했던 터라 벗들과 어울려 사진을 찍을 만한 마음의 여유가 없었을 것이다.『봄은 고양이로다』의 표지에는 고월 이장희의 초상화가 표지화로 실려 있다. 과거 문학사상사에서 이장희 특집을 꾸미면서 한만영韓萬榮 화백에게 의뢰하여 제작한 초상화이다. 벗들의 회고록과 주변 사람들의 증언을 듣고 정리하여 복원한 상상도인데, 이장희의 문학 분위기와 제법 많이 닮아 있다. 그 얼굴을 가만히 들여다보노라면 고월의 관상이 그의 비극적 생애처럼 박덕한 분위기로 실감이 된다.

나는 관상학觀相學에 대하여 아는 바 없지만 주워들은 이야기를 통하여 판단하자면 우선 이장희의 입모양이 너무 얇고 선이 불분명하다. 이런 입술은 혀의 길이도 넉넉하지 않아서 항상 조바심 속에 불편하게 살았을 것이다. 보나마나 그 때문에 생애 전체가 간난艱難과 신고辛苦에 시달린 것은 아닐까 한다.

눈은 사람의 심장을 나타내는 것이라 한다. 눈으로 그 사람의 마음을 알아 볼 수 있고 또한 성격까지도 들여다 볼 수 있다고 하니 무서운 단서라 아니할 수 없다. 반드시 관상학이 아니라 하더라도 눈은 사람에게 가장 중요한 부분이며, 그 사람의 성격과 장래까지 모든 것을 내포하고 있다고 하겠다. 그래서 눈을 흔히 마음의 창문이라고 한다. 고월의 눈빛은 선량하다. 하지만 너무 착해서 마치 바보처럼 종작을 잡지 못할 뿐 아니라 시선이 줄곧 허공을 멍하게 보고 있다. 마음이 여린 것은 고월의 장점이 될 수 있으나 줄곧 허공에 시선이 고정되어 있다는 사실은 무언가 마음의 불안정을 반영하고 있음을 말해준다.

관상학에서는 눈썹의 모양도 중요한 단서라고 한다. 가만히 지켜보면 고월의 눈썹은 그 끝이 위로 약간 치켜 올라가 있다. 눈썹은 형제를 나타낸다고 한다. 마치 누에의 모습과 같은 아미蛾眉의 형상이었다면 형제간의 불화가 없었을 것이다. 그러나 고월 이장희의 경우 형제간에 전혀 통교通交가 이루어지지 않았고, 죽는 순간까지 고립과 단절 속에서 다만 혼자였다. 우리는 고월의 눈썹에서 형제간의 우애가 좋지 않았던 점을 읽어낼 수 있다.

다음으로는 코의 모양이다. 초상화를 통해서 읽어보는 고월 이장희의 코 모양은 끝이 너무 날카롭고 살이 단단해 보인다. 관상학에서 코 끝의 살이 딱딱한 사람은 화목한 집안을 이루기가 어렵다고 한다. 콧대의 중심도 반듯하게 곧지 못한 듯 느껴지는데 이는 극심한 고독 속에서 살아갈 수밖에 없는 운명을 암시해 준다.

이장희의 귀가 지닌 생김새도 궁금한데, 안타깝게도 고월의 초상화는 길게 자란 장발이 머리 전체와 귀까지 덮고 있다. 1920년대 특유의 헤어스타일이다. 하지만 고월의 경우 일부러 멋을 부린 장발이 아니라, 그냥 자신의 용모에 대하여 무관심과 방치 속에서 마구 자랄 대로 자란 형상에 가깝다 하겠다.

이 장발 속에 감추어져 보이진 않지만 틀림없이 고월 이장희의 귀는 겉귀와 속귀에서 그 빛깔이 검은 빛으로 감돌았을 것이다. 이런 모습은 재물과는 거리가 멀고 오로지 가난과 외로움 속에서 힘겨운 나날을 보내는 과정을 나타낸다. 하지만 빛깔이야 검다 할지라도 귓밥은 제법 둥글고 커서 오래 오래 그 이름을 후세에 기억되도록 할 것이라 하는데 고월은 과연 문학사에서 그 이름을 줄곧 남기고 있다.

이러한 귓불에 비하여 귓구멍은 몹시 좁고 구불구불했을 것으로 여겨진다. 관상학에서는 이도耳道에서도 인간의 성격을 짐작한다는데 귀의 구멍이 좁고 구불구불한 사람은 성격이 소심하고 원만하지 못한 형세를 나타낸다고 한다. 고월의 경우 주변 환경의 열악함에도 불구하고 꿋꿋하게 자신의 역경을 버티고 극복해 나아가지 못한 경과를 보여준다. 그러한 소심함은 고월을 불행한 최후로 이끌고 갔다.

끝으로 고월의 얼굴색에 관한 추측을 해보고 싶다. 고월 이장희는 항상 바깥출입을 즐겨하지 않고 어둔 방안에 혼자 칩거하여 방바닥에 금붕어 그림만 그리고, 불행을 암시하는 시를 쓰다가 종생을 맞이하였다. 그러므로 고월의 안색은 자신이 처한 고립적 상황과 조건에 부합되는 흉색凶色을 나타내었을 것이다. 그 흉색이란 창백하면서도 푸르스름한 빛깔을 말한다. 미래에 대한 불안감과 불확실성까지 이 안색에는 반영이 되어 있었다.

장구한 세월이 흘렀지만 우리는 고월의 초상화를 관상학적 조건으

로 분석하고 풀이해보면서 주변 가족들에 대한 원망과 불만을 털어놓
지 않을 수 없다. 한 집안의 귀한 아들이었던 고월 이장희의 행동거지
와 안색, 말투, 걸음걸이 등등 이 모든 것에 대하여 조금만 주의 깊게
애정을 갖고 지켜보았다면 고월 이장희를 죽음의 수렁으로 내몰지 않
았을 것이다. 가만히 생각해 보면 아들에 대한 아버지의 따뜻한 응시가
얼마나 부족했던 것인가.

하지만 당시 고월의 부친 이병학은 대구의 손꼽히는 부호로서 자신
의 부와 기득권을 지키기 위해 날이면 날마다 일본 관리와 경찰, 헌병
대 장교들과 어울려 다니느라 자신의 아들을 살뜰히 돌볼 틈이 없었다.
고월의 부친은 이른바 한일합방에 이바지한 공로를 높이 인정을 받아
서 조선총독부로부터 친일파들의 집합기관이었던 중추원中樞院 참의參
議에 임명이 되었다. 뿐만 아니라 이병학은 고월의 모친이 세상을 떠난
후 두 사람의 부인을 잇달아 후처로 맞이하면서 그 사이에 도합 12남 9
녀, 즉 스물 한 명의 자녀를 두었다. 이런 형편이니 전실부인 소생이었
던 아들 이장희의 존재가 부친에게 귀하고 살뜰히 거두어야 할 대상으
로 다가가지 못했을 것임은 그 누구도 짐작이 가능하다. 이 무서운 냉
담과 소외!

애달파라, 한 시인의 애달픈 죽음이여!

안타까워라, 가치의 중심을 잃은 한 가정에서의 지리멸렬함이여!

사람으로 한 세상을 살아간다는 일이란 얼마나 엄숙하고 지중한 일
인가? 우리는 오늘 고월 이장희의 생애를 함께 더듬으며 새삼 소스라
쳐 놀라 우리 스스로를 다시금 돌이켜 보게 된다.

1. 머리말

고월古月 이장희(李章熙;1900~1929)는 1920년대 한국의 대표 시인 중한 사람이다. 일찍이 식민지 조선 시단은 서구에서 일본을 통해 유입된 낭만주의적 경향을 센티멘탈한 특성으로 변질시켜 유통시키고 있었다. 당시 사회현실의 분위기는 식민지 체제의 조직적 정비를 통하여 표면적으로는 통제되고 계획된 안정을 이룩한 듯 보였다.

1919년 3.1독립만세 시위운동이 일제의 무력에 의해 진압되고, 사회 저변에서는 허무와 좌절 심리에 빠져서 일상적 삶을 허탈하게 살아가고 있었다. 문단도 예외가 아니어서 〈백조〉와 〈금성〉 동인들의 작품을 통해 확인할 수 있는 바처럼 도입된 낭만주의적 경향을 허무주의와 퇴폐주의적 특성으로 일반화시켜가던 시기였다.

그러한 여건 속에서 1920년대 중반, 고월 이장희는 식민지 조선 시단에 모습을 드러냈다. 시 「청천의 유방」과 「실바람 지나간 뒤」등을 〈금성〉 3호에 발표하면서 본격적 등단의 과정을 거쳤다. 이후로 그는 왕성한 시작 활동을 펼치면서 〈생장〉〈신여성〉〈여명〉〈신민〉〈조선문단〉〈문예공론〉〈중외일보〉 등의 지면을 통하여 다수의 작품을 발표하였다

고월 이장희의 작품으로 현재까지 확인된 작품의 수는 도합 46편 가량이다. 흔히 각종 연구 자료에 소개된 이장희의 작품 분량이 35편 안팎으로 추산되고 있는 것은 작품명만 확인하고 실제 작품 전문을 아직도 찾아내지 못한 까닭이라 할 수 있다. 목록에 제목만 나와 있는 상태로 전문을 확인하지 못한 작품으로는 「방랑의 혼」(조선일보 1925.3.30), 「단장 삼편斷章三篇」(신여성 1925.5), 「밤」(여명 1926.3), 「실제失題」(여명 1926.3) 「하염없는 노래」(여명 1926.4), 「좁은 하늘」(여명 1926.4), 「한 조각 하늘」(여명 1926.4), 「너의 그림자」(여명 1926.5), 「다시」(여명 1926.5), 「가는 밤」(게재지 미확인) 등 9편이다.

한 사람의 시인으로서 일생을 통하여 발표한 작품의 분량도 그의 활동 궤적이나 열도를 확인할 수 있는 중요자료임에 틀림없으나 작품의 물량적 측면이 질적인 세계의 우수성과 반드시 정비례하는 것은 아니다. 특히 한국현대문학사의 초창기에 활동했던 문학인들의 경우 일생을 통틀어 발표했던 전체 작품의 수가 극히 소수인 점을 발견하고 놀랄 때가 한두 번이 아니다.

가령 만해와 상화, 육사의 경우만 해도 그렇다. 그들이 남긴 작품 분량은 의외로 적다. 100여 편을 넘는 경우가 그리 많지 않다. 그럼에도 불구하고 그들이 이룩한 예술적 성과는 한국현대문학사에서 이미 고전적 반열에 올라있다.

이제 1920년대의 식민지 조선 시단을 대표하는 시인으로 고월을 손꼽기에 그 누구도 주저하지 않을 터이나 그의 작품세계가 지닌 특별한 개성과 두드러지는 장점에 대하여 다시금 정확하고 분명한 이해의 과정을 거칠 필요가 있다고 여긴다. 왜냐하면 그동안 고월 이장희의 시세계를 평가하는 문제에서 다소 통념으로 흐르는 듯한 이해의 범주에 고월의 작품이 오랫동안 갇혀 있었기 때문이다.

이런 관점으로 바라본 고월 이장희 시에 관한 작품 연구는 종래의 연구사에서 거의 천편일률적으로 단순 개인사적 사실의 고증, 나르시즘, 박탈과 결여, 억압된 리비도와 자기 확대, 우울과 폐쇄적 자아, 참회와 눈물, 혹은 패배주의, 주관의 명징성 등에 관한 관점을 주로 다루었다. 특히 이장희 문학의 감각적 측면과 순수문학으로서의 특성만을 집중적으로 탐구한 측면이 강하게 드러난다.

하지만 이러한 방법은 지나치게 피상적이며 단선적인 이해방식을 벗어나지 못하고 있다. 고월 문학의 전체성을 장악하면서 개별 작품이 지닌 특성들 사이의 유기적 관련성을 분석하고 의미를 파악하는 방식으로 고월 작품의 전모를 다시 되짚어 보아야 하는 시점에 다다랐다. 이런 방법이야말로 고월 문학에 대한 편견과 오해를 바로잡을 수 있는 계기가 될 뿐만 아니라 1920년대 한국시문학사의 올바른 수정에도 이바지할 수 있을 것이기 때문이다.

2. 비극적 세계관의 형성과 창작 스타일의 선택

(1) 하나의 습관이 되어버린 허무주의와 패배주의

한 인간이 어떤 특정한 생각을 집중적으로 꾸준히 하다 보면 그러한 기질 쪽으로 성격이나 취향마저 변화되는 것을 확인할 수 있게 된다. 이와 마찬가지로 시인의 경우도 그가 어떤 특정한 시적 대상이나 사실에 대하여 지속적 관심과 흥미를 가지고 남다르게 오랜 시간을 사색과 궁리를 이어갈 때 그의 창작 과정이나 결과에도 일정한 영향을 주게 되는 것은 당연하다. 어쩌면 그것은 자연스런 이치에 해당할지도 모른다.

고월 이장희가 한 사람의 시인으로서 그의 타고난 기질과 가정환경, 성장과정 등을 바탕으로 우울한 성격을 갖게 되었다면 그것은 어쩌면 극히 자연스런 결과일 것이다. 그만큼 고월의 경우 불행의 조건과 환경을 두루 타고 난 것으로 해석할 수 있다. 시인의 나이 불과 5세 때 어머니 박금련朴今蓮 여사가 세상을 떠나고 바로 같은 해에 계모 슬하에서 살아가게 된다. 생모에게서 태어난 형제자매는 3남 1녀였고 이장희는 셋째 아들이었다.

이후로 들어온 계모는 5남 6녀를 출산했다. 계모는 시인의 나이 20대 초반에 세상을 떠나게 되는데, 전실 소생 4남매와 후실 소생 11남매가 서로 화목하게 지내기는 어려웠을 것으로 짐작된다. 시인의 부친은 또 다시 3취를 얻어서 4남 2녀를 두었다. 이렇게 하여 고월의 전체 형제자매는 동복과 이복을 합쳐서 도합 21명(12남 9녀)이나 되었다.

시인의 부친 이병학李柄學은 대구 지역의 농공은행장, 중추원 참의 등을 역임한 대표적 친일 부호였다. 고월은 부친의 활동을 속으로 탐탁지 않게 여겼던 듯하다. 사사건건 부친과 불화했으나 고월은 부친에게 자신의 속내를 결코 드러내는 일이 없었다고 한다. 다만 침묵과 우울한 표정으로 감정을 전달하는 방법으로 부친의 마음을 답답하게 만들었다고 한다.

부친에게 재산은 엄청나게 많았으나 그것은 아들 고월과는 실제로 무관한 것이었다. 초창기에는 아들을 일본의 중학으로 유학을 보낼 정도로 자녀교육에 특별한 관심을 가졌으나 명문 대학으로의 진학 문제와 조선총독부 취업 문제로 부친과 다른 견해를 나타내 보인 후 부친과는 거의 결별과도 같은 거리를 두면서 살아가게 되었다.

모친 별세와 부친과의 불화. 이러한 환경적 요인이 시인으로서의 고월의 기질을 형성하고 정착시켰던 중요한 바탕이 되었을 것이다.

고월의 작품에서 허무주의와 패배주의적 특성을 발견할 수 있다면 그것은 다음 사례들로 설명될 수 있을 것이다.

ⅰ) 그리운 옛날 생각만이

시든 꽃

싸늘한 먼지

(중략)

울음 섞어 속삭입니다

– 시 「실바람 지나간 뒤」 부분

ⅱ) 봄날

비오는 봄날

파랗게 여윈 손가락을

고요히 바라보고

남모르는 한숨을 짓는다

– 시 「불놀이」 부분

i)과 ii)에서 거의 동시에 나타나고 있는 것은 선병질적으로 나약한 감각과 사고라 하겠다. 둘 다 함께 과거지향적이다. 시적 자아는 흘러간 시간에 대한 집착과 미련에 빠져 있다. 꽃은 싱싱함을 잃었고, 거리에는 싸늘한 먼지로 가득 차 있다. 오로지 아련한 옛 생각에만 잠겨있는데, 극도로 우울한 기운 속에서 저절로 눈물이 솟구치고 있다.

ii)에서는 흔히 관찰되는 자연적 대상물마저 심한 고통의 범주로 파악하고 있는 듯하다. '파랗게 여윈'이라는 구절과 '한숨'이라는 대목에서 그러한 내적 심리를 엿보게 한다.

이러한 특성은 다음 예문에서도 그대로 드러난다.

> i) 어느덧 가을은 깊어
>
> 　들이든 뫼이든 숲이든
>
> 　모두 파리해 있다
>
> — 시 「쓸쓸한 시절」 부분
>
> ii) 저기 산비탈의 작은 마을과
>
> 　언덕에 늘어섰던 나무나무는
>
> 　모두 구름과 함께 희미하여라
>
> 　아아 날도 벌써 저물었는가
>
> — 시 「저녁」(1927) 부분

시적 화자는 i)에서 가을이라는 계절의 현상을 병적인 징후로 읽어낸다. 들과 뫼와 숲이 온통 파리한 빛깔로 생기를 잃은 상태라고 표현한다.

ii)는 ⅰ)과 다소 표현상의 시각적 차이를 나타내고 있기는 하지만 마을과 나무가 구름 속에 잠겨드는 광경을 모든 희망이 사라진 절망과 패배의식으로 이끌어간다. 늘 활기로 충만해 있어야 할 마을과 나무는 원래의 싱싱한 빛깔을 잃어버리고 있다. 존재의 상태와 구도로써 읽어 볼 때도 작은 마을은 아슬아슬한 산비탈에 자리 잡고 있으며, 나무도 언덕 위에서 가파른 상태로 유지되고 있다.

이러한 사실들은 고월의 시의식이 나타내고 있는 병적인 징후의 하나로써 허무주의와 패배주의를 드러내는 것에 다름 아니다. 그리고 이러한 의식은 하나의 습관처럼 고월의 창작 의식 속에 뿌리박게 되었을 것으로 짐작된다.

(2) 시적 대상과 자아와의 감상주의적 합일

고월 이장희의 작품세계는 눈물, 울음, 고독 따위로부터 결코 자유롭지 않다. 달리 말하자면 시인은 이러한 감성을 작품 속에서 적극적으로 표현할 때 오히려 현실적 삶의 평정을 유지할 수 있다. 이런 표현조차 하지 못하고 가슴 속에 그러한 감정의 앙금을 담아둔다면 곧 죽음의 세계로 치달아가게 될 지도 모른다.

그런 측면에서 시인에게 표현이라는 과정은 팽창상태에 있는 감정을 적절히 여과하여 위기의 삶을 아슬아슬하게 평정으로 이끄는 힘을 예비하고 있는 것이다. 하지만 시인은 눈물, 울음, 고독 따위의 비극적 이미지를 가능한 한 신속히 장악하고 극복해야 하는 숙명적 과제를 지녔다. 장악하고 극복하지 않으면 시인 자신의 건강성과 생존의 근간을 손상시킬 수 있기 때문이다.

그러나 고월 이장희의 경우 눈물과 울음, 고독의 우울한 감성을 장악하고 극복하는 일에 실패하였다. 어쩌면 시간이 경과할수록 점점 더 비극적 감성 속으로 빠져 들어간 것인지도 모른다. 이때 시인의 자각과 인지 여부가 문제될 수 있는 바 고월의 판단은 빠져 들어가는 것을 이미 알고 있으면서도 스스로 방치하였거나 아니면 비극적 과정 자체를 즐기고 있었던 것 같다.

이를테면 다음 예문을 보자.

> ⅰ) 밤마다 울던 저 벌레는
> 　오늘도 마루 밑에서 울고 있네
>
> 　저녁에 빛나는 냇물 같이
> 　벌레 우는 소리는 차고도 쓸쓸하여라
>
> 　밤마다 마루 밑에서 우는 벌레 소리에
> 　내 마음 한없이 이끌리나니
>
> 　　　　　　　　　　　　　　　－ 시 「벌레 우는 소리」 부분
>
> ⅱ) 어느 아이가 띄우다가 날린 것인가
> 　전선줄에 한들한들 걸려있는 연－
>
> 　바람, 비, 눈에 시달려

종이는 찢어지고 꼬리는 잘리고

실만이 앙상하게 남아 있구나

　(중략)

아아, 그것은 나의 영靈이런가

－ 시 「연」 전문

　작품 ⅰ)에서 중심적 어휘를 담당하고 있는 것은 벌레소리이다. 그러나 그 벌레소리는 항시 울음의 상태에 방치되어 있다. 울음이란 현실의 극단적 고통이나 좌절, 낙담 속에서 생성되는 생리적 현상일 터이다. 시인은 이 작품에서 벌레의 울음소리를 오히려 즐김의 양식으로 슬그머니 바꾸어가는 과정을 확인할 수 있다. 밤마다 울던 벌레는 오늘도 마루 밑에서 우는데 이 문맥에서 울음의 기능은 벌레에게 하나의 의무처럼 표현되고 있다. 만약 밤마다 울던 벌레가 울음을 그쳐버린다면 그것은 곧 시간의 정지라든가 죽음 자체를 의미하는 것이다.

　차고 쓸쓸한 느낌으로 들려오는 벌레소리는 시인에 의해 최고의 경지로까지 승화된다. 그것은 곧 '저녁에 빛나는 냇물'과 벌레소리를 합일시키는 시인의 관점이다. 이 대목이야말로 비극적 황홀로 읽혀지는 한국 시의 전형적 사례 중 하나가 아닌가 한다. 벌레소리를 저녁에 빛나는 냇물에 비견하는 시인의 시각은 이제 세속적 슬픔의 경지를 이미 초월한 상태이다.

　이 단계에 이르러 우리는 고월의 시작품에 나타난 슬픔의 표현과 그 지향성이 결코 범상한 수준에 머무르지 않는다는 사실을 깨닫게 된다.

시 ii)는 전선에 걸려 비바람에 찢긴 연의 앙상한 모습을 통하여 자신의 존재성을 암시하는 작품이다. 물론 이 작품의 정확한 원문을 확인할 길이 없고 다만 고월의 친구였던 무애 양주동의 기억에 의한 재생이긴 하지만 고월의 시세계를 더듬어 유추하고 윤곽을 파악하는 작업에서 소중한 자료가 된다고 하겠다.

뭇 사물을 슬픔의 필터로 인식하고 있는 고월의 시 세계는 작품 새 한 마리에서도 마찬가지로 포착된다. '어느 덧 자장가도/ 눈물에 떨고요'라는 대목이 바로 그것이다. 가장 평화롭고 안정된 음조를 지니고 있어야 할 자장가마저 고월은 눈물에 떨고 있다는 표현으로 이끌어간다. 고월의 사물 인식에서 슬픔은 생물과 무생물의 구분이 별도로 이루어지지 아니한다. '눈물짓는 촛불의 가냘픈 숨결'이란 표현으로 전개되는 시 「무대」에서 보듯 심지어 무기물조차도 슬픔의 범주에서 마치 살아있는 생명체처럼 작용하고 있는 것이다.

(3) 구원의 부재 및 현실에 대한 냉소적 태도

1920년대 중후반 고월 이장희가 당면한 현실적 삶은 위기 그 자체였다. 가뜩이나 예민한 시인적 예술가적 섬세한 기질을 가진 고월에게 있어서 가족은 전혀 울타리의 역할이라든가 방어적 장치가 되지 못하였다. 고월은 자신에게 냉담하기만 한 가족들을 표면적으로 원망하거나 불만을 표시하지 않았다. 다만 모든 고통을 혼자 짊어지는 멍에로 여기고 묵묵히 안으로 삭이는 방법을 선택했던 것 같다.

이 과정에서 시인은 자신이 현재 위치한 표상을 구체적 사물이나 존재로 떠올려 슬쩍 슬쩍 드러내는 경우가 있었는데, 다음 예문에서 우리는 그러한 과정을 확인할 수 있다.

시 「달밤 모래 위」에서의 한 대목은 고월의 심리적 상태라든가 자신이 처한 여건을 극명하게 반영하는 또 다른 실체이다. 즉 '모래 위에/자빠진 청개구리의 불룩하고 하이얀 배'를 언급하고 있는 이 작품에서 개구리는 이미 죽음 이후의 평화에 돌입해 있다. 불룩하고 하이얀 배를 드러내고 모래 위에 죽은 채로 발견된 개구리의 광경에서 시인은 자신의 모습을 투영하는 것이다.

고월의 시작품에는 이러한 표현이 도처에서 발견된다.

시 겨울의 모경도 동일한 구조를 지니고 있는 예문 중 하나이다. '앓는 소리 은은한 전차'란 대목에서도 무기물에 불과한 전차의 엔진소리를 '앓는'이라는 병적인 징후로 파악하고 있다. 그런데 '은은한'은 또 무엇인가. 시인은 병적인 소리로 다가오는 전차의 소리를 오히려 즐기고 있는 것이다. 역시 이 작품에 나타난 구절인 '길바닥은 얼어서 죽은 구렁이 같이 뻐드러졌고'란 대목도 논의 대상으로 여겨진다.

하필이면 구불구불 펼쳐져 있는 길을 죽어 뻐드러진 구렁이의 광경에 비견하는 것인가.

고월의 사물인식에서 모든 존재는 죽음의 상태에 놓여 있거나 죽음 직전의 빈사상태로 포착되는 것인지도 모른다.

(4) 과거시간에 대한 후회와 원죄의식

시인은 현재 자신이 처한 비극적 정황을 자신의 탓으로 돌리는 경향이 뚜렷하다. 늘 강압적이고 권위주의적인 부친에 대한 경멸을 표시하는 경우도 없었다. 더불어 자녀들을 남겨두고 일찍 세상을 떠난 모친을 원망하는 상투적인 표현조차 없다. 자신을 육박해 오는 모든 비극적 정황의 근원은 오로지 태어나지 말았어야 할 자신 때문으로 여긴다. 우리는 이를 시인의 고결성으로 읽어도 좋을 것인가.

그 모든 인과의 업보를 오직 혼자서 짊어지고 나아가려는 의지가 뚜렷하다. 하지만 이러한 관점의 막다른 끝은 필연적으로 죽음의 봉착이다. 스스로를 죽임으로써 모든 죄업을 탕감하겠다는 발상은 어쩌면 극히 위험천만한 사고로 이어진다. 하지만 고월 이장희는 이러한 위험성을 굳이 피해가지 않았다.

시 눈에서 시인은 자신의 존재성을 일컬어 '아아 더러운 이 몸을 어이하랴' 란 표현으로 규정한다. 실제로 더러운 것은 시인이 아니라 주변적인 환경들, 가령 친일적 행각으로 재화를 축적한 부친과 계모, 이복형제들과의 불화 따위에 해당될 수 있을 터이다. 하지만 시인은 자신의 출생을 태어나지 말았어야 할 추악醜惡으로 규정하면서 비수의 칼날을 자신에게 돌리고 있다.

출생 자체를 이미 근원적 죄악으로 파악하는 시인에게 있어서 흘러간 일체의 과거시간은 모두 덧없는 것, 후회스러운 것, 나아가서는 있어서는 안 될 것으로 판단되는 것이다.

다음 예문들에서 우리는 그러한 사실을 확인할 수 있다.

ⅰ) 창틈으로 흐르는 피아노 가락에 귀를 기울이고

추억의 환상의 신비에 눈물을 지우더니라

(중략)

그마저도 을씨년스러워 인제는 옛꿈이 되었노라

- 시 「봄 하늘에 눈물이 돌다」 부분

ⅱ) 야릇도 하여라

나의 가슴 속 깊이도 가라앉아

가늘게 숨을 쉬고 있던

해푸른 옛생각은

다시금 꾸물거리며 느껴 울다

(중략)

지금은

수국의 꽃숲으로 돌아가 버린

그러나 그리운 옛님을 뵈올까 하여

- 시 「동경」 부분

예문 ⅰ)과 ⅱ)에서 확인할 수 있는 것은 과거시간에 대한 후회이다.

ⅰ)에서는 창틈으로 흐르는 피아노 가락에 귀를 기울인다고 하여 과거시간에 대한 미련이나 집착으로 읽힐 수도 있으나 이는 곧 모든 것이 사라진 '옛 꿈'이라는 그 다음 문맥에 의해 즉시 부정된다.

이런 점은 ⅱ)의 경우도 동질적이다.

내 가슴 속에 남아있던 옛 생각은 하나의 미련으로 작용하면서 재생의 의지로까지 작용한다. 하지만 이러한 미련이나 재생의 의지조차 곧 그 다음 문맥에 의해 스스로 부정되고 있다. '수국의 꽃숲'은 완전히 떠나간 과거시간이다. 더불어 시인은 '지금은 - 돌아가 버린' 이라는 확정적 언사를 사용하여 마음속의 미련을 확고하게 비워버린 자신의 내면을 반영하고 있다.

시 작은 노래에서 시인은 '잠 못 이루는 나는/ 흰 벽을 바라보며/ 옛 생각에 잠기나니' 라고 표현한다. 그러나 이 대목에 나타나고 있는 과거시간에 대한 언급은 다시 그곳으로 복귀하고 싶다는 열망이 아니라 떠나간 시간에 대한 확고한 결별의 빛깔로써 떠오르는 것이다.

(5) 불길성에 대한 집착

비극적 세계관에 젖어있던 시인의 사물인식 속에서 시야에 들어오는 모든 존재는 아슬아슬한 위기적 정황에 놓여있다. 그 단적인 예문이 시 「겨울 밤」이라 하겠다.

거리는 푸르른 유리창
검은 예각銳角이 미끄러간다

– 시 「겨울 밤」 부분

이 예문에서 우리는 두 색조의 중첩을 발견한다. 길거리의 상점들이 모두 푸르른 유리창을 달고 있는 광경을 묘사하고 있다. 그런데 시인은 거기서 느닷없이 '검은 예각銳角'을 떠올린다. 푸른색과 검은 색의 검푸른 배합은 어떤 의미와 상징성을 지니는 것일까?

'푸른'이라는 색채어는 '풀'에서 유래된 것이라 한다. 보랏빛이 감도는 반물색, 즉 감청색에 해당되는 바 이 반물색은 생명체가 건강한 약동의 기운을 점차 상실해가는 소멸의 과정을 나타내고 있다. 검고도 푸르스름한 빛깔, 즉 검푸른 색상이 주는 상징성은 죽음의 느낌과 일치한다.

다음 작품에서도 우리는 검푸른 빛깔이 주는 불길성과 대면하게 된다.

> 창을 닫은 가게는 고요히 늘어섰고
> 서리와 함께 달빛은 내리는데
> 잎사귀 지는 길가의 나무 밑을
> 내 홀로 거니노라
> 활동사진관에서
> 아까 구경한
> 피에로의 실없은 신세를 생각하며
>
> – 시 「가을 밤」 전문

위의 예문은 극장에서 활동사진(영화)을 관람하고 나오는 시적 화자의 광경을 그리고 있다. 그런데 활동사진의 내용이 비극적이었으며, 주인공 피에로는 몹시 처연한 신세로 그려진 듯하다.

시적 화자는 피에로의 신세와 자신의 처지를 동일시하면서 밤거리를 걷는다. 거리를 걷는 시적 화자의 주변 풍경에서 느껴지는 색채 이미지는 완벽하게도 검푸른 빛깔이다. 거리의 유리창과 거기에 비친 달빛, 더불어 서리의 차디찬 느낌, 잎 진 길가의 나무 밑 풍경이 주는 배합은 반물색으로 선연히 다가온다.

이러한 풍경의 묘사는 시인의 내면에 충만한 비극성을 더욱 강화시켜주는 역할을 담당한다.

검푸른 색상을 바탕으로 하는 비극적 분위기의 사생법寫生法으로 고월 이장희가 구사하는 또 하나의 예문이 될 수 있는 시 「저녁」(1928)은 시적 화자가 다리를 건너다가 한 인물을 발견하고 그에 관한 시적 진술이다.

> 누군지 다리 위에 망연히 섰다
> 검은 그 양자 그리웁구나
> 그도 나같이 이 저녁을 쓸쓸히 지내는가

시적 화자가 발견한 다리 위의 인물에 대하여 시인은 다만 '검은 양자(樣子, 그림자)'란 대목으로 슬쩍 추상화시키고 있다. 결국 시적 화자가 제시하는 다리 위의 검은 실루엣은 시적 화자 자신을 암시하기 위한 또 다른 방법에 불과하다.

3. 고월 시작품에 나타난 모성성의 의미와 역할

(1) 시적 자아와 모성성의 거리

고월 이장희의 시작품에 유난히 풍부하게 등장하고 있는 이미지는 어머니의 표상이다. 그런데 그 어머니 표상은 고월의 시세계에서 시적 자아와 항시 일치와 조화를 이루지 못하는 정황으로 나타난다.

실제로 시인의 개인사에서 고월의 어머니는 아들의 나이 불과 다섯 살에 세상을 떠났다. 어느 가정에서나 마찬가지로 모친의 별세는 남겨진 어린 자녀들의 정상적 성장과 발달에 엄청난 장애요인으로 작용하였을 것이다. 고월의 경우 남달리 예민한 시인적 기질과 감각으로 모친의 별세는 일체의 세속적 삶을 무의미하게 바꾸어버렸을 것으로 추정된다. 모친이 만약 생존해 있었더라면 몹시 권위주의적이고 가부장적이었던 부친과 아들의 사이를 심한 갈등으로 그냥 방치하지는 않았으리라.

고월에게 있어서 모친의 별세는 곧 세상 전체의 상실을 의미한다. 모친의 별세로 말미암아 세상의 모든 희망은 사라지고 가족은 본래의 기능을 잃어버렸다. 오로지 세상에 단 하나 외롭게 버려진 목숨으로 자신을 간주했을 것이다. 이러한 판단과 사고는 청년기 특유의 과장된 감성, 팽창된 정서 때문이었을 것이다.

다음 예문은 당시 고월의 심리상태를 극명히 보여주는 작품으로 평가된다.

날마다 밤마다

내 가슴에 품겨서

아프다 아프다고 발버둥치는

가엾은 새 한 마리

나는 자장가를 부르며

잠 재우려 하지만

그저 아프다 아프다고 울기만 합니다

어느 덧 자장가도

눈물에 떨고요

- 시 「새 한 마리」 전문

이 작품에서 새는 또 다른 시적 자아에 다름 아니다. '나'로 표현된 시적 자아는 사실상 가상적 자아에 불과하다. 그 가상적 자아는 모성적 역할을 담당하고 있지만 줄곧 아픔을 호소하면서 칭얼대는 새 한 마리를 다독거리며 잠재우려 한다. 그러나 결국 어린 새를 잠재우지 못하고 자장가마저 눈물에 떨리는 소리로 들린다는 시적 진술로 이어진다.

이러한 광경은 과연 무엇을 암시하고 있는가.

시인은 현재 아들의 곁에 계시지 않는 어머니의 혼령을 저승에서 작품 속으로 불러온 것이다. 그리고 시인 자신은 한 마리 새의 표상으로 몸을 바꾸어 상상 속의 어머니 품에 안겨서 오래도록 만나지 못한 어머니께 불만과 안타까움을 칭얼대고 있는 그림이다. 어머니를 잃어버린 아들의 너무나 안타까운 상상이 아닐 수 없다.

하지만 상상에서 현실로 돌아와 보면 홀로 남은 자신의 처연한 모습만을 깨닫게 될 뿐이다. 이렇게 시적 자아와 모성성은 항시 일정한 거리를 둘 수밖에 없는 것이지만 시인은 그것이 불가능한 것인 줄 알면서도 틈나는 대로 모성성을 자신의 내부에 품으려 애를 쓰는 것이다. 고월의 시세계가 주는 처연함이나 안타까움은 이런 표현구도에서도 확인될 수 있는 하나의 특성이라 하겠다.

(2) 안락함과 행복감의 근원인 어머니

고양이 상징으로 비유된 모성성의 포근함

고월 이장희의 시작품을 대표하는 두드러진 본보기로 흔히 활용되는 작품이 바로 봄은 「고양이로다」이다. 실제로 이 작품은 고월 시의 전반을 압도하고 있는 우울성, 허무주의, 비극적 세계관 따위가 전혀 나타나 있지 않다. 봄이라는 시간성을 배경으로 한 마리의 고양이 표상을 통하여 봄의 감각을 실감나게 그려내고 있다. 그리고 그러한 시도는 일정한 성공을 거두고 있다.

> 꽃가루와같이 부드러운 고양이의 털에
> 고운 봄의 향기가 어리우도다

금방울과같이 호동그란 고양이의 눈에

미친 봄의 불길이 흐르도다

고요히 다문 고양이의 입술에

포근한 봄졸음이 떠돌아라

날카롭게 쭉 뻗은 고양이의 수염에

푸른 봄의 생기가 뛰놀아라

– 시 「봄은 고양이로다」 전문

전체 구조가 4연 8행에 불과한 이 단형서정시는 묘한 여운 효과를 재치 있게 활용하고 있다. 고양이라는 동물의 신체 각 부위의 상태와 환경 묘사를 통하여 봄의 특징을 나타내는 감각적 장치로 구사하고 있다.

즉 고양이의 털은 봄 향기, 고양이의 눈은 봄의 불길, 고양이의 다문 입술은 포근한 졸음, 고양이의 날카로운 수염은 봄의 생기로 감각의 통합을 이루고 있는 것이다. 이 시에서의 주된 분위기는 봄의 평화로움이다. 작품의 그 어디에도 우울한 색조와 부정적 감각은 단 한 군데도 찾아볼 수 없다. 고월 이장희의 작품세계에서는 그만큼 특이한 계열에 속하는 형태이다.

고양이로 표상된 시적 이미지는 기실 시인 자신의 내적 갈망과 지향을 나타내고 있는 것으로 보아야 한다. 부드러움과 고요함이 보장된 정서, 날카로운 예지, 사물에 대하여 느끼는 각별한 시인적 호기심 등이 문맥의 이면에서 강렬한 암시로 풍겨난다. 하지만 이런 작품을 쓰게 된 바탕에는 모성성을 잃어버린 안타까움이 자리 잡고 있음을 흘려보아서는 안 될 것이다.

각 행의 마지막 결구인 '어리우도다' '흐르도다' '떠돌아라' '뛰놀아라' 등은 시인의 내적 갈망을 나타낸 또 다른 어구로서 읽어야 한다. 바꿔 말하자면 '어리우고 싶어라' '흐르도록 하고 싶어라' '떠돌도록 하고 싶어라' '뛰놀게 하고 싶어라'의 문맥으로 읽히는 것은 자연스런 맥락이다.

시적 화자는 현재 전혀 평화롭지 못한 환경 속에 놓여서 평화를 진정 갈망하고 있는 심리적 여건을 그대로 반영하고 있는 것이다. 작품 속에 그려진 고양이와 그 주변을 꾸미고 있는 환경은 오로지 모성성에 대한 갈망이다. 그러나 시인은 끝내 자신이 잃어버린 모성성에 대하여 상상 속에서만 가닿을 수 있는 안타까움이라는 사실을 잘 알고 있다.

모든 사물 속에 깃든 포근한 모성성

이후로 고월의 시작품은 시인이 대하는 모든 사물과 현상 속에서 모성적인 포근함을 포착하고 이를 중시하는 포즈를 취하게 된다.

다음 작품들에서 그러한 사례를 발견할 수 있다.

> i) 엷은 구름과
>
> 낮거운 햇빛은
>
> 자장가처럼 정거웁구나
>
> 실바람 물살 지우는 바다 위로

나직하게 VO 우는

기적의 소리가 들린다

– 시 「봄철과 바다」 부분

ⅱ) 먼 수풀을 밟으며

지나갔도다

고운 햇빛은 내리부어

풀잎에 사랑스럽고

종달새 구슬을 굴리듯 노래 불러라

들과 하늘은 서로 비추어

푸른 빛이 바다를 이루었나니

이 속에 숨쉬는 모든 것의 기쁨이여

홀로 발길을 거니매

맘은 개구리같이 젖어버리다

– 시 「들에서」 전문

ⅰ)에서 구름과 햇빛은 바로 모성적 색채를 일러주는 시어로 등장한다.

'엷은'과 '낮겨운'이 구름과 햇빛을 수식하고 있지만 시인이 추구하는 의미를 강화시키는 역할에 다소 기여하고 있는 것이 확인된다. 그런데 시인은 구름과 햇빛을 자장가라는 포근한 모성성이 느껴지는 어휘와 연결시킨다.

이어서 봄 바다 위에서 나직하게 들려오는 뱃고동 소리를 떠올리며 모성적 분위기를 한껏 고조시키고 있다. 뱃고동을 'VO'라는 알파벳으로 표현한 대목은 일찍이 일본의 시단에서 즐겨 구사되던 이미지즘적 창작방법의 영향으로 보인다. 이시카와 타쿠보쿠(石川啄木, 1886 ~1912)의 작품에서도 그러한 사례를 발견할 수 있다.

결국 ⅰ)에서 시인의 의도는 봄과 모성성을 통합시키고자 하려는 시도이다. 더불어 이러한 시도는 일정한 시적 성취를 얻고 있다.

ⅱ)도 ⅰ)의 창작의도에서 크게 벗어나지 않는다.

온통 초록으로 가득 찬 대지의 감격을 몸소 구가하는 시인의 발자취가 나타나 있다. 이 작품에서 가장 돋보이는 부분은 하늘과 땅의 완벽한 조화와 일치이다. 그리고 그 대자연 속을 거니는 시적 화자도 자연의 중요한 일부로서 자리하고 있다. 그 어느 것 하나도 대자연의 거대한 조화와 순환체계 속에서 전혀 벗어나 있지 않다.

작품 속에서 모든 사물은 제각기 분리되는 시적 장치로 개별화되어 있지만 대자연이라는 하나의 질서와 명분으로 너무도 부드럽게 통합되고 있다. '이 속에 숨 쉬는 모든 것의 기쁨이여'라고 말하는 시인의 화법에서 우리는 모성성의 포근한 공간을 떠올린다. 결국 이 작품은 모성성을 갈망하는 시인의 상상 속에서 이룩한 높고 우뚝한 정신적 성취라 하겠다.

필자의 판단으로 보건대 이 작품이야말로 고월 이장희의 시작품 가운데 가장 절창에 해당하는 수작秀作이 아닌가 한다.

시 들에서는 고월 작품 특유의 우울성과 비극성을 극복하여 진정한 조화와 통합의 정신에 다다른 작품으로 새롭게 평가되어야 할 것이다.

다음 예문도 우리의 주목을 끄는 사례 중 하나이다.

> i) 풀은 자라
>
> 　머리털같이 자라 향기롭고
>
> 　나뭇잎에
>
> 　등불은 기름같이 흘러 있소
>
> 　분수噴水는 이끼 돋은
>
> 　돌 위에 빛납니다
>
> 　저기 푸른 안개 너머로
>
> 　벤치에 스러진 사람은 누구입니까
>
> 　　　　　　　　　　　　　　　　　　　　　－ 시 「여름밤 공원(公園)」에서 전문
>
> ii) 아무것도 없던 우리집 뜰에
>
> 　언제 누가 심었는지 봉숭아가 피었네
>
> 　밝은 봉숭아는
>
> 　이 어두컴컴한 집의 정다운 등불이다
>
> 　　　　　　　　　　　　　　　　　　　　　－ 시 「봉숭아」 부분

예문 ⅰ)에서 자연적 대상물의 묘사는 자못 싱그럽고 건강성마저 띠고 있다. 풀, 나뭇잎, 분수는 제각기 아름다운 향기와 윤기와 광채를 머

금고 있다. 그리고 그 자연적 대상물들은 모두 하나같이 모성적 빛깔을 은연중에 띠고 있다. 이 당시까지만 하더라도 고월의 시세계는 모든 사물에 대한 허무주의적 관점으로 빠져들지는 않았던 듯하다. '벤치에 스러진 사람'만 하더라도 낙담과 좌절의 빛깔이 그렇게 강렬하지는 않다.

예문 ii)에서도 어두컴컴한 집과 밝은 봉숭아의 대비가 극명히 드러난다. 하찮은 식물에 불과한 한 포기 봉숭아꽃을 통하여 시인은 어머니의 표상을 발견하고 있는 것이다.

> i) 선잠에서 눈뜬 샛별은
>
> 싸늘한 나의 뺨같이 떨며
>
> 은빛진 미소를 보내나니
>
>
> 외떨어진 샛별이여
>
> 내리봄이 어디런가
>
> 남빛에 흔들리는 바다런가
>
> 바다이면 아마도 섬이 있고
>
> 섬이면 고운 꽃 피는 수국이리라
>
> 오 잊을 수 없는 머나먼 동경이여
>
> — 시 「동경」 부분
>
> ii) 어머니 어머니라고
>
> 어린 마음으로 가만히 부르고 싶은
>
> 푸른 하늘에
>
> 다스한 봄이 흐르고

또 흰빛을 놓으며

불룩한 유방이 달려 있어

이슬 맺힌 포도송이보다 더 아름다워라

탐스런 유방을 볼지어다

아아 유방으로서 달콤한 것이 방울지려 하누나

이 때야말로 애구哀求의 정이 눈물겹고

주린 식욕이 입을 벌리도다

이 무심한 식욕

이 복스러운 유방 --

쓸쓸한 심령이여 쏜살같이 날려지이다

푸른 하늘에 날려지이다

— 시 「청천(靑天)의 유방」 전문

예문 ⅰ)에서 샛별은 앞의 예문들과 마찬가지로 어머니의 표상으로 떠오른다. 샛별은 항시 부드러운 미소를 시적 화자에게 보내주며 뭇 사물을 응시한다. 홀로 떨어진 샛별에 대하여 시인은 수국이 만발한 남녘 바다의 외딴 섬으로 가 있을 것으로 추정한다. 시적 화자가 간절하게 동경하는 그곳은 바로 모성성으로 가득한 공간이다.

이러한 동경은 예문 ⅱ)에서도 함께 나타나고 있다.

청천의 유방이란 제목의 이 시는 「봄은 고양이로다」와 더불어 고월 이장희의 문학성을 대표하는 작품으로 널리 알려져 있다. 작품 속에서 모성성은 앞서 살펴본 시 봄철과 바다와 들에서의 경우와 마찬가지로 봄의 계절적 표상을 지니고 등장한다.

그런데 특이한 것은 청천青天이라는 가상공간에 어머니의 유방을 설정해 두고 있다는 점이다. 푸른 하늘에서 마치 포도송이처럼 주렁주렁 드리워진 어머니의 유방을 발견하는 순간 시적 화자는 쏜살같이 달려가서 어머니의 유방에 안겨드는 것이다. 일찍이 어머니를 잃어버린 고월 이장희의 시세계에서 이 작품보다 더 처연하고 애처로운 표현의 작품은 그리 흔하지 않다. 얼마나 어머니에 대한 애착과 그리움이 강렬했으면 허공에서 어머니의 젖을 발견하는 상상에 이르렀을까.

어쩌면 고월 이장희의 시세계를 지탱하는 힘의 바탕이 모성성의 결핍에서 기인된 것은 아닐까 한다. 시작에서 마무리까지 오직 어머니를 그리워하는 시인의 간절한 마음에서 비롯되었고, 또 대자연을 표현하는 과정에서도 어머니와의 연결은 반드시 매개되어 있다. 그러한 대자연에 깃들여 사는 인간의 삶도 모성성과의 연결 속에서만 안정을 얻고 질서를 회복하는 것이다.

성모 마리아를 통해 느끼는 모성성

이장희의 유고 시작품에서 나타나는 특이한 현상 중 하나는 성모 마리아에 관한 언급이 몇 군데서 드물게 발견되고 있다는 사실이다. 알려져 있는 바로는 고월이 그 어떤 종교도 갖지 않은 것으로 확인되고 있으나 필자의 판단으로는 모성성에 관한 강렬한 동경과 열망으로 성모 마리아에 관한 새로운 애착을 갖게 된 것이 아닌가 한다.

주지하다시피 성모 마리아는 예수 그리스도의 어머니로 가톨릭과 동방교회 등에서 성모聖母, 또는 성모 마리아란 이름으로 존칭한다. 성서 자료에 의하면 성모 마리아는 천사의 계시로 처녀 잉태하였다고 한다. 성모 마리아에 대한 경배는 이미 가톨릭 초대교회 때부터 활발하게 이루어져 예수 그리스도의 어머니로, 혹은 은총의 중개자로서 보편적 존경의 대상으로 정착되었다. 특히 원죄에 물들지 않은 '무구無垢의 여인'으로 불렸으며, 성 바실리오의 알렉산드리아 전문典文에도 성모 마리아에 대하여 '지극히 거룩하시고 지극히 영화로우시고 무구하신 이'라는 문장으로 표현되어 있다.

> ⅰ) 흰구름 조으는 하늘 깊이에
>
> 마리아의 빛나는 가슴이 잠겨 있나니
>
> 커다란 사랑을 느끼는 봄이 되어도
>
> 봄은 나를 버리고 곁길로 돌아가다
>
> 밝은 웃음과 강한 빛깔이 거리에 찼건만
>
> 나의 행복과 자랑은 미풍微風에 녹아 사라졌도다
>
> — 시 「봄 하늘에 눈물이 돌다」 부분
>
> ⅱ) 바람 소리는 아니고
>
> 실낱 같은 소리가 있어
>
> 푸른 잎사귀 너머로
>
> 나직하게 들리도다
>
>
>
> 멀리서 부르는 꿈 노랜지
>
> 야릇한 소리는 끊임없이
>
> 고운 향기에 녹아들어
>
> 쓸쓸한 이 가슴에 사모치어라

(중략)

보아라 새까만 큰 바위 사이에

높이 받든 성마리아

새맑은 모래 위에 꿇았으며

우러르고 꾸부린 수녀들을

– 시 「석양구(夕陽丘)」 부분

ⅰ)과 ⅱ)의 사례들은 모두 성모 마리아에 관한 시적 진술이 담겨 있는 작품들이다.

하지만 면밀히 주의해서 살펴보면 성모 마리아를 향해 다가가는 심리적 거리를 느낄 수 있다. ⅰ)은 시적 화자가 성모 마리아에 관한 긍정과 존경심으로 가득 차 있지만 커다란 사랑을 느끼게 하는 봄은 시적 화자를 버리고 곁길로 사라졌다는 표현을 쓰고 있다. 그러나 ⅱ)에서는 아무런 심적 장애가 없는 상태로 성모 마리아를 향해 스스로 다가가는 과정이 나타나고 있다.

배경이 되는 계절은 봄이며, 수녀들이 잔잔한 음성으로 부르는 가톨릭 성가의 소리가 시적 화자의 귀에 들려온다. 그 노랫소리를 따라서 가본 그곳에서 시적 화자는 바위굴에 높이 모셔진 성모 마리아의 상과 만나게 된다. 그 성모상은 세월이 아무리 흘러가도 전혀 변하지 않는 마음 속 영원한 어머니, 즉 구원久遠의 어머니로서 다가왔던 것이다.

고월 이장희가 이 작품 속에서 대면했던 성모 마리아상은 아마도 대구시 중구 남산동에 소재한 가톨릭 교구청 내부의 성모당聖母堂을 가리키는 것으로 추정된다.

성모당은 1917년 7월에 착공하여 이듬해 8월에 완성한 천주교 성지이다. 당시 대구 천주교회 초대교구장이었던 드망주 신부가 건축한 이 시설물은 프랑스의 루르드 성모굴의 크기와 바위의 세부적인 면까지 비슷한 분위기로 만들었다고 한다. 앞쪽에 넓은 마당이 있고, 북향으로 세운 붉은 벽돌구조의 건물 내부에는 암굴처럼 꾸미고 그 위에 마리아 상을 봉안하였다.

시「석양구夕陽丘」가 발표된 연도는 성모당의 완공 직후였고, 대구 시민들의 중요 화제로 떠올랐을 것이다. 항상 폐쇄적인 칩거생활을 하던 고월 이장희 시인은 간혹 외출을 해보지만 갈 곳이 뚜렷하지 않았다. 다만 인적이 드물고 기도하는 사람들의 조용한 발길만이 찾아드는 성모당을 종종 찾았다가 이 작품의 영감을 떠올리게 되었을 것이다.

당시 이장희의 집은 대구부大邱府 서성정(西城町, 오늘의 서성로)이었으므로 성모당이 위치한 남산동과는 불과 1km 안쪽의 가까운 거리이기 때문에 이를 충분히 유추해 볼 수 있다. 이런 근거를 바탕으로 하여 시「석양구」는 1920년대 대구의 명물로 떠올랐던 가톨릭 성지 성모당을 그린 작품으로 추정하고자 한다.

4. 시적 자아의 빛깔과 그 우울성

(1) 불가능과 비현실 공간에 유폐된 시적 자아

고월 이장희의 시적 감성과 의욕을 완전히 차단했던 실체는 과연 무엇일까? 그것은 단적으로 말해 어머니의 죽음과 아버지에 대한 배신감 때문이었을 것이다. 원래 시인은 자신의 밝고 풋풋한 시적 감성을 자유롭게 표현하며 긍정적 사고와 건강한 가치관을 가졌을 것이다.

하지만 이 두 가지 악조건은 시인의 현재와 미래시간에 대한 희망을 송두리째 박탈해버렸다. 가족에 대한 절망감은 가뜩이나 섬약한 시인에게 있어서 너무도 가혹한 파괴력을 지녔다. 그러한 파괴력은 시인의 정상적 사고와 순탄한 삶을 완전히 황폐한 성격으로 휘몰아갔다. 세상에 그 어떤 것도 불가능의 범주로 해석되었으며 자신을 오로지 시간과 공간에 유폐된 존재라고 여겼던 것이다. 그러한 그물을 빠져나오려는 그 어떤 노력도 하지 않았고, 소극적 소모적 삶의 방기放棄로 이어졌던 것이다.

인간의 삶에서 가장 두려운 것은 자포자기의 자세가 아닌가 한다. 최소한의 의욕조차 잃어버린 인간에게 어찌 존재의 정체성을 구할 수 있으리. 고월 이장희 시인에게 있어서 당시의 열악했던 삶은 모든 것이 부정적이고, 무의미한 것이었으며, 슬픔으로 가득 찬 것이었다.

다음에 예시한 세 편의 작품에서 우리는 그러한 습관의 극단적 내면풍경과 대면하게 된다.

　　ⅰ) 거미줄로 짠 회색옷을 입은 젊은 사나이
　　　 흰 뱀 무늬로 몸을 꾸민 어여쁜 새악씨

　　　 보아라, 푸른 달빛과 같은 애처로운 꿈이 아니뇨

　　　　　　　　　　　　　　　　　　　　　 — 시 「무대」 부분

ii) 푸른 고양이는 물오른 버드나무에 스르르 올라가

　　　버들가지를 안고 버들가지를 흔들며

　　　또 목놓아 웁니다 노래를 부릅니다

　　　멀리서 검은 그림자가 움직이고

　　　칼날이 은같이 번쩍이더니

　　　푸른 고양이도 볼 수 없고

　　　꽃다운 소리도 들을 수 없고

　　　그저 쓸쓸한 모래 위에 선혈이 흘러 있소

– 시 「고양이의 꿈」 부분

iii) 실내를 떠도는 그윽한 냄새

　　　좀먹은 비단의 쓸쓸한 냄새

　　　눈물에 더럽힌 몽환의 침대

　　　낡은 벽을 의지한 피아노

　　　커다란 말라버린 달리아

　　　파랗게 흉헙게 여윈 고양이

　　　언제든지 모색暮色을 띤 숲속에

　　　코끼리 같은 고풍의 빈집이 있다

– 시 「빈 집」 전문

　　i)은 인생이라는 무대 위에 올라서 연기를 하고 있는 배우들의 의상이 하나같이 우울한 색조와 비극성으로 충만되어 있다. '거미줄로 짠 회색옷'이란 표현에서 비극성의 극치를 엿보게 된다.

ii)는 '고양이'라는 가시적 동물로 표현되어 있지만 실제로는 바람의 은유이다. 더욱 구체적으로 말하자면 버들가지를 흔들어대는 봄바람을 다루고 있다. 그런데 실체를 알 수 없는 수상한 '검은 그림자'의 칼날에 의해 모든 평화와 행복은 일시에 사라지고, 모래 위에 핏방울만 남아있다고 표현한다.

고월의 시작품에 나타난 수편의 고양이 이미지 가운데 부정적 표현으로 일관되고 있는 작품이 시 「고양이의 꿈」이다. 고월은 자신의 시에서 고양이 이미지를 즐겨 다루었지만 그것이 결코 고양이의 생태학적 사실에 관한 서술과는 전혀 무관하다. 다만 고양이라는 동물은 자신의 내면 풍경을 드러내거나 암시해주는 하나의 매개물로서만 자리하고 있을 뿐이다.

시 iii)에서도 고양이는 하나의 시적 도구로서 등장하고 있다.

고양이는 빈집의 우울성을 꾸며주고 있는 장치이자 효과이다. 그리고 빈집을 가득 채우고 있는 것은 쓸쓸함, 건조함, 노후함 따위로 가득하며 전반적으로 몽환적 분위기로 채워져 있다. 결국 빈집은 고월의 황폐한 내면풍경을 드러내는 하나의 훌륭한 시적 매개물이다.

거의 대부분 이런 상징적 효과를 구사하는 것이 고월 이장희의 창작방법론이지만 이따금 직설법으로 나타낼 경우도 있다. 그러한 경우는 대개 격앙된 감정을 억제하는 일에 실패했을 때 봉착하는 특성이기도 하다.

시 「어느 밤의 한 대목」에서 '여름이 와도 쓸쓸한 우리 집 뜰'의 표현처럼 상징적 매개물을 전혀 쓰지 아니하고 직설적 화법으로 나타내는 것이 바로 그러한 사례라 할 수 있다.

(2) 피로와 권태의 확장

고월의 시작품 전반을 통하여 이런 분위기의 묘사를 발견하는 것은 그다지 어렵지 않다. 우울한 색조와 불투명한 감성으로 가득 찬 것이 고월 시세계의 일반적인 빛깔이라 한다면 다음 작품들은 그러한 사례들 중 더욱 극단적 예문들이라 할 수 있다.

> i) 사람 세상을 등진 지 오랫동안
>
>   권태와 우울과 회의로 된 무거운 보퉁이를 둘러메고
>
>   가상이 넓은 검정 모자를 숙여 쓰고
>
>   때로 호젓한 어둔 골목을 헤매이다가
>
>   싸늘한 돌담에 기대이며
>
>   (중략)
>
>   아아 나의 고달픈 혼이여
>
>   잃어진 봄이 다시 오라
>
> – 시 「봄하늘의 눈물이 돌다」 부분
>
> ii) 바다를 향하여 기울어진 풀둔덕에서
>
>   어느 덧 나는
>
>   휘파람 불기에도 피곤하였다
>
> – 시 「봄철의 바다」 부분
>
> iii) 애달프다
>
>   헐벗은 버들가지에
>
>   어느 때부터인지

연 하나 걸려 있어

낡고 지쳐 가늘었나니

그는 가을 바람에 우는

옛 생각의 그림잘러라

- 시 「연」 부분

예문 ⅰ)에서 권태, 우울, 회의란 관념적 단어들은 아무런 여과 없이 마구 쏟아지고 있다. 사실 이런 언어 구사는 시적 효과를 증폭시키는 과정에서 현저한 장애 요인으로 작용한다. 극히 기피해야 할 방법인 것이다. 그럼에도 불구하고 고월은 아무런 주저를 느끼지 않고 이런 관념적 어휘를 그대로 통과시키고 있다.

폐쇄적 공간에 스스로를 오래도록 유폐시켜놓은 상태에서 정신의 건강성을 기대한다는 것은 사실상 불가능할 것이다. 고월은 실제로 이렇게도 암울한 공간에서 혼자 거처하였다. 그 누가 살뜰히 돌보아 주는 것도 아니었다. 그러한 과정은 곧장 머지않은 장래에 죽음을 예비하는 모습과 다름 아니다. 이미 이 시기에 이르러 고월은 삶의 모든 의욕을 일절 차단하고 있었다.

일찍이 어머니를 잃고 가족들과도 절연된 채 시인은 혼자 빈 방에 엎드려 종일토록 금붕어를 그렸다고 전한다. 금붕어는 바로 시인 자신의 또 다른 표상이 아니었을까? 비좁은 어항 속에 갇혀 주인이 주는 먹이로 겨우 끼니를 잇고, 어항 속을 세상의 모든 것으로 여기며 비참한 생존을 유지해 가는 금붕어의 존재성. 어쩌면 시인 자신의 처지와 현재성을 고스란히 상징하고 있는 표상이었을 것이다. 정신병리학에서도 이런 행동은 정신의 부조화와 이상적 징후가 발생하고 난 뒤 극히 말기적 증상이라고 설명한다.

그런 측면에서 다시금 읽어보는 ⅰ)은 잃어버린 봄의 회복을 다시 기원하는 자의 발언이 아니라 절망의 극단에 다다른 자의 언술이라 하겠다. ⅱ)에서 우리는 그러한 극단의 피로감을 감지할 수 있다. ⅲ)에서 시인은 나뭇가지에 걸려 원래의 형체를 서서히 잃어가는 연의 모습을 통하여 심신이 황폐해진 자신의 현재성을 표상하고 있는 것이다.

(3) 소멸과 죽음에 대한 애착

대부분의 요절한 시인들이 남겼던 작품에서 우리는 죽음의 징후를 발견할 수 있다.

고월의 시작품에서도 우리는 그가 이미 죽음을 예비하고 쓴 듯한 절명시絶命詩의 호흡을 발견하기란 그리 어렵지 않다. 자아를 철저히 폐쇄공간에 유폐시켰던 고월 이장희 시인은 극단적 피로와 권태의 시기를 거쳐 마침내 소멸과 죽음의 단계로 접어든다. 이는 삶의 건강성이 회복되기를 바라지 않는 자의 자연스런 경과이며 필연적인 봉착이다.

한때 고월에게 건강한 삶을 지향하면서 시간들이 전혀 없었던 것은 아니다.

고월이 남긴 절창 「들에서」가 보여주듯 대자연 속에서 숨 쉬는 기쁨을 감격스럽게 구가하던 경험들도 있었다. 하지만 시인은 서서히 모든 희망을 접고 있다. 그것은 가족과 사회라는 주변 환경의 열악성에 대한 극도의 절망과 직결된다.

하지만 시인은 그러한 절망의식을 분노로 이어가지 않았다. 오직 자기정체성을 부정하고 시련에 노출시킴으로써 물리적 생존을 더 이상 불가능하도록 이끌어갔던 것이다.

> ⅰ) 그와 함께 나는 맡았습니다
>
> 야릇하고 은은한 주검의 비린내를
>
>
> 슬퍼하는 이마는 하늘을 우러르고
>
> 푸른 달의 속삼임을 들으려는 듯
>
> 나는 모래 위에 말없이 섰더이다
>
> - 시 「달밤, 모래 위에서」 부분
>
> ⅱ) 이들 눈에 모든 것이 김을 뿜어서
>
> 그는 환등幻燈의 영사막映寫幕이며 침울沈鬱한 멧상을 보는 듯하다
>
> - 시 「겨울의 모경(暮景)」 부분
>
> ⅲ) 고드름 매달린
>
> 저기 저 처마 밑에
>
> 서울의 망령亡靈이 떨고 있다
>
> 풍지 같이 떨고 있다
>
> - 시 「겨울 밤」 부분

위의 예문들은 모두 죽음의 음영을 깊이 드리우고 있는 작품들이다. ⅰ)에서 시적 자아는 '야릇하고 은은한 주검의 비린내'를 깊이 흡입

한다. 이미 시인의 오감 속으로는 죽음의 불길한 그늘이 스며들어와 최후를 먼저 준비하고 있는 분위기를 느끼게 한다.

ii)와 iii)의 예문들도 마찬가지다. 표현 그대로 '침울한 뎃쌍'이며 '떨고 있는 망령'의 흉흉한 불길함이 느껴진다. 시 「동경」의 한 부분에서도 '도깨비의 걸음걸이로 비틀거리는 쓸쓸한 정서'란 대목이 발견된다. '무덤 같이 잔잔한 모래 둔덕 위에/ 무릎을 껴안고 시름없이 앉은/ 이 나의 거친 머리칼'로 그려진 이 작품은 이미 죽음 이후의 세계로 넘어선 자의 어법으로 구사되고 있다.

시 「사상沙上」에서 묘사되는 '끔찍한 행렬'은 장례식의 기나긴 행렬을 연상케 한다.

내부에서 죽음을 결행하고자 하는 시인의 비밀스런 계획이 이런 문맥들에서 구체적으로 감지되고 있다. 하지만 주변의 그 누구도 이러한 사실을 눈치 채지 못하였다. 그만큼 시인은 외부세계와 절연되어 있던 것이다.

5. 고월 이장희 문학의 장르 인식 – 시와 소설의 상관성 인식

한 사람의 문학인으로서 시와 소설을 비롯한 다양한 장르를 동시에 넘나들며 창작의 성과를 이룩한 경우란 그리 흔하지 않다.

간혹 남다른 의욕을 지닌 문학인들이 시와 소설을 겸한다든가, 위의 장르와 아동문학을 함께 겸하는 사례가 있다. 이것은 하나의 장르로 자신의 문학적 포부를 모두 실현하기가 불편할 때 다른 장르의 효과를 활용하는 것이다.

시라는 장르의 특성은 시적 자아를 외부에 드러내는 소통과 표현의 도구로써 긴요하게 작용한다. 소설이란 장르의 특성도 말하자면 현실에 대한 포부와 내적 구상을 반영하는 강렬한 표현 도구로서 존재하는 것이다. 이처럼 장르의 기능과 고유성은 서로 구별되는 것이므로 시인이 소설이나 산문을 통하여 시 장르에서 다하지 못한 포부를 실현할 수 있다. 마찬가지로 소설가의 경우 시를 통하여 보다 압축되고 다듬어진 표현으로 자신의 못다 한 문학적 포부를 풀어낼 수 있다.

한국현대문학사에서는 춘원 이광수와 육당 최남선이 시와 산문이라는 두 가지 이상의 장르를 넘나들며 왕성한 창작활동을 펼쳤다. 만해 한용운, 정지용, 김기림, 임화, 백석의 경우도 시, 소설, 평론을 포함한 다양한 장르를 함께 겸하는 경우가 많았다.

해방 후에는 황순원(소설, 시), 김동리(소설, 평론, 시), 조지훈(시, 평론), 고은(시, 소설, 평론), 이문구(소설, 동시), 김지하(시, 대설, 평론), 한승원(소설, 시), 손춘익(소설, 동화), 송기원(소설, 시), 정호승(시, 소설, 동화), 김영무(평론, 시), 안도현(시, 동화) 등이 복합적 장르를 활용하여 다양한 글쓰기 사례를 시도했던 사례를 들 수 있다.

고월 이장희 시인의 경우 그가 일생을 통해 남긴 유작은 시작품이 도합 45편 가량, 번역소설이 1편, 창작 단편으로 1편을 남겼다. 작품 편수로는 극히 적은 수에 불과하지만 1920년대와 같이 문학의 근대적 체계가 제대로 자리 잡기 이전에 한 사람의 시인으로 활동을 했다는 사실은 매우 희귀한 경우이다. 이와 더불어 40여 편이라는 작품 편수도 당시의 여건으로 볼 때는 그렇게 적은 숫자가 아니었다는 사실이다.

지금까지 우리는 앞에서 고월 이장희의 시작품을 면밀히 검토하고 분석해 보았거니와 이제 고월이 남긴 유일한 소설 작품인 단편 학대 받는 사람(신민, 1927.10)을 다루어보고자 한다. 우리는 이 작업을 통하여 두 장르를 공유하고자 했던 고월의 문학적 관심과 취향이 과연 어떤 방향으로 열려져 있었던지, 더불어 고월이 자신의 창작을 통하여 추구하고자 했던 것이 과연 무엇이었던가를 올바르게 확인해 보려는 것이다.

소설 「학대 받는 사람」은 1920년대 당시 식민지 조선의 대다수 창작 경향과 마찬가지로 이른바 신경향파적 특성을 드러내고 있다.

몰락한 빈농계층인 삼손이란 청년을 통하여 작가는 첫째로 빈곤계층을 양산하는 식민지 현실에 대한 고발과 비판을 강하게 제기하고자 한다.

둘째로는 작품의 중심인물인 삼손과 그 주변 인물들의 묘사를 통해 극도의 가난 속에서 인간성마저 상실해 가는 빈곤계층을 다루고 있다.

셋째로는 제국주의 침략자의 수탈과 유린에 대한 고발과 비판을 시도한다.

넷째로는 사회주의적 각성과 극복의지의 구현하려는 작가의식을 나타내 보인다.

시 창작에서 절대 감각과 내면 풍경을 담아내는 것에 일관하던 고월 이장희가 소설적 글쓰기에서는 어떻게 시작품의 분위기와는 전혀 판이한 분위기의 이념성 짙은 작품을 발표했던 것일까. 이는 지금까지도 하나의 미스터리로 남아 있다.

대부분의 고월 연구는 이장희의 유작 소설에 관한 분석에 무관심하다. 틀림없이 고월의 시와 소설은 상호긴밀성과 관련성을 일정하게 갖고 있을 것임에 틀림없다. 그럼에도 불구하고 고월 연구자들이 소설에 무관심한 까닭은 어떤 연유인가. 그것은 고월의 시세계와 소설세계가 보이고 있는 특성이 너무도 판이하게 다르기 때문이 아닐까 한다.

시는 오로지 순수한 감성적 처리로 일관되었음에 비해 소설 작품은 격렬한 감정의 표현, 사회적 악의 근원을 규명하는 문제, 식민지 사회구조의 특성에 이르기까지 두루 관심의 폭을 확장시키게 한다.

다음 예문은 소설 학대 받는 사람에 묘사된 1920년대 빈농계층의 전형적인 생활상을 그려낸 부분이다. 이 예문을 통해 우리는 당시 식민지 백성들의 외모와 입성에 관한 구체성을 리얼하게 짐작할 수 있다.

특히 iii)은 농민이 유망민流亡民으로 전환되어가는 과정을 잘 보여주고 있다.

> i) 개다리상에 노란 알조밥 한 그릇을 부신 듯이 비워 놓고 세코 짚신에 수목 감발을 가뜬하게 차린 후에 게딱지같은 노동 숙박소를 허리를 구부리고 기어나와서 부슬부슬 오는 눈을 맞으며
>
> ii) 두 달 전에 재봉침 방에서 사 입은 광목 홑쪼끼 적삼, 홑잠방이는 쇠돌판에서 새빨갛게 진흙투성이가 된 건 물론이지만 처음 사 입으면 떨어져 버리게 되어야 마지막 벗는지라, 벌써 두 달이나 입고 일하고 입고 자고 뒹굴고 한 옷은 빤질빤질 땟국에 저려서 옷에 이가 낙상할 지경이었다.
>
> iii) 일년 소작한 논 닷마지기를 하루 장마에 다 떠내려 보내고, 자기는 지게작대기에 헤어진 옷 보퉁이 하나를 댕그란이 개어 한편 어깨에 둘러메고 그의 처는 젖먹이 아이를 등에 업고 한편 옆에는 깨어진 바가지 몇 개와 양철냄비 한 개를 달랑달랑 달고서 행여나 무슨

벌이가 생길까 하여 어두워가는 황혼에 촌개를 짖기며 일망무제한
나무리벌판을 거러지떼 같은 세 식구가 객주집 문 밖에서

식민지 구조가 빚어낸 매우 중요한 특성의 하나인 극도의 가난은
가뜩이나 빈곤 속에 허덕이던 농민계층들로 하여금 최소한의 인간성
마저 말살하도록 만들었다. 작품 속의 중심인물인 삼손의 아내가 끼니
를 이을 양식조차 떨어지고 갓 태어난 아기에게 이렇게 악을 쓰며 탄
식한다. 하지만 이 말은 식민지 백성 모두에게 퍼붓는 자조적 탄식으
로 해석된다.

"요건 죽지도 않어—무슨 원수로 태어나서 어미 애만 태우고—" 하고
사뭇 죽어라 때린다. 아이는 울음이 칵칵 막히면서도 더 운다.

무능한 삼손이는 백방으로 생존을 이어갈 방도를 구해보지만 모든
노력은 실패로 돌아간다. 이 실패의 끝에서 삼손은 분노에 다다른다.
마침내 삼손은 광산에 취업하여 노동자가 된다. 하지만 노동자 생
활은 더욱 참혹하기 짝이 없는 것으로 사회의 구조적인 악과 모순을 그
대로 옮겨다 놓은 모습과 같았다. 아무런 각성을 갖지 않았던 삼손은
노동현장의 참혹한 모순구조를 경험하면서 그 모순의 근원이 제국주의
침략자들의 수탈과 유린에 있는 것으로 파악하게 된다.
공사판의 일본인 십장과 그 외모를 묘사하는 대목에서 작가 자신의
제국주의관을 발견하게 된다.

일인인 십장은 시커멓고 개기름이 도는 뻔질뻔질한 얼굴에 가로 찍 째
진 목자, 거칠고 숱 많은 눈썹, 깎은 지가 오래서 굵다랗고 징글스러운 털
이 꺼칠꺼칠 난 수염, 어느 모로 뜨어보던지 심술궂고 불량스럽게 생겼다.

작가는 사회의 구조적 악과 모순, 부조리한 상황을 극복하고 해결
하는 방안으로 사회주의적 각성을 은근히 암시하는 분위기로 이끌어간
다. 사회주의는 러시아에서의 볼셰비키 혁명 이후 세계 여러 나라들로
유행처럼 확산되었던 이념으로 식민지 조선으로까지 흘러들어왔다.
1920년대의 신경향파 소설들이 지니는 전형적 구조와 특성은 고월의
유일한 소설 작품인 「학대 받는 사람」에도 그대로 반영되어 있다.

돈 있는 사람을 위하여 노동 기계 노릇을 하려고 2년 동안 자기의 수명
을 연장시킨 것뿐이다. 사람이라는 귀한 칭호를 더럽히고 기계 노동에 충
실하였을 뿐이다. 돈 있는 자의 덧배를 불리기 위하여 뼈마디에 있는 기름
을 말리우고 피를 빨리웠을 뿐이었다.
소나 말 부리듯 하는 것이 오히려 부족하여 매 맞은 자리, 팔 다리 더디
놀린다고 고집힌 자리, 곡괭이에 찍힌 자리가 튼튼하게 되고 굳은살이 백
힌 것뿐이다.
삼손이는 부지중에 이를 부드득 갈고 도루고판을 쾅하고 굴렸다.
그는 그의 전반생에 참담과 고통으로 눌리고 눌리었던 억압이 극도의
자극과 극도의 압력으로 인하여 폭발된 반항의 고함이었다.

우리는 여기서 고월의 소설 작품이 지니는 의미를 굳이 명쾌하게

분석 정리하려는 추구를 굳이 이어가지 않는다. 왜냐하면 고월이 이 작품 이외에 다른 작품으로 자신의 산문정신을 전혀 확장시켜 가지 못했기 때문이다. 단 한 작품만으로 고월의 소설이 지니는 의미를 해석하기란 무리이다.

다만 우리는 고월이 시라는 장르에 한정되지 않고 어떻게 해서 소설작품에 손을 대었으며, 또 시작품과는 전혀 다른 분위기의 작품을 쓰려고 했었던가 라는 관심의 실체이다,

아마도 고월은 시로써 다룰 수 있는 범위를 내면풍경의 묘사로 한정하려 했던 것 같다. 소설이라는 장르로서는 강력한 사회적 발언과 메시지를 겸할 수 있다는 확인을 가졌던 듯하다. 시작품에서도 이따금 고통과 불안, 우울과 병적인 기류에 대하여 시적 언술을 남기고 있지만 이것은 어디까지나 개인에 관한 범위로 제한시켰다. 더러는 고통과 불안, 우울과 병적인 기류를 사회집단의 문제로 확장시킬 수 있는 가능성이 얼마든지 열려져 있었음에도 불구하고 고월은 두 장르의 상호 소통과 교환성을 철저히 차단하였다.

시와 소설이라는 장르에 관한 고월의 인식은 이만큼 완강할 정도로 고지식한 태도를 지켜나갔던 것으로 보인다. 말하자면 장르인식에 관한 한 고월의 태도는 몹시 소박하고 단순하였다.

6. 맺는 말

지금까지 우리는 한국의 1920년대를 대표하는 시인 중 한 사람인

고월 이장희의 문학에 대하여 집중적인 검토와 분석을 시도하였다. 이 과정에서 우리는 고월이 한 사람의 시인으로서 결코 순탄하지 못한 삶을 살았던 비운의 주인공이었으며, 자신에게 밀물 쳐 오는 비운과 불행의 홍수를 걷잡지 못하고 그 어떤 방어 장치도 갖추지 못한 채 거품처럼 덧없이 사라져간 시인의 존재성을 확인하게 되었다.

고월의 문학세계에서 줄곧 중심적 색채로 바탕에 깔려있는 우울과 불행의 빛깔은 고월 문학의 특징적 기반을 형성하고 있다. 동시에 고월은 그 우울과 불행이라는 비극적 이미지를 언어적으로 가공하고 정련하여 한국의 시 정신을 대표하는 비극적 황홀의 경지에 다다른 작품들을 써내었다.

고월의 문학에서 우울과 불행의 빛깔을 제거하고 어찌 그 특유의 맛을 향유할 수 있으리.

한 인간으로서 일찍이 어머니를 잃고, 가족들로부터도 철저한 냉대를 당하여 오로지 고독과 폐쇄공간 속에서 쓸쓸히 살다가 스스로 이승을 떠나간 한 시인의 내면풍경을 생각한다.

고월이 남긴 많지 않은 시작품과 단 한 편의 시작품으로 고월 문학의 전체성을 분석하기란 처음부터 무리가 따르는 작업이다. 그만큼 고월 문학은 미완성으로 생을 마감한 요절문학인의 정신적 공간이다.

하지만 우리는 그 미완성 속에서 후대로 이어질 수 있는 매우 중요한 문학사적 연속성과 자산들을 발견하게 되는 것이다. 고월 시의 진정한 아름다움과 시 정신은 시종일관 비극성의 기반 위에서 고독하게 형성되었고, 오늘날까지도 여전히 우리 곁에 남아서 슬픔의 광채로 글썽이는 빛깔을 독자들에게 보여주고 있다.

정지용

▌시「갈매기」와 독도의 추억

배는 푸른 동해를 하염없이 건너갔다.

단조로운 창밖의 바다를 보는 것도 지쳐서 승객들이 고개를 떨구고 졸다 깨다 할 때쯤 한 섬이 드디어 수평선 위에 나타났다. 엽서 속의 그림 같은 섬이 아련히 눈에 들어오자 사람들은 일제히 뱃전에 나가 기쁜 얼굴로 환호하였다. 나도 달려 나가 눈썹 위에 손을 얹고 부신 듯이 그 광경을 바라다보았다.

하지만 금방 손에 잡힐 듯한 섬은 한참이 지나도록 다가들지 않았다. 초조한 조바심과 기다림 끝엔 으레 지치는 과정이 따르는 것일까? 섬은 자신을 기다리는 사람들의 갈망이 서서히 방심으로 가라앉기를 기다려 돌연히 자신의 모습을 드러내 보였다.

울릉도 앞 바다의 물빛은 그 짙푸른 남빛을 그 무엇으로도 형용할 수 없었다. 대체 얼마나 깊기에 저런 빛깔을 나타내는 것일까? 하지만 가만히 보면 볼수록 그 바다 빛깔은 깊이 때문에 이루어진 것이 아니라, 오랜 고독과 단절이 만들어낸 초자연적인 결과란 느낌이 들었다. 그리운 사람을 기다리며 평생을 묵묵히 살아온 사람의 가슴속도 필시 저런 표정을 하고 있으리란 생각을 하고 있는데, 배는 어느 틈에 고동을 울리며 도동항으로 접어든다.

고개를 좌우로 돌리니 그 어느 곳도 모두 천 길 낭떠러지의 바위벼랑이다. 그 벼랑 턱에 실로 수천 년은 묵었을 향나무 등걸의 주름살 많은 매무새가 신선처럼 등을 구부리고 뭍에서 온 사람들을 내려다보았다.

승객들은 일제히 빠른 걸음으로 흩어져 어디론가 사라지고 부두에

청년시절의 정지용 시인

는 곧 텅 빈 대합실만 혼자 남아서 파지장波止場에 철썩이는 파도소리를 듣고 있을 뿐이었다. 대부분의 사람들은 이렇게 울릉도까지만 갔다가 돌아올 수밖에 없었다.

독도란 섬이 이곳에서 불과 80킬로미터 떨어진 곳에 있다는 사실은 짐작으로 알았지만, 아무도 독도에 대해서 이야기하지 않았다. 다만 그곳은 아무나 쉽게 갈 수 없는 곳으로 우리나라 영토의 가장 동쪽에 위치해 있다는 소박한 상식만 지니고 있었다.

나도 이런 범상한 관광객의 한 사람으로 울릉도에 발을 디디어 무료히 바다만 바라보고 지내던 어느 날 저녁, 몹시도 감격스러운 기별을 받았다. 내일 보급품 수송차 떠나는 경비정 편으로 독도를 다녀올 수 있게 되었다는 소식이었다. 미리 부탁을 해두긴 했지만, 독도를 위해 아무런 노력도 하지 않고서 다만 쉽사리 누리기엔 너무도 과분한 영광이었다.

독도를 가본다는 설렘으로 잠조차 제대로 이루지 못하고 드디어 저동항 부두로 나갔을 땐 가랑비가 부슬부슬 뿌리는 아침이었다.

울릉도에서 남동쪽으로 80킬로. 해양경찰 경비정은 태극기를 펄럭이며 푸른 물결을 헤치고 거침없이 나아갔다. 울릉도가 시야에서 막 사라지려고 할 때 수평선 위에 나타나는 두 개의 바위섬이 있었다. 그것이 바로 독도였다.

동쪽과 서쪽으로 나뉘어진 형제섬이었지만 부르기에 편하도록 그냥 동도와 서도였다.

우리는 흔히 독도를 하나의 바위섬으로 알지만 기실은 커다란 두 섬을 비롯해서 주위의 작은 섬까지 합치면 도합 서른여섯 개나 된다고 한다. 이 모든 섬을 아울러서 독도라 부른다고 한다.

독도의 주변은 물빛이 울릉도 주변보다 한결 짙푸른 남빛이었으며, 파도도 훨씬 거칠었다. 커다란 해양경비정이 곧바로 접안할 수 없어서 작은 전마선에 옮겨 타고 아슬아슬한 바위 벼랑으로 다가가 뛰어 오르니 드디어 독도에 발을 디딘 감격을 실감할 수 있었다.

독도의 주민으로 등록 신고된 사람은 더러 있다고 하지만 인가도 민간인도 보이지 않고, 다만 거친 풍랑과 싸우며 외로운 섬을 지키는 경비병들과 그들이 거처하는 콘크리트 막사만 있을 뿐이었다. 바위를 쪼아서 만든 계단을 따라 섬의 능선으로 걸어올라 가는 동안 웬 금속판들이 그리도 바위벽에 많이도 붙어 있던고? 자세히 보니 모조리 그 이름을 알만한 정계의 인물들이다. 항시 자신의 이름 석 자에 집착하며 살아가는 그들은 이곳까지도 덧없는 이름을 끌고 와서 동판에까지 새겨 걸어놓은 것이다. 독도에게 마음이 있다면 단호히 이런 짓들을 거절하고 나무라기까지 했으리라.

독도의 바위 능선을 올라서니 맞은 편 언덕은 온통 갈매기들의 서식처였다.

공중을 날아다니는 큰 갈매기, 잰걸음으로 언덕을 뛰어다니는 작은 갈매기, 아직 둥우리에 엎드려 있는 어린 병아리 갈매기, 참으로 많은 갈매기들이 하나의 붐비는 저잣거리를 이루어 살고 있는 중이었다. 그 저잣거리는 온통 갈매기들이 내는 특유의 소리들로 시끌벅적하였다. 눈을 감고서 들으면 마치 고양이들의 소굴 속에 들어와 있는 듯한 착각마저 들었다.

그래서 이름조차 괭이갈매기이던가?

▌ 정지용 시인과 가족들(1931)

수백만 마리도 훨씬 넘어 보이는 갈매기들은 자기네들 영토에 낯선 인간이 발을 조금씩 옮겨드는 것을 몹시도 경계할 뿐만 아니라 어떤 젊은 갈매기 녀석은 나에게 공격적인 자세를 취하며 금방이라도 달려들 겠다는 위협을 나타내었다. 나는 갈매기들의 저잣거리로 들어가는 것을 포기하고 멀찌감치 서서 그들의 군집 광경을 바라보았다.

바위섬의 주변은 그야말로 그늘이 될 만한 나무 한 그루조차 변변히 없었고, 누군가가 독도를 푸른 숲으로 가꾸어보려는 원대한 꿈을 갖고 뭍에서 일부러 묘목을 싣고 와 심어놓은 어린 나무들은 거친 비바람과 척박한 토질에 뿌리를 내리지 못하고 시들시들 말라 죽어가고 있는 중이었다. 다만 육지에서 파도와 바람에 떠밀려 왔을 듯한 억새풀과 엉겅퀴 같은 생명력이 강한 초본들이 무리를 이루어 꽃을 피우고 있었다.

나는 독도의 능선을 걸어서 코끼리 바위가 물속에 잠겨 있다는 남쪽 벼랑 아래로 내려가 보았다. 시멘트 계단을 설치해 놓아서 오가는 일에 힘은 그리 들지 않았지만 당장이라도 몸을 날려버릴 것 같은 거친 바람에 위기를 느끼며 나는 자주 몸을 납작하게 엎드리고 풀뿌리를 움켜잡은 채 매달려 있어야만 했다.

남쪽 벼랑의 한 모퉁이에서 나는 죽은 갈매기의 시체를 보았다.

그는 어떻게 해서 이렇게 처참한 주검의 몰골로 내 앞에 놓여 있는가?

자신에게 주어진 수명을 모두 다하고 세상을 떠난 것인가, 아니면 질병에 걸려서?

아니면 동료와 싸우다가 따돌림을 당하고?

아니면 무엇을 잘못 먹고 도저히 회생할 길이 없어서?

나는 약간의 깃털과 함께 하얀 뼈만 남기고 미라처럼 말라버린 갈매기의 앙상한 형해形骸 앞에 쪼그려 앉아서 온갖 상념에 젖어 들었다.

인간의 운명은 지금 내 눈앞의 이 갈매기의 운명과 서로 무엇이 다른가? 조금도 다를 바가 없었다. 동해의 푸른 수평선을 바라보며 나의 상념은 차츰 깊고 깊은 철학성으로 빠져들기 시작했다.

이런 사색에서 나를 일깨운 것은 갈매기였다.

고양이처럼 날카로운 소리를 내는 갈매기 한 마리가 내 어깨 위에 앉으려다가 내가 움직이는 기색을 보이자 깜짝 놀라서 달아났다. 하지만 멀리 가질 않고 저만치 앞에 내려앉아서 나를 빤히 쳐다보는 것이었다. 그는 아마도 나의 존재를 자기가 만만하게 내려앉아 쉴 수 있는 바위쯤으로 여겼는지도 모를 일이다.

나는 갈매기에게 나직이 중얼거렸다.

'갈매기야, 이리 와서 내 어깨 위에 앉아 편히 쉬어보렴! 나는 너를 위해 기꺼이 받침대가 되어 줄게!'

그날 저녁 나는 숙소에 돌아와서 가방에 넣어온 정지용(1902~1950)의 시집을 읽었다. 그런데 거기서 뜻밖에도 낮에 만났던 갈매기의 형상과 다시 대면하게 되었다. 시인 정지용은 지금부터 어언 70년도 훨씬 더 거슬러 올라간 1920년대의 어느 날에 슬픈 갈매기 소리를 듣고 다음과 같은 시를 썼던 것이다.

파도 소리 들리는 울릉도의 깊은 밤, 여숙旅宿의 적적한 등불 아래에서 나는 정지용의 시 「갈매기」를 나직한 목소리로 읽어보았다.

돌아다보아야 언덕 하나 없다. 솔나무 하나 떠는 풀잎 하나 없다.

해는 하늘 한 복판에 白金도가니처럼 끓고, 똥그란 바다는 이제 팽이처럼 돌아간다.

갈매기야, 갈매기야, 늬는 고양이 소리를 하는구나.

고양이가 이런데 살 리야 있나, 늬는 어디서 났니? 목이야 희기도 희다, 그래도 희다, 발톱이 깨끗하다, 뛰는 고기를 문다.

흰 물결이 치여들 때 푸른 물 구비가 나려 앉을 때,

갈매기야, 갈매기야, 아는 듯 모르는 듯 늬는 생겨났지,

내사 검은 밤비가 섬돌 우에 울 때 호롱불 앞에 났다더라.

내사 어머니도 있다, 아버지도 있다, 그이들은 머리가 희시다.

나는 허리가 가는 청년이라, 내 홀로 사모한 이도 있다, 대추나무 꽃피는 동네다 두고 왔단다.

갈매기야, 갈매기야, 늬는 목으로 물결을 감는다, 발톱으로 민다.

물 속을 든다, 솟는다, 떠돈다, 모로 나른다.

늬는 쌀을 아니 먹어도 사나? 내 손이사 짓부풀어졌다.

水平線우에 구름이 이상하다, 돛폭에 바람이 이상하다.

팔뚝을 끼고 눈을 감었다, 바다의 외로움이 검은 넥타이처럼 많어진다.

– 시 「갈매기」 전문

갈매기는 동물 분류학에서 도요목目 갈매기과 조류의 총칭이다.

그 갈매기들도 지역과 환경에 따라서 여러 종류가 널리 분포한다. 그 중에서 한반도에 가장 많이 서식하고 있는 괭이갈매기는 고양이 울음소리와 흡사한 소리를 내며, 암갈색의 등과 검은 띠의 꽁지를 지니고 있는데 어린놈은 전체가 갈색이라고 한다.

바다 이미지를 유달리 많이 등장시키는 정지용의 시에서 갈매기가 시적 소재로 취택이 된 것은 오히려 자연스러운 현상이다. 그런데 시 전체를 자세히 읽어보면 어딘가 모르게 시적 화자의 발성법이 어둡고 쓸쓸하다. 주변 환경의 척박하고 황량함은 극에 달해있는 느낌이다.

우리는 이 시의 둘째 행 '해는 하늘 한 복판에 白金도가니처럼 끓고, 똥그란 바다는 이제 팽이처럼 돌아간다' 라는 대목에 유의해 보자. 정지용 시의 개성적인 어투가 가장 돋보이는 대목이 바로 이 부분이다.

예술적 광기에 차서 새로운 필법을 휘둘렀던 프랑스의 화가 반 고흐가 자연과 사물을 활활 타오르는 불꽃과도 같은 영상으로 표현했던 광경이 떠오른다. 해바라기도 들판의 나무도 사람도 모두 이글거리는 화염 속에 휩싸여 있었다. 당시 고흐의 심리적 상태는 활활 타는 용광로의 상태와도 같았던 듯하다. 태양이 하늘 한 가운데서 백금도가니처럼 끓고 있다는 표현과 동그란 바다가 팽이처럼 돌아간다는 표현은 오로지 지용만의 독특한 트레이드 마크였다.

시인 정지용은 백금과 팽이 이미지를 자신의 시에서 꽤나 즐겨 쓴 것 같다. 그리고 여기에는 분명히 시인의 어떤 의도가 깔려 있었던 것임에 틀림없다. 다음에서 그러한 대목들의 예를 들어보기로 하자.

> 나직한 하늘은 백금 빛으로 빛나고(「갑판 우」, 1927)
> 해는 하늘 한복판에 백금도가니처럼 끓고
> 똥그란 바다는 이제 팽이처럼 돌아간다.(「갈매기」, 1928)
> 고요히 눈물겨운 백금팽이를 돌리오(「바다7」, 1930)
> 사랑의 백금도가니에 불이 되라(「임종」, 1933)

▌ 1930년대 문단의 대표 문인들(뒷줄 우측으로부터 김동환, 김기림, 앞줄 우측으로부터 정지용, 노천명, 이선희 등)

소리없이 옮겨가는 나의 백금 체펠린의 유유한 야간항로여(「시계를 죽임」, 1933)

복스런 돛폭에 바람을 안고 뭇배가 팽이처럼 밀려가다간(「슬픈 기차」, 1927)

백금이라는 귀금속이 세상에 처음 알려지게 된 것은 지금부터 불과 2세기 이전의 일이다. 데울로아란 사람이 펴낸 『남아메리카 서해안 탐험기』(1748)를 통해서 처음 그 존재가 알려졌고, 이후 유럽으로 전파되었다고 한다. 흔히 은과 착각을 일으켜서 플라티나platina란 이름이 붙여졌다고 한다.

지용의 시에 등장하는 백금 이미지는 자신의 작품에서 고귀한 사물의 존재성이나 상태를 나타낼 때 흔히 쓰였다. 팽이란 시어는 어떤 의미를 지니고 있는가?

일반적으로 팽이는 가운데 축軸을 중심으로 둥근 동체가 회전운동을 하는 완구의 하나이다. 최후의 동력이 남아있을 때까지 팽이는 자기 존재의 중심을 유지하려고 안간힘을 쓴다. 시인은 가파른 현실에 시달려서 쓰러질 듯 기우뚱한 자신의 삶을 제대로 균형 잡힌 상태로 되돌려 놓고자 할 때 항상 팽이 이미지를 쓰고 있는 듯하다. 그러니까 불안정을 안정으로, 비정상을 정상으로 회복시키려는 강한 시적 의도가 팽이 이미지 속에 담겨 있는 것이다.

'고요히 눈물겨운 백금팽이를 돌린다' 는 구절에서 우리는 시인의 이러한 뜻을 확실히 읽어낼 수 있다. 이 시에는 시인의 어떤 주장이나 특별한 이념이 나타나 있지 않다. 다만 시의 안팎에 깔려 있는 음영이

나 분위기를 가슴속으로 잔물결처럼 느끼면서 고요히 문맥을 따라가며 즐기는 것으로 충분하다.

이 시에서 갈매기는 시인의 내부적 슬픔이나 외로움으로 독자들을 인도해가는 길잡이의 역할을 한다. 시인은 갈매기에게 나직하게 타이르듯 친근한 어조로 도란도란 말을 걸면서 자신의 운명적인 슬픔이나 애달픔 따위를 조심스럽게 펼쳐 놓는다.

정지용은 1930년대를 대표하는 시인의 한 사람이다.

내륙지역인 충북 옥천이 그의 고향으로 유난히도 바다를 동경하고 바다 이미지를 즐겨 노래했던 시인! 암울했던 식민지 시절에 제 빛을 잃어가는 모국어의 아름다움을 특별한 정감으로 되살려낸 정지용 시인의 작품들을 기억한다. 호남 방언이 주는 미학을 눈물겹게 얽어낸 김영랑金永郎, 박용철朴龍喆 등과 함께 지용의 존재는 빈약하기 짝이 없는 우리의 시문학사에서 얼마나 찬란한 별떨기로 사랑스럽게 다가왔던가.

그처럼 아름다운 시작품을 많이 남겼으면서도 당당하게 문학사의 표면에 나타나지 못하고, 언제나 으슥한 그늘이나 뒷전에서 몰래 몰래 읽혀졌던 것이다.

분단이라는 무참한 폭풍은 고운 시정신의 소유자였던 비운의 시인 정지용의 존재를 무참하게 왜곡시켜 버렸고, 그를 캄캄한 역사의 무덤 속으로 강제 매몰시켜 버렸다. '고향에 고향에 돌아와도 그리던 고향은 아니러뇨/ 산꿩이 알을 품고 뻐꾸기 제철에 울건만'으로 시작되는 정지용의 시 「고향」에다 작곡가 채동선蔡東鮮이 곡을 붙인 우리 가곡이 있다. 쓸쓸한 향수를 자아내는 매우 아름다운 노래이다.

그런데 이 노래는 분단 이후 월북시인의 노래라는 명목으로 다른 두 시인(이은상, 박화목)에 의해 새로운 가사가 붙여졌다. 그러니까 같은 곡에 서로 다른 세 종류의 노랫말이 생겨나게 된 셈이다. 그 노랫말과 곡조의 원형이 분단 50년 동안 마치 이산가족처럼 서로 떨어져 만나지 못하고 있다가 이제 뒤늦게 원래의 형태로 복원되었다.

오랫동안 찾는 이 하나 없이 외진 곳에서 푸대접받고 외면 당해온 시간을 보상해 주는 길은 독자들이 그들의 문학세계를 더욱 따뜻하게 끌어안고 아끼며, 사랑스럽게 보듬는 것뿐이다. 그만큼 해금시인의 존재는 문학사에서 다시금 되새겨져야 한다.

무릇 사람이 제대로 살아간다는 것은 무엇일까?

아마도 진정한 삶의 일이란 비뚤어지고 잘못된 것을 원래의 바른 형태로 고쳐나가려는 끈질긴 노력과 그 싸움의 과정이 아닐까 한다. 이런 교정矯正의 노력을 하려는 사람이 많아질수록 그 사회는 튼튼하고 건강한 모습을 되찾게 될 것이다.

시인 정지용이 자신의 삶과 시적 작업에서 그토록 집념을 가졌던 '눈물겨운 팽이 돌리기'의 작업도 바로 이러한 끈기와 교정의 시정신으로 새롭게 해석해 볼 수 있으리라.

백석

일본시인 이시카와 타쿠보쿠에 대한 사랑

백석은 한국의 1930년대 시단을 대표하는 시인이다.

하지만 그는 남북분단의 격동 속에서 거의 50여 년 동안 민족문학사의 제자리를 차지하지 못하고 있었다. 그러다가 1987년 『백석시전집』(李東洵 편)이 서울의 한 출판사에서 발간된 이래로 시인 백석의 존재는 이제 문학사에서 완전한 복권復權을 이룬 듯하다.

사실 1970년대의 서슬 푸르던 시절만 하더라도 북한을 선택해 올라갔거나, 북한에 잔류한 문학인들의 경우는 공식적으로 거론될 수 없었다. 심지어는 일부 문학인 중에 백석, 이용악 등의 시집을 소지하고 있다는 이유만으로 체포되어 구류를 살고 나온 경우까지 있을 정도였다. 그때는 말 그대로 사회의 모든 부문에서 군사적 획일주의로 가득하던 시절이라, 이를테면 백석의 문학이 왜 금지되어야 하는가? 혹은 백석의 문학 어느 부분에서 사회주의, 공산주의의 성격을 발견할 수 있는가? 따위의 원인 규명이나 항변은 전혀 접수되지 않았다.

다만 백석은 그가 어떤 이유에서건 북한에 남아서 활동했으므로 그의 문학이 마땅히 금지되어야 한다는 단순 논리만이 통용되고 있었던 것이다. 납·월북, 혹은 재북 문학인들에 대한 해금解禁은 서울올림픽이 열리기 직전에야 드디어 시의성을 잃은 발표가 있었지만, 그래도 당시의 해금조치는 일단 반가운 조치임에 틀림없었다.

백석 시인의 경우는 그래도 다른 해금문인들에 비해 비교적 행복한 처지가 아닌가 한다. 해금 직전에 위험을 무릅쓰고서 그의 시전집이 출간되었고, 사회 각계각층에서 『백석시전집』에 대해 뜻밖에도 커다란

일본 유학 시절의 백석 시인

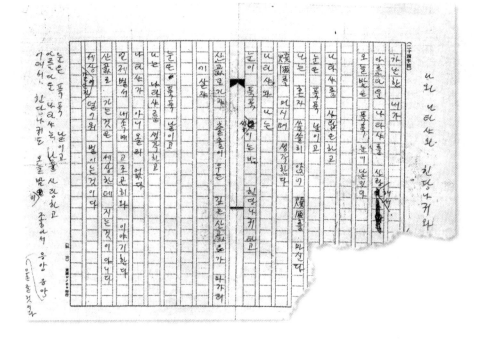

▍백석 시인의 친필 원고

반향을 보였기 때문이다. 이에 자극 고무되어 전국의 각 대학 국문학과에서 대학원 졸업학위 논문으로 백석의 시를 중점적으로 연구 분석한 것만도 현재까지 어림잡아 300여 편이나 된다. 게다가 중고등학교 국어 교재에까지 반영되어 어린 학생들조차 백석이란 이름을 기억할 정도이니 이 얼마나 다행스런 일인가?

이러한 일련의 사실들은 백석의 시가 그만큼 대중들과 친숙해질 수 있는 정서적 공간을 이미 확보하고 있었다는 점을 말해준다. 더구나 요즘 같은 고향 부재, 고향상실의 시대에 백석의 시는 얼마나 따뜻하고 향기로운 고향의 참맛을 고스란히 전해주고 있는가? 살아가는 고단함 때문에 몸 고생, 마음고생이 심한 독자 여러분들에게 백석의 시는 틀림없이 풋풋하고 즐거운 위로를 줄 것이라 확신한다.

나에게 있어서 백석은 아마도 하나의 운명적 만남이 아니었던가 한다. 고은高銀 시인도 어느 날 사적인 자리에서 만나 "그대는 백석의 영혼 그 자체야!"라고 일갈하신 바 있거니와, 지난 세월을 돌이켜 보노라니, 스무 해 넘는 세월을 나는 백석 시인과 더불어 오로지 백석 시인만을 스승으로 생각하면서 살아왔다는 생각을 하게 된다.

백석의 시가 하도 좋아서 가랑잎처럼 흩어져 있는 그의 시를 모으게 되었고, 하나둘 모으다 보니 어느덧 전집으로 엮을 수 있는 기회를 얻었으며, 백석과 더불어 생겨난 크고 작은 인연들이 부지기수이다. 한 후학이 자기가 존경하는 정신적 스승을 만나서 일평생 그를 사숙할 수 있다는 사실은 그 자체만으로도 얼마나 흐뭇한 일인가?

시인 백석이 살아생전에 자신의 문학적 스승으로 생각을 한 사람은 여럿이다.

거기에는 평북 오산학교의 선배였던 김소월, 프랑스의 시인 프랑시스 잠, 중국 당나라 때의 시인 두보, 러시아의 농민시인 이사코프스키, 아일랜드의 모국어에 긍지를 가지고 글을 쓴 작가 제임스 조이스 등등 그 수가 적지 않다. 우리는 여기에다 일본의 국민시인 이시카와 타쿠보쿠(石川啄木 : 1886~1912)를 하나 더 보탤 수 있을 것이다.

한때 백석 시인의 연인이었던 김자야金子夜 여사의 증언에 의하면 백석은 일본 유학시절 이시카와 타쿠보쿠의 시에 매우 심취했었다고 한다. 유학생활을 마치고 귀국한 뒤에도 백석은 마음이 산란할 때면 이시카와의 시를 읽으면서 평정을 이루었다고 한다. 백석의 본명은 백기행白虁行이며, 백석白石이란 이름은 필명이다. 이 필명에서의 '석石'이란 글자도 자신이 너무도 존경하던 시인 '이시카와石川'에서 한 글자를 따왔을 정도였다고 하니 정신적 스승에 대한 흠모의 정이 어떠하였으리라는 것을 가히 짐작하게 한다.

이시카와 타쿠보쿠는 일본 문학사에서 명치明治 시대의 편협하고 관념적이던 일본 단가短歌의 성격을 서민의 애환이 깃든 생활적 주제, 민중적 경향으로 해방시킨 최초의 시인이었다. 백석은 이시카와가 폐결핵으로 불우한 생을 마감하던 1912년에 세상에 태어났으니 그들의 육신은 이승에서 서로 만날 기회를 얻지 못하였다.

하지만 백석은 일본으로 건너가서 비로소 이시카와라는 문학의 스승을 시집으로 발견하였고, 그를 정신적으로 사숙私塾하게 되었다. 그렇다면 백석의 문학과 이시카와 타쿠보쿠 문학이 지닌 동질성은 어떤 것일까?

첫째 고향을 소재로 한 작품이 많을 뿐 아니라 고향 이미지의 변용

이것은 靑年詩人이고

雜誌 女性編輯者

밋스터 白石의

푸로필이다、

밋스터 白石은 밤루

내 오른쪽 옆프에서

深刻한 表情으로

寫眞을 노리기도하고

와리쓰게도 하고있다、그래서 나는 밤낫

밋스터 白石의 深刻한 푸로필만 보게된다

밋스터 白石의 푸로필은 閒倣와갓치 바르답다

밋스터 白石은 西班牙사람도갓고 푸로필편사람도갓다

밋스터 白石도 훌륭한 女子를 좋아하는것갓다

밋스터 白石에게 西班牙鬪牛의옷을 입히면

꼭 버물일것시라고 생각한다 以下略…

■ 1939년 6월 「문장」지 여름 특집호에 화가 정현웅이 그린 백석의 프로필

이 거의 대지에 뿌리박은 원초적 모성의 이미지로 나타나고 있다는 것
이다.

　　　　i) 정들은 고향 그 사투리 그리워
　　　　　　정거장으로 사람 속에
　　　　　　고향말 찾아가네

　　　　　　장난하듯이 엄마를 업어 보니
　　　　　　너무 가벼워 참을 수 없는 눈물
　　　　　　세 걸음 걷지 못해

　　　　　　돌팔매질에 쫓기어 달아나듯
　　　　　　떠나온 고향 그 막막한 서글픔
　　　　　　가실 날이 없어라

　　　　　　펄럭 퍼얼럭 수숫잎 소리나는
　　　　　　정들은 고향 그 처마 그리워라
　　　　　　가을 바람이 불면

　　　　　　　　　　　　　　－ 이시카와 타쿠보쿠의 여러 단가(短歌)들에서 가려 뽑음

　ii) 호박잎에 싸오는 붕어곰은 언제나 맛있었다
　　　　부엌에는 빨갛게 질들은 팔모알상이 그 상우엔 새파란 싸리를 그
　　　　린 눈 알만한 잔이 뵈었다
　　　　아들아이는 범이라고 장고기를 잘 잡는 앞니가 뻐드러진 나와 동

▌〈조선일보〉 근무 시절. 뒷줄 오른쪽 네번째가 백석. 앞에 앉아 있는 이는 〈조선일보〉 설립자 방응모 사장

갑이었다

울파주 밖에는 장군들을 따라와서 엄지의 젖을 빠는 망아지도 있
었다

– 백석의 시 「주막(酒幕)」 전문

두 시인이 모두 타향에서 고향을 노래하고 있다는 점에서 공통되지
만 백석의 시작품이 이시카와의 작품보다도 오히려 즉물성卽物性이 더
욱 짙게 느껴지고 또 경험적 사실에 기초하고 있다는 생각도 든다.

둘째로 작품 속에 등장하는 대부분의 인물들을 가난한 사람, 삶의
고통 속에 허덕이는 서민에서 포착하고 있다는 점이 공통적이다.

폐병 앓는 엄마와 그 아들인 고학하는 소년, 가난한 목수와 그의 아
내, 여행 가방을 무릎에 얹고 전차에서 졸고 있는 어느 떠돌이 여인, 마
구간의 병든 말, 대장간의 백치아이, 숲 속 외딴 집의 늙은 노인, 홀아
비로 살고 있는 친구, 주막집 외진 구석에서 접시를 닦는 가련한 여인,
둥그런 실꾸리 굴려가면서 양말을 짜고 있는 여인 등이 이시카와 타쿠
보쿠의 시에 등장하는 주요 인물들의 모습이다.

이러한 민중적 군상이 백석의 시에서는 주막집의 왁자지껄한 떠돌
이 장사꾼들, 결핵을 앓고 있는 객주집 딸의 창백한 얼굴, 달밤에 목매
어 죽은 수절과부, 남편과 딸을 잃어버리고 여승이 된 어느 가련한 여
인, 일본인 주재소장 집에서 식모 살던 소녀 등의 쓸쓸한 광경으로 나
타난다.

　　ⅰ) 소리도 없이 눈 내려 쌓이는 겨울밤

숲 속의 외딴 집에, 늙은 그대가

오직 혼자 있다고 생각해 보오

– 이시카와 타쿠보쿠의 「겨울밤」 부분

ⅱ) 신살구를 잘도 먹더니

눈 오는 아침

나 어린 아해는 첫아들을 낳았다

人家 멀은 山중에

까치는 배나무에서 즞는다

컴컴한 부엌에서는 늙은 홀아비의 시아부지가 미역국을 끓인다

그 마을의 외따른 집에서도 산국을 끓인다

– 백석의 「적경(寂境)」 전문

셋째로 일본의 전통적 단가가 지닌 고답적이고 관념적인 제한성을 구체적 생활 속으로 끌어내려 본격적 생활 단가를 이룩한 이시카와 타쿠보쿠의 성과에 커다란 감동을 받은 백석은 한국의 전통적 사설시조 양식에서 새로운 창조와 계승의 가능성을 발견하려고 시도했던 것 같다.

백석의 초기시의 상당한 부분에서 이러한 형태적 시도를 발견할 수 있다.

이밖에도 주제나 소재에 있어서의 상호공통성, 표현 형태나 비유에 있어서의 유사성, 가치관과 세계관의 유사한 비교 등 새삼스럽게 다루어 볼만한 이야기꺼리가 한둘이 아니다. 정신적 영향을 주고받은 문학

인들의 작품을 나란히 펼쳐놓고 비교해 가면서 읽어보는 것도 매우 재미있는 독서방법이 아닐까?

　가령 청록파 시인들의 문학적 원형을 정지용의 작품에서 찾아본다든가, 윤동주의 시집을 백석의 시집과 함께 펼쳐놓고 하나하나 비교해 가며 읽어보는 것도 얼마나 의미 있는 작업일까?

백석의 시는 우리에게 무엇인가

인간의 말이라고 하는 것이 요즘처럼 그 품격을 잃어버린 적은 일찍이 없었던 것 같다. 말이 스스로의 품격을 잃어버리게 된 모습을 우리는 말의 타락이라고 한다. 말이란 원래 인간의 것이니 말의 타락은 곧 그 시대 그 사회를 살아가고 있는 인간 생활, 인간 정신의 타락과 다름 아니다.

이러한 말의 타락 현상은 여러 가지 모습으로 나타난다.

우선 가장 첫 번째로 손꼽을 수 있는 것은 식언食言일 것이다. 앞서 행한 자신의 말이나 약속을 지키지 않거나 다르게 말하는 경우가 이에 해당한다. 이것은 실천보다 목적이 더 급했기 때문에 나타나는 현상이다. 특히 모든 분야에서 책임자의 위치에 있는 사람의 식언은 뭇사람의 도덕성을 마비시키고 근원적인 교란을 불러오기에 충분하다.

감언이설도 말의 타락현상 중의 하나이다. 남의 비위에 맞도록 꾸민 달콤한 말과 이로운 조건을 내세워 꾀는 말이니 식언의 앞 단계에 해당하는 것이요, 식언 이후에도 무더기로 확산되는 현상이다. 이처럼 말의 타락 현상의 하위 개념들로 이어지는 것은 실속 없이 오버액션으로 떠들어대는 훤사喧辭, 남의 환심을 사려고 아첨하며 교묘히 둘러대는 교언, 껍질의 아름다움에만 집착하는 미사여구, 그 성질 자체가 천

백석 ┃ 187

하고 더러운 비어, 난폭하게 내뱉어 버리는 폭언 따위라 할 수 있다.

러스킨이 말한 바 '가면을 쓴 외교관', '교활한 외교관', '표독한 독살자' 따위는 모두 이 말의 타락현상을 풍자하는 말일 것이다. 인간의 말이 요즘과 거의 버금갈 정도로 극심한 타락 현상을 보였던 것은 나라의 주권을 강도 일본에게 빼앗겨 유린당하던 일제 말기가 아니었던가 한다. 전통적 가치를 포함한 기존의 모든 민족적 가치가 일제의 계획적 조직적 파괴로 깡그리 무너져 가던 어둡고 암울한 시대에서 우리는 시인 백석(1912~1995)의 민족 언어를 위한 고결한 노력을 다시금 떠올리지 않을 수 없다.

우리가 잘 알고 있는 바처럼 당시 식민통치자들의 주된 목표는 제국주의적 규격화, 규범화, 구별화의 강압적 개편으로 한반도에서 진작부터 살아온 토착민들을 일본 국민으로 동화시켜 버리거나, 아예 점령지 밖으로 추방해 버리는 것이었다. 이런 열악한 상황 속에서 상당수의 기회주의적 지식인들은 일제의 정책을 고분고분 접수하여 자신들만의 살길을 찾으려고 시도했다. 그 극단적인 모습들이 일제 말 친일 문인들의 행각으로 표상된다.

이러한 상황 속에서 시인 백석은 민족의 주체적 자아를 문학 쪽에서 보존할 수 있는 가장 적절한 활동 영역을 농촌 공동체의 생활과 그 정서에서 찾으려 했다. 그 무렵 도시공간에서는 이미 말의 타락 현상이 극심하게 일어나 인간 의식의 붕괴 및 파탄으로 점차 확대되고 있었다. 민중들이 믿어왔던 지식인들은 참으로 그 모습이 말이 아니게 달라져서 소일본인화되어 버리고, 그들이 내뱉는 말이라곤 지원병 참가를 독려하는 강연, 전시체제에 적극 협조해야 한다는 선무성宣撫性 시국강연 따위로 분주하던 시절이었다. 세상에 믿을 사람 없었고, 신뢰할 수 있는 한 마디 말이 없었다. 하지만 이런 가운데서도 농촌만큼은 제국주의자들의 극악한 농촌파괴 정책에도 불구하고 혈연과 거주지로 함께 엮어지는 생활공동체의 끈끈한 유대를 여전히 갖고 있었던 것이다.

시인 백석의 본명은 백기행, 평안북도 정주군 출생이다. 역시 동향인 시인 김소월과는 당시의 유명했던 사학 오산고보의 선후배 사이로 백석은 선배시인 소월의 문학세계를 매우 흠모하고 존경했다. 그러나 둘은 서로 만난 적이 없는 채로 소월이 먼저 요절하고 말았다. 소월의 문학에는 민요적 틀에 실어서 표현하는 관서지방 특유의 정서가 있지만 백석은 소월보다 어쩌면 더 짙게 마천령 서쪽 지역인 평안도 주민들의 일반적인 정서를 특이한 문체로 담아내고 있다.

새끼오리도 헌신짝도 소똥도 갓신창도 개니빠디도 너울쪽도 가락닢도 머리카락도 헌겊 조각도 막대꼬치도 기와장도 닭의 깃도 개터럭도 타는 모닥불

재당도 초시도 門長 늙은이도 더부살이 아이도 새사위도 갓사둔도 나그네도 주인도 할아버지도 손자도 붓장사도 땜쟁이도 큰 개도 강아지도 모두 모닥불을 쪼인다

모닥불은 어려서 우리 할아버지가 어미아비 없는 서러운 아이로 불쌍하니도 몽둥발이가 된 슬픈 역사가 있다

— 「모닥불」 전문

이 시의 첫 연에 나오는 사물들은 생물, 무생물의 구분을 따로 나눌 것 없이 우리들의 유년체험과 친숙하게 맞닿아 있는 모닥불의 재료들이다. 하지만 여전히 요긴하고 쓸모 있는 것이 아니라 실생활에서 거의 쓸모없게 되어 삶의 뒷전으로 물러나 있거나 아예 버려진 하찮은 사물들끼리 모여서 이처럼 따뜻한 모닥불의 광휘와 온기를 이루어내고 있는 것이다. 1~2연에 등장하는 각 낱말 끝에 '~도'라는 특수조사가 낱낱이 붙어 있는 것은 모닥불이라는 공간이 애틋한 소외존재들이 서로 만나는 평등한 장소임을 일깨워주는 하나의 시적 장치로 여겨진다.

백석의 시세계에서 또 하나 돋보이는 것은 농촌적 정서를 아주 현장감이 느껴지도록 묘사하고 있다는 점이다. 다음 시는 관서지방 농촌 공동체의 여름, 저녁 풍경을 실감나게 그려내고 있다.

> 당콩밥에 가지 냉국의 저녁을 먹고 나서
> 바가지꽃 하이얀 지붕에 박각시 주락시 붕붕 날아오면
> 집은 안팎 문을 횡하니 열젖기고
> 인간들은 모두 뒷등성으로 올라 멍석자리를 하고 바람을 쐬이는데
> 풀밭에는 어느새 하이얀 대림질감들이 한불 널리고
> 돌우래며 팟중이 산 옆이 들썩하니 울어댄다
> 이리하여 하늘에 별이 잔콩 마당 같고
> 강낭밭에 이슬이 비 오듯 하는 밤이 된다
>
> – 「박각시 오는 저녁」 전문

백석은 분단 이후 대부분의 시간을 금지에 의해 인위적으로 매몰되

어온 시인이었다. 백석의 경우는 그 자신이 무슨 사회주의 사상을 가졌거나 꼭 북쪽의 정치체제를 선택할 만한 어떤 필연성 같은 것이 전혀 없었다. 단지 있었다면 그의 고향이 평안북도 정주라고 하는 사실, 해방 이후에 만주에서 돌아온 그가 줄곧 고향의 가족들과 기거해 왔다는 사실, 굳이 서울 쪽으로 월남해 내려와야 할 어떤 특별한 이유가 있을 리 없었다.

그는 그냥 고향에 눌러 앉았었고, 이 때문에 남쪽의 문학사에서는 '북쪽을 선택한 시인'의 명단에 올라 있었으며, 심지어 어떤 자료에서는 백석이 프로문인들의 몇 차 월북 때 북으로 올라갔다느니 어쩌느니 하는 실로 어처구니없는 기록들까지도 나타나고 있는 것이다.

그러나 북쪽에서의 백석의 시인으로서의 생활은 항시 불안정한 것이었다. 체제 정비를 끝낸 다음 김일성이 맨 먼저 착수한 것이 언어의 통일이라는 명제였다. 이것은 함경도와 평안도 두 지역 간의 뿌리 깊은 알력과 갈등이 사회주의 체제의 발전에 막대한 장애를 줄 것이라는 판단 때문이었다. 이로 말미암아 두 지역에서 오랫동안 지방 토호로서 대대로 살아오던 많은 주민들이 대량으로 집단 이주를 하지 않으면 안 되었다. 함경도 주민과 평안도 주민을 서로 적절한 배수로 섞바꾸어 살게 하는 인위적 강제였던 것이다.

이러한 배경 속에는 지역성을 가장 농도 짙게 포괄하고 있는 방언을 소멸시킴으로써 지역감정을 무화시킬 수 있다는 판단이 작용했을 것이다. 이 과정에서 그들은 소위 '문화어정책'이라는 것을 실시했는데 이것이야말로 방언의 구획과 변별성을 일거에 무너뜨리고자 하는 시도였다.

정황이 이러하니 백석의 시세계가 지녀오던 방언주의가 제대로 지탱하기 어려웠을 것이라는 사실은 자명하다. 백석은 실제로 1960년대 초반까지 북한의 각종 문학 자료에 아주 드물게 작품 활동을 하고 있었던 것으로 나타났다. 그러나 더 계속되지는 못했던 것이 바로 백석 특유의 방언주의와 그것을 가로막는 문화어정책 간의 충돌 때문으로 여겨진다.

이렇게 해서 백석은 북에서도 비운의 시인이었지만 남에서도 마찬가지로 비운의 금지시인이었다. 그러던 것이 1987년 『백석시전집』(창작과비평사)이 발간된 이후 백석의 시는 문학인에 대한 금지가 얼마나 어처구니없는 조치인가를 그대로 일깨워 주었다. 동시에 백석의 문학에 대한 경탄과 더불어 백석처럼 그동안 금지라는 강제에 매몰되어 왔던 월북 문인들의 작품에 대한 관심이 봇물 터지듯 일거에 터져 나오게 되었다.

전후 세대들의 상당수는 백석을 비롯한 이찬, 오장환, 임화, 이용악, 설정식, 정지용, 김기림, 박아지, 여상현, 조벽암, 조영출, 권환 등 많은 금지 시인들의 작품은 물론 그들의 존재조차 모르고 살아왔으며, 이런 분위기 속에서 분단시대 남한의 문학인들은 개별적인 작품 활동에 종사했다.(위의 시인들 가운데 권환 같은 시인은 고향인 마산에서 살다가 1950년대 초반에 세상을 떠났음에도 불구하고, 월북시인으로 간주해 버리는 난센스까지 있었다)

그들의 학생 시절에 배우고 영향을 받았던 문인들이라곤 대부분이 중고등학교 국어교과서에 수록된 작품들이 가장 주된 모범적 교본이었고, 이들 작품의 상당수가 일제말의 황민문학 계열이나 순수문학 계열, 또는 분단 이후의 반공 이데올로기 계열이었다. 사정이 그러했으니 해금문인들의 작품을 대하는 전후 세대들의 정서적 충격이 어떠했으리라는 것은 가히 짐작하고도 남음이 있다. 분단 이후 냉전시대의 남한 문학이 나타내 보여 왔던 작품의 성향이란 대개 이러한 분위기의 연속이요, 악순환의 반복이었다.

이제 백석의 문학작품은 당당하고 자연스럽게 문학사에 편입되고 있다. 전국에서 많은 신진 문학연구가들에 의해 백석의 작품은 주요 단골 연구 테마로 각광받고 있으며 전집 발간 이후 가장 최근에 발간된 『백석전집』(김재용 편)에 이르기까지 무려 100여 편이 넘는 연구 논문, 학위 논문, 또는 평론들이 학계와 문단에 제출 발표되었다. 이와 동시에 문단에서 현역으로 활동하는 전후 세대 시인들에 의해 백석의 문학 작품과 시정신은 깊은 영향의 수수관계로 재창조되어서 계승되어가고 있다.

우리가 잘 알고 있는 백석 문학의 특징은 상실되어 가는 고향의식의 회복, 이를 통한 제국주의 문화의 극복, 전통 문화유산에 대한 따뜻한 긍정, 백석 특유의 방언주의와 북방정서 등으로 정리될 수 있다. 백석의 시는 우선 문체상의 개성이 다른 시인들에 비해 매우 뚜렷하다. 그가 즐겨 쓰고 있는 방법들은 대개 회고체, 방언체, 구어체, 의고체, 연결체, 만연체, 아동 어투의 독백체 등이며, 이는 민중적 정서를 농도 짙게 풍겨나게 하는 기대를 갖고서 구사된다. 시인 자신의 유소년 시절의 체험과 고향 정서로써 추억을 떠올리게 하는 방법들이 어김없이 회고체를 채택하게 하는 것이며, 시인의 고향인 평안북도 정주지역의 방언이 그의 시작품의 방언적 토대가 되고 있다.

특히 구개음화가 되지 않은 구어체를 그대로 표기함으로써 생생한 현장감을 드높이고 있다. '금덤판, 겨울밤 쩡하니 닉은 동티미국, 녕 감, 니차떡, 석박디, 데석님, 디운구신, 녀귀' 따위가 그 사례이다. 더 불어 작품의 서사적 구조로 독자들을 이끌어 들이는 하나의 장치로써 연결형이 구사되고 있는 듯하다.

~고, ~며, ~는데, ~도 등이 가장 빈도수가 높은 연결형 어미와 조사들이다. 백석의 시에서만 나타나는 독특한 표기 형태는 '슬ㅎ븐' '엎허쓰다' 등의 분철分綴과 '울ㄴ다' '알ㄴ다' '달ㄴ' 등에서 보여주 는 ㄹ과 ㄴ의 자음겹침 형태이다. 이는 작중 화자가 사투리로 직접 말 하는 듯한 생동감을 드높이기 위해 시도하는 형태로 여겨진다.

이러한 표기법들은 정서법의 체계가 제대로 갖추어 있지 못한 시기 에서 의고적 분위기를 고조시키려는 시인 자신의 의도와 배려가 강력 히 담겨 있는 부분이다.

백석의 시는 형태면에서도 독특한 변별성을 나타내고 있다.

그의 시가 대체로 서사성을 담보하고 있는 사례가 많으므로 담시, 서술시, 이야기시의 형태로 자연스럽게 구체화된다. 그러므로 그 외적 양식이 줄글 형태의 산문적 성격으로 구현되는 것은 당연하다. 띄어쓰 기도 시작품의 내용이나 분위기에 따라서 낭송하기에 편리하도록 한 차례의 낭송호흡에 필요한 일정한 어절을 서로 통합하여 띄어쓰기 규 칙성을 일부러 무시하고 있다.

백석 시의 원문을 주의해서 지켜보면 이런 점들이 당시 정서법 체계 의 무질서가 아니라 시인 자신의 세심한 배려에 기인된 것임을 금방 알 아챌 수 있다. 연聯에 관한 부분에서도 아예 연 구분이 없는 비연시 형 태와 분명하게 연 구분을 획정하고 있는 연시 형태가 거의 반반씩 균형을 이룬다. 비연시 형태에서는 시 「비」의 경우처럼 단 2행으로 전체 형태가 완결되는 것이 있는가 하면, 「청시」, 「산비」처럼 3행 형태도 있다.

그런가 하면 4행형과 5행형 이상도 다수 있다. 연시 형태는 시 「초동일初冬日」처럼 특이한 2연형이 있고, 기타 3연형에서 5연형 이상까지 다양하게 시도되고 있으나 이 가운데 단연 압도적으로 많은 것은 3연형이다. 줄글 형태는 행 구분과 연 구분을 모두 벗어난 산문시의 형태인데 백석은 이러한 형태도 더러 구사하고 있다. 백석의 시를 곰곰이 읽다 보면 그의 시가 조선 후기의 서정적 분위기가 감도는 사설시조의 형태를 방불케 한다는 생각이 들 때가 있다.

> i) 황정을 캐어들고 집으로 돌아 들제 방경에 나는 꽃은 의건을 침노
> 하고 벽수에 우는 새는 유수성을 화답한다 문앞에 다달아는 막대
> 를 의지하여 사면을 살펴보니… 뜰 가운데 들어서니 섬돌밑에 어
> 린 난초 옥로에 눌러 있고 울가에 성긴 꽃은 청풍에 나부낀다… 대
> 수풀 우거진데 이슬바람 서늘하다
>
> – 안민영의 사설시조 중 일부
>
> ii) 한 십리 더 가면 절간이 있을 듯한 마을이다 낮기울은 볕이 장글장
> 글하니 따스하다… 뒤울안에 복사꽃 핀 집엔 아무도 없나보다 뷔
> 인 집에 꿩이 날어와 다니나 보다 울밖 늙은 들매낭ㄱ에 튀튀새 한
> 불 앉었다 … 어데서 송아지 매-하고 운다 골갯논드렁에서 미나리
> 밟고 서서 운다
>
> – 백석 「황일」부분

장면을 따라서 포커스가 서서히 공간 이동을 해 가는 관찰자의 시점도 그렇거니와 형태와 분위기에 있어서 유사한 부분이 서로 많이 느껴진다. 백석이 사설시조에 평소 애착을 가졌다는 그 어떤 자료나 기록도 남아 있지 않지만 전통적인 문학의 영향을 알게 모르게 체득하고 있었던 지도 모른다.

백석의 시를 율격면에서 고찰해보더라도 여러 가지 흥미로운 요소들을 발견할 수 있다. 그의 시전집을 두루 일별해 보면 대체로 다음과 같은 행의 율격 형식들을 볼 수 있다.

  1) 장 — 단 — 장
  2) 단 — 장
  3) 장 — 단 — 장 — 단 — 장 — 단
  4) 장 — 단 — 단 — 단 — 장 — 단 — 단 — 단

이러한 율격 형식들은 무작위로 형성된 것이 아니라 작품의 효과를 예견하고 있는 시인 자신의 치밀한 배려가 깃들어 있음이 느껴진다. 그리고 이것들은 나름대로의 어떤 질서를 갖고서 유지되고 있는 듯하다. 1)은 「산비」와 같은 전형성을 지닌다. 2)는 「청시」에서 그 본보기를 발견할 수 있다. 3)은 긴 행과 짧은 행을 규칙적으로 교체 반복해가는 방법이다. 4)는 한 줄의 긴 행 다음에 짧은 행을 세 줄 반복하고 나서 다시 긴 행으로 돌아가는 방법이다. 행 형식의 단조로움을 극복하려는 의도가 깃들어 있고, 더불어 주제를 환기시키는 방식으로 적절한 형태를 선택하고 있다.

「연잣간」과 같은 시는 2행 반복율이 특징이고, 「바다」는 3행 반복율로 보인다. 운율법으로는 일종의 각운 형식을 방불하게 하는 것이 가장 많다. 「대산동大山洞」「물닭의 소리」「넘언집 범같은 노큰마니」「안동」「목구木具」「수박씨 호박씨」「적막강산」등의 시작품에서 그러한 운율 형식을 느낄 수 있다. 또 하나 특이한 점은 시 「황일黃日」의 결말 부분처럼 줄글 형태의 끝에 부분적 정형률을 삽입하는 경우이다. 줄글을 곧장 읽어내려 갈 때 발생될 수 있는 분위기의 따분함이나 단조로움을 극복시키려는 의도적 장치로 여겨진다. 이러한 계열의 한 갈래로서 「오리 망아지 토끼」「오금덩이라는 곳」등의 시작품처럼 작중 화자나 등장인물들의 대화를 삽입한 형태도 있다.

한편 백석 시의 특징적인 분위기 가운데는 이미지의 구사가 유난히 독특한 면이 느껴진다는 점이다. 추억을 환기시키거나 토속적 분위기를 강렬하게 불러일으킬 때 주로 사용하는 이미지는 회고적 상상적 이미지이다. 이와 더불어 시각, 청각, 후각, 미각, 촉각 등의 다섯 가지 감각 기관의 민감한 반응을 작용시켜 현장의 생동하는 느낌을 더욱 실감나게 고조시킨다.

시 「동뇨부童尿賦」와 같은 경우는 1연의 '누어 싸는 오줌이 넓적다리를 흐르는 따끈따끈한 맛 자리에 펑하니 괴이는 척척한 맛'으로 표현된 촉각적 이미지, 2연의 '첫여름 이른 저녁 터앞에 밭마당에 샛길에 떠도는 오줌의 매캐한 재릿한 내음새'로 표현된 후각적 이미지, 3연의 '새끼오강에 한없이 누는 잘 매럽던 오줌의 사르릉 쪼로록 하는 소리'로 표현된 기발한 청각적 이미지, 4연의 '막내고무가 잘도 받어 세수를 하였다는 내 오줌빛은 이슬같이 샛말갛기도 샛맑았다'는 색채 형용의 이미지가 한 편의 시작품속에서 절묘하게 어우러져 기이한 조화를 이루고 있는 것이다.

시 「북관北關」에서 명태창란젓을 '시큼한 배척한 퀴퀴한 이 내음새'라는 후각적 이미지와 '얼근한 비릿한 구릿한 이 맛'이라는 미각적 이미지로 연결 통합시키고 있는 부분들은 백석 시만의 독특한 방법이라 아니할 수 없다. 백석의 시작품 세계에 전반적으로 자주 등장하고 있는 이미지는 고향과 관련된 이미지와 바다와 관련된 이미지이다. 이것은 시인 자신의 고향이 정주定州라는 작은 포구이기도 한 사실과 시인이 교사 생활을 하던 곳도 함흥 바닷가 연안 지역이라는 사실과 무관하지 않을 것이다. 그리하여 그는 자신도 모르게 자연스러운 관심이 바다 쪽으로 쏠리게 되었을 지도 모를 일이다. 이것은 자신의 경험 세계와 그 분위기가 가장 일치되는 공간에 있을 때 심리적 안정감을 얻게 된다는 설명과도 관련된다. 「가키사키柿崎의 바다」「이즈 코쿠슈伊豆國湊 가도」「통영」「바다」「삼천포」「함주시초咸州詩抄」등의 작품에서 이러한 사실을 확인할 수 있다.

이와 더불어 계절 이미지도 빈번히 등장하는데 봄 여름 가을 겨울 모든 계절은 시인 백석에게 있어서 그리움과 애틋함, 아름다움, 슬픔, 쓸쓸함 등으로 그 맥락이 닿아 있다. 따라서 백석의 시는 어떤 고정된 계절 이미지에 구속되어 있질 않고 모든 것이 온유함과 쓸쓸한 분위기로 연결되어 있다. 작품의 시제들도 대다수가 과거 시간이거나 현재의 시점을 지키고 있는 것들이 많은데 특히 유소년 체험을 회상하는 과거 시제가 월등히 두드러진다. 현재 시제를 지키는 작품들은 대개 방황과 좌절을 표현하는 경우로 한정된다.

백석 시의 소재 제재적 측면은 어떠한가?

백석의 시에서 다른 소재들에 비해 가장 빈번하게 나타나는 소재는 음식물과 관련된 사례들이다. 그의 시전집을 통틀어 음식물 소재는 대략 150여 종이나 된다. 이 음식물들을 살펴 보면 별반 특이한 음식이 많은 것은 아니나 아무튼 우리의 토착적인 음식 문화를 느끼게 하는 부분들이 있다. 이는 외래문화, 즉 제국주의적인 일본 문화의 침탈을 시인이 의식하고 더욱 적극적으로 민족적 분위기가 강렬히 풍겨나는 토속 음식들을 열거하고 집착을 보이기까지 했을 것이다. 그 주된 음식물이나 기호물, 또는 그 재료들의 이름은 다음과 같다.

막써레기, 돌나물김치, 백설기, 제비꼬리, 마타리, 쇠조지, 가지취, 고비, 고사리, 두릅순, 회순, 물구지 우림, 둥굴네 우림, 도토리묵, 도토리 범벅, 광살구, 찰복숭아, 반디젓, 인절미, 송구떡, 콩가루차떡, 두부, 콩나물, 볶은 잔디, 도야지 비게, 무이징게국, 찹쌀탁주, 왕밤, 두부산적, 소, 니차떡, 쇠든 밤, 은행여름, 곰국, 조개송편, 죈두기 송편, 밤소, 팥소, 설탕든 콩가루소, 내빌물, 무감자, 시라리타래, 개구리의 뒷다리, 날버들치, 호박잎에 싸오는 붕어곰, 미역국, 술국, 추탕, 엿, 송이버섯, 옥수수, 노루고기, 산나물, 조개, 김, 소라, 굴, 미역, 참치회, 청배, 임금알, 벌배, 돌배, 띨배, 오리, 육미탕, 금귤, 전복회, 해삼, 도미, 가재미, 파래, 아개미젓, 호루기젓, 대구, 건반밥, 명태창란젓에 고추무거리에 막칼질한 무이를 뷔벼 익힌 것, 힌밥, 튀각, 자반, 머루, 꿀, 오가리, 석박디, 생강, 파, 청각, 마늘, 노루고기, 국수, 모밀가루, 떡, 모밀국수, 달재생선, 진장, 명태, 꽃조개, 물외, 꼴두기, 당콩밥, 가지냉국, 싱싱한 산꿩의 고기, 김치가재미, 동티미국, 밤참국수,

게산이알, 취향이돌배, 만두, 섭누에번디, 콩기름, 귀이리차, 칠성고기, 쏘가리, 35도 소주, 시래기국에 소피를 넣고 끓인 술국, 도야지 고기, 기장차떡, 기장쌀, 기장차랍, 기장감주, 기장쌀로 쑨 호박죽, 보탕, 식혜, 산적, 나물지짐, 반봉과일, 오두미, 수박씨, 호박씨, 맷돌, 겨울밤, 쩡하니 닉은 동티미국, 얼얼한 댕추가루, 수육을 삶는 육수국 내음새, 감주, 대구국, 닭의똥, 연소탕, 원소라는 중국떡, 고사리, 가지취, 뻭꾹채, 게루기, 약물, 깨죽, 문주, 송구떡, 백중물

도합 148종이 넘는다. 이 음식물들의 종류를 가려 뽑아서 보면 백석의 시에서 동원된 음식들이 모두 일반 서민들이 먹는 생활 음식들의 명칭이라는 사실을 알 수 있다. 이 가운데는 시골 아이들이 어릴 적에 주워 먹던 길바닥의 닭똥도 있고, 젓갈에 가자미식혜 등의 지역 음식도 보인다. 거의 대다수가 민중적 향취가 느껴지는 음식물들이며, 동물성보다는 식물성 음식이 압도적으로 많은 것도 특징이다.

백석의 시에 등장하는 동물과 식물의 구체적인 명칭도 상당수인 바 야생 동물, 가축, 물고기, 곤충 따위의 동물적 소재와 과수, 야생초, 약초, 해초, 채소, 과일, 곡식 등의 식물적 소재를 모두 추출하여 대비해 보면 식물성이 약간 많다. 동물적 소재는 모두 72종 가량이 된다.

지렁이, 박각시, 주락시, 개구리, 자벌기, 거미, 찰거머리, 버러지, 노랑나비, 벌, 딱장벌레, 파리떼, 노루(복작노루), 곰, 멧도야지, 승냥이, 배암, 산토끼, 잔나비, 여우, 쪽재피(복쪽제비), 다람쥐, 도적괭이, 땅괭이, 호랑이, 당나귀, 오리, 개(강아지), 도적개, 얼럭소새끼, 도야지, 닭, 말(망아지), 토끼, 노새,

게사니, 소(송아지), 멧새, 물총새, 짝새, 까치(까막까치), 꿩(덜걱이), 멧비둘기, 어치, 제비, 물닭, 뻐꾸기, 갈새, 뫼추리, 갈매기, 물총새, 백령조, 꼴두기, 붕어, 농다리, 게, 굴, 소라, 조개(가무락 조개), 참치, 꼴두기, 전복, 해삼, 명태, 호루기, 대구, 칠성고기(칠성장어), 가재미, 도미, 반디, 미꾸라지, 쏘가리

대부분의 동물들이 맹수류가 아니라 평화스럽고 양순한 성질의 동물들이다. 이러한 동물들의 선택에서도 시인의 기질이나 품성을 엿볼 수 있을 것이다.

여기에 비해 식물적 소재들은 도합 79종이나 되는데 거의 모두가 시골 생활에서 흔히 대할 수 있는 것들이다.

돌나물, 제비꼬리, 마타리, 쇠조지, 가지취, 고비, 고사리, 두릅순, 회순, 도토리, 살구나무, 찰복숭아, 배나무, 무이, 찹쌀, 왕밤, 천도복숭아, 콩가루, 섭구슬, 박, 감나무, 산뽕, 땅버들, 석류, 수리취, 송이버섯, 도라지꽃, 옥수수, 아카시아, 미역, 수무나무, 아주까리, 밤나무, 머루넝쿨, 재래종의 임금나무, 돌배, 벌배, 다래나무, 갈부던, 복사꽃, 들매나무, 삼, 숙변, 목단, 백복령, 산약, 택사, 금귤, 파래, 동백나무, 진달래, 개나리, 당콩, 머루, 쑥국화꽃, 자작나무, 바구지꽃, 강낭, 귀리, 모밀, 피나무, 버드나무, 호박씨, 수박씨, 이깔나무, 바구지꽃, 오이, 마늘, 파, 감자, 쉬영꽃, 뻑꾹채, 게루기, 고사리, 갈매나무, 싸리, 이스라치, 가지, 함박꽃

이러한 식물들의 성격은 조용하고 평화스러운 동물들의 이미지와 어울려서 작품 세계의 아늑하고 민중적인 삶의 분위기를 한층 고조시

키는데 이바지하고 있다. 적어도 시작품 속에서는 동물성과 식물성의 구별이 느껴지지 않는 합일 공간을 형성하고 있는 것이다.

시인으로서의 백석은 천부적으로 참된 슬픔의 의미와 진정한 가치의 고귀함 등을 타고난 시인적 기질의 소유자이다. 백석이 자신의 문학적 아포리즘을 구체적으로 밝힌 글은 거의 없다. 이런 가운데 만주의 신경에서 거주하던 시절 『만선일보滿鮮日報』(1940.5.9~10)에 발표한 하나의 짧은 시평은 그의 문학적 지향이나 기질을 짐작하게 해주는 매우 소중한 자료이다. 당시 시인 박팔양이 함께 신경에 와서 거주하고 있었는데 그 무렵 발간된 박팔양의 시집 『여수시초麗水詩抄』에 대한 서평을 위의 신문에 발표하였다. 이 글에서 백석은 '시인이란 세상의 온갖 슬프지 않은 것에 슬퍼할 줄 아는 영혼을 지닌 사람'이라는 의미 있는 말을 하고 있다.

> 진실로 높고 귀한 것이 무엇인지를 알고 이것이 마음을 제사들오어 이것이 아니면 안심하지 못하고 입명立命하지 못하고 이것이 아니면 즐겁지 않은 때에 밖으로 얼마나 큰 간난艱難과 고통이 오는 것입니까? 속된 세상에서 가난하고 핍박을 받어 처량한 것도 이 때문입니다. …… 높은 시름이 있고 높은 슬픔이 있는 혼은 복된 것이 아니겠습니까? 진실로 인생을 사랑하고 생명을 아끼는 마음이라면 어떻게 슬프고 서름차지 아니하겠습니까? 시인은 슬픈 사람입니다. 세상의 온갖 슬프지 안흔 것에 슬퍼할 줄 아는 혼魂입니다. '외로운 것을 즐기는' 마음도, 세상 더러운 속중을 보고 '친구여!' 하고 부르는 것도, '태양을 등진 거리를 다떨어진 병정 구두를 끌고 휘파람을 불며 지나가는' 마음도 다 슬픈 정신입니다. 이렇게 진실로

슬픈 정신에게야 속된 세상에 그득찬 근심과 수고가 그 무엇이겠습니까?
시인은 진실로 슬프고 근심스럽고, 괴로운 탓에 이 가운데서 즐거움이 그
마음을 왕래하는 것입니다.

　　　　　　　　　　 – 백석의 서평 「슬픔과 진실」(여수 박팔양씨 '시초' 독후감)의 부분

이 글 속에서 백석이 말하는 '슬픈 정신'은 무엇일까?

아마도 세상과 뭇 사물에 대한 크나큰 연민이 아닐까 한다. 모든 것
을 다 내 마음속에 애틋하게 수용하고, 특히 모든 소외된 사물들에 대
하여 따뜻한 가슴으로 끌어안으려는 불교적 자비심, 혹은 기독교적인
긍휼이나 사랑과 관련이 있을 것이다. 이렇게 해서 '높은 시름이 있고,
높은 슬픔이 있는 혼' '진실로 인생을 사랑하는 마음' '생명을 아끼는
마음' 등은 모름지기 시인이 가져야할 가장 기본적인 필수 덕목이자
품성인 것이다.

백석의 시가 유난히 작고 가냘프고 여린 것, 외롭고 못난 사물과 가
여운 생명들에 대하여 남다른 관심과 애착을 가지는 이유도 바로 이러
한 점에 있을 것이다. 잘나고 거만하고 자신을 과시하는 존재나 화려한
사물들은 적어도 백석의 문학적 관심에서 일단 벗어나 있다.

다음으로 백석의 시작품에서 많이 나타나는 것은 아동 유희 및 무
속적 의식이나 민속 행사, 민중 의약 등을 소재로 한 것들이다. 백석의
시가 주로 농도 짙은 설화성을 지니고 있는 것도 주로 이러한 소재들을
표현하고 결합하는 과정에서 형성된 분위기라 하겠다. 거의 25종이 훨
씬 넘는 아동 유희와 의식, 의례, 행사들이 도입되어 있는 바 그 구체적
인 사례는 다음과 같다.

1) 즘생을 쫓는 깽제미 소리

2) 한 밤에 섬돌아래 숭냥이가 왔었다는 이야기

3) 어느메 산골에선간 곰이 아이를 본다는 이야기

4) 내가 날 때 죽은 누이도 날 때 무명필에 이름을 써서 백지 달어서 구신
   간 시렁의 당즈깨에 넣어 대감님께 수영을 들였다는 가즈랑집 할머니

5) 자신을 신장님 딸년이라고 하는 가즈랑집 할머니

6) 뒤울안 살구나무아래서 광살구를 찾다가 살구벼락을 맞고 울다가 웃
   는 나

7) 밑구멍에 털이 메ㅊ자나 났나 보자고 한 가즈랑집 할머니

8) 하로에 베 한 필을 짠다는 신리고모

9) 손자아이들이 파리떼같이 모이면 곰의 발같은 손을 언제나 내어두르는
   귀먹어리 할아버지

10) 어려서 우리 할아버지가 어미 아비없는 서러운 아이로 불상하니도 몽
    둥발이가 된 슬픈 력사

11) 날기명석을 저간다는 닭보는 할미를 차 굴린다는 땅 아래 고래같은 기
    와집에는 언제나 니차떡에 청밀에 은금보화가 그득하다는 외발가진
    조마구, 조마구네 나라, 조마구 군병의 새까만 대가리, 새까만 눈알

12) 이불우에서 하는 광대넘이

13) 인두불에 구어먹는 은행여름

14) 돌다리에 앉어 날버들치를 먹고 몸을 말리다 물총새가 되어버린 산골
    아이들

15) 빨갛게 질들은 팔모알상 그 상우에 새파란 싸리를 그린 눈알만한 술잔

16) 달밤에 목매 죽은 수절과부

17) 섣달 내빌날 밤에 내리는 눈을 정한 마음으로 받아서 눈세기물을 만들어 고뿔, 배앓이, 갑피기에 쓰는 내빌물

18) 남편은 행방불명, 딸은 병으로 죽고, 혼자 남아 기어이 여승이 되고만 여인

19) 병이 들면 풀밭으로 가서 풀을 뜯는 소, 제 병을 낫게 할 약을 알고 있는 소

20) 어스름 저녁국수당 돌각담 수무나무 가지에 녀귀의 탱을 걸어놓고 비난수하는 새악시

21) 여우가 주둥이를 향하고 우는 집에서는 다음날 으례히 흉사가 있다는 무서운 말

22) 사람이 물에 빠져 죽었다는 소문

23) 아홉명이 회를 처먹고도 남아서 한 깃씩 나눠가지고 갔다는 크디큰 꼴뚜기의 이야기

24) 방안의 성주님, 토방의 디운구신, 부뜨막에 조앙님, 고방시렁에 데석님, 굴통의 굴대장군, 뒤울안 곱새넝아래 털능구신, 대문간의 수문장, 연잣간의 연자방구신, 발뒤축의 달걀구신

25) 칠월백중, 쥐잡이, 숨굴막질, 꼬리잡이, 가마타고 시집가는 노름, 장가가는 노름, 조아질, 쌈방이, 바리깨돌림, 호박떼기, 제비손이 구손이

무속의식, 구비문학적 설화, 민간요법, 생활 설화, 유희, 노동과 관련된 서사, 자녀 교육과 관련된 훈계, 식민지의 험한 세월로 말미암아 겪게 되는 가정의 불행, 속담, 전설 등으로 구성된 이 소재들에는 모두 우리 민족의 삶에서 발효와 숙성의 과정을 거쳐서 형성된 정서들이 짙

게 배어 있다 하겠다.

그리하여 백석의 시는 독자들로 하여금 이제는 잃어버린 옛 추억의 시간을 회상시키고, 동시에 현실의 각박한 세태로부터 자신을 반성하게 하는 묘한 작용력을 가졌다. 백석은 앞서의 아포리즘에서 '낮고 거 짓되고 겸손할 줄 모르는' 세태를 비판하였는데, 세상 사람들이 이처럼 추억의 회상과 연민을 경험하고 나면 훨씬 맑고, 그윽하고, 슬퍼할 줄을 알며, 따스한 가슴을 회복하게 될 것이라고 믿었던 듯하다.

다음으로는 백석의 시에 나타나는 인물의 유형과 그 성격에 대하여 알아보자. 이것은 백석의 문학이 지니고 있는 지향과 가치관을 보다 확연히 꿰뚫어 알아볼 수 있는 중요한 경험이다. 앞의 소재 탐구에서도 알아본 바 있거니와 백석의 시는 민중적 삶의 정서와 그 분위기를 환기하는 일에 혼신의 문학적 정열을 기울였다.

그것은 인물 유형에서도 마찬가지이다. 거의 절대 다수가 낮고 평범한 민중적 신분들이며, 하나같이 외롭고 쓸쓸하며 가난한 서민들이다. 시인이 굳이 이러한 인물들과 그들의 구체적 생활을 담으려 했던 데는 그만한 이유가 분명히 있었을 것이다. 시인은 가장 다수의 사람들의 처지를 대변하며 그들의 아픔과 고통을 위로하는 역할에 대한 자각을 분명히 갖고 있었던 듯하다. 친족 집단이나 혹은 그와 유사한 방계 집단을 중심인물로 등장시켜서 우리 모두가 공동체적 삶을 영위하던 민족이었음을 강력히 환기하고자 하는데도 그 목적이 있다.

특히 식민지 시대의 제국주의 침탈과 문화적 유린 속에서 민족의 주체성이 완전히 말살되어 가는 위기에 직면하여 시인의 자기인식은 더욱 적극적으로 이러한 관심을 극대화시키도록 추동했을 것이었음에 틀림없다. 이 점에서 동시대의 비평가 박용철이 누구보다도 먼저 시인 백석의 작품에 대한 평가를 제대로 정확하게 했던 것 같다. 박용철은 백석의 시를 '전반적으로 침식받고 있는 조선어에 대한 혼혈 작용 앞에서 민족의 순수를 지키려는 의식적 반발의 표시'로 보았던 것이다.

최원식 교수는 백석의 시가 방언을 다루되 그 방언에 머물러 있질 않고 오히려 방언의 경계를 넘는 보편성을 지적한 바 있다. 더불어 그는 섣부른 관념이 좀체 투과하기 어려운 놀라운 개체성, 즉물적 육체성으로 견고하기 때문에 백석의 시가 들큼한 낭만주의의 고향 타령이 결코 아니라는 점, 둘째 모더니즘에 의거하면서도 그 모더니즘을 도리어 비판하는 특이한 방법으로 식민지 자본주의의 여러 문제들을 침통히 응시하고 있다는 점을 들어서 백석 시를 높이 평가하고 있다.(「지방을 보는 눈」, 실천문학 40호, 1995. 겨울호, 225면)

한편 백석의 시를 근대인으로서의 절실한 내면적 목소리로 해석한 김재용의 분석도 눈길을 끄는 해설로 평가된다.(「근대인의 고향상실과 유토피아의 염원」, 『백석전집』, 실천문학사, 1997)

백석의 시에 등장하는 인물 유형들은 어림잡아 100여 사례가 훨씬 넘는데, 다음에 정리한 인물 유형들을 분석 정리하는 작업도 꽤 의미 있는 활동이 될 것이다.

1)쇠메든 도적 2)예순이 넘은 가즈랑집 할머니, 막써레기 피우는 무당, 구신의 딸 3)곰이 돌보는 산골 아이 4)진할머니 진할아버지 5)얼굴에 별자국이 솜솜난 곰보 말수 6)하루에 베 한 필 짠다는 신리 고모 7)신리 고모의 딸 李女, 작은 이녀 8)열여섯에 사십이 넘은 홀아비의 후처가 된

포족족하니 성이 잘 나는 살빛이 매감탕같은 입술과 젖꼭지는 더 까만 예
수쟁이 마을 가까이 사는 토산 고모 9)토산 고모의 딸 숭녀, 아들 숭동이
10)육십리 해변에서 과부가 된 코끝이 빨간 언제나 흰옷이 정하든 말끝에
설게 눈물을 짤 ㄸㅐ가 많은 큰골 고모 11)큰골 고모의 딸 홍녀, 아들 홍동
이, 작은 홍동이 12)배나무접을 잘하는, 술주정을 하면 토방돌을 쑥 뽑아
놓는, 오리치를 잘 놓는, 먼섬에 반디젓 담그러 가기를 좋아하는 삼춘 13)
삼춘엄매(숙모), 사촌누이, 사촌동생들 14)밤늦도록 유희하고 노는 친척
아이들 15)이른 아침에 부엌에서 함께 의좋게 일하는 시누이 동세 16)한
번 찾아와선 갈 줄 모르는 늙은 집난이 17)술을 밥보다 좋아하는 삼춘 18)
귀먹어리 할아버지 19)재당 20)초시 21)문장 늙은이 22)더부살이 아이 23)
새사위, 갓사둔 24)나그네 25)주인 26)손자 27)붓장사 28)땜쟁이 29)어려
서부터 어미 아비 없는 서러운 아이로 자라나 불쌍하게도 몽둥발이가 된
할아버지 30)먼 타관으로 가서 돌아오지 않는 아배 31)산비탈 외딴 집에
사는 모자 32)소를 잡아먹는 노나리꾼, 소도적놈 33)닭 보는 할미 34)밤오
줌 마려워 잠깬 아이 35)시집갈 처녀, 막내 고모 36)마을의 소문을 퍼뜨리
는 일가집 할머니 37)오리치를 놓으러 간 아배 38)물코를 흘리며 흙담벽에
붙어 서서 물감자를 먹는 아이들 39)논두렁에서 개구리 뒷다리를 구어먹
는 아이들 40)장고기를 잘 잡는 앞니가 뻐들어진 주막집 아들 아이 범이
41)말을 몰고 이 장 저 장 옮겨다니는 장꾼들 42)첫아들을 낳은 나이 어린
산부 43)컴컴한 부엌에서 미역국을 끓이는 늙은 홀아비 44)새벽에 우물
가에서 물을 긷는 물지게꾼 45)도야지를 몰고 시장으로 가는 사람 46)떠
돌아 다니는 순례중(객승) 47)벌판의 간이역에서 경편철도의 열차를 막
내려서는 젊은 새악시 47)달밤에 목매 죽은 수절 과부 48)거적장사 49)

남편은 행방불명, 딸은 병사하고 혼자 남아 비구니가 되어버린 여인 50)
방안으로 들어온 거미새끼를 바깥에 버리고 불쌍한 생각에 젖는 시인 51)
집터 치고 달구질하고 달밤에 노루고기를 구어 먹는 산골사람들 52)산나
물캐는 수양산의 늙은 노장스님 53)미역오리같이 말라서 굴껍질처럼 말
없이 사랑하다 죽는다는 천희 54)어스름 저녁 국수당 돌각담 수무나무 가
지에 여귀의 탱을 걸고 나물매 갖추고 비난수를 하는 새악시들 55)벌개늪
옆에서 바리깨를 두드리는 동네사람들 56)방뇨를 하는 잠없는 노친네들
57)물기에 젖은 왕구새 자리에서 저녁상을 받은 가슴 앓는 사람 58)얼굴
이 햌쑥한 병든 처녀 59)메기수염을 한 청배장수 늙은이 60)머루넝쿨 속
에서 키질하는 산골 여인 62)너무도 가난하여 열다섯 어린 나이에 늙은
말꾼에게 시집간 정문집 가난이 63)물에 빠져 죽은 건너마을 사람 64)작
두를 타며 굿을 하는 애기무당 65)나무뒷치 차고 싸리신 신고 비에 젖어
약물을 받으러 오는 두메 아이 66)앓는 아비 67)무당의 딸 68)어장 주인
69)일본말에 능한 황화장사 영감 70)마산 객주집의 어린 딸 71)더꺼머리
총각 72)주막집 앞에서 품바타령 부르는 문둥이 74)당홍치마 노란 치마
입은 새악시 75)시골마당에 볏짚같이 얼굴이 누우런 사람들 76)노루새끼
를 팔러 장에 나온 산골 사람 77)자박수염난 공양주 78)저고리에 남색 깃
동을 단 돌능와집의 안주인 79)산골여인숙에서 목침에 새까만 때를 올리
고 간 사람들 80)석가여래같은 얼굴을 하고 관공(관우)의 수염을 드리운
북관의 늙은 의원 81)북관의 계집 82)봄날을 즐기려 길거리에 나온 사람
들 83)맑고 가난한 친구 84)빚을 얻으러 온 사람 85)허리도리가 굵어가는
중년여인 86)꼴뚜기 회를 나누어 먹는 뱃사람들 87)여름밤 멍석자리에 나
와 앉아 바람을 쐬는 사람들 88)밤참국수를 받으러 간 아배 89)플랫폼에

서 기차를 기다리며 귀이리차를 마시는 여행객들 90)옹기장사 91)부처를 위하는 정갈한 노친네 92)털도 안뽑은 도야지 고기를 맨모밀국수에 얹어서 꿀꺽 삼키는 사람들 93)닭의 똥을 먹을 것으로 알고 주워 먹는 산골 아이 94)목욕탕에 앉아서 혼자 소리를 꽥꽥 지르는 중국사람 95)마음씨 좋은 중국인 지주 노왕 96)적막강산을 느끼는 작중화자 97)아내와 집을 잃고 부모형제마저 모두 이별한 외로운 사람 98)소수림왕 99)광개토대왕 100)일본인 주재소장 101)일본인 주재소장의 집에서 식모살이를 하다가 손등이 갈라터진, 삼촌을 찾아가는 어린 소녀 102)제사를 지내는 늙은 제관 103)수박씨와 호박씨를 익숙하게 까먹는 중국인들 104)시인의 친구 정현웅, 허준 105)도스토옙스키, 죠이쓰 106)촌에서 온 아이

몇몇 역사적 인물을 제외하고는 거의 대부분이 농민들이거나 중심에서 비켜난 주변적 인물 유형들임을 알 수 있다. 그들은 하나같이 착하고 남에게 피해를 끼치지 않으며, 오히려 남에게 고통과 상처를 받았으면서도 그것을 호소하거나 드러내려 하지 않는다. 그저 평범하게 자신의 일상적 삶을 묵묵히 살아가는 민초들인 것이다.

시인 백석은 영문학을 공부한 일본유학생 출신이었지만 귀국 후 그의 활동은 이처럼 민족언어를 통한 민족본체성의 유지와 확보를 위한 노력에 바쳤다. 그의 시는 단 한마디도 민족주체를 말하지 않았으나 동시대 어느 누구의 시보다도 더욱 진한 민족주체의 정신적 토양을 확고히 끌어안고 있었다. 그의 시에서는 1930년대 중후반에서 1940년대 초반까지의 황량한 시대를 배경으로 전형적인 한국인의 표상들이 그려져 있다.

즉 메기수염을 한 늙은 과일장수, 앓는 아버지를 위하여 약물을 받으며 오는 갸륵한 산골소년, 굿판에서 날이 시퍼런 작두를 타는 애처로운 애기무당, 민물고기를 잘 잡는 뻐드렁니 소년, 주막집에서 왁자지껄한 떠돌이 장사꾼들, '여우난골'이라고 불리는 지역마을의 주민들, 객주집의 병들어 누운 창백한 소녀의 표정, 달밤에 고민을 이기지 못해 결국 목매어 자결한 수절과부, 타관 가서 돌아오지 않는 가장, 또 그를 애타게 기다리는 고향집의 아내와 아들, '가즈랑집'이라는 택호로 불리는 혼자 사는 할머니, 오리 덫을 놓고 기다리는 아버지와 아들, 초겨울 양지바른 흙담 벽에 붙어서 코를 흘리며 감자를 먹고 있는 산골 소년들, 논두렁 개구리를 잡아서 구어 먹는 소년들, 평안도의 어느 금광 입구에서 옥수수를 파는 한 여인의 슬픈 생애와 그 내력, 산골 여인숙에서 반들반들하게 기름때가 오른 목침을 베고 하루 밤을 자고 간 한없이 마음이 참담했던 식민지의 백성들, 일본인 순사의 집에서 설움구덩이로 식모사리를 하면서 손들이 거북등처럼 얼어터진 불쌍한 소녀 등등.

이루 헤아릴 수 없이 많은 이 사람들은 일제강점하를 살아갔던 민중들의 전형적인 모습이요, 또한 현재를 살아가고 있는 바로 우리들 자신의 원초적인 모습이기도 하다.

백석이 처음 등단했을 때의 작품은 소설「그 모母와 아들」이었다.

이 작품 속에 등장하는 인물도 대감이라고 불리는 아들과 과부인 그의 어머니에 관한 이야기이다. 생활고를 이기지 못한 과부가 온 동네 사람들의 손가락질을 받으며 미곡상을 하는 양고새의 아이를 배지만, 양고새가 바라던 아들을 낳지 못하고 딸을 출산함으로서 끝내 버림받은 몸으로 마을에서 멀리 쫓겨 가서 살게 된다는 이야기이다.

그 이후에 발표한 소설 「마을의 유화遺話」에 등장하는 다리를 못 쓰는 지체장애자 덕항 녕감과 앞을 못 보는 소경 저척노파에 관한 이야기도, 그리고 그들을 버리고 달아난 양아들 부부도 시인의 말로 표현하자면 '낮고 거짓되고 겸손할 줄 모르는 우리 주위'에 대한 시인의 신랄한 비판의식의 표현이다. 닭을 매개물로 하여 욕심 많은 디펑 녕감과 농촌 청년 시생이 사이에 벌어진 묘한 갈등과 암투, 그리고 어부지리로 닭을 얻은 걸인 노파 바발 할망구의 이야기가 펼쳐지는 「닭을 채인 이야기」도 「마을의 유화」와 같은 계열로서 가난하고 못생긴 사물, 소외된 존재를 따뜻하게 감싸 안고자 하는 백석 문학의 기본 정신을 그대로 보여준다 할 것이다. 백석은 항상 힘 없고 사는 것이 어려우며 고통스러운 사람들 편에 서서 그들의 삶의 아픔과 애환을 생생하게 그리고 정감이 감도는 필치로 그리려 하였고, 또 그것을 정감이 담뿍 감도는 필치로 그려서 보여주었다.

요즘같이 말이 타락할 대로 타락해서 말이 지닌 본래의 질서, 본래의 기품이 현저히 상실되어버린 시대에 우리는 지난 날 민족 언어의 질서를 회복하려고 혼자서 안간힘을 쓰던 한 시인의 눈물겹고도 아름다웠던 시 정신을 다시금 가슴으로 느끼며 오늘의 우리를 새로운 긴장으로 가다듬고 다독거려 갈 수 있을 것이라 믿는다.

조명암

식민지 민중생활사를 담아낸 가요시

시인 조명암(趙鳴巖 : 1913~1993, 본명 趙靈出)이란 이름을 아시는지? 지난 1990년 송년통일음악회 서울 공연이 있었을 때 평양 측 단원으로 왔던 서도西道 소리의 명창 김관보金觀普라는 할머니라면 어렴풋이 기억하는 독자가 있으리라. 당시 언론에는 그가 1930년대의 전설적인 가요시 작가 조명암의 부인이라는 사실과 함께 남한에 유일하게 남았던 조명암 시인의 딸 혜령과 함께 만나는 극적인 기사가 실렸다.

나는 최근 수년간 내가 그 동안 부분적으로 알아오던 조명암의 가요시에 대한 관심이 부쩍 커져서 하나 둘 흩어진 자료를 모으고, 정리된 자료를 새로이 음미하고 있었다.

경북 경산의 어느 호젓한 식당에서 한 잔 술을 앞에 놓고 다정한 벗과 더불어 도란도란 지난 분단의 과거사와 조명암에 관한 화제를 이야기하는데 놀라워라! 매화꽃도 분단의 그 서러움을 알았는지 이른 봄 하늘에 피어나서 하얗게 자태를 뽐내던 꽃망울은 봄비에 젖어 방울방울 눈물이 맺혔고, 창밖에 불던 바람도 일순 그 거친 숨결이 한결 다소곳해졌다.

분단의 아픔이란 이토록 가슴 쓰라린 것이로구나!

아버지와 곧이어 뒤따라간 가족들을 영문도 모른 채 북으로 떠나보낸 후 어린 몸으로 혼자 남아 쓰리고 아픈 세월을 강가의 조약돌처럼 부대끼며 살아온 조명암의 어린 딸, 그의 지난 역정歷程이 눈물에 젖어 눅눅해진 한 장의 흑백사진처럼 흐릿한 영상으로 재구성되어서 떠올랐다.

월북 이후 평양 시절의 조명암 시인

6.25가 나던 해에 혜령은 서울의 할머니 댁 마당에서 혼자 놀고 있었는데, 군복을 입은 한 남자가 집 부근의 숲에서 갑자기 나타나 혜령을 껴안고 볼을 부비다가 황급히 사라졌다고 한다. 혜령에게 있어선 이 것이 아버지에 관한 기억의 전부이다.

조명암은 그때 인민군 종군작가로 잠시 서울에 와 있었다고 한다. 한때 비구니 생활까지 했던 혜령은 어쩌면 그렇게도 아버지의 소년시절과 닮아있는가. 조명암도 여덟 살에 부친을 잃고 불우한 시절을 보내다가 강원도 금강산 건봉사로 들어가 '중련' 이란 법명의 비구가 되었던 것이다. 거기서 만해 한용운 스님의 감화를 받아 문학에 눈을 뜬 불제자로 성장해갈 수 있었다.

사실 내가 조명암이란 이름을 알게 된 것은 이미 오래 전의 일이다.

워낙 흘러간 옛 노래 듣는 것을 즐기다 보니 축음기에 심취하게 되었고, 또 그러다 보니 자연히 식민지 시절의 유성기판을 구하게 되는 기회도 잦았다. 옛 유성기 음반의 중앙에는 빅터, 콜럼비아, 오케, 폴리돌, 태평 등의 상표가 독특한 디자인으로 부착이 되어 있었는데, 새로 음반을 구하게 되면 노래의 곡명과 가수의 이름, 그리고 작사가, 작곡가까지 메모를 해두는 버릇이 나에게 있었다.

그때 나는 조명암이란 이름을 참으로 자주 접했다. 왜냐하면 일제 식민지 시절의 웬만한 가요의 작사자가 거의 조명암으로 되어 있었기 때문이다. 그리고 조명암이 작사한 가요들은 거의가 당시 민중들의 삶의 고통과 애환을 은연중에 담고 있는 눈물겹고 아름다운 민족의 정서가 바탕에 깔려 있었다. 「꿈꾸는 백마강」 「고향초」 「알뜰한 당신」 「선창」 「울며 헤진 부산항」 등등. 그토록 험악하던 식민지 시절에 가슴속

▌월북 직전에 찍은 가족사진

으로 민족을 생각하게끔 하는 주옥같은 가요들의 노랫말을 만든 그는
대체 누구인가」

> 백마강 달밤에 물새가 울어
> 잊어버린 옛날이 애달프구나
> 저어라 사공아 일엽편주 두둥실
> 낙화암 그늘에 울어나 보자
>
> 고란사 종소리 사무치면은
> 구곡간장 올올이 찢어지는 듯
> 누구라 알리오 백마강 탄식을
> 깨어진 달빛만 옛날 같으니

– 가요시 「꿈꾸는 백마강」 전문

너무도 친숙한 노래라 우리가 그 뜻을 새기지 않고 그냥 부르는 이
노래의 가사는 참 대단한 면모가 있다. 망국의 한을 이끌어내는 장치로
써 우선 쓸쓸한 백마강과 퇴락한 고란사를 설치한 것과 과거의 역사를
상기하지 않는 무심한 사람들의 가슴을 '잊어버린 옛날'이란 구절로
질타하고 있다.

'구곡간장 올올이 찢어지는 듯'이란 대목의 처연함과 '깨어진 달
빛'이란 표현을 통하여 민족의 유린된 자존심과 상처받은 정체성을 너
무도 수월하게 일깨우는 것이다. 문학과 음악이 절묘한 조화를 이루고,
드디어는 하나의 정서적 권능으로 되살아나서 이 노래를 부르는 사람

▌ 해방의 감격을 담은 노래 「우러라 은방울」의 가사지 　　▌ 평양에서 출간된 조령출 희곡집(1961)의 표지

들의 가슴속에 깊은 슬픔이 자리잡도록 한다.

더구나 이 노래가 식민통치자들의 감시가 서슬 푸르던 시기에 발표되어 민족의 심금을 울렸던 점에 그 탁월성이 있다고 하겠다.

조명암! 조명암! 나는 입 속으로 가만히 그의 이름을 외어 보았다. 하지만 이 궁금증에 대한 명쾌한 해답을 얻을 수 있는 곳은 아무데도 없었다.

다만 그에 관해서 알 수 있었던 자료라곤 월북시인이라는 사실, 본명이 조영출이며 1913년 충남 아산 출생으로 보성고보 졸업 등등. 문학사전에 정리되어 있는 불과 몇 줄 안 되는 빈약한 이력, 그리고 몇 편 안 되는 시작품이 고작이었다.

나는 옛 자취만 쓸쓸하게 남아있는 절터에서 깨어진 와편瓦片을 주워보는 심정으로 그의 작품들을 찬찬히 읽어보았다. 내가 가진 옛 문학잡지와 신문의 영인본들에서 몇 편 찾아낸 소수의 작품들은 가요시와는 달리 모더니즘의 분위기가 느껴지는 것들이 많았다. 하지만 동아일보 당선작인 「동방의 태양을 쏘라」와 「북행열차」는 그의 다른 가요시 작품에 일반적으로 나타나는 민족적 음영이 은연중에 느껴지면서 특별한 인상과 뜨거운 여운을 주는 것이었다.

ⅰ) 동방이 얼어붙었다
   태양의 붉은 피가 얼어붙었다

   젊은이여 ── 이 고장 백성의 아들이여!
   손에 든 화살을 힘주어 쏘아 보내라

태양의 가슴의 붉은 피를 쏘아 흘리라

백성이 광명에 굶주리고

강산의 줄기줄기 숨죽어 누웠으니 —

허물어진 옛터

님의 꽃잎 하나 둘

– 시 「동방의 태양을 쏘라」 부분

ⅱ) 인조견 무늬같이

하얀 얼음꽃이 피는 유리창 —

육로 이천리를 한밤에 주름잡고

북행하는 히까리 얼음꽃은 자꾸자꾸 茂盛해지다

향수에 정조를 빼앗긴 우울 — 나의 손끝이

얼음꽃을 띠고 긁는 음향에

까아만 밤의 吸盤은 흰빛을 밀치고 와 붓다

나라도 없는 집시의 자손들이 차운 愁哀를 씹는 나의 조국이여

– 시 「북행열차」 부분

조명암! 그는 김기림金起林이 그를 칭찬했을 정도로 모더니즘을 통해
문학의 길에 접어들게 되었으면서도 모더니즘의 현실도피적이고, 실질
이 없는 기교주의와 반역사주의에 일찍이 절망하고 있었던 것이다.

위의 인용 시에서 우리는 '굶주린 백성'과 '나라 없는 집시의 자손'
에 대한 시인의 연민을 발견할 수 있으며, 이는 곧 시인 자신의 예술적
지향점으로 이어졌다. 그는 차츰 모더니즘 시에 대한 강한 불만을 가졌

었고, 이 불만을 오히려 가요시라는 장르를 통하여 해소시키면서 진정한 문학성에 대한 강한 의욕과 열망을 마음껏 충족시킬 수 있었다.

명색이 시인이었던 그가 변변한 자유시 작품을 문학사에 다수 남기지 않은 것도 곰곰이 분석해보면 모두 이러한 이유 때문이 아니었던가 한다.

아무튼 그의 시작품으로 현재까지 남아있는 것을 모두 정리해보면 약 50여 편 정도에 지나지 않는다. 그러나 조명암의 가요시 작품은 지금까지 정리된 목록만으로도 대략 497편이 넘으며, 앞으로도 새로운 자료의 발굴 여부에 따라 줄곧 많은 작품이 추가되리라 예상된다.

조영출의 첫 작품은 흔히 「동방의 태양을 쏘라」(1934)로 알고 있다. 그러나 이보다 두 해 전인 1932년 보성고보 재학시절에 경주 수학여행을 다녀온 감상을 〈불교〉지에 투고하였고, 이 기행문의 일부로 들어있는 시 「이 동굴 안을 거니는 자여」를 〈신동아〉에 발표한 작품이 있는 것으로 보아 이것을 사실상 조영출의 최초 작품으로 보아야 한다.

가요시 작품으로는 비슷한 시기에 「서울노래」란 가요시를 조선일보에 발표하였는데 이 가사가 오케레코드 이철李哲 사장의 눈에 띄어 전문작사가로서의 활동을 제의 받았던 것이다. '한양성 옛 터전 옛날이 그리워라 무궁화 가지마다 꽃잎이 집니다'로 시작되는 이 「서울노래」의 가사는 당시의 인기가수 채규엽蔡奎燁이 불러서 오케레코드사 음반으로 발매되었다. 시인은 이 작품에서부터 조명암이란 필명을 처음으로 사용하고 있다.

그로부터 조명암은 본격적인 가요시 작사가로서 눈부신 활동을 펼쳐가게 된다. 현재까지 전하는 그의 가요시 작품을 정리해보면 단연코 오케레코드사에서 발매된 음반이 가장 많고, 그밖에도 금운탄金雲灘, 이가실李嘉實 등의 필명으로 콜럼비아, 폴리돌, 태평 등의 레코드회사에서 발매된 가요에 두루 노랫말을 썼다.

참으로 아름다운 조명암의 가요시들이 그 동안 우리에게 친근하게 알려지지 못했던 이유는 무엇인가? 그것은 다름 아닌 그의 월북(1948) 때문이다. 남북의 냉전과 분단은 국토와 민족의 모든 것을 갈라놓았고, 문학인들도 자신의 이념과 가치관에 따라서 분단과 결별의 길로 접어들었다. 해방직후 조선문학가동맹에 가담하여 좌파 문인들과 친교를 가졌던 조명암은 당연히 북쪽을 선택하였으며, 그 후 조명암은 북한에서 희곡, 가극, 영화대본 제작부문에서 활발한 활동을 펼쳤고 나중에는 문화성 부상까지 지냈다.

이런 까닭으로 조명암의 모든 작품은 다른 재·월북시인들의 작품과 마찬가지로 오랜 세월을 어둡고 우울한 금지의 커튼 뒤에 가려져 있었다. 1988년 정부에서 월북문학인들의 모든 문학작품에 대한 해금조치가 발표되었을 때에도 조명암의 작품은 제외되었다.

그러다가 1992년 어느 레코드회사에서 「레코드로 듣는 한국가요사」의 발매에 즈음하여 문공부에 제출한 '월북작가 조명암의 일제시대 작사에 대한 해금청원서'가 접수되어 그 동안 금지되어오던 가요시 작품 중 61편이 정식으로 해금되었다. 이는 당연한 일이며, 참으로 때늦은 감이 없지 않았다. 또한 이것은 사실상 조명암의 모든 작품에 대한 공식적 금지 해제의 의미로 풀이된다.

분단 이후 조명암의 가요시는 거의 대부분 남한의 일부 작사가들에 의해 무단 점유占有되어서 부분 개작되거나 손질이 가해졌다. 그러나 이것도 수차례의 재판을 거친 끝에 유족들이 저작권을 되찾았다. 이 또한 민족문학사 바로 쓰기 작업과 관련해서 얼마나 중요한 역사적 복원인가.

이제부터 우리가 해야 할 일은 조명암의 가요시가 과연 얼마나 되는지, 미발굴 SP자료를 새로 찾아내고 그의 가요시 작품을 완전히 정리하여 한 권의 전집으로 엮어내는 일이다. 일찍이 식민지 시절부터 대중문화의 중요성을 깨닫고, 대중과 예술의 격조 높은 조화와 일치를 위하여 혼신의 힘을 기울였던 한 문학예술가의 독보적인 노력과 열정을 우리는 오래도록 기억해야겠다.

조명암 문학의 복원(復元)과 그 의미

1. 조명암 시인의 존재성과 전집 발간의 의의

시인 조명암(趙鳴岩: 본명 趙靈出, 1913~1993)의 존재는 우리에게 그리
낯설지 않다.

만약 낯설게 느껴진다면 분단 이후 그가 월북시인이라는 단 한 가
지 이유만으로 한국문학사에서 무조건적 배제가 되어 왔기 때문에 우
리에게 분단 반세기가 넘도록 잊혀진 시인이 되어버린 탓일 것이다. 그
러나 알 만한 사람들에겐 시인 조명암이 일제강점기를 시대 배경으로
우울한 분위기의 모더니즘 시를 창작하였고, 엄청난 분량의 가요시 작
품을 발표했으며, 또 해방시기엔 역사의식이 강한 시를 썼던 중요한 시
인으로 기억되고 있다.

실제로 조명암의 문학은 현대시와 가요시 작품, 그리고 희곡 창작
활동 등 세 가지로 대별된다. 시인 조명암의 이름이 현대시 장르보다 훨
씬 크게 부각되고 있는 곳은 바로 가요시 분야이다. 해방 전 시인은 이
미 오백여 편을 상회하는 노래가사를 작사함으로써 식민지 대중문화의
방향성 설정과 가요시 위상의 정착에 커다란 공적을 쌓아올렸다.

하지만 분단은 그가 이룩한 모든 성과를 남한의 문학사에서 거부와

외면 속에 방치되도록 하였고, 금지의 오랜 족쇄에서 자유롭게 유통될 수 없도록 하였다. 말하자면 분단이라는 엄청난 산사태에 매몰된 여러 납월재북拉越在北 시인들의 경우와 마찬가지로 조명암 문학의 존재성도 금단禁斷의 음습한 영역에서 오랜 기간 방기되어 왔던 것이다.

1988년 서울올림픽이 열리던 해, 당시 정부는 납월재북 문학인들에 대한 해금조치를 단행한 바 있는데, 이때 시인 조명암은 다른 일부 문학인과 더불어 해금자 명단에서 제외되었다. 그로부터 다시 15년 세월이 흘러 이제 조명암 문학의 전모는 우리 앞에 전집의 형식을 갖추어 모습을 드러내게 되었다. 유족을 비롯하여, 조명암 문학을 사랑하는 학계 비평계 예술계 관련인사들의 적극적 노력과 우여곡절이 있었음은 물론이다. 여러 힘든 과정을 거쳐서 조명암 문학의 전모가 어느 정도 정리될 수 있었고, 변조 개작된 작품들은 원형을 되찾아 수록할 수 있었다.[40]

무릇 진정한 문화유산의 유통이란 어떤 이념적 구속과 제약도 있어서는 아니 되거늘, 조명암 문학의 경우 혹독한 분단의 금제禁制를 강요받으며 항시 음성적 유통과 변조의 상태로 험난한 세월을 통과해 왔던 것이다. 이제 전집이 발간됨으로써 우리가 조명암 문학의 전모를 마음껏 자유롭게 분석 연구하고, 그의 문학이 지니는 민족문화사적 의미를 본격적으로 규명 정리하는 일이 앞으로 관심자들에게 하나의 과제로 떠맡겨지게 되었다.

참으로 만시지탄晚時之歎이 아닐 수 없으나, 이제라도 우리 앞에 그 본모습을 나타낸 조명암 문학에 대하여 우리 모두는 일단 안도와 감격

----

40) 정확한 발표작품의 수를 확인할 길 없는 가요시의 경우 앞으로도 계속 새로운 작품이 발굴될 것으로 예견된다. 이 가요시 작품들은 주로 SP음반과 가사지 등의 형태로 남아 있기 때문에 지속적인 수집 활동이 요청된다.

스러움을 느낀다. 한국문학과 한국문화사, 대중가요를 연구하는 학자 비평가들, 전체 문학예술인들, 대중음악에 종사하는 음악예술인들, 조명암의 가요시 작품을 사랑하는 고정 팬들에 이르기까지 앞으로 이 전집에 대하여 관심과 사랑을 두루 얻어가게 될 시간을 생각하면 엮은이로서 커다란 보람과 행복감을 동시에 느낀다.

이제 이 글에서는 조명암 문학에 대표적 두 장르인 현대시와 가요시 분야의 성과에 대한 분석과 정리를 다루고자 한다.[41] 이러한 비평적 활동이 통일시대 민족문학사의 새로운 정리와 위상정립에 작은 밑거름이 되기를 바라는 마음 간절하다.

2. 조명암 시문학의 방법과 특성

(1) 모더니즘 계열의 시

식민지적 근대에 관한 시적 해석

조명암이 남기고 있는 60여 편의 일제강점기 발표 시작품은 거의 대부분 모더니즘적 취향을 강하게 나타내 보인다. 시인이 모더니즘에 그 작품들은 표현이나 작품효과의 특성상 대개 세 갈래로 나눌 수 있다. 그것은 식민지적 근대라는 공간성 인식과 과거 현대로 이어지는 시간성 인식에 관한 시적 표출이다. 그리고 이러한 모든 작품인식들은 대

----
41) 조명암의 시작품에 대한 종래의 연구 성과로는 윤여탁의 논문 「모더니즘에서 리얼리즘에로의 선택─조영출론」(출전 삽입)이 유일하다. 최근 두 편의 논문이 추가되었는데, 김효정(金孝貞)의 「조명암의 대중가요 연구」(낭만음악, 2001년 봄호)와 김효정(金孝姃)의 「조영출 시 연구」(영남대 석사학위논문, 2002.12) 등이 그것이다.

개 다채롭고 현란한 언어와 이미지의 교직으로 이루어져 있다.

먼저 식민지적 근대에 관한 시적 해석을 살펴보기로 하자.

시인 조명암은 근대의 속성을 대단히 병적이고 불안한 빛깔로 읽어내고 있다. 이는 식민지적 근대가 지니는 허위와 야욕의 공간, 더불어 그 불건강한 징후에 대한 매우 정확한 관념적 투시이기도 하다. 다음에 인용하는 시 몇 편은 이러한 불안감을 짙게 반영하고 있다.

> i) 천 킬로 혹은 만 킬로미터
> 깊이 모를 허리에 움직이는 전차 자동차
> 잡혀온 포로들인 전신주의 행렬
> 유리알같이 말간 육체 클레오파트라의 後裔들
>
> – 시 「海底의 환상」 부분
>
> ii) 종각, 룸펜의 검은 그림자는 남루한 심장에서 녹색을 찾는다
> 알콜에 젖은 위험신호
> (중략)
> 오오, 광인의 都城의 출발은 신호는
> 녹색의 가면인 녹색의 스파이임을 그 누가 알랴
>
> – 시 「녹색의 3시」 부분
>
> iii) 아스팔트엔 많은 시체들이 구물거린다
>
> – 시 「위험신호」 부분
>
> iv) 검은 그림자의 홍수
> 軍神의 만찬회에 초대받은 젊은 병사의 여윈 망령들의 행렬
> 하느님의 시체 하나 노변에 뒤둥그러져 있으니

오오, 敗殘한 역사 쓰라린 환상의 끊어진 토막 토막이여

- 시 「斷片」 부분

ⅴ) 꽃잎이 푸들들들 나르는 화장장

- 시 「해골과 장미」 부분

ⅵ) 나라도 없는 집시의 자손

- 시 「북행열차」 부분

인용시의 주요 배경은 대부분 도시공간이다.

당시 일제 침략주의자들은 도시와 농촌의 급속한 붕괴를 목적으로 계획적 식민지 정책을 펼치기 시작하였다. 이러한 정책은 대개 강제적 수탈과 착취를 근본 취지로 하는 식민지 약탈경제의 형태로 펼쳐졌다. 근대화라는 미명으로 파괴적인 도시계획과 강압적 인구조절 정책이 실시되었으며, 이에 따라 기회주의, 황금만능주의 풍조가 무제한적으로 확산되기 시작하였다. 일본에서 생산된 근대적 신문물이 대량으로 유입되기 시작하였고, 주민들은 이 물품의 소비를 촉진시키는 각종 광고와 충동에 휘말려들기 시작하였다. 그로 인하여 가치 중심은 점차 분해되고, 목적을 이루지 못한 인간의 절망과 비관주의가 팽배하는 회의적 분위기로 가득 차게 되었다.

위의 인용시편들은 당시 식민지 도시공간의 이러한 사회적 풍토를 여실히 보여주는 전형성을 지니고 있다 하겠다. 암담하고 방향조차 가늠할 수 없는 미몽迷夢의 현실은 시 ⅰ)에서 '해저海底'로 표현되고 있으며, 이동이 부자유스런 전신주에 비유된 시민들은 포로의 심상으로 표상되고 있다. 수상한 현실의 속내를 알아차리지 못한 군상들을 시인

조명암 ▮ 229

은 '유리알같이 맑간 육체 클레오파트라의 후예들'로 나타낸다.

시 ⅱ)는 검은색과 녹색의 대비를 통해 서로 다른 현실의 양극단을 극명하게 대비시키고 있다. 검은색의 영역은 실직한 룸펜 프롤레타리아와 알콜 중독, 광인, 남루한 심장 따위의 이미지 군락을 끌어안고 있다. 녹색은 이와 마주선 원격 공간에 떨어져 있다. 이때 시인이 표상하고 있는 검은색이란 바로 식민지 조선의 사회 공간, 그 자체이다. 하지만 심해의 어둠 속과 같은 사회를 살아가고 있는 시민들에게 녹색은 전혀 도달이 불가능하며, 아득한 곳에 격리되어 있다.

이처럼 우울하고 암담한 비극적 분위기는 인용시 ⅲ)에서 극단화되어 나타난다. 시인은 도시공간의 주민들을 시체로 표상하고 있다. 살아있어도 정상적인 삶을 영위하지 못하고 있는 죽음의 존재로 인식하는 것이다. 이러한 인식은 인용시 ⅳ)에서 볼 수 있는 '검은 그림자의 홍수'로 연결된다. 거리를 가득 메우고 있는 시민들의 행렬을 이렇게 표현하고 있는 것은 당시 사회의 기류를 얼마나 정확하게 문학적으로 측정해낸 것인가.

이 작품에는 식민지 운영주체자들을 나타낸 것으로 짐작되는 대목이 나타난다. '군신軍神의 만찬회'가 바로 그것이다. 절망의 극단으로 치달아가고 있는 일제강점기의 사회분위기를 이처럼 극명하게 나타내기란 결코 쉽지 않은 일이다. 현실의 비극적 정황에 대한 지시는 ⅴ)와 ⅵ)에서도 과감하고 극명하게 나타나고 있다. 앞서 살펴본 「동방의 태양을 쏘라」와 비견될 수 있는 작품이다.

조명암의 시적 모더니즘에 대하여 당시 문단은 두 가지의 상반된 견해를 보이고 있었다. 조명암의 시가 지니고 있었던 시적 모더니티와 그것이 내포하고 있는 위트의 특성을 높이 평가한 비평가는 바로 김기림金起林이다.

> 기다幾多의 시를 통하야 조영출씨가 우리에게 보여준 것은 한 개의 큰
> 희망이며 약속이며 야심이다. 도회라고 하는 것이 단편적이 아니고 한 시
> 의 당당한 주제로써 노래되기 시작한 것은 내가 기억하는 범위에서는
> 벨―하렌으로써 남상濫觴이 아닌가 한다. (중략) 그런데 우리는 조영출씨에
> 게서 도회시인으로서의 비범한 소질을 발견하였다. (중략) 조영출씨의 시
> 속에서 또한 남달리 빛나는 것은 위트의 편린片鱗이다. 그런데 위트는 실
> 로 새로운 시의 큰 특징의 하나다. (중략) 우리들의 조영출씨는 이 위트의
> 편린을 많이 가지고 있다. (중략) 그렇다. 그는 한 큰 소재다. 그가 시인으로
> 서 큰 족적足跡을 남기고 안 남기는 것은 오로지 금후 그의 노력과 공부에
> 있다고 생각한다.
>
> ― 김기림의 평론 「1933년 시단의 회고와 전망」 부분[42]

이러한 긍정적 관점이 있었던 반면에 다음과 같은 부정적 견해도
있었다.

1920년대의 대표시인 황석우黃錫禹는 조영출의 시작품 「단편斷片」을
비평하는 글에서 시적 비유와 형용에 있어서의 많은 결점을 발견할 수
있다고 하였다. 그는 김기림과 조영출을 상호 비교하면서 전자를 형용
부족形容不足이라 한다면 후자는 형용기만形容欺瞞으로 명명할 수 있다
고 혹평하였다.

'비유의 대상 착오에서 원인된 실패한 묘사' 등으로 부정적 평가를

하면서도 황석우는 한편으로 조영출에 대하여 '전체 시단의 주목을 그을만한' 재기와 시인적 소질을 높이 인정하였다. 심지어는 '영롱한 옥괴玉塊'란 표현까지도 서슴지 않았다.[43] 이처럼 신진시인 조영출의 존재에 대하여 문단 중심부에서는 그 가능성을 인정하고 기대하는 분위기가 뚜렷하였던 것이다.

과거와 현대-갈등과 동경의 문제

조명암의 시세계에 나타나고 있는 시간성의 표상은 어떠한가.

그에게 있어서 모든 시간은 우울하고 병적인 기류를 머금고 있는 부정적 대상이다. 사실 이러한 시적 인식은 비단 조명암 뿐만이 아니라 당시 모더니즘 시작품에서 공통적으로 나타나고 있던 보편적인 현상이었다. 서구모더니즘이 일본을 통하여 유입되면서 주로 과거의 낭만적 기질에 대해선 냉소적으로 비판하고 현대 물질문명은 일단 수용적이며 예찬하는 태도를 보였던 것이니, 조명암의 경우도 이와 연결된다.

다만 그는 '식민지적 근대'라는 현실인식에 대하여 다른 모더니스트들과는 뚜렷하게 변별되는 자세를 보였다. 즉 조명암은 일제식민지 담당층에 의해서 주도되는 강제적 근대가 파괴와 유린, 해체와 붕괴로 이어지는 위험을 갖고 있다는 판단을 하고 있었던 것 같다.

> 검은 굴뚝
> 아스팔트를 다지던 억센 발
>
> – 「GO, STOP」 부분

----
42) 조선일보, 1933년 12월12일자
43) 황석우, 최근시단개별(最近詩壇槪瞥), 조선시단 8호, 1934.9

광적인 재즈의 어지러운 교향

철없는 늙은 낙천자의 음분한 눈

– 「탄식하는 가로수」 부분

도성의 검은 괴물은 무엇을 싣고 달음질치는가

불안의 베개 모서리

마수의 광란이 굵은 리즘의 세레나드를 짓밟는 거리

– 「都城의 밤에 이상 있다」 부분

인용된 부분에 나타나는 배경은 대개 식민지 도시공간이다.

더불어 그곳의 분위기는 전반적으로 어둡고 처절하며 비관적이다. 이것은 시인의 비관적 물질관 세계관을 말해주는 방증이다. 동시에 이 대목들은 근대에 대한 시인의 관점을 그대로 엿보게 해주는 중요한 단서가 된다. 조명암은 식민지적 근대에 대하여 일단 수상하고 불안한 눈길을 보내고 있었던 것이다.

시인은 불안한 시간성을 당장 구출시킬 수 있는 그 어떤 대안도 마련하지 못하고 있다. 과거의 전통성에 대해서도 처음에는 '죽은 세계의 송장'이란 표현으로 별다른 기대감을 갖지 않았었다.

하지만 그는 틈틈이 민요형 시작품을 창작하면서 민족적 음률감각을 익히는 노력을 게을리 하지 않았으니 「사군思君」「눈물의 부두」「남포南浦의 비가」「국경의 소야곡」「은하수」「서울노래」「청춘곡」「압록강」「등롱燈籠의 항로」 따위가 바로 그것이다. 이런 부류의 정형시 작품들은 가요시 형태의 효시嚆矢로서, 조명암이 나중에 가요시 장르에 대한 강한 애착을 갖게 되고 본격적 가요시 창작활동을 펼쳐가게 되는 시발점에 놓여 있다고 하겠다.

시인은 식민지적 근대가 내포하고 있는 허위의식과 야욕의 특성을 인식하는 한편 그것을 극복하는 대안이야말로 전통과 민족사에 대한 연민과 신뢰라는 판단을 하고 있었던 것 같다. 이러한 의식은 그의 초기작 중에 하나인 시「이 동굴 안을 거니는 자여」에서부터 이미 나타나고 있었던 것으로 보인다.

조명암의 초기 정형시에서는 전통적인 민요가락과 후렴구 기능을 적절히 구사하고 있다. 때로는「국경의 소야곡」에서 보듯 시조 형태에 대한 애착을 나타내기도 한다. 그런데 이 작품을 비롯하여 시「압록강」 등에서는 식민지가 되어버린 조국과 고향 마을에서 살지 못하고 강제에 의해 유랑민의 신세가 되어버린 백성들에 대한 심정적 서러움이 반영되어 있다. 현대시에서 관념적인 포즈로 표시하던 불안감이 정형시에서는 매우 구체적이고 직접적인 언술言述로 나타나고 있었던 것이다.

실제로「서울 노래」의 발표 원본을 자세히 관찰하면 '2행략'으로 표시된 부분이 확인된다. 그것은 분명한 검열 흔적이다. 식민지 검열당국에 의해 특정부분이 삭제되고 정형시의 본래 의도는 현저히 훼손되었다. 「청춘곡」에서는

삼천리 하늘에 붉은 피 흐른다

라는 형태로 매우 대담한 표현을 시도하고 있다. 이런 표현은 상당한

위험을 감수해야만 하는 행동이다. 이것은 시 「등롱의 항로」의 경우도
마찬가지다.

영원히 돌아간

견우 직녀의 노래여

이 밤 이 곳 붉은 핏줄기에 용솟음쳐 울으라

— 「등롱의 항로」 부분

자유시 형태에서 관념적인 표현으로 머뭇거리던 현실감각이 정형
시에 이르러 오히려 대담하고 완강한 표현을 주저하지 않았던 것은 무
슨 까닭인가. 그것은 다름 아니라 과거라는 시간성, 즉 민족의 전통과
역사에 대한 강한 연민과 신뢰에 기인한다 할 것이다.

당시 조명암의 작품의식이 바로 이와 같았으므로 이후의 창작에서
나타나는 밤, 죽음, 시체, 홍수, 환상, 신기루 따위의 이미지들을 도저
히 단순한 관념취향으로 읽어낼 수는 없을 것이다.

다채로운 언어와 이미지의 현란한 교직

조명암의 추구했던 모더니즘 계열의 시작품에서 가장 돋보이는 작
품들은 일제강점기 후반에 창작된 「마을정거장」 「칡넝넝」 등이다. 이
작품들은 마치 김기림과 정지용鄭芝溶의 특성을 완벽하게 조화를 시켜
놓은 효과를 자아내고 있다. 도시적 감수성과 재치로 번뜩이는 김기림
의 작품성과 향토적 서정과 민족 언어의 음률감각을 적절히 배합하여

구사했던 정지용의 시적 기법은 제각기 장단점을 일정하게 내포하고
있다.

하늘이 하도 높아 땅으로만 기는
강원도 칡넝쿨이
절깐 종소리 숙성히도 자라났다

메뚜기 베짱이들이
처가집 문지방처럼 자조 넘는 칡넝쿨

넝쿨진 속에 계절이 무릎을 꿇고 있다
여름의 한나절 꿈이 향그럽다
줄줄이 벋어간 끝엔 뾰죽뾰죽 연한 순이 돋고

어린 少女의 사랑처럼 온칡
모르게 모르게 무성해 간다

袈裟를 수한 젊은 女僧이
혼자 다니는 호젓한 길목에도
살금살금 기어가는 칡넝쿨이언만

해마두 오는 가을을 넘지 못해
목을 움츠리고 뒷걸음을 치는 식물

— 칡넝쿨이 안보이면

　　먼뎃절엔 들불이 한 개 두 개 열린다

– 시 「칡넝넝」 전문

　　이 시의 기법적 특성에 대해서는 지면을 달리하여 비유와 심상의 구사 등을 자세히 분석 해볼 만하다. 조명암의 경우, 그들 두 선배의 장점을 함께 이어받는 동시에 단점들을 넉넉히 극복하여 하나의 시정신으로 통합시킨 세계에 도달하고 있다는 점이다. 우리는 조명암의 시작품에서 바로 이런 사실을 눈여겨 지켜보아야 할 것이다.

　　조명암의 모더니즘 시를 제대로 읽어내기 위해서는 「운명장運命章」 「유리의 방」 「백촉白燭의 심야」 「청결」 「청풍의 상자」 「청풍의 산협」 등의 작품들을 새롭게 분석 검토하는 비평적 작업이 앞으로 필요하다.

　　일찍이 김기림에 의해서 조명암의 시적 재능을 인정받은 바 있거니와 시인 조명암의 전체 작품에서 보편적으로 나타나고 있던 특성은 어떻게 정리될 수 있는가.

　　행 구분과 연 구분이 모호한 경우가 빈번하고, 또 행의 언어분량도 균제미均齊美를 상실한 경우가 많아서 자칫 형태적 산만성으로 규정될 우려가 있는 것이 사실이다. 그리고 줄곧 관념적 분위기로 일관되는 서술이 과도하여 황석우의 지적처럼 비판의 표적이 될 우려가 없지 않다. 그것은 독자들이 작품 속에서 시적 중심을 찾지 못하고 헤매느라 고통을 겪기 때문이다.

　　일제강점기 전반을 통하여 조명암이 발표한 작품 중 가장 절창으로 여겨지는 작품으로는 시 「동방의 태양을 쏘라」를 손꼽을 수 있다.

동방이 얼어붙었다

태양의 붉은 피가 얼어붙었다

젊은이여 이 고장 백성의 아들이여!

손에 든 화살을 힘주어 쏘아 보내라

태양의 가슴의 붉은 피를 쏘아 흘리라

백성이 광명에 굶주리고

강산의 줄기줄기 숨죽여 누었으니

허물어진 옛터

님의 꽃잎 하나 둘

아 젊은이들아

함정에 빠진 사자의 포효만이

광명 잃은 譜表우에 달음질칠 이 날은 아니다

화살을 쏘라

동방의 태양을 뽑아내라

피끓는 심장에 불을 붙여

낡은 봉화 재 우에 높이 들고 서서

산과 들 곳곳에 이 날의 레포를 아뢰우자

－ 시 「동방의 태양을 쏘라」 전문

이 시작품은 1934년에 발표되었던 바, 그 직전인 1933년 11월4일에 시행된 조선어학회의 활동에 크게 격려 고무된 바가 있는 듯하다. 전국의 고무공장, 제사공장 등에서 노동쟁의가 잇따라 일어나고, 작가 이기영李箕永과 현진건玄鎭健이 장편소설 「고향」과 「적도赤道」를 각각 신문에 연재하기 시작한 직후에 발표하였다.

이 작품의 압권을 이루는 부분으로는 '백성이 광명에 굶주리고/ 강산의 줄기줄기 숨죽여 누었으니' 라는 대목이다. 식민지체제의 무단적武斷的 통치와 각종 유린에 대한 문학인으로서의 정면 대응이면서, 동시에 민족 집단으로 하여금 근원적 변혁을 촉구하는 강렬하고 대담한 선동성이 발산되고 있다. 마치 민족 대상을 향하여 준엄하게 제기하는 주체성 회복의 선언문적 성격처럼 느껴진다. 이처럼 과감한 표현은 실로 엄청난 용기가 수반되는 위험한 행동이었다.

조명암의 모더니즘 계열의 시작품들이 지니는 공통점은 불분명성이다. 하지만 이 관념성과 모호성은 민족주의적 색채와 결합하면서 일견 강한 어조와 톤으로 표시되어 나타난다. 시 「동방의 태양을 쏘라」는 그러한 관념성을 일거에 초탈하고 있는 매우 특별한 작품이다.

조명암의 시 세계가 비록 관념성과 모호성을 내포하고 할지라도 작품공간과 심리적 반응을 조금만 주의해서 살펴보면 시인이 지향하는 가치 중심과 지향점을 어렵지 않게 알아챌 수 있다. 뿐만 아니라 작품 요소요소에 보석처럼 박혀 있는 깔끔한 표현과 다채로운 이미지의 구사는 당시의 모더니즘 기법 수준이나 표현 솜씨에 있어서도 놀라움을 금치 못하는 경우가 많다. 조명암의 시를 읽는 재미와 즐거움은 바로 이런 점에서 찾아야 한다.

청년기 특유의 우쭐거림도 발견되는데, 이것은 젊은 모더니스트들의 작품에서 흔히 나타나던 일반적인 모습에 다름 아니다. 다만 조명암의 경우 시적 모더니티에 대한 자의식이 지나치게 강한 나머지 포즈에 치우치는 현상이 빈번하게 발생하는 것이 하나의 흠으로 지적될 수 있다.

(2) 가요시

역사현실 반영

조명암은 자유시 장르만이 아니라 가요시 장르에 대한 남다른 애착과 심혈을 기울였다. 전 생애를 통하여 무수한 가요시를 창작하였는데, 현재까지도 그 정확한 작품 수를 확인하지 못하고 있다. 조명암이 가요시를 창작하게 된 배경에는 서상敍上의 내용과 같이 모더니즘 시의 관념적 분위기를 돌파하기 위한 하나의 대안으로서 마련된 창작공간이었던 것으로 보인다. 이를 통하여 우리는 현실의 직접적인 면을 다룰 수 있다는 측면과 민족과 역사의 전통적 시간을 비교적 자유롭게 다룰 수 있는 작가의 정신적 출구이기도 했다는 점을 들 수 있다.

가요시를 창작하는 시인으로서 조명암이 가장 즐겨 다루었던 소재와 주제는 역사와 현실에 관한 것이었다. 가장 대표적인 작품 중 하나인 「어머님전 상백上白」은 현실의 중압감을 이기지 못하고 가족이산으로 말미암아 헤어진 이별의 슬픔과 서러운 심정을 대변하고 있는 작품이다. 시적 화자의 가슴에 맺힌 한을 시인은 훌륭하게 대변해 내고 있다.

어머님 어머님

이 어린 딸자식은 어머님 전에

피눈물로 먹을 갈아 하소연합니다

전생의 무슨 죄로 어머님 이별하고

꽃 피는 아츰이나 새 우는 저녁에

가슴 치며 탄식하나요

- 가요시「어머님전 上白」 2절

　이와 주제상의 쌍벽을 이루는 작품으로는 「잃어버린 아버지」가 있다. 이 작품에서는 20대 초반의 딸이 아버지를 찾아서 헤매는 절규를 담아내고 있다. 돈 벌러 가서 소식이 두절된 어머니를 애타게 그리워하는 소년의 심경을 그리고 있는 「아주까리 등불」, 기타 「동생을 찾아서」 「집 없는 천사」 등도 뼈저린 가족이산의 현실을 다루고 있다.

　이 작품은 1930년대의 시인 백석의 「여승女僧」이나 「팔원八院」 등이 지니고 있는 시적 정서와 그 배경을 연상케 한다. 시인은 이 작품들을 통하여 강요된 가족이산의 원인과 당시 식민지 사회의 총체적 부조리에 대한 인식을 환기시키고자 한다.

　「울며 헤진 부산항」도 사회적 관점에서 읽어낼 수 있다.

　이 가요시 작품은 일제강점기 후반 군국주의의 발악이 극에 달하던 시절에 발표된 작품이다. 독자들은 결코 떠나고 싶지 않았던 고국을 떠날 수밖에 없었던 당시 시적 화자의 비극적 현실과 애처로움, 혹은 갈등의 심리를 실감나는 비애의 정서로 떠올리게 된다.

　직접적으로 민족사적 소재를 다룬 작품도 있었으니 「꿈꾸는 백마강」과 「낙화삼천落花三千」 등이 그것이다. 이밖에도 이러한 주제의식을 담아낸 작품의 분량은 대단히 많다.

탁월한 생활정서 묘사

다음으로 조명암의 가요시에 있어서 뚜렷하게 느껴지는 개성적 세계는 생활정서 묘사의 탁월함이다. 시인은 정통적인 모더니즘 시보다도 대중에게 훨씬 직접적으로 다가갈 수 있는 장르로써 가요시를 선택한 듯하다. 이 가요시를 통하여 조명암은 대중들로 하여금 즐거움과 위로, 현실과 사회에 대한 공감력의 확대를 이루려 했던 것으로 보인다.

그리하여 시인은 일반 대중들에게 가장 어필할 수 있는 구체적 방안으로 생활정서 묘사를 과감하게 채택하였다. 「신접살이 풍경」 「별일이 다 많아」 등과 「수박행상」 「담배집 처녀」 등이 이 계열에 속하는 작품이다. 이 부류의 작품들에는 다른 작품들보다 상대적으로 구어체, 속어체 어투를 완강하게 구사함으로써 현장의 실감을 고조시키려는 배려를 하고 있다. 한편 토착정서를 환기하고 있는 작품들도 많이 창작하였다.

「황해도 노래」와 「서귀포 칠십리」 등이 그것으로, 여기에는 구체적 지명을 작품 속에 제시하거나 작품의 중심 소재를 아예 토착적인 것으로 선택하는 방법이 사용되었다. 이 두 작품들은 1943년 작품으로 일제말 혼돈과 암흑의 상황에서 발표되었다.

또한 민족의 전통적인 세시풍속과 관련된 내용들도 즐겨 다루었다. 뿐만 아니라 식생활 문화, 각종 유희, 우리 민족 고유의 독특한 애정담 따위가 이 항목에서 다루어졌다. 우리는 시인 백석白石이 일찍이 시도했던 바와 마찬가지로 작가가 왜 이러한 소재에 대하여 특별한 애착을 지니고 있었던가에 대하여 다시금 주목해야만 한다.

이국정서를 다룬 것도 여기서 함께 이야기될 수 있는 바 「호궁처녀」
「홍사등 푸념」「청춘 썰매」「하르빈 다방」「만주 뒷골목」「융수건 길
손」「국경의 다방」「소주 뱃사공」 등이 그것이다. 이 작품들을 검토해
보면 비록 표면적으로는 이국정서를 다루었으나 시적 화자의 갈망은
항시 고향, 고국이라는 대상을 지향하고 있음을 발견하게 된다. 이와
더불어 정신적 긴장 속에 시달리고 있던 식민지 대중들의 억압심리로
하여금 잠시나마 위로를 얻을 수 있는 작은 공간을 제공해 주고자 하는
시인의 의도를 엿볼 수 있다.

이 계열에서 파생되어 나온 주제양식이 유랑을 다루고 있는 적지
않은 분량의 가요시 작품이다. 「황야에 해가 저물어」「무정곡」「울리는
만주선」「방랑극단」「고향우편」「사막」「곡마단」「이별」「코스모스 탄
식」「무정천리」「유랑의 나그네」「진주라 천리 길」「고향설」 등이 바로
그것이다. 이 가운데 「울리는 만주선」의 한 대목에서는 새로 찾아가는
그 장소에 대하여 시적 화자는 '나도 나도 나도 나도 모른다 모른다' 라
는 반복 어구를 구사함으로써 극에 달한 불안과 미래시간에 대한 불안
감, 불투명성을 직접 화법으로 표시하고 있다.

> 푹푹칙칙 푹푹칙칙 뛰이 ──
> 건넌다 검정다리 달빛어린 응 철교를
> 고향에서 못살 바엔 아 타향이 좋다
> 달려라 달려 달려라 달려
> 크고 작은 정거장엔 기적 소래 남기고

찾어 가는 그 세상은 나도 나도 나도 나도

모른다 모른다

– 가요시 「울리는 만주선」 3절

전통양식과 풍자의 활용

조명암은 자신의 가요시 창작의 과정에서 민족의 전통적 문화유산인 잡가, 타령, 노랫가락, 메나리 등을 적극적으로 활용하고 있다. 이것은 조명암의 자유시 작품에 대한 분석에서 이미 말한 바 있거니와, 자신의 창작 방향과 가치관에 대하여 구체적으로 제시된 해답이라 할 수 있다.

비교적 초창기의 작품인 「서울 노래」는 개작의 과정을 거쳐서 정형시로 다듬었다. 이 작품에서는 역사의식, 현실의식을 비롯하여 삶의 비극성을 환기하려는 의도를 나타내고 있다. 「야루강 춘색」도 같은 맥락에서 이해될 수 있다. 「바다의 청춘」은 유랑과 설움에 시달리고 있는 민족현실을 반증한다.

조명암이 즐겨 활용하고 있는 민요형은 주로 노랫가락, 타령, 메나리조 등이다.

이런 가락들은 대체로 민중들에 의해 널리 향유되던 잡가 형식에서 그 힌트를 얻고 있는 것으로 보인다. 시인은 이러한 계열의 작품을 통하여 일그러지고 부조리한 현실을 풍자하고 민족집단을 유랑으로 내몰고 있는 정책을 간접적으로 비판한다.

「금노다지 타령」「이 강산 저 강산에 바람이 났네」「모던 관상쟁이」

「나무아미타불」「엉터리 대학생」「요즈음 찻집」「돈 타령」「당기당 타령」「앵화폭풍櫻花暴風」「개고기 주사」「활동사진 강짜」「세상은 요지경」「춘풍신호」「유쾌한 봄소식」「앵화춘櫻花春」「인생선人生線」따위가 현실을 풍자한 작품계열에 속한다.

이 중「요즈음 찻집」은 흥미롭다.

> 요즈음 찻집은 뿌로카 세상
> 요즈음 찻집은 기업가 세상
> 이 구석에 금광이 왔다갔다
> 저 구석에 중석광重石鑛이 왔다갔다
> 천원 만원 주먹구구 뻘건 눈이 돌아갈 때
> 전화통은 찌릉 찌릉 찌릉 찌릉
> 찌릉 찌릉 찌릉 찌릉 운다 울어 운다 울어
>
> – 가요시「요즈음 찻집」1절

이 작품에는 뿌로카, 기업가, 금광, 중석광 따위가 비판과 풍자의 대상이 되고 있다. 혼탁한 세태풍자의 장면 묘사가 대단히 훌륭하다. 「돈 타령」은 돈 바람, 전차 바람, 담배 바람, 런치 바람, 돈 사태, 돈 홍수 따위로 상징되는 혼탁한 식민지 사회를 신랄하게 고발하고 풍자한다. 이는 식민지 사회 전반의 총체적 위기상황을 가요시 작품을 통하여 나타내고자 하려는 시인의 의도를 엿보게 한다.

「당기당 타령」은 아편쟁이를 빈대, 쏘는 사냥꾼을 벼룩, 말 잘 하는 채상꾼을 앵무새, 다리 긴 우편배달부를 황새, 맵시 고운 기생을 제비,

뚜쟁이를 쉬파리, 굴뚝쟁이를 까마귀, 목도쟁이를 까치에 비유함으로 써 당시 사회의 구성체가 지니고 있는 특징을 풍자적 수법으로 그려내고 있다.

이 계열의 작품은 조명암의 창작 가요시 중에 그 빈도수가 비교적 높은 편이다. 「조선의 처녀」「복덕장사」「팔도 장타령」「삽살개 타령」「온돌야화」「관서신부」「아리랑삼천리」「가거라 초립동草笠童」「신곰배 타령」「비둘기 소식」「양산도 봄바람」「제3아리랑」「총각진정서」「풋난봉」「바다의 자장가」「꼴망태 목동」「님 전 화풀이」「달 같은 님아」「동그랑 땡땡」「쌍쌍타령」「쌍도라지 고개」 따위가 모두 여기에 속한다. 이 작품들은 대개 시인이 전통적 민요와 잡가의 가락을 직접 응용하거나 적절히 변용하고, 그 과정에서 변화된 시대사회의 현실을 반영하는 수법으로 창작되었다.[44]

(3) 해방시기 및 월북 이후의 시작품

사회주의적 현실관의 반영

조명암의 문학적 지향이 사회주의적 현실관을 선택하게 된 구체적 계기는 뚜렷하게 밝혀져 있지 않다. 조명암의 시인적 경로는 모더니즘적 방법론을 지니고 시를 써오는 한편으로 거기서 충족되지 않는 갈증을 가요시 창작을 통하여 해소하는 과정을 나타내었다. 다만 그의 창작 심리 저변에 은연중 깔려 있었던 민족주의적 가치관에 대한 선호도가

----
44) 조명암이 남기고 있는 대부분의 주옥같은 가요시 작품들은 현재까지도 대중들의 사랑을 광범하게 지속적으로 받고 있다. 하지만 조명암 가요시의 원형은 분단 반세기를 거쳐오면서 개작이라는 이름으로 상당 부분이 왜곡, 손상되었다. 이는 월북작사가 작품에 대한 유통의 금지라는 제약적 환경 속에서 남한의 일부 작사가에 의해 부분 개작, 혹은 전면 개작이 되었고, 작사자 본명마저 은폐된 이후로 발생하게 된 현상이다. 하지만 이것은 한국의 가요와 가사를 연구하는 전문연구자들에 의하여 시급히 그 원형이 회복되어야할 중요과제로 떠오르고 있다.

해방 직후 좌파의 문학조직과 연결되면서 표면적으로 드러나는 양상을 보이고 있다.

이런 점에서 본다면 일제강점기 전반을 통하여 시인이 지녔던 민족주의적 가치관은 매우 소박한 성향으로 여겨진다. 모더니즘 방법론에 의한 글쓰기 작업이 1940년대로 접어들면서 한결 위축되고, 오히려 가요시 창작 활동에 전념하는 모습을 나타내 보인다. 일제말기로 접어들면서 친일적 성향의 적지 않은 가요시를 창작하게 되는데, 이 과정에서 시인은 처음엔 번민과 갈등을 했었던 것 같다. 그러다가 거의 자포자기의 심정에 이르게 된 것으로 보인다. 해방은 시인으로 하여금 모든 정신적 속박과 억압으로부터 일시에 풀려나게 하였다.

조선문학가동맹에 참여하게 되면서 조명암의 문학적 행보는 급격히 사회주의적 가치관을 선택하고 그쪽으로 경도되었다. 아마도 이것은 하나의 내적 갈등극복 대안으로서의 선택으로 추정된다. 이 시기에 발표한 다음 세 작품은 당시 시인의 정신적 상황을 그대로 보여주고 있다.

ⅰ) 오호 이 치욕 이 울분
　　종로 한복판에서 누구나 다 한번 소리치고 싶었으리라
　　「일본아 조선을 내놓아라」

　　그러나 조선은 죽어있지 않았고
　　조선의 맥박은 세월을 따라 쥐고
　　화려강산의 모든 강물은 바다로 흘렀다

　　　　　　　　　　　　　　　　　　– 시 「모든 강물은 바다로 흐른다」 부분

ii) 지금 오오 지금

　　이 슬픈 역사의 밤이 새다

　　보라 저 푸른 하늘

　　저 태극이 꽂힌 지붕을 넘어오는

　　흰 비둘기

　　붉은 태양

　　오호 붉은 태양아

　　슬픈 역사의 밤은 영원히 밝았느냐

- 시 「슬픈 역사의 밤은 새다」 부분

iii) 이 푸른 밤에

　　바람은 조용하고

　　골목안엔

　　强盜가 들어 담을 넘고

　　그보다 더

　　무서운 총알이

　　피붉은 心臟을 찾아 눈을 떴으니

　　어제처럼

　　獄에서 풀린 사람들이

다시 미쳐야 하겠느냐

별들아
오오 朝鮮의 별들아
그렇게 높이 매달려만 있을게 아니다

– 시 「총총히 백인 별들아」 전문

ⅰ)에서는 하늘에서 떨어진 작은 물방울 하나가 강물을 이루고 마침내 바다로 흘러가게 된다는 대자연의 섭리와 그 필연성을 노래하고 있다. ⅱ)는 민족해방이라는 역사적 사실에 대한 감동과 찬탄을 다루는 한편으로 역사적 존재에 대한 실감을 서사적 분위기로 다루고 있다. 특히 이 작품에서는 사회주의적 가치관을 지닌 한 시인으로서 인공기 대신 태극기에 대한 예찬을 하는 대목이 보이는데, 아직 분단체제가 완전히 고착되기 직전의 상황을 흥미롭게 보여주고 있다. 가요시 「울어라 은방울」도 이와 같은 양상을 보인다.

해방된 은마차에 태극기를 날리며
누구를 싣고 가는 서울 거리냐
울어라 은방울아 세종로가 여기다
삼각산 바라보니 별들이 떴네

– 가요시 「울어라 은방울」 1절

ⅲ)은 해방시기에 발표된 작품 중 가장 서슬 푸른 현실감각을 다루

고 있는 작품이다.

'골목 안엔 강도가 들어 담을 넘고'와 같은 부분이 암시하는 시적 상징성은 새로운 제국주의 세력의 내습에 대한 각별한 경고이다. 이 시를 발표할 당시 조명암은 이미 사회주의 이데올로기에 대한 깊은 신뢰를 지니고, 또 다른 변화에 대한 준비에 돌입하고 있었던 것으로 보인다. 같은 시기에 발표한 가요시 작품으로는 위의 「울어라 은방울」 등을 비롯하여 「몽고의 밤」 등이 있다. 이 가운데 「몽고의 밤」은 일제강점기 후반에 창작된 작품으로 추측된다.

시 「그리운 거리에서」와 「공화국」 「령을 넘어」와 「한 자루 백묵을 쥐고」에 이르러서는 매우 구체적인 체제 의탁과 그에 대한 신념을 표방하고 있다. 「령을 넘어」는 가요 형식으로 쓰여진 김일성 찬가이다. 「한 자루 백묵을 쥐고」는 해방시기 좌파 지식인 청년의 내면 풍경을 그리고 있다. 이 수 편의 작품을 발표한 뒤 조명암은 삼팔선을 넘어 월북을 결행한다. 하지만 이것은 개인의 선택이 아니라, 좌파 조직을 통하여 이미 결정되어 있었던 경로이자 지령에 따른 행동이었다.

조명암은 월북 이후 적지 않은 분량의 시작품을 발표하였다.

「조국을 지키리라」「산으로 간 나의 아들아」「북조선으로」 등은 북을 선택한 자신의 결연한 의지와 월북과정의 심리적 긴장을 증언 형식으로 생생히 담아낸 작품들이다. 특히 「산으로 간 나의 아들아」는 어머니의 화법으로 사회주의자 아들을 향한 처절하고 곡진한 심정을 그리고 있다. 하지만 이 시기의 작품들에 나타난 충성심의 표현, 선택에 대한 강한 신념의 표방 따위는 월북자로서의 심리적 불안감을 동시에 반증하고 있는 것이기도 하다. 「북조선으로」를 위시하여 「자랑스러운 이곳」「한없이 그립던 여기」「새날의 행복」 따위가 바로 그러한 사례이다.

한국전쟁이 발발한 직후 조명암은 「락동강 전선」을 비롯한 여러 작품을 발표하는데, 여기엔 극단적 증오, 분노, 적개심, 복수심으로 일관되어 있다. 당시 북한 문학인들의 6·25관과 아무런 차이를 보이지 않는다. 한국전쟁 중에는 진중가요를 창작하여 인민군대 내부에 보급하기도 하였다. 가장 널리 알려진 가요시로는 「조국보위의 노래」와 「청년유격대」「압록강 이천리」「물레야 동무야」「철령이라 높은 고개」 등이 있다.

월북 이후의 시작품에서 나타나는 공통적인 특성들은 해방 전 가요시 창작 과장에서 터득된 민중적 서정성과 생활정서의 활용이 크게 돋보이고 있다는 점이다. 인민군, 광부, 착암수, 탄부, 단야장 처녀 등 노동계급을 예찬하는 시작품들을 창작하여 당시 북한 인민들의 사랑을 받았던 것으로 전해진다.

기타 작품으로 해외여행 경험을 다룬 시작품들이 있는데, 크게 괄목할만한 수준은 아니다. 주로 분단시기 동부 독일을 방문하여 그곳 문인들과의 각종 회합과 교유에 참석하고, 명소를 관광한 후일담에 불과한데, 여전히 나타나는 맹목적 감격벽感激癖, 공연한 장형화長型化 현상 따위가 작품의 전체 수준을 현저히 감소시키고 있다.

조명암은 북한에서 『조령출시선집』(1957)을 발간하였다.

이 시집에는 월북 이후의 작품과 식민지시대 발표 형태를 개작한 시작품을 함께 수록하였는데, 월북 이후 시인의 내면적 심경을 엿볼 수 있는 작품으로 「밤」을 들 수 있다. 이 작품에서 시인은 북한에서 발표한 작품으로는 보기 드물게 실향민의식, 고향생각, 현실의 부담과 고통 따위를 간접적 암시화법으로 은근히 드러내고 있다. 하지만 이 작품도 일제강점기에 발표한 작품을 다시 개작한 형태를 활용하였다.

눈발은 어둠을 때리며 날린다
창문을 닫고 나는 차디찬 자리에 눕는다

어디메쯤 단침이 돌아갔는고
이 밤은 어린 시계도 잠들었구나

이따금 문풍지 울어 흔들면
바람에 불리어 누웠다 다시금 일어서는 촛불

언제부터 내 고향을 잃었드뇨
님이여 대답을 하소 어디메 계신가

눈은 내리고
눈은 쌓이고

쌓이는 시름을 견디어 새자니
삼동 추운 밤이 더욱 길구나

— 시 「밤」 전문

시선집 후반부에 수록된 작품들은 거의 대부분 과거에 발표한 작품을 개작한 것이다. 우리는 조명암의 월북 이후 작품을 검토하는 과정에서 이 시기의 개작행위와 그 의미에 대하여 면밀히 분석해 보아야 한다. 이것은 대체로 다음과 같은 심리 배경이 전제되었으리라 여겨진다.

첫째로는 월북 이후 북한체제 내부에서 조화를 이루고 인정을 받으며 살아가기 위해서는 무엇보다도 새로운 문학적 각오와 다짐을 보여주어야겠다는 생존을 위한 시인의 의도이다. 둘째로는 극도의 충성심을 표현하면서, 이를 통해 사회주의자로서의 완전한 환골탈태를 인식시켜 주어야겠다는 강박관념이다. 이 때문에 월북 이후의 시작품은 쓸데없이 장형화되고, 필연적으로 요청되는 감동적 서사성은 함유하지 못하는 불구성 시작품으로 전락되고 말았다. 대체로 이러한 시작품들은 어김없이 교조주의적 한계를 드러내고 있다.[45]

이런 열악한 조건과 환경 속에서도 시「푸른 하늘에 취해 보자」와 「가야금」 등은 북한 시 특유의 정치성이 배제된 순수하고 담백한 인간 본연의 마음으로 돌아간 정서를 다룬 예외적인 작품이다. 전자는 조명암이 북한에서 발표한 가장 아름다운 시작품의 하나로 여겨진다. 「가야금」은 당시로선 보기 드물게 시조형태로 쓰고 있다.

장르 확산 및 장르기능의 적극적 변용

조명암은 일제강점기 전반을 통하여 모더니즘과 민족주의적 색채가 혼합된 작품의식으로 시를 창작하였다. 그 과정에서 가요시라는 장

----
45) 시 「동방의 태양을 쏘라」의 경우도 북한에서 개작한 제목은 「동방의 태양을」로 바뀌어졌다. '태양의 상징성이 이미 김일성의 표상으로 굳어진지 오랜 현실에서' 태양을 쏘라 '라는 어구는 자칫 엄청난 오해를 불러일으킬 수 있는 위험성을 내포하였을 것이다. 이것이 ' 쏘라 '를 삭제한 이유일 것이다.

르를 개발하고, 이를 통하여 시문학 장르를 대중들의 삶과 가장 가깝게 아무런 심적 부담 없이 일치시키며 다가가려는 혁신적인 활동을 펼쳤다. 문학과 음악이라는 서로 다른 예술 장르를 하나의 작품 공간 속에 조화시키고자 하는 그의 시도는 커다란 성공을 거두었으며, 피로한 식민지 대중들에게 크나큰 위안과 격려를 주었다.

장르 확산에 대한 조명암의 관심과 노력은 거기에 그치지 않고 희곡 작품이 지니는 강력한 환기력과 사회성 담보에 눈을 돌리도록 하였다. 이미 일제말에 희곡 「목련화」「영 넘어 팔십리」「현해탄玄海灘」 등을 통해 극작의 경험을 가진 조명암은 해방 후 시 장르보다도 희곡 장르에 더욱 높은 선호를 나타내 보이면서 다수의 작품을 써내었다.

해방 후에는 「독립군」「논개」「위대한 사랑」 등을 비롯하여 다수의 희곡작품을 발표하였다. 그가 주로 즐겨 다루었던 주제들은 해방이후의 새로운 사회건설과 사회주의적 의욕, 김일성 예찬, 민족 고전 작품의 새로운 변용 등이었다. 이러한 공로를 인정받아 조명암은 북한 문화계에서 공연예술 분야의 중진이라는 반열에 오르게 되었다.

(4) 친일작품이 지닌 문제점들

이제 우리는 조명암의 전체 생애를 통하여 끝내 지울 수 없는 얼룩으로 남게 될 친일작품에 대한 검토를 할 차례가 되었다. 이것은 시인의 개인적 상처이자 우리 문학사가 안고 있는 우울함이기도 하다. 일제말을 통과해온 문학인들에게 나타나는 친일성 문제에 관한 시비는 비단 어제오늘의 일이 아니다. 하지만 이 문제는 우리가 언젠가는 반드시 명쾌하게 정리하고 넘어가야 할 매우 어려운 과제중 하나이다.

조명암 시인의 경우, 자유시로 발표한 친일적 성향의 작품으로는 「교실의 커튼學びの窓巾」 한 편 뿐이다. 이것은 일문시日文詩로 발표되었다. 학교를 졸업하는 학생의 심경을 피력한 것으로 졸업 후 진로를 고민하는 벗들이 일본군에 지원하여 삶의 포부를 실현하라는 간곡한 의도를 나타내고 있다.

시인은 자유시보다도 가요시 장르를 통하여 친일적 성향을 적극적으로 나타내었다. 가요시 「해 저문 황포강」의 한 대목에서 '오늘도 가고 싶은 나가사끼' 라던가, '사나히 그 희망에 꽃이 피면은' 이라는 부분은 맹목적 일본지향성과 희망의 수상쩍음이 발견된다. 하지만 이 정도는 그나마 소박한 수준이라 할 수 있다. 「앵화춘」에 이르러서는 '흥아興亞의 봄' 이란 어법을 사용하여 일제의 이른바 대동아공영권 시절의 단골 용어를 아무런 여과 없이 그대로 도입하고 있다. 그러나 시인은 이 작품을 통하여 무엇인가 가치와 상식이 전복되고 일그러진 사회 현실에 대한 비판의식을 드러냄으로써 반어법과 건강한 풍자효과로 귀결되도록 이끈다.

「사나이 행복」(1941)은 일제의 만주 이주정책을 권장하고 예찬하는 작품이다. 이 작품 이후로 못생기고 어리석었던 과거를 모두 잊자고 강조하는 「더벙머리 과거」(1942),가 발표되고, 이어서 지원병에 지원하는 한 청년의 선택과 결정을 높이 기리는 「아들의 혈서」(1942.2)가 발표된다. 이 작품은 조명암이 쓴 본격적 친일가요시의 첫 작품이라 할 수 있다. 이를 필두로 해서 시인은 「목단강牧丹江 편지」「만주신랑」「즐거운 상처」「낭자일기」「일자상서」「조선의 누님」「누님의 사랑」「결사대의 아내」「어머님 안심하소서」 등을 1942년 한 해 동안 잇따라 발표한다.

1943년으로 접어들어서 친일가요시는 더욱 체제옹호의 수단으로 활용되는데, 발표되는 전체 3절 형식 중 한 절은 반드시 일본어로 발표할 것을 강요받는다. 「정든 땅」의 3절, 「알쌍급제」의 3절, 「인생가두人生街頭」「남아일생男兒一生」의 2절 등은 모두 일본어로 창작해야 한다는 식민통치자의 강요가 뒤따랐다. 「황포돛대」「고향소식」「아름다운 화원」「낙동강 손님」「난화선蘭花扇」「떠나갈 해항海港」「미풍의 항구」「동백꽃 피는 망루望樓」 등의 본문 속에도 친일적 성향의 내용을 내포시켜야만 하였다.

이 친일가요시 계열의 가장 극단적인 작품은 「혈서지원」과 「그대와 나」「이천 오백만 감격」 등이다. 일제의 지원병제도에 적극 부응하는 식민지 백성의 벅찬 감격을 담아내고 있다. 1941년에 1편, 1942년에 12편, 1943년에 16편이 발표되어 현재까지 확인된 작품만 도합 29편 가량 된다. 이처럼 문학의 기능이 군국주의 체제 옹호를 위한 수단으로 전락되어버린 상황 속에서도 조명암 시인은 「낙화유수落花流水」「목포는 항구」 등과 같은 토착성에 의탁하고 주체의식을 포기하지 않는 비교적 예술성 높은 가요시 작품을 틈틈이 발표하고 있다.

모더니즘과 민족주의를 결합한 시를 써왔고, 가요시와 희곡을 비롯한 새로운 문학의 장르확대를 꿈꾸었던 한 시인의 일제말 행적은 오늘날 우리들에게 우울한 그늘을 드리우고 있다. 아무리 관대하게 해석하고자 하여도 그가 남기고 있는 친일가요시의 분량은 너무 많다. 이런 전비前非가 있음에도 불구하고 월북 이후 조명암은 임화林和, 이태준李

泰俊을 비롯한 다른 여러 월북문학인들이 과거 친일 경력을 성토 당하고 무참하게 숙청될 때도 그 흉흉한 사태의 틈바구니에서 무사하였다. 뿐만 아니라 북한에서 그의 쓰임새는 소중한 존재로 우대를 받았다. 북한 정권은 해방 후 친일파 숙청에 있어서도 이용가치에 따라서 선택적 결정을 하였음이 분명하다. 우리는 민족문학사에서 조명암, 박영호朴英鎬 등을 비롯한 일제말 친일가요시 작품들을 과연 어떻게 다루어야 할 것인가?

4. 맺는 말

이 글은 지금까지 분단시대의 잊혀진 매몰시인 조명암 문학의 복원과 그 의미 전반에 대하여 두루 검토하였다. 문학사 활동은 한 나라와 민족의 총체적인 문학 내용과 그 전모를 조망하게 해주는 매우 중요한 비평적 영역이다. 우리가 분단시대를 살아가면서 망실되고 훼손된 문학사 자료를 되찾아 재구성하고 이를 문학사에 반영하려는 뜻은 오로지 제대로 된 민족문학사를 만들어 보려는 충정에서 비롯되었다.

납월재북 문학인들의 경우 분단이라는 정치적 회오리에 휘말려 거의 대부분 잊혀졌거나 고의적 외면과 방치 속에 내던져져 왔다. 조명암 문학의 경우도 이러한 대표적 사례의 하나라 할 수 있다. 우리가 『조명암시전집』을 발간하는 목적도 바로 머지않아 다가올 통일시대를 앞두고 시급히 요청되는 문학사 바로 쓰기와 직결된다고 할 것이다. 이번 시전집 발간의 의미는 이처럼 막중하다.

아무쪼록 이 시전집을 통하여 우리는 분단시대에 매몰된 한 시인의
문학적 성과와 그 전모가 우리 문학사에 제대로 복원되기를 소망한다.
그와 동시에 시인 조명암이 여전히 우리에게 던지고 있는 중요한 문학
적 화두話頭, 이를테면 시 창작에서의 장르확장 문제, 문학과 대중성의
조화와 일치 문제, 문학을 통한 대중문화운동의 실천 및 활성화 문제 등
에 대하여 시전집 발간을 계기로 창작과 학술 분야에서 진지하게 관심
을 가지고 연구 성찰하는 분위기가 이어지기를 바라마지 않는다.

신석정

▌백석과의 우정이 담겨 있는 시 「수선화」

　세상에 아름다운 우정의 일화가 많이 있으되 나는 그 중에서 참으로 애틋한 두 시인의 우정을 엿보게 되었다. 그것은 신석정辛夕汀 시인과 백석白石 시인이 은밀히 나누었던 도타운 사랑의 기록이다. 어느 날 흘러간 옛 신문을 뒤적이고 있었는데, 거기서 나는 신석정 시인이 쓴 「수선화」(조선일보, 1936.1.31)라는 한 편의 작품을 우연히 만났다.

　호젓하고 정감이 담뿍 감도는 이 작품은 다음과 같은 부제를 달고 있었다.

　'눈 속에 사슴을 보내주신 백석 선생께 드리는 수선화 한 폭'

　그러니까 이 작품은 1936년 1월, 시인 백석이 자신의 시집 『사슴』을 발간하여 멀리 호남 지역에서 시를 쓰고 있는 문우 신석정에게 보내었는데, 신 시인은 이 시집을 받아 읽고 너무도 감격한 나머지 시집 발간의 축하를 겸해서 시로 쓴 독후감을 신문지상에다 발표한 한 편의 헌시獻詩였던 것이다. 먼저 시작품의 전문을 감상해보자.

　　　수선화는
　　　어린 연잎처럼 오므라진 흰 수반에 있다

　　　수선화는
　　　암탉 모양하고 흰 수반이 안고 있다

　　　수선화는

신석정 시인

솜병아리 주둥이같이 연약한 움이 자라난다

수선화는
아직 햇볕과 은하수를 구경한 적이 없다

수선화는
돌과 물에서 자라도 그렇게 냉정한 식물이 아니다

수선화는
그러기에 파아란 혀끝으로 봄을 핥으랴고 애쓴다

— 신석정의 시 「수선화」 전문

1907년 전북 부안扶安에서 태어난 신석정은 1912년 출생의 백석 보다 다섯 살 많다. 문단 데뷔로도 신석정이 5, 6년 정도 선배가 된다. 지역적으로 두 사람이 서로 다른 곳에서 거주했지만 고향 정서와 유년체험을 시로 형상화시키는 일에 특히 심혈을 기울이던 백석의 독특한 창작세계에 대하여 신석정은 선배시인으로서 남달리 눈여겨보고 있었던 듯하다.

두 사람이 특별한 교분을 갖고 왕래하며 우정을 나누었다는 기록은 그 어디에서도 찾아볼 수 없다. 하지만 신석정은 백석의 작품을 마음속으로 아끼고 있었으며, 인간 백석에 대해서도 형제적 사랑을 느끼고 있었음에 틀림없다. 그러기에 백석 시집의 독후감을 별도의 시작품으로 만들어서 신문지상에다 발표를 했던 것이 아닐까.

이러한 배경으로도 시 「수선화」는 결코 범상한 작품이 아니다.

이 작품의 바탕에는 신석정 시인이 백석의 문학과 인간을 해석하는 관점이 매우 함축적으로 들어있다고 볼 수 있다. 이제 우리는 그 부분을 찬찬히 음미해 보려고 한다.

> 수선화는
> 어린 연잎처럼 오므라진 흰 수반에 있다
>
> 수선화는
> 암탉 모양하고 흰 수반이 안고 있다

각 연이 모두 '수선화는 ~'으로 시작되는 이 작품에서 '수선화'의 이미지는 물론 백석의 시와 인간성을 상징하는 말이다. 그런데 왜 하필 수선화일까? 수선화는 널리 알려진 바와 같이 희랍 신화에 나오는 한 미소년 나르시스에 대한 신화가 얽혀있는 식물이다. 이 나르시스는 못 물에 비친 자신의 미모에 너무 황홀해 하다가 죽음으로까지 이어졌다. 그래서 수선화의 꽃말은 〈자기애自己愛〉〈자기주의〉 등으로 표현된다. 이런 점에서 수선화의 이미지는 다소간 부정적으로 쓰일 때가 많다.

그렇다면 신석정 시인은 왜 하필 백석의 문학을 나타내는 일에 수선화를 떠올린 것일까? 내가 백석을 다년간 공부해 본 경험에 의하면 1930년대 백석 시인의 삶은 매우 고고하고 아늑한 시간에 잠겨 있기를 좋아하는 정적靜的 기질의 일대기였다고 할 수 있다. 존재의 근원에 대한 탐구와 열정, 역동적 기질을 갖고 있었던 같은 시기의 심훈이나 이

■ 신석정 시비

육사 시인, 혹은 카프KAPF 계열 시인들과는 사뭇 대조적인 성격을 나타내 보였다.

식민지 치하에서 유년기를 보내었지만 가난의 고통을 겪지 않았고, 비상한 두뇌로 일찍부터 천재적 재능을 나타내어 마침내 장학생으로 일본 유학까지 다녀온 당시 최고의 청년 엘리트 중 한 사람이었다. 백석과 친교를 맺고 있었던 친구들도 대개 백석과 비슷한 성장과정을 가진 인사들로서 말하자면 식민지의 열악한 환경 속에서도 꼿꼿한 자존심 하나로 힘겨운 시대를 냉소적冷笑的 표정으로 버티어 가던 지식인 그룹이었던 것이다.

이러한 스타일이 어떤 측면에서 수선화의 자기중심주의적 이미지를 고스란히 방불케 하는 점도 다분히 있다고 여겨진다. 신석정은 선배시인의 한 사람으로 평소 백석의 문학을 사랑하면서도 후배시인의 연약한 면모에 경계를 주는 직관적 상징으로 수선화를 떠올렸을 터이다.

그 수선화는 작품 속에서 '어린 연잎처럼 오므라진 흰 수반 위에' 담겨져 있다. '오므라진 어린 연잎'은 어딘지 모르게 동양적 멋과 관조의 분위기를 떠올리게 한다. '흰 수반'은 정갈함, 고결함, 순수함의 상징이며 동시에 전통적 분위기를 고스란히 함축하고 있는 수용의 공간이다. 이 흰 수반 위에 수선화는 암탉처럼 음전하게 앉아있다. 암탉은 꾸준히 알을 낳고 또 그 알을 품어서 병아리를 까는 일에 전념하는 가축이다.

그리하여 신석정은 이 대목을 통하여 백석의 시와 인간이 지니고 있는 풍부한 생산성과 모성적 덕망을 상징적으로 표현하고 있는 것이다.

수선화는

　　솜병아리 주둥이같이 연약한 움이 자라난다

　　수선화는

　　아직 햇볕과 은하수를 구경한 적이 없다

　　백석의 시집 『사슴』은 대부분 어린이의 눈에 비친 추억 어린 고향의 정겨운 모습들이다. 일찍이 박용철이 백석의 작품을 일컬어 제국주의의 문화적 혼혈정책에 맞서는 길항拮抗의 표현이라고 했지만 백석의 시는 어딘지 모르게 섬세하고 나약한 감성이 느껴지는 것이 사실이다. 신석정에게 있어서 백석 시의 이처럼 여리고 취약성마저 감도는 분위기가 꽤 불안하고 조마조마한 느낌이 들었는지도 모른다. '솜병아리 주둥이' 라는 대목이 바로 그런 점을 말해준다.

　　하지만 신석정은 '연약한 움' 이라는 구절을 통하여 어떤 척박한 환경 속에서도 꿋꿋하게 펼쳐가는 생명력을 강력하게 떠올린다. 사실 백석의 시는 부드럽고 여린 듯한 감성으로 전개되지만 그 밑바닥에 깔려 있는 강인한 생명력의 실재를 독자들에게 전해주고 있다.

　　신석정은 선배시인으로서 후배인 백석에게 보다 넓은 세계를 경험해보기를 당부하고 충고한다. 이것은 '수선화는/ 아직 햇볕과 은하수를 구경한 적이 없다' 라는 대목에서 확실히 드러난다. 백석은 신석정의 이 충고를 뼈저리게 자각하고 있었던 것 같다.

　　경험이 부족한 시인은 제아무리 노력해도 결국 자신의 좁은 세계 속에 갇혀 '햇볕과 은하수를 구경하지 못한 은화식물隱化植物로서의 수선화'라는 이미지를 벗어날 수 없는 법. 실제로 백석은 마치 신석정이 시작품으로 보내준 충고를 받아들이기라도 한 듯 1930년대 후반 식민지 조선을 훌쩍 떠나 만주로 가서 측량보조원, 측량서기, 중국인 토지의 소작인 생활, 세관의 하급 관리, 광산에서의 잡부 생활 등을 두루 거치었다. 그 과정에서 백석의 문학은 더욱 탄탄한 경험적 기초 위에 자리할 수 있게 되었다.

이런 생활들은 그야말로 악전고투의 연속이 아니었을까. 하지만 백석은 오로지 자신의 문학을 위하여 이러한 고통을 감내했던 것이다.

수선화는
돌과 물에서 자라도 그렇게 냉정한 식물이 아니다

수선화는
그러기에 파아란 혀끝으로 봄을 핥으라고 애쓴다

사람들은 수선화를 일컬어 차디차다고 말한다. 아마도 수선화의 그 단정함과 깔끔한 용모 때문이 아닐까 한다. 가곡으로 작곡되어 널리 불리는 김동명金東鳴 시인의 시 「수선화」의 서두도 이런 점을 암시해준다. '그대는 차디찬 의지의 날개로 끝없는 고독의 위를 날으는 애달픈 마음' 시인 백석의 외모도 수선화의 이미지를 방불케 했을 것이라 여겨진다.

왜냐하면 화가 정현웅이 친구인 백석의 삽화를 그리고 그 옆에다 흥미로운 삽화 말을 덧붙인 내용에서도 그러한 점을 엿볼 수 있다.(백석은 정현웅 화백과 1930년대 조선일보사에서 함께 일했다.)

> 미스터 백석은 바루 내 오른쪽 옆에서 심각한 표정으로 사진을 오리기
> 도 하고 와리쓰게註：편집용이도 하고 있다. 그래서 나는 밤낮 미스터 백석
> 의 심각한 프로필만 보게 된다. 미스터 백석의 프로필은 조상彫像과 같이
> 아름답다. 미스터 백석은 서반아西班牙 사람도 같고 필리핀 사람도 같다.
> 미스터 백석도 필리핀 여자를 좋아하는 것 같다. 미스터 백석에게 서반아
> 투우사의 옷을 입히면 꼭 어울릴 것이라고 생각한다.

　조각처럼 아름다운 서구풍의 마스크를 지녔던 시인 백석의 외모를
수선화 이미지에 비유한 신석정의 직관은 놀랍기 그지없다.
　1930년대 대부분의 '모던 보이'들이 대개 시대를 앞서간다는 전위
적 우쭐거림과 차고 비정한 기질을 지녔음에 비해 백석은 그들과 확연
히 구별되는 따스한 인간성을 보유하고 있었다.
　백석의 첫 데뷔 작품은 소설 「그 모母와 아들」이다.
　이후 「마을의 유화」, 「닭을 채인 이야기」 등의 산문에 나오는 인물들
이 대개 가련한 젊은 과수댁, 거지 할머니, 지체장애자와 불구의 노인 등
이었던 것을 보면 삶의 중심에서 소외되고 뒤로 물러나 앉은 불쌍한 존
재에 대한 연민이야말로 백석 문학이 지닌 따스한 체온이었던 것이다.
　이 점에서 볼 때 신석정이 백석의 시를 읽고 '돌과 물에서 자라도
그렇게 냉정한 식물이 아니다'라고 갈파한 것은 매우 정확한 지적이라
하겠다.
　신석정의 시 「수선화」에서 가장 아름답고 두드러진 대목은 바로 마

▌추사 김정희의 글씨를 수집했던 신석정 시인(1972년)

지막 부분이다.

'수선화는/ 그러기에 파아란 혀끝으로 봄을 핥으랴고 애쓴다'

이 대목에 담겨진 핵심은 후배시인 백석의 문학에 대한 긍정적 평가와 기대이다. 가느다란 수선화의 잎이 날씬하게 뽑혀 올라간 광경을 이렇게 기발하게 표현한 시작품을 나는 일찍이 만나보지 못했다. 대지에는 이미 봄기운이 가득한데 수선화는 닫힌 공간에 갇혀서 봄을 사유하고 갈망한다. 실제로 백석의 문학정신은 식민지라는 닫힌 공간 속에서 고향체험, 유년시절 등을 우리들의 기억 속에서 길어 올리며 우리로 하여금 밝고 활기찬 무한 자유의 공간을 꿈꾸도록 이끌었던 것이다.

선배시인 신석정에 의해 시로 쓴 백석론白石論인 「수선화」가 발표되자 백석은 그로부터 스무날이 지난 뒤에 너무도 아름다운 화답의 서간문 「편지」(조선일보, 1936.2.22)를 역시 신문지상을 통해 발표하였다. 그 한 대목을 이 가을 저녁에 독자 여러분과 함께 읽으며, 지난 날 한국문학사에서 너무도 맑고 깨끗했던 두 시인의 영혼을 호젓이 더듬어보기를 권한다.

고요하니 즐거운 이 밤 초롱초롱 맑게 괴인 샘물 같은 눈으로 나는 지금 당신께서 보내주신 맑고 고운 수선화 한 폭을 들여다봅니다. 들여다보노라니 그윽한 향기와 새파란 꿈이 안개같이 오르고 또 노란 슬픔이 냇내같이 오릅니다. 나는 이 긴긴 밤을 당신께 이 노란 슬픔의 이야기나 해서 보내도 좋겠습니까.

서정주

젊은 제자들과의 미당 담론

고은 시인의 '미당 담론'이 세간에서 화제가 되던 시절이 있었다.

미당未堂은 다름 아닌 시인 서정주徐廷柱의 아호이다. 고은 시인은 서정주 시인의 일제말 친일 행각에 대하여 모질고 신랄한 비판을 공적인 지면에서 제기하였던 것이다.

그날 나는 〈문학비평론〉 강의시간에 들어가 제자들과 이 문제를 토론하였다. 그 과정에서 오고간 논의들은 매우 흥미로운 것이었다. 먼저 담론이 제기된 전말에 대하여 선생이 잠시 설명하였다. 맨 앞줄에서 선생의 말을 주의깊게 경청하던 제자가 말하였다.

'미당 사후에 단지 준비된 찬사만 늘어놓는 것이 시인에 대한 올바른 비평일까요? 아니면 취약한 부분을 지적하고 그것을 꼬집으며 범문단적 자극을 주려는 것이 진정한 비평일까요?'

나는 망설임 없이 후자의 편을 지지했다. 왜냐하면 참된 비평이야말로 문학의 잘못된 흐름을 비판하고 그것을 교정해주는 역할을 맡고 있기 때문이다.

그 옆의 제자가 다른 각도에서 질문했다.

'고은 시인은 자신의 글을 통해서 무엇을 말하고 싶었던 것일까요?'

나는 잠시 생각에 잠겼다가 대답했다. 〈추억〉과 〈단절〉이란 말에서도 그 느낌이 대강 전달되어 오지만, 글쓴이는 확실히 미당에 대한 사랑과 애착에서 문제를 발단시키고 있는 듯하다. 거의 육친적 애착을 가졌던 스승 미당에 대한 사랑, 더불어 한국문학에 대한 사랑이 없었다면

미당 서정주 시인

■ 미당 서정주의 여러 시집들 「화사집」(1941), 「귀촉도」(1948), 「신라초」(1960)

어찌 이런 글을 쓸 수 있었으리. 그는 한국문학의 부유성浮游性에 대하여 반성적 화두를 던지고 싶었으리라.

이 때 맨 뒷줄에 앉았던 제자가 일어서서 말했다.

'우리가 평소 읽어온 서정주의 시작품이 「국화 옆에서」를 비롯하여 너무도 부분적이고 제한적인 몇 몇 작품에 대한 찬탄만은 아니었던 거지요?'

'거기에 대해선 참으로 할 말이 없구나. 우리는 그동안 미당 시의 전모를 보지 못했다. 아니 한 쪽 눈을 감고 일부러 보지 않으려 했었던 건지도 모른다. 우리는 미당 시를 정말 상투적으로 읽어왔다. 이제부터라도 친일시를 포함한 그의 모든 작품이 제대로 읽혀질 수 있도록 새로운 전집이 출간되어야 한다.'

줄곧 고개를 숙이고 있던 한 제자가 말을 이었다.

'미당 문학에 대한 수용적 견해가 지배해온 풍토에서 비판적 견해도 제기될 수 있어야 건강한 문학이라 할 수 있지 않습니까?'

다시 선생이 대답하였다.

'그것은 너무도 당연한 이야기다. 건전한 비판이 매도되는 풍토는 문단의 병적 징후를 드러내는 것에 다름 아니다. 봉건시대의 제왕도 사후에 준엄한 평가를 받은 사례가 얼마든지 있질 않은가? 분명히 잘못된 사실임을 알면서도 문학과 삶은 구별되는 것이니 그냥 덮어두자는 식의 태도는 책임회피라 할 수 있다.'

이번에는 선생이 제자들에게 거꾸로 물었다.

'미당 비판에 대하여 '패륜 '이니 ' 부관참시 '니 하는 살벌한 표현으로 대응하는 일부의 태도에 대해서 어떻게 생각하는고?'

여러 제자들이 이구동성으로 대답했다.

'그것은 지극히 개인적이고 가치편향적이며 소아적小我的 인식에 사로잡혀 있기 때문입니다. 그들은 우리 문학의 보다 더 큰 앞날을 내다보지 못하고 있는 것입니다.'

내내 엎드리고 있던 한 제자가 돌연 기습적인 문제를 제기했다.

'해방 이후 우리 문학인들이 반성에 너무 인색했던 것은 아닌지요?'

그는 팔을 고누고 줄곧 엎드려 있었지만 잠을 자고 있던 것이 아니었다. 나는 사실 이 대목에서 가슴이 조여오는 듯했다.

'진실로 우리는 그러했던 것 같다. 그 어떤 선배 문인들에게서도 모범적 반성의 사례를 만나보지 못했다. 자신의 과오에 대한 정당화, 합리화, 혹은 칙칙하게 늘어놓는 변명만 더러 보았을 뿐이다.'

구석에 앉아 묵묵히 듣고만 있던 제자가 문득 분기탱천하여 상기된 얼굴로 말했다.

'미당 담론과 관련된 일련의 일들이 어쩌면 우리가 식민지 잔재 청산의 실패로 말미암아 겪고 있는 업보는 아닐까요?'

이 돌연한 질문에 대하여 선생이 대답했다.

'물론 그런 점도 다분히 있다고 여겨진다. 하지만 우리에게 고통을 더욱 가중시킨 주범은 바로 국토와 민족의 분단이 아닐까? 남북한 양쪽에서 분단 체제에 안주하고 거기에 기생하며, 결과적으로 분단을 즐겼던 문학인들이 그 고통을 골고루 분담해야 하리라 생각한다.'

'미당의 문학도 이 점에선 전혀 예외가 아니다. 모든 역사적 시간의 경과 직후에는 제때에 온갖 문제들을 정리하고 낡은 것을 청산한 다음에 이후의 시간으로 나아가야 하거늘, 우리 문학은 진지한 정리에 지나

▌ 부인과 함께 즐거운 시간을 보내는 미당 서정주 시인(1976)

칠 정도로 인색하였다.'

　'이런 점에서 '미당 담론'은 우리에게 〈문학사 바로 쓰기〉의 새로운 시작을 위하여 매우 중요한 자극과 경종을 일깨워 주었다고 생각한다.'

　이윽고 강의를 마치자, 모였던 제자들은 먼지 가득한 세상으로 기운차게 흩어져 갔다.

권환

우리 문학사가 다시 되찾은 시인

일찍이 『권환시전집』 발간에 뜻을 가지고 그분의 작품을 하나 둘 모으다가, 곁에서 일을 도와주던 제자들 서넛과 함께 자동차를 몰아서 경남 마산시 진전면 오서리 뒷산에 있는 시인의 묘소를 참배하고 돌아온 일이 있다.

권환 시인(1906~1954)의 묘소가 그곳에 있다는 사실은 자료를 통해서 진작 알고 있었지만, 막상 현장에 가서 직접 보았던 느낌은 너무도 쓸쓸하고 적막하였다. 시인의 부친 권오봉 선생이 처음으로 여셨다는 지역의 사설 교육기관인 경행재景行齋의 위엄은 간 곳 없고, 퇴락한 건물의 음습하고 후미진 구석으로는 쥐들만 바쁘게 다녔다. 시인이 태어난 생가 터는 황량한 바람만 불어 가는 채마밭으로 바뀌어져 있었다.

다만 생가의 빈터에 서서 바라보는 문필봉文筆峯의 모습은 커다란 문인을 배출한 지세답게 예나 제나 다름없이 우뚝해 보였다. 일점혈육조차 없이 절손絕孫이 되었다는 시인의 유택幽宅 앞에 서니 너무도 깊은 침묵과 고적한 심정에 하마터면 터져 나올 것 같은 통곡을 억제하느라 애를 썼던 기억이 남아 있다.

오늘은 다소 호젓한 마음으로 권환 시인의 작품 한 편을 읊조려 본다.

바다 같은 속으로
박쥐처럼 사라지다

기차는 향수를 싣고

권한 시인

▌권환 부친의 회갑연

납 같은 눈이 소리 없이
외로운 역을 덮다

무덤같이 고요한 대합실
벤치 위에 혼자 앉아
조을고 있는 늙은 할머니

왜 그리도 내 어머니와 같은지
귤껍질 같은 두 볼이

젊은 역부의 외투 자락에서
툭툭 떨어지는 흰 눈

한 송이 두 송이 식은 난로 위에
그림을 그리고 사라진다

– 시 「한역(寒驛)」 전문

　　한 시대의 침울하고 무거운 분위기가 쓸쓸한 간이역 풍경에 대조되
어 잘 그려지고 있다. 세상 그 어떤 것에도 주어진 수명이란 것이 있다.
서슬 푸른 식민지의 폭압도, 사상가의 결연한 의지도 모두 덧없이 사라
지는 허무한 것인지 모른다. 중심을 장악하고 있던 그 모든 것도 이렇
게 존재의 위력을 상실하고 중심에서 현저히 밀려나 있다.
　　우리가 잘 알고 있는 바와 같이 나라의 주권이 왜적의 군도 아래 유

린당하고 신음하던 시절, 우리의 선각적 지식인들은 나라와 겨레를 구하는 일이라면 그 어떤 방법도 무방하다며 지혜의 길을 찾아 다녔다. 권환 시인은 이러한 노력을 가졌던 선각자 중의 한 분이었다. 다만 당시로서는 첨단적 이념이었던 사회주의에 깊은 관심을 가지고, 어떻게 하면 이 방법으로 조국과 민족을 구할 방도가 있을까를 고심하였다.

이런 신념을 가지고 시 창작에 주력하는 한편, 소설 창작도 하고, 나아가서는 날카롭고 서슬 푸른 비평 활동으로 현실에 안주하고 있는 보수적 문학인들의 태도를 질타하며, 그들의 의식에 매서운 자극을 주었다. 권환 시인의 문학정신을 주의깊게 살펴보면, 문학인으로서의 따뜻한 마음과 악을 미워하는 냉철함이 겸비되어 있음을 발견하게 된다. 이 두 가지 정신이야말로 권환의 전체 생애를 통하여 발휘된 놀라운 아름다움이 아닌가 한다.

무릇 모든 지역마다 그곳을 대표할 문학인이 있다는 사실은 자랑할 만한 일이다. 왜냐하면 그들의 존재는 하나의 상징적 표상으로 언제까지나 살아 있으면서 자라나는 후세들에게 크나큰 정신적 감화와 긍지를 심어주기 때문이다.

부산이라면 먼저 요산 김정한 선생을 떠올리게 되고, 대구라면 이상화, 현진건 선생을 연상하게 된다. 이런 맥락에서 권환 시인은 이제 마산 지역을 대표하는 훌륭한 문학인의 표상으로 자리 잡고 있다. 하지만 분단 오십 년이 넘도록 권환 시인을 기리는 그 어떤 행사도 없었을 뿐만 아니라, 시인의 존재조차 모르는 가혹한 일이 방치되어 왔던 것이다.

그런 점에서 새로 발간된 『권환전집』(황선열)의 가치는 대단히 큰 것

■ 권환 시인 부부

이라 하지 않을 수 없다. 앞서서 제가 펴냈던 책 『깜빡 잊어버린 그 이름』(솔, 1998)이 주로 권환 시인의 시작품을 모두 모은 것이라면, 이번의 전집은 1930년대의 시인 권환의 대표적인 시작품과 소설작품, 비평작품 등등, 그분의 정신세계를 보여주는 가장 모범적인 작품들을 가려 뽑아서 엮어놓은 것이다. 더구나 시인의 생가와 유택 보존을 위한 문학인 대회에 즈음하여 이 책이 세상에 나오게 된 것은 매우 뜻 깊은 일이라 하겠다.

많은 독자들이 이 책을 읽고, 우리가 그동안 잃어버렸던 한 시인의 높은 품격과 문학성에 대하여 지속적인 관심과 애정을 갖게 되는 계기를 마련하게 되었으면 한다.

이용악

두만강을 눈물로 노래했던 시인

두만강은 분명히 담수이지만 내 생각에는 바닷물처럼 맛이 짤 것으로 느껴진다. 왜냐하면 두만강은 눈물의 강이기 때문이다. 얼마나 많은 우리 겨레가 이 강을 피눈물을 뿌리며 울고 넘었던가. 그래서 두만강은 다른 강과 달리 지금도 민족이 뿌렸던 눈물의 소금기가 여전히 짙게 배어 있을 것으로 여겨지는 것이다.

일제가 한반도를 강점하기 훨씬 이전부터 이 땅의 굶주린 백성들은 범보다도 더 무섭다는 탐관오리의 학정을 피해 밤에 몰래 강을 넘었다. 혹은 이룰 수 없는 사랑을 이루기 위해 넘어간 경우도 있었다. 이를 일러 도강渡江이라 했고, 또 다르게는 국경을 넘었다 해서 월경越境이라 불렀다. 오죽하면 두만강을 '도망강' 이라 불렀을까.

1922년 말에는 도강자의 수가 약 70만 명이었는데, 그로부터 10년 뒤인 1933년 통계에 의하면 무려 100만 명을 훨씬 넘고 있다. 그들은 대개 북간도 일대와 압록강 · 두만강 유역, 요하의 상류지역에서 벼농사에 종사하는 소작농, 혹은 영세농이 되었다.

우리는 그들을 유망민流亡民이라고 부른다.

1928년 4월5일자 〈중외일보〉에 발표된 무명시인 김영수라는 이의 시 「두만강」은 이런 유망민의 처절한 모습을 그리고 있어 유난히 눈길을 끈다.

제 집과 제 땅을 버리고 떠나가는 우리
모두 다 이 강물의 가슴을 밟거든

現代詩人全集

①

李庸岳集

同志社 刊

동지사간 「현대시인전집」 1권 이용악 편

오! 북쪽에 흐르는 조선祖先의 강이여

네 가슴인들 오죽이나 아프랴

- 김영수의 시 「두만강」 부분

이 시인은 작품 속에서 두만강을 '심중이 끊어져 발버둥치는 미치광이' 혹은 '울음만 우는 검은 빛'으로 묘사하고 있다. 하기야 고향을 떠나가는 사람의 눈에 비치는 모든 사물은 비극적인 성격으로 비치게 마련일 것이다.

그것은 이 시작품뿐 아니라 당시에 발표된 송순일의 시 「압록강」, 정재복의 시 「벗을 보내며」, 양우정의 시 「낙동강」도 모두 비극적인 세계관으로 형상화되고 있다.

낙동강은 '떠난 이의 피눈물'로 비치고, 압록강은 '기나긴 삼천리를 굽이쳐 울며 슬픈 겨레의 핏발을 뿜어내는' 혹은 '밤이건 낮이건 슬프게 울음 우는 과부'의 문학적 공간으로 되살아난다. 국토의 대표적 상징인 백두산마저도 '더욱 구름이 상한 듯 보여지는 우울한 얼굴'의 광경으로 묘사되고 있는 것이다.

일제강점기에는 제국주의 파시즘의 수탈과 유린 때문에 강을 넘었고, 강을 건너서는 중국인 마적과 지주의 횡포, 중국 관헌의 압박에다 백색 공포, 적색 테러 등등 온갖 산전수전의 고통들과 싸웠다. 이제 그들은 중국 땅에 뿌리를 내리고 소수민족의 하나가 되어서 우리 민족의 정신적 전통을 이어가고 있다.

그들은 척박한 불모지에서 빈손으로 일군 자신들의 문화를 일러 '쪽박문화'라고 했다. 이 말은 우리에게 눈물겨움을 느끼게도 했고, 남북한 본토의 문화에 대하여 어금니를 꽉 깨문 중국동포들의 어떤 의분마저 느끼게 했다.

일제강점하에서 유망민의 발생은 어쩔 수 없었던 현상이라 하더라도, 한 세기가 뒤바뀌고 있는 전환기에서 새로운 유망민이 대량으로 잇따라 발생하고 있는 현상을 우리는 과연 어떻게 설명할 수 있을 것인가?

일제의 압박으로부터 해방된 지 반세기가 훨씬 넘었고, 국토는 동강 나서 또한 반세기를 넘었건만, 지난날 유망민들이 울면서 넘던 그 두만강을 오늘밤도 피눈물을 쏟으며 몰래 넘어가는 우리 겨레가 있다. 무수한 탈북자脫北者가 그들이다.

두만강을 몰래 넘어와서 중국 땅을 헤매는 탈북 동포가 어림추산으로 30만 명이 넘는다고 한다. 복잡한 분석이나 이론은 다 젖혀두고 텅 빈 마음으로 한번 외쳐보자. 지난 반세기 이상의 세월을 대체 무얼 했기에, 어떻게 다스렸기에 그토록 많은 인민들을 떼거지로 만들어 버렸나? 허울 좋은 이데올로기를 남발하며, 인민들을 천국이 부럽지 않은 환경 속에서 누구나 배불리 먹여주고 평등한 대우를 보장하겠다고 큰소리 쳐놓고 수백만 인민을 죽음의 구렁텅이로 몰아간 권력의 실체는 도대체 누구인가? 그리고 그 권력의 중심은 지금 편한 잠을 자고 있는가?

아! 생각하면 몸서리쳐지고, 비통 절통하고, 그와 관련된 뒤숭숭한 소문들에 잠이 오질 않는다. 어찌하여 두만강은 예나 제나 피눈물의 강인가? 지난날의 '월경越境'과 오늘날의 '탈북脫北'이 서로 무엇이 다른가? 지난날에는 이민족의 압제를 피하여 두만강을 건넜지만, 오늘날은 동족에 의한 가증스런 핍박을 피하려고 밤에 몰래 두만강을 건너고 있는 것이다.

90년대 초반, 연변작가회의가 주최한 국제민족학 학술대회에 초청을 받아 중국의 연길을 방문한 적이 있다. 남한의 민족문학작가회의 대표 자격으로 신경림 시인, 이시영 시인 등과 함께 갔다. 두 시인은 고구려의 옛 도읍지인 집안으로 떠나고 나는 연변에 홀로 남아 한 동포시인의 집에서 며칠을 기거하는데, 마침 장마가 시작되었는지라 꼼짝을 못하고 집안에 발이 묶여 있었다.

시인의 칠순 노모는 점심으로 강냉이 국수를 밀고, 나는 그 옆에서 독한 고량주를 홀짝거렸다. 그 집에는 시인의 노모를 방문하고 있는 한 손님이 있었다. 북한의 혜산과 바로 강 하나를 사이에 두고 있다는 중국 쪽 장백長白에서 '녹강주가綠江酒家'란 이름의 식당을 열고 있다는 그 할머니는 북한 공민증을 지니고 있었다. 창밖에는 주룩주룩 장대같은 비가 내리는데 우리는 둥근 원탁에 둘러앉아 뜨끈뜨끈한 국수를 먹고, 가끔씩 고량주도 찡그리며 곁들였다.

내가 노래 부르기를 제의해서 돌아가며 노래를 부르고 흥을 돋우었는데, 이야기 틈틈이 할머니는 압록강을 넘어온 탈북자들에 관한 경험담을 들려주었다. 무작정 강을 넘어온 탈북 청년들에게 밥과 옷을 준 이야기, 그들이 허겁지겁 밥을 입에 퍼 넣던 광경, 그 청년들이 북한 공안원에게 잡혀서 소처럼 코를 꿰이어 끌려간 이야기 등등을 전해 들으며 도대체 이것이 어느 야만국의 이야기인가 하고 전혀 실감이 나질 않았던 것이다.

이윽고 장마가 개이고 날이 들자 나는 백두산과 청산리 격전지를 방문하였다. 나를 안내했던 자동차의 기사는 연변자치주 소속의 기사였는데, 그는 한 달에 한번 꼴로 함경도 회령을 공무출장으로 다녀온다고 했다. 성이 한이라는 그 기사는 북한을 갈 때마다 헌옷을 여러 겹씩 껴입고 간다고 했다. 왜냐하면 낯익은 사람들이 우루루 달려들어 모조리 벗겨가고 호주머니를 강탈하듯 뒤져서 가져간다는 것이다. 한번은 아랫도리를 모조리 벗기우고 팬티만 입은 채 연길까지 운전해서 돌아왔다고 말하며 깊은 한숨을 내쉬었다.

그 며칠 뒤에 나는 북한의 남양南陽시가 바로 두만강 건너에 가까이 보이는 도문圖們에서 헐벗은 북한 땅을 물끄러미 바라보았다. 탁하기 짝이 없는 두만강은 내 발 밑으로 소리 없이 흘러갔다. 〈속도전〉이라는 하얀 글씨가 민둥산에 커다랗게 쓰여져 있고, 총을 든 북한 경비병들은 군견을 몰고 수시로 강변을 순찰하는데, 그 삼엄함이란 참 낯설고 어색한 것이었다. 오히려 아기를 가슴에 안고 장기판의 훈수를 들고 있는 한 사내의 모습이 눈에 들어와 가슴이 뭉클했던 기억이 새롭다.

그 몇 해 뒤 중국 산동성 칭따오의 한국인 공장들을 방문했을 때 일행을 안내했던 승용차 기사는 흑룡강성에서 왔다고 했다. 그는 한 해에 한 번씩은 자기 부친이 살고 있는 북한을 다녀온다고 어두운 표정으로 말했다. 그는 주변에 우리 밖에 없는데도 목소리를 낮추어서 죽은 아이의 시체가 며칠 안에 무덤에서 사라지는 북한의 시골 이야기를 전해주며 눈물을 글썽였다.

나는 이 이야기들이 진실이 아니기를 참으로 바랬다. 그런데 근간에 언론을 통해 접했던 북한의 꽃제비, 즉 떠돌이 소년들에 관한 내용은 너무도 충격적인 것이었다. 생생한 화면은 물론이거니와, 어린 오누이의 육성녹음이 담긴 테이프는 눈물 없이 참고 들어내기가 힘들 지경이었다. 가슴 아랫부분 명치끝이 타는 듯이 저려왔다. 시골 장마당 구석에서 추위를 피해 옹그리고 자는 꽃제비 소년들. 그들이 죽으면 돼지 새끼처럼 그냥 거적에 둘둘 말아서 파묻지도 않고 들판에 그냥 내다 버린다고 한다.

하기 쉬운 말로 생지옥이라 일컫지 이것이 대관절 무슨 죄악의 결과이뇨? 우리 민족이 무슨 잘못을 저질러서 지금 겪고 있는 안타까운 천형天刑이뇨? 그리고 왜 하필 어린 소년들까지 그 천형의 제단에 희생물로 바쳐져야만 하느뇨?

나는 가쁜 숨결을 잠시 가다듬고 시인 이용악李庸岳이 지난날 절규에 가까운 신음으로 써 내려간 시 「두만강 너 우리의 강아」를 입안에 나직이 웅얼거려 본다. 혹시라도 중국을 가는 독자들은 두만강을 방문하는 길에 반드시 이 시작품을 들고 가서 큰 소리로 한 번 읽어보길 권하는 바이다.

나는 죄인처럼 수그리고
나는 코끼리처럼 말이 없다
두만강 너 우리의 강아
너의 언덕을 달리는 찻간에
조고마한 자랑도 자유도 없이 앉았다

아모것두 바라볼 수 없다만
너의 가슴은 얼었으리라

그러나 나는 안다

다른 한 줄 너의 흐름이 쉬지 않고

바다로 가야 할 곳으로 흘러내리고 있음을

지금

차는 차대로 달리고

바람이 이리저리 날뛰는 강 건너 벌판엔

나의 젊은 넋이

무엇인가 기대리는 듯 얼어붙은 듯 섰으니

욕된 운명은 밤 우에 밤을 마련할 뿐

잠들지 말라 우리의 강아

오늘밤도

너의 가슴을 밟는 뭇 슬픔이 목마르고

얼음길은 거츨다

길은 멀다

길이 마음의 눈을 덮어줄

검은 날개는 없느냐

두만강 너 우리의 강아

북간도로 간다는 강원도치와 마조 앉은

나는 울 줄을 몰라 외롭다

- 이용악의 시 「두만강 너 우리의 강아」 전문 (1938년, 시집 「낡은 집」 수록)

시인 이용악은 함경도 경성 출생으로 일제의 강점에서 괴로워하는 우리 민족의 현실을 이 작품에서 보다시피 감동적으로 그려낸 시인으로 널리 알려졌다. 많은 시인들이 모더니즘이니 로맨티시즘이니 하는 외국 문예사조의 유행에 들떠 있을 때 이용악은 시인이 진정으로 보아야 할 것, 만나야 할 것, 껴안아야 할 것이 무엇인지를 고뇌하면서 자신의 가슴에 따뜻한 언어로 담아내었다.

시인의 눈에 비친 두만강은 바로 핍박에 시달리는 우리 민족과 국토의 모습 그 자체였다. 두만강과 대면하여 두만강을 향해 조용히 중얼거리는 시인의 독백은 거의 피눈물과 절규로 얼룩이 져있다. 우리는 이 시에서 단 한 대목만이라도 가슴에 간직하자.

잠들지 말라 우리의 강아!

그렇다. 우리는 이 시가 우리에게 타이르는 말 그대로 분단된 국토와 거기에서 고통 받고 있는 민족을 생각하는 마음을 잠들게 하지 말아야 한다. 탈북자의 처지와 고통을 염려하고 그들을 진정으로 도와야 한다는 우리의 민족적 양심을 외면하지 말아야 한다. 그것이 불우한 이웃을 염려하던 우리 민족의 본모습이 아니었더냐?

이용악의 시작품 이후에 두만강을 시로 다룬 작품들이 적지 않았건만, 거의가 개인적 감상주의에 젖어서 쓴 것들이 대부분이다. 그런 작품을 쓴 시인들은 민족의 현실을 올바르게 직시하는 눈을 갖지 못했기 때문에, 두만강까지 가서도 보고 느낄 것을 제대로 느끼지 못하고 돌아왔을 것이다. 두만강의 광경은 더 이상 대중가요의 가사처럼 '두만강

푸른 물에 노 젓는 뱃사공'이나 읊어댈 센티멘탈의 강이 아니다.

   그 두만강이 보여주는 오늘의 현실을 생생하게 그려서 우리들에게
역사의식을 일깨워주는 시인 신경림申庚林의 시 한편을 함께 읽어보기
로 하자.

          아낙네들이 빨래를 한다

          힘겹게 팔을 놀린다

          뭉그러진 시체가 떠내려온다

          아이들이 물가에서 맥없이 바라보고 섰다

          뿌옇게 흐린 두만강물

          침침한 안개

          갑자기 벼락이 치고 비가 쏟아진다

          백양나무들이 쓰러진다

          달맞이꽃이 뿌리째 뽑혀나간다

          하늘과 땅에 가득한

          굶어죽은 아이들의 흙빛 얼굴

          창백한

          눈

          우우, 우우

          강 건너에서 나는 소리를 친다

          발을 동동 구른다

소리가 나오지 않는다

발이 들리지 않는다 오금이 붙어

꿈속에서처럼, 아아

꿈속에서처럼

– 신경림의 시 「두만강」 전문(1998)

김광섭

산길에서 읽어본 「산」 시

　나는 산을 좋아한다.

　그 동안 다녀온 산 이름을 대라면 일일이 다 헬 수 없을 정도이다. 산과 친하게 된 계기는 오로지 건강 때문이었다.

　언제부터인가 글 쓰는 일에 지구력도 떨어지고 체력이 현저히 약해진 것을 느꼈다. 그래서 가까운 벗들과 매주일 산을 다니기로 작정하고 그것을 실천에 옮기게 되었다. 친한 벗들끼리도 건강만큼은 서로서로 챙겨주어야 한다는 지론이 작용했기 때문이다.

　하지만 산을 매주 꼬박꼬박 한 번도 거르지 않고 간다는 것이 마음먹은 만큼 결코 쉬운 일은 아니었다. 처음 한 달 동안은 모두들 신바람이 나서 잘 다녔다. 그러나 막상 한 달이 넘자 한 주일에 한 번씩 다가오는 그 날이 왜 그리도 숨이 가쁜지 참으로 힘겨웠다.

　"아이쿠, 한 주일이 왜 이렇게도 빨리 가버리는가!" 라는 탄식이 저절로 입 밖에 나와버리곤 했다. 너무도 힘에 겨운 나머지 한 번은 핑계를 대고 슬쩍 빠진 적도 있었다.

　처음에는 남덕유산, 황석산, 기백산 등 경남 거창군 일대의 산들을 샅샅이 누비고 다녔다. 거창 지역에는 해발 일천 미터가 넘는 산들이 스무 개 가까이 그야말로 우뚝하게 흘립屹立해 있다. 그곳의 산들은 사람들의 발자취가 적어서 매우 깨끗한 느낌을 준다.

　이렇게 넉 달 가까이 지나게 되자 슬금슬금 산에 가는 시간이 기다려지기 시작했다. 드디어 몸이 적응하게 되었다는 증거다. 불과 그저께 산을 다녀왔는데도 "왜 이렇게 한 주일이 더디게 가지?" 이런 생각을

만년의 투병하던 시기의 김광섭 시인

나도 모르게 하게 되었다.

등산이 몸에 익숙해지는 데는 사람마다 다르겠지만 내 경우에는 약 넉 달 동안의 시간이 필요했다. 몸이 익숙하게 되면서 차츰 등산에 재미도 붙게 되었고, 산을 오르는 과정에서 주변의 싱그러운 자연 경관들이 눈에 들어오기 시작했다. 그전에는 어림도 없었던 일이다.

쾅쾅 뛰는 심장의 박동! 온몸을 달음박질로 흘러가는 거친 피돌기의 느낌! 헉헉대는 숨소리는 기관차의 화통 소리를 방불케 했다.

약간 감기 기운이라도 있으면 피로감은 훨씬 더해서 목에서는 마치 풀피리를 부는 듯한 야릇한 소리가 쌕쌕 나곤 했다. 어디 경치 따위가 눈에 들어온단 말인가. 속히 하산해서 쉬고 싶은 일념뿐이었다.

이렇게 다닌 지 어느 틈에 여섯 해가 넘었다. 이제 드디어 산이 나를 받아주는 시기가 되었으니 더욱 열심히 산의 품에 안겨야겠다는 생각을 하면서부터 내 발걸음은 더욱 경쾌해졌다. 몸이 산에 적응하기 시작하면서부터 달라진 것이 있다면 우선 아랫도리 대퇴부 근육이 깜짝 놀랄 만큼 단단해져 있었다는 점이다. 가파른 고개와 벼랑, 바윗길 사이를 빠른 걸음으로 쏘다니다 보니 심폐기능이 몰라보게 좋아졌다.

몸이 나비처럼 가볍고 경쾌한 느낌이 들 뿐 아니라 매사에 활기와 자신감이 넘치게 되었다. 모든 면에서 그전에는 예상치도 못했던 활발함과 적극성이 생겨나 있었다. 그건 내 자신이 발견하는 것이 아니라 거의 주변 사람들이 해주는 평가이다.

날수가 거듭되면서 함께 다니는 벗들도 마찬가지로 활기에 넘쳤다. 어쩌다 한 번씩 우리들 일행에 끼어서 가게 되는 벗들은 우리의 발걸음을 따라오질 못해서 자꾸만 쉬어가자는 애절한 재촉을 해대었다. 그러다 안 되면 아무 곳이나 그냥 대책 없이 주저앉아서 마구 불평을 해대는 것이었다.

"이제 다시는 당신들 산행에 안 따라 올 거야."

이렇게 산을 다녀온 다음에는 우리 산행에 관한 과장된 소문이 일제히 나곤 했는데, 거기엔 대개 유격대식 산행이라느니, 북한의 124군 부대라느니 하는 강짜가 따라붙곤 했다. 하지만 나는 그런 평판이 듣기에 썩 싫은 것이 아니었음은 물론이요, 내심 흐뭇한 바가 있었다. 왜냐하면 우리들의 산행 능력이 어느 틈에 일정한 단계에 접어들고 있음을 반증해 주는 것이었기 때문이다.

가까운 주변 사람들의 등산하는 광경을 눈여겨보면 값비싼 장비 구입에만 탐닉하는 경우가 흔히 보인다. 이것저것 이름난 상표의 외국 제품들만 골라서 갖추갖추 구입해 놓고는 그것을 등산에 제대로 사용하는 기회가 없으니, 그야말로 장비 중심의 등산가이다. 하기야 등산에서 장비만큼 소중한 것도 드물다. 가져간 한 가지 한 가지가 아무리 사소한 것이라도 필요한 경우에 요긴하게 쓰인다.

그런데 문제는 무게 때문인데 꼭 필요한 것을 안 가져가고 대신 요긴하지 않은 것을 가득 넣어오는 경우가 그것이다. 오래 전에 나는 월악산을 올랐다가 혼이 난 적이 있었다. 물론 제대로 준비를 안 하고 간 경우지만 내 작은 가방 속엔 소설책 한 권이 달랑 들어 있었다. 산 정상에 올랐을 땐 눈보라가 몰아치는 악천후에다 점심때가 한참 지나 있었다.

다른 등산객들은 라면을 끓여서 뜨거운 국물을 훌훌 불어가면서 마시고 있었다. 그때 나는 그 라면이 먹고 싶어서 속이 뒤집히는 것 같았다. 순간적으로 허기가 져서 하늘이 온통 노랗게 보였다. 돌아서 내려

■ 시집「성북동 비둘기」 출판기념회에서 앞줄 중앙이 김광섭 시인, 박종화, 모윤숙, 박화성, 안수길, 정비석,
최인훈, 조병화, 박두진, 구상, 송지영, 조경희, 홍윤숙, 김남조 등의 얼굴이 보인다

오는데 바위벽을 타고 한 방울씩 떨어지는 물이 보였다. 그걸 기다려서 받아 마시고 한참을 누워서 심신을 진정하고 둘러보니 누가 먹다 버린 오이토막이 눈에 띄었다. 나는 그것을 아무런 부끄럼도 없이 주워 먹었다. 그때 그 오이 꽁댕이가 왜 그리도 달고 맛이 있었던가?

그러면서 나는 가방 속의 문학이 배고픔을 해결하는데 최소한의 도움도 되지 못한다는 사실을 절실히 깨달았다. 순간적으로 도술을 부려서 소설책이 빵으로 바뀔 수 있다면 얼마나 좋을까 라는 바보 같은 공상조차 했었다. 이런 뼈저린 경험이 있었기에 나는 등산에 항상 준비를 철저히 하는 편이다.

오늘은 산을 소재로 해서 쓴 우리나라 시인의 아름다운 시작품 한 편을 소개하고자 한다. 김광섭의 시 「산」이 바로 그것이다. 산의 형상, 산의 성질, 산의 철학 등을 문학적으로 자상하게 다루고 있는 이 작품에서 산은 우리의 혈연이나 이웃들의 친근한 얼굴 바로 그 자체이다. 한 걸음 더 나아가서 산은 곧 아름답고 선량하게 살아가야 할 우리들 자신의 표상인 것이다.

이상하게도 내가 사는 데서는
새벽녘이면 산들이
학처럼 날개를 쭉 펴고 날아와서는
종일토록 먹도 않고 말도 않고 엎
엎뎄다가는
해질 무렵이면 기러기처럼 날아서
틀만 남겨놓고 먼 산 속으로 간다

산은 날아도 새둥이나 꽃잎 하나 다치지 않고
짐승들의 굴속에서도
흙 한 줌 돌 한 개 들썽거리지 않는다
새나 벌레나 짐승들이 놀랄까봐
지구처럼 부동의 자세로 떠간다
그럴 때면 새나 짐승들은
기분 좋게 엎데서
사람처럼 날아가는 꿈을 꾼다

산이 날 것을 미리 알고 사람들이 달아나면
언제나 사람보다 앞서 가다가도
고달프면 쉬란 듯이 정답게 서서
사람이 오기를 기다려 같이 간다

산은 양지바른 쪽에 사람을 묻고
높은 산꼭대기에 신을 뫼신다

산은 사람들과 친하고 싶어서
기슭을 끌고 마을에 들어오다가도
사람 사는 꼴이 어수선하면
달팽이처럼 대가리를 들고 슬슬 기어서
도로 험한 봉우리로 올라간다

산은 나무를 기르는 법으로
벼랑에 오르지 못하는 법으로
사람을 다스린다

산은 울적하면 솟아서 봉우리가 되고
물소리를 듣고 싶으면 내려와 깊은 계곡이 된다

산은 한번 신경질을 되게 내야만
고산도 되고 명산도 된다

산은 언제나 기슭에 봄이 먼저 오지만
조금만 올라가면 여름이 머물고 있어서
한 기슭인데 두 계절을
사이좋게 지니고 산다

– 김광섭의 「산」 전문

모두 아홉 개의 연으로 된 비교적 긴 형태이지만 읽어 가기에 어떤 심적 부담이나 고통을 주지 않는다. 특히 다섯째 연과 일곱째 연에서 독자들은 깊은 감명을 받게 된다. 회갑을 막 넘기면서 김광섭 시인은 뇌일혈이라는 모진 병고와 싸워야 했다.

신체의 절반을 쓰지 못하는 불편함 속에서도 시인은 질병의 일상적 고통을 넉넉히 극복해 내었고, 오히려 그 과정에서 사물의 본질을 투명하게 인식하는 주옥같은 시작품들을 많이 써내었다. 시집 『성북동 비둘기』에 담겨 있는 작품들이 주로 이 시기의 성과들이다. 시인의 이러한 인간적 승리는 바로 한국현대시문학사의 승리라 할 수 있다.

시 「산」도 바로 이 무렵에 쓰여진 주옥같은 명편名篇들 중의 하나이다.

등산을 하다보면 길고 험한 산길을 터벅터벅 인고의 자세로 걸어가는 것이 우리네 인생살이와 꼭 같다는 생각을 자주 하게 된다. 봄 산에 울려 퍼지는 맑고 청아한 새소리를 들어보지 아니한 사람은 산의 감격을 결코 모른다.

길섶에 만발해 있는 진달래가 지나가는 길손의 뺨과 어깨를 요염하게 간질이는 봄 산의 정취는 희망과 기대로 넘실거리는 인생의 오묘한 맛을 느끼게 해준다. 등을 흠뻑 적시고 이마에서 흘러내린 땀이 턱에서 발끝으로 방울방울 떨어지는 한여름 등반, 때로는 폭우를 만나서 차가운 소나기를 온몸에 그대로 맞으며 걸어가는 산길의 그 기막힌 감회, 비에 젖은 각종 풀과 나뭇잎에서 풍겨나는 오묘한 향내, 잎 뒤에 아슬아슬하게 숨어서 비가 그치기를 기다리는 벌레들의 휴식, 이런 광경을 직접 눈으로 확인할 때의 기쁨과 감격은 이루 말로써 형언할 길이 없다.

여름 산은 그야말로 번성한 인생의 난숙을 느끼게 한다. 그러다가 서서히 변해가는 나뭇잎들의 빛깔, 한 그루 한 그루의 나무가 나타내 보이는 변화는 산의 전체 나무숲으로 번져가서 산천은 그야말로 불타는 광경을 연출한다.

이처럼 장엄한 광경을 물끄러미 지켜보고 있노라면 보람찬 생애를 거의 다 살아와서 드디어는 자신의 삶을 정리하고 겸허하게 종생을 준비하는 사람의 모습이 떠올라서 코끝이 찡해 온다. 가을 산의 그 가랑잎이 지천으로 쌓여서 마치 융단 깔린 듯 푹신푹신한 산길에 일부러 온

▌1974년 만해문학상 시상식장에서(왼쪽부터 김정한, 신경림, 김광섭, 염무웅)

몸을 던져서 안기면 산은 꼭 따뜻한 내 어머니의 품속과도 같다는 생각을 느끼게 된다.

겨울 산은 또 어떠한가?

코와 귀를 떼어갈 것 같은 칼바람이 휘몰아치는 능성이를 성큼성큼 걸어가는 장쾌함, 눈 쌓인 산길을 발이 푹푹 빠지며 걸어가는 벅찬 기쁨, 엄청난 추위의 골짜기를 빠져 나와 따뜻한 장작불이 지펴져 있는 산장에서 얼은 몸을 녹이며 마시는 한 잔의 소주 맛! 사람 사는 기쁨과 보람을 여러 군데서 찾을 수 있지만 등산에서의 경우만큼 담백하고 청정한 느낌은 아마도 드물 것이다.

등산은 우리를 일상적인 삶에서 훌쩍 떠나 전혀 다른 공간으로 이끌어 간다. 답답하고 제한된 일상 속에서 우리가 전혀 예기치 않은 공간으로 한 번씩 이동해 갈 수 있다면 얼마나 다행스런 일일까?

인간은 누구나 유목민적 갈증을 느끼고 있을 것이다. 우리 인간은 누구나 제각기 한 사람의 정신적인 유목민이다. 나도 한 사람의 정신적 유목민으로 그 동안 마치 목마른 사람처럼 내가 갈망하던 산을 찾아 헤매 다니고 있었는지도 모른다. 보다 향기롭고 보다 윤기 있는 목초지대를 찾아서 과감하게 이동해 다니는 유목민!

등산이 스포츠에 속한다면 나는 등산을 최고의 스포츠라고 말하는 데에 결코 주저하지 않겠다. 등산에는 우선 등산하는 사람끼리의 경쟁이 없어서 좋다. 무엇보다도 요즘처럼 오염이 심한 공기 속에서 최고급 산소를 마음껏 마실 수 있다는 것이 가장 큰 장점이요, 온몸을 부지런히 움직여서 전신의 활력을 싱그럽게 만들 수 있다는 것이 두 번째 장점이다. 실제로 깊은 산에서 맑은 공기를 깊이 들이 마시노라면 그 공기가 참으로 달게 느껴지는 적이 한 두 번이 아니다. 다음으로는 주변의 대자연을 온종일 바라보면서 계절이 보여주는 현란한 변화와 우주적인 대질서, 섭리 따위를 깊은 사념으로 받아들이고 자신의 삶을 되새기게 된다는 것이 세 번째의 장점이다.

이렇게 아름답고 오묘한 산에 대해서 우리는 최대한의 경의와 예절을 표시해야만 한다. 산에 가서는 어떻게는 자신의 존재를 가능한 한 낮추고 겸손해야만 한다. 아무리 지체 높은 사람도 산길을 가로막고 있는 쓰러진 나무 밑을 지나갈 때 허리를 굽히지 않을 수 없다. 때로 산에서 마구 소리를 치거나 산에 있는 모든 생명들에게 상처를 입히거나 인간의 더러운 물건을 산에 버리는 일이 있는데 이러한 사람은 산에 갈 자격이 모자라는 자들이다.

옛사람들의 등산기록을 읽어보면 큰 산에 올랐을 때 사람의 말소리도 커질까 스스로 두려워하고, 심지어는 평지로 내려올 때까지 용변조차 참았다고 한다. 산은 우리가 가서 마음껏 배우고 경배하고 우러르는 마음을 가질 때 비로소 많은 교훈과 이익을 사람들에게 되돌려 준다.

김광섭의 시 「산」에서의 한 대목처럼 산은 이따금 '사람 사는 모습이 그리워서 마을 가까이 슬금슬금 내려 왔다가도 사람 사는 꼴이 보기 싫어지면 다시 달팽이처럼 대가리를 들고 깊은 골짜기로 사라지는'것인지도 모른다. 결국 시인은 모든 인간들이 스스로의 마음속에 산을 하나 보듬고 가꾸어 볼 것을 은근히 바라고 있는 것이다. 사람을 그리워해서 인간의 마을 부근을 찾아온 산을 서운한 마음으로 다시 되돌려 보내는 일이 없도록 해야만 할 것이다.

짙푸른 초록으로 가득 찬 계절, 등에 작은 배낭 하나 둘러메고 표연히 도시를 떠나 어머니 같은 산의 넉넉한 품속에 안겼다 돌아와 보면 어떨까. 고즈넉한 산길의 한 모퉁이에서 김광섭의 시 「산」을 혼자 조용히 소리 내어 읽어보며, 늘 복잡하기만 한 우리의 삶을 한번쯤 되돌아보는 시간도 가질 수 있게 된다면 더욱 값진 경험이 될 수 있으리라.

조벽암

▌ 시 「가사家史」와 해방의 참 뜻

어느 해 봄 미국의 하버드 대학 도서관을 들른 길에 '옌칭燕京'이라는 이름의 그곳 동아시아 도서관을 둘러보게 되었다. 이런 저런 책을 무작위로 찾아서 보다가 문득 일본에서 발간한 『명치60년사』라는 화보 자료를 뒤적이고 있는데, 어느 한 그림에서 내 눈길은 못에 박힌 듯 고정되었다. '일한병합日韓倂合의 풍자화'란 제목으로 1910년 9월에 그려진 그림의 내용은 대체로 이런 것이었다.

콧수염을 기르고 유까다를 입은 일본 남성이 치마저고리를 입은 가련한 한국 여인의 하얀 손가락을 잡고 손톱을 가위로 깎아주는데, 바로 옆의 탁자 위에는 공채公債 삼천만 원이라고 쓰여진 돈주머니가 놓여 있었다. 일본 남자는 가늘게 뜬 실눈에 야릇한 미소를 머금고 한국 여인을 음탕하게 바라보고 있으며, 한국 여인은 다소곳이 고개를 숙인 채 온몸을 일본 남성에게 내맡기고 있는 듯한 자세로 앉아 있다.

그림의 구성으로 읽어보자면 관대하고 친절하기 짝이 없는 부유한 일본인 남성이 가난한 한국 여인의 엄청난 친정 빚을 모두 갚아 주기로 하고 두 사람이 드디어 신혼살림을 꾸리게 되었다는 얄량한 내용의 풍자화였던 것이다.

이 그림을 대면하는 순간 나의 속은 왜 그리도 메스껍고 울렁거렸던 것일까. 당시 약소한 구한국 왕조 정부를 마구 조롱하며 갖고 놀다가 드디어 한입에 꿀꺽 삼켜 버린 간교한 일본의 속내를 한눈에 들여다보게 하는 매우 적절한 자료였다. 아직까지 한국에서 전혀 공개된 적이 없는 것으로 보이는 이 풍자화는 부당하고 억울하게 식민지 강점의 역

조벽암 시인

사를 겪은 우리 민족에게 시사하는 바가 매우 크다.

8.15가 들어있는 달에는 온 가족이 둘러앉아서 함께 읽어볼 만한 시작품 하나를 독자들에게 소개하고자 한다. 조벽암(본명-重洽 : 1908~1985)의 시 「가사家史」가 바로 그것이다. 이 작품은 일제 36년 동안 토착민의 한 가정이 식민지의 격랑에 휘말려 완전히 풍비박산이 나버린 가족사家族史의 전체 과정을 절절하게 그리고 있다.

식구들은 가랑잎처럼 흩어져 서로 찾을 길조차 묘연하지만 혼자 남아서도 고생살이 속에 꿋꿋이 집을 지켜온 어머니의 집념과 축원 덕분으로 조국은 마침내 해방이 되고 흩어진 가족들도 모두 고향으로 되돌아오게 된다는 서사적인 내용을 담고 있다.

이런 종류의 작품은 내용의 분위기를 느껴가며 소리를 내어 읽으면 좋을 것이다. 서너 사람끼리 둘러앉아서 제각기 한 두 행씩 맡아서 낭송하면 제법 작품의 감정이 살아나지 않을까 한다. 너무 웅변조로 읽어서도 아니 되고, 그렇다고 너무 가라앉은 음조로 무겁게 읽어도 부적절할 것이다. 좋은 시 낭송법이란 그저 작품의 분위기에 걸맞는 음색으로 내용을 되새기면서 읊조리듯 읽어가는 방법이 무난하지 않을까 한다.

한 번 읽어서 무엇인가 미진한 기분이 들면 다시 한 번 낭송을 반복하는 것도 전체성의 이해에 도움이 되리라 본다. 낭송 후에는 특히 시적 의미나 효과가 강조되어 있는 부분, 혹은 시인이 작품에서 특별히 중점을 두고 있는 부분을 찾아서 서로의 느낌을 해설해 보는 것도 좋은 방법이다. 다소 긴 느낌이 들긴 하지만 일단 시작품의 전문을 함께 읽고 나서 그 흐름을 알아보기로 하자.

아배는 두더지 닮아

어느 때는 금점판

어느 때는 절간

어느 때는 일터로

어느 때는 감옥

두루 두루

돌아다닌다는 소문

집안은 나날이 파뿌리 같이 문드러져

일가붙이 하나 돌보지 않고

어매는 적수공권

어느 때는 바느질 품

어느 때는 바비아치

어느 때는 방물장사

두루 두루 천덕궁이

소박댁이라 비웃는 소리

못생겼다 꾀우는 소리

… 철없을 적에

얻은 듯

열적게 낳은

도토리 같은 남매

기어이 길러놓 결심

중략

이렇도록

무럭무럭 커 가는 딸 아들

탐탁하기 그지없어

아배는 영영

잊어버리고도 살 것만 같았던 때

하늘이 무너지고

땅이 꺼지는 듯

아들은 징병으로

딸은 징용으로

뻔질뻔질 놀고만 있는

면장 집 딸과

술 도갓집 아들은

고스란히 그대로 두고

고생살이에 쪼들려 큰

어매의 불쌍한 아들은

붙들려 가

남쪽으로 갔다기도 하고

북쪽으로 갔다기도 하고

천덕구리로 큰

어매의 가여운 딸은

끌리어 가

서울로 갔다기도 하고

만주로 갔다기도 하고

아 — 이 어찌 된 셈인지 몰라

어매는 미친 듯 울었고

어매는 죽을 듯 몸부림치고

 (중략)

어매는 온밤을 고스란히 새며

정화수 떠놓고

촛불 켜놓고

합장 재배

비옵는 축원

여름이라 한가위

팔월에도 보름날

어매는 영문도 모르고

좋다 말아 울었소

덩달아 손들어 만세를 불렀소

이런 소문 저런 소문이
홍수 모양 사뭇 밀려오던 며칠 후
딸은 하이얀 얼굴로 돌아왔고
또 며칠이 지난 후
아들은 우리 군대에 있다는 소문

또 며칠 후에는
아배는 연해주에 있다는 소문

어매는 꿈인가 했소
어매는 생시인가 했소
 (중략)
이제껏 싫어했던 사람이 친절한 척하고
이제껏 무시하던 구장이 다 찾아오고
이제껏 푸대접하던 일가가 아른 척하고

그러나 새삼스레 칭송하고
어연 듯이 위해주는 것도 물리치고
맑은 창공을
우두머니 쳐다보는
어매의 눈동자는 별같이 반뜩였소

이 시에서 행과 연의 구분은 별로 커다란 의미를 지니고 있질 않아

보인다. 단지 시간과 장면의 변화를 나타내는 부분에서 약간의 기여를 하고 있을 뿐이다. 가족사의 전체 내용을 모두 담아내려는 시인 자신의 의지 때문에 전체 작품의 형태가 상당히 서술적 장형長形으로 흐르고 있다.

그럼에도 불구하고 이 작품은 처음부터 끝까지 읽어내기에 별로 지루한 느낌이 들지 않는다. 왜 그럴까? 그 까닭은 아마도 이 작품이 지니고 있는 민족적 정서의 보편성에 우리가 깊은 공감을 느끼고 있기 때문일 것이다.

이 작품의 시적 화자는 작품 속에 서술되어 있는 '어매의 불쌍한 아들', 즉 일제의 징병에 끌려갔던 아들로 보인다. 작품의 중심인물은 시종일관 어머니이다. 시인은 조국의 해방과 건국의 바탕이 우리나라의 어머니들이었으며, 흔들림 없이 제 자리를 지켜온 모성적母性的 역할에서 진정한 국난극복의 힘과 존재성을 발견한다.

겉으로 보면 나약하기 짝이 없는 어머니의 존재는 '집안이 파뿌리 같이 문드러져 일가붙이 하나 돌보지 않는' 적막한 환경 속에서도 '바느질품, 바비아치, 방물장사' 등의 고생스럽고 험한 일들을 마다하지 않고 감당하여 집안의 불씨를 지켜왔다. 이런 어머니에게 있어서 자신을 꿋꿋이 버틸 수 있었던 힘은 오직 '기다림' 하나뿐이었다. 울음과 몸부림, 밤을 새워 천지신명께 올렸던 축원이야말로 어머니가 현실의 온갖 악조건과 맞서서 지치지 않고 자신을 이겨낼 수 있었던 가장 강력한 버팀목이었다.

가족의 생계를 위해 집을 나간 뒤로 생사조차 알 수 없는 남편, 제국주의자들에게 강제로 끌려간 아들과 딸의 안전과 무사한 귀가를 위해 어머니들은 두 손 모아 축원을 드렸다. 이처럼 순정하기 짝이 없는 기다림 덕분에 민족의 해방은 가능하였고, 나아가서는 흩어진 가족들로부터도 살아있다는 기별이 오게 되는 것이다.

이런 일들을 결코 우연이 아니라 필연으로 읽어내고 있는 부분에서 우리는 민족 해방의 성격과 의미를 해석하는 시인의 태도를 읽어낼 수 있다. 즉 우리 민족이 압제의 사슬로부터 풀려나게 된 힘의 원천은 일반적인 자료들이 흔히 설명하듯 연합군의 승리나 몇몇 걸출한 독립운동가들만의 공로가 아니라는 관점이다. 그들보다도 몇 배나 소중한 힘의 제공자는 바로 무너지고 유린된 고향에 혼자 남아서 묵묵히 집안을 지켜온 이름 없는 어머니들이었다는 시적 관점에 우리는 특별히 주목할 필요가 있다.

또한 이 시작품에서 우리가 놓치지 말아야 할 부분은 민족이 그토록 고통을 겪던 시절에도 저 혼자 편안하며 심지어는 제국주의자들과 야합하던 무리들이 있었다는 지적이다. 아들과 딸을 징병과 징용, 혹은 정신대 징발로 빼앗기고 우리의 한 많은 어머니들이 그야말로 '하늘이 무너지고 땅이 꺼질 듯' 하던 때에 '삔질삔질 놀고만 있는/ 면장 집 딸과/ 술 도가집 아들'은 이런 고통을 재주껏 피해가고 있다는 사실이다.

그들의 구린 이면에는 일제와의 매국적 야합이나 아부가 반드시 뒤따르고 있었던 것이다. 생사조차 모르던 가족들의 귀환 소식이 들리자 '이제껏 싫어하던 사람이 친절한 척하고/ 이제껏 무시하던 구장이 다 찾아오고/ 이제껏 푸대접하던 일가가 아른 척' 하는 낯간지러운 광경도 그림처럼 덧붙이고 있다.

이러한 혐오스런 장면을 삽입해 넣은 시인의 의도는 무엇일까?

그것은 다름 아니라 더럽고 비천한 염량세태炎凉世態에 대한 따끔한 풍자의 표현이다. 모든 번잡한 시속을 다 뿌리치고 '맑은 하늘'을 올려 다보는 어머니의 눈에 담겨 있는 '별'은 새로운 시간에 대한 희망의 확신이다. 시인은 이처럼 해방 전후의 혼란했던 민족사를 아름답고도 눈물겨운 시작품으로 그려내었던 것이다.

이제 우리는 시인의 프로필에 대해 잠시 알아보기로 하자.

시인 조벽암은 1908년 충북 진천군 벽암리에서 출생하였다. 부친은 임오군란 이후 강제 해산을 당한 구한국 군대의 퇴역 장교였다. 1920년대의 대표적 시인이자 소설「낙동강」으로 이름이 높았던 작가 포석抱石 조명희趙命熙가 그의 삼촌이었는데, 조벽암의 문학성은 주로 삼촌에게서 깊은 영향을 받았던 것으로 보인다.

1931년에 단편소설「건식健植의 길」을 조선일보 지상에 발표하며 등단하였으나, 이후 시「새아침」등을 발표하며 시와 소설 두 장르에서 동시에 왕성한 활동을 펼쳤다. 시집으로는『향수』(1933),『지열地熱』(1948) 등 두 권이 있다.

1948년 이후 북한에서 활동하다 근년에 세상을 떠났다.

그의 초기 작품은 대체로 삶의 체험이 작품에 직접적으로 반영되지 못한 까닭에 때로는 과도한 관념성에 머무르는 경우가 많았다. 하지만 1945년 8월, 해방을 겪으며 조벽암은 격동하는 역사 현실 속에서의 시인의 위치와 역할을 점차 구체적으로 깨닫게 되었고 그후 과거의 관념성을 서서히 극복하게 된다.

앞에서 소개한 시「가사家史」는 이 시기에 쓰여진 작품이다. 역사적 격동기가 안고 있는 내용상의 부피를 나타내기에 가장 적절한 단편서

사시 양식을 채택하여 작품의 효과를 드높이는 일에 성공하고 있다. 과도기를 통과해가며 시인이 이러한 변화를 보이게 된 것은 지식인의 소명에서 결코 도피하지 않고 현실과 당당히 맞서고자 하는 내적 충동 때문이라 볼 수 있다.

시인 조벽암은 시집 『지열』의 후기에서 일제강점기를 '공포와 침울이 지배했던 동굴의 시간'으로 표현하고, 8·15 해방은 그 동굴에서 뛰쳐나와 맞이한 찬란한 아침이었다고 말한다. 하지만 그것은 우리들 자신의 이성적 통제와 조절이 전혀 작용하지 않은 상태에서 겪은 '황망한 감격의 과잉'이었음을 스스로 반성하면서, 자신의 문학세계가 보다 절실하게 갖추어 가야 할 요소가 무엇보다도 '육체성'이라는 사실을 솔직히 고백하고 있다. 이 육체성은 아마도 관념성과 정면으로 대립하는 개념이 아닐까 한다.

우리는 반세기가 넘도록 조벽암이라는 문학인과 그의 모든 작품을 분단의 수렁 속에 매몰시켜 오다가 그것을 금단의 어둠 속에서 이끌어낸 지도 어느덧 십 년 세월이 흘러갔다. 이렇게 해금된 문학인들의 숫자가 결코 적지 않거늘 아직도 그들의 이름을 따뜻하게 기억하고 되새기는 사람이 별로 없으니 그 누구를 탓하랴? 다만 덧없는 광음光陰만을 한탄할 뿐이다.

해금 이후 많은 독자들의 사랑을 한 몸에 받고 민족문학사의 새로운 체계에 당당히 복권된 시인 백석이나 정지용 같은 경우도 드물게 있긴 하다. 하지만 우리의 문학사는 여전히 반쪽의 결실에만 병적으로 탐닉하고 출판계는 물질의 이익에만 골몰하여 있으니, 이 또한 정신적 불구와 정체현상을 벗어나지 못한 냉전시대의 낡은 태도가 아니고 무엇

■ 조벽암 시인의 여러 시집들 『향수』(1938), 『지열』(1948), 『벽암시선』(1957)

인가?

미국의 여러 대학도서관들, 그 중에서도 한국학 자료를 풍부하게 소장하고 있는 동아시아 도서관을 다녀보면 참 어여쁜 광경을 자주 발견하게 된다. 그것은 다름 아니라 남북한 문학서적들이 아무런 구별 없이 함께 한 자리에 나란히 꽂혀 있는 모습이다.

나는 서가 앞에 서서 그 감격스런 광경을 빨아들일 듯이 오래도록 눈부시게 응시한 경험이 있다. 어느 의좋은 형제가 이보다 더 다정하리. 거기에 무슨 제도와 이념의 구분이 따로 필요하리. 문득 정신을 차리고 본즉, 문제는 이 아름다운 장면이 내 나라가 아니라 타국에서의 광경이라는 사실에 새삼 비감해질 뿐이다.

이제는 남북의 정상들이 여러 차례 서로 만나 화해와 협력의 손을 맞잡은 뒤로 그 철옹성 같던 분단의 장벽도 차츰 허물어질 조짐이 보인다. 오십 년 세월이면 돌도 비바람에 깎여서 날카롭던 부분이 부드럽게 바뀌는 시간의 분량이다. 우리 민족의 통일 논리도 바로 이런 관점에서 하나 둘 풀어가게 된다면 얼마나 좋을까?

마음속에 여전히 비관론을 지니고 있는 사람들에게 조벽암의 시작품은 귀엣말로 나직하게 타이른다. 얼굴은 항시 맑은 창공을 바라보며 눈에는 반짝이는 희망의 별을 담고서 살아가라고.

모윤숙

애국시의 두 얼굴

70년대 중반의 어느 가을 저녁으로 기억이 된다.

날도 저물어 볼에 와 닿는 초저녁 바람은 제법 쌀쌀한 냉기마저 감돌았다. 대구의 금호호텔 건너편에 있었던 동원예식장에서는 한국문협이 주최하는 유명문학인 전국순회 강연 및 지역시인들의 시 낭송회가 열렸었다. 요란한 글씨로 '유명문인'의 도래를 알리는 현수막이 나붙어 바람에 펄럭였고, 행사장 입구에는 한창 만발한 국화 화분을 즐비하게 갖다 두어서 그윽한 국화향기가 한껏 계절의 분위기를 돋우었다.

그 자리에는 시단의 대표적 원로인 미당 서정주 시인을 비롯한 서울의 여러 시인들과 김춘수, 신동집 등 당시 대구의 중진 시인들이 모두 한 자리에 모였는데, 나는 거기서 평소 사진에서 간혹 보았던 한 여류 노시인을 대면하였다.

이미 회갑을 넘긴 노년이었음에도 그 무렵 여성들 사이에서 한창 유행하던 오드리 햅번 스타일로 뒷머리를 감아올리고, 연한 순금빛 한복에 바바리코트를 무릎에 당당하게 접어 올려놓고 있었다. 그녀가 바로 1930년대의 순정파 연애시집 『렌의 애가哀歌』로 널리 그 이름이 알려진 영운嶺雲 모윤숙毛允淑.

한때 춘원을 사모하여 춘원으로부터 '영운'이란 아호를 받았고, 그 후 역사학자 안호상과 혼인한 적이 있었던 여인. 그때 내 나이는 불과 이십대 중반의 숫기 없는 청년에 지나지 않았으나 얼핏 보아도 시인의 외모에서 풍기는 분위기는 조신한 여성의 이미지보다는 아무래도 호탕한 장부의 기상이 느껴지는 쪽이었다는 것이 내 솔직한 심정이었다.

모윤숙 시인

삼국지의 장비처럼 눈 꼬리가 다소 위로 치켜 올라갔고, 말씨의 억양도 억세게 느껴졌으며, 매우 괄괄하고 적극적인 품성을 지닌 듯 보였다.

다소 엄숙한 분위기였던 문학 행사에서 해방되자, 문인들은 모처럼 함께 만난 벗들끼리 삼삼오오 패거리를 지어서 대구의 저녁 술집을 휩쓸고 다니며 제법 거나한 얼굴로 호기도 부렸다. 이때 누군가가 모윤숙 시인을 방문하자는 돌연한 제의를 했고, 이미 취기가 오른 젊은 문인들 여럿은 기어이 모윤숙 시인이 묵고 있는 호텔을 찾아가 방문을 두드렸다.

곧 문이 열렸는데 그곳에는 이미 서울에서 모윤숙 시인을 시봉해온 후배 여류시인들과 지역의 여류들이 한방 가득 모여 담소를 나누고 있다가 우리를 위해 황급히 자리를 내어주는 것이었다. 우리 일행은 일단 문단의 노장 여류시인에게 존경의 뜻을 담은 큰절을 드리고, 잠시 너스레를 떨다가 금방 그 자리를 빠져 나왔다. 그리고 세월은 한참 흘러갔다.

세상에는 온갖 불안한 일, 뒤숭숭한 일들이 끊임없이 이어지고 있었다. 모윤숙 시인이 언젠가 '3.1문화상'이란 커다란 상을 받게 되었다는 보도가 있었고, 이 사실을 두고 여러 가지 말들이 무성하던 것도 바람결에 들려왔다. 그때가 3공화국으로 이른바 유신독재가 절정에 달해 있던 시절이었다.

문학에 대한 나의 관심이 차츰 역사와 현실을 생각하는 방향으로 관점을 바꾸게 되면서 지적 탐구와 호기심은 과거와 전혀 다른 적극성을 띠게 되었다. 이 과정에서 나는 어느 날 『친일문학론』이란 한 권의 책을 읽게 되었는데, 그때 내가 받은 충격은 진도震度가 매우 강한 지진에 비견할 수 있을 만큼 강력한 파괴력을 지닌 것이었다.

나는 그동안 내가 흠모하고 존경하고 심취해왔던 우리 문학사의 기라성 같은 분들, 이를테면 최남선, 이광수, 주요한, 김동인, 김동환, 백철, 이무영, 이효석, 최재서 등등 수많은 문인들의 친일행각을 낱낱이 고발해 놓은 그 책을 읽으며 내 가슴속에서는 그간 공고한 형태로 쌓아 올려놓은 어떤 그 무엇인가가 일시에 와르르 무너져 내리는 덧없는 붕괴와 절망의 소리가 들려오는 것이었다. 나는 한동안 그 충격파에서 헤쳐 나오기가 힘들었다.

하지만 차츰 시간이 갈수록 나는 내 가슴속에서 들려온 그 붕괴의 소리가 문학과 역사에 대한 내 그릇된 고정관념을 바로잡아 주는 대단히 유익한 각성의 계기였음을 알았다. 반드시 무너져야 할 것이 적절한 시기에 한꺼번에 무너져 내린 것이었다.

수십 년 문단 활동을 하면서도 자신의 가슴속에서 마땅히 무너뜨려야 할 것을 무너뜨리지 못한 채 무자각 몰지각 속에서 문학을 하는 사람들에 비하면 나는 얼마나 다행스런 경우였던 것인가?

『친일문학론』이란 작은 책은 거기에 실린 당사자 본인에겐 매우 가혹한 불명예가 될지 모르나, 문학 공부를 시작한지 오래 되지 않은 나 같은 신진 후배들에게 있어서는 너무도 소중한 역사체험을 하도록 해 준 보배와도 같은 존재였다. 이른바 '유명'이라는 허울 뒤에 가려져 있는 문단 선배들의 허위의식과 위선을 발견하고 나서 나는 내 문학의 방향과 매무새를 다시금 냉철히 가다듬게 되었다.

오늘 이야기의 중심인물인 시인 모윤숙에 관한 내용도 『친일문학론』이란 책에 매우 중요한 한 부분으로 수록되어 있었다. 이런 그녀에게 나는 아무 것도 모르고 지난날 존경의 염을 담아서 너부죽이 큰절까지 드렸던 것이다.

모윤숙 시인과 관련된 내용을 눈으로 따라 읽어가며 내 등골은 갑자기 얼음을 업은 듯 오싹하였고, 머리끝은 호젓한 밤길에서 귀신을 만난 듯이 쭈뼛해졌다. 일제가 일으킨 태평양전쟁을 미화하여 당시 식민지 백성들의 정신적 무장태세 완비와 내핍생활을 훈계하는 시 「동방의 여인들」(《신시대》, 1942), 이른바 어린 소년의 지원병 출진을 미화시킨 「어린 날개」(《신시대》, 1943), 일본군의 소남도 점령을 축하하는 「호산나 소남도昭南島」(매일신보, 1942), 일본해군 특별공격대에 바치는 시편 「아가야 너는」, 학도병 출진을 격려 고무한 시 「내 어머니 한 말씀에」, 「오시지 않았는데」 「신년송」 등등. 이러한 작품들이 모두 일제말 모윤숙의 애국심에 투철하고 충성심에 젖어 있던 얼굴이었던 것이다.

그로부터 30년 뒤에 나는 정말 아무 것도 모르고 그 친일시인의 무릎 앞에 넙죽 엎드려 절을 했던 것이다. 내가 친일문학에 관한 자료를 진작 접했더라면, 그 날 모윤숙 시인을 결코 만나러 가지 않았을 것이다. 친일시인에게 바쳤던 그 날의 큰절을 나는 지금도 후회하고 있다. 그 후 더욱 많은 자료를 찾아서 읽어보았더니, 한 시인이 살아온 생애의 궤적은 참으로 부끄럼 모르는 모멸과 혐오의 시간으로 줄곧 이어지고 있었다.

독재 시대를 배경으로 국회의원을 지냈고, 뚜렷한 친일경력을 지닌 채 삼일문화상까지 받았다. 도대체 역사란 무엇인가라는 따갑고 아픈 질문으로 괴로워하는 사람이 많아졌다. 곰곰이 지켜보노라면 해방 후 1980년대에 이르기까지 이른바 민족과 애국이란 말은 오로지 친일파의 전유물이었다.

이런 어느 날 나는 『한국대표시평설』(문학세계사, 1983)이란 책에 실린 모윤숙의 시작품 하나를 대면하게 되었다. 「국군은 죽어서 말한다」라는 제목의 작품이 그것이다. 무려 12연 90행이나 되는 긴 형태로서, 지금은 사라졌지만 언젠가 중등학교 국어 교과서에도 수록된 적이 있었던 이 작품의 창작 배경에 대하여 시인은 이렇게 이야기한다.

6.25가 터지고 시인은 미처 남쪽으로 피난을 떠나지 못하였다. 그러던 어느 날 변장을 하고 경기도 광주 근처의 산골짜기를 헤매고 다니다가 문득 죽어 넘어진 국군의 시체를 발견하고 그 자리에서 통곡하며 이 시를 쓰게 되었다고 한다. 그만큼 이 작품의 톤은 개인적 감정의 격동과 그 연속으로 이어지고 있다.

> 산 옆 외따른 골짜기에
>
> 혼자 누워 있는
>
> 국군을 본다
>
> 아무 말 아무 움직임 없이
>
> 하늘을 향해 눈을 감은 국군을 본다
>
> (중략)
>
> 나는 죽었노라 스물다섯 젊은 나이에
>
> 대한민국의 아들로 숨을 마치었노라
>
> 질식하는 구름과 원수가 밀어오는 조국의 산맥을 지키다가
>
> 드디어 드디어 숨지었노라
>
> 내 손에는 범치 못할 총자루 내 머리엔 깨지지않을 철모가 씌워져

원수와 싸우기에 한번도 비겁하지 않았노라

그보다도 내 핏속엔 더 강한 대한의 혼이 소리쳐

달리었노라 산과 골짜기 무덤과 가시숲을

이순신같이 나폴레옹같이 시저같이

조국의 위험을 막기 위해 밤낮으로 앞으로 앞으로 진격! 진격!

원수를 밀어가며 싸웠노라

나는 더 가고 싶었노라 저 원수의 하늘까지

밀어서 밀어서 폭풍우같이 머나먼 적진까지

밀어 가고 싶었노라

(하략)

— 시 「국군은 죽어서 말한다」(1950) 부분

　　매우 긴 시의 일부만 옮겨 놓아서 그 전모를 알기가 어렵다고 할지
모르나, 앞뒤 문맥의 진행과 전개가 위의 내용과 별반 차이를 보이지
않는다. 대부분 이런 내용의 연속이다.

　　이 작품의 해설자는 '낭만적 애국주의의 절정'으로 해석하며 '낭만
주의와 애국주의가 한편의 시에서 융합되어 나타날 때 모윤숙 특유의
질풍노도가 휘몰아친다'고 극찬한다. 이 시작품에 창작 주체자의 낭만
적 기질과 애국심이 바탕에 깔려 있음은 분명하다. 그러나 모윤숙은 이
작품을 쓴 시간으로부터 불과 8년 전, 대체 어떤 작품의식을 갖고 있었
던 것일까?

　　역시 낭만적 기질과 일본에 대한 열렬한 애국심으로 충만되어 들뜬
시간을 보내고 있었다. 일제말 조선총독부의 기관지였던 〈매일신보〉에

▎영국 런던에 있는 버나드쇼의 집 앞에서 변영로와 함께한 모윤숙(1955)

서 '여성지도부대'라는 여성계몽란의 전담 집필자 중의 한 사람. 그리고 부민관 대강당에서 개최되었던 '결전부인대회'에서 '여성도 전사戰 土다'란 제목으로 열변을 토하던 친일의 선봉장.

드디어는 이 땅의 가련한 처녀들로 하여금 '조선여자정신대'에 기쁜 마음으로 지원하라는 연설을 전국을 다니며 외쳤던 시인!

당시 그녀가 쓴 흥미로운 애국시 한 편을 발견하고 우리는 깜짝 놀라게 된다.

눈부신 산모롱이
밝은 숲 속
힘찬 기운 떠오는 하늘 밑으로
가을 떨기를 헤치며 들어갔노라

기슭을 후리고 지나가는
억센 발자국
몸과 몸의 뜨거운 움직임들
칼빛은 태양아래 번개를 아로 삭여
힘과 열의 동산 안에 내 맘은 뛰놉니다

눈은 하늘을 쏘고 그 가슴은 탄환을 물리쳐
대동양大東洋의 큰 이상 두 팔 안에 꼭 품고
달리어 큰 숨 뿜는 정의의 용사
그대들은 이 땅의 광명입니다

대화혼大和魂 억센 앞날 영겁으로 빛내일

그대들은 이 나라의 앞잽이 길손

피와 살 아낌없이 내어바칠

반도半島의 남아男兒, 희망의 화관花冠입니다

가난한 이 몸이 무엇을 바치리까?

황홀한 창검이나 금은의 장식도

그대 앞에 디림없이 그저 지냅니다

오로지 끓는 피 한 모금을 축여 보태옵니다

지난 날 이 눈가에 깃들였던 어둠을

내 오늘 그대들의 우렁찬 외침 앞에

다 맑게 씻고 새 계절 뵈옵니다

다 맑게 씻고 새 계절 부릅니다

— 시 「지원병에게」(1941) 전문

  잡지 〈삼천리〉에 발표되었던 이 작품은 그로부터 불과 9년 뒤에 쓰여진 시 「국군은 죽어서 말한다」와 어쩌면 그렇게도 발상이나 작품성이 서로 닮아 있는지. 하긴 동일한 시인이 쓴 작품이니 두 작품을 나란히 놓고 동질성과 이질성을 따진다는 것이 어쩌면 부질없는 일인지도 모른다.

  하지만 우리는 문단의 한 대표적 지식인이 해방 전에 외쳤던 '애국'

과 해방 후에 외쳤던 '애국'의 성격을 서로 면밀히 비교해 보아야만 한다. 더불어 '조국'이라든가 '적敵'이란 말의 쓰임새에 대해서도 마찬가지다.

이 자리에서 나는 굳이 그 비교에 대하여 세세하게 말하고 싶지 않다.

아무쪼록 독자 여러분께서는 한 시인이 쓴 두 작품을 꼼꼼히 대조하여, 거기에 나타난 '애국'의 두 얼굴이 제각기 어떤 표정을 짓고 있는지를 살펴보기 바란다. 왜냐하면 이런 작업이야말로 오늘날 만신창이로 헝클어진 우리 자신을 새로이 가다듬고, 정신을 올바로 세우는 일과 곧바로 이어져 있기 때문이다.

박목월

시 「월색月色」에서 묻어나는 달빛

　겨울 달밤이 차디차다. 맑고 파아란 밤하늘은 가슴 앓는 여인의 얼굴처럼 창백하다.

　이런 하늘을 달빛은 천연덕스레 흘러내린다. 산목련나무의 잎 진 가지마다 작고 어여쁜 꽃눈들이 조롱조롱 달려 있다. 나는 목련나무 아래에 서서 서러운 느낌이 드는 달빛을 바라본다. 목련나무의 꽃눈들이 달빛을 잔뜩 머금어 제각기 눈물방울처럼 반짝인다. 골짜기를 휩쓸어 오는 바람은 고죽리孤竹里의 상공을 한바탕 광마처럼 휩쓸어간다.

　가만히 땅바닥에 엎드려 있던 가랑잎들이 도저히 참지 못하고 소리를 지르며 바람 따라 떠돌아다닌다. 시든 잔디 위에 서리가 내려서 하이얀 홑이불을 널어놓은 듯하다.

　이런 마당에 달빛은 가득 가득 흘러내린다.

　울 밖에 서 있는 마을의 보안등이 달빛을 보는 데는 아주 방해꾼이다. 나는 손바닥으로 보안등의 불빛을 가리고 달빛을 보았다. 달빛은 만상을 균등하게 비추이고 있다. 그런데 자세히 보면 달빛을 받아서 더욱 아름답게 자태를 뽐내는 놈, 달빛을 받아서 오히려 더욱 침울해지는 놈, 달빛 속에서 더욱 슬퍼지는 놈 등등…… 만물의 태깔은 각양각색이다.

　시냇물과 지붕의 기왓장, 나무 가지, 삽살개 이런 것들은 달빛 속에서 더욱 아름다워진다. 허섭쓰레기로 가득 찬 창고, 사람이 살지 않는 빈 집. 이런 것들은 달빛 속에서 보다 침울하고 쓸쓸하다. 나는 이 고죽리를 무슨 연고로 여러 달 비워두고 있었다.

박목월 시인

참으로 오랜만에 돌아와 사랑채의 아궁이에 군불을 넣으며 내 시에서 '우주의 고운 깃털'이라고 명명한 불티를 고즈넉이 바라보았다. 아궁이 안의 타고남은 재의 표면에는 쥐 발자국이 찍혀 있었다. 뜨거운 불길과 매캐한 연기가 빨려 들어가면 아궁이에 숨어 있던 새앙쥐란 녀석들이 깜짝 놀라서 황급히 어디론가로 달아나 버렸을 것이다.

그 광경을 생각하니 나는 공연히 기분이 유쾌해졌다. 불길이 기세 좋게 살아 오르자 나는 아궁이 주변의 온갖 잡동사니들을 마구 휩쓸어서 불길 속으로 밀어 넣었다. 따뜻한 온기가 다리 사이로 아늑하게 퍼져 오르니 내 마음도 한결 느긋해졌다. 기분이 좋아지니까 문득 시가 읽고 싶어졌다. 그것도 달빛에 관한 좋은 시가 읽고 싶어졌다.

나는 썰렁한 서재로 들어가서 어두컴컴한 방 서가에서 더듬더듬 한 권의 책을 뽑아 들었다. 『경상도의 가랑잎』. 이 시집은 박목월(1916~1978) 시인이 1968년 11월 민중서관에서 발간한 책이다.

옛날 시집을 뽑아들면 나는 우선 아무렇게나 책을 펼쳐서 코에 갖다 대고 냄새부터 맡아본다. 오래된 책에서 나는 고본古本 특유의 약간 들쿠레하면서도 초콜릿처럼 향긋하게 풍겨나는 그 냄새가 나는 좋다. 오래된 책에서 나는 그 냄새에는 책이 겪어온 세월만큼의 역사와 시간이 느껴진다. 역사를 우선 감각적으로 향유하는 가장 좋은 방법은 이렇게 책의 냄새를 맡아보는 것이다. 발간된 지 30년이 후딱 지나버린 이 책을 뽑아든 것은 아마도 박목월의 시편에는 달빛을 노래한 좋은 작품이 틀림없이 있을 것이라 예감했기 때문이다. 그리고 내 예측은 맞아떨어졌다. 무릇 예전에 발간된 시집이 대개 그렇듯이 세로 행으로 배열된 이 한 권의 책도 세월의 무게를 견디지 못하고 책갈피의 가장자리에서부터 누렇게 변색이 되고 있었다.

나는 마른 장작이 탁 탁 소리를 내며 타오르는 아궁이 앞에 앉아서 아궁이 불빛을 조명 삼아 박목월의 시집을 읽어 내려갔다. 이렇게 해서 내가 목마른 가슴으로 찾던 달빛 시는 바로 그 시집의 책갈피에서 은은하게 드러나고 있었다.

달빛을 걸어가는 흰 고무신,
오냐 오냐 옥색 고무신
님을 만나러 가지러?
아닙니다애.
낭군을 마중 가나?
아닙니다애.
돌개울의 디딤돌도
안골짜기로 기어오르는
달밤이지러애.
아무럼,
그저 안 가봅니까애.
오냐 오냐 흰 고무신,
달빛을 걸어가는 옥색 고무신.

합문閤門을 하고 나면
허연 마당.
도포자락에 묻어오는

달빛.

낼 아침은 서리가 오려나,

대추나무 가지 끝이 빛나는데

우리는 너무나

적막한 곳에 살았구나.

달빛에 드러난 앞산 이마를.

지방紙榜을 사루는 한 밤의

소지燒紙

시 「월색月色」 전문

이 시는 두 개의 상황이 따로 설정되어 있다.

첫 연은 달밤이 너무도 좋아서 옥색 고무신을 신고 밤길을 무작정 걷고 있는 한 여인의 정경이요, 둘째 연은 제사를 지내고 지방을 불사르는 깊은 밤에 너무도 화안한 달빛의 광경이 그려져 있다. 햇빛이 직정적直情的이라면 달빛은 은은하게 배어오는 간접성에 그 아름다움의 비결이 깃들어 있다고나 할까.

그러기에 박목월은 이 시에서 달빛 속의 인간과 사물을 은은한 동양적 간접성의 미학으로 한 폭의 수묵화를 그리는 수법으로 그려내고 있는 것이다.

첫 연에서 시적 화자는 전통적 체취가 느껴지는 젊은 여성상이다. 그리고 그 여성은 아마도 십대 후반이거나 이십대 초반의 나이가 아닐까 한다. 그 나이 특유의 들끓어 오르는 감성의 충동은 얼마나 가슴 설

▍ 왼쪽부터 신석정, 박목월, 장윤우(1973)

레는 기대와 아름다움에 대한 호기심으로 가득 찼을 것인가?

이 시 첫 연의 전개와 구성방식은 일종의 문답 형태이다. 묻는 이는 아마도 마을의 친척 어른으로 여겨지지만 자세히 읽어보면 시인 자신의 목소리임을 알 수 있다.

도입부에서 시인 자신이 등장하여 구체적 상황을 슬쩍 제시하고 이어서 이상적 아름다움의 표상인 '달빛을 걸어가는 옥색 고무신'을 떠올려 보여준다. 그런데 원래의 흰 고무신은 달빛을 받아서 옥색 고무신으로 슬쩍 변환되고 있다. '오냐, 오냐'란 대목은 수용과 긍정의 반응을 나타내고 있는 부분이다.

지난날 우리의 삶에 있어서 여성의 밤 외출은 얼마나 부정적으로 비쳐졌던 것인가? 해가 지고 어둠이 깃든 이후에 혼자 밤길을 다니는 여성이란 바람기 많은 화류계 여인이었거나, 아무나 함부로 다루어도 되는 노류장화路柳墻花 쯤으로 여기었던 것이다. 하지만 이 시에서는 '오냐 오냐'라고 표현함으로써 달밤에 혼자 걸어가는 여인의 행동을 일단 수긍하는 넉넉한 면모를 보이고 있다.

3행부터 문답식 대화가 펼쳐지는데 이 부분이 참 아름답다.

사랑하는 님이나 낭군을 만나러 가는 것으로 판단하고 질문자는 묻고 있다. 이 궁금증에 대하여 시적 화자는 '아닙니다애'라고 단호하게 답변한다. 이 대목들의 언저리에서 박목월 시인이 구사하고 있는 경상도 특유의 방언 효과가 매우 적절하고 아름답게 느껴진다.

묻는 이의 어투는 '~지러?'이고, 답변자의 어투는 '~니다애'이다. 경상도 출신의 독자라면 금방 알아챌 대목이나, 다른 지역 사람이라면 어조에 스며있는 정겨움과 애틋함을 완전하게 이해하기가 쉽지

▋ 망중한을 즐기는 박목월 시인

않을 것이다. 이를테면 손윗사람이 '했지러?' 하고 물으면 손아랫사람이 '했어애' 라고 대답한다. 이런 대화를 주고받는 두 사람 사이에는 가족적 신뢰와 사랑이 가득 쌓여 있다.

달빛 구경 나온 젊은 여인이 집안 어른을 밤길에서 마주쳐서 나누는 짧은 대화로 여겨진다. 이 시에서 가장 아름다운 구절은 '아무렴, 그저 안 가봅니까애' 라고 달밤의 아름다운 풍경에 취한 여인이 혼자 독백조로 중얼거리는 대목이다. 달빛을 즐기는데 무슨 목적이 달리 있을 리 없다. '그저 안 가봅니까애' 란 대목을 읽고 나서 달빛 가득한 마당과 새알산 쪽을 물끄러미 바라보고 있노라니까 가슴 속 서러움과 쓸쓸함이 왈칵 솟아나서 눈물이라도 쏟아질 듯 시야가 가물거려왔다.

그냥 밝은 대낮에 이런 시를 단숨에 읽는다면 얼마나 무미하고 덧없는 일인가? 이런 시는 정말 오늘처럼 열사흘 달이 창공에 둥실 떠서 벙글벙글 웃고 있는 밤에, 그것도 아궁이에 군불을 지피며 읽을 수 있다면 훨씬 아름답게 느껴질 것이다.

2연은 제사를 지낸 깊은 밤, 지방을 태우기 위해 방금 마루로 나왔을 때의 광경을 연상하면 좋겠다. '허연 마당' 은 달빛이 깔려 있는 광경을 그리고 있는 대목이다. 얼마나 정갈하고 깨끗하게 느껴지는지 도포자락에 달빛이 정말 묻어나는 듯이 느껴진다.

둘째 연에서도 가장 아름다운 부분은 지방을 사루는 작중 인물이 혼자 독백조로 중얼거리는 대목이다. '낼 아침은 서리가 오려나' 이 부분은 하얀 달빛이 마치 서리 내린 듯 하다는 고전적 정서를 그대로 담아내고 있는 것이다. 거의 무념무상의 절대 경지에 가까이 다가가 있다. 이런 시를 써낼 수 있는 시인의 마음은 얼마나 아름다운가.

어느 해 가을밤 나는 박목월의 문학과 생애를 강의해 달라는 요청을 받고 목월 시인의 고향인 고도 경주로 갔던 적이 있다. 유스호스텔 한국지부에서 전국의 중고등학교 학생들을 대상으로 문학기행을 열고 있었는데, 충청도의 소설가 심훈 유적지, 전북 부안의 신석정 시인의 고향, 강원도 출신의 작가 이효석 문학의 무대 등을 두루 돌아서 드디어 경주까지 오게 된 것이었다.

그 날은 약 삼백 여명의 어린 학생들이 유스호스텔 강당에 입추의 여지없이 빼곡히 자리를 메우고 앉아 있었는데, 무척 대견스러웠다. 지리산 계곡의 맑은 물이 흘러내리는 경남 함양 지역에서 온 학생들이었다. 요즘은 정보와 통신의 거대한 물결 속에서 문학의 위기라느니, 문학의 권위가 예전 같지 않다느니 하는 말들이 도처에서 흔하게 들려오고 있질 않은가?

이런 때에 전통적 문학에 관심을 가지고 시와 시인을 공부하겠다고 고향집을 떠나와 현장에서 하루를 자며 강연을 듣고 토론을 하겠다는 남다른 결의에 찬 학생들이 너무도 어여쁘고 귀하게만 여겨졌다. 나는 그날 문학관에 진지한 호기심을 갖고 있는 어린 문학도들을 위해 나의 열과 성을 다해서 박목월의 생애와 문학을 강의하였다. 미리 목월의 고향을 답사하고 돌아온 유스호스텔 관계자는 탄식조로 말하였다.

"시인의 생가가 제대로 보존이 될 수 있다면 얼마나 좋겠습니까? 물어 물어서 어렵사리 찾아가 보면 대개 생가는 없어지고, 거기엔 다른 사람이 살고 있지요. 그 흔한 안내 표지조차도 하나 없어요."

그 말을 듣는 순간 나의 뇌리에는 북간도 용정에서 보았던 시인 윤동주의 생가 터가 떠올랐다. 잎담배 밭으로 변하고 무너진 돌무더기만 수북이 쌓여있던 그 쓸쓸한 광경이…… 목월은 비교적 근년까지 사셨던 분이고, 그 후손들이 각계에서 활동하고 있을 텐데, 왜 그토록 생가 터를 보존하는 일에 소홀했던 것일까?

1960년대 중반의 어느 봄날, 나는 농림고등학교를 다니는 학생이었고, 경북 영일군 죽장면에 있는 내연산 학교림을 향해 가던 중 경주 부근의 입실이란 곳을 들러서 하루를 쉬게 되었다. 그곳에도 학교림이 있었던 터라 담당 교사는 관리차 잠시 그곳을 들른 것이었다. 해가 저물어 여관에 도착하여 장작불을 때어서 지은 밥을 먹고 단잠을 자고 난 다음날은 봄비가 부슬부슬 내리고 있었다. 만발했던 벚꽃이 덧없이 져서 사방에 하얗게 깔려 있었다.

그곳이 목월 시인의 고향이었음을 진작 시를 통해 알고 있었던 나는 비 오는 입실 마을을 혼자 거닐며 목월 문학의 정취를 나 혼자 흠씬 만끽하였던 것이다. 한낱 시골 청년이던 목월을 발견하여 문단에 뽑아 올린 『문장文章』지의 추천시인 정지용鄭芝鎔이 그를 추천하면서 했던 말은 이제 영원히 변치 않을 금강석이 되었다.

'한국에는 두 개의 달이 있으니 북에는 소월이요, 남에는 목월이라……'

이 대목은 재능 있는 시인의 출현을 하늘의 뜻으로 여기고, 그 천품天稟을 온 세상에 알렸던 위대한 웅변이었다. 그 날 아침 목월 시인의 고향 마을에서의 정겨움과 애잔함에 젖었던 그윽한 추억도 이젠 흘러간 시간의 빛바랜 앨범 속으로 들어가 말이 없다. 하지만 목월의 시와 문학이 풍성하게 발산하고 있는 자연의 아름다움과 싱그러운 초봄의 생명력은 세월이 아무리 흘러간들 변할 리가 있을 것인가.

윤동주

「새로운 길」을 북간도에서 읽다

바람이 서늘하게 부는 밤, 마당에 자리를 깔고 누워서 밤하늘의 별을 바라보면 일생을 시인적 고독과 서러움, 그리고 찬란한 슬픔 속에서 살다간 윤동주의 생애가 떠오른다. 밤하늘에는 참으로 많은 별들이 반짝이고 있다.

마음이 섬약하던 소년 시절, 그 많은 별들의 은하를 따라 시선을 천천히 옮겨가노라면 왠지 까닭 모를 쓸쓸함이나 적막함, 광대무변한 허허벌판에 나 혼자 팽개쳐져 있는 듯한 아득함을 느끼며 어느 틈에 내 눈가에는 눈물이 고였다. 사람이 죽어서 그의 영혼이 새처럼 폴폴 날아 저 높은 하늘을 헤매게 된다면, 나는 과연 어느 별자리 어느 성군星群의 틈새를 비집고 혼자 떠돌아다니게 될 것인가? 그리고 사랑하는 벗들과 부모형제들로부터 떨어져서 나는 얼마나 지독히도 외로울 것인가?

밤은 점점 깊어가고 나는 그 엄청난 우주적 적막감에 가위눌려서, 그 날 밤은 기어이 잠을 이루지 못하고 뒤척거리다가 꼬박 날을 밝히고 마는 것이었다.

이런 어느 가을 저녁, 나는 카바이트 불빛이 깜빡이고 있는 장터 부근의 노천 서점에서 한 권의 시집을 발견하였다. 그것은 바로 하늘빛 표지도 선명한 윤동주의 시집『하늘과 바람과 별과 시』였다. 말이 서점이지 그 노천 책가게는 고학으로 학비를 버는 가난한 대학생이 싸구려 덤핑 책들을 짐수레에다 몇 박스 싣고 와서 길가에 천막 천을 펼쳐 놓고 그 위에다 무슨 허섭쓰레기들처럼 책을 와르르 쏟아 부어 놓은 바로 그런 곳이었다.

연희전문 재학 시절의 윤동주 시인

모래밭에서 금싸라기를 찾으려는 심정으로 나는 그 노천서점 앞에 쪼그려 앉아 이 책 저 책을 뒤적거렸고, 또 그것은 고교시절 나의 유일한 즐거움이었다. 어쩌다 호주머니에 약간의 용돈이 고이면 한두 권씩 문학서적을 사와서 책꽂이에 꽂아두고 즐거워하던 그런 소박한 기쁨의 시간이 나에게 있었다.

그때 그렇게 사 모은 책들 중에는 박목월의 『문장독본』, 유치환의 시집 『청령일기』, 장만영의 『토요일의 밤하늘』 등등. 가끔씩은 괜찮은 책들이 발견될 때도 있었다. 이런 가운데서 나는 윤동주란 이름과 처음으로 대면했던 것이다. 윤동주의 시집을 사온 날은 초저녁에 가랑비가 뿌렸다.

경부선 철도 연변의 한옥집 뒤란, 비좁은 공터에 제비집처럼 달아붙여서 지은 나의 작은 방에도 가랑비 소리가 들리었다. 고교 시절까지 내 방도 따로 없이 부모님과 줄곧 같은 방을 쓰다가, 드디어 나는 주거의 독립을 요청하였고 이를 위한 단식투쟁에 돌입했던 것이다. 어려운 살림 속에서도 아버님은 결국 내 뜻을 받아 들이셨고, 이렇게 해서 확보하게 된 내 영역은 왜 그다지도 아늑하고 행복하기만 했던지.

함석으로 씌운 양철지붕이라 비만 오면 지붕에 빗방울 떨어지는 소리가 무엇보다도 듣기에 좋았고, 참새 한 마리가 지붕에 내려앉아도 그 사룽거리는 발소리가 무엇을 뜻하는지 알 수 있었다. 말하자면 그 방은 문학 소년으로서의 내가 우주와의 교감을 곧바로 연습할 수 있는 가장 적절한 공간이었던 것이다. 창문도 하나 없어서 낮에도 불을 켜야만 했던 그 컴컴한 소굴에서 나는 나의 문학적 시간을 꿈꾸고 가꾸어 갈 수 있었다.

연탄을 때어서 아랫목이 따끈따끈한 저녁나절에 나는 윤동주의 시집을 읽고 너무도 애처롭고, 쓸쓸하고 애잔한 마음이 들어서 시집을 가슴에 꺼안고 혼자 눈물까지 흘렸다. 세상에 이런 시인이 있었던가? 이다지도 나이 어린 시인이 무엇 때문에 그리도 커다란 슬픔의 무게를 혼자서 온몸으로 떠받치고 살다가 서러운 최후를 마쳐야만 했던가?

그 무렵 윤동주의 시작품은 어려서 엄마를 잃었던 내 서러운 감정의 여과지로써 시집의 종잇장이 해지도록 뒤적거렸던 몰두의 세계였다. 「별 헤는 밤」에서의 별 헤는 소년이 바로 나 자신이라는 환상을 갖기도 했고, 그 작품에 등장하는 패佩, 경瓊, 옥玉이라는 이국소녀들의 귀여운 이름을 한없이 사랑하면서 만나고 싶은 충동에 젖기도 했다.

당시 우리 집 마당에는 더운 여름 날 수박을 한 통 사다가 두레박 끈에 매달아 드리워 놓는 깊은 우물이 하나 있었는데, 윤동주의 시 「자화상」을 읽고 나서는 일부러 그 우물 앞에 가서 내 얼굴을 비치어 보며 소리를 질러 보기도 했다. 때로는 윤동주 시에 나오는 시적 화자의 행동을 따라 해보기도 했다. 윤동주의 시작품에는 이처럼 소년적 센티멘탈의 정감이 아름답고도 슬픈 느낌으로 바탕에 은은히 깔려 있어서 가슴에 슬픔 많았던 전국의 모든 청소년들의 깊은 사랑을 한 몸에 받게 되었던 것이다.

어린 시절에 끔찍이도 좋아했던 윤동주를 내가 다시 떠올리게 된 것은 지난 90년대 초반의 어느 봄이었다. 신경림申庚林 시인, 이시영李時英 시인 등과 함께 중국의 연길延吉에서 열리는 국제 민족학 학술대회에 한국대표로 초청을 받게 된 적이 있다. 당시만 하더라도 북경이나 연길로 바로 날아가는 항로가 열리지 않아서 제주도 상공을 날아 동지

▌윤동주와 송몽규

나해를 건너 남쪽의 상해를 휘돌아서 북경까지 가는 야릇한 항로였다.

북경에서 다시 중국 국내 항공편으로 심양瀋陽을 거쳐 장춘長春까지 가서 열차 편으로 연길까지 가는 힘겨운 여정이었다. 밤차를 타고 침대 칸에서 선잠이 들었다가 차창이 훤히 밝아 오는데 깜짝 놀라 자리를 박차고 일어나 커튼을 여니 창밖으로는 눈물겨운 풍경이 펼쳐지고 있었다. 초가집과 지붕의 뒤웅박, 돌담, 여물을 씹고 있는 소, 지게를 지고 가는 노인 등 한국에서는 거의 사라지고 없는 민속적 풍경이 꿈결처럼 전개되고 있는 것이 아닌가? 연길의 이런 정황에 대해서는 이미 수차례 들어온 바이지만 막상 내 눈으로 직접 그 진경을 보고 있노라니 가슴속에서는 말할 수 없는 감개가 끓어올랐다.

아침 연길 역에 내리니 여기저기서 귀에 익은 북관北關 지역의 억센 말씨가 들려오고, 우리 동포들의 얼굴이 반갑게 다가왔다. 연길 역 건물 위에 써놓은 '연길에 오시니 반가워요'라는 글씨도 새삼 정겹게 느껴졌다.

일행들과 더불어 백두산 밑의 백호산장에서 어마어마한 별 떨기를 보며 놀란 적이 있고, 도문圖們에서는 북한의 남양 땅을 바라보며 비감한 정서에 잠기기도 했다. 댐으로 바뀐 봉오동전투의 현장에서 홍범도 장군의 우렁찬 군령을 바람결에 느끼기도 했고, 연길의 시인 작가 비평가들과 만나서 감격적인 마음의 대화를 나누기도 했다.

며칠을 함께 다니다가 두 시인은 집안集安 땅으로 고구려 유적을 보러 떠나고 나는 혼자 연길에 남아서 주변의 이곳저곳을 돌아보기로 했다. 그때 내가 가장 먼저 선택한 것이 윤동주의 묘소와 시인의 고향 용정龍井을 다녀오는 일이었다.

연길 시청의 전임기사로 있다는 한韓이라는 청년은 헌칠한 용모에 서글서글한 성격으로 나의 의욕적인 요청을 조금도 마다하지 않고 들어주었다. 연길에서 용정으로 가는 길은 키 큰 가로수들이 길가에 줄지어 서 있었고, 과수밭에는 배처럼 보이는 과일들이 탐스럽게 익어가고 있었다. 용정이 가까워 오자 해란강海蘭江의 강줄기가 보이기 시작했고, 해란강 다리를 건너서 용정 시가가 펼쳐져 있었다.

별로 크지 않은 아담한 시가에는 일제 때의 분위기를 연상시키는 어둡고 우울한 건물들이 더러 눈에 띄었다. 느낌 그대로 일본 영사관 건물이었다고 한다. 용정 시내의 한 식당에 들어가서 냉면을 시켜 먹었는데, 동포가 경영하는 그 식당의 이름은 '고향랭면집'이었다. 용정의 민속박물관은 초라하고 보잘 것이 없었으나 우리 민족의 고생살이 흔적만큼은 뚜렷하게 느껴볼 수 있었다. 그 박물관 뒤로 난 길은 비가 온지 얼마 되지 않아서 심한 진창길이었다. 자동차가 기우뚱거리며 바퀴가 빠지기도 하다가 겨우 헤쳐서 나오니 거기가 바로 용정 공동묘지였다.

집도 절도 하나 없이 스산한 바람이 불어가는 낮은 구릉에 수천 개의 무덤들이 옹기종기 모여 있었다. 멀리서 보면 꼭 무슨 버섯처럼 보이기도 했다. 이 무덤들이 모두 우리 동포들의 무덤이 아닌가? 두만강 압록강을 건너와 잘 살아보려고 온갖 발버둥질을 치다가 드디어 한 줌 손에 쥔 것도 없이 다만 빈손으로 차디찬 북만주 벌판에 뼈를 묻고 말았구나. 그렇게도 꿈에 그리던 고향에도 못 가보고, 이 낯선 땅에 어찌 편한 잠을 이루리오.

이런 생각을 하고 있는데 무덤들 사이를 바쁘게 뛰어다니던 한 기사가 저쪽에서 손짓을 하며 부른다. 허겁지겁 뛰어갔더니 그곳이 바로

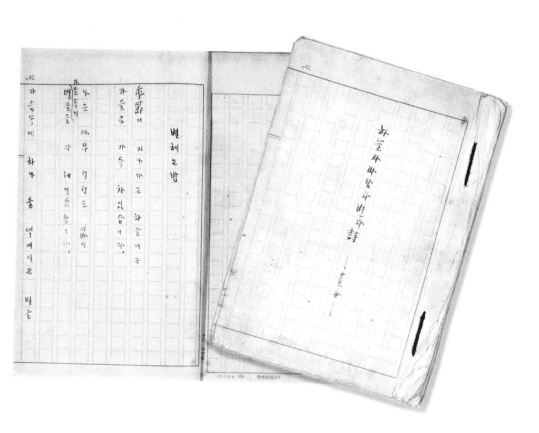

계절이 지나가는 하늘에는
가을로 가득 차 있습니다.

나는 아무 걱정도 없이
가을 속의 별들을 다 헤일 듯 합니다.

별 헤는 밤

가슴속에 하나 둘 새겨지는 별을

(오른쪽 표지)

하늘과 바람과 별과 詩
─ 尹東柱 ─

■ 1941년 연희전문을 졸업하던 해에 19편으로 된 자선시집 〈하늘과 바람과 별과 시〉를 간행할 계획이
었으나 뜻을 이루지 못하고 유고시집으로 간행되었던 윤동주 자필원고

█ 윤동주 묘비 옆의 가족들.
　윤영선(당숙), 광주(동주의 막내동생), 혜원(동주의 누이동생), 오형범(동주의 매제)

윤동주 시인의 무덤이다. 흙이 무너지지 않도록 시멘트로 봉분을 둘러싼 것 외에는 참으로 보잘 것 없는 시인의 무덤에는 시에서 스스로 예언했던 것처럼 정말로 풀이 돋아나 있질 않았다. 얼마나 가슴에 한이 맺혔으면 민머리 같은 무덤을 그대로 이승에 재현하고 말았을까. 무덤 앞의 비석도 시멘트를 비벼서 만든 초라한 것이었다.

나는 무덤 앞에 두 번 절을 드리고, 주변을 잠시 돌아보며 정리했다. 잡초를 뽑아 던지고, 자갈돌을 집어서 멀리 버렸다. 윤동주와 함께 옥사한 친척 송몽규宋夢奎의 무덤도 시인의 무덤에서 왼쪽으로 조금 떨어진 곳에 쓸쓸하게 있었다. 두 영혼들끼리라도 자주 대화할 수 있을 것이라는 생각을 하니 우울하던 기분이 다소 나아졌다. 나는 시인의 무덤 앞에 서서 비석을 쓰다듬으며 작별을 고했다. 그리고 시인의 영면을 위하여 묵념을 올렸다.

한 기사는 다시 차를 몰아서 시인의 고향 마을인 명동明東 촌으로 간다. 묘지에서 무덤까지 약 이십 여분 달렸을까? 나귀가 끌고 가는 수레가 보였고, 수레에는 한복을 차려입은 한 노인의 모습이 보였다. 꽥꽥거리는 소리가 나서 고개를 돌려보니 수백 마리의 오리 떼가 뒤뚱거리는 걸음으로 도로를 가로질러 가고 있었다. 장관이었다. 우리는 차를 멈추고 오리 떼의 무단 횡단을 바라볼 수밖에 없었다.

그 앞으로 한가한 농촌 마을 명동 촌의 정경이 눈앞에 파노라마처럼 서서히 펼쳐졌다.

길가에 차를 세워두고 나는 엄청난 흡인력 같은 것을 온몸으로 느끼며 명동 촌으로 걸어 들어갔다. 길가에서 마을까지는 약 400미터 가량 될까? 작은 봇도랑이 흐르고 벼를 심어놓은 무논과 밭작물이 보였

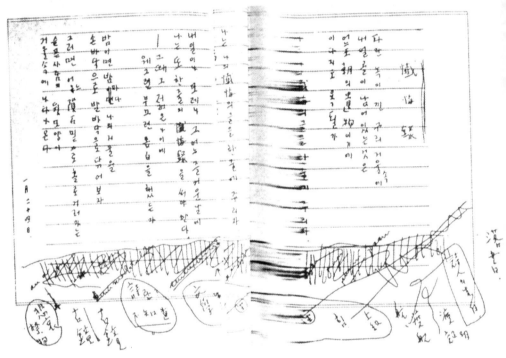

■ 시 「참회록」의 초고와 윤동주의 낙서

다. 마을 뒤로는 나지막한 황토빛 언덕이 둘러 있었고, 그 위로는 파아란 하늘에 흰 구름이 유유히 흘러가고 있었다.

　나는 한 순간 윤동주 시인의 작품에 나오는 풍경들을 지금 내 눈으로 직접 생생하게 보고 있다는 감격에 젖었다.

> 내를 건너서 숲으로
> 고개를 넘어서 마을로
>
> 어제도 가고 오늘도 갈
> 나의 길 새로운 길
>
> 민들레가 피고 까치가 날고
> 아가씨가 지나고 바람이 일고
>
> 나의 길은 언제나 새로운 길
> 오늘도 내일도
>
> 내를 건너서 숲으로
> 고개를 넘어서 마을로
>
> － 시 「새로운 길」 전문

　그야말로 내를 건너서 숲으로, 고개를 넘어서 마을로 나는 걸어 들어가고 있었던 것이다. 소년 윤동주는 이 길을 걸으며 항상 자신의 새로운 길을 꿈꾸었으리라.

시 「새로운 길」은 매우 평범한 듯 보이지만 윤동주의 시정신을 잘 드러내고 있는 작품이다. 이 작품에서 가장 핵심적인 부분은 4연 첫 행 '나의 길은 언제나 새로운 길'이라는 대목이 아닌가 한다. 인간이 살아가는 삶의 길은 늘 같은 경로를 되풀이하는 반복형 모델이기 쉬운 것이어서 여기에 곧 염증을 내거나, 자신의 삶을 함부로 방기하는 경우를 우리 주위에서 흔히 본다.

그런데 윤동주는 자신에게 주어진 길을 항상 새로운 경험과 소중한 가치를 깨닫게 해주는 탐구적 열정의 자세로 살아갔다. 그리하여 식민지의 그 험난한 폭풍 전야와도 같은 어둡고 우울한 시간의 소용돌이 속에서도 두렵고 불안한 마음을 억누르고서 서울의 연희전문을 거쳐 일본유학의 길에까지 오를 수 있었던 것이다. 그처럼 적극적인 탐구의 정신이 평소동주平沼東柱라는 굴욕적인 창씨개명도 참아가면서 유학을 결행한 것이 아니었을까?

윤동주는 우리가 흔히 알고 있는 것처럼 그저 섬세하고 나약한 선병질적 청년은 아니었다. 미지의 세계에 도전하고자 하는 그의 과감성, 탐구적 열정을 우리는 배워야 한다. 비록 시인의 이러한 열정이 느닷없이 맞닥뜨린 비극적 죽음 앞에서 한 줌 싸늘한 재로 변하고 말았지만, 악조건 속에서 결코 위축되지 아니하고 스스로의 정신세계를 줄기차게 확대시켜 가려했던 시인적 열정을 오늘의 우리 문학사는 겸허한 자세로 배워야만 할 것이다.

넓지 않은 길을 따라서 마을 어귀로 들어서니 나무 조각을 잇대어 거칠게 엮어놓은 울타리 사이로 북간도의 전형적인 허름한 농가들이 보였다. 물코를 흘리는 아이들이 담벼락에 기대어 서 있고, 얼굴빛이 검고 깡마른 노인이 지게를 지고 일터를 향해 나가고 있었다.

윤동주가 어린 시절에 다녔다는 명동소학교의 건물이 반쯤은 무너진 채로 방치되어 있었고, 그것이 독립운동가이자 외숙이었던 김약연 金躍淵 선생이 설교하던 교회의 건물이었음을 쉽게 짐작할 수 있었다. 마을 촌로에게 물어서 더듬어간 시인의 생가는 무너져서 흔적조차 찾을 수 없고, 지금은 황량한 담배 밭으로 바뀌어 바람만이 우수수 불어갈 뿐이었다.

나는 혹시라도 무슨 흔적을 찾을 길이 없을까 하고 담배밭 한 가운데로 걸어 들어갔다.

부스러진 기왓장 조각들이 약간 나뒹구는 그곳에는 담배 잎을 스치며 지나가는 내 발자국 소리만 들렸다. 나는 멀뚱히 서서 북간도의 파아란 하늘을 올려다보았다. 눈물이 고인 내 눈동자 위로 한 조각 흰 구름이 젖은 솜뭉치처럼 내려앉아 둥실 둥실 흘러가고 있었다. 가슴속에 유난히 슬픔도 많았던 나의 소년시절 속으로.

「서시」에 나타난 시점(始點)의 시 정신

죽는 날까지 하늘을 우러러

한 점 부끄럼이 없기를,

잎새에 이는 바람에도

나는 괴로와했다.

별을 노래하는 마음으로

모든 죽어가는 것을 사랑해야지

그리고 나한테 주어진 길을

걸어가야겠다.

오늘밤에도 별이 바람에 스치운다.

- 시 「서시」 전문

  윤동주의 「서시」는 그의 많지 않은 시편들 중에서 가히 절창이라 할
만한 작품이다. 해방 후에 출판된 그의 시집 『하늘과 바람과 별과 시』에
수록된 맨 첫 작품인 이 시는 1941년 11월 20일에 쓴 것으로 되어 있다.

  1941년은 윤동주가 연희 전문의 졸업을 앞두고 확실한 진로를 결정
하고 있지 못하던 해로서, 이때 그의 나이는 만 24세였다. 「별 헤는

밤」, 「서시」 등이 이 무렵의 작품으로서 일본 후쿠오카 형무소에서 옥사한 45년 2월과는 약 3년 3개월간의 시간적 상거相距가 있다. 시집에 수록된 작품 중에서 유독 「서시」를 절창으로 떠올리는 것은 자아와 세계와의 격렬한 고투의 과정에서 이 시가 생겨났으며, 또한 그 과정에서 윤동주의 정신적 지반을 형성하고 있었던 생철학적 세계관이 철저하게 형상화됨으로써 삶의 일상적 한계성을 거의 극복하고 있기 때문이다.

이러한 일상적 한계성의 극복은 2연 9행에 불과한 「서시」가 영원한 「서시」로서 자격을 갖추기에 충분한 여건을 제공해준다. 이 시를 지탱하고 있는 최대의 힘은 「서시」가 '시점始點의 정신'에 뿌리박고 있다는 사실이다. 윤동주는 자신의 시에 관한 단 한 줄의 아포리즘도 남기지 않고 있다. 그러나 그는 이미 자신의 시를 통하여 선험적 시관을 확고하게 보여준다. 「서시」에서 그가 짓는 표정의 엄숙함은 삶의 도덕적 진보, 혹은 그것의 완성을 염원하고 있기 때문이다. 윤동주에게 있어서의 삶이란 존재의 물질적 삶이 아니라 창조적 진화의 삶을 의미한다. 그러한 삶은 영원한 삶이며, 생과 사의 명확한 구분을 허용하지 않는 삶이다. 또한 이 삶은 시인적 삶의 절대적인 지향이기도 했다.

일제하의 식민지 공간을 살아가던 윤동주의 상황 의식은 처절하고 암담한 어둠의 빛깔이다. 그는 자신의 현재적 위치를 어둠의 가장 깊은 중심으로 생각한다.

나는 이 어둠에서 배태胚胎되고 이 어둠에서 생장하여서 아직도 이 어둠속에 그대로 생존하나 보다. 이제 내가 갈 곳이 어딘지 몰라 허위적거리는 것이다. 하기는 나는 세기의 초점인듯 초췌하다.[46]

이 어둠의 인식은 시인 윤동주가 개인의 창조적 진화를 꿈꾸는 기반이 된다. 윤동주는 어둠을 현상 그 자체만으로서 받아들이지 않고, '서릿발에 끼친 낙엽을 밟으며 멀리 봄이 올 것'을 분명한 약속의 진실로 믿고 있다. 봄의 도래를 확신할 때 세속적인 삶은 시인에게 있어서 하등의 의의를 지니지 않게 된다. 곧 육신의 종말이라는 물리적인 두려움에도 전혀 개의하지 않으며 시인에게 주어진 진정한 길인 영원한 정신의 출범을 시작하는 것이다. 이것은 어둠에서의 일탈이라는 강력한 소망에서 비롯된 것이며, 항상 모든 행위의 발단과 시작詩作의 의미를 '시점의 정신'에다 두고 있을 때만이 비로소 가능할 수 있는 것이다.

> 종점이 시점이 된다. 다시 시점이 종점이 된다. 나는 종점을 시점으로 바꾼다. 내가 내린 곳이 나의 종점이요, 내가 타는 곳이 나의 시점이 되는 까닭이다. ……이제 나는 곧 종시終始를 바꿔 타야 한다.[47]

시점과 종점이 끝없이 교차와 순환을 반복하는 과정에서 시인은 식민지의 고뇌에 가득 찬 표정을 지으며 스스로의 내면적 갈등과 한계성을 향하여 과감한 결별을 선언한다. 비록 윤동주의 관심이 삶의 도덕적 완성에 기울어 있었다 할지라도, 그가 염원하는 삶은 육신의 삶을 뛰어넘는 형이상形而上의 세계로 열려진 것이었다. 이 시점의 정신에서 윤동주는 자신의 창조적 진화의 꿈을 가능하게 해주는 추진력을 발견했던 것으로 보인다.

----

46) 「별똥 떨어진 데」 (《민성(民聲)》 1948.12). 이 산문은 윤동주 사후에 발표된 글이다.
47) 「終始」 (《신천지》 1948.11.12합병호). 이 산문도 「별똥 떨어진데」와 마찬가지로 윤동주 사후에 발표된 글이다.

궁극적인 삶의 비약을 목표로 하는 이 시점의 시학은 베르그송의 생철학적인 분위기에서 영향을 받고 있는 듯하다. 베르그송에게 있어서 인간이 산다는 것, 인간이 존재한다는 것은 곧 인간이 변화한다는 것이며, 이러한 인간의 변화는 무질서와 맹목으로 이어지는 것이 아닌 일정한 방향에로의 성장과 성숙을 의미한다. 이 성장의 지속을 통하여 인간은 스스로를 부단히 창조해나가는 것이다. 그러므로 삶은 창조적 진화L' evolution Creatrice의 과정이며 또한 그것의 연속적인 전진이다.[48]

윤동주에게 있어서의 자아의 지속은 사회적 자아에 있기보다 오로지 지속 그 자체만을 본질로 하는 근원적 자아에다 행위의 중심Un centre d' action을 두고 있다.

그는 인간의 기본성에 충실하려 하였고, 그 충실의 방법을 시 정신의 확립에 두었다. 그러므로 그의 시법은 사물의 진상을 내적으로 직접 체험하고 단적인 파악을 시도하는 직관(直觀:intuition)의 정신으로 통일된 것이었다. 그의 시집에 수록된 시들의 상당한 부분이 이러한 베르그송적인 직관의 정신에다 창작 신념의 토대를 두고 있다면, 「서시」의 세계는 특히 이 강력한 직관과 긴장의 힘으로 이루어진 것이다.[49]

그러나 창조적 진화의 지속을 꿈꾸는 윤동주의 근원적 자아는 표면적 사회적 자아와의 갈등을 피할 수 없게 된다. 기독교의 가정에서 성장한 윤동주는 신에 의하여 신을 통하여 신적인 사랑을 가지고 전인류를 사랑하는 박애주의적인 도덕성, 즉 영원히 창조적인 사랑의 감화력

----

48) Henri bergson, 『Dureet Simultaneite』(1922) · 『L' eovlution creatrice』(1907).
49) 김우창은 윤동주의 생애를 의도적이고 조화된 궤적을 지향하는 괴태적 자기완성의 이상으로 보고 있다. 윤동주의 시적 내면성을 이루는 기층이 서구적 전통의 분위기와 관계를 맺고 있는 것임에는 틀림없다. (김우창, 「일제하의 작가의 상황」, 『궁핍한 시대의 시인』, 민음사, 1977)

感化力에 깊이 침잠되어 있었을 것이다.

그러나 민족의 전통 세력을 뿌리에서부터 와해시키려는 외래 식민 세력의 정치적 폭력을 경험하면서, 공간 세계로 관심의 촉수를 가만히 내보내고 있는 그의 사회적 자아는 무력한 좌절감만 거듭 맛보게 된다.[50] 그의 꿈은 전의戰意를 가지고 인간이 서로 대립하는 닫힌 사회가 하루 바삐 물러가고 사람들이 서로 사랑하는 열린사회가 도래하는 일이었다. 그러므로 하나의 주권을 죽인 자리에 다른 하나의 부조리한 정체正體가 수립되는 것을 결코 용납할 수 없었다. 마침내 윤동주의 근원적 자아의 꿈은 갈등하는 사회적 자아식민지인의 고뇌로 말미암아 화해관계를 이루지 못하게 된다.[51]

이러한 두 자아의 불화는 그의 시 작품에서 '부끄러움'의 의식으로도 나타나고 정처 없는 방황 의식으로도 나타난다. 윤동주의 시 정신은 앞에서의 시점의 정신에서 출발하고 있지만, 그것이 결코 인간의 삶과 유리된 것은 아니었다. 그의 시관을 암시하게 해주는 중요한 산문 「종시終始」에 다음과 같은 글귀가 있다.

> 인간을 떠나서 도를 닦는다는 것은 한낱 오락이요, 오락임에 생활이 될 수 없고, 생활이 없음에 이 또한 죽은 공부가 아니랴. 공부도 생활화하여야 되리라 생각하고 불일내에 문안으로 들어가기를 내심 단정해 버렸다.

여기에서 '도道'와 '공부'를 문학으로 바꾸어도 무방할 것이다. 인

----

50) 시집 출간의 좌절도 이러한 심리적 배경에서 해명이 되어야 할 것이다.
51) 김우창은 이것을, 윤동주의 내면완성의 추구에서 '내면과 외면의 조화된 교환부재'로 지적하고 있다.

간과 생활에서 유리된 문학은 올바른 문학이 아니며, 문학과 생활의 관계가 도저히 분리될 수 없는 일체성의 파악임을 분명하게 말해주고 있다. 생활에서 유리된 문학의 습작기를 벗어난 윤동주는 문학이 생활과의 끈끈한 교호 관계交互關係속에서 빚어지는 소산임을 자각하고, 아예 생활 속으로 온몸을 투척한다. 그러한 윤동주의 몰입은 삶의 밑바닥에서 신음하는 민중적 고뇌와의 연대감이라기보다 오히려 철저하게 식민지인으로서의 괴로움을 정면으로 맞닥뜨리고자 하는 것이었다.

그러한 시인의 삶은 우선 정직성의 시험을 내면적으로 요구받게 되었고, 한 사람의 양심적인 지식인으로서의 고결함을 인정받을 수 있었다. 그의 시의 도처에서 나타나는 괴로움의 표정은 바로 자아와 세계간의 격렬한 고투에서 빚어진 것이다. 비교적 소품으로 구성된 「서시」의 도입부도 수치와 고뇌의 팽팽한 긴장으로 펼쳐진다.

죽는 날까지 하늘을 우러러
한 점 부끄럼이 없기를,
잎새에 이는 바람에도
나는 괴로워했다.

「서시」를 구성상 모두 세 단락으로 나눌 수 있다면 첫 번째의 단락은 4행까지가 된다. 2행까지의 앙천 불괴仰天不愧하려는 심정은 도덕적 결벽성을 지향하는 일상적 신념의 드러냄이다. '한 점'이라는 강조어를 '부끄럼' 앞에 놓아둠으로써 최소한의 실수는 물론 사소한 흩어짐마저 스스로 용납하지 않겠다는 스토익한 정신적 결의의 표명이다.

'한 점 부끄럼'은 3행에서의 '잎새에 이는 바람'과 이미지의 절묘한 대조를 이룬다. 그것은 철두철미한 도덕율의 세계이다. 여기에서 하늘과 바람의 이미지는 절대자의 영역이고 부끄럼과 괴로움은 세속적 인간의 관습이다. 삶의 도덕적 완성생의 비약을 염원하며 지조를 지켜 가려는 시인의 의지는, 자신에게 주어진 운명의 본분이 무엇인가를 깨닫는다. 5행부터 8행까지가 이 시의 둘째 단락이 된다.

> 별을 노래하는 마음으로
> 모든 죽어가는 것을 사랑해야지
> 그리고 나한테 주어진 길을
> 걸어가야겠다.

　　5행의 이미지를 '신앙적 경건함'으로 보는 견해도 있으나,[52] 반드시 한 가지의 해석 방식에만 구애될 필요는 없다. 왜냐하면 '별'이라는 시어의 유의어類義語:synonym로써　우선 가능한 범례만도 시심, 순수, 용기, 영원, 희망, 빛, 유구한 정신, 불변의 가치 따위의 다각적으로 추출될 수 있기 때문이다. 여기서 우리는 '별을 노래하는 마음'이 불변의 가치를 기리는 인간 감정의 항심恒心임을 쉽게 알 수 있다.

　　이 둘째 단락은 얼핏 7행의 '그리고'라는 병렬 부사를 기점으로 또다시 분리되는 것처럼 보이지만 항심으로 '모든 죽어가는 것을 사랑'하려는 윤리적 삶에의 다짐과 '나한테 주어진 길을 가야겠다'는 도덕

----

52) 신동욱, 「하늘과 별에 이르는 詩心」, 「나의 별에도 봄이 오면」(윤동주평전, 문학세계사, 1981, 324면.)

적 결의는 사실상 동일한 것이다.[53] 시인의 걸어가려는 길은 곧 사랑의 길이며, 민족적 아픔에 대한 동참이기 때문이다. 또한 이것은 '~해야지'와 '~겠다' 따위의 확신과 의도를 나타내는 종결어미를 사용함으로써 하나의 단락으로 뭉쳐짐을 분명하게 암시하고 있다. 이 단락이 내포하고 있는 상징성은 시인이 성취하고자 하는 창조적 진화의 연속성에 있을 것이다.

우주 안에서의 온갖 형태의 피조물, 즉 하늘, 바람, 별, 모든 죽어가는 것, 그리고 '시인으로서의 나'는 함께 지속해가는 공동체인 것이다. 윤동주는 시집의 서문을 대신하여 쓴 「서시」에서 자신이 염원하는 삶의 비약과 포부를 이처럼 우주적 교감으로 형상화시키고 있다.

이것은 곧 철학적 직관과 고도의 단순성의 세계이며, 이러한 세계를 가능하게 하였던 사물 파악의 정직성은 그가 애독한 프랑시스 잠의 우주적 경건과 진솔성에 힘입은 바가 있었을 것이다. 특히 8행은 단일한 서술어를 하나의 행으로 처리함으로써 잠언적 감동의 공감을 느끼게 해준다.

----

53) 시집 『하늘과 바람과 별과 시』에서 정신적 결의와 그 지속을 나타낸 어휘의 유형은 대체로 13편 17종에 달한다. 이 중에서 '가자'라는 어휘의 빈도수는 6회이다. 이것은 창조적 진화와 그것의 지속 및 성장의 과정을 말해주는 것이다.
(1)나는 이마에 땀을 흘려야겠다. - (「또 太初의 아츰」)
(2)꽃처럼 피어나는 피를/ 어두어가는 하늘밑에/ 조용히 흘리겠습니다. - (「十字架」)
(3)가자 가자/ 쫓기우는 사람처럼 가자/ 白骨 몰래/ 아름다운 또 다른 故鄕에 가자 - (「또 다른 故鄕」)
(4)하루종일 시름없이 풀푸기나 뜯자 - (「흰 그림자」)
(5)오늘도 나는 누구를 기다려 停車場가차운 언덕에서/ 서성거릴게다 - (「사랑스런 追憶」)
(6)時代처럼 올 아츰을 기다리는 最後의 나 - (「쉽게 씌여진 시」)
(7)습한 肝을 펴서 말리우자……들러리를 빙빙 돌며 간을 지키자……… 너는 살지고 나는 여위어야지…… 다시는 龍宮의 유혹에 안떨어진다. - (「肝」)
(8)사랑과 일을 거리에 멕기고/ 가마니 가마니/ 바다로 가자/ 바다로 가자 - (「산골물」)
(9)나는 나의 참회의 글을 한 줄에 줄이자………나는 또 한 줄의 참회록을 써야 한다. 밤이면 나의 거울을 손바닥 발바닥으로 닦아보자 - (「懺悔錄」)

8행을 하나의 스탠자로 묶어 놓은 다음에 바로 한 행으로 이 시를 마무리하고 있는데, 2연은 하나의 행이 하나의 독립된 스탠자의 몫을 충분히 해내고 있는 본보기를 보여준다.

윤동주는 진작 그의 시대를 어둠의 역사로 규정한 바 있었지만, '오늘밤'은 곧 식민지의 상황 자체를 암시한 말일 수도 있다. 항심이 어둠의 역사에서 괴로운 시련을 당하고 있지만 극복의 의지를 잃지 않고 있음을 느낄 수 있다. 오욕의 역사는 아직도 가시지 않고 있지만, 시인의 주어진 소명을 완수해 가노라면, 드디어는 시대적 밝음도 도래할 것이고 '모든 죽어가는 것'들도 소생할 수 있으리라는 희망을 굳게 가진다.

이 시에서의 가장 핵심을 이루는 대목은 곧 '별을 노래하는 마음'의 지속이다. 시집의 서문에서 노자老子 오천언五千言을 비유하면서 '윤동주의 기질이 일견 허약해 보이지만 그 심기心氣는 오히려 강렬한 것虛其心 實其腹 弱其志 强其骨'이라 말한 시인 정지용의 지적은 적절하다.

윤동주가 지향했던 창조적 진화의 꿈은 근원적 자아와 사회적 자아와의 갈등을 경험하면서도 현실에서의 조화로운 공간을 애타게 그리워하였다. 하지만 그것이 현실에서 성취되기가 매우 힘겨웠던 것임을 미리 알고 있었던 윤동주는 그의 시 작품의 공간을 통하여 삶의 비약을 성취시켜갈 수가 있었다. 그러나 그 삶은 육신의 삶을 포기했을 때만 이룩될 수 있는 뜨겁고 처절한 정신적 삶이었다.

일제말 한 사람의 무명 시인에 불과하던 윤동주의 「서시」는 오늘날 우리나라 민족시의 정신사에서 이제 '영원한 서시'로 남아 있게 되었다.

박인환

전쟁 중에 유서로 썼던 시 「어린 딸에게」

유월은 눈물의 달이다. 통한의 6.25가 이 달에 있었기 때문이다.

이 유월은 사변동이인 나에게 매우 각별하게 느껴진다. 나는 한국 전쟁이 발발하여 국토가 온통 전쟁의 참화로 쑥대밭이 되어있던 그 해 여름에 태어났다. 나의 어머니는 고향집 안방에서 편안하게 나를 출산하지 못하고, 만삭의 몸으로 피난길을 떠나 깊은 산골짜기의 어느 산지기 집 토방에서 몸을 풀었다고 한다. 피난지에서 산후조리인들 제대로 했을 리 만무하다. 어머니는 출산 후유증으로 갓난 핏덩이를 이승에 남겨둔 채 한 많은 세상을 홀로 떠나가셨다. 내가 아직 첫돌도 되기 전이었다.

인민군에게 점령당해 있었던 고향 마을로 내려와 보니 마을은 온통 아수라장으로 변해 버렸고, 우리 집 안방 대들보의 한 중동이 폭격에 맞아서 부러져 있었다. 지금은 무너지고 없지만 내 초등학교 시절까지도 이 야릇한 광경은 그대로 남아 있었다. 폭격에 맞아서 지붕이 부서지고 대들보가 부러진 집! 그것은 당시 우리나라 전역의 참상과 우리 겨레의 곤비하던 심정을 그대로 말해주는 것이 아니었을까?

내 나이 세 살 적에 우리 가족은 초라한 이삿짐을 꾸려서 도시로 옮겨왔다. 고향 마을 뒷동산에는 어머니 무덤만이 혼자 당그랗게 남아 있었다. 전쟁은 끝났지만 그 흔적은 어디를 가나 깊은 상처로 각인刻印되어 있었다. 사변동이의 1950년대는 그저 어두침침한 회색의 시간이었다. 학교에 입학하기 전, 누나는 나를 업고 미군부대 앞을 공연히 걸어다녔다. 왜냐하면 미군들이 던져주는 껌이나 초콜릿 따위를 얻어먹을

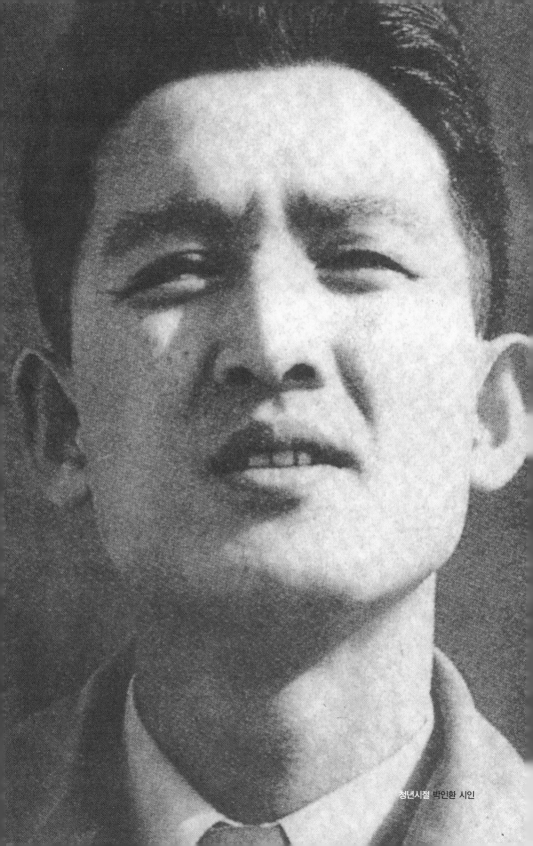
청년시절 박인환 시인

수 있었기 때문이다.

학교에 가는 길목에는 일본식 유곽촌이 있었는데, 전쟁 통에 가족을 잃고 혼자 헤매던 가련한 여인들이 그곳으로 많이 흘러 들어와 있다는 이야기를 어른들로부터 들었다. 구상 시인의 연작시 「초토焦土의 시」를 보면 당시의 이러한 광경이 생생하게 담겨있다. 심지어는 그 유곽에서 학교에 다니는 같은 반 아이도 있었다.

방학을 마치고 학교에 가면 이따금 슬픈 소식을 듣기도 했다. 시골 집에서 모래 속에 파묻힌 불발탄을 갖고 놀다가 터져서 죽거나 불구가 된 아이들도 있었다. 미군 구호물자인 밀가루를 배급으로 받아다 먹고, 광목으로 만든 빈 자루는 그 무렵에 매우 요긴한 천으로 재활용되었다. 그 자루에는 성조기와 태극기를 배경으로 굳은 악수를 나누고 있는 마크가 찍혀 있었는데, 1950년대의 알뜰한 어머니들은 그 귀한 천을 가위로 말아서 자녀들의 속옷을 만들어 입혔다. 운동장에서 축구를 할 때 앞에서 속곳 바람으로 공을 향해 달려가는 친구의 엉덩짝에는 예의 그 악수하는 붉은 마크가 찍혀 있었던 것이다.

도시로 옮겨온 우리 가족은 내가 다니던 초등학교의 바로 후문 쪽에 있었다. 그곳은 전매청 직원들만이 입주할 수 있는 일본식 이층 목조 건물로 '전매료專賣寮'라 불리었는데, 마치 난민수용소를 방불케 하는 을씨년스런 분위기의 집이었다. 집 바로 옆에는 작은 규모의 군부대가 주둔해 있어서 어린 나는 날마다 부대 안으로 가서 놀았고, 군인 아저씨들의 귀염을 받으며 하루를 보내었다. 전매료 이층에서 나는 아버지의 품에 안겨 잠이 들곤 했다.

더운 여름날이면 모기약을 뿌려놓고, 창가에 앉아서 아버지가 구술

해주는 옛 시조를 따라 외웠다. 시조를 한참 외우다 보면 공군 비행장이 있는 동쪽 하늘로 커다란 빛기둥이 솟아올라 이리 저리 옮겨 다니는 광경을 볼 수 있었다. 수상한 비행물체를 밤새도록 감시하는 탐조등이었다. 가끔은 조명탄을 쏘아 올려서 밤이 대낮처럼 환한 가운데 비행 훈련하는 광경도 볼 수 있었다.

정오마다 소방서에서 요란스레 불어대던 사이렌 소리를 오포午砲라고 했는데, 그 소리를 들을 때마다 가슴이 무너지는 것 같은 전쟁의 불안심리가 묻어 나왔다. 어미 잃은 새 새끼 같은 어린 자식을 품에 안고 아버지는 깊은 밤 혼자 눈물지으신 날도 많았으리라.

술에 취해 오신 날이면 "나 죽으면 누가 너를 돌보아 주리"라고 말하며 우셨는데, 그 지겹던 지난날의 장면들이 왜 지금 보는 영화처럼 생생한 영상으로 떠오르는가. 사변둥이의 1950년대는 이처럼 온통 슬픔과 서러움과 고단한 시간의 연속이었던 것이다.

내가 문학적 기질의 청년으로 자라나게 된 것도 가만히 돌이켜 보면 일찍 세상을 떠난 어머니에 대한 간절한 그리움 때문이 아닌가 한다. 시를 쓴답시고 돌아다니던 시절, 함께 문학을 하는 글벗들과 어울려 술자리를 가질 때가 많았는데, 분위기가 무르익으면 박인환(1926~1956)의 시 「목마와 숙녀」를 즐겨 낭송하던 친구가 있었다.

이곳저곳에서 주흥이 도도하여 제각기 문학과 철학의 덧없는 거대 담론들을 한 보따리씩 펼쳐놓을 때쯤이면 그는 느닷없이 자리에서 일어나 허공에 삿대질을 해대며 아늑하고도 물기가 느껴지는 음성으로 특유의 낭송을 시작해 간다.

한 잔의 술을 마시고

우리는 버지니아 울프의 생애와

목마를 타고 떠난 숙녀의 옷자락을 이야기한다

목마는 주인을 버리고 그저 방울소리만 울리며

가을 속으로 떠났다 술병에서 별이 떨어진다

상심한 별은 내 가슴에 가벼웁게 부서진다…

　친구가 낭송을 마치고 나면 시의 구절을 가지고 다시 새로운 논쟁이 붙게 되는데, 그 논쟁이란 첫째 우리는 왜 한 잔의 술만을 마셔야 하는가? 두 잔의 술을 마시면 왜 안 되는가? 둘째 버지니아 울프가 대관절 누구이기에 우리가 그 외국 사람의 이야기를 해야만 하는가? 또 목마를 타고 떠난 숙녀와 버지니아 울프는 서로 어떤 관계에 있는가? 박인환은 과연 버지니아 울프가 누구인지 알고 쓰기나 했던가? 그리고 왜 하필 숙녀의 옷자락인가? 옷깃이면 어떻고, 옷소매이면 또 어떤가?

　셋째 목마가 상징하는 것은 무엇이며, 그 목마가 주인을 버린 까닭은 무엇인가?

　넷째 술병에서 떨어지는 별은 과연 무엇을 말하는가?

　다섯째로 별은 무엇 때문에 상심하고 있으며, 내 가슴속에서 가볍게 부서지는 별이 의미하는 것은 무엇인가?

　어떻게 보면 모두가 하나같이 심오한 철학성이나 비평적 의미를 담고 있는 것 같기도 한데, 술이 깨고 난 뒤 생각해 보면 아무런 의미도 없이 그저 시의 구절만 가지고 우리들은 서로 싸우고, 자기의 궤변을 주장하고, 그러다 보면 논쟁 중에 버럭 화를 내고 토라져서 일찍 돌아

▌ 1950년대 시인들이 자주 드나들던 명동의 주점 '포엠'에서. 술잔을 든 김광섭과 박인환 등

오거나, 심지어는 멱살을 잡고 싸워서 난장판이 되는 일조차 있었다. 박인환의 시 「목마와 숙녀」가 대중화된 까닭은 아침 방송프로를 맡은 한 여성 진행자가 센티멘탈한 분위기로 이 작품을 낭송해서 청취자들의 가슴에 정겨운 인상을 심어준 다음부터였다.

하지만 1980년대로 접어들면서 우리 사회는 갈등과 부조리의 문제들로 딱딱하게 경직이 되었고, 그런 분위기에 점차 젖어들게 되면서 나는 이 시가 슬금슬금 싫어지기 시작했다. 그 뿐만 아니라 박인환의 시 전체가 모두 싫어졌다. 그의 시 전편에 깔려있는 경박한 엑조티시즘 이국정취, 나비넥타이를 즐겨 매었고 술은 무조건 양주이어야만 하는데 여의치 않으면 국산 도라지위스키라도 마셔야 직성이 풀렸다는 속류俗流 모던 보이 기질, 외국을 너무도 동경한 나머지 밀항을 시도하다 붙잡혀 온 이야기 등이 나에겐 모두 야릇하게 느껴졌다. 국토와 민족이 절박한 위기에 봉착해 있던 시점에 그 무슨 해괴한 놀량목을 민족문학의 창작판에서 서양 도깨비처럼 부려댄다는 말인가. 대체로 이런 견해들이 박인환의 시에 대한 비판과 절망으로 이어지게 된 발단이라 할 수 있다.

그러나 나의 이런 생각은 매우 투박하고 잘못된 것이었다.

한 시인의 품격을 단 한 두 편의 작품만으로 거칠게 재단할 수는 없다는 사실을 나는 최근에야 뒤늦게 알게 되었다. 신구문화사에서 만든 『한국전후문제시집』(1963)이란 책이 60년대 이후 문학지망생들의 단골 교재가 되었거니와, 거기에 실려있는 작품들은 후배들의 창작적 모범이 되었다고 할 수 있다. 나도 이 책을 대학 재학 시절 고서점에서 구입하여 문청文靑 행세를 충실히 하느라고 즐겨 옆구리에 끼고 다니다 보니 표지가 너덜너덜하게 되었다. 지금은 서가에서 누렇게 빛바랜 모습이 제법 고서의 분위기마저 내뿜고 있다.

지난 초봄, 장거리 여행을 하던 중에 이 책을 다시 읽어보는데, 책의 맨 앞부분에 실린 박인환의 시편들에서 나는 깜짝 놀라고 말았다. 내 눈길은 어느 한 작품에서 못 박은 듯 고정되어버리고 말았다. 그것이 바로 「어린 딸에게」였다. 그 후로 나는 틈만 나면 이 작품을 몇 번이고 되풀이해서 읽고 또 읽으며 사변동이로서의 내 유년시절을 떠올리고 있는 것이었다.

기총과 포성의 요란함을 받아가면서
너는 세상에 태어났다 죽음의 세계로
그리하여 너는 잘 울지도 못하고
힘없이 자란다

엄마는 너를 껴안고 삼 개월 간에
일곱 번이나 이사를 했다
서울에 피의 비와 눈바람이 섞여 추위가 닥쳐오던 날
너는 입은 옷도 없이 벌거숭이로
貨車 위 별을 헤아리면서 南으로 왔다

나의 어린 딸이여 고통스러워도 哀訴도 없이
그대로 젖만 먹고 웃으며 자라는 너는
무엇을 그리우느냐

너의 호수처럼 푸른 눈

지금 멀리 적을 격멸하러 바늘처럼 가느다란

기계는 간다 그러나 그림자는 없다

엄마는 전쟁이 끝나면 너를 호강시킨다 하나

언제 전쟁이 끝날 것이며

나의 어린 딸이여 너는 언제까지나

행복할 것인가

전쟁이 끝나면 너는 더욱 자라고

우리들이 서울에 남은 집에 돌아갈 적에

너는 네가 어데서 태어났는지도 모르는

그런 계집애

나의 어린 딸이여

너의 고향과 너의 나라가 어데 있느냐

그때까지 너에게 알려 줄 사람이

살아있을 것인가

– 「어린 딸에게」 전문

　이 시는 시인이 한국전쟁을 겪으며 그 와중에 출생한 자신의 어린
딸을 생각하고 쓴 작품이다. 비극적 시대에 태어난 어린 딸의 불투명한
운명과 고통스런 성장과정, 가난한 집안 살림, 불안하기만 한 조국의

■ 한국전쟁 중 흥남부두에서 탈출하는 피난민들

▮ 연출가 이봉래의 결혼식에 참석한 박인환(1954년 가을 천도교 수운회관)

현실과 전쟁에 대한 비판의식 등이 흐릿한 흑백필름처럼 잔잔하게 깔려 있다. 전투기를 '바늘같이 가느다란 기계'라고 표현한 부분에서 우리는 시인의 근원적인 반전의식을 엿볼 수 있다. 전쟁은 얼마나 지긋지긋하였을까?

무엇보다도 이 시는 딸에 대한 지극한 사랑으로 가득 차 있는 슬프고도 아름다운 시작품이라 할 수 있다. 이 작품을 읽고 난 뒤 나는 박인환 시에 대한 편견을 바꾸기로 했다. 적어도 이런 시를 쓸 수 있는 시인은 가슴이 따뜻하고 사물에 대한 애잔한 마음을 가진 시인임에 틀림없을 것이기 때문이다. 누가 보더라도 거기에는 일상적 삶에 충실하고자 하는 지극한 아버지의 마음, 즉 천심天心이 깃들여 있질 않은가?

이런 시작품은 박인환의 일반적인 창작 스타일과는 확연히 구별된다. 그 무슨 창작방법론이니 문학적 유파니 하는 것들은 이 시작품의 세계와는 일단 무관한 듯하다. 번잡한 창작방법론 따위에서 해방됨으로써 오히려 이런 절창이 돌연히 빚어질 수 있었던 것은 아닌지 모르겠다.

이 시에 그려진 시인의 딸이 아직까지 살아있다면 아마도 나와 비슷한 세대일 것이라는 상상을 했다. 그리고 이 작품을 들고 이제는 희끗희끗한 오십 줄에 접어들었을 그녀를 한번 만나보고 싶다는 충동마저 들었다.

특히 이 시의 마지막 구절 '나의 어린 딸이여/ 너의 고향과 너의 나라가 어데 있느냐/ 그때까지 너에게 알려 줄 사람이/ 살아있을 것인가'라는 대목을 가지고 시인의 딸과 잔잔한 대담을 나누고 싶다. 강원도 인제에서 출생하여 평양의전을 다녔고, 신문기자로도 활동했던 문단의 모던보이!

당시 갓 서른이 된 젊은 아버지가 별세한 뒤로 가족들이 얼마나 고생스럽게 살아왔는지, 또 고향과 나라에 대한 이야기를 아버지 대신 누가 들려주었던가에 대해서도 나는 시인의 딸에게 물어보고 싶은 것이다. 이 시작품에서 잔잔하게 배어나는 시인의 부정父情은 사변동이인 나에게 매우 각별하게 다가온다.

전쟁 중에 태어나서 어미 잃은 자식을 품에 안고 우울한 전매료 건물의 이층 구석방에서 밤마다 걱정 근심에 잠조차 제대로 이루지 못하셨을 내 아버지의 실루엣이 이 시작품을 읽고 나서 내내 마음속에 애잔하게 어른거린다. 박인환의 문학세계에 대해 새삼스런 신뢰를 느끼며 시인의 시작詩作 노트를 읽다 보니 다음 대목이 마치 물기 머금은 싱싱한 봄풀처럼 눈에 들어왔다.

> 나는 불모의 문명, 자본과 사상의 불균정한 싸움 속에서 시민정신에 이반된 언어작용만의 어리석음을 깨달았다. 시가지에는 증오와 안개 낀 현실이 있을 뿐 더욱 멀리 지난 날 노래하였던 식민지의 哀歌며 土俗의 노래는 이러한 地球에 가라앉아 간다.
>
> 시를 쓴다는 것은 내가 사회를 살아가는데 있어서 가장 의지할 수 있는 마지막 것이었다. 나는 지도자도 아니며 정치가도 아닌 것을 잘 알면서 사회와 싸웠다.
>
> — 산문 「불안과 희망 사이에서」 부분

박용래

「저녁눈」 올 때 생각나는 시인

　일찍이 시인을 땅 위에 내보낸 것은 메마른 땅에 윤기를 보태기 위함이요, 풀 한 포기 돋지 않는 척박한 인간의 마음에 영혼의 언어를 통하여 대자연의 어머니 같은 사랑을 들려주려는 조물주의 큰 뜻이 담겨 있음이라. 비 오고 바람 불고, 눈 내리는 계절이 다가와 온 세상이 꽁꽁 얼어붙는 겨울에도 따뜻한 가슴을 지닌 시인이 곁에 있음으로서 우리의 삶은 춥지 않을 수 있나니.

　시인이란 존재는 무엇보다도 마음이 춥고 가난한 이에게 있어서 불지핀 난로처럼 요긴하고 소중한 것. 우리는 이 하늘 아래 그 누구보다도 가슴이 따뜻하였고, 그 누구보다도 가슴에 슬픔을 숯불처럼 담아서 자신을 눈물로 달구며 살아갔던 한 사람을 기억하는 바, 시인 박용래朴龍來가 바로 이야기의 주인공이다.

　1970년대 중반의 어느 봄이었을 것이다.

　바야흐로 매운 계절이 떠나가고 대지에 파릇파릇 새싹이 돋던 날, 대구의 시인들은 대전 충남 지역의 시인들을 초청하여 하루를 즐겁게 놀았던 적이 있다. 이 날의 초청자는 물론 대구 시인들이었고, 행사의 주최는 문인협회였는데 김춘수, 신동집 등을 비롯한 대구의 웬만한 중진 시인들이 모처럼 한자리에 함께 모일 수 있는 귀한 시간이었다. 대전 충남 지역에서도 그곳을 대표하는 시인들이 여럿 왔었고, 그들 중에 가장 연령이 많아 보이는 분에게서 나는 독특한 인상을 받았다.

　평소에 입던 허름한 옷차림에 챙이 짧은 벙거지 같은 모자를 눌러쓴 그 분은 자기가 무슨 말을 할 때마다, 혹은 다른 사람의 말을 들을

소박한 모습의 박용래 시인

때마다 그저 두 손바닥을 합장하듯 턱 밑에 갖다 모으고 별 것 아닌 일에도 감격스런 표정을 짓곤 하였다. 그가 바로 그 유명한 눈물의 시인 박용래였다.

양쪽 지역의 시인들은 대구 근교의 동화사 입구에 즐비하던 술집 하나를 차지하고 살갗에 장글장글하게 와 닿는 봄 햇살을 정겹게 느끼며 도란도란 담소로 하루의 만남을 즐기었다. 이십대의 청년으로 문단에 갓 얼굴을 내민 신진이 감히 중진시인들의 곁에 가까이 다가갈 수 없었지만, 나는 약간 떨어진 자리에 앉아서 특히 박용래 시인의 독특한 몸짓을 안보는 척 자꾸만 훔쳐보곤 했던 것이다.

슬픔을 담뿍 머금은 듯 아래쪽으로 처진 눈, 나직나직한 말씨에다 작고 아담한 체구에 여성스러움마저 느껴지는 얼굴의 분위기가 이상하게도 나에게는 쓸쓸하고 서러운 느낌을 왈칵 솟구치게 하는 것이었다. 그 시인을 오래 보고 있으면 내 눈에선 왠지 눈물방울이라도 맺힐 것 같은 슬픔마저 감돌았다.

그리고 세월은 흘러 박용래 시인이 대구를 다녀갔던 기억도 아련한 추억의 한 페이지가 되어갔다. 그럴 즈음 나는 살아가는 고달픔과 어려움에 겨워서 마치 무거운 짐을 끌고 언덕길을 올라가는 말처럼 허덕이고 있었다. 내가 하고 있는 문학도 공연히 부질없는 일로 여겨지고 모든 시간이 무가치하게만 생각되던 어느 해 겨울날이었다.

나는 서점에서 꼭히 찾는 책이 있는 것도 아니면서 이 책 저 책을 뒤적이고 있었다. 그때 어느 잡지였던지 기억이 분명치는 않으나 울적하던 내 가슴을 너무도 따뜻하게 쓰다듬어 주는 한 편의 시작품을 만났다. 그것이 바로 박용래 시인의 절창 「저녁눈」이었다.

늦은 저녁 때 오는 눈발은 말집 호롱불 밑에 붐비다

늦은 저녁 때 오는 눈발은 조랑말 발굽 밑에 붐비다

늦은 저녁 때 오는 눈발은 여물 써는 소리에 붐비다

늦은 저녁 때 오는 눈발은 변두리 빈터만 다니며 붐비다

– 박용래 「저녁눈」 전문

　나는 주머니에서 수첩을 꺼내어 서점에서 선 채로 이 작품을 옮겨 적었다. 집에 돌아와 새로 깨끗한 종이에 옮겨 적어서 책상머리에 붙여 두고 줄곧 읽었다. 넉 줄밖에 안 되는 시가 어쩌면 이다지도 아름다울 수 있단 말인가? 시작품을 그 뜻과 음률 감각을 즐기며 고즈넉이 음미하는 기분으로 읽어가노라니 이 작은 작품의 공간은 점점 더 크고 넓어져서 때로는 어머니의 포근한 품이 되기도 하고, 또 때로는 내 어린 날 유년의 놀이터로 바뀌어지기도 하고, 그때그때 기분에 따라 작품의 얼굴은 전혀 다른 것으로 변용되는 것이었다.

　그때 나는 충청도의 청주 땅에서 마음이 적적한 날을 보내고 있었는데, 이 「저녁눈」이란 시는 나에게 무한한 위로와 격려를 주었다. 해 저무는 시간에 이 시를 나직한 소리로 읊조리면 이윽고 창밖에 흰 눈이 하염없이 내리고 있는 것이었다. 눈은 삽시에 쌓여서 인간의 길을 덮고, 우뚝한 키를 뽐내던 나무들로 하여금 고개를 숙이도록 만들어 겸허를 일깨워 주었다. 이런 날이면 나는 공연히 눈을 맞으며 시 「저녁눈」

▌귀가 길의 박용래 시인

을 주문처럼 외고 다녔다. 내 발 밑에서 뽀드득거리는 눈 밟는 소리가
쓸쓸한 시 낭송의 훌륭한 효과음이 되었다.

이 시는 얼핏 보기에 4행의 구성으로 여겨지지만, 자세히 보면 행
구분이 아니라 연 구분으로 처리되어 있음을 알 수 있다. 말하자면 한
행이 하나의 연 구실을 하도록 시적 효과에 대하여 시인이 어떤 배려를
하고 있음을 감지할 수 있다.

한 편의 시에서 연聯이라는 것은 한 개의 독립된 방房에 해당되는
의미를 지니고 있다. 영어에서는 스탠자stanza라는 단어가 연을 가리키
는 말인데, 이 말의 어원은 라틴어에서 방을 지칭한다.

그러니까 시 「저녁눈」에서 한 행은 바로 하나의 방이다. 그 방에는
여러 개의 시어와 구절들이 서로 얽혀서 하나의 독립적인 시적 공간으
로 조화를 이루고 있는 것이다. 이 시를 가만히 지켜보면 우선 네 줄의
전반부는 모두 '늦은 저녁 때 오는 눈발은'의 형태로 시작된다. 어찌
보면 지극히 단조롭게 느껴질 수 있는데도 이 작품의 경우는 전혀 그렇
질 않다. 오히려 네 줄이 꼭 같이 시작되는 것이 무슨 재미있는 동요를
부르는 듯한 즐거움마저 유발시킨다. 그리고 이러한 각 행, 혹은 각 연
의 도입부를 통하여 시인은 이 시의 독자들로 하여금 눈과 관련된 여러
가지 즐겁고 눈물겨웠던 애틋한 옛 추억의 토막들을 그림처럼 재생시
켜주는 신비한 힘을 지니고 있다.

'늦은 저녁 때 오는 눈발은' 이란 대목을 입안에서 나직이 웅얼거리
다 보면 어느 틈에 시간은 훌쩍 옛날로 돌아가고, 독자의 마음은 그 어
떤 현실적 계산이나 세속적 이해관계로부터 홀연히 벗어나 그야말로
희고 깨끗한 눈처럼 투명하고 담백한 심정이 되어버리는 것이다.

늦은 저녁 때 오는 눈발은 말집 호롱불 밑에 붐비다
늦은 저녁 때 오는 눈발은 조랑말 발굽 밑에 붐비다

　이 대목을 읽으면 나에게도 생각나는 옛 추억의 흐릿한 실루엣이
떠오른다.
　나는 일찍이 첫돌 전에 어머니를 잃어버리고 이농민의 자식으로 도
시로 떠나와 주변인이 되었다. 경부선 철로가 지나가는 대구의 변두리
빈촌에서 소년 시절을 보내었는데, 그때 인걸이라는 아이와 친하게 지
냈다. 학교에서 같은 반이기도 했지만, 집도 같은 방향이어서 우리는
늘 함께 붙어 다녔다. 그 인걸이네 아버지는 말 달구지를 끄는 마부였
고, 또 집에 마구간이 있어서 늘 말 오줌 냄새가 났다.
　눈 오는 저녁에 인걸이네 집 마구간 앞을 지날 때면 하루의 고단한
노동을 끝낸 말이 마구간 바닥에 말굽을 탁탁 치는 소리가 들렸고, 때
로는 말이 콧김을 푸르르 내는 소리도 들렸다. 인걸이네 아버지는 새벽
이 되기가 무섭게 말을 끌고 나가서 저물도록 열심히 일을 했지만 인걸
이네 살림은 언제나 가난했다.
　인걸이네 어머니는 엄마가 없는 나에게 유난히 친절하게 잘 대해
주었다. 나는 인걸이 어머니에게서 따뜻한 모정을 느끼고, 그것을 즐기
고 있었는지도 모른다. 시「저녁눈」의 첫 줄을 읽으면서 나는 인걸이네
가족들과 그 집의 마구간, 더불어 유난히 눈물도 많았던 유소년 시절을
추억하고 있는 자신을 발견하게 된다.
　시인의 눈은 어떻게 말집 호롱불 밑에 어렴풋이 보이는 눈발을 볼
수 있었던가? 어떻게 해서 조랑말 발굽 밑에 붐비는 눈을 볼 수 있었던

가? 그만큼 시인 박용래의 가슴은 따스한 온기와 맑디맑은 순정으로 가득하였다. 그러기에 시인은 남이 보지 못했던 기막힌 광경을 포착하여 한 편의 작은 시작품에 담아서 영원한 생명의 숨결을 불어넣었던 것이 아닐까?

모름지기 시인이란 이 세상의 중심에서 소외된 것, 하찮은 것, 사소하게 여겨지는 것, 보잘 것 없다고 생각되는 것. 이런 것들에 대하여 따뜻한 시선으로 살피고 그것을 감싸 안으며, 연민을 느낄 줄 아는 마음이 있어야만 시인으로서의 기본을 갖추었다고 할 것이다.

> 늦은 저녁 때 오는 눈발은 여물 써는 소리에 붐비다
> 늦은 저녁 때 오는 눈발은 변두리 빈터만 다니며 붐비다

전통적 농경사회가 산업사회를 거쳐 순간적 광속光速으로 모든 것이 결정되는 정보화 사회로 접어든 지금 '여물' 이란 말을 기억하는 젊은 사람들이 과연 얼마나 될까? '여물 써는 소리' 란 바로 소의 사료로 쓰는 마른 볏짚을 작두라는 농기구의 날카로운 칼날 밑에다 담뿍 집어넣어서 발로 힘껏 밟았을 때 볏짚이 칼날에 썰리는 소리를 말한다.

바로 이 소리가 시「저녁눈」의 중요 모티브가 되고 있다.

마지막 대목은 또 얼마나 어여쁜가? '변두리 빈터' 만 찾아서 바쁘게 몰려다니는 '늦은 저녁 때 오는 눈발' 은 이 시에서 어떤 위로와 격려로 다가온다.

가만히 보면 우리 주변에는 얼마나 이런 '눈발' 의 역할을 떠맡고 있는 분들이 많은가? 배고픈 사람에게 밥을 나누어주는 사람, 헐벗은 이

에게 옷을 베풀어주는 사람, 제 몸을 스스로 가누지 못하는 사람에게 팔과 다리가 되어주는 사람, 그들은 모두 우리 시대의 살아있는 예수이고 부처이다. 말없이 묵묵히 사회의 응달진 한쪽 구석에서 위대한 사랑을 실천하는 숭고한 사랑 그 자체이다. 작은 것을 베풀고 큰 생색을 내는 자에 비하여 이들의 자비심은 얼마나 고귀하고 거룩한 것인가?

나는 이 시를 읽은 뒤로 하늘에서 내리는 눈을 유심히 보게 되었다. 그것도 하루 중에 밝은 대낮이 아니라, 늦은 저녁 무렵에 내리는 눈에 대하여 곰곰이 생각하게 되었다. 그 아름다운 눈들은 가장 쓸쓸한 시간에 '변두리 빈터'만 찾아다니며 내리고 있는 것이다.

시인은 모름지기 하늘이 낸 꽃송이들이라 일컫거늘, 모든 시인들은 자신의 생애에서 단 한 편이라도 독자의 가슴에 영원히 남을 수 있는 절창絶唱을 써내고 싶은 갈망을 지니고 있다. 하지만 그 절창은 결코 아무나 쉽게 얻을 수 있는 것은 아니다.

가장 막다른 고통의 끝, 가장 아슬아슬한 인고의 시간, 그 클라이맥스에서 절창은 예기치 않게 찾아오는 것이다. 박용래의 시 「저녁눈」은 이제 그의 또 다른 시 「겨울밤」과 더불어 우리네 가슴속에서 시간성을 초월한 절창이 되었다.

모진 겨울을 견디고 드디어 한 송이 꽃이 피었다고 감격의 눈물을 글썽이던 애련의 시인. 그리고 그 눈물 때문에 후배들에게 더러 멸시도 받았던 시인 박용래!

비록 그의 몸은 갔으나, 애틋한 사랑과 눈물은 수많은 독자들의 가슴 깊은 곳에서 보석처럼 반짝이고 있으리.

장만영

남녘바다 욕지섬에서 읽은 「향수」

막상 남해 쪽으로 떠나겠다는 생각을 해놓고서 내가 가방 속에 챙겨넣은 것은 오직 한 권의 시집에 불과하였다. 통영항 여객선 선착장에서 욕지도로 간다는 배에 올라 나는 우선 시집을 꺼내어 무릎 위에 펼쳐놓고 창밖으로 보이는 푸른 바다를 망연히 바라다보았다. 태풍이 올 것이라는 예보가 있었지만 바다는 비교적 조용하였고, 작은 배를 제 가슴 위에 올려놓고 혼자 장난을 치는 어린아이처럼 천진한 모습이었다.

떠날 시간이 되자 배는 뱃고동을 길게 한 번 울리고 부두를 천천히 벗어났다. 그 바람에 거친 물살이 일어서 배가 좌우로 기우뚱거렸다. 선박의 기관에서 들려오는 요란한 소리에 귀가 멍멍해지면서 나는 곧 무료해졌다. 그래서 나는 시집을 다시 펼쳐 들었다. 바다 위에서 읽는 바다에 관한 시집! 무언가 그럴듯하지 않은가? 문학을 그 현장에 가서 제대로 맛보는 일은 퍽 즐거운 일이다. 나는 이 시집을 가져오길 참 잘했다고 생각했다.

『한국해양시집』! 이름조차 특이한 이 시집은 한국전쟁의 포성이 막 멈춘 1953년 8월, 당시 해군본부 정훈감실에서 발간한 것이다.

책머리의 서문을 보면 우리 문학사에서 농민소설로 그 이름이 너무도 유명한 이무영李無影 선생이 해군본부 정훈감 자격으로 중령계급을 당당하게 내세운 대목이 유난히 눈길을 끈다. 김호성 화백이 꾸민 장정의 앞표지에는 아기를 업은 한 여인이 머리엔 함지박을 이고, 왼손에는 커다란 생선 한 마리를 들고 서 있는데, 뒤로는 화물선이 지나가는 바다가 배경으로 그려져 있다. 뒤표지에는 입구에 동그란 구멍이 나있는

만년의 장만영 시인

소라껍질이 하나 그려져 있다.

이 시집은 한국의 신시 초기부터 바다를 다룬 대표적인 시작품만
모은 것으로 육당의 작품부터 당시 청년시인이던 김용호金容浩, 박귀송
朴貴松 등에 이르기까지 60여 편이 담겨져 있다. 육당, 춘원, 요한, 만
해, 안서, 월탄, 팔봉, 공초, 파인, 노산, 무애, 소월, 가람, 상아탑, 고
월, 이산, 월파, 석초, 청마, 일석, 미당, 우두…… 정말 이분들은 우리
문학사에서 영원히 빛을 반짝이는 별들이다. 이분들의 가슴에 비친 바
다는 어떤 것이었을까?

배는 물길을 힘차게 가르며 앞으로 앞으로 나아간다. 파도가 갈라
지며 내뿜는 물보라가 포말이 되어 유리창을 때린다. 물보라가 창을 때
릴 적마다 나는 반사적으로 눈을 질끈 감는다. 그러다가 그것이 내 본
능적 방어에서 생긴 것임을 알고는 혼자 겸연쩍게 씨익 웃는다. 크고
작은 섬들이 양옆을 스쳐 지나간다. 아니 섬이 지나가는 것이 아니라
내가 탄 배가 가는 것이다.

내 눈길은 장만영(張萬榮 : 1914~1975) 시인의 「향수鄕愁」라는 작품까
지 와서 아예 책갈피에 못 박히듯 고정되어 버렸다. 바다에 와서 읽는
시작품으로 너무도 호젓하고 너무도 가슴속 깊이 젖어왔기 때문이다.

　　　나는 바다로 가는 길로 걸어간다. 노오란 호박꽃이 많이 핀 돌담을 끼
　　고 황혼黃昏이 있다.

　　　돌담을 돌아가면― 바다가 소리쳐 부른다. 바다소리에 내가 젖는다.
　　내가 젖는다.

'바다소리에 내가 젖는다. 내가 젖는다.' 이 대목을 여러 번 곱씹어 읽다가 갑자기 정신을 차리니 배는 어느 틈에 욕지섬 선착장에 입항할 채비를 갖춘다. 귀는 여전히 멍멍하고, 눈조차 침침한 것 같다. 기지개를 켜고 온몸을 추스른 다음 나는 가방을 들고 욕지섬에 첫발을 디딘다. 호젓하고 조용한 섬마을이다.

나는 섬마을의 구석구석을 천천히 걸어 다녔다.

어느 유행가 가사에 나오는 대목처럼 '그야말로 옛날 식 다방'도 눈에 띄고, 붉은 페인트로 '싸롱'이라고 적어놓은 술집도 보였다. 집도 지붕도 골목길도 작고 비좁은 것인데다 드문드문 해묵은 동백나무가 그늘을 드리우고 있는 그곳은 '그야말로 옛날 식 선창가'의 정경을 골고루 갖추고 있었다.

나는 우선 하룻밤을 묵을 민박집을 정하기 위해 선착장 뒤쪽 등성이를 넘어서 신작로 길을 한참 걸어갔다. 해안선이 만灣으로 구부러져 천연의 방파제를 이루고 있는 한 자그마한 어촌, 굴껍질처럼 초라한 지붕을 하고 있는 어느 집에 나는 여장을 풀었다.

그 집은 조금 전 배 안에서 읽었던 장만영의 시구처럼 노오란 호박꽃이 많이 핀 돌담을 끼고 있었다. 그리곤 금방 황혼이 찾아왔다. 나는 더 어두워지기 전에 바닷가로 내려가 방파제에 찰싹이는 파도소리를 들어야만 했다. 방파제의 바위에는 무수한 갯강구들이 일제히 흩어지고 있었고, 작은 게란 놈들은 재빨리 돌 틈으로 몸을 감추었다. 나는 바닷가에 앉아서 조용히 장만영의 시 구절을 되뇌었다.

바다소리에 내가 젖는다. 내가 젖는다

▮ 1935년 황해도 백천 온천에서(오른쪽에서 두번째 장만영 시인, 그 다음이 신석정 시인)

얼마나 그렇게 앉아 있었을까?

수평선 끝을 지나가는 배가 반짝이는 불빛으로 바뀌고, 내가 입은 옷이 바닷가 소금기에 눅눅해지는 느낌이 들고서야 나는 민박집으로 올라와 늦은 저녁을 먹었다. 알맞게 허기도 들긴 했지만 작은 망상어 새끼로 찌개를 끓이고 호박잎을 쪄서 끓인 된장에 적셔먹는 소박한 맛은 가히 일품이었다.

내가 하룻밤을 묵을 방은 바다 쪽으로 작은 창문이 나있어서 깊은 밤에는 밤 파도 소리를 들을 수 있었고, 보석처럼 맑고 영롱한 밤하늘의 별들을 누운 채 볼 수 있어서 좋았다. 나는 욕지도 민박집의 빈 방한 켠에 홀로 누워 내가 걸어온 지난 세월들을 떠올렸다. 아니 내가 일부러 떠올리지 않아도 그것들은 저절로 주마등走馬燈처럼 눈앞에 스쳐지나간다. 하얀 벽을 보면 벽 위에 그림처럼 빠른 영상으로 지나가고, 천정을 보면 천정 위에 파노라마처럼 어렴풋이 떠 비치었다.

아! 나는 얼마나 많은 세월들을 바람을 맞으며 살아왔고, 다시 그 바람을 견디며 지금 여기 이 남녘 바다 끝 작은 어촌 마을까지 와서 내 고단한 육신을 누이고 있는가? 나는 낮에 배에서 읽던 시집을 꺼내 들고 그 다음 대목을 나지막한 소리로 읽어본다.

물바람이 생활生活처럼 차다. 몸에 스며든다. 요새는 모든 것이 짙은 커피처럼 너무도 쓰다.

나는 고향에 가고 싶다. 고향의 숲이, 언덕이, 들이, 시내가 그립다. 어릴 적 기억이 파도처럼 달려든다.

물바람이 생활처럼 차다고?

이렇게 아름답고 기발한 도치법倒置法이 있었던가?

사실 차디찬 것은 물바람이 아니라 인간의 생활인 것이다. 하지만 시인이 만약 여기서 '생활은 물바람처럼 차다'라고 표현했다면 시를 읽는 재미가 훨씬 반감되었으리라. 무언가 현실의 고통에 시달리는 사람이 바닷가에서 찬 밤바람을 맞으며 '바람이 내 생활처럼 차디차구나' 이렇게 느낄 수도 있었을 것이다.

이윽고 밤은 깊어 찬바람이 옷깃에 스미니 소름이 끼쳐지고 진저리도 쳐지고, 그리하여 시적 화자는 이렇게 말한다.

　　요새는 모든 것이 커피처럼 너무도 쓰구나.

설탕을 치지 않고 마시는 블랙커피는 얼마나 쓰디쓴가?

그런데 생활이 주는 고통의 시간을 쓴 커피에 비유하는 시인의 태도는 참 멋있게 느껴진다. 시인 자신은 고통의 중심에서 괴로워할지언정 이 시를 읽는 독자들은 그 독특한 커피 향기에 흠뻑 취하게 된다. 생활고 또는 현실적 고통의 정점에서 시적 화자는 고향을 생각한다. 어릴 적 떠나온 고향. 그 고향은 자신을 낳아주었고, 내 모든 것을 품고 보듬어 주었으며, 자나 깨나 잊을 수 없는 영혼의 쉼터인 것이다.

아! 나는 내 생활이 밤바람처럼 차게 느껴진 적은 언제였으며, 그 무엇이 나로 하여금 모든 시간을 쓴 커피처럼 괴롭게 만들었던가?

장만영 시인의 고향은 황해도 연백延白이고, 이후 고향을 떠나 객지로 떠돌면서 전원적 세계를 현대적 감성으로 그려낸 이미지즘 계열의 시인으로 널리 알려져 있다. 나는 시인의 향수를 생각하면서 다시 이 시의 마지막 후반부를 마저 읽어본다.

> 바다가 어머니라면―하고 나는 생각해 본다. 바다의 품에 안기고 싶다. 안기어 날개같이 보드라운 물결을 쓰고 맘 편히 쉬고 싶다.

> 水平線 아득히 아물거리는 銀色의 鄕愁. 나는 찢어진 追憶의 天幕을 깁고 있다. 여기 모래벌에 주저 앉아서……

갑자기 방안의 공기가 후끈하게 덥다는 느낌이 들고, 피워놓은 모기향의 연기에 눈이 매워서 나는 후닥닥 누웠던 방안에서 일어났다. 가슴이 꽉 메고 눈이 매웠던 것이 반드시 모기향 때문만은 아니었을 것이다. 무엇이 나를 이토록 가슴을 울컥거리게 만들었을까?

나는 더 이상 견디지 못하고 낮에 내가 메고 온 아코디언을 슬며시 들고 마당으로 나갔다. 주인집 식구들은 방안에서 TV를 보며 졸고 있었고, 마당의 평상 위에는 마침 아무도 없었다. 밤하늘의 별들은 금방이라도 쏟아질 듯 수평선 바로 위에까지 아슬아슬 내려와 있었다.

어디선가 풀벌레 소리가 찌르륵 찌르륵 들려왔다.

나는 소주를 큰 컵으로 따라서 한 잔 들이켰다. 곧 소주의 취기가 왔다.

그런 다음 손풍금을 어깨에 메고는 흘러간 옛 노래들을 몇 곡 나직하게 연주해 보았다. 「울며 헤진 부산항」 「청춘등대」 「목포의 눈물」 「목포는 항구다」 「해조곡海鳥曲」 「서귀포 칠십리」 등 주로 바다를 테마로 한 노래들이었다. 술기운이 거나하게 퍼지면서 내 아코디언 소리도 차츰 열기를 더해갔던가? 비록 서투른 연주이지만 그때의 울림들은 단지 내가 껴안고 있는 악기의 소리통에서 나는 것이 아니라, 가슴속 저 밑바닥 심연에서 한량없이 솟구쳐 나오는 내 마음의 소리였다고 나는 생각한다.

아마도 나는 악기를 연주한 것이 아니라, 시의 한 구절처럼 내 빛바랜 '추억의 천막天幕'을 촘촘히 깁고 있었던지도 모른다. 그때 누군가가 신발소리를 죽이면서 내 등 뒤에 다가와 아코디언 소리를 엿듣는 것 같았다. 흘끔 뒤돌아보니 칠순 가까운 주인집 노인이 손자를 등에 업고 서서 고개를 숙이고 심취해 있었다.

내가 갑자기 연주를 멈추자 노인은 계속 몇 곡 더해주기를 간곡히 청했다. 내 아코디언 소리를 듣고 노인은 아마도 자신의 젊었던 시절의 옛 추억들을 떠올리는 듯하였다. 아주 이상한 모양새가 되고 말았지만 나는 용기를 내었다.

그리하여 나는 그날 밤 욕지도의 한 후미진 민박집에서 주인집 영감 내외를 청중으로 조촐하게 앉혀놓고, 중간 중간에 쉴 새 없이 틀리기를 자주 하는 내 엉성한 아코디언 솜씨를 정성껏 부려서, 그야말로 요즘식의 용어로 말하자면 '라이브의 밤'을 한껏 연출하였던 것이다. 사실 그날 밤 이런 장면이 연출된 것은 오로지 욕지도의 그 무한히 아름다운 자연 풍광과 애틋한 정취, 큰 컵으로 마신 소주의 취기, 거기에다 옛 시정詩情을 물씬 느끼게 하는 장만영 시인의 시 「향수鄕愁」에다 전적으로 혐의를 두고 책임을 물을 수밖에 없다.

독자 여러분들은 이 코믹한 광경을 한 번 상상이라도 해 보시길.

김규동

▌'흰 나비' 이미지를 즐겨 쓰는 시인

한 시인에게 있어서의 변화의 의미는 무엇일까.

근본을 아주 뒤바꾸어 이웃들에게 크든 작든 피해를 주는 변화는 기회주의, 변절 따위로 일컬을 수 있으니 부정적 변화라 일컬을 것이요, 근본을 그대로 온존한 감각, 사유의 패턴, 발상 체계 따위의 변화는 오직 시인 자신의 새로움에 대한 갈망에서 비롯된 것이므로 긍정적 변화라 할 만하다.

우리는 1950년대의 한 모더니스트였던 시인 김규동이 70년대 이후에 나타내 보였던 충격적인 변화를 생생히 기억한다. 물론 그의 변화는 우리가 마땅히 주목해야 할 경이로우며 긍정적인 변화였음에 틀림없다. 대부분의 문인들이 변화에 대해 보수적이며 스스로를 움츠리는데 비해 김규동은 오히려 적극적이며 역동적인 변모의 과정을 보여준다. 이것은 일찍이 그가 존경했던 30년대의 선배 시인 편석촌片石村 김기림金起林이 해방 시기에 화려하게 펼쳐 보인 자기 갱신 · 자기 변화에의 적극성에 비교될 수 있다. 또한 이것은 빅토리안 조지안의 시풍에 반발했던 T.E.흄의 정신과 귀족주의 · 특권 의식 · 예술 지상주의 따위를 몰아내고 민중의 편에 도달하려 했던 영국의 뉴컨트리파, 즉 사회파 모더니즘의 능동적 정신에 비견할 수 있다.

이러한 변화들은 모두 심각한 자기반성을 전제로 전개될 수 있었던 것이다.

김규동 시인의 활동은 대체로 세 구간으로 나누어볼 수 있는데 〈예술조선〉으로 데뷔한 1948년부터 이후 3,4년 뒤인 1950년까지가 초반

서각(書刻)에 몰두하고 있는 김규동 시인

시기요, 〈후반기〉 동인으로 활동을 전개한 1951년부터 시집 『나비와 광장』(1955)과 시집 『현대의 신화』(1958)를 거쳐 시론집 『새로운 시론』이 발간된 1959년까지의 모더니스트로서의 활동이 두 번째 시기요, 1960년 4·19 이후 약 10여 년 간의 공백기를 거쳐 1975년 자유실천문인협의회 고문으로서 새로운 정신적 변모를 거치며 시집 『죽음 속의 영웅』 1979, 시선집 『깨끗한 희망』(1985)을 발간하기까지의 기간을 세 번째 시기로 구획 지을 수 있을 듯하다.

우리는 위에서 본 김규동 시인의 대략적 경과를 통하여 그가 '새로움' 이라는 가치에 대한 깊은 갈망으로 가득 찬 시인이었음을 손쉽게 추단할 수 있다. 그의 시 작품들을 주의해서 읽어보면 주지적主知的 모더니스트로서의 신념을 사회파 모더니즘으로 변모시킨 가장 커다란 힘이 아마도 '나비' 라는 하나의 시적 상징물을 정신적 토대로 떠올리면서 형성되지 않았던가 한다.

> 현기증 나는 활주로의
> 최후의 절정에서 흰 나비는
> 돌진의 방향을 잊어버리고
> 피 묻은 육체의 파편들을 굽어본다.
> (중략)
> 불길처럼 일어나는 燐光의 조수에 밀려
> 흰 나비는 말없이 이즈러진 날개를 파닥거린다.
> (중략)
> 신도 기적도 이미

승천하여버린 지 오랜 유역 ──

그 어느 마지막 종점을 향하여 흰 나비는

또 한번 스스로의 신화와 더불어 대결하여 본다.

– 김규동의 「나비와 광장」 부분

　피난지의 임시 수도 부산에서 쓴 것으로 되어 있는 이 시는 전쟁이라는 비참한 현실에서 허덕이는 인간의 고통과 번민 따위가 시인 자신의 말에 의하면 '과학적인 언어'를 바탕으로 하는 주지적 방법으로 정리되고 있다. 작품의 어투나 전반적인 분위기가 김기림의 시 「바다와 나비」 「공동묘지」 등과 정지용의 시 「유리창」에서 풍기는 문맥의 서술성을 방불케 하는 바가 있다. 즉 '굽어본다', '이즈러진 날개를 파닥거린다' 와 같은 대목이 그것이다.

　그러나 이 시는 김기림의 「바다와 나비」보다는 한층 더 진전된 세계를 보여준다. 김기림의 '나비' 는 바다를 청무 밭으로 잘못 생각해서 내려갔다가 다시 되돌아오는 착각 속에서의 패배의식을 나타내고 있지만, 김규동의 '나비' 는 활주로 위의 피곤함 속에서도 지치지 않고 끝끝내 대결의 자세를 포기하지 않고 있는 것이다. 시집 『나비와 광장』에는 1948년 봄부터 1955년 여름까지의 7년간의 발표 시 작품들로 구성되어 있다. 첫 시집의 서문에서 '여전히 우리 시단을 지배해온 낡은 센티멘탈풍 로맨티시즘의 분류奔流와 상징주의의 완고한 잠재적 요소에 저항하여 전력을 다한 싸움을 감행할 수밖에 없는 비통한 운명 속에 있었던 지난날' 을 떠올리는 그의 문학적 신념은 철저히 모더니즘적이었다.

　첫 시집의 도처에서 발견되는 현학 취미, 한자 어투의 탐닉, 외래어에 대한 집착 등은 시대적 고뇌와 번민을 구체적으로 감득시켜 주는 일에 커다란 장애가 되었다. 우선 시 「나비와 광장」만 하더라도 첫 시집에 수록된 형태는 거의 한자 어투의 남발로 이루어졌으나 1985년에 펴낸 시선집에서는 '인광燐光'이란 단어 하나를 제외하곤 모두 국문 표기로 바뀌고 있는 것이다. 얼핏 보면 별것 아닌 것처럼 여겨지겠지만, 이는 민족 언어에 대한 매우 놀라운 의식의 변화를 담고 있다고 할 수 있다.

김규동의 시에서 '나비' 이미지는 다음의 여러 대목들에서 꽤 적극적으로 나타난다.

  i) 눈물이여

    내 시의 천국엔 흰 나비 한 마리

          — 시의 「천국(天國)」 부분

  ii) 불행한 歷史에 시달린

    흰 나비들의 손짓도/새삼 시름겹구나

          — 「해변단장(海邊斷章)」 부분

  iii) 두 마리 용이

    흰 종이를 물고 하늘로 날아오르는 것도

    이런 날이려니 생각

          — 「초상(肖像)」 부분

  iv) 하늘은 멀고

    땅은 어두우니

    스산한 까마귀야

    펄럭이는 독나비야

          — 「안부」 부분

이 대목들을 시집의 본문에서 유의해서 읽어보면 김규동의 시가 저항하는 가치의 이분법적 성격을 쉽게 알아차릴 수 있다. '나비'는 시적 상징으로서의 의미 해석에 의하면 '영적인 힘의 떠오르기'이다. 이 '떠오르기'는 인간의 조건을 더욱 높은 수준으로 승화시키고자 하는 욕망에서 비롯된다. 나비가 보여주는 나랫짓은 그 자체가 하나의 초월적인 행동으로 인식되며, 그것은 또한 물질적 세계의 인간을 구속시키고 있는 온갖 외부의 사슬에서 벗어나는 한 방법으로 해석되기도 한다.

나비는 언제나 무중력 속에서의 비상의 꿈을 잃지 않고 있는 것이다. 그러므로 나비 이미지는 아름다운 상승Ascension의 의미이다. 때로는 높은 곳에서 들려오는 말씀의 형상이기도 하고 혹은 보금자리와 내부의 상징이기도 하며, 또 가끔은 희생적 존재, 시간의 형상으로 설정되기도 한다. 시인 자신의 풀이에 의할 것 같으면 '한 마리의 연약한 나비는 어쩌면 물결치는 환상과 어둡고 슬픈 상념을 지닌 시인 자체의 변신'이거나 또는 '한 조그마한 육편(肉片)과도 같은 것'(평론 「현대시의 난해성」, 1959)일지도 모른다.

이런 시각으로 읽어볼 때, 김규동의 시 「잠 아니 오는 밤의 시」에서 그려지는 '북에 갔던 항공기의 편대'도 다름 아닌 그리움에 충만된 나비의 또 다른 형상으로 설명될 수 있고, 시 「모정」에서는 38선 근처에 서성이며 아득한 하늘 끝을 홀로 헤매는 어머니의 환상이 다름 아닌 '나비' 의식이 최고조로 극화된 장면인 것이다.

시 「어머님전 상서」에서의 '솔개 한 마리'도 기막힌 그리움을 이끌어내는 나비 이미지 시리즈 중의 하나요, 시 「송년」에서의 '아무도 없는 밤하늘을 날아가는 기러기떼'도 곧 나비 이미지의 또 다른 표상인

것이다. 이런 문맥들을 지배하고 있는 가장 적절한 정서는 그리움과 애
틋함이다.

시 「초상肖像」에서 이 그리움의 정서는 국토의 분단으로 어처구니없
이 갈라진 북의 어머니와 남의 아들이 한 편의 시적 공간 속에서 사뭇
애처로운 환상적 감동으로 만나고 있다.

시 iii)에서 '흰 종이를 물고 하늘로 날아오르는 두 마리 용'은 이
산된 모자母子의 환상적 만남을 보여주는 오버랩과 다름 아니다. 이러
한 시작품들이 나타내는 고통, 고뇌, 번민, 갈등, 시달림 따위는 시인
자신의 개인적 자아의 모습이면서도 동시에 분단 시대를 함께 살아가
고 있는 민족적 자아의 실체이기도 하다.

김규동 시의 나비 이미지가 팔랑 팔랑 날아서 도달하는 막다른 지
점에는 항상 '어머니'가 있다. '어머니'는 혈육의 어머니이면서 동시
에 항구 불변의 거룩한 존재에 대한 갈망을 담고 있기도 하다. 이 갈망
에 도달하기 위해서 나비는 결코 스산한 활주로 위에서 날개가 이지러
진 상태로 파닥거리면서도 다시 한 번 모질고 흉포한 반인간적·반생
명적 신화와의 대결 포즈를 잃지 않는 것이다. 그러므로 이 나비 이미
지는 순진무구한 존재의 신념 혹은 극복에 대한 갈망으로 시적 문맥 속
에서 새롭게 읽혀지는 것이다. 흰 나비 이미지에 대척되는 곳에 항상
장벽처럼 '독나비' 이미지가 설정되어 있다.

시 iv)의 대목에 나타나는 독나비 이미지는 김규동 시의 나비 이
미지에 나타나는 가치의 이분법 속에서 악惡의 성격을 집약적으로 보
여준다. 즉 김규동 시의 도처에서 반인간적·반생명적 악의 현실과 관
련된 문맥을 찾아보자면 '불행한 역사, 전쟁, 원폭, 잔인성, 냉담한 관

객, 분단, 가난, 무지, 폭력, 탄식, 구토, 위기의 문명, 눈물, 우울, 죽음의 폭풍, 진공, 독재, 고문, 절망, 죽음, 38선, 위선, 광신, 위선적 종교, 외세, 말장난질' 등등이다.

김규동 시인이 1985년에 시선집 『깨끗한 희망』을 펴내며, 지난날에 발표한 시 작품들을 다시 손보아서 수록하고 있는 과정은 자못 흥미롭다. 한자 어휘 투성이의 시 작품들을 꼭 필요한 것만 제외하고 모두 국문 표기로 바꾸고 있다는 점, 시적 진실이 자칫 이데올로기적 편향을 불러일으킬 수 있는 점을 시인 스스로가 의식하고 그런 부분들을 철저히 재정리한 사실 등이 그것이다.

특히 시 「열차를 기다려서」와 같은 작품에서는 다음절多音節을 팽팽한 리듬감으로 살리려 애쓴 흔적이 보이고, 또 원래의 형태에서 '삶을 위한 신음 속에', '자유를 위한 싸움 속에'로 되어 있던 것을 '삶을 위한 싸움', '자유를 위한 신음'으로 재치 있게 바꾸어서 50년대식 맹목적 반공주의의 요소를 극복하고 있는 모습도 매우 치밀한 배려 속에서 이루어진 놀라운 변화이다.

첫 시집 『나비와 광장』에 실린 시 작품은 시집의 서문에 의하면

① 6·25 전의 낡은 서정의 시첩에서 추린 것
② 당시 최후의 교두보였던 항도 부산에서 쓴 것
③ 9·28수복을 전후한 시기 이후에 쓴 것으로 신즉물주의적 경향을 포함한 것

등이다. 샤갈, 발레리, 달리, 막스 자콥 등의 데생 삽화들이 시집 요

소요소에 삽입된 형식의 이 시집에서 특히 인상에 남는 시편들은 「고향」 「잠 아니 오는 밤의 시」 「열차를 기다려서」 「나비와 광장」 「불안의 속도」 등으로 기억된다.

1958~77년 사이에 쓴 시 작품들 중에선 「빈손으로」 「어머님전 상서」 「북에서 온 어머님 편지」 등이며, 그 이후의 것으로는 「모정」 「초상」 「안부」 등이다. 거의가 북의 어머니와 형제들에 대한 애타는 그리움이 담겨진 것들이다. 그 중에 몇 대목을 보면 다음과 같다.

     ⅰ) 다시는 돌아가 볼 수 없을 것만 같은

       북쪽마을의 육친들을 생각하며

       잠 아니 오는 밤들이 있었던 것은

                             – 「잠 아니 오는 밤의 시」 부분

     ⅱ) 당신의 모습을 찾습니다

       (중략)

       육십오 세의 흰머리 날리시며

       어머니

       돌아가시면 안 됩니다

                             – 「열차를 기다려서」 부분

     ⅲ) 빈손으로

       어머니에게로 가듯이

                             – 「빈손으로」 부분

     ⅳ) 솔개 한 마리

       나즈막히 상공을 돌거든

어린날의 모습같이

그가 지금

조그맣게 어딘가 가고 있는 것이라

생각하세요

– 「어머님전 상서」 부분

ⅴ) 꿈에 네가 왔더라

스물세 살 때 훌쩍 떠난 네가

마흔일곱 살 나그네 되어

네가 왔더라

– 「북에서 온 어머님 편지」 부분

ⅵ) 30년 동안

어머니는

아들이 밟고 간

38선 근처에 와서 서성거리다 돌아가신다

– 「모정」 부분

ⅶ) 절하고

비는

어머님 머리 위를

연필 타는 냄새같이 향이 피었다

부처님은 다만

그 자리에 앉아계시고

어머님 모습이 유독 빛났다

– 「초상」 부분

viii) 알려다오

　　살았는지

　　죽었는지

　　그것만이라도

　　분계선이 꽉 막혀

　　오도가도 못 한다면

　　땅 속 깊이

　　바닷속 깊이

　　잠겨서라도 소리쳐다오

　　죽어서라도 외쳐다오

– 「안부」 부분

　　한 시인의 진정한 새로움에 대한 깊은 갈망을 가지고 매우 커다란 방법적 변화를 실제로 이루었다면 이는 경이로운 사건이라 할 수 있다. 우리는 시인 김규동의 방법적 변화와 능동적인 전환을 놀라운 사실로 기억하고, 그것의 진정한 의미를 민족시 정신에 기록해야 할 것이다. 시간 속에서 변화를 스스로 받아들이기란 사실 얼마나 힘든 일인가.

　　왕조 말기 창가 가사에서 신체시로 넘어가는 시기에서 당시의 시인들은 고전적 정형율의 관습에 워낙 깊게 길들여져 단지 한 음절의 파격에 도달하기까지에도 거의 십여 년 이상이 걸렸던 것이다. 여기에 비하면 30년대의 모던 보이 김기림이 8·15 직후에 나타내 보인 주체적이고도 충격적인 변화를 우리는 참으로 신선한 것으로 기억할 수 있게 되었다. 이것도 역사가 이만큼 진전되고 시집 『새 노래』의 의의가 다시

▮ 김규동 시인의 서각 작품 「이런 詩」

되새겨지고 난 뒤의 일이다.

우리는 김규동이 70년대 중반에 보였던 변화를 김기림의 경우와 비견해서 다시금 되새겨 보아도 좋지 않을까. 왜냐하면 역사의 진전을 위한 우리들의 싸움은 아직 종결되지 않았으며, 이 싸움의 과정에서 우리는 김기림, 김규동 등의 시인들이 나타내 보여준 자기 부정, 자기 갱신의 적극성을 배워야 하기 때문이다.

이제 김규동 시인은 그의 인생에서 노년기의 한 구간을 걸어가고 있다. 그러나 아직도 그의 꼿꼿한 문학적 걸음걸이는 청년 시인의 그것에 비해 조금도 손색이 없다. 노년기의 자기 관리에 실패함으로써 젊은 날에 쌓아 올렸던 명성을 일거에 허물어버린 안타까운 원로들이 문단에 즐비한 시절에 김규동 시인처럼 철저한 자기 부정을 통해 놀라운 자아 갱신에 도달한 꼬장꼬장한 선배 시인이 있다는 것은 문단의 모든 후배들의 마음 든든함이자 즐거움이 아닐 수 없다.

고은

문학의 밑바닥을 흐르고 있는 피

　시인의 관심은 어느 한 곳에 머무는 것을 달가워하지 않는다.

　어떻게 해서든 자신의 존재를 새로운 시간과 공간으로 이동시켜 놓으려 애쓴다. 그 다른 공간이란 어디인가? 바로 말하자면 상투성, 범속성이 소멸된 세계이다.

　시인의 이러한 태도를 우리는 '존재의 이동'이란 말로 설명할 수 있다. 한국의 현대시사에서 통틀어 존재의 이동을 제대로 실천해온 시인은 과연 누구일까? 아마도 별로 없는 듯하다. 하지만 마음의 등불을 켜고 사방을 유심히 둘러볼 때 우리는 한 사람의 시인을 발견할 수 있다.

　고은高銀!

　항시 존재의 이동을 지향하는 시인!

　그의 열정에 찬 노력과 성과는 동시대의 그 어느 누구보다도 돋보이며, 단연 독보적이라 할 수 있다.

　대부분의 문학인들에게 있어서 존재의 이동은 여전히 하나의 높은 꿈에 불과할 뿐이다. 늘 상투성과 범속성의 그늘진 바닥을 헤맬 뿐이다. 존재의 이동을 이룩하기 위해서는 얼마나 어렵고 힘든 과정을 겪어야만 하는가? 하지만 대개 이 힘든 과정에 대하여 두려움을 갖고 있는 것이다. 이를 달리 말하자면 현실에 안주하면서 자신의 정신과 예술세계를 거듭 태어나게 하는 일에 그만큼 소극적이고 무관심하다.

　모름지기 시인은 자신의 창조적 열정과 정신세계가 노후하지 않도록 늘 새로운 모습으로 자신을 물갈이하고 탈바꿈시켜가야만 한다. 예술적 전위성, 새로운 사상과 방법의 획득이란 것도 결국은 존재의 이동

고은 시인

▌ 지족암 앞마당에서 원택 스님, 일타 스님과 환담을 나누고 있는 고은 시인

에 그 생명의 뿌리를 두고 있는 것이다. 이러한 존재의 이동은 현실에 대한 시인 자신의 강력한 불만이 전제되지 않고서는 도저히 불가능한 정신의 경지라 하겠다.

그런데 고은 시인은 자기와의 용맹스럽고도 필사적인 싸움 끝에 그 어렵고도 힘든 존재의 이동을 이룩하였다. 시인으로서의 출발 초기에는 모더니즘의 된 세례를 받기도 하였으나 진실성에 기초한 끊임없는 자기부정과 처절한 공력 끝에 그는 드디어 아름답고도 빛나는 예술가의 높은 경지에 다다른 것이다.

고은 문학의 밑바닥을 줄기차게 흐르고 있는 것은 시인의 정신적 갈증이다. 더불어 그 방법은 삶과 죽음에 대한 세속적 분별을 일시에 깨뜨리는 폭지일파爆地一破의 과정을 쓰고 있다. 이는 돈오頓悟라는 용어와도 함께 쓸 수 있을 터인데, 듣는 바와 같이 불교적이고 선적禪的인 방략으로 짐작된다.

그 분량을 정확히 헤아리기도 힘든 고은 시인의 많은 작품 가운데 단 한 편의 작품을 손꼽으라 한다면 우리는 단연코 「화살」을 들 수 있겠다. 언제 어느 때건 삶이 한시라도 힘들지 않을 때가 있었던 것인가? 시 「화살」에서 시인이 제기하는 강력한 화두는 아무런 반성 없이 현실에 안주하며 살아가는 우리 시대의 독자들에게 여전히 신선한 파괴력을 지니고 다가온다. 고은 시인의 일관된 노력은 오로지 자기성찰, 자아의 비판과 극복으로 항시 열려져 있었다.

고은 문학의 핵심은 인간존재를 억압하는 그 모든 질곡과 속박에 대한 끊임없는 부정, 용솟음치는 해방정신으로 눈부신 문학적 해탈의 세계에 도달하려는 시정신이라 하겠다.

▌인천공항에서 저자와 반갑게 만난 고은 시인

존재의 끝없는 이동 – 고은론

시작품
깊이 읽기

1. 질곡과 속박에 대한 부정, 그리고 해방 정신

1960년 6월, 문단에는 노란색 하드 카바의 조촐한 시집 한 권이 제출되었다. 『피안감성彼岸感性』이었다. 가야산 퇴설당堆雪堂 앞 뜰 커다란 파초 나무를 배경으로 찍은 한 납자衲子의 사진이 실려 있었으니 그가 이 시집의 발간자인 일초一超 스님, 즉 시인 고은이었다.

대체로는 그의 첫시집을 이 『피안감성』으로 일컫고 있으나, 이 시집의 말미에 실린 시인 자신의 후기에 의하면 『피안감성』이 발간되기 한 해 전에 『불나비』란 제목의 첫 시집이 발간될 뻔했었다고 한다. 그 시집이 발간되지 않은 경위를 단지 파판破版이란 말만으로 자세히 알 수는 없으나 시인은 '나의 20여 편의 주지적인 계열의 것들을 비롯해, 정주廷柱 선생의 경건한 서序, 긴 로마네스끄로 이루어진 형갑亨甲형의 발跋을 그때 다 잃었'으며, 다만 그 『불나비』에 애착이 갈 뿐이라고 상당한 미련을 표시한다.

그러나 1958년 〈현대문학〉지에 실렸던 추천시 「봄밤의 말씀」「눈길」「천은사운泉隱寺韻」 등이 고스란히 수록되어 있는 점으로 보아, 『불나비』에 편집된 웬만한 시편들이 대부분 『피안감성』에도 실렸을 것으

고은 429

로 여겨지므로, 이 『피안감성』은 사실상 그의 실질적인 첫 시집인 셈이다.

1951년 전쟁의 와중에서 그가 만 열여덟의 나이로 출가하여 가야산 해인사의 대교과를 마치고 1957년에는 선禪 과정을 이수하였으며, 1959년에는 이미 대덕 법계大德法階를 품수하였으니 승려로서 거쳐야 할 어렵고 힘든 과정을 모두 거쳤다. 이 과정에서 우리가 눈여겨보아야 할 대목은 그가 대덕 법계를 품수하기 한 해 전인 26세의 나이에 어느덧 한 사람의 관조적이며 사려 깊은 시인으로서 등단하고 있다는 사실이다. 여기서부터 어느 한 곳에 고정되어 있지 않으며 무한한 법열을 꿈꾸는 시인 고은의 문학적 방랑이 시작되고 있었는지도 모른다.

시집 『피안감성』 이후 현재까지 권수만으로도 거의 오십 여 권에 가까운 방대하고도 의욕적인 창작 활동을 전개해 온 그의 시 세계가 일관되게 보여 주는 성과들은 다각적으로 이야기되고 있지만, 그 중에서도 우리는 인간이라는 존재를 억제하고 억압하는 그 모든 질곡과 속박에 대한 끝없는 부정, 용솟음치는 해방 정신, 드디어는 눈부신 해탈解脫의 세계를 획득하는 시 정신을 맨 먼저 손꼽고 싶은 것이다.

기실 고은의 문학은 인간 존재에 대한 집요한 탐구 그 자체이다. 그러나 그의 문학 세계는 존재론적 문학론의 한 가지 방향으로 결코 고정되지는 않는다. 존재라는 개념에 대하여 우리는 한 사물이 그 자체의 성격과 법칙을 가지고서 다른 사물의 영향 밑에서도 변함없이 유지하고 있는 독자성이라고 풀이한다. 이렇게 볼 때 구체적인 문학 작품도 하나의 존재로서의 테두리를 벗어나지 못한다.

하지만 시인 고은은 존재의 내부에서 흡족한 표정을 짓고 있는 시속時俗의 모든 시인들을 경멸하면서, 그의 시를 존재의 바깥 영역으로까지 이끌고 나가서 확대, 탈출시키려 한다. 그가 1986년에 펴낸 시집 『시여, 날아가라』의 서문 끝 대목은 이점에서 그의 시를 읽는 독자들에게 크게 시사해 주는 바가 있다.

시여 시여 날아가라. 이 시집 속의 억제로부터.

그는 어떤 경우를 막론하고 시인 자신과 작품을 포함한 총체적 의미에서의 '존재'를 다른 장소나 공간으로 이동시키고자 한다. 그곳은 다름 아닌 일반성과 상투성, 범속성이 소멸된 세계이다. 그의 이러한 태도를 우리는 우선 '존재의 전이轉移'라고 명명해 둔다.

'존재의 전이'를 지향하는 그의 의지에 찬 노력과 성과는 그와 같은 시대를 함께 살아가는 우리나라 문단의 그 어떤 누구보다도 단연 독보적이다. 사실 대부분의 문학인들에게 있어서 '존재의 전이' 또는 이동은 하나의 높다란 이상으로 여겨지고는 있지만, 그것을 실제로 성취하는 과정상의 어려움, 힘겨움, 의욕의 부족, 소극성 따위로 말미암아 '병풍 속에 그려진 닭'에 지나지 않는다. 존재의 전이는 그만큼 불가능에 가까운 것이라고 생각한다.

이것은 어떻게 보면 현실에 안주하고 있는 범속한 시인들이 자신의 정신과 예술 세계를 거듭 태어나도록 하는 일에 참으로 무관심할 뿐만 아니라, 부단한 자기 탈각, 자기 극복을 감행해가지 않으면 안 되는 시인으로서의 책무를 방기해 버리는 현상과 무관하지 않다. 시인은 모름지기 자신의 창조적 열정과 정신세계가 노후하지 않도록 늘 새로운 모습으로 자신을 끊임없이 물갈이하고, 탈바꿈해 가야만 한다. 예술적 전위성이니, 신사상 새 방법의 획득이란 것도 결국은 '존재의 전이'는 현실(현재)에 대한 시인 자신의 강력한 불만이 전제되지 않고서는 도저히 불가능한 정신의 경지라 말할 수 있다.

대부분의 소극적인 시인들은 그들 자신의 문학 세계에 대하여 존재를 방기 상태로 내팽개쳐 두거나, 이로 말미암아 초래되는 존재의 위축, 존재의 답보, 심지어는 존재의 조로早老 현상까지도 흔하게 나타내고 있는 것이다.

그런데 시인 고은은 이 현상들을 모조리 극복했다. 그것도 자기와의 용맹스럽고도 필사적인 싸움 끝에. 바로 이 점이 시인으로서의 고은의 일차적 우월성이 아닌가 한다.

사실 눈부신 '존재의 전이'를 우리나라 민족 문학사에서 하나의 성과로써 보여 준 시인의 경우가 그다지 흔치는 않다. 김기림, 김광섭, 김규동 그리고 고은 등이 이에 해당될 것이다. 해방 시기의 여상현呂尚玄도 여기에 포함할 수 있을 듯하다. 공교롭게도 '존재의 전이'에 성공한 시인들이 하나같이 출발의 초기에는 모더니즘의 된 세례를 받았던 점이 이채롭다. 편석촌 김기림의 경우는 그 자신이 1920년대 식민지 조선의 시단을 가득 채우고 있던 로맨티시즘의 주정적主情的 기류를 우울한 병실의 공기로 비판함으로써 '존재의 전이'에 대한 우월감, 자기도취 따위가 작용했다. 그러나 김기림은 해방 이후 역사와 현실에 대한 깊은 고뇌의 시간을 경험한 끝에 시집 『새 노래』를 통하여 빛나는 '존재의 전이'를 이룩하고야 말았다. 구체적인 경과가 다르긴 하지만 김광섭, 김규동의 경우도 편석촌의 경우와 크게 다르지 않다.

다만 여상현의 경우는 일제말에 발표되었고, 또 작품 성향의 친일적 색조가 다소간 의심받고 있는 시 「공작孔雀」을 해방 후에 민족시의 분위기로 개작 발표함으로써 자신의 과거혐의를 극복하려 했던 점이 논란의 대상에 오르고 있으나, 해방 시기에 그가 지속적으로 나타내 보인 '존재의 전이' 에 대한 집요한 노력이 상당한 성과로 나타났으므로 그의 경우도 비교적 성공한 사례로 평가될 수 있을 것이다.

이처럼 '존재의 전이' 는 어디까지나 진실성에 기초한 끊임없는 자기부정의 실로 처절할 정도의 공력功力 끝에서만 이룩될 수 있는 예술적 성과이자 경지의 아름다움이라 하겠다.

2. 행려의식

그러면 고은의 시가 그 동안 펼쳐 보인 '존재의 전이' 와 그 문학적 경과는 어떠한 것이었던가. 초기 시에서부터 지금까지 고은 문학의 밑바닥을 줄기차게 꿰뚫고 흐르는 것은 행려의식行旅意識이다. 어느 곳이건 한군데 머물지 못하고 끊임없이 그 무엇인가를 찾아 헤매는 나그네의 정신적 갈증이라 할 것인가. 고은의 시는 첫 시집 『피안감성』에서부터 이미 그것을 보여 주고 있다.

그러면 떠나겠어요.
새하얀 모래 한두 줌 쥐어 보며
이 섬나라를 떠나겠어요.

봄이 오시는 먼 물가에

아지랑이의 하늘이 내려오고,

이제 헤어질 것이라고는 하나도 없이

외로움을 털고 일어나는 봄의 마음으로야

내 눈 눈물바람을 개어 주실까요.

그러면 떠나가야겠어요.

아주 작은 노을 저으며

물 그림자 이루어 타 보내며

구슬피 지는 노래도 될 테지요.

끝없었듯이 눈감고 떠나가야겠어요.

 (중략)

내 조각배는 잠을 싣고 어느 바다나 되겠지요.

– 시 「새 봄의 航行」 부분

 이 무렵의 시에서 그는 자신이 '섬 나라'에 갇혀 있다고 생각한다. 사방이 바다로 온통 둘러싸인, 수평선에 감금된 세계. 설령 그가 구도의 길을 걷고 있는 사미沙彌의 신분이라 할지라도 그곳에서의 생활은 궁극적인 정신의 충족을 주지 못한다. 마냥 거기서 버티고 살아간다는 것은 시인 자신에게 있어서 정신의 죽음, 고요, 황폐한 시간의 반복일 뿐이다. 그는 우선 떠남부터 결행하고자 한다. 하지만 그가 현재의 처소를 떠나서 어디를 행해 갈 것인가. 적어도 이 시에서는 그의 행려가 일단 목적하는 피안의 장소가 '어느 바다'로 극히 암담하며 불투명하다. 아무튼 그곳은 매우 광활하고, 무한한 고통이 예비된 시련의 공간임에는 틀림없다.

『선가귀감禪家龜鑑』의 첫머리에서 '여기에 한 물건이 있는데, 본래부터 한없이 밝고 신령하여, 일찌기 나지도 않고 죽지도 않았으며, 이름 지을 수도 없고, 모양 그릴 수도 없음이로다.' 有一物於此 從本以來 昭昭靈靈 不會生不會滅 名不得相不得가 말하는 '한 물건'이란 필시 그가 찾아 헤매는 대상이 아닌가 한다. 그것이 무엇인지 확연히 지적할 수는 없으나, 첫 시집 중「밤의 법열」에서 어머니의 자식 생각과, 아들의 어머니에 대한 그리움이 서로 만나 하나의 물소리를 이루는 정교한 시적 일치를 우선 떠올릴 수 있고, 또한 더불어 겨울 남강을 뒤덮고 다가오는 봄을 눈물겹게 묘사한 시「진주 남강」의 슬픈 아름다움을 연상할 수 있겠다.

> 아 어머니는 안 자고,
>
> 밤으로야
>
> 밤낮으로야
>
> 흐르는 것 다 고요가 되니
>
> 가으내 간 물소리는 어느만큼 가 자는지.
>
> 아아 춥고 기꺼워라. 이러하다가
>
> 어느덧 나의 마음으로부터 나아가는 물소리 앞에야,
>
> 어두움아 나의 마음을 비치어 보아라.
>
>   ─ 시「밤의 法悅」 전문

맨 처음 '물소리'를 따라가던 그의 그리움은 드디어 붙박여 있던 처소를 떠나, 일체의 머무름을 거부하는 행려자의 의식으로 상승 표출된다. 고은이 첫 시집 이후에 펼쳐간 화려한 세계들도 사실상 행려 의식의 다각적인 변용에 다름 아니다. 이처럼 떠남에 대한 끊임없는 내적 탐구와 고뇌는 고은의 문학 세계 전반을 꿰뚫고 흐르는 가장 중요한 중심 주제로 제기된다.

그는 이미 첫 시집에서부터 「어린 시절의 기행紀行」 「증언證言」 「눈의 이별」 등의 시가 보여 주는 바와 같이 길, 나그네, 고향, 이별 따위의 중심 주제 형성에 관한 구체적인 징후를 나타내 보이고 있다.

첫 시집 『피안감성』 이후 그의 행려의식이 하나의 새롭고 신선한 생명력을 머금고 넉넉한 가능성으로 되살아나게 되는 것은 다섯 번째 시집인 『문의文義 마을에 가서』(1974)이다. 첫 시집 발간 이후 13년 동안 그는 『해변의 운문집』(1966), 『신神, 언어, 최후의 마을』(1967), 『여수(旅愁)』 등의 시집을 발간한다.

이 과정에서 그는 「한국대인사韓國待人詞」 「슬픈 씨를 뿌리면서」 「밭두렁에서」 「여수」 등과 같은 주목할 만한 시편들을 생산하기도 했다. 그의 행려 의식은 이 시편들의 정서 공간을 통과해 가면서 역사 현실과 민족성, 그 속에서의 자아의 깨달음 따위를 점차 확대 보강시켜 간다.

> i) 너무나도 내 말을 잘 듣는 보섭이 지나간 밭을
>
> 이 싱싱한 領洗의 흙이 마르기 전에
>
> 절름발이 갑돌아 콩을 뿌려라
>
> 우리 나라 햇빛 속에는 臨終이 들어 있다.
>
> 갑돌아 어서 콩을 뿌려라
>
> － 시 「밭두렁에서」 부분

ⅱ) 할아버지는 우리 나라의 가락을 여기저기 찾아다녔습니다.

(중략)

아버지는 짤랑짤랑 방울 흔들며 소금사려 외우는 소금장수였습

니다.

하동 광양땅 백운산이 아득하고

바람이 하염없이 부는 아무데서나 머물었습니다.

(중략)

日帝 때 내 가오리연은 새처럼 사라졌습니다.

흐린 하늘에 대고 내 작은 주먹은 슬픔을 쥐었습니다.

(중략)

할아버지도 찾다 찾다 만 가락, 아버지도 떠돌다 버린 가락

결코 내 음악이 될 수 없게 깊이깊이 물길 끊긴

그 가락을 나는 양코쟁이 노래 은덕으로 찾을 수 없었지요.

지금 노래해야 합니다. 우리나라의 꽃다운 가락을 찾아야 합니다.

― 시 「슬픈 씨를 뿌리면서」 부분

ⅰ)에서 우리나라 햇빛 속에 들어 있다는 '임종'의 표현은 놀라운 발견이자 깨달음이다. '임종'은 슬픈 과거와의 결별, 그것으로부터의 이탈, 혹은 현실 안주의 위기감에 관한 자기 각성과 동의어이다. 고은 시인의 문학적 행려는 이러한 의지를 굳건히 깔고 전개되어간다.

ⅱ)는 연대기적年代記的인 가족사, 혹은 민족사의 슬픔과 그 굴곡 많았던 내력이 훌륭히 정리되어 있다. 이 단계에 이르러 시인은 그가 앞으로 이끌고 가야할 평생 과업이 무엇인가를 확연히 깨닫는다. 그것은

바로 '우리나라의 꽃다운 가락'을 재현, 회복하는 일이었던 것이다.

그러나 이 시기 그의 시에서 「애마愛馬 한스와 함께」와 「저녁 숲길에서」가 드러내는 정서의 빛깔은 어딘가 모르게 서구풍의 엑조티시즘 따위가 느껴진다. 60년대 중·후반의 전형적인 시단 분위기에 흡수된 경향으로 볼 수도 있으나 안정될 만하며 불쑥불쑥 고개를 들고 나타나는 이국적 감수성은 그의 행려 의식이 머금고 있는 놀라움과 기대에 한 가닥 불안의 그림자를 드리운다. '사세마四歲馬 한스' '물 건너 종소리' '주홍朱紅 꽃신' '하얀 띠의 길' '캐비지밭' '미자르별' 따위가 주는 느낌은 일단 토속성, 주체성과 거리가 밀착되지 않는 것이 사실이다.

더욱이 「저녁 숲길에서」는 구어체의 전개임에도 불구하고 그것의 번역조를 방불하게 하는 다변, 부연, 공연한 우희, 의미 없는 말 이어가기 따위의 징후가 우려를 느끼게 한다. 이러한 수다스러움에 가까운 다변, 혹은 장광설은 고은 시에서 최근까지도 극복되지 못하고 있는 부정적인 요소들이라 하겠다.

다시 『문의 마을에 가서』를 주목하기로 한다. 시집의 제목도 그러하거니와, 이 시집에는 유달리 처소격 조사인 '~에서'가 붙은 제목이 많다. 그것은 때로 섬진강, 문의 마을이기도 하고 연희동, 청수장, 죽사竹寺, 제4한강교, 청진동, 광화문, 일선사, 남한, 용인 절터, 수유리, 돌배나무 밑, 영월, 라일락 앞, 추풍령, 정릉 등 하고 많은 국내의 여기저기를 표랑해 다니는 시인의 처소이기도 하다.

하지만 그 처소들 중에서 시인은 어느 한 곳에 결코 머무르지 않는다. 그럼에도 불구하고 이 시기 고은의 시세계가 보여 주는 행려 의식은 매우 특별한 광채로 번뜩이기 시작한다. 그것은 아마도 그가 시집의 후기에서 천명하고 있는 것처럼 드디어 자신이 '사람과 사람 사이'로 되돌아 왔다는 확신을 갖고서 시 창작에 그 확신을 적극적으로 반영하고 있기 때문이다.

> 나는 일종의 시 정신사의 매듭으로써 내가 언어의 편인가, 사물의 편인가 또는 허무의 편인가를 분명하게 결단할 수 없는 근본 유랑根本流浪 가운데서 떠돌지 않으면 안된다는 것을 확신해 오고 있습니다. 이런 생활이나 자신의 동시대 진실을 지향한 것인지도 모릅니다.
>
> 그리하여 나의 지난 날에 천착했던 자연, 선禪, 사자死者의 풍경으로부터 나는 역사의 절벽과 상황 또는 민족 이데아, 사람과 사람 사이의 삶의 감동에 돌아왔습니다.
>
> — '독자에게' (시집 『문의마을에 가서』의 후기 부분)

이 시집에 대하여 시인 자신은 '중기시의 1차 정리'라는 의미로 고백한다. 생각컨데 이는 사실일 것이다. 그의 시는 이 시집에 이르러서 드디어 하나의 획기적인 반전反轉을 이루는 형상을 보인다. 이 형상이 다름 아닌 존재의 전이, 바로 그것이다.

> i) 이제 살아 있는 것과 죽은이가 하나로 되어 강물은 求禮 谷城 누이들의
> 界面調 소리를 내는구나
>
> 「강에서」 부분
>
> ii) 겨울 文義에 가서 보았다.

죽음이 삶을 꽉 껴안은 채

한 죽음을 무덤으로 받는 것을

– 「문의 마을에 가서」 부분

iii) 보아라 새벽마다

어금니를 갈아

가난이와

풀린 흙을 삼겨서

우리 나라의 오랜 삶은 이루어졌지만

그것이 여기 진달래로 피어서

눈 못뜨고 마른 하늘조차 흐득흐득 우는구나

– 「진달래」 전문

i)과 ii)는 하나의 분명한 깨달음의 경지이다. 모든 '살아 있는 것과 죽은 이가 하나로 되어' 있는 광경과 '죽음이 삶을 꽉 껴안은' 모습은 다름 아닌 생사 일여生死一如의 깨달음이요, 부증생 부증멸不曾生 不曾滅의 초월적 경지이다. 생과 사를 분별하고 거기에 별도의 가치를 두는 것은 세속적인 판단에 지나지 않는다. 무릇 삶과 죽음에 관한 분별, 또는 편향을 차단하기 위해서는 모름지기 그 분별을 일시에 깨뜨리는 폭지일파爆地一破이외엔 달리 방법이 없으니, 시인은 생사의 편향을 극복하는 방향으로 또다시 그에게 친숙한 선가禪家의 힘을 의지하게 된 것이다.

항상 무명無名에 덮여서 어둡고 검은 칠통漆桶과 같은 마음, 아무리 세월이 경과해도 깨뜨려지지 않는 마음속의 어둠, 시인은 드디어 그의 네 번째 시집 『문의 마을에 와서』(1974)에 이르러 그 갑갑하고 불편한 칠통을 단숨에 깨뜨려 버렸다. 이제 그는 이승의 생과 저승의 죽음을 하나로 엮어서 종횡무진 감당할 수 있는 참 시인의 정신적 경지를 터득하게 되었다. 이제 그는 한 경지를 깨닫게 되었으나 그의 판단, 그의 안목이 과연 얼마나 정당하고 올바른 것인지를 결택決擇해 줄 더 밝은 눈을 지닌 스승을 만나야 할 단계에 이르렀다. 과연 그 스승은 누구인가.

3. 민족 민중의 발견, 그리고 민족 문학

4시집이 출간되던 해에 시인은 유신 독재 정권의 반민주적 폭압, 더욱 골이 깊어져 가는 분단 체제의 수렁, 질식 직전으로 느껴질 정도의 경직된 사회 분위기에 적극적으로 대응하여 이 음모를 분쇄해 보려는 의지를 갖게 되었으니, 그 첫 번째의 성과가 자유 실천 문인 협의회의 창설과 민주 회복 국민 의회에 문인 대표로 참가하게 된 것이다.

이후 1980년대 초반까지 그의 군사 독재 정권에 대한 적극적인 응전과 투쟁은 실로 처절할 정도의 혈전이었다. 대통령 긴급 조치 9호 위반으로 투옥(1977), 한국 인권 운동 협의회 부회장(1978), 민주주의 민족통일 국민연합 중앙상위 부위원장(1978), YH사건으로 국가 보위 특별법 위반으로 투옥(1979), 〈실천문학〉 창간(1979), 노동 학교 교장(1980), 내란음모죄, 계엄법 위반으로 15년 선고 복역(1980) 등 일일이 예거하기조차 힘들만큼 잘못된 현실 정치와 역사의 파행에 대하여 정면으로 맞서 싸우고, 투옥, 고문, 감금 따위의 이루 형언할 길 없는 모진 고통을 치루었다.

이 숨 가쁜 과정 속에서 그는 문학을 통해 소중하게 터득한 생사 일 여에 관한 안목과 경지, 또한 그것의 정당성을 시험받을 수 있는 스승을 만났으니, 그 스승이란 다름 아닌 '민족'과 '민중'이었던 것이다. 민족과 민중이야말로 그의 스승이며, 스승으로서의 민족과 민중은 그의 깨달음을 결택정안決擇正眼하는 가장 매서운 시험장이었다.

i) 어버이도 아들도 벗도 베허라
　　만나는 것들
　　어둠 속의 칼날도 베허 버려라
　　다음날 아침
　　天地는 죽은 것으로 쌓여서
　　내가 할 일들은 그것들을 묻는 일

　　　　　　　　　　　　　　　　　－「살생(殺生)」 전문

ii) 임이여 나는 십만억토 지나는 서방정토에 가지 않으렵니다
　　죽어도 이 나라 한 점으로 있으렵니다
　　죽어서 몸뚱이야 흙이 되건만
　　물과 바람 하나 되건만
　　그것으로 이 나라의 산들바람도 되건만
　　내 뜻이야 중음신 신세 박차고 그대로 남으렵니다
　　남아서 이 나라 강산 전내기로 취하렵니다

　　　　　　　　　　　　　　　　　－「임종(臨終)」 부분

i)은 시집『문의 마을에 가서』에 실린 작품으로 세속적인 모든 분별에 대한 일체의 거부와 타파를 표시하고 있다. ii)는 이후의 시집『입산』에 수록된 작품인 바, 지금까지의 모든 고정 관념, 미련, 세속적인 환상, 미몽迷夢 따위로부터의 완전한 결별 선언이다. 그러므로 이 시에서의 '임종'은 과거 자아의 단절이며, 또한 앞으로 만에 하나로도 나타날 수 있는 낡은 관습성에 대한 매서운 자기 차단의 표시이다.

시집『입산』에 실린 작품으로 시「뜻」을 우리는 주목하고 싶다. 이 작품은 불과 12행밖에 되지 않는 소품이다. 그러나 이 시의 문체는 정신적 표류, 떠돌이 의식을 일단 정리하고 민족과 민중의 총체성에 거처를 정한 이후의 고은 시가 확보해 가는 강건하고 호방하며 자유 자재한 문체의 정격正格을 보여 준다고 할까. 그런 뜻에서 특별한 작품이다.

韓半島 씨잉! 하는 乾겨울 좋아라
바람 한 점 없이도
천지에 꽉 찬 얼음이라 혼이라
흐지부지 살지 말라
어느 댁 마고자 태평성대 말하는구나
우는 사람 앞으로
춤추는 날 오지말라
울다가
울다가
그 울음 얼어 붙어
이 악문 大關嶺 동태로 맛 들어라

이 나라 쓴 맛 단 맛 들대로 들어라

- 「뜻」 전문

이 시의 첫 행부터가 그러하지만 한창 말 배우는 어린 아이의 천진
스런 눌변처럼 도처에서 서술의 축약縮約이 주는 멋진 효과를 재치 있
게 활용하고 있다.

韓半島 씨잉! 하는 乾겨울 좋아라.

이 대목은 4음보격을 느끼게 한다. 이를 서술적 문장으로 풀어보면
다음과 같다.

韓半島(의 전체 상공을) 씨잉! 하는 (세찬 소리를 내며 삭풍이 불어가는 바싹) 마
른 겨울(철이 나는)좋아라.

원래 이런 서술 형태였을 문장을 조사도 과감히 없애고, 반드시 따
라 붙어야 할 필연적 서술도 제거함으로써 장소와 상황의 긴장성을 훨
씬 고조시키는 일에 성공하고 있는 것이다. 심지어는 서술 축약을 위해
'마른 겨울'도 '건乾겨울'로 한 음절 줄였다.
이런 눌변訥辯의 시학은 지난 시기의 시 「밭두렁에서」 「십삼야十三
夜」 등에서 일찍이 그 잠재력을 구사해 보인 바 있으나, 작품 전체에까
지 파급된 이러한 민중 언어태가 훗날 그의 시정신의 탁월한 한 경지를
획득한 것으로 평가되는 연작시 「만인보」, 민족 서사시 「백두산」 등에

서 호방하고도 신선한 생명력을 지니고 효과적으로 구사되어졌음은 물론이다.

4. 반성과 극복의 변증법

시인 고은이 그 자신을 결택정안하는 스승으로 민족과 민중을 의탁하게 되고서도 그의 이른바 '근본 유랑'은 한참 동안 안정된 자세를 얻지 못한다. 어느 해 여름 그는 큰 강물로 불어난 한강의 도도한 흐름 앞에서 심한 두려움과 주저, 자포자기마저 느끼게 된다.

한강 장마 그 드넓은 황토 강물에

나 天涯孤兒 몸뚱이 부들부들 떨린다

일언이폐지하면 거기 뛰어들어 떠내려가고 싶을 뿐

나 모르겠다

– 「표류(漂流)」 부분

역사는 말 그대로 하나의 도도한 흐름을 이루며 언제나 불변의 몸피를 유지한다. 특히 격동기에 있어서의 삶은 한 지식인에게 있어서 갈등과 주저를 강요하는 것인가. 시인은 자신을 '천애고아'에 비유하며, 넘실거리는 강물의 흐름 속에 무작정 투신 충동을 느끼기도 하고, 급기야는 자아의 방기 상태에 빠지기도 한다.

그러나 시인은 한 순간의 이러한 무력감과 당혹, 또는 맹목성을 냉철한 자기비판과 의지로 극복을 하고 드디어 시집 『문의 마을에 가서』
이후 또 하나의 획기적인 반전이라 할 수 있는 시집 「새벽길」을 펴내게
된다. 이도 역시 존재의 전이 지향이 이룩한 성과이다. 이 시집에서의
압권으로 단연코 「화살」을 손꼽는데 우리는 주저하지 않는다. 이 시는
너무도 널리 알려진 고은 시의 대표작이다.

70년대를 살아가면서 심한 좌절과 갈등, 무력감에 빠져 방황하는
전체 민중들에게 아마도 시 「화살」만큼 가슴을 격동 고무시키는 절창
은 그리 흔치 않았던 듯하다.

> 우리 모두 화살이 되어
>
> 온몸으로 가자
>
> 허공 뚫고
>
> 온몸으로 가자
>
> 가서는 돌아오지 말자
>
> 박혀서
>
> 박힌 아픔과 함께 썩어서 돌아오지 말자
>
> 우리 모두 숨 끊고 활시위를 떠나자
>
> 몇십 년 동안 가진 것
>
> 몇십년 동안 누린 것
>
> 몇십 년 동안 쌓은 것
>
> 행복이라던가
>
> 뭣이라던가
>
> 그런 것 다 넝마로 버리고

화살이 되어 온몸으로 가자

허공이 소리친다
허공 뚫고
온몸으로 가자
저 캄캄한 대낮 과녁이 달려온다
이윽고 과녁이 되 뿜으며 쓰러질 때
단 한 번
우리 모두 화살로 피를 흘리자
돌아오지 말자
돌아오지 말자

- 「화살」 전문

그런데 이 작품을 다시금 꼼꼼히 읽어보게 되면 한 선지식善知識으로서의 시인의 절규에 가까운 호소가 과연 당대 현실과 이후의 역사에서 얼마만큼의 효력으로 담보될 수 있었던가 하는 점에 자못 의문이 든다. 이 시에서의 화살은 3연에서의 진술처럼 '저 캄캄한 대낮'을 수십 년 동안 지배해 온 민중에 대한 억압 세력을 단적으로 겨냥하고 있다.

그 억압세력(파쇼라고도 이름 할 수 있는)은 2연의 서술과 마찬가지로 '몇 십 년 동안 누린' 위선적인 명예, 호사, 부귀가 결코 보통이 아니며, '몇 십 년 동안 쌓은' 허망한 지위, 학문 따위로 둘러싸여 있다. 이른바 기득권이라고 하는 것을 모조리 장악해 온 독점 세력들이다. 그런 그들에게 스스로를 모두 파괴 부정하기를 바라고, 포기를 요구하는 것이 얼마나 무리이고 비현실적인가.

화살이 가서 꽂힐 목표는 이미 분명히 설정되어져 있다. 심지어 그 목표는 '저 캄캄한 대낮 과녁이 달려온다'에서 보듯, 표적 스스로가 확대되어서 도저히 피할 수 없는 간절한 당면 과제로 우리 앞에 제기되고 있음을 일깨운다. 시인은 결국 '우리 모두 숨 끊고'라든가 '박힌 아픔과 함께 썩어서' 또 '그런 것 넝마로 다 버리고'의 문맥들이 발산하고 있는 메시지처럼 과감한 자기 포기, 자기 희생, 자기 부정의 정신을 종용하고 있는 것이다.

그것은 주로 기득권 계층을 위시해서 '캄캄한 대낮'을 걷어내려고 애쓰는 모든 민족, 민중 전체를 향해 던져 보내는 격문이기도 하다. 그러나 우리는 '온몸으로'라고 시인이 힘주어 말하는 대목에서 오늘날의 민중, 민주화 운동, 분단 극복 운동, 민족 문학 운동이 지니고 있는 미온적인 소극성, 현실 안주적 성격, 정체성 따위의 부정적 요소를 호되게 꾸짖는 경구警句의 느낌을 받는다.

한편 고은의 시 '화살'을 읽으며 이 작품에서의 활 이미지가 불교 사상에서 기초된 것이 아닌가 라는 추측도 한다. 『선가귀감』 10장에는 활과 활시위에 관한 다음의 비유가 나온다.

부처님은 활같이 말씀하시고, 조사祖師들은 활줄같이 말씀하셨다.
諸佛說弓 祖師說絃

활같이 말씀하셨다는 것은 굽다는 뜻이요, 활줄같이 말씀하셨다는 것은 곧다는 뜻이며…

說弓曲也 說絃直也

이 대목에서 '굽음' 과 '곧음' 은 무엇을 의미하는 것일까. 아마도 사물과 현상, 혹은 불법에 대한 풀이의 방법과 관련된 것이 아닌가 한다. 즉 굽음이란 제유, 풍유, 인유, 암유의 방법적 총체성일 터이고, 곧음이란 굳이 비유에 의거하지 않은 상태, 즉 무비유, 초비유의 경지일 것이니 굽음과 곧음이 함께 조화를 이루어서 불경의 오묘한 선적禪的 문체를 형성하는 것이다. 이런 관점에서 볼 때 시 「화살」은 온통 경전적인 선禪 비유로 가득 찬 구성 방식을 나타낸다.

정서 리듬의 기하학적 도형은 굽음보다 오히려 직선형의 곧음으로 일관되고 있으니 그만큼 조사적 설법祖師的 說法에 가깝다 할 것이다. 격하고 거친 느낌이 그것이다. 거칠지만 읽기에 거부감을 주지 않고 도리어 독자들이 작품의 정서 공간 내부로 자연스럽게 흡입되는 느낌을 받는 것은 시에서 초비유의 경지가 독자의 감정 속으로 아무런 장애 없이 곧바로 돌입해 와서 즉시 일치를 이루는 일조의 정신적 수혈 작용을 하고 있기 때문이다. 시 「대웅전大雄殿」과 「새벽길」이 주는 느낌도 바로 이러한 효과 그대로이다.

시집 「새벽길」 이후 시인은 다시 한 번 자신의 시혼에 불을 지피니 그것이 시집 『조국의 별』(1984)이다. 80년대 초반 광주 민중 항쟁을 무력으로 짓누르고 등장한 군사 독재 정권에 의해 잔혹한 영어囹圄의 고통을 치르고 나온 직후 펴낸 이 시집에는 도합 90편의 시 작품이 수록되어져 있는 바, 시인은 후기에서 '이 시집의 대부분은 사실은 최근 두어 달 사이의 것' 이라고 밝힌다.

하지만 실제로 이 시집에 실린 상당수의 작품은 옥중시절부터 그 상상력을 키워 온 것이다. 고은은 이 무렵부터 신들린 듯한 창작 시간, 질풍노도와 같이 밀어닥치는 시적 영감으로 시를 써가는 범상을 초월한 다작의 시간으로 돌입한다.

> i) 이 시집의 대부분은 사실은 최근 두어 달 사이의 것이다. 못견디도록 시가 자꾸 씌어지는 그런 경우였다.
>
> — 「조국의 별」 후기 부분
>
> ii) 나는 시를 위해 태어났다.
>
> — 시집 「눈물을 위하여」 후기 부분
>
> iii) 내가 지금 죽어 버린다 한들 1천년 뒤에도 내 마음은 살아남아서 그 시대의 모국어를 통해서 시를 지어낼 것임이 틀림없다.
>
> — 시집 「아침 이슬」 중 시인의 말 부분
>
> iv) 왜 이렇게도 시가 좋은지 모르겠다.
>
> — 시집 「해금강」 중 시인의 말 부분

이 인용문들은 대개 시인이 이무렵 자신의 시집에서 엄청난 다작에 관한 심경을 밝힌 변辯의 일부이다. 시에 관한 애착, 집념, 무한한 사랑의 마음을 곡진하게 고백하고 있다. 사실 문학인이 이렇게 자신의 문학에 대하여 당당하게 말할 수 있기란 쉽지 않다.

시집 『문의 마을에 가서』가 고은 중기시의 1차 정리라면, 그 2차 정리라 할 수 있는 성격의 시집 『조국의 별』에 잠시 눈길을 멈추어 본다. 초기 시에서부터 시종 일관 고은 시의 밑바닥 힘으로 작용해온 근본 유랑, 또는 행려 의식은 이 시집에서도 마찬가지로 저층底層을 이룬다.

> 우리에게 너무 많은 것들이 체류하고 있다
> 우리에게 너무 많은 것들이 주둔하고 있다
> 이제 모든 것이 항구에서 떠나는 날을 위해서 나는 버글버글한 타락을
> 지나서 항구로 가야겠다
> (중략)
> 저것들을 거절하기 위해서
> 나는 아무래도 항구로 가야겠다
>
> — 시 「항구(港口)」 부분

이 시에서의 '떠남'의 주체는 자아가 아니라, 객체이다. 그 객체란 이질성, 박래성舶來性, 비주체성 따위이다. 이들이 지난날 왕조 말기 이래로 민족사에 얼마나 큰 상처와 아픔을 주어왔던 것인가. 고은의 초기 시는 대체로 근원적인 가치를 찾아서 표랑해 다니는 정신적 떠돌이 의식의 표현이었으므로 떠남의 주체는 어디까지나 시인 자신이었다.

하지만 시집 『조국의 별』에 이르러 떠남의 양식은 사뭇 달라진다. 민족사의 중심부에 튼튼히 자리 잡고 있는 시인은 민족사의 회복과 순조로운 발전에 장애를 주고 있는 모든 객체를 결단코 떠나보내려는 갈망으로 가득 차 있다. 이 시집은 대개 이런 갈망과 의지로 넘실거리고 있으며 시 「길」 「먼 길」 「자작나무 숲으로 가서」 「한천을 따라」 등의 계열에서 특히 이런 지향이 두드러진다.

ⅰ) 길을 보면

나에게 부랴부랴 갈 데가 있다

(중략)

길을 보면

나는 불가피하게 힘이 솟는다

나는 가야 한다

나는 가야 한다

어디로 가느냐고 묻지 말아라

저 끝에서 길이 나라가 된다

– 시 「길」 부분

ⅱ) 찬란한 동지들이여 우리에게는 몇 년으로 다할 길은 없습니다

내일 모레 당장 다다를 데가 한반도의 아무데도 없습니다

작은 땅에서 길은 가장 먼 길입니다

몇십 년을 걸어온 우리에게는

아직도 몇십 년 몇백 년이 걸리는 먼 길 뿐입니다

– 시 「먼 길」 부분

ⅲ) 나는 광혜원으로 내려가는 길을 등지고 삭풍의 칠변산 험한

길로 서슴없이 지향했다

– 시 「자작나무 숲으로 가서」 끝부분

ⅳ) 典型! 전형이 사상에서 해라 마라의 명령으로 전락한다면

그것을 단호하게 버리기 위해서는 우리는 더 걸어야 한다

– 시 「한천을 따라」 끝부분

이 시 작품들의 인용 부분에서 '길'의 의미는 자못 의미심장하다. 쉼과 지침을 모르는 이 무한 표랑無限漂浪의 힘은 과연 어디로부터 분출하는가. 그 힘은 전적으로 다른 무엇보다도 끊임없이 '존재의 전이'를 꿈꾸고, 어떤 악조건 속에서도 그것을 실현해 왔던 시인의 기질과 노력 덕분이다. 그의 보행은 늘 한결같지 않고 갈수록 그 보행의 속도를 더해간다. 그만큼 시인 자신에게는 그것이 행복이자 동시에 고통의 시간들이다.

그 길의 막다른 끝(이러한 끝이 과연 있을는지 의문이지만)은 완전한 나라, 완전한 민족의 수립이니, 결코 초조와 성급한 의욕으로 해결이 불가능한 것임을 시 ii)는 알려 준다. '작은 땅에서 가장 먼 길'인 이 길에서는 순조로움과 평탄한 시간이 단호히 거부된다. 그것은 시 iii)에서처럼 광혜원으로 내려가는 쉽고 편한 길이 아니라 삭풍이 휘몰아치는 칠현산 쪽의 가파르고 험한 길이다.

더불어 우리가 완전한 나라, 완전한 민족을 이룩하기 위해 고투해 가는 과정에서 노력이나 운동의 성질이 깨닫지 못하는 사이에 지나치게 도식주의로 빠진다거나, 다분히 기하학적 인식으로 전락되는 사례들을 iv)에서 경계하고 있는 모습도 특이하다. 도식주의의 경직성은 목적의 성취를 돕는 것이 아니라 도리어 장애를 초래할 뿐이니, 이로 말미암아 우리가 그렇게도 타파 청산하려 했던 획일주의가 어느 틈에 우리들의 삶 깊숙이 침투해 들어오게 되는 것이다. 그것은 결코 발전이 아니라 전락이요, 퇴보라는 인식을 시인은 보여 준다.

봉건적 관습의 굴레와 그 되풀이를 사정없이 끊어버리기 위해서도 '존재의 전이'를 위한 각고의 노력은 항시 지속되어야 한다. 이 경우

'존재의 전이'가 의미하는 것은 철저한 자기 점검, 자기 극복 바로 그 자체이다. 시인은 이무렵 민족 문학과 관련된 이론적 모색과 활동을 겸하면서 새로운 '존재의 전이'를 성취하기 위한 적극적인 자기 극복을 시도한다.

> 평론집 『문학과 민족』을 낸 직후 나는 그것으로부터 떠나야 했습니다. 그 논리의 기득권에 안주한다는 것은 원칙에 대한 停滯가 될지 모르기 때문입니다. (중략) 문학이 누구의 것이냐 라는 본질적인 질문이 우리에게는 민족 내지 민중 자체의 시대적 정의를 요구하는 현실적인 질문이기도 한데 바로 여기에서 민족문학의 명확한 과제가 발생합니다. 이른바 식민지 문학과 전후문학의 허상에 이의를 제기한 이래 '창비'의 참여문학→시민문학→농민문학→민족문학의 거듭된 진전, 자유실천문인협의회의 민족문학 내지 실천문학, 80년대의 민중문학의 양적 발전에 이르는 오늘의 민족문학은 그 발전 자체가 끊임없는 자기 비판의 결실이라는 점에 주의해야 합니다.
>
> — 평론 「민족문학은 실천이다」 부분

5. 우리 시의 진정한 외세 극복

이로부터 시인은 시집 『시여, 날아가라』(1986), 『전원시편』 『만인보』(1986), 『아침이슬』(1990) 『눈물을 위하여』(1990), 『해금강』(1991), 서사시 『백두산』의 집필 및 발간 시작, 시집 『내일의 노래』(1992) 등을 잇달아 발간하며 종횡 무진, 민족 시인으로서의 숨 가쁜 행보를 스스로 재촉해 간다.

이 시기는 고은의 중기 시에 해당하는 제3기로서의 의미를 지닌다. 그 동안 시인 고은이 악전고투로 펼쳐왔던 '존재의 전이'와 그 눈부신 해탈이 거둔 성과는 일단 문학사에 깊이 뿌리 박혀 하나의 요지부동하는 전통 그 자체의 위상으로 확정되고 있다. 고은 시인은 동 시대의 그 어느 누구보다도 변증법적인 자기비판과 자기 극복으로 앞질러간 가장 대표적인 민족 시인으로서 도저히 그의 시 정신을 뛰어넘기가 힘든 경지에 이미 그는 가 있었다.

이 시기의 작품들은 우선 형태적으로 장시형과 단형 소품의 계열로 뚜렷이 구획되어진다. 면밀하게 읽어 볼 때에 장시형보단 단형 소품이 훨씬 작품으로서의 높은 성취에 도달하고 있음을 발견하게 된다. 장시형은 주로 특정한 인물, 사건에 대하여 쓴 일종의 행사시의 성격을 지닌 것이 많다. 장시형은 대체로 길게 반복되며 늘어지는 서술 형태가 서사성에 의해 극복되지 않은 한 독자들에게 일단 시각적 효과를 집중시키기에 부적절하다. 반복되는 중언 부언, 감정의 격앙을 풀지 않은 문맥의 과도한 긴장성, 잦은 영탄 등이 경우에 따라서 작품의 원래 의도를 감소시키는 사례들이 잦다. 낭송용으로 쓰여지는 행사시로서의 효과는 어느 정도 기대할 수 있을 것이다.

이 시기에 시인은 너무도 잦은 행사시를 거의 혼자서 전담하다시피 하였고, 이 경험은 결과적으로 시 작품이 확보해야 할 서정적 긴장을 상쇄시키면서 하고 싶은 말을 우선적으로 앞세우는 습관을 발생시키게 되었다. 공연한 장광설, 느닷없는 감정의 고조, 필요 이상으로 독자들

을 시 작품에 묶어두는 불편과 번거로움, 설명으로 풀어지는 부분 따위
가 그 표본적인 사례들이다.

> 보라 우리가 가는 큰 길이여
> 큰소리 치며 뻗은 큰 길이여
> 대저 민중으로 가는 길이여
> 민중은 그 누구도
> 제가 죽어도 그것으로 끝나는 것이 아니라
> 그 뒤를 이어 준다고 콱 죽으며 믿는다
> 대지 위 끝없는 길이 그것을 열번이나 말하고 있다
>
> — 「우리는 큰길에 이르렀다」 부분

　　진정한 가치의 모색을 위해 끝없는 근원 유랑의 흐름에 실려서 정
리되던 팽팽한 정서의 긴장이 별반 느껴지지 않을 뿐 아니라, 시인은
무언가를 자꾸 해설하지 않으면 안 될 것처럼 스스로 행동한다. 마구
쏟아지는 감정의 분비를 억제를 통한 자기 조절로 이끌지 않고, 오히려
조절 장치를 의식적으로 풀어버린다.

　　독자를 줄곧 납득시키려는 어투도 은연중에 불편하게 느껴진다. 초
기 시 「애마 한스와 함께」 「저녁 숲길에서」가 드러내는 장광설과 공연
한 다변주의多辯主義 및 그것들과 관련된 우려가 이 시기에 이르러 사뭇
방만성을 띠고 나타났으니 시인은 언어의 고삐를 너무도 느슨하게 쥐
고 있었는지도 모른다. 이러한 창작상의 한 분위기에 젖어있다는 사실
은 시인이 그토록 집요하게 노력해 온 자기 점검, 자아 극복의 태도와

는 정면으로 대립된다.

시인은 한시 바삐 이로부터 또다시 떠날 채비를 갖추지 않으면 안된다. 단형 소품들이 한 출구로서의 가능성을 넉넉히 보여 준다. 단형 소품의 경우 「땀」「죽음」「함박눈」 등이 비교적 선명한 인상으로 우리들의 기억에 각인되어 있다. 그 가운데서 특히 「함박눈」 같은 작품은 매우 강렬한 감동을 준다.

> 함박눈 내리는 날
> 짐승들도
> 출출 시장끼 무릅쓰고
> 조용히 제 집에 들어가 있다
> 나도 집에 있다
>
> 함박눈 내려
> 우리 나라에는 종교가 필요없다
>
> 아휴 징그러워라 우리 나라 종교라니
>
> ― 「함박눈」 전문

이 시의 행 형식은 도합 3연 8행에 불과하다. 그럼에도 불구하고 이 작품이 내포하고 있는 사상적 공간은 서사시 한 편에 거의 필적한다. 축약형의 문장들이 도처에서 광채를 발하고 있을 뿐 아니라, 5행→2행→1행으로 구성된 연 형식도 깊은 의미를 담고 있는 듯하다. 집, 함박눈, 종교 등의 의미들도 범상하지 않다. 자연의 순리와 그 질서를 조용히 받아들이는 이 세상 모든 존재들에 대한 축복의 의미로 읽혀지기도 한다.

그러나 '우리나라 종교'로 표상되는 권력, 독점 자본, 독재, 사대주의, 총체적인 매판성 따위에 대한 형언할 길 없는 경멸과 혐오감의 표시를 시인은 '징그러워라'라는 가장 짧은 한마디 말로 압축하여 웅변적인 효과를 거두기도 한다.

시집 『아침 이슬』(1990.6)의 발문에서 비평가 김명인이 고은 시의 특성으로 '선시적禪詩的 울림' '사상의 즉물적 완성'을 들고 있거니와 이는 단형 소품의 경우에만 해당하는 적절한 지적이다. 이 시기에 시인은 『전원 시편』과 『만인보』를 집필하여 민족 문학사에 서사적 풍요를 더하였을 뿐만 아니라 민중이 역사의 중심이자 주인이라는 확고한 역사의식을 일관되게 보여 주었다. 백낙청의 지적대로 『전원 시편』은 어딘지 모르게 장황한 대목, 농민의 일하는 경험을 자기 것으로 삼으려는 어떤 착심 따위를 극복하지 못한 것이 사실이었다.

하지만 『만인보』는 이러한 불균형성을 일거에 극복하면서 민족 언어의 구사를 통한 훌륭한 민족시의 경지에 도달하였으니 염무웅은 이를 두고 '우리 시의 진정한 외세 극복'이라고 평가하였다.

한 시인으로서의 '존재의 전이'에 관한 성찰과 탐구가 고은만큼 열정적인 경우는 말 그대로 전무후무했던 것 같다. 시집 『내일의 노래』(1992)에서 소설가 송기숙이 쓴 발문의 제목처럼 고은은 그야말로 모든 문인들로 하여금 무기력을 느끼게 하는 '속수무책束手無策의 사나이'인가. 하지만 우리는 그가 존재의 본질을 찾아 길 위에서 헤매 다니는 행려자, 떠돌이, 나그네의 구도자적인 모습만을 높게 우러러 본다.

존재의 끝없는 전이를 이룩하기 위해 시인은 항상 머무름, 현실 안주, 고정, 정체, 나태, 관념 인식의 도식적 경향 따위와 맞서 싸우고 비판하며 그것을 극복해 간다. 그러므로 시인 고은은 역설적으로 그의 '길' 위에 있을 때만 시인이다. 만약 그가 자신이 선택한 길 위에서의 행보를 벗어나게 될 때 그것은 곧 시인의 문학적 죽음이자 동시에 지금까지 쌓아온 모든 축적이 무의미로 전락되어 버린다. (우리는 지난 시기의 문학사에서 이러한 의미의 소멸 사례를 무수히 보아왔다.) 이 길은 시인이 몸소 길 위의 무수한 장애물을 걷어 내며 가야할 숙명적인 길이지만, 그가 혹시 길 위에 멈추어 서서(혹은 길 밖으로 나와서도 자신이 길 위에 있다는 착각을 가지면서) 길에 관한 문제를 관념적으로 떠올리며 득의양양해 있다면 그것은 자못 우려할 만한 사건이다.

i) 이제 다시 일어서서 가자

　　무거운 짐 꾸짖고

　　신들메 고쳐 매고

　　붉어진 얼굴 서로 새로워라

　　아직 우리는 무덤으로 갈 수 없다

－ 시 「오늘」 부분

ii) 떠나라

　　떠나는 것이야말로

　　그대의 재생을 뛰어넘어

최초의 탄생이다 떠나라

- 시 「낯선 곳」 부분

iii) 우리는 가지 않으면 죽는다

가자

우리를 홍야항야 에워싼 것으로부터

- 「가자」 부분

iv) 길이 없다!

여기서부터 희망이다

숨막히며

여기서부터 희망이다

길이 없으면

길을 만들며 간다

여기서부터 역사이다

- 시 「길」 부분

비교적 근래의 시 작품 가운데서 옮겨본 것으로 가야 할 길의 필연성, 길에 관한 강박 관념 같은 것이 여전히 관념적인 분위기로 느껴진다. 개인이나 역사라는 존재가 필연적으로 전이(변화, 발전, 현상의 극복)를 향해 가지 않으면 안 된다는 관념에 시인 자신이 너무 과도하게 집착해 있다. 이 놀라운 전이의 성취는 관념마저도 극복한 순간에 달성되는 것이 아닌가.

『피안감성』에서 『새벽길』『조국의 별』 시기에까지 작품 전반을 감싸고 있던 정서의 따뜻함, 심리적 안정을 부여하면서도 자연스럽게 유발시켜 가던 미학적 긴장이 보이지 않는다. 고조된 목소리와 곤두선 현실의 긴장만 있고 따뜻함, 부드러움의 정서가 없다. 우선 딱딱하다. 이러한 아쉬움은 『만인보』의 작업 과정을 통하여 대부분 보상되고 있긴 하지만 우리는 단형 소품에서도 아울러 그러한 즐거움을 함께 경험하게 되기를 소망한다.(독자는 시인에게 자신의 요구를 늘 가혹하게 요구할 수밖에 없다.)

모순과 부조리에 관한 깨달음이 민족 문학에서 요구되는 가장 최대의 기초 인식이라 할 때에 시인 고은의 일관된 노력은 자기 성찰, 자아의 비판과 극복으로 항시 열려져 있었으니, 민족 문학의 이면과 시인 고은의 문학적 삶은 거의 완전한 일치를 이루어 왔다고 하겠다. 인간 존재를 억제 억압하는 그 모든 질곡의 환경과 속박에 대한 끝없는 부정, 용솟음치는 해방 정신, 드디어는 눈부신 해탈의 세계에 도달하는 시 정신이 고은 문학이 보여 주는 존재의 총체적 전이, 바로 그것임을 이미 앞에서 확인 정리한 바 있거니와 우리는 여느 민족시인과 구별되는 그의 시의 방법적인 특이성을 새삼 주목할 필요가 있겠다.

끊임없이 거품처럼 밀려드는 일반성, 상투성, 범속성을 소멸시킨 시인이 자신의 존재를 힘겨웁게 이동시켜 간 그곳은 과연 어디인가. 우리는 왜 자주 그곳을 가지 못하는가. 혹시 우리 스스로가 자신을 그곳으로 이끌고 옮겨가기를 속으로 꺼리고 있는 것은 아닌가.

그보다도 나태와 무관심의 포로가 되어 있는 자신의 광경을 우리가 미처 깨닫지 못하고 있다는 판단이 옳다. '존재의 전이'를 향해 끝없이 휘저어가는 한 시인의 놀라운 행적은 우리가 멍한 눈을 비비고 있을 때 벌써 부지런히 흑두루미의 비상처럼 저만큼 앞서서 바쁜 걸음을 재촉해 가고 있는 것이다.

그렇게도 집착없이

혹은 죽고

혹은 태어나고

몇천 킬로를 곧장 날아가는

저 흑두루미떼의 힘은 무엇인가

— 시 「저 흑두루미떼」 부분

신경림

시인의 진정한 역할을 일깨워주는 시집 『뿔』

한 시인이 거의 50년 가까이 시를 써오면 어떤 단계에 다다르는 것일까?

물론 그 단계에 대한 궁금증은 자신의 삶과 문학에 대한 진지한 성찰과 진실성, 적극성을 전제로 한 관심일 것임은 두말할 나위가 없다. 문학이라는 간판을 내걸고서도 아무런 성과를 거두지 못한 생애가 얼마든지 있기 때문이다. 이 점에서 신경림 시인의 삶의 궤적은 우리의 관심을 어느 정도 충족시켜 주는 요소가 있다.

비록 자주 만나지는 못하지만 연중 몇 차례 만나게 되는 신경림 시인의 외모는 마치 중국의 근대정치가였던 등소평을 연상케 한다. 등소평은 작은 거인으로 불리었다. 이때 작은 거인이란 말은 왜소한 몸피에 비해 생애가 주는 중량감이 너무도 크고 우뚝하기 때문에 붙은 말일 것이다.

신경림 시인은 오척 단구에 속한다. 늘 상글거리고 웃는 표정이며, 충청도 억양이 강하게 느껴지는 그의 말씨는 몹시 빠르다. 하지만 그와 대화를 나누고 있노라면 그의 웃음 사이에 한 번씩 섬광처럼 지나가는 날카로운 눈빛을 볼 수 있다.

사악하고 비인간적인 것에 대한 비판과 경멸, 처연하고 아름다운 생명력에 대한 애틋한 마음! 이런 심성을 지닌 시인 특유의 품성을 지니고 있는 분이라 여겨진다.

나는 수년 전 신경림 시인과 함께 중국의 길림성 일대를 함께 여행한 적이 있다. 약 열흘간의 여행이었지만 워낙 일정이 빠듯하여 하루의

신경림 시인

일과는 몹시 힘겨웠다. 하지만 이런 일과를 줄곧 즐겁고 유쾌하게 만드는 분은 바로 신경림 시인이었다.

문단 선배였으나 항상 웃음 띤 얼굴로 재담을 즐기고, 스스로 재담을 꺼내놓고서도 무척 큰 소리로 홍소를 터뜨렸다. 이런 선생의 편모는 때로 더없이 순진무구한 아동처럼 보이기도 했다. 함께 여러 날 지내면서도 전혀 존재의 부담이나 불편을 끼치지 않는 분이었다.

사실 이렇게 처신하기가 얼마나 어려운 것인가?

하지만 선생의 일상에서 딱 하나 단점을 꼽으라면 식성이 몹시 까다롭다는 점이다.

중국의 기름기 많은 음식은 특히 선생에게 부담과 불편을 주었다. 개구리 뒷다리 튀김, 전갈 튀김, 자라탕, 잉어찜, 뱀 요리 등등 갖은 진기한 요리가 잇따라 나왔지만 선생은 종내 몇 술의 밥을 물에 말아 젓가락으로 밥알을 헤아리기만 할 뿐이었다. 아무 것이나 닥치는 대로 게걸스럽게 잘 먹어치우는 나의 모습이 선생에게는 몹시 부러웠던가 보다.

선생은 어디를 가든 항시 수첩 하나를 꺼내 들고 무엇인가를 열심히 적고 있었다. 슬쩍 어깨 너머로 보았더니 대부분 관련 지역의 유래와 정보였다. 이것이 한참 뒤 그분의 시집에 주옥같은 작품으로 촘촘히 들어가 있을 줄이야.

근간에 출간된 시집 『뿔』의 제5부에서 신의주 강 건너 남쪽 추석 이웃 아낙네들 고구려 벽화 등이 대개 이 무렵에 메모한 것에서 출발하였다. 나는 신경림 시인의 시집 『뿔』을 읽으며 슬픔이란 것의 아름다움에 대하여 한참 생각하였다. 그의 시는 시종일관 슬픔에서 일어서고 있으

■ 1988년 단재 신채호 선생의 묘소 앞에서(이문구 소설가, 신경림 시인, 리영희 교수, 최원식 평론가, 이호철 소설가, 이
  수인 교수, 김홍신 소설가, 김동현 변호사)

며, 그 슬픔 속에서 싹을 틔우는 눈물겨운 생명체이다.

시집 『뿔』에서 단 한편 만을 뽑으라면 나는 「바람」을 들고 싶다. 왜
냐하면 앞서 말한 그 슬픔의 해학성과 여유로움이 한껏 살아 있는 한
경지를 보여주고 있기 때문이다.

산기슭을 돌아서 언 강을 건너서 기름집을 들러 떡볶이집을 들러 처녀
애들 맨살의 종아리에 감겼다가 만화방도 기웃대고 비디오방도 들여다보고

큰길을 지나서 장골목에 들어서니 봄나물 두어 무더기 좌판 차린 할머니
스웨터를 들추고 젖가슴을 간질이고 흙먼지를 날리고 종잇조각을 날리고

가로수에 매달려 광고판에 달라붙어 쓸쓸한 소리로 축축한 소리로 울
면서 얼어붙은 거리를 녹이고 곽곽하게 메마른 말들을 적시고

– 시 「바람」 전문

이 시에서 중심 사물은 바람이다. 행위의 주체자이다. 말하자면 바
람의 경로를 그대로 뒤따라가며 들여다보는 풍경들이다. 산기슭, 언
강, 기름집, 떡볶이집, 처녀의 맨살 종아리, 만화방, 비디오방, 큰길, 장
골목, 좌판 차린 할머니의 젖가슴, 흙먼지, 날리는 종잇조각, 가로수,
광고판 등이 바로 장면이동의 중심 배경이다.

이들은 하나같이 우리들 삶의 가장 가까운 곳에 있는 흔하고 평범
한 서민적 삶의 장소다. 그런데 이 작품의 종결부를 우리는 눈여겨보아
야 한다. 그 여러 경로를 거쳐 온 바람은 드디어 얼어붙은 거리 전체를

녹이는 역할을 하고 있다. 또한 팍팍하게 메마른 말을 적시고 있다.

우리 시대 시인의 진정한 역할이란 바로 이런 것이 아닌가.

유별나게 자신을 과시하고 가식과 위선에 흠뻑 젖어서 그것을 덧없이 즐기고 있는 일부 시인들에게 문단의 작은 거인 신경림 시인은 듬직한 선배의 목소리를 여전히 들려주고 있는 것이다.

민족시에 정착된 민중언어 – 신경림

1. 신경림 문학의 민중성

금세기에 이르러 문학 작품을 정신사의 방법으로 다루게 된 것은 확실히 하나의 충격적인 변혁이었다고 할 것이다. 정신 과학이 자연 과학과 그 방법론에 의해 너무도 오랫동안 질곡과 속박으로 부자유를 강요받아 왔던 것을 생각하면 더욱 그렇다. 문학의 정신사적 탐구가 가장 중요하게 여기는 것은 시대 정신, 즉 작가가 자신의 작품에서 삶을 어떻게 해석하고 반영하는가의 문제이다.

문학 정신사에서 역사주의에 관한 인식은 인간의 본질에 대한 물음을 인간이 이미 터잡고 살아온 역사의 내력에서만 밝힐 수 있다는 깨달음이다. 삶은 하나의 움직임으로서 쉴 사이 없이 흐르며, 이 삶의 흐름이란 다름 아닌 역사적 시간 그 자체이다. 그러므로 삶이란 바로 역사적 삶과 직결되는 의미이다. 이러한 삶은 개인의 삶이면서, 아울러 다수의 개인들을 결합하는 공통성을 뜻하는 것이다. 혈연 관계, 지역적 공동 생활, 노동에 있어서의 협력, 지배와 복종의 관계 따위가 개인을 사회의 구성원으로 만드는 바탕이 된다. 그러기 때문에 완전히 고립된 존재로서의 개인은 하나의 추상물에 지나지 않는지도 모른다. 문학의 정신사적 탐구가 가장 중요하게 다루는 것은 단순히 개인적인 삶이 아니라, 개인의 삶이 그 속에서 어떻게 작용되어 가느냐 하는 포괄적인 연관에 관한 문제이다.

삶이라고 하는 것은 어느 한 개인만의 삶이 아니라 다른 사람의 삶이기도 하며, 동시에 역사의 세계이다. 그 때문에 우리는 문학 작품에 반영된 역사를 통해서 삶의 내용과 그 생생한 전개 과정을 구체적으로 알아보려 하는 것이다. 이런 관점을 바탕으로 우리는 우리 시대가 배출한 빼어난 민족 시인의 한 사람인 신경림의 시 작품을 통하여 시인의 작품 속에 깃들어 있는 삶의 전체성, 총괄성으로서의 정서와 그 시대정신을 다시금 간추려 정리해 보고자 한다.

1973년, 도합 마흔다섯 편의 시가 실린 『농무農舞』가 발간되었을 때 타성과 안일주의에 빠져 있었던 문단은 놀라운 충격을 경험하였다. 종래의 문단 풍토가 일제 강점 시기에서부터 그 뿌리를 키워온 부르주아 민족주의 문학론과 모더니즘론, 혹은 삶의 중심이 거세된 이른바 탐미주의적 서정시의 관습을 근본에서부터 사뭇 뒤집어엎는, 새롭고도 충격적인 돌풍이자 격랑과도 같은 것이었다. 대다수의 시 작품들이 이질적인 로맨티시즘, 경박한 주지풍의 기교주의, 초현실주의, 다다이즘, 혹은 실존주의 따위가 마구 흩뿌려대는 치기만만함, 몽롱성, 무책임한 언희言戲 따위에 빠져 있을 때, 신경림은 민중적인 소재, 민중적인 가락, 민중적인 정서, 민중적인 언어라는 문학 보편주의의 원리를 철저히 지키며 마치 갈기를 의기양양하게 나부끼는 한 마리의 야생말처럼 우리들 앞에 당당히 나타났기 때문이다. 이런 그의 출현을 평론가 백낙청은 '민중적 경사'라고 시집의 발문에서 규정했다. 사실 신경림은 그때 이미 1956년 〈문학예술〉지를 통해서 이미 추천 과정을 거친 기성 시인 이었고, 시집 『농무』를 발간했을 당시 그의 나이는 39세였다.

첫 시집을 발간하기까지 그의 문단 경력은 고작 데뷔 직후의 2~3 년간에 불과했다. 그는 등단한 직후 문단의 고질적 통폐 중의 하나였던 서구적 엑조티시즘과 반역사성에 대하여 크게 절망했던 듯하다. 이후 로 곧 문단의 중심을 떠나서 근 10년 가까이 절필과 침묵의 시기로 접 어들게 되는데, 이 절필과 침묵의 시기에 대하여 임헌영은 다음과 같이 설명한다.

> 이 침묵의 기간이 신경림에겐 자신의 체질에 맞는 시적 정서를 효모화
> 시키는 역할을 했으며, 이 미학적 누룩은 이내 1965년 「겨울밤」 「산읍일
> 지」 등으로 나타나 이내 우리 문단의 서구적 난해시에 말똥말똥하던 독자
> 들을 서서히 취하게 만들었다.
>
> — 장시집 『남한강』 해설 중에서

시집 『농무』의 작품 세계는 시달릴 대로 시달려온 지난 시기 농민들 의 삶의 애사哀史를 리얼하게 묘사해냄으로써 민중 현실의 리얼리즘적 표현을 훌륭하게 성취해낸 것에 그 주된 가치가 집중된다. 신경림은 이 시집 한권으로 우리 시단의 가장 영향력 있는 시인 중의 한 사람이 되 었을 뿐만 아니라, 70년대 민중 문학의 힘찬 전진을 예고하는 중요한 분수령의 위치에 올라섰다.

시집 『농무』의 출현은 그만큼 한 시대가 물러가고 다시 새로운 한

시대의 등장을 선포하는 웅장한 종소리로 우리들의 가슴속에 고동쳐 왔다. 시집 『농무』에서 아직도 생생하게 우리의 기억을 일깨우고 있는 작품은 「겨울밤」 「시골 큰집」 「파장」 「농무」 「눈길」 「그날」 「폐광」 「갈대」 「사화산 · 그 산정에서」 등이다.

시 「겨울밤」을 휘감고 있는 것은 뒷방, 흰빛, 슬픔, 통곡과 자조 따위로 이어지는 기본적 질료와 소도구들이다.

> 우리는 협동조합 방앗간 뒷방에 모여
> 묵내기 화투를 치고
> 내일은 장날, 장꾼들은 와자지껄
> 주막집 뜰에서 눈을 턴다.
> 들과 산은 온통 새하얗구나. 눈은
> 펑펑 쏟아지는데

30년대 시인 이용악의 시에서 흔히 나타나던 눈 덮인 두만강 부근 국경 지역의 정서, 백석의 시에서 특히 「주막」 「장꾼」 등의 계열이 머금고 있던 농촌 토착민들의 민중적 삶의 정서가 70년대 초의 신경림에 이르러 고스란히 계승 발전되고 있음을 알 수 있다. 그러나 신경림은 백석과 이용악, 더불어 그를 문단에 추천시켜준 이한직을 포함한 선배 시인들의 시에서 허전하게 느껴지던 민족적, 민중적 정서를 거의 완전하게 통합시킨 모습으로 이끌어 올리고 있는 것이다.

하지만 이 작품에서 우리는 '우리의 슬픔을 아는 것은 우리뿐'이라는 말에 십분 공감하면서도 '눈이여 쌓여/ 지붕을 덮어다오. 우리를 파묻어다오.'라는 식의 비관적 허무주의의 어투로 슬그머니 기울어지는 듯한 시인의 태도에 쉽게 동의할 수 없다. 이것은 작품 후반부에서 '~라도'라는 식의 불특정 사물에 대한 충동적 의탁으로 이어져서 이 시를 읽는 독자들의 가슴을 더욱 불편하고 갑갑하게 만든다.

시 「시골 큰집」의 이미 감이 다 떨어져 버린 감나무. 거기에는 을씨년스런 가마귀 울음 따위로 가득 차 있다. 한 마디로 불길하고 뒤숭숭하다. 그러나 시인은 이러한 분위기의 암시를 통해서 파탄 직전의 농촌과 분해되어가는 농민 현실을 자연스럽게 깨닫도록 해준다. 염세주의, 도박, 빈 닭장, 남의 땅이 돼버린 논뚝 따위의 시적 장치들은 이 깨달음을 보조해주는 상관적 소도구들이라 할 수 있다. '우리는 가난하나 외롭지 않고, 우리는/ 무력하나 약하지 않다'라는 에피그램의 문장을 작품 속의 적절한 부분에 떠올려 보여줌으로써 이 시의 정신이 궁극적으로 지향하는 방향을 슬그머니 일깨워주기도 한다.

시 「파장」의 첫 행은 시 「겨울밤」에서의 '우리의 슬픔을 아는 것은 우리뿐'이라는 대목과 자연스럽게 합일되고 있다. 말 그대로 유유상종 類類相從이라고 할까. 도시와 농촌, 가진 자와 못 가진 자와의 갈등과 격차를 이렇게 애틋하고도 정감어린 표현으로 뽑아낸 작품을 우리는 그동안 우리들의 문학사에서 넉넉하게 확보하지 못하고 있었던 것이다.

> 못난 놈들은 서로 얼굴만 봐도 홍겹다
> 이발소 앞에 서서 참외를 깎고
> 목로에 앉아 막걸리를 들이키면
> 모두들 한결같이 친구 같은 얼굴들

시 「농무」에서 징소리를 울리며 국민학교 운동장 가설무대의 한바탕 공연을 끝내고 술을 마시는 농악대의 대원들은 모두 시 「파장」의 표현처럼 서로 얼굴만 보아도 흥겨운 이른바 '못난 놈'들이다. 그들은 술에 취하여 '답답하고 고달프게 사는 것이 원통하다'고 평시에 감추어 두었던 속마음을 일제히 털어놓는다. 그러나 이처럼 원통함을 느끼는 삶의 자기 인식이 슬그머니 '산구석에 쳐박혀 발버둥친들 무엇하랴'는 식의 자기푸념조로 떨어져 날카롭던 의식은 둔화되고 시적 사물을 바라보는 예각은 사뭇 해체되어 버린다.

시 「겨울밤」에서 조금씩 나타나고 있던 자조 자괴적인 허무주의의 톤이 여기서도 발생되고 있다. 농악대가 자못 신명이 나서 어깨춤을 들썩이고 하는 것도 사실은 현실에서 이루지 못한 어떤 결핍에 대한 스스로의 한과 그 치받쳐 오르는 역작용 때문일 것이다.

시 「눈길」의 공간적 배경이 되고 있는 장소는 '뒷방'이다. 이 '뒷방'의 음산한 정서는 「겨울밤」 「시골 큰집」 등에서 이미 보여주고 있었던 일종의 무대장치적인 공간 효과이다.

> 아편을 사러 밤길을 걷는다
> 진눈깨비 치는 백 리 산길

마약 중독자가 숨어서 웅크리고 있는 주막집 뒷방, 굶어 죽은 소년 원귀의 울음처럼 음산하게 불어대는 뒷산의 바람, 이러한 분위기 속에서 삶의 구체적인 과녁을 간단없이 잃어버린 작중 화자가 어이없이 흘려대는 실소失笑는 가히 이 작품의 핵심이자 압권이다. 이 작품의 창작 배경에 대해서 시인은 다음과 같이 말한다.

> 50년대 말 60년대 초는 내게 있어 참으로 어려운 시기였다. 먹고 산
> 다는 일이 얼마나 힘드는 일인가를 이때 비로소 절감한 셈이다. ……나는
> 여기 저기를 떠돌아 다녔다. ……그런 어느 해 겨울 내게 알맞은 일거리
> 가 생겼다.
>
> ― 『삶의 진실과 시적 진실』에서 '내 시의 뒷 이야기' 부분

시인에게 맡겨진 일거리는 약초를 수거하는 장사꾼들의 길 안내였
고, 그들과 함께 충청도의 북부 지방, 강원도의 남서부 일대를 상당 기
간 동안 돌아다니게 되었는데, 어떤 때는 하루 백 여리 이상을 걸어다
닐 때도 있었다고 한다. 그는 이 떠돌이 생활에서 얻어진 체험을 다음
과 같이 회고한다.

> 이 떠돌이 생활은 내가 사람들의 가난함, 세상에 대한 원한, 복수심과
> 체념으로 비뚤어진 이 무렵에 내가 접촉하지 않으면 안되었던 사람들은
> 모두 내게 커다란 감동을 주었다.

그가 만났던 사람들의 가난함, 세상에 대한 원한 복수심과 체념으
로 비뚤어진 성격들을 느끼며 그는 '오랫동안 걸친 산골 여행 중에 얻
어진 내 생각과 내가 만난 사람들의 삶을 두집 마을의 주막을 무대로
나타내보고자 애를 썼다' 고 술회하는 한편 '우리가 증오하지 않으면
안 될 것에 대해서 분명히 드러내어야 한다' 고 다짐한다.

시 「그날」의 경우에서도 이러한 그의 신념은 여전히 지속되고 있
다. '젊은 여자가 혼자서/ 상여 뒤를 따르며' 우는 그 고절함과 '만장도
요령도 없는 장렬'에서 느껴지는 적막감은 그의 시를 읽는 독자들에게
세속적 슬픔의 극단을 경험하게 한다. 시인은 이 12행의 짧은 소품 속
에서도 자신의 특이한 어법을 구사하고 있다. 이를테면 5행과 6행에서

> 도깨비 같은 그림자들
> 문과 창이 없는 거리

와 같은 표현을 통해 모든 관계의 소통이 완전히 절연되고 차단된 세상
의 단면을 실감나게 그려내고 있는 것이다.

시 「폐광」에서 들려오는 바람 소리도 「눈길」에서의 표현 양식과 합
치된다. 그 둘을 서로 대조해보면

> ⅰ) 바람은 뒷산 나뭇가지에 와 엉겨
> 굶어 죽은 소년들의 원귀처럼 우는데
>
> ─ 「눈길」의 부분
>
> ⅱ) 바람은 복대기를 물아다가 문을 때리고
> 낙반으로 깔려 죽은 내 친구들의 아버지
> 그 목소리를 흉내내며 울었다
>
> ─ 「폐광」의 부분

돌아오지 않는 마을 젊은이, 빈 금광 구덩이를 바라보면서 부엉이

울음은 귀신의 울음으로 환치되어 들려왔던 것이다.

이 「폐광」이라는 시는 시인 신경림의 창작 모티프를 짐작하게 해주는 중요한 단서를 제공한다. 시인의 자작시 해설에 의하면 그가 맨 처음 글을 쓰겠다는 생각을 갖도록 해준 것이 바로 광산이다.

> 어렸을 때 내게 가장 인상이 깊었던 일들은 대개 광산에 관계되는 것들이다. 삼삼오오 짝을 지어 집 뒤 언덕길을 지나가던 밤 대거리들의 칸델라 불빛, 장날이면 으레 싸전 뒤 밤나무 아래서 벌어지던 광부들의 싸움질, 콩을 팔러 집으로 찾아오던 광부의 아낙네들의 억센 사투리, 어머니를 따라가 들여다본 단칸 움막 속의 흐린 십촉 전등, 금방앗간에서 흘러와 냇물 바닥에 깔리던 복대기흙.
>
> ─ 『삶의 진실과 시적 진실』, 291면

시인은 자신에게 글 쓸 기회가 주어지게 될 때 단연코 광산에 관계되는 글을 쓸 것이라고 생각했으며, 나중에 문단에 정식으로 데뷔한 이후에도 그는 평범한 서정시라고 하는 제한된 형식의 틀에 만족할 수가 없었다. 그는 소설로 쓰려다가 종내 뜻을 이루지 못한 것을, 20여개의 기필코 빠져서는 안 될 광산 소재를 집역시켜서 16행의 시로 만들었다. 그것이 「폐광」이라는 결정체로 이루어지게 된 것이다.

그러나 이상의 작품들은 한결같이 슬픔과 쓸쓸함을 회고조로 노래하는 것들이다. 시집 『농무』에서 「사화산 · 그 산정에서」와 같은 작품의 역동적인 자아 극복의 힘이 받쳐주지 않았다면 어찌 되었을까. 아마도 회고조만으로 일관된 시집은 그 효과가 훨씬 반감되었을 것이다. 폭발하는 화산에서 느껴지는 희열이 점철되어 있고, 그 격정은 드디어 온 산을 흔들리게 한다.

　　　나도 이제 불을 뿜던 분화구처럼 가슴을 헤치고 온통 바람 소리로만
　　가슴을 채우리라.

　이렇게 결연히 다짐하는 대목에서 시인은 우리로 하여금 시집 앞 부분의 우울하고 비관적인 색조를 일시에 벗어나게 해준다.

　사실 신경림 시의 비극적 정서의 온후함은 일찍이 그의 데뷔작인 「갈대」에서부터 이미 비롯되고 있었다. 연약한 갈대는 울음이라는 행위 과정을 통해 자기 발견, 자기의식의 단계를 경험하게 되고, 또 이러한 과정은 드디어 삶이라고 하는 것이 '조용한 울음'의 연속이라는 자아 각성의 경지에까지 다다르게 된다는 것이다. 시 「갈대」는 시인 신경림의 전반적 성장 과정이나 기질 등과 관련되는 사실들을 은근히 함축하고 있는 듯 보인다.

　이런 경과로 해서 시집 『농무』는 백낙청의 말처럼 '보아라, 우리에게도 이런 시집이 있지 않은가 라고 마음 놓고 말할 수 있게 되었다' 라는 평에 별다른 이견이 주어지지 않는다는 사실을 새삼 확인할 수 있게 되었다.

2. 민중적 가락의 확대와 심화

시집 『새재』는 신경림 시인의 두 번째 시집으로 『농무』가 발간된 지 6년 후인 1979년에 출간되었다. 전체 33편의 구성으로 단형 소품의 서정시 32편에다가 장시 「새재」를 뒷부분에 수록하고 있다. 장시 「새재」는 1987년에 발간된 장시집 『남한강』의 제1부에 해당된다.

비록 민중적 가락이긴 했지만 슬픔과 쓸쓸함으로 일관되어 있었던 시집 『농무』에 비해 『새재』는 우선 민중에 의해 이루어져가는 역사에 대한 시인 자신의 확신과 민중적 삶의 슬기가 한층 고조되어 있다. 그리고 1시집에서 다소 추상적 구조로 얽혀져 있던 민중적 가락이 2시집에 와서는 보다 구체적인 민요조의 가락으로 드러나고 있다. 또한 1시집에서의 단편적 서사성이 2시집에 와서는 장편으로서의 호흡과 체격을 갖춘 장시의 규모로 모색되고 있다는 특징이 있다.

시집 『새재』에 수록된 단형 소품 서정시 가운데서 가장 두드러진 작품은 아마도 「목계 장터」가 아닌가 한다. 다음으로는 「어허 달구」 「4월 19일, 시골에 와서」등의 계열을 들 수 있을 것이다.

시 「목계 장터」는 민중 문학으로서의 신경림의 시 세계를 알아볼 수 있는 일종의 리트머스적인 작품이다. 그는 이 제목으로 이미 두 번의 작품을 써서 발표한 바 있지만 종내 마음에 차지 않았다. 그것이 왜 마음에 차지 않았는지 그 이유와 깨달음에 대하여 다음과 같이 밝힌다.

투망을 어깨에 멘 소년티를 벗지 못한 젊은이 둘이 노랫가락을 흥얼대며 언덕 위를 올라오고 있었다. 나는 문득 실패한 내 두 편의 「목계 장터」

를 생각했다. 그것들이 실패적이 되고 만 까닭을 이내 깨달았다.

우리의 고유한 가락 — 그것이 빠져 있어서는 목계 장터는 결코 한 편의 시로 될 수가 없다는 생각이 들었다.

그 무렵 나는 민요에 적지아니 열중해 있었다. 민요에 관심을 갖기 시작한 것은, 첫째는 내 시가 또 한 번 껍질을 벗기 위해서는 민요에서 그 가락을 배워와야 하고 또 참다운 민중시라면 민중의 생활과 감정, 한과 괴로움을 가장 직정적이고 폭넓게 표현한 민요를 외면할 수 없다는 매우 의도적이요 실용적인 동기에서였으나, 민요가 보여주는 민중의 참삶의 모습, 민중의 원한과 분노, 지배 계층에 대한 비판과 풍자는 원래의 동기와는 관계없이 차츰 나를 깊숙이 민요속으로 잡아 끌었다.

─ 「삶의 진실과 시적 진실」, 308면

이런 과정으로 해서 형상화된 시 「목계 장터」는 우리 민요의 기본적 율조인 4음보의 가락을 바탕으로 깔면서, 이 4음보 율을 단순히 반복하지 않고 3음보 가락을 적절한 위치에 배치함으로써 동일 음보의 단순 반복에서 오는 호흡의 지루함을 일정하게 조절하고 있다. 3음보 율이 배치된 곳은 전체 16행중에서 5, 6행과 12, 13행에 해당되는 부분이다.

하늘은 날더러 구름이 되라 하고
땅은 날더러 바람이 되라 하네
청룡 흑룡 흩어져 비 개인 나루
잡초나 일깨우는 잔바람이 되라네
뱃길이라 서울 사흘 목계나루에

아흐레 나흘 찾아 박가분 파는

가을볕도 서러운 방물장수 되라네

산은 날더러 들꽃이 되라 하고

강은 날더러 잔돌이 되라 하네

구름, 바람, 잔돌, 방물장수, 들꽃 따위로 상징되는 민중적 삶의 총체성에 관한 깨달음과 기본적 정서의 표출이 독자들로 하여금 민중에 대한 다함없는 연민을 느끼도록 이끌어 들이게 하는 묘한 흡인력을 이 시는 지니고 있다. 율격 형태는 4음보 행을 네 번 반복하고 난 다음에 3음보 행을 두 번 뒤따르게 하고, 다시 4음보 행을 다섯 번 반복한 다음에 3음보 행을 앞에서처럼 두 번 뒤따르도록 처리했다. 그리고는 마무리 음보로써 원래의 4음보 율격 행을 세 차례 반복하고 있다.

이를 다시금 정리해 보면 4-4-4-4-3-3-4-4-4-4- 4-3-3-4-4-4의 율격 구조로 구분이 된다. 이렇게 가시적 형식으로 정리해 놓고 보면 여기에는 이 시의 율격 반응과 그 효과를 염두에 둔 시인 자신의 매우 의도적이고도 조직적인 배려가 작용되고 있는 것으로 짐작이 된다.

「목계 장터」와 비슷한 시기에 동일 계열의 감수성을 바탕으로 쓰여진 듯 보이는 시 「어허 달구」는 격랑과도 같은 삶의 위기를 재치 있게 모면하는 민중적 삶의 지혜를 엿보게 해주는 작품이다. 말 그대로 사람이 사는 일의 보편적인 한과 설움까지 담아내고자 하는 민요 「달구 노래」의 가락과 정서에서 이 작품의 모티프가 확정지어진 듯하다.

어허 달구 어허 달구
사람이 산다는 일 잡초 같더라
밟히고 잘리고 짓뭉개졌다
한 철이 지나면 세상은 더 어두워
흙먼지 일어 온 하늘을 덮더라

　　이 시에서의 '저녁 햇살 서러운 파장 뒷골목' 이라는 대목에서 우리
는 얼핏 시집 『농무』에 수록된 시 「겨울밤」「눈길」 등에 설정되어 있는
'뒷방' 이미지가 「어허 달구」에 와서 '파장 뒷골목' 으로 연결되고 있음
을 볼 수 있다. 또한 '바람이 세면 담 뒤에 숨고/ 물결이 거칠면 길을
옮겼다' 와 같은 대목의 음영을 우리는 시 「목계 장터」에서의 '산서리
맵차거든 풀 속에 얼굴 묻고/ 물여울 모질거든 바위 뒤에 붙으라네' 와
순조롭게 이어질 수 있다고 믿는다.
　　「목계 장터」가 4음보를 기본율로 하고 있다면 「어허 달구」는 3음보
가 기본이다. 전체 16행중에서 3음보가 10행 가량이고, 나머지는 2음
보와 4음보가 반반씩이다. 그럼에도 불구하고 이 시의 음률은 「목계 장
터」에 비해 어딘지 모르게 지나치게 규격화되어 있다는 느낌을 벗어날
수 없다. 그 까닭은 아마도 민요 「달구 노래」의 가락을 그대로 표제로
삼았을 뿐만 아니라, '어허 달구 어허 달구' 라는 전후 네 차례의 매김
소리와, 각 매김 소리 다음에 4행씩의 사설을 판에 박힌 듯이 붙여놓음
으로써 단조로운 복고풍의 느낌을 충분히 걸러내지 못하고 있기 때문
일 것이다.
　　민요 가락을 현대시에 수용하는 방법으로는 우선 그것의 외적 양식

을 그대로 옮겨놓는 것보다 작품의 가락이나 정서가 담고 있는 내적 양식을 육화(肉化:incarnation)시켜서 고스란히 정리해내는 방법이 적절할 것이다. 일제 강점 시기에서 요한, 파인, 안서를 비롯한 여러 시인들에 의해 재창작의 성과로 제출된 민요시가 별다른 감동을 주지 못했던 것이 모두 민요의 내적 양식보다도 외적 양식의 단순한 모방과 복고적 재현에만 주안점을 두었던 데 그 원인이 있었다.

시 「4월 19일, 시골에 와서」는 4·19 기념시로서는 비교적 성공을 거둔 격조 높은 작품이다. 이 시는 전반적으로 불안한 공기에 휩싸여 있는 현실과 세태를 풍자하고 있다.

> 밤새워 문짝이 덜컹대고
> 골목을 축축한 바람이 쓸고 있다
> 헐린 담장에 어수선한 두엄더미 위에
> 살구꽃이 피고 어지럽게
> 피어서 꺾이고 밟히고
> 그래도 다시 피는 4월

이 시에서는 대체로 두 가지의 서로 대립되는 공간이 설정되어 있다. 하나는 모든 것을 제자리에 가만히 놓아두지 아니하는 '바람' '축축한 바람' 따위로서 이들은 연약한 사물들을 모조리 꺾고 짓밟아버리는 가학적 세력의 상징이다. 이 가학성에 시달리는 피학적 존재는 '소리를 내는 문' '쓸리는 골목' '헐린 담장' '어수선한 두엄더미' '살구꽃' '4월' '진달래' '개나리' 등이다.

'남한강 상류의 외진 읍내'라고 되어 있는 것처럼 모두 농촌과 관계되는 사물이자 상징들이다. 이처럼 소박한 소재를 동원해서 역사의 파행성과 굴곡을 절실하게 표현해내고 있는 것은 오직 신경림 시인만이 보여주는 하나의 탁월성이다.

신경림의 첫 시집 『농무』에서 세번째 시집 『달넘세』(1985)까지의 발간 터울은 모두 6년씩의 시간적 상거가 있다. 『달넘세』를 발간한 1985년 신경림은 시인 자신의 의욕과 발의로 창립된 〈민요 연구회〉를 주도하면서 전통 민요가 지니는 민중적 잠재력의 명맥을 계승 발전시켜 가려는 사업에 골몰하고 있던 시기이다.

그는 이미 1983년 초가을부터 1985년 이른 봄에 이르기까지 전국의 노래를 직접 찾아다니며, 보고 듣고 느낀 것들을 기록하는 작업에 전념하고 있었다. 『민요 기행』이 이러한 직접 답사 작업의 소산으로 엮어진 결실이라면, 『달넘세』는 본격적인 민요시 창작의 실천적 결실이라 할 수 있다. 그가 시집에서 시도하고자 하는 것은 집단적 삶의 구체성을 표현하려는 참뜻과, 또 그것을 통하여 민중적 서정에 한 걸음 더 다가가고자 함이다. 이러한 그의 시도는 전통 형식이 결코 민족의 현실과 이탈된 별개의 것이 아니라, 도리어 더욱 하나로 어우러질 수밖에 없는 필연적인 관계임을 보여준다. 시집 『달넘세』에서는 우선 「씻김굿」「열림굿 노래」「소리」「고향길」 등이 선명한 인상을 주고 있다.

앞의 세 편은 모두 무가풍의 노래라는 공통점을 지닌다. 또한 각각 일정한 부제가 붙어 있다는 점도 유사하다. 굳이 장르를 가르자면 '굿시'의 범주에 넣을 수 있을 것이다.

「씻김굿」은 '떠도는 영혼의 노래'라는 부제가 달려 있다. 씻김굿은 시인 자신이 주해에서 밝힌 바와 같이 호남 지역, 특히 진도 지역에서 관습적으로 행해지는 해원굿의 가락을 반영하고 있다. '떠도는 영혼'이라 했으니 이는 중음中陰, 즉 중유中有를 일컬음이다. 사람이 죽어서 다음의 생을 받을 때까지의 기간으로, 차생次生에 태어날 여건이 아직 무르익지 않았기 때문에 공중에서 떠도는 49일 동안의 혼령 상태를 지칭한다.

전체가 여섯 연으로 구성되어 각 연이 4-4-5-4-3-5의 행 배열 방식을 취하고 있다. 음보율로는 주로 3음보가 기본율로 채택되고 있기 때문에 호흡이 급박하고, 슬픔과 원통함을 절절하게 호소하는 가락으로 적절하게 흡수된다. 이승의 한을 풀지 못하고는 도저히 저승으로 편히 갈 수 없는 원귀의 푸념조로 전개되고 있다. 하지만 이것이 따분한 넋두리로 떨어지지 않고 어조의 일정한 긴장을 잘 유지해가고 있다.

> 꺾인 목 잘린 팔다리로는 나는 못 가,
> 피멍든 두 눈 고이는 못 감아,
> 못 잡아, 이 찢긴 손으로는 못 잡아,
> 피묻은 저 손을 나는 못 잡아.

목을 꺾어버리고, 팔다리를 자르고, 두 눈에 피멍 들게 하고 손을 찢기도록 한 가학적 실체는 과연 누구인가. 시인은 그를 가리켜 한마디로 '피 묻은 저 손'이라고 규정한다. 그 피묻은 손이야말로 잔인성, 반민족성, 반역사성, 봉건성, 외세 의존성 따위의 구체적 민족 모순의 상징물로 드러난다. 이 시의 마지막 연에서 열거되는 골목길, 장바닥, 공장 마당, 도선장은 민중들이 깃들어 사는 장소로서, 그 구체적인 신분들은 시정잡배, 장사치, 장돌뱅이, 공장 노동자, 부두 노동자 등이라 하겠다.

한편 우리는 이 작품에서부터 시작되는 추상적 관념화, 혹은 양식화의 고정으로 머무르게 되는 현상을 조심스럽게 지적하지 않을 수 없다. 그것은 「어허 달구」와 같은 형태에서 이미 조금씩 그 기미가 느껴지던 것으로 앞에서도 언급했다시피 시인 자신이 민요나 무가를 현대화시키려 할 때 표현상의 외적 양식에 다소 큰 심리적 부담을 느끼게 됨으로써 초래되는 현상이다. '～라네' '～왔네' 등의 서술어를 너무 자주 단순 반복시키는 방법 때문에 문맥이 담고 있는 의미의 진실성이 주는 중량감과 그 부피가 상당히 탕감되고 있다는 점이다.

이것은 「달넘세」나 「열림굿 노래」 「곯았네」 「병신춤」 「엿장수 가위소리에 넋마저 빼앗겨」 등 유사한 계열의 시에서 함께 지적되는 사례들이다. 「소리」에서는 외로운 고장, 썰렁한 장바닥, 엿도가, 옹기전, 달비전 등의 전통적 공간성을 통하여 앞서 제기된 '뒷방' 이미지의 집요한 추구를 엿볼 수 있다.

「열림굿 노래」는 '휴전선을 떠도는 혼령의 노래'라고 부제가 암시해 주는 것처럼 그 어떤 명분으로도 정당화될 수 없는 분단과 동족상쟁의 수치스러움, 궁극적인 통일 조국의 성취에 대한 열망으로 가득 차 있다. 모더니즘 계열의 시에서 부제는 흔히 작품의 표제나 본문과는 특별한 관련이 없이 단순한 트릭으로 달고 있는 경우가 많다.

그러나 신경림 시에서의 부제는 대개 표제를 전체적으로 보조하면서 본문과의 순조로운 조화를 이루도록 매우 정직한 역할을 담당한다. 「열림굿 노래」에서 구사되는 헌신적 이미지의 표현은 1920년대 단재 신채호의 국시 「너의 것」에 나타난 자기희생적 이미지를 방불하게 하는 데가 있다. 두 작품의 대조는 자못 흥미롭다.

> i) 뼈는 바스라져 돌이 되고
>
> 팔다리 으깨어져 물이 되고
>
> (중략)
>
> 살은 썩어 흙이 되고
>
> 피 거름 되어 흙속에 배어
>
> — 신경림의 「열림굿 노래」 부분

> ii) 너의 피는 꽃이 되고
>
> 여기 저기 피고 지고
>
> (중략)
>
> 살이 썩어 흙이 되고
>
> 뼈는 굳어 돌 되어라
>
> — 신채호의 「너의 것」 부분

시 「고향길」에서 '툇마루' '쥐오줌 얼룩진 벽' 의 시각적 이미지를 통해서도 우리는 작자 특유의 관점이 깔려있는 '뒷방' 의 사상을 느끼게 된다. '쫓기듯 도망치듯 살아온 이에게만/ 삶은 때로 애닯기도 하리' 라고 말하는 표현에서 우리는 시인의 데뷔작이었던 초기시 「갈대」에서의 '제 조용한 울음' 이 구체적으로 발전되어온 경과를 현저히 느껴볼 수 있는 듯하다.

3. 시인과 민중의 관계

　대개 6년 간격으로 발간되었던 신경림의 시집에서 『가난한 사랑노래』(1988)는 제3시집 『달넘세』이후 3년만에 출간되었다. 물론 이 시집이 묶여져 나오기 한해 전인 1987년에 「새재」 「남한강」 「쇠무지벌」의 3부작을 함께 엮은 장시집 『남한강』이 출간되기도 했다. 시인은 이제 시력 30년이 훨씬 넘고 시인의 나이도 어언 이순耳順을 넘고 있다. 『농무』에서부터 지속적인 주제와 소재로 일관되어 오던 가난, 쓸쓸함, 단조로울 수밖에 없는 삶의 문제들이 한결 깊어지고 정제된 가락으로 형상화되고 있다.

　이미 발간된 세권의 시집에서 줄곧 농촌을 배경으로 민중적 서정을 가다듬어 오던 그의 시각이 드디어 3시집에 이르러 도시 변두리에 위치한 외곽 지대 빈민들의 삶을 따뜻하게 끌어안고 있는 것이다. 이 단계에서 시인 신경림은 비평가 임헌영의 말대로 농민 시인이 아니라 민중 시인이며, 운동가로서의 민요 시인이자 의식으로서의 노동 시인이 될 수 있었다.

　급박한 현실을 바라보는 눈도 어느덧 지천명의 경지가 아니면 느끼지 못하는 따뜻한 넉넉함과 여유를 갖게 된 것이다. 이런 넉넉함과 여유가 깊어져서 한결 정제된 시의 가락으로 가다듬어지게 되었는지도 모른다. 이 가락이 지난날 신경림의 시 세계가 지닌 호흡에 비해 하나의 변화라면 변화일 수가 있겠고, 다만 이것이 젊은 세대들에겐 미흡함과 불만 요소로 지적되기도 한다.

후배 시인 이시영은 『가난한 사랑노래』의 시적 심상의 전개와 분위기가 15년 전에 이룩한 시인 자신의 관습적 세계를 벗어나지 못하고 있다고 매섭게 비판한다. 이시영은 『농무』 시집에 수록된 「산 1번지」와 발상 및 전개 구성이 유사한 4시집 속의 「밤비」라는 시를 대비하면서, 시인이 어딘지 모르게 가난의 현실을 긴장이 풀린 시각으로 느슨하게 바라보고 있는 것은 아닌가 하는 우려를 나타낸다.(「고은과 신경림」, 창작과비평 1988 가을호, 213면) 즉 이시영은 신경림이 아직까지도 자신의 첫 시집 『농무』가 주는 힘겨운 부담과 지속적인 간섭을 떨어내지 못하고 있다는 불만을 표시하고 있는 것이다.

'――누이를 위하여' 라는 부제가 붙은 시 「너희 사랑」은 도시 빈민의 삶을 누구보다도 깊이 이해하고 따뜻한 사랑으로 감싸며, 그들의 처지와 함께 하려는 청년 학생들을 위해서 보내는 격려와 위로의 노래이다. 민요가락의 외적 양식을 특별히 채택한 것도 아니지만 가슴속에 훈훈함과 애틋한 정서로 선명하게 전달되어 온다.

「밤비」에서 이미 이시영도 그것을 지적한 바 있지만 지난 시기의 팽팽한 리듬과 정서의 긴장이 상당히 이완되어 있는 듯하다.

> 산동네에서 듣는 남도 육자배기는
> 느린 진양조 밤비 소리라
> 세월한테 자식 빼앗긴 아낙네
> 숨죽인 울음이 되어 떠돌기도 하고

그 자식들의 원혼이 되어

빈 나뭇가지에 전봇줄에

외로이 매달리기도 한다

　다소의 변용이 주어져 있긴 하지만 '산동네에 오는 비는/ 진양조 구성진 남도 육자배기' 라는 부분은 시 「어허 달구」에서의 경우처럼 일종의 매김 소리의 기능을 띠고 있다. 전체가 세 단락으로 구성되면서 두 행씩 되어 있는 각 매김 소리 다음에 5~7행씩의 사설이 뒤따르는 형식이다. 이를 도식화해보면 2-5-2-5-2-7의 배합 형식이 될 것이다.

　그들이 비록 지금은 도시의 변두리에 와서 머물며 도시의 주변인이 되어 있지만, '땅 잃고 쫓겨온' 이란 대목을 보면 원래 그들이 농민이었음을 쉽게 알아챌 수 있다. 즉 오고 싶어서 온 도시가 아니라 농촌에서 등을 떠밀며 쫓겨 다니다시피 밀려와서 가난과 한숨과 울분 속에 나날을 보내는 사람들이라는 것을 깨닫게 될 때, 우리는 70년대 이후 현재까지 줄기차게 진행되는 농촌 붕괴와 농민 분해의 과정을 지속적으로 추적하는 시인의 날카로운 눈과 만나게 되는 것이다.

　시 「가난한 사랑 노래」도 마찬가지의 관점으로 이루어진 시 작품이다. 농촌에 고향과 홀어머니를 두고 외톨이로 바람센 도시로 떠나와 고향과 고향의 모든 것을 못내 그리워하는 한 청년의 고뇌를 그리고 있다. 이 시집의 제1부는 대체로 이러한 성격들로 유기적 결합을 이루고 있는 일종의 연작 시리즈 형태의 작품들이다.

　시 「강물을 보며」와 「산에 대하여」를 읽으면서 우리는 시인이 온갖 험한 세월을 다 겪어 와서 드디어 노년기로 접어드는 시인 특유의 투명한 시선으로 삶을 조용히 정관하고 있음을 알게 된다. 물의 바깥은 물론이요, 물의 내부와 저 밑바닥까지 속속들이 투시하면서 물이 저희끼리 지껄이는 말을 알아들을 뿐만 아니라 물의 총체적 시간성까지도 환히 끌어안고 있는 것이다. 이것은 오랜 삶의 경륜에서만 터득될 수 있는 직관과 통찰의 세계임에 틀림없다. 김광섭의 시 「산」의 발성법을 연상케 하는 「산에 대하여」도 마찬가지의 이야기를 우리들은 할 수 있다.

그러나 이처럼 담담하고 유장한 시를 대하면서, 팽팽한 의욕과 긴장과 탄력이 살아 있는 시는 역시 이삼십 대의 고유 영역이 아닌가 라는 생각을 하게 된다. 이 시집에 대하여 이시영이 느끼는 불만도 결국은 세대적 감각으로 말미암은 정신적 넉넉함과 지나치게 여유로운 포오즈 때문일 것이고, 시집의 발문에서 유종호가 말하는 '기존의 자기 작품과의 연관 속에서 새로운 시의 충전을 기약해야 할 지점에 와 있다'고 지적한 것도 기실 이런 포오즈에 대한 염려의 표시로 보아야 할 것이다.

점차 왕성해지는 그의 창작 활동을 반영이라도 하듯 『가난한 사랑 노래』를 펴낸 지 2년 만에 다시 제5시집 『길』(1990)이 발간되었다.

이 시집에 수록된 66편의 시 작품들은 거의 대다수가 시인 자신이 민요기행을 다니는 과정에서 착상을 얻고 있으므로 시집의 표제에서부터 '기행시집'으로 못 박고 있다. 첫 시집의 시기에서 시인은 궁벽한 고향 산천의 '뒷방'에 웅크리고서 농촌 주민들을 보았고, 또한 그들의 쓸쓸함을 설담체說譚體의 회화적인 시로 그렸다. 이러한 그의 시각이 유년이나 청년시절의 기억을 되새김하는 회고조로 전개된 것은 당연한 귀결이다.

그의 회고조는 비록 농도의 짙고 엷음의 차이는 있었지만 4시집까지 계속되어져 왔다. 그러나 제5시집 『길』은 이런 가락의 오랜 지속이 노출시키는 이완과 단조로움을 거의 완전하게 극복하고 있다. 물론 이런 극복이 저절로 단번에 이루어지는 수월함은 결코 아니다. 자신의 작품 세계를 승화시키고자 하는 시인의 무서울 정도의 집념과 혼신의 힘을 기울이는 노력의 결과가 이런 극복을 가능하게 하였다.

그는 더 이상 뒷방이나 산동네에 칩거해 있질 않고, 넓디넓은 세상의 길 위로 과감하게 뛰쳐나와서 '행만리로行萬里路'를 통한 구도적 장정長征을 시작하게 된 것이다. 그가 수년간을 줄곧 길 위에 떠돌면서 터득한 가슴속의 깨달음은 무엇이었을까.

일찍이 『민요기행』의 서문에서 그는 막상 길에 나서서 다녀보니 생각보다는 세상이 훨씬 더 넓고 크다는 데에 놀랐다는 느낌을 술회한다. 이번 시집의 후기에서 그는 자신이 길을 떠돌며 분명히 깨달은 것 중의 하나가 사람들이 대체로 마음 편하게 살기를 좋아한다는 점이라고 말한다. 그래서 그의 문학도 사람들에게 편하게 다가가고 시로써 편하게 만들어 주어야겠다고 다짐한다.

이러한 시인의 깨달음은 길이라는 관념에 대한 구체적인 성찰을 토대로 해서 성취된 것이다. 우선 중용이 가르치는 도론道論은 먼 데로 가려면 반드시 가까운 데서부터 시작하고, 높은 데로 올라가려면 반드시 낮은 데서부터 시작해야 한다는 진리에 관한 깨우침이라 할 수 있다. 그의 '길 깨달음'은 바로 이러한 중용적 도론에서 시작된다.

그러고 보면 신경림의 '길 깨달음'은 첫 시집 『농무』에서부터 이미 시작되고 있었던 것 같다. 왜냐하면 문학의 소재가 낮고 짓눌린 민중적인 위치에서 찾아야 한다는 확신을 가졌고, 또 그것을 시인 자신의 옛 고향 마을 사람들의 찌들대로 찌든 삶에서 발견하고 있기 때문이다. 이제 신경림이 접어든 문학의 길은 진작 가깝고, 낮은 데서부터 출발하여 드디어는 우리들의 범속한 상식이 감히 뒤따르지 못하는 높은 경지에 이미 다다르고 있는 것 같다.

『사문유취事文類聚』는 중국 진나라 때의 시인 완적阮籍의 문학기행을 전해주고 있어 눈길을 끈다. 완적은 특별한 목적을 가지지 않은 채 말을 타고 여행을 하였다. 길은 언제나 넓은 길을 택하였으며, 그렇게 매일같이 다니다가 마침내 길이 끊기면 그 아쉬움과 안타까움에 문득 한바탕 통곡을 하고 돌아왔다고 한다. 완적의 문학도 이렇듯 올바른 길을 찾아다니던 시인의 품성과 맞닿아 있을 것이다.

또한 우나라의 옛 조상들은 일 년 농사를 마무리하는 가을 무렵, 전국의 빼어난 산천경개를 두루 찾아 정처 없이 돌아다니는 경우가 많았다고 한다. 그것은 단지 구경만을 위한 것이 아니라 사람을 찾는 것이 진정한 목적이었다. 도중에서 어느 곳의 아무개가 세상을 위한 훌륭한 뜻을 품고 있다는 이야기를 풍편에 들으면 천리 길을 멀다 않고 그를 찾아가서 독대獨對하여 세상사를 두루 논하였다고 한다.

> 길을 갈 데 몰라 거리에서 바자니니
> 동서남북의 갈길도 하도할샤
> 앞에서 가는 사람아 정길正道 어디 있나니

『고금가곡古今歌曲』에 나오는 작자 미상의 옛시조 한 수는 우리들에게 사람이 사람으로서 걸어 가야할 올바른 길에 대한 가르침을 일깨운다. 국토의 무수한 길을 두루 돌아다닌 시인 신경림이 마침내 얻게 된 소중한 깨달음의 하나는 대체로 다음과 같다.

> 오늘의 우리 시가 너무 크고 높은 것만 쫓고 있는 것이 아닌가, 그래서 자잘한 삶의 결, 삶의 얼룩은 다 놓치고 있는 것이 아닌가 하는 점이 있다. 어쩌다 민중을 노래한다면서 민중의 참 삶의 깊은 곳은 보지 못하고 기껏 민중을 이끌고 가는 혹은 이끌고 가는 것처럼 보이는 힘을 힘겹게 뒤쫓아 가는 처절한 모습이 우리 시 한 쪽에 보이기도 했기 때문이다. 과연 시가 그토록 욕심을 가지는 것이 올바른 일인가. 시의 값은 오히려 본질적으로 작고 하찮은 것, 못나고 힘없는 것, 보잘 것 없는 것들을 돌보고 감싸안고, 거기에 그치지 않고 스스로 낮고 외로운 자리에 함께 서고, 나아가서 그것들 속의 하나가 되는 데 있는 것이 아닐까. 또 그것이 시의 참길은 아닐까.
>
> — 시집 「길」의 후기 중에서

민족 문학 운동에 깊은 관심을 갖고 있는 우리 모두가 귀담아 듣고 가슴에 새겨두어야 할 정문일침頂門一針이라 하겠다. 시집에 수록된 작품의 거의 절대 다수가 부제를 달고 있는데, 이 부제는 시인이 찾아갔던 곳의 지명, 혹은 만나본 현자賢者들의 이름을 구체적으로 소개하고 있다.

'——가흥에서'라는 부제가 붙여진 「강 마을의 봄」은 남한강 유역의 한강 마을인 가흥이라는 곳의 썰렁하고 음산한 풍경을 그리고 있다. 원래 한적하고 평화스러웠던 이곳은 해마다 팀 스피리트 한미 합동 군사 훈련의 중심 지역으로 변해버려서 이미 '짐배와 뗏목이 강을 메우고/ 낯선 배꾼들의 노랫소리와 웃음소리로 왁자지껄한 강 마을'은 죽어버린 지 오래 되었다.

> 봄이 왔다고 그래도 담과 지붕은
> 개나리꽃 살구꽃으로 덮였는데
> 그물을 손질하는 늙은이들 두엇만이 보일 뿐
> 마을이 빈 것처럼 조용한 것은
> 사람들이 코 큰 병정들의 전쟁놀음이 무서워
> 어둑한 방에 박혀 나오지 않는 까닭이다

우리는 이 장면에서 분단 시대의 을씨년스런 풍경의 한 전형성을 그대로 실감한다. 지사적 강개함과 어조가 이 작품의 분위기를 한층 고조시키고 있다. 「파도」와 같은 시는 연전에 여의도에서 일어났던 농민 시위를 보면서 그 감회를 쓴 것이다. 거친 바다, 파도를 농민이라는 민중의 잠재력으로 환치시키고 있는 발상은 다소 평면적이며 진부한 느낌이 없지 않다.

광산 노동자의 참담한 삶을 그린 「꿈의 나라 코리아」를 읽으며 우리들의 가슴은 고통으로 저며내는 듯하다. 다 읽고 난 뒤에도 여전히 '대낮인 데도 밤처럼 검은 집과 사람' '문밖에 내리는 검은 비' '시커먼 손' '때와 먼지에 절은 술상'의 처연한 광경이 눈앞에 그대로 보이는 듯하다. 또한 그들이 흐릿한 눈으로 바라보는 TV 속 여자 가수의 목소리는 얄미울 정도로 '하얗게' 들려온다.

검은 빛깔과 흰 빛깔의 재치 있는 대조는 너무도 엄격히 구획지어 있는 계급간의 불평등, 지역 간의 낙차, 모순투성이의 사회 현실을 서슬 푸르게 고발하는 하나의 확실한 단서이다. 결국 이 시는 거짓, 위선, 우민화, 위화감, 몰이해, 조롱과 천시에 젖어 있는 우리들의 안이하기 짝이 없는 일상적 통념을 신랄하게 꾸짖는 반향으로 되울려 온다.

「가난한 북한 어린이」의 경우도 마찬가지이다. 앞의 작품과 이 작품에는 모두 '텔레비전'이라는 사물이 출현한다. 시인은 TV라는 차고 비정한 사물을 통하여, 언제나 객관적 진실을 왜곡시키고 있는 각종 언론, 즉 매스미디어 전체의 위선과 허구성을 고발하고 있는 것이다.

「지리산 노고단 아래」는 '황매천의 사당 앞에서'라는 부제가 암시하고 있는 바처럼 개결한 선비 정신을 지니고 추악한 현실을 꾸짖으며 일체 타협하지 않고 그의 일생을 살다간 황현 선생을 추모하면서 그 감회를 읊은 시이다.

세상이 시끄러울수록
높은 목소리만이 들리고
사방이 어두울수록
큰 몸짓만이 보인다
목소리 높을수록
빈 곳이 많고
몸짓 클수록 거기
거짓 쉽게 섞인다는 것

시 「산그림자」는 2연 11행 밖에 되지 않는 소품이다. 아침 한 때의 잠시 동안의 경험이 그윽한 풍경으로 담겨져 있다. 이 시에서의 재미있는 장면의 구도는 창 너머로 우뚝 솟은 산봉우리와 창틀 아래 웅크린 아낙의 어깨의 대조이다. 시인이 시집 해설에서 밝힌 '작고 하찮은 것, 못나고 힘없는 것, 보잘 것 없는 것'에 대한 감싸안음이 짙게 배어 있다. 시인은 우리가 제대로 눈여겨보지 않은 아낙의 존재야말로 하늘과 세상을 떠받치고 있는 소중한 힘이라고 말한다.

비록 구체적이진 않지만 시 「여름날」에 그려져 있는 여름 장마 끝의 산골 풍경화 한 토막도 삶을 이끌고 가는 어떤 근본성이라든가 그 아름다움의 진술과 맞닿아 있는 듯하다. 허연 허벅지를 내놓고 물을 건너가는 젊은 아낙과 비릿한 살 냄새를 풍기는 듯한 비온 뒤의 버드나무의 광경을 통하여 원초적 이미지의 재치 있는 배합을 이루고 있다.

시 「장자를 빌려」와 「소장수 신정섭씨」는 모두 독선과 아집과 위선에 가득 차 있는 세상에 대한 준엄한 꾸짖음으로 다가온다. 하지만 시 작품에 구사되어져 있는 목소리의 결은 더할 나위 없이 부드럽고 잔잔하며 나직하게 타이르는 어조로써 들려주는 것이다. 시인은 이렇게 말한다.

　　　　ⅰ) 지금 우리는 혹시 세상을
　　　　　　너무 멀리서만 보고 있는 것은 아닐까 아니면
　　　　　　너무 가까이서만 보고 있는 것은 아닐까

　　　　　　　　　　　　　　　　　　　　　　　－ 「장자를 빌려」 부분

　　　　ⅱ) 백성의 어데가 아프고

어데가 가려운 줄도 모르면서

이랴이랴로 끌고 어더어더로만 다스리려는

어리석은 사람들이 밉다 못해 가엾다

- 「소장수 신정섭씨」 부분

ⅰ)에서 우리는 '너무 크고 높은 것'만 뒤쫓고 있는 오늘의 우리 문
학에 대한 따가운 성찰과 비판을 절감한다. 시인의 경험에 의하면 대청
봉에 올라서 바라보는 세상과, 산에서 내려와 원통 뒷골목에서 겪은 세
상이 얼마나 어떻게 다를 수 있는가를 깨달아야 한다고 한다. 삶의 원
근遠近에 대한 적절한 자기 조절을 전혀 염두에 두지 않고 다만 눈앞의
사물과 목적에만 골몰해 있는 세속 사람들의 모습이 직핍하게 묘사되
어 있다.

ⅱ)의 경우도 1과 마찬가지로 부조리한 현실의 맹목적 관습에 길들
여져 있는 세태를 개탄한다. 정치와 민중이 서로 주고받는 상호 교신에
한 치의 착오도 없어야 진정한 삶의 평화가 정착될 수 있을 것임에도
불구하고 일방성, 강제성, 폭력성만을 일삼는 속물적 통치는 번번이 민
심을 이반하고 민족 모순과 분단 모순 및 부조리를 가중시키고 있는 것
이다. 즉 농민과 소와의 관계에 비유해서 집권자와 민중간의 관계를 풍
자하고 있다. 사실 농민과 소와의 일체감이 주는 교훈은 우리를 얼마나
깊은 삶의 철학으로 이끌어 들이고 있는가. 우리가 알고 있는 아름다운
민중 설화 중의 하나는 강원도 정선 땅의 어느 농민과 소와의 관계이
다. 이 농민은 자신의 소를 다룰 때 「정선 아리랑」의 사설과 곡조를 빠
르게 바꾼 말토막을 구사하고, 소도 주인의 말을 훌륭히 알아챈다는 것

이다. 관계의 부드러운 합일, 무언으로서의 심정적 통합과 조화로운 일치가 정작 이 시대에 가장 필요한 생존의 조건임을 이 시는 우리들에게 비유와 풍자로써 일깨워 준다.

신경림은 기행 시집 『길』을 통해서 근본이 결코 바뀌지 아니하는 우주적 불변성에 대한 경외감을 표현하면서, 시인이 민중과의 관계를 스스로 어떤 위치에 설정해 놓고 창작에 임해야 하는가를 보여주고 있다. 이것은 현 단계 민족 민중의 문학이 새로운 성찰과 자기 발견을 통해서 전열을 재정비 강화시키지 않으면 안 되겠다는 시인 자신의 우려와 다짐, 신념에서 비롯된 것이다. 우리는 이 시집을 통하여 종래의 단조로운 회고조와 복고풍을 벗어나 드디어 완전한 구체적 현실을 길 위에서 발견하고, 거기서 민중과 더불어 하나가 되어 시를 쓰고 발표해내는 한 시인의 적극적인 경과를 그윽한 눈으로 지켜볼 수 있게 되었다.

4. 우리 시대 민족시의 한 전형

한 시인이 자신의 시 작품 전반을 통하여 드러내 보여주고 있는 시간성과 그 의미는 무엇인가. 시적 시간성의 의미를 알아보는 일은 시인의 시를 포함하여 인간의 보편적 삶이 지니고 있는 본질의 세계를 이해하는데 매우 유익한 도움을 준다.

우리들이 추측해낼 수 있는 시간의 성질은 우선 자연적 시간과 경험적 시간이 있는데, 그중에서 전자는 과학적이고도 공리적인 개념의 시간에 속한다. 때문에 우리는 자연적 시간을 기계적 시간이라고도 일

킨는다. 후자의 경우는 주관적, 인간적 특성을 지니는 시간으로서 문학
작품에 깔려있는 구체적 시간이 바로 그것이다.

신경림의 시 작품 전반을 지배하고 있는 시간은 우리들에게 과거를
돌이켜보고, 그 속으로 들어가서 과거의 모든 인간과 사물, 환경과 정
황을 직접 정서적으로 경험하도록 요구한다. 우리는 시인이 자상하게
이끌어 들이는 과거 시간 속으로 손쉽게 따라가서 슬픔, 쓸쓸함, 고통,
고뇌, 절망, 한 따위의 처연한 관념 속에 휑뎅그렁하게 놓여 있는 민중
을 만나고, 현상의 본질을 생생히 경험한다.

그러면서 우리는 일그러져 있는 역사의 굴곡과 파행성, 그것에 너
무도 무관심했던 우리들 자신을 반성하며, 드디어는 역사의 운동성에
대한 확신과 대응의 슬기를 깨닫게 되는 것이다. 첫 시집에서 네 번째
시집까지 거의 일관되게 과거 시간 쪽으로만 뒤돌아 열려져 있었던 시
인의 시각은 시집 『길』에 이르러 과거를 지금 우리가 숨 쉬고 있는 바
로 이 순간의 직접적인 현실과 함께 튼튼히 비끄러매어 놓고 있다.

우리는 과거의 터널로 들어가서 현실로 나오기도 하고, 혹은 현실
의 좁고 긴 터널을 통하여 과거의 어둡고 음산한 '뒷방'과 골짜기로 빠
져나오기도 한다. 또 다르게는 과거와 현실의 생생한 장면이 양쪽으로
동시에 비치도록 장치해 놓은 시인의 방으로 들어가서 두 개의 개별적
인 시간을 일시에 경험하기도 한다.

그러나 역사주의에 절망하고 역사의 운동성에 대하여 별다른 기대
를 갖지 않는 사람들은 시간을 역사의 차원에만 한정시킴으로써 인간
에 대한 압박을 오히려 가중시켰다고 말한다. 역사의 관점에서 시간의
재구성은 결국 실패로 끝나고 말았다는 부정적인 평가를 하면서 그들

은 역사주의 자체를 불신하다. 역사가 궁극적으로 우리에게 가르쳐 준 것이라곤 끊임없는 냉혹한 변화뿐이었다고 투덜거리는 그들에게 우리 시대의 민족 시인은 앞으로 과연 어떻게 대응해갈 것인가.

신경림 시의 전개와 공간성은 현재까지 대체로 삶의 종적인 면의 묘사에 그 대부분의 노력이 바쳐져 왔다고 할 수 있다. 이미 앞에서 알아본 대로 그의 시의 발단과 공간적 배경은 광산과 산촌, 들판, 논 따위의 일터와 희뿌연 먼지로 뒤덮인 길이었다. 그리고 그의 시의 공간을 가득 메우고 있는 인물들은 광부, 농민, 노동자, 빈민, 건달, 아편쟁이, 심지어는 한을 품고 죽은 원귀들까지도 등장한다.

이런 배경과 인물들이 엮어내는 소재적 사건들은 거의 어김없이 슬픈 이야기, 못 다한 이야기, 억울한 이야기, 한 맺힌 이야기, 노여움, 괴로움, 서글픔, 절망, 좌절, 실의, 낙담, 죽음 따위로 연결된다. 그의 시가 비극적 삶의 종적인 면에 집착하고 있는 것은 단지 그 사실을 보여주기 위한 것에 한정되지 않고, 자신의 처지와 별반 차이가 없는 현실의 압력을 맞서 견디며, 보다 나은 미래로 나아가려는 삶의 추구와 전망을 독자 스스로가 주체적으로 판단하고 터득할 수 있도록 시인 자신이 용기와 격려를 줄 뿐만 아니라 그 작업에 대한 굳은 확신을 가지고 있기 때문이다.

신경림 시의 시적 공간이 삶의 종적인 면을 보여주는 특성을 지니고 있다면, 작품의 구조적 측면에서는 삶의 횡적인 부면에 더욱 큰 비중을 두고 있는 듯하다. 그의 시의 문체가 시종 일관 민중 언어에 무르녹아 있는 철학성을 전폭적으로 지지하고 거기에 기초하며, 평이한 문맥, 한자배제, 해체되지 않은 관념성을 특히 경계하여 그것을 극적 장면으로 처리하는 방법의 실천 등에서 우리는 자기가 살아가고 있는 고향의 언어로써 빛나는 언문일치의 시를 성취했던 이탈리아의 시인 단테와 영국 시인 워즈워드의 민중언어설에 버금가는 시풍의 독특함과 시인에 대한 신뢰를 흠뻑 느낀다.

그의 시가 나타내 보이는 형태적 특성은 연 구분이 없는 비연시非聯詩를 비교적 선호하고 있다는 점이다. 첫 시집 『농무』에서는 거의 비연 형태를 기본으로 하다가 『새재』 『달 넘세』 등 민요의 보급과 민요시 운동에 적극적 관심과 활동을 펼쳐가던 시기에 이르러 정형율의 구획이 지어지는 연 구분 형태를 차츰 선호하게 된다. 이때 그는 외재율의 가락을 집중적으로 경험함으로써 형태적 간결성을 새로이 체득하게 되었고, 이 간결성은 그 이후의 시 작품들에서 다시 시도하고 있는 비연 형태에서 매우 중요한 힘으로 작용한다.

더불어 그는 자신의 시에 시적 긴장 효과를 북돋우는 특수 장치를 적절히 활용하고 있는 듯하다. 그러나 이러한 특수 장치의 활용은 결코 아무나 할 수 있는 범용의 것이 아니라, 오랜 경험의 토대에서 터득된 달관의 자연스러운 저력이다. 신경림 시의 율격 주조는 정형성을 지니고 있는 민요율을 기본으로 하는 것이 많고, 4음보율에 부분적인 변격을 주고 있는 무가풍의 형태가 많은 것이 특징이다. 3~4음보 교환 반복형도 자주 구사되는데, 이는 민중적 정서를 표현하는 일에 실제로 상당한 기여를 하고 또 일정한 성과를 거두었다.

앞으로 우리는 신경림 시의 총체적 의미와 무한정성에 대하여 알아볼 필요가 있다. 그의 시에서 주로 채택되는 개별적 단어와 그 의미들의 결합을 먼저 검토해야 할 것이고, 이러한 검토를 시행의 의미와 연결시켜 분석해 보아야 한다. 전체 문장들의 시적 배합 과정에서 떠오르는 조화로움의 결과가 마침내 시 작품이라는 하나의 소우주적 공간성으로 다가오는 총체적인 의미가 된다. 이와 더불어 우리는 신경림의 개별적 시 작품들이 지니는 의미와 그 결합에 대해서도 세심하게 성찰해 보아야 한다. 그 탐색의 과정에서 우리는 드디어 시집이 지니는 총체적인 의미와, 또한 거기에 깃들어 있는 시대정신의 의미를 끌어안을 수 있게 되는 것이다.

한 시인의 시 작품과 시집이 지니는 의미야말로 과거와 현재의 삶이 파악되는 포괄적인 범주이다. 의미는 과거를 알려주고, 가치는 현재의 시간으로 직접 이어지며, 목적인 미래의 평화, 안정, 행복 따위의 미덕들로 자연스럽게 연결된다. 인간의 삶은 시인의 표현을 통해서 그 흐름을 일단 멈추게 되고, 시인은 모든 관찰자로서의 독자들에게 자신의 표현과 또 거기에 깃들어 있는 시대정신을 탐구와 성찰의 유익한 재료로 제공하는 것이다. 표현, 그것은 우리들의 삶을 새롭게 재형성하고, 빈약한 세계를 풍요롭게 만들어 간다.

우리는 신경림을 통해서 우리 시대 시인들의 올곧고 참다운 시 정신의 한 전형을 만날 수 있으며, 시적 진실의 올바른 좌표를 제공받을 수 있다. 사실 이러한 경험을 할 수 있다는 것은 얼마나 다행스러운 일인가.

조태일

눈물의 시인

어느 해 여름 그 어느 무덥던 날, 나는 섬진강이 속삭이듯 잔잔한 소리를 내면서 흘러가는 전남 곡성의 어느 폐교된 초등학교를 찾아서 간 적이 있다. 광주 전남작가회의가 주최하는 여름시인학교에 참가하기 위해서였다.

긴 여름해도 뉘엿뉘엿 저물어가고, 저녁이 온 줄도 모르는 매미들이 요란하게 울어대는 운동장을 일몰이 천천히 덮어가고 있었다. 서울에서 내려온 시인 나희덕, 함민복 등과 소설가 이순원의 낯익은 얼굴이 보였고, 개량한복을 잘 갖춰 입은 김준태 시인의 헌칠한 모습과 임동확 등 여러 지역시인들의 광경이 보였는데, 정작 시인학교의 교장 선생으로 추대되었다는 조태일趙泰— 시인의 모습은 끝내 보이지 않았다.

나는 별다른 낌새를 느끼지 못한 채 김준태 시인에게 조 시인의 소식을 물었다. 그런데 김 시인은 그냥 대수롭지 않은 말씨로 조태일 시인이 건강에 약간의 이상이 생겨 병원에 입원했노라고 짧게 대답했다. 그래서 김준태 시인이 뜻밖에도 교장 직무대리를 하게 되었다고 말했다. 나는 사실 문학강연이 주목적이긴 했지만 사실은 이 기회에 조태일 시인과 모처럼 호젓하게 만나서 그동안 궁금했던 여러 가지 이야기들을 듣고 싶은 것이 나름대로 가슴 한 켠에 품었던 또 하나의 목적이었다.

나는 운동장 가녘의 나무의자에 앉아서 일몰 이후에도 불그레한 낙조의 기운을 여전히 지니고 있는 서쪽 하늘을 물끄러미 바라보았다. 고향 땅에 돌아와 날마다 즐거운 얼굴로 싱글벙글 웃으며 후배 제자들을

조태일 시인

가르치고 있을 조태일 시인의 얼굴이 하늘 위에 아른거렸다.

그날 밤, 나에게 맡겨진 강연 시간의 서두에서 나는 시인학교가 열리는 바로 이곳이 조태일 시인이 태어난 태안사泰安寺 동리산桐里山 자락에서 너무도 가까운 곳이라는 사실을 서두에서 유난히 강조했었다. 밤이 깊어지자 서늘한 냉기가 감돌아 땀에 젖었던 살갗이 깔깔해지고 한결 지내기가 좋았지만 모기란 놈들이 유난히 극성이어서 나는 혼자 깜깜한 밤길을 걸어서 아래쪽의 섬진강 세월교歲月橋를 향해 다가갔다.

세월교는 한국전쟁 당시에 만들어졌다는, 슬픈 사연이 많은 철다리다.

전등도 하나 비치지 않는 캄캄한 어둠 속에서 유구한 별빛만이 세월교 위에서 반짝이고 있었다. 세월교는 워낙 낡은 다리여서 통행할 수 없도록 입구를 막아놓았기에, 나는 세월교의 난간에 기대어 서서 고즈넉한 여름밤의 정취를 혼자서 즐기고 있었다. 물고기란 놈들이 꼬리로 물살을 치는 소리가 들려왔다. 나는 마치 노래를 부르듯이 나도 모르게 한편의 시를 입안에서 웅얼거리고 있었다.

> 세월교라는 이름의 다리가 있습니다
> 전남 곡성을 지나는 섬진강에 이 다리는 있습니다
> 시인학교가 열리던 어느 해 여름 밤
> 나는 달빛 푸르스름한 세월교 난간에 혼자 기대어
> 나직이 중얼거리며 하염없이 흘러가는 강물을 보았습니다
> 밤물결 속에서 물고기란 놈들이 물살에 꼬리를 치는 소리가 들려왔습니다

나의 세월은 어디쯤 흘러가고 있는지요

그대의 세월은 지금 어느 물굽이를 휘돌아 흘러오고 있는지요

우리가 함께 만날 수 있는 날은 언제쯤이 될는지요

밤 벌레소리가 찌륵찌륵 울어대는

세월교 난간에 기대어 나는 그대를 생각합니다

– 필자의 시 「세월교」 전문

만나고 싶었던 사람을 만나지 못하고 가슴속에 쓸쓸한 정취만이 감돌아 칠흑 같은 밤의 섬진강 가에서 나는 이런 시를 우연히 하나 얻게 되었던 것이다. 그리고 집으로 돌아온 지 며칠 뒤에 조태일 시인의 위중한 병환 소식을 듣게 되었다. 처음엔 지방간脂肪肝인 줄로만 알았다가 서울의 큰 병원에서 정밀조사를 해보았더니 이미 암세포가 온몸에 퍼져 있었다고 했다. 나는 몹시 충격을 받았다. 이렇게 허무하게 일찍 돌아가실 분이 아닌데, 하늘은 어찌 이다지도 무심하신가?

그로부터 바람결에 가끔씩 들려오는 이야기는 병세가 점점 악화되고 있다는 소식이었고, 모든 면회를 사절하고 있다는 것이었다. 그 와중에서도 정작 시인 자신은 낙천적인 자세를 잃지 않았다고 한다. 이미 자신의 죽음을 의식하고 있었던 듯 영정 사진을 챙기고, 무덤을 어떻게 하라는 당부까지도 주변 사람들에게 자세히 일러주었다고 한다. 몸의 이상을 발견하고 병원을 다닌 지 꼭 한 달 보름 만에 시인은 세상을 떠났다.

대관절 무슨 일이 저 세상에서 그리도 급했던지 서둘러 먼 길을 떠나셨다. 시인은 새로운 세기가 다가오는 것에 대하여 몹시도 불안했었

던가 보다. 그러기에 묵은 세기의 막바지에 이르러 이승의 행장을 미련 없이 정리하고 홀가분하게 마치 무거운 짐을 활활 벗어버리듯이 떠나버린 것이 아닐까? 이렇듯 좋은 시인을 하늘이 성급히 데려가는 뜻은 필시 세속인간들의 부패하고 타락한 행동에 대하여 하늘이 나타내시는 노여움의 표시라고 나는 생각한다.

조태일 시인으로 말할 것 같으면 우선 대단히 남성적이고 씩씩한 어조를 구사하는 저항적인 시인이라는 점이 그 하나요, 범강 장달 같은 떡 벌어진 우람한 체구에 술과 관련된 전설적인 여러 일화들이 그 둘이다.

시집 『국토國土』(1975)는 비평가 염무웅廉武雄의 말처럼 삼선개헌과 유신선포로 이어지던 그 시대의 정치적 암흑에 대하여 그 누구보다도 선명하고 단호한 비판의 목소리를 발함으로써 청년시인 조태일의 드높은 기개를 보여준 시집으로 정평이 나있다. 그런데 나는 조태일의 시 세계에 대한 일반적인 관점에 일단 동의하면서도 조금은 다른 관점을 가지고 있다. 그것은 조태일이 어느 누구와도 견줄 수 없는 뛰어난 눈물의 시인이었다는 점이다.

첫 시집 『아침 船舶』(1965) 이후 마지막 시집 『혼자 타오르고 있었네』(1999)까지 도합 여덟 권의 시집을 발간했는데, 이 시집들의 전체를 통괄하고 있는 정서적 힘의 바탕은 눈물이었다. 시적 대상이나 사물에 대한 시인 자신의 따뜻한 연민! 이것이 바로 조태일의 시 정신을 떠받들고 있는 토대였다고 할 수 있다.

작고 여린 것, 가냘프고 소외된 것들에 대하여 불쌍하고 가엾게 생각하는 이 연민의 심리적 과정에는 반드시 눈물이 수반되어 있다. 이때

▌좌로부터 리영희 교수, 송건호 선생, 조태일 시인(1987년)

눈물은 시인의 감성적 정황을 그대로 반영하는 표상이 된다.

「단 한 방울의 눈물」「나의 눈물 속에는」「물동이 환상」「밤에 흐느끼는 내 육체를」「식칼론」「대창」「뙤약볕이 참여하는 밥상 앞에서」「꿈속에서 보는 눈물」「베란다 위에서」「바위」「통곡」「빗속에서」「눈물」「운다」「우느냐」「우는 마음들」「흐느끼는 활자들」 등의 작품은 표제에서조차 눈물이 넘쳐나고 있는 바, 시인에게 있어서 눈물은 곧 고향 그 자체이고, 또 거기에 언제까지나 현존해 계시는 부모님의 영상이며, 자신의 삶에서 만나게 되는 그 모든 존재들의 애틋한 실루엣으로 자리 잡고 있다. 생활과 생존으로서의 필연적인 눈물이 드디어는 눈물의 자기화 과정으로 정리되고 있는 것이다.

조태일은 이미 초기 시에서부터 눈물의 이미지를 고향 이미지와 결합시키는 작업을 시도하였다. 울어야 할 때에 울지 못하고 만상이 다 잠든 밤에 홀로 깨어나 비로소 흐느끼는 시인의 처지는 지난날 일제강점기의 시인 오장환吳章煥이 자신의 시집 『헌사獻詞』에 수록된 시작품 「싸느란 화단花壇」에서 '짐승들의 울음이로라/ 잠결에서야/ 저도 모르게 느끼는 울음이로라'의 처절한 분위기를 방불하게 한다. 고통의 극치를 경험한 두 시인의 정서적 공간은 서로 닮기 마련인 것이다.

나는 조태일의 시작품이 지닌 눈물의 변용에 관한 일관된 시법을 시인의 작품구절에서 힌트를 얻어 '황홀한 범람의 시학'이라고 규정한 바 있다. 비극적 사회현실에 대한 비탄이나 절규, 노호怒號, 불의에 대한 질타, 진실한 고뇌 등이 주로 작품의 주제의식으로 나타나던 스타일이 일곱 번째 시집 『풀꽃은 꺾이지 않는다』(1995)에 이르러서 자연의 아름다움, 자연의 경이로움에 대한 새로운 각성으로 변용되어 나타난다. 좌절과 체념의 정서가 있었기 때문에 조태일의 시는 한 단계 더 진전된 세계를 이룩할 수 있었던 것이다.

조태일 시인의 마지막 시집이기도 했던 이 시집은 그의 다른 시집들과는 달리 매우 안정되고 차분한 숨결을 느낄 수 있다. 염무웅은 이 시집을 일컬어 '우리나라 서정시의 역사에서도 가장 뛰어난 절창들의 모음'이라고 높이 평가하였다.

나는 이 시집에서도 유달리 아름답고 쓸쓸하며, 서러운 마음이 왈칵 솟구쳐 오르는 한 편의 작품을 소개하고자 한다. 그 아름다운 작품은 바로 「풀씨」이다.

풀씨가 날아다니다 멈추는 곳
그곳이 나의 고향,
그곳에 묻히리.
햇볕 하염없이 뛰노는 언덕배기면 어떻고
소나기 쏜살같이 꽂히는 시냇가면 어떠리.
온갖 짐승 제멋에 뛰노는 산 속이면 어떻고
노오란 미꾸라지 꾸물대는 진흙밭이면 어떠리.

풀씨가 날아다니다
멈출 곳 없어 언제까지나 떠다니는 길목,
그곳이면 어떠리.
그곳이 나의 고향.
그곳에 묻히리.

ㅡ「풀씨」(1994) 전문

▌ 조태일 시인은 전남 곡성 태안사에서 태어나고 그곳에 묻혔다.

타계 5년 전에 발표된 시이지만 꼭 종생終生을 의식하고 쓴 절명시絕命詩 같은 느낌이 든다. 바람에 날아다니는 풀씨에 빗대어 자신의 심경을 훌륭하게 그려내고 있다. 방랑의 흐름 위에 있지만 퍽 안정된 심적 여유를 느끼게 한다.

이것은 마치 지난 1920년대의 방랑시인 공초空超 오상순吳相淳이 노래했던 '흐름 우에 보금자리친/ 흐름 우에 보금자리친/ 나의 혼'(「放浪의魂」)에서의 아늑한 방랑의식을 문학사적으로 계승하고 있는 작품으로 볼 수 있을 듯하다. 이러한 시인의 방랑의식은 한 번 떠나서 다시는 돌아오지 않는 방랑이 아니요, 오히려 정착과 안돈을 위한 방랑이며, 동시에 정착은 새로운 방랑을 예비하는 정착이다.

조태일 시인의 시세계에 나타난 방랑과 정착의 이러한 관계는 우주의 생성 및 그 원리와도 같다. 무엇이 시인으로 하여금 현실적 초조와 긴장을 벗어나서 그러한 여유와 배포를 갖도록 한 것일까? 그것은 아마도 수십 년만의 귀향이 가져다준 감격 때문일 것이다.

이 감격 속에서 시인은 항시 술을 벗하며 살았다. 병으로 쓰러지기 직전까지도 술을 즐겼다고 한다. 술과 관련된 조태일 시인의 일화는 헤아릴 수 없을 만큼 많다. 반가운 벗들과 술집에 가도 꼭 한 병씩 주문하였고, 그렇게 한 병 한 병 시키며 밤을 새는 경우가 많았다고 벗들은 회고한다. 술을 마시되 여색에 무심하였고, 때로 비분강개가 지나쳐서 벗들이 놀라 달아나는 일도 있었다고 한다. 워낙 술을 즐겨서 소주에 밥을 말아먹었다는 이야기도 있는데, 이것은 아무래도 과장 섞인 신화가 아닐까 한다.

술꾼이 병이 나서 도저히 술을 마실 처지가 되지 못할 때, 이를 모르는 사람들이 술을 권하면 고개는 도리질하면서도 손은 자신도 모르게 술잔을 향해 내뻗는다는 '요두출수搖頭出手' 설화, 권하는 술을 한편으론 사양하면서도 강렬한 눈빛은 오히려 술잔이 뚫어질 듯 쏘아보고 있다는 '양주목사讓酒目射' 설화 등의 재담을 쾌활하게 이야기하며 주변의 여러 벗들을 폭소의 도가니로 휘몰아 넣던 시인 조태일!

몹시도 심심해진 바커스 신이 자신과 대작對酌할 수 있는 상대를 지상에서 고르다가 조태일 시인을 발견하고 그와 더불어 한잔하기 위해 아늑한 하늘나라의 술집으로 시인을 몰래 빼돌린 것은 아닐까?

아! 이제 시인을 우리 곁으로 다시 데려오기는 어려울 것 같다.

그 정다운 서민적 풍모의 얼굴을 이제 어디 가서 다시 만나볼 수 있으리오. 이 가파르고 험난한 세상에서 새삼 듬직한 시인의 존재가 살뜰히도 그리워지는 심정을 억누를 길이 없다.

눈물이란 무엇인가?

인간의 삶에서 눈물은 단지 누선淚線에서 나오는 분비물에 지나지 않는 것인가?

한 방울의 눈물 속에는 아주 적은 양의 염분과 단백질, 당류 외에 살균작용을 하는 라이서자임lysozyme이라는 효소도 들어 있다고 한다. 그러나 우리는 눈물 속에 우리가 잘 알지 못하는 신비하고도 불가해한 힘이 반드시 들어 있다고 믿는다.

만약 눈물에 힘이 있다면 그 힘은 어떤 것인가?

참으로 하찮게 여겨지는 이런 의문들이 우리의 뇌리를 줄곧 떠나지 않는 경우가 있다. 특히 문학을 읽을 때 이런 경험을 자주 하게 된다. 그것은 눈물이 각종 자극이나 정신적 감동에 대단히 약하다는 사실의 이해뿐만 아니라, 눈물이 문학작품의 생산과 전달 및 수용의 전체 과정에서 매우 놀라운 역할을 담당하고 있다는 사실을 깨닫게 될 때 더욱 그러하다.

눈에서 눈물이 나오는 현상을 우리는 '운다'라고 말한다. 인간의 삶에서 그 울음은 대개 슬픔과 고통의 과정에서 생겨난다. 더러는 슬픔과 고통보다도 상대적으로 그 횟수가 훨씬 적은 감격과 기쁨에서 형성되기도 한다. 문학작품에 유난히 눈물에 관련된 어휘나 상황이 전개되고 있는 것은 문학이 주로 우리들 삶의 슬픔과 고통, 또는 감격이나 기쁨을 다루고 있기 때문이다. 그것은 작품을 다루는 작가나 시인의 개인적 기질이나 품성과 관련된 문제이기 때문에 어떤 사람은 유별나게 눈물을 끼고 사는 사람이 있는가 하면, 또 어떤 사람은 아예 눈물이나 슬픔 따위를 일부러 멀리 하고 자신의 작품 표면에서 완전히 방축해 버리는 사람도 있다.

하지만 그런 것은 대체로 자신의 창작방법이나 태도를 나타내는 것이지 그 자신이 비극적인 삶과 무관하다는 것은 결코 아니다. 그만큼 인간은 슬픔이나 눈물을 피하여 선택적으로 다른 삶을 살아갈 수는 없도록 마련되어졌다. 이런 까닭에 눈물은 한 시인이나 작가가 눈물에 대하여 평소 얼마나 어떻게 관심을 갖고 있었느냐에 따라서 그의 문학적 성격을 결정하기까지 한다.

한국현대시사를 두루 살펴볼 때 슬픔의 대명사인 눈물의 일반성에 대하여 특별히 적극적이었던 사람들은 주로 낭만주의적 기질을 가진 시인들이었다. 왜냐하면 눈물은 감정의 가장 핵심에 놓여있는 현상이기 때문이다. 이 때문에 주지주의자들은 일부러라도 눈물에 짐짓 반발하는 자세를 갖지 않으면 안 되었던 것이다. 그들은 흔히 눈물을 과장된 슬픔으로 규정하면서 이른바 객관적 상관물로 대신하여 눈물을 비켜가려 하였다.

이만큼 눈물의 작용은 시인들에게 있어서 반드시 겪지 않으면 안 되는 엄숙한 통과의 과정이었다. 눈물을 소재로 쓴 역대의 한국시에서 가장 최고의 절창이라고 일컬어지는 다음 작품을 보자.

> 더러는
> 옥토에 떨어지는 작은 생명이고저……
>
> 흠도 티도,
> 금가지 않은
> 나의 전체는 오직 이 뿐!
>
> 더욱 값진 것으로
> 드리라 하올 제,
>
> 나의 가장 나아종 지닌 것도 오직 이 뿐!
>
> 아름다운 나무의 꽃이 시듦을 보시고
> 열매를 맺게 하신 당신은
>
> 나의 웃음을 만드신 후에
> 새로이 나의 눈물을 지어 주시다.
>
> – 김현승 「눈물」 전문

　'옥토에 떨어지는 작은 생명'은 다름 아닌 한 알의 종자이다. 한 알의 작은 종자가 지닌 가능성과 생명력은 참으로 무궁한 것이다. 번성과 결실을 예비하는 종자와 눈물을 동일한 등가물로 비견한 이 탁월한 시는 눈물의 창조적 기능을 직관한 것으로 보인다. 눈물은 그 어떤 상처도 입지 않은 가장 고귀한 것으로, 인간이 신에게 바칠 수 있는 맨 마지막 소유물이며, 또 원래 신으로부터 부여받은 참으로 소중한 기능이었다는 사실을 우리는 이 시를 통하여 비로소 확연히 깨달을 수 있다. 이 아름다운 한 편의 절창은 눈물이 어떻게 시가 되는가를 보여주는 하나의 표본이다.

한국시에 나타난 눈물의 전개 과정은 시대의 변화와 정치적 환경, 혹은 경제적 여건에 따라서 그 표현 양상이 달라지고 있음을 알려준다. 애국계몽기 의병들의 시가에 나타난 눈물은 서러움, 비탄, 애국충정이 그 주조를 이루었다. 1920년대 만해의 시작품에 이르러 눈물은 드디어 사랑과 헌신, 창조의 의미로 승화된다.

> 나는 나의 그림자가 나의 몸을 떠날 때까지 님을 위하야 眞珠 눈물을 흘리겠습니다
> 나의 눈물은 백천줄기라도 방울방울이 創造입니다
>
> – 한용운 「눈물」 부분

심훈의 시 「그날이 오면」에 나타나는 눈물은 극진한 감격의 눈물이요, 이상화, 박세영의 시에 맺혀 있는 눈물은 피울음을 자아내는 억색臆塞의 눈물이다. 반면에 정지용의 시는 번번이 눈물의 습기를 저만치 비켜가고 있었다. 어쩌다 맞닥뜨린 경우에도 '서러울 리 없는 눈물을 소녀처럼 짓자'(「海峽」)는 식의 센티멘탈리즘이 고작이었다.

'눈물은 새우잠의 팔굽벼개요'라고 사랑과 이별의 눈물을 주로 노래했던 김소월을 위시하여 노자영, 유춘섭, 김영랑, 서정주의 시에 나타난 눈물도 거의 동궤에 놓이는 것으로 분류될 수밖에 없다. 얼마나 눈물의 의미에 진정한 둔한했으면 '까닭도 이유도 모르고 나는 우노라'라고 흰소리를 해댄 것일까? 이런 과정을 거쳐서 1930년대 후반 백석과 같은 시인은 시「여승女僧」「팔원八院」등에서 개인의 눈물이 결코 개인의 것이 아니라 역사로 말미암은 것임을 일깨우며, 그 눈물에 은근한 동참을 호소하고 있었다.

해방 직후의 시작품들에 나타난 눈물은 해방의 감격과는 무관하게 현실의 처절한 비극성을 풍성히 꽤 많이 함축하고 있었다. 홍벽초의「눈물 섞인 노래」에는 회한과 감격이 교차된 애달픈 눈물로 젖어 있고, 김동석의 시「나는 울었다. 학병 영전에서」는 민족이 겪는 고통과 서러움을 대신 울어주는 고금비鼓琴悲의 정신이 들어 있다. 김상완의 눈물은 욕된 운명을 느끼게 하는 눈물이요, 유진오, 여상현, 조남령의 시에 나타난 눈물은 새로운 위기의 도래를 예고하는 처참한 눈물의 성격을 보여준다.

이처럼 우리 민족문학은 눈물로부터 한시도 벗어날 때가 없었다. 참된 문학은 '바람보다 먼저 눕고 바람보다 먼저 일어나는' 김수영의 기민했던「풀」처럼 슬픔이 다가오기 전에 먼저 눈물을 흘려서 슬픔의 위기를 일깨웠다. 또한 슬픔이 떠나가려 할 즈음에는 슬픔보다 먼저 눈물을 거두어서 민중들의 고달픈 심사를 쓰다듬고 위무했던 것이다. 이제 우리가 다시금 확신을 가지고 말할 수 있는 것은 시인이 자기 시대를 살아가면서 눈물에 대응하는 태도가 어떠한가를 보여주는 것이 곧 그의 문학성을 결정하고 있다는 사실이다.

우리가 대체로 알고 있는 바처럼 시는 모든 사물을 독특하게 변용함으로써 얻어지는 또 다른 세계의 경험이다. 눈물이 시가 되는 과정도 이 다양한 변용의 기능에 전적으로 의존하며, 그 표현되는 경험세계는 무한히 확대된다. 그렇게도 많은 시인들이 동서고금을 통하여 눈물을 소재로 시를 써왔음에도 불구하고 우리는 아직도 그 눈물에 진력이 나지 않았고, 현대의 시인들은 지금도 눈물의 시를 써가고 있질 않은가?

눈물은 시작품 속에서 거의 원석原石 그대로 사용되기도 하지만 대개의 경우는 다른 형태나 성질로 변용된다. 그 변용의 결과는 우리들 삶의 양상이 참으로 다양하고 복잡한 만큼 다양하고 복잡하기까지 하다. 눈물이 작품 속에서 변용된 또 다른 결과들을 두루 일별해보면 다음과 같다.

사랑, 그리움, 분노, 절규, 비탄, 노호, 생명, 회한, 감격, 감동, 공포, 고독, 적막, 전율, 서러움, 이별, 죽음, 원한, 반성, 참회, 고통, 고뇌, 추억, 연민, 자의식 과잉, 창조, 헌신, 생존, 습관, 운명, 애국충정, 배반, 방랑

그런데 문제는 이런 변용의 결과들이 관념의 원석 상태 그대로라는 점이다. 이러한 관념의 원석이 시적으로 효과를 거두기 위해서는 아무래도 특정한 삶의 상황이 구체적으로 전개되는 관념의 극화劇化를 거치지 않으면 안 되었다. 눈물이라는 관념을 적절한 장면으로 극화시켜내지 못하게 되면 한낱 우울하고 쓸쓸한 느낌만이 맴도는 감정의 얼룩으로 머물러 있게 된다.

그러나 이 극화의 과정을 제대로 거쳤을 때 눈물을 포함한 대부분

의 관념들은 이전의 모습과는 전혀 다른 광채 나는 보석으로 되살아난다. 눈물을 시로 만들었을 때 그 눈물은 과연 어떤 힘을 발휘하는가?

조태일의 시집 『풀꽃은 꺾이지 않는다』(1995)를 전반적으로 통괄하고 있는 힘은 시적 대상이나 사물에 대한 시인 자신의 따뜻한 연민이다. 작고 여린 것, 가냘프고 소외된 것들에 대하여 불쌍하고 가엾게 생각하는 이 연민의 과정에는 반드시 시인의 눈물이 수반되어 있다. 이때 눈물은 시인의 감성적 정황을 그대로 반영하는 표상이다.

> 단 한 방울의 눈물은
> 내 유년시절 즐겨 옷 벗던 실개천이었다가
> 들판을 굽이치는 강물이었다가
> 바다였다가,
>
> 그 아무도 모를 일,
> 가뭄에 목타는 모든 풍경들 위에 쏟아지는
> 소나기가 되어
> 지쳐 누워 있는 산들을 일으키다가
> 엎어진 들판을 다시 뒤집다가
>
> – 「단 한 방울의 눈물」 부분

작품의 타이틀부터가 '눈물' 일 뿐만 아니라 눈물의 멋진 변용 과정을 보여준다. 조태일의 시에서 눈물이 연민으로 변용되는 과정에는 대개의 경우 반드시 어린 시절의 경험공간이 추억의 실루엣으로 개입하고 있다. 물론 이런 세계는 그의 여섯 번째 시집 『자유가 시인더러』(1985)에 실린 시 「나의 눈물 속에는」에 나타난 유년체험과 그대로 연결되는 것이지만, 더욱 거슬러 올라가서는 그의 데뷔시절의 시 「물동이 환상」(1965)에서부터 이미 발단되고 있었다는 점을 우리는 주목할 필요가 있다.

> 내 다시 깨진 물동이를 내려다 보았는데
> 山말은 들리지 아니하고 말이다
> 하늘 그림자만 넘쳐 흐르고
> 아까보다 더 많은 것이 고였는데 말이다
> 아베 눈물인가 어매 눈물인가 내 눈물인가
> 정말 정말 몰라
>
> — 「물동이 환상」 부분

몇 가지 자료에 나타난 조태일의 유년체험은 당시 대다수 민중들의 삶이 그러했듯이 어둡고 우울하다. 그의 자전적 술회의 한 대목은 이렇다.

> 나의 가족들은 고향 곡성에서 여순반란 사건을 만나 죽을 고비를 수십 차례씩이나 겪으며 살다가 가산을 다 팽개치고 광주시내로 피난와서 살았습니다. 6·25를 만나서도 고생을 했습니다. 아버지께서는 홧병으로 돌아가셨고, 어머님은 35세의 나이로 홀몸이 되어 7남매를 먹여 살리느라 별 고생을…
>
> — 조태일시론집, 『고여있는 시와 움직이는 시』, 247면

우리나라에서 해방시기의 혼란과정이나 6·25전후의 격동 속에 고통을 겪지 않은 가족이 어디 있으랴만 조태일의 가족이 겪은 고통은 유달리 혹심했던 것으로 보인다. 여순사건의 참혹한 현장, 동족상쟁, 더욱이 어린 아들이 혼자서 지키던 아버지의 임종 등등, 그의 시의 도처에는 당시에 겪었던 고통의 편린들이 서술되고 있다. 그만큼 그는 과거의 유년체험으로부터 부자유스럽다. 바꿔 말하면 그의 시세계에서 중요한 감성적 자질인 연민의 근원은 모두 이 불행했던 유년체험의 공간에서 분출되고 있는 것이다. 유년기의 고통이야말로 조태일 시의 감성적 지층을 이루고 있다.

　　첫 시집 『아침 선박』(1965) 시절의 작품인 「밤에 흐느끼는 내 육체를」은 어쩔 수 없이 운명처럼 따라다니는 눈물과 연민의 시법을 의식하고 미상불 그것을 수용하고 있는 시인의 어눌한 표정이 잘 드러나고 있는 시다. 말하자면 생활과 생존으로서의 필연적인 눈물, 또는 눈물의 자기화 과정이 정리되고 있는 것이다. 이 시에서부터 눈물은 이미 '고향' 이미지 쪽으로 무한히 회귀해갈 조짐을 보이고 있었다. 시인이 원하지 않는 시간에도 '고향'은 자꾸만 눈물과 더불어 말 그대로 '방정맞게' 환기되고 있었던 것이다.

　　　　누가 알어?
　　　　일상을 사로잡는 육중한 가난에
　　　　던져진 눈물을,
　　　　눈물에 스민 內亂, 방정맞게 기어오는 고향을

　　　　　　　　　　　　　　　　　　　　－「밤에 흐느끼는 내 육체를」 부분

울어야 할 때 울지 못하고 만상이 다 잠든 밤에 홀로 깨어나 비로소 흐느끼는 시인의 처지는 지난 날 일제강점기의 시인 오장환이 쓴 시집 『헌사獻詞』(1939)에 실린 시 「싸느란 화단」에서 '짐승들의 울음이로라/ 잠결에서야/ 저도 모르게 느끼는 울음이로라'의 처절한 분위기를 너무도 방불하게 한다. 이처럼 고통의 극치를 경험한 시인의 표현은 시공을 달리해서 서로 닮기 마련인 것이다. 사실 첫 시집 『아침 선박』시절의 시세계에서도 눈물의 변용은 이미 조태일 특유의 전유물처럼 다각적으로 나타나고 있었다.

'서울의 가슴을 울어줄 문풍지'가 되겠다는 표현을 통해 시인적 자각을 나타내 보인 「서울의 가로수는」, '이 슬픈 조직 위에서/ 나의 핏줄아 흐느껴다오'라는 대목을 통해 절규와 비탄의 과정을 겪으며 역사의식에 점차 눈떠가는 「여름 군대」, 자의식과 분별 · 눈물의 지성적 조절을 배워가는 시 「연습1」「연습2」등이 바로 그것이다.

시대에 지치지 않고, 쓰러진 시간들을 하나씩 깨워 일으키는 예지와 끈기의 시간에 충실히 복무하다가도 때때로 시적 대상에 대한 연민, 혹은 유년시절 고통의 기억을 되새기며 우는 울음이 조태일의 초기시를 형성하는 주조였던 것이다.

한편 시집 『식칼論』(1970) 시절의 눈물 이미지는 어떠하였던가?

> ⅰ) 뼉다귀와 살도 없이 혼도 없이
> 너희가 뱉는 천마디의 말들을
> 단 한 방울의 눈물로 쓰러뜨리고
>
> — 「식칼論 2」

ii) 한번 꼿꼿이 서더니 퍼런 빛을 사방에 쏟으면서…

　정정당당하게 어디고 누구나 보이게 운다…

　한번 번뜩이고 한번 울고

―「식칼論 4」

iii) 내 몸을 어르면서 벌판들이 엉엉 운다…

　불씨들이 엉엉 운다

―「대창」

iv) 어린 날의 눈물이 후두득 후두득 치면

―「뙤약볕이 참여하는 밥상앞에서」

　이 시기의 특징은 시인으로서의 분명한 자아인식을 하게 된다는 점
이다.

　i)에서 사용하고 있는 '단 한 방울의 눈물'이란 구절은 1995년에
나온 시집 『풀꽃은 꺾이지 않는다』에서 독립된 작품의 제목으로까지
발전되고 있음을 본다. 서로 구별되는 점이라면 앞의 것이 상대방을 제
압하는 공격적 무기로서의 성격이요, 나중의 것은 자연과의 친화력과
그 변용의 다양성으로 확대되어 있다.

　시집 『풀꽃은~』을 가득 채우고 있는 자연과의 친화력은 시집 『식
칼論』 시절의 시 「젊은 아지랑이」에서부터 이미 형성되고 있었던 것으
로 보인다. 대체로 위의 인용들에 나타난 눈물의 성격은 자기표현의 확
고함, 선언적 어투, 일종의 자기 과시, 시위, 각성의 촉구 따위이다. 일
종의 사회의식, 현실의식이 강하게 담보되어 있는 느낌이 짙다. 그런
가운데서도 iv의 경우처럼 눈물 이미지가 서러웠던 유년체험을 환기하

고 촉발시키는 하나의 자극소로서 여전히 작용하고 있기도 하다.

사회적 자아로서의 시인을 분명히 의식하고 그것을 더욱 심화시켜 나가는 작업과 유년시절의 추억에 대한 연민을 은근히 드러내는 동시적 작업은 시집 『국토』(1975) 시절을 거쳐 시집 『가거도』(1983), 『자유가 시인더러』(1987), 『산속에서 꽃속에서』(1991)의 시기까지 줄곧 변함없이 지속되고 있는 것으로 보인다. 말하자면 강렬한 사회의식과 유년시절의 추억이라는 동시적 교직交織은 조태일의 작품세계에서 서로의 입지를 갉아먹는 상호모순이나 갈등의 관계일 수가 있다.

일관된 사회의식 쪽을 선호하며 확고한 선명성을 요구하는 독자들은 걸핏하면 고향 추억에 빠지기를 좋아하는 조태일의 눈물이나 연민에 식상해 할 것이다. 어쩌면 서로 다른 지향을 가지는 이 두 세계가 한 시인의 의식 속에서 양립되기 어려운, 말하자면 '정처없는' 떠돌이의 성격을 지니는 것으로 보일 수도 있다.

> 헐벗은 눈물과 눈물들이
> 소리없이 만나고 쉴새없이 부딪쳐서
> 정처없는 눈물들을 소생시킨다
>
> (…) 오오 이 황홀한 범람을
> 하염없이 바라만 보아도
> 내 몸도 거침없이 출렁이는 눈물이 된다
>
> — 「꿈속에서 보는 눈물」 부분

하지만 조태일의 시가 일면 묵중하고 딱딱한 느낌을 독자들에게 주었다면 그 묵중한 느낌을 어느 정도 이완시켜준 세계가 오히려 고향이미지를 적극적으로 수용한 작품들이었다는 점에도 우리는 주목할 필요가 있다. 이 서로 다른 두 성격의 교직이 조화로움과 일치를 보일 때 우리는 일단 그것을 이 시에서의 표현처럼 '황홀한 범람'이라고 명시해두자. 시인이 지향하는 세계는 분명 이러한 눈물의 경지이다. 하지만 그것이 늘 성공하지는 않는다.

시집 『국토』의 그 강경한 세계에서도 시 「발바닥 밑에」서 슬쩍슬쩍 보이는 '어린 시절에 내가 부러뜨린 누님의 머리핀' '어메의 옷핀'의 기억들을 떠올리며, 시 「山에서」 들려오는 시인의 어린 시절 활활 타오르던 아버님의 목소리를 떠올리며 눈물짓는 모습이 있다. 시인은 태안사의 승려였던 아버지더러 '아버지'라고 한 번 불러 보지도 못한 채 아버지를 여의었다고 한다.

시 「석탄」에서 시인은 '꿈틀거리는 석탄이 되어서 꺼멓게 울고 있는' 착각에 빠진다. 이 시기 그의 '울음'은 사방으로 자신의 울음소리가 퍼져나가기를 기대하는 일종의 확산지향적 성격을 드러낸다.

> 대문을 넘어 이웃까지 들리라고
> 어린 놈도 울고 어른도 운다
>
> ―「베란다 위에서」 부분

이러한 세계는 시집 『가거도』 시절에도 계속된다. 이 시기의 눈물은 주로 비극적 사회현실에 대한 비탄이나 절규, 노호怒號, 불의에 대한 질타. 진실한 고뇌 등으로 변용된다.

> i) 침묵말고 차라리 울음이라도 달라!
>
> 사람 허물 꾸짖어 홀로 우는 짐승
>
> — 「바위」 부분

> ii) 겨울더러 겨울이라 말하고
>
> 울음더러 울음이라 말하고
>
>
> 차가운 하늘
>
> 아래서
>
> 키큰 전봇대는 몸으로 울었다
>
> 휘잉휘잉 이 겨울을 울었다
>
> — 「통곡」 부분

> iii) 어머니의 마음보다 더 강하게 아롱아롱 맺히는 눈물은
>
> — 「황혼」 부분

> iv) 그 소식 영 들리지 않고
>
> 젖은 산들만
>
> 눈 속에 가득 고여
>
> — 「빗속에서」 부분

시 i)과 ii)에서의 중심적 사물인 바위와 전봇대는 다름 아닌 시인 자신의 표상이다. 가혹한 시기를 꿋꿋하게 버티어 나가는 모습을 당당하게 나타내 보여주는 광경은 김우창이 말한 이른바 '식칼의 원리'와

도 그대로 결부된다. 그것은 온전한 육체에서만 나오는 것으로서 뒤틀리고 억눌린 정서가 아니라 절실한 눈물을 흘릴 줄 아는 사람의 것이며, 세상을 굳게 사랑하고 미워하기도 하는 원리이다.김우창,「조태일의 현실적 낭만주의」 시집 『가거도』의 작품세계도 앞의 시집들과 마찬가지로 서로 다른 두 지향의 동시적 교직을 그대로 보여주고 있다. 하지만 이 시집에서 「元達里의 아버지」「친구들」을 통하여 고향마을의 황폐와 적막, 어린 시절의 동리산 기슭으로 자꾸만 회귀하는 시인의 사랑과, 그리움, 추억과 연민의 감정은 점차 강렬한 기세로 나타나고 있는 조짐이 엿보인다.

한편 이 무렵까지 조태일은 연작시 형태에 대한 각별한 선호를 보였다. 「연습」「식칼론」「국토」 등 일련의 시리즈 형태로 일일이 번호를 달아서 길게 이어간 것이 그것이다. 이 가운데 「국토」 연작시가 가장 오랜 기간 지속되었으며, 독립된 별도의 제목에 연작시의 타이틀은 부제로 일련번호를 달아서 처리하였다. 시인이 연작시를 쓰고자 하는 목적은 우선 하나의 중심 테마를 집중적으로 다루어 감으로서 시정신의 일관된 집중을 확보하고, 주제와 관련된 자신의 모든 표현 역량을 지속적인 공간속에서 결집시키고자 함에 있을 것이다.

한국의 시사에서 연작시를 시도한 사례는 더러 있었으나 그것이 성공한 경우는 그다지 많지 않았다. 거기에 비해서 조태일의 연작시는 비교적 성공한 사례라고 할 수 있겠다. 자신의 시 제목에 대하여 시인은 이렇게 말한다.

지금 생각해보니 내 시제목들이 보여주는 것은 그런 환경으로 하여금 얻어진 체험들의 소산이 아닌가 여겨진다. 사랑도 맺혀 있고, 한도 맺혀 있고, 미움도 맺혀 범벅이 된 내 시들을 읽을 때마다 나는 걷잡을 수 없는 흥분을 못 감당하고 만다. 때로는 야성적이고 때로는 원초적이고 때로는 여성적인 세계로 바뀌면서 죽어사는 사람들의 모습으로 사는 것이 아니고, 펄펄 살아있는 사람의 모습으로 살면서 앞으로 더 독한 시들을 써가리라

  ㅡ '내 시 題目들에 대하여', 『고여있는 시와 움직이는 시』, 214~215면.

환경과 체험에 바탕이 된 시적 변용의 경과를 잘 설명해주는 부분이다. 조태일의 시를 조금만 주의해서 살펴본 독자들이라면 사회의식을 다룬 작품이건 고향의식을 다룬 작품이건 간에 두 세계가 어김없이 눈물 이미지로 연결 통합되어 있음을 볼 수 있다. 그러므로 위의 인용문에 나타난 사랑, 한, 미움 따위의 작품 정서들이 일견 서로 갈등상태에 놓여 있는 듯 하다가도 결국은 삶에 대한 연민이라는 하나의 주제로 복귀하게 되는 것이다.

조태일의 일곱 권 시집에는 거의 매번마다 '눈물'이라는 시어가 작품의 중심소재가 되어 있거나, 또는 작품의 표제로까지 등장하는 경우가 있음을 본다. 시집 『자유가 시인더러』에는 이런 현상이 더욱 두드러져서 「눈물」 「운다」 「우느냐」 「우는 마음들」 「흐느끼는 활자들」 「나의 눈물 속에는」 등의 모델들도 보인다. 말하자면 곤고한 시대가 계속될수록 추억이나 연민, 유년시절에 관한 애착이 오히려 강화되어 가고 있음을 보여주는 증자이다.

이 시기 눈물 이미지의 성격은 주로 서러움, 분노를 표현한 것이 많은데 이미 눈물은 생활 및 생존 그 자체로서의 일정한 방식이 되고 있

는 듯하다. '이슬이여,/ 이젠 그만 풀잎 끝에서 떠나다오'(「눈물」)에 보이는 눈물과의 결별 지향이라든가 '아침에 일어나면서 울고/ 저녁에 자면서도 운다'(「운다」)에서 일상적 삶의 거의 모든 것이 눈물과 결부되어 있다는 인식이 시선을 끈다. 특히 돋보이는 것은 추억과 연민을 담뿍 담아내고 있는 다음 작품이다.

> 나의 눈물 속에는
> 동리산 태안사 밑에 붙어 있던
> 초가집들이 어른거립니다 (…)
> 초가집도 죽창도 옛친구들의 허벅다리도
> 아아, 누나의 옷고름도
> 소리내어 울고 있습니다
>
> – 「나의 눈물 속에는」 부분

　고향 쪽에서 들려오는 울음소리의 커다란 환청을 시인은 못내 뿌리치지 못할 뿐 아니라 오히려 소리가 들려오는 방향으로 돌아앉는 포즈를 가지게 된다. 이 작품을 하나의 분기점으로 해서 그는 유년시절의 고향 체험에 관한 추억과 연민, 혹은 그것과 결부된 자연친화력을 더욱 키워가게 된다.

　조태일의 마지막 시집인 『풀꽃은 꺾이지 않는다』를 지배하고 있는 전반적 세계는 바로 이러한 주제의식과 관심이 확대된 공간이다. 신경림 시인이 시집의 발문에서 조태일 시의 밑그림을 일컬어 자연의 아름다움, 자연의 경이로움에 대한 새로운 눈뜸으로 형성되어 있다고 말하면서, 이것을 이른바 '황홀한 눈뜸'이라는 압축된 언어로 규정한 것은 매우 적절한 지적이다. 신경림은 좌절과 체념의 정서가 있었기에 조태일의 시가 오히려 한 단계 더 진전된 세계를 이룩할 수 있었던 것으로 보고 있다.

ⅰ) 아니야, 한 오십여년 흘린 피눈물이리

-「홍시들」 부분

ⅱ) 봄기운에 흐물거리던 피래미 때 들도/ 광주의 내 눈에 가득 넘치네

-「봄이 오는 소리」 부분

ⅲ) 어린 짐승새끼/ 어미 잃고 집 잃어 밤새 울어쌀 때/ 동리산 품같은 어머니 가슴 파고들며/ 속으로 꺼이꺼이 울며/ 나도 밤을 샜다

-「동리산에서」 부분

ⅳ) 달빛 속에서 흐느껴본 이들은 안다// 어째서 달빛은 서러운 사람들을 위해 밤에만 그렇게 쏟아지는지를

-「달빛」 부분

ⅴ) 이슬처럼/ 이슬처럼/ 밤새껏 울고 울어서/ 보석을 만들 수만 있다면// 내 평생토록 흘렸던 눈물을/ 무덤에 들 때까지 흘려야 할 눈물을/ 한데 모아/ 이 세상을 파도치리라

-「이슬처럼」 부분

ⅵ) 새벽속을 헤메는/ 나의 이 울부짖음을/ 누가 슬픔이라 했던가

-「아침 산보」 부분

ⅶ) 단 한 방울의 눈물은/ 내 유년시절 즐겨 옷벗던 실개천이었다가/

들판을 굽이치는 강물이었다가/ 바다였다가

– 「단 한 방울의 눈물」 부분

여기까지 읽노라면 조태일은 확실히 '눈물의 시인'이라는 사실을
깨닫게 된다. 그에게 있어서 눈물은 고향이고, 거기에 언제까지나 그대
로 현존해 계시는 부모님의 영상이며, 자신의 삶에서 만나게 되는 그
모든 존재들의 애틋한 실루엣으로 자리 잡고 있다.

ⅰ)에서의 표현처럼 시인은 이제 오십 년이 넘는 긴 시간을 살아와
서 드디어 지천명知天命의 경지에 접어든 것이다. 지금까지 평범하게
대해 오던 뭇 사물들의 형성 원리와 실체가 비로소 시야에 투명하게 들
어오기 시작하는 것이다. 작품 속에 나타나고 있는 이러한 사물들은 주
로 자연현상이나 그 대상물들로서 홍시, 피라미 떼, 어린 짐승새끼, 달
빛, 이슬, 실개천, 강물, 바다 등이 바로 그것이다.

사람은 나이가 들어갈수록 점차 눈물이 메말라가고 인정에 인색해진
다는데, 시를 쓰는 시인에게 있어서 오히려 세월이 갈수록 따뜻한 눈물
이 풍성해진다는 사실은 그의 문학을 위하여 반갑기 그지없는 일이다.

조태일이 흔치 않은 '눈물의 시인'이었음을 일찍부터 발견했던 비
평가가 김화영이다. 그는 조태일의 인간과 시를 논한 「식칼과 눈물의
시학」이라는 글에서 '조태일은 보기드문 – 아이러니컬하게도 – 눈물
의 시인이다. (…) 눈물에 생명력을 준다는 것은 참으로 어려운 일이
다.'(『서울평론』, 1975)라고 하면서 그것이 결코 손의 재주가 아니라 영혼
의 힘이라고까지 규정하였다. 시집 『풀꽃은 꺾이지 않는다』에서는 그
의 지금까지의 다른 시집들과는 달리 심적으로 매우 안정되어 있는 차

조태일 ▍535

분한 숨결을 느끼게 한다.

풀씨가 날아다니다
멈출 곳 없어 언제까지나 떠다니는 길목,
그곳이면 어떠리.
그곳이 나의 고향,
그곳에 묻히리.

— 「풀씨」 부분

방랑의 흐름위에 있지만 퍽 안정된 여유가 느껴지는 작품이다. 이러한 여유는 마치 지난 1920년대의 방랑시인 공초 오상순이 노래했던 '흐름우에 보금자리친/ 흐름우에 보금자리친 나의 혼'(「放浪의 魂」)에서의 아늑한 방랑의식을 계승한 것으로 보아도 좋겠다. 「떠난 사람」 「내 말의 행방」 「시인의 방랑」 등의 작품에 일관된 것은 방랑의식이다.

하지만 그의 방랑의식은 한번 떠나서 다시는 돌아오지 않는 방랑이 아니요, 정착을 위한 떠남이며, 동시에 정착은 새로운 떠남을 예비하는 정착이다. 방랑과 정착의 이러한 관계는 우주의 생성 및 그 원리와도 같다. 무엇이 시인으로 하여금 현실적 초조와 긴장을 벗어나서 그러한 여유와 배포를 갖도록 한 것일까? 그것은 아마도 수십 년 만의 귀향이 가져다 준 감격 때문일 것이다.

시 「봄이 오는 소리」는 작품 전체가 온통 형언할 수 없는 감격으로 휩싸여 있다. 시인이 어린 시절에 뛰놀던 원달리 동리산 태안사 부근 그 언저리를 완보하는 감격과 두근거림이 바탕에 깊게 깔려 있다. '그곳을 향해 모든 일 젖혀놓고 눈을 감는' 일을 거의 일상적 습관처럼 하다시피 지금 시인의 모든 시적 지향은 고향 쪽으로 열려 있다. 「겨울바다에서」「황홀」「홍시들」「노을」등의 작품에 나타난 공통된 어투는 한마디로 감격이다. '저 노을 좀 봐'(「노을」), 「환장하겠다, 이 봄!」등의 어투에서 바로 그러한 감격의 전형을 직시할 수 있다. 그는 드디어 고향 주변에 머물면서 「태안사 가는 길」「가을 자장가」「홀로 있을 때」「아침 밥상머리에서」「야밤, 갈대밭을 지나며」「노을 속의 바람」「겨울산」「아침 산보」등의 안정된 작품의식과 만나게 된다. 객지를 홀로 떠돌며 시인은 얼마나 몽매에도 그리워했던 고향이었던가?

이 계열의 과거 작품으로서는 「원달리의 아버지」「친구들」등이 있었고, 그밖에도 일일이 예를 들자면 적지 않다. 하지만 시인은 막상 고향에 돌아와서도 적막과 공허한 심정에 젖어 있다. 고향은 이미 예전의 고향이 아니기 때문이다. 시집 『풀꽃은~』에는 동일한 발상구조로 구성되어 있는 세 편의 작품이 눈길을 끈다.

> i) 그 빨치산들 다 어디 갔나
>
> 그 어린 짐승 자라서 다 어디 갔나
>
> 그 죽순 자라서 다 어디 갔나
>
> 그 홍시 다 어디 갔나
>
> 그 남순이 다 어디 갔나.
>
> – 「동리산에서」 부분
>
> ii) 그 따발총들은 어디 갔나.
>
> 그 뛰뛰들은 어디 갔나.

iii) 어렸을 적 저 동무들 다 어디 갔나.

　　그 활달했던 팔다리들 다 어디 갔나.

　　그 부끄럼 많던 계집애들 다 어디로 갔나.

– 「골목을 누비며」 부분

　시인은 옛 고향에 돌아왔지만 다만 지난날의 추억과 연민에 사로잡혀 있는 것이다. 여러 작품들에서 이처럼 너무 자주 '다 어디 갔나' 라고 중얼거리며 추억의 장소를 자꾸만 더듬고 다니는 것은 결코 바람직스럽지 않다. 과거시간의 회고는 현재와 미래시간의 튼튼한 축조를 위해서만 필요하다. 그러한 회고가 아니면서 단지 단순회고에만 집착하는 것은 종생을 준비하는 늙은이의 행위와 무엇이 다르랴?

　우리는 믿는다. 시인 조태일이 결코 단순회고에 집착하지 않으리란 것을. 앞에서 우리는 시인이 삶의 온갖 오열, 서러움, 반성 따위를 달빛이라는 자연 현상과 너무도 눈물겨운 아름다움으로 합일시키는 작업에 성공함으로서 시 「달빛」이라는 훌륭한 절창을 낳았음을 보았다. 「물과 함께」의 1연과 2연은 일상적 삶의 시간이 지녀야할 완급의 적절한 조절을 일깨워 주는 경구적인 대목이다.

　그 적절성이란 무엇인가?

　있어야 할 곳과 있지 말아야 할 곳의 구별, 해야 할 것과 하지 말아야 할 것의 분별. 바로 이것이 삶의 지혜로움이요, 적절성이 아닐까? 시집 『풀꽃은~』에서 확인되는 또 하나의 강점은 시인의 미세한 관찰이 특히 돋보인다는 점이다. 무릇 작고 여린 것에 대한 연민, 현실의 표면에서 감춰진 곳, 소외된 지역과 그곳의 사물에 관한 따뜻한 마음내기가 시인의 기본자세라고 할 때 조태일이 이번 시집에서 보인 자연친화력은 무슨 특별한 기술이나 경지의 개발이 아니라 창작의 정도正道를 밟아간 것에 다름 아니다.

실제로 이번 시집에서 '산에 올라 가만히 살펴보면'이나 '바다에 나가 가만히 들여다보면'과 같은 대목이 나오는 것도 이 미세한 관찰의 자세를 알려주는 한 자료로 볼 수 있다. 조태일의 시작품이 대체로 성공을 거두고 있는 형태들은 짧은 소품의 형식이다. 가장 적은 분량의 언어적 구조물 속에 가장 풍성한 부피의 농축된 정서를 채워 넣는 일이 어디 그렇게 쉬운 일인가?

짧은 소품형식이라도 「대추들」의 후반부처럼 강력한 긴장으로 전반부를 받쳐주지 못하는 경우도 있다. 잘 익은 대추들을 '하늘의 별떼들'로 표현한 부분도 어딘지 상투적이고 허전한 느낌이 든다. 「해남 땅끝의 깻잎 향기」도 앞뒤의 이미지가 부드러운 결합을 이루지 못하고 있다. 이번 시집에서 작품세계의 결 고른 균형을 깨뜨리는 부분이 있음을 간과해선 안 되겠다. 조금 더 이야기를 전개해보면 「동백꽃 소식」 「어느 새색시 시인의 고민」 「십자가만 보면」 「힘없는 시」 등은 너무 사적인 사연에서 벗어나지 못하고 있으며, 경박한 느낌을 준다.

「사투리 천지」에서는 도처에서 들려오는 특정지역의 사투리아마도 경상도 방언인듯에 대한 혐오감의 표시가 보인다. 이는 한갓 짜증스러움의 표시이지 결코 우리 시대 민족 시인이 나타내는 넉넉한 자세가 아니다. 무릇 큰 시인은 그 혐오의 대상까지도 너그러운 국량局量으로 끌어안아야 하는 것이다. 「달동네」는 주제를 담보해내지 못하는 안일성이 엿보이고, 「삼백, 예순, 다섯, 날」에는 너무도 빈번한 동어반복이 거슬린다. 어딘가 고정된 듯한 어투, 너무 과도하게 느껴지는 말의 분량이 낡은 느낌이 있다.

「서편제」는 소설을 대본으로 만든 영화를 다시 시로 쓴 작품인데 절실성이 떨어진다. 「소나기를 바라보며」에서는 여전히 개인적 취향을 극복하지 못하고 있으며, 「대선 이후」 「대선이 끝나고」 등을 읽을 때는 이런 계열의 작품이 이번 시집의 전체적 균형에 상당한 손상을 끼치고 있다는 생각마저 들었다. 시인이 작품 속에서 '대선' 따위에 집착할 필요가 어디 있는가? 물론 이 말은 시인이 대선에 무관심해야 한다는 말은 결코 아니다 '대선' 의 결과에 관심은 가질지언정 그것을 냉소적이고 풍자적인 시로까지 쓸 필요가 있을까? TV에서 일기예보를 하는 특정 기상요원의 이름까지 떠올리면서 냉소와 풍자를 시도하는데 이것이 몹시 어색하고 부자연스러울 뿐 아니라 전혀 풍자가 느껴지지 않는다. 시집 4부의 후반부 「수평선」 「바위들이 함성을 내지른다면」 등의 계열은 아마도 이번 시집 이전의 세계인 듯하다.

이런 아쉬움들이 있음에도 불구하고 시집 『풀꽃은 꺾이지 않는다』는 조태일 시의 새로운 진경으로 보아도 좋을 만큼 선명한 인상을 독자들에게 주고 있다. 그것은 무엇 때문인가? 눈물을 시로 만들고자 하는 시인의 일관된 의지가 결실을 거두어 이만큼의 놀라운 효과를 거두었다. 눈물이 시가 되는 과정을 다양한 시적 변용을 통하여 직접 체득한 것을 적극적으로 보여 주었다.

조태일이 그동안 사회의식과 현실의식의 심화에 깊이 경도된 시절이 있었고, 그런 가운데서도 고향과 유년에 대한 추억과 연민을 통해서 언제나 떠돌이 의식을 이겨왔다. 하지만 그는 자연과의 친화력을 더욱 높이며 미세한 관찰과 사물에 대한 투시력을 통해 지금까지 도달하지 못했던 투명한 시의 세계에 도달하였다. 이 모든 과정에서 바로 보석과도 같은 시인의 눈물이 생성되었던 것이다.

이제 조태일은 문학적인 '한 소식'을 얻었다고 볼 수 있다. 그 깨달음은 무엇인가? 그것은 바로 다음 시구에서 보듯 그가 지금까지 굴리고 가꾸어온 문학적 보편주의를 앞으로 더욱 강화시켜갈 수밖에 없다는 진실이다.

> 마른 강을 적셔주고
> 막힌 바위, 엎드린 돌멩이를 흔들어주고
> 어둠이 더욱 어둠이게 하고,
> 달이 더욱 달이게 하고,
> 별들이 더욱 별들이게 하고,
> 전 국토의 아스팔트를 뚫고 샘물 솟도록,
> 너와 나, 우리들 사이를 좁히는 음계가 되도록,
> 토라져 누운 국토 바로 눕도록, 남녘과 북녘을 동시에 울리도록,
> 굳을대로 굳은 역사 풀리도록,
>
> – 「노래가 되었다」 부분

이러한 이 인용문이 강력히 환기하고 있는 내용들은 우울한 세기의 긴 터널을 고통스럽게 빠져나가고 있는 동시대의 모든 사람에게 부과된 과제일지도 모른다. 이 과제를 우리가 어떻게 하나씩 해결하고

실천해 가느냐에 따라서 안정과 평화의 새로운 세기를 보장받게 될 것이다.

이제 시인은 우리들보다 한 걸음 앞서서 이 벅찬 과제를 스스로 떠맡으려 하고 있다. 마땅히 눈물이 있어야 할 곳에 눈물이 사라지고 없는 이 삭막하고 비통한 시대에서 우리들 곁에 이처럼 따뜻한 가슴을 지닌 눈물의 시인이 한때 함께 살았다는 사실은 얼마나 가슴 든든하고도 애잔한 추억인가?

이시영

연작시 「마음의 고향」의 시인

아직 늦가을이었지만 열린 차창으로 휘몰아쳐 오는 바람은 코가 시렸다. 시인 이시영李時英이 그의 어머니를 마지막 보내는 장지를 향해 나는 차를 몰았다. 지리산 등성이를 넘으며 옆자리에 앉아 있는 문학평론가 염무웅 선생은 자신이 알고 있는 시인의 유년시절을 마치 안개 속에서 들려오는 듯 혼곤한 목소리로 이야기해 주었다.

지리산 어구의 인월과 달궁을 지나 성삼재 휴게소를 지나치는데, 이미 단풍도 떠나보내고 겨울채비까지 끝낸 노고단이 장엄한 얼굴로 묵묵히 눈을 감고 있었다. 내리막길에서 너무 속도가 붙는 차를 엔진 브레이크로 달래가면서 질펀한 들판으로 빠져 내려오니 거기가 바로 전남 구례의 너른 들판이었다.

화엄사에서 그다지 멀지 않은 마산면 여러 마을들이 한눈에 쏘옥 들어오고, 그 중에서도 흰옷 입은 상주들과 산역山役하는 일꾼들의 무리를 찾아내는 것은 별반 어렵지 않은 일이었다. 이미 하관도 끝나고 일꾼들의 달구질 노래만 청승스럽게 빈들로 퍼져가고 있었다. 광주의 시인 곽재구가 먼저 와 있었고, 서울에서는 고형렬이 종일 상청喪廳을 지키고 있었던 듯 바바리코트의 깃을 잔뜩 세우고 있었는데, 코끝에는 물방울이 맺혀서 햇살에 반짝이고 있었다.

늙마의 강태열 시인은 이미 술기운이 달아올라서 알 수 없는 혼잣말을 중얼거리며 줄곧 허공에 주먹질을 해대었다. 허연 상복을 입은 이시영은 주장竹杖에 몸을 의지하고 만감이 교차하는 듯 젖은 눈으로 지리산 자락을 물끄러미 바라보았다. 시인은 필시 유년시절의 애틋하고

이시영 시인

서러웠던 추억들, 그리고 생모와 관련된 쓸쓸하고 한 많았던 기억들을 떠올리고 있을 것이었다.

전남 구례군 마산면 사도리 396번지. 내가 시인의 생가 주소를 이처럼 소상하게 외울 수 있었던 것은 순전히 시집 『무늬』(문학과지성 시인선 137, 1994) 덕분이다. 내 유정한 벗이자 오랜 문학적 도반道伴인 이시영의 시는 언제나 내 창작의 귀감이 되곤 하였다. 한 번씩 펴내는 시집을 보내어 줄 적마다 작품이 내뿜는 정신적 단아함과 기품의 엄격성, 드높은 예술성에 마치 전기에 감전된 듯 소스라쳐 놀랄 때가 한두 번이 아니었다.

시집이란 것이 우선 받아서 맨 처음 단숨에 읽어본 후 그 어디에도 소감을 나타내지 않고 한동안 다시 서가에 꽂아 두었다가 일정한 세월이 지나서 새로 펼쳐서 뒤적거리다 보면 전혀 새로운 면모를 대하게 되는 경우가 많다. 『무늬』도 바로 그런 시집에 속한다.

이 시집에는 이시영이 여러 해를 줄기차게 문학적 포부를 갖고 실험하고 있는 단형 서정시 계열이 다수를 차지하고 있다. 한편의 시작품에 동원되고 있는 언어의 분량은 최소이나 그 작은 구조에서 뿜어져 나오는 정서의 폭발성은 가히 다이너마이트에 견줄만하다.

시조작품으로 등단한 경험이 있는 이시영의 전력으로 볼 때 단형 서정시가 꼭 시조를 방불케 하는 점이 있으나 시조작품의 기계적이고 격식에 얽매인 형태와는 또 색다른 맛을 준다. 그런데 내가 오늘 관심을 갖고 이야기하려는 것은 그의 단형 소품이 아니라, 시집의 후반부에 마치 데리고 온 자식처럼 다섯 편만이 댕그라니 끼어있는 연작시 「마음의 고향」(1~5)이다.

이 연작시 5편은 추억의 내면풍경으로 앞의 단형시 계열과는 달리 비교적 풍부한 언어가 동원되고 있다. 그 점에서 매우 설화적 요소를 지니고 있다. 한편 한편이 흘러간 세월 속에서 못내 잊히지 않는 아련하고 눈물겹던 흑백사진의 여러 면모들이다. 가끔 옛 앨범을 보면 오래되어서 누렇게 변색된 사진도 만나게 되지만 이시영이 시로써 그려낸 옛 추억의 사진들은 변색까지는 되지 않았지만 얼마나 정감이 가는 5, 60년대의 풍경들인가?

하지만 당시의 우리들은 한국전쟁 직후의 불행한 시간 속에서 고통스럽게 살았다. 물질에 궁핍하였고, 정신적으로 핍박의 연속이었다. 이 불행했던 시간의 되새김질이 왜 이다지도 아름답고 흐뭇하게 다가오는가. 그리고 보면 '지난날의 불행의 추억은 감미롭다'라고 말한 어느 철학자 말이 아주 틀린 말은 아니었다.

이시영의 추억 소묘를 읽어가노라면 우리들을 매우 감미로운 감정 속으로 슬그머니 이끌어들이는 것이다. 부제목이 '백야白夜'로 되어 있는 「마음의 고향1」은 고달픈 세월 속에서도 언제나 풋풋한 인간미를 지니고 살았던 작은집 형수를 소재로 한 애틋한 그림이다.

키가 훌러덩 크고 웃을 때면 양 볼에 깊이 보조개가 패이는
작은집 형수가 나는 좋았다
시집온 지 며칠도 안 돼 웃냇가 밭에 나왔다가
하교길 수박서리하다 붙들린 우리 패거리 중에서 나를 찾아내
"데름, 그러문 안 되는 것이라우" 할 때에도
수줍은 듯 불 밝힌 두 볼에 피어나던 보조개꽃 무늬

▮ 전북 내장산에서 신경림 시인과 함께(1984)

아, 웃냇가 웃냇가

방아다리 지나 쑥대풀 우거지고 미루나무숲 바람에 춤추는 곳

저녁에 소몰이꾼 우리들이 멱감는 냇가로 호미 씻으러 내려와서는

"데릅, 너무 짚은 곳에는 들어가지 마씨요 이" 할 적에도

왈칵 풍기는 땀냄새가 나는 좋았다

— 「마음의 고향 1」 부분

작은집 형수의 정감 어린 방언이 길고 아련한 여운을 끌며 가슴 저 깊은 곳으로 저녁 산그리매처럼 덧없이 사라진다.

아! 그리고 보니 나에게도 이런 작은집 형수에 관한 기억이 있다. 다정하고 은근한 목소리, 늘 입가에 부드럽게 서려있던 은은한 미소, 수북한 고봉밥 위에 내 의사를 전혀 무시하고 마구 얹어주던 밥주걱! 동구 밖까지 따라와 내 손바닥에 꼬옥 쥐어주던 몇 푼 안되는 차비!

지금 생각해도 이런 광경은 내 가슴속에서 영영 사라지지 않고 깊은 각인으로 남아있는 고향의 자국이 아닌가! 시인 이시영은 이런 감동의 장면을 훌륭한 언어의 그림으로 고스란히 정리해 보여주고 있다.

「마음의 고향 2」는 고향 마을 부근의 풍경이다.

부제목을 '그 언덕'으로 붙여놓은 이 작품에는 시인의 사춘기적 관능의 정서가 애틋하게 그려져 있다. 지난 날 우리 모두는 그런 언덕을 바쁘게 걸어 다녔고, 이제는 멀리 떠나와 물처럼 흘러간 시절을 그리워하는 것이다.

왜 그곳이 자꾸 안 잊히는지 몰라

가름쟁이 사래 긴 우리 밭 그 건너의 논실 이센 밭

가장자리에 키 작은 탱자 울타리가 처진, 훗날 나 중학생이 되어

아침마다 콩밭 이슬을 무릎으로 적시며

그곳을 지나다녔지

수수알이 꽝꽝 여무는 가을이었을까

깨꽃이 하얗게 부서지는 햇빛 밝은 여름날이었을까

아랫냇가 굽이치던 물길이 옆구리를 들이받아

벌건 황토가 드러난 그곳

허리 굵은 논실댁과 그의 딸 영자 영숙이 순임이가

밭 사이로 일어섰다 앉았다 하며 커다란 웃음들을 웃고

나 그 아래 냇가에 소고삐를 풀어놓고……

─ 「마음의 고향 2」 부분

　「마음의 고향」 연작은 집안 형수, 고향 마을 언덕과 이웃 주민들, 중학교 시절 친구의 이야기, 호젓한 등교 길, 생가와 그 주변 풍경에 관한 묘사 등이 주요 모티브가 되고 있다. 낡은 시간의 갈피를 하나하나 헤집어 내자면 이런 소재들은 거의 무제한에 가까울 것이다. 우리 가슴속에는 잠자는 척하다가 빠끔히 눈을 뜨고 동그란 눈으로 올려다보는 옛 기억들이 얼마나 많을까?

　「마음의 고향 3」은 워낙 섬진강 가까이에 붙어 있어서 보건 시간에 공을 차면 강물 속에 공이 빠져버리곤 했다는 학교를 졸업한 시인의 중학교 동기 황금주에 관한 기억을 다룬 시작품이다.

　나에게도 황금주와 비슷한 친구들이 더러 있다. 전기 재료업, 싸구

려 옷 도매업, 페인트 도색업, 인쇄업, 개인택시 운전, 보신탕집, 가업을 물려받아 시골에서 술도가를 운영하는 친구, 사진사, 작은 식당을 하다가 꽤 큰 규모의 이른바 '가든'이라는 이름의 식당으로 발전시킨 녀석들 등등. 이런 친구들과 어울려 중학교의 운동장에서 축구를 하다가 나는 공연한 헛발질로 고무신만 공중으로 날리고 공은 내 옆을 비켜갔던 것이었다. 뒤뚱거리며 달려가던 녀석들의 팬티는 대개 구호품으로 배급받은 밀가루 부대를 가위로 잘라서 만든 것이었고, 엉덩이에는 어김없이 한국과 미국이 서로 굳은 악수를 나누는 손 그림이 찍혀 있었다.

이와 더불어 나무젓가락으로 송충이를 잡던 기억들, 파리를 잡아 성냥 곽에 한가득 담아가던 기억, 쥐꼬리를 잘라서 학교에 제출하던 기억, 주번을 할 때 쓰레받기에 담아 모으던 검사용 대변, 아침 등교길 교문에서 머리가 길다고 이발기계로 정수리 한 가운데를 계단식 농장처럼 깨끗하게 밀어버리던 학생과 주임교사의 살기등등한 표정 등등.

왜 이다지도 우리에겐 기억나는 흑백 영상이 많은 것일까?

이시영의 시 「마음의 고향 3」을 읽으면서 나는 대개들 그만그만하게 오늘을 살아가는 옛 친구들의 면모가 하나 둘 떠오르는 것이었다.

내 마음의 집은 전라남도 구례군 마산면 사도리 396번지. 동네 앞에서 택시를 내려 마을을 향해 정중앙으로 걸어 올라가면 우물이 나오고 그 우물가의 대문을 곧장 밀면 너른 마당이 시원스런 집. 황토 마당 가득 갓 깬 노란 병아리 짱들이 늙은 어미닭을 싸고 혹은 구구거리고 종종거리던 곳. 저녁이면 늙은 암소가 볏가리에 몸을 숨긴 송아지를 찾아 착한 평경을 딸랑이는 곳. 그러나 지금은 지상에 없는 집. 나의 집.

  − 「마음의 고향 5」 끝부분

시를 가장 즐겁고 의미있게 읽는 방법은 바로 시적 자아와 독자 자신을 하나로 일치시키는 것이다. 앞의 시도 그렇게 했지만 이 시도 마찬가지 방법으로 음미하였다. 나의 집은 어디에 있는가? 이렇게 쓰고 보니 너무 철학적인 질문이 되어버렸지만, 사실 사람마다 '내 마음의 집'은 누구에게나 있기 마련인 것이다. 이 작품에서 시인이 구사한 어법을 시늉하여 나는 지금은 사라지고 없는 내 고향집을 한 번 떠올려 본다.

내 마음의 집은 경상북도 김천시 구성면 상좌원리 169번지. 면소재지 주막 앞에서 버스를 내려 마을을 향해 정중앙으로 걸어 올라가면 왼편 길가에 금모래 반짝이는 시내가 흐르고 모실바우 쇠주골이 멀리 바라다 보이는 도랑 앞에서 호도나무 숲으로 꺾어들면 돌담이 둘러 쳐진 너른 마당이 시원한 집. 집지킴이 구렁이가 축축한 마당을 스르르 질러가고 길을 잘못 든 이웃집 장닭이 고양이에게 쫓기는 소동도 마치 언제 그랬냐는 듯 금새 가라앉는 곳. 새벽이면 희뿌옇게 밝아오는 장지문으로 마을 앞 보 막으러 나오라는 구장 어른의 목소리가 아련히 들려오던 곳. 그러나 지금은 지상에 없는 집. 나의 집

아! 이렇게 흘러간 옛 추억을 더듬어 보노라니 왜 그리도 왈칵 고향집이 그리워지는지, 내 나이 첫돌도 되기 전에 돌아가신 얼굴도 모르는 어머니가 왜 그리도 새삼 야속하게만 생각되는지, 아버지는 왜 고향집 이야기를 그렇게도 아끼셨는지, 어쩌다 이야기하실 때도 왜 떨리는 음성으로 눈빛은 흐려지셨는지…… 이 모든 것이 나는 궁금하고 또 궁금하다.

떠나온 고향, 잃어버린 고향이 못내 그리운 독자들은 지금 당장 주변을 호젓하게 정리한 뒤 모름지기 한 잔 술을 앞에 놓고서 이시영 시인의 연작시 「마음의 고향」을 나직하게 소리 내어 읊조려 보기를 진심으로 권한다. 시를 읽다가 이따금 목이 꽉 잠겨오게 되면 술 한 모금을 살짝 머금고 다시 시 읽기에 열중하고…… 그러다 취기가 느껴진들 또 어떠리.

사이에 관한 성찰

하루 종일 비가 온다.

오늘같이 비 오는 날은 시집을 읽는 것이 좋겠다.

하기야 시집 읽는 것이 따로 정해진 것은 아니지만 하루 중에 비교적 호젓한 기분이 드는 때에 시집을 읽으면 시가 마음에 깊이 와 닿아서 그 읽는 즐거움이 훨씬 고조될 수 있을 것이다. 창밖을 내다보니 가뭄 끝에 말랐던 대지가 흠뻑 물기를 머금어 연둣빛 생기를 띠고 있다. 그 광경을 바라보며 내 마음도 싱싱한 생기에 가득 차오른다.

온몸의 털을 솟구쳐 바람 속에서 한바탕 활개를 털고 난 수탉처럼 나는 방안을 성큼성큼 걸어 다닌다. 그러다가 문득 한 권의 시집을 뽑아든다.

이시영 시인의 시집 『사이』(창작과비평사).

그의 시가 언제부터인가 몰라보게 담백하고 간결해졌다. 한 시인의 모든 삶과 정신의 현주소가 그의 작품 속에 고스란히 반영되어 있다고 하는데, 이시영 시인의 작품이 저처럼 담백하고 간결한 것을 보면 그의 삶이 그만큼 심플한 상태로 정돈되어 있다는 뜻인가?

문명의 현대성이나 편리함을 지향하는 도구들이 사실 겉으로는 간결성을 나타내고 있으나 거기에 익숙해지기까지 얼마나 복잡한 과정을 거쳐야만 하는가?

컴퓨터만 해도 그렇다. 컴퓨터를 알고 있는 사람에게 있어서 그 기계는 한없이 편리하고 간편한 도구임에 틀림없지만, 그것을 전혀 모르는 사람에게 있어서 컴퓨터는 너무도 불편하고 불가해한 괴물임에 틀림없다. 그러한 모든 복잡성에 숙명적으로 고개를 숙이고 들어가야 하는 현대인들에게 이시영 시인은 간결성 속에 깃든 아름다움과 사랑스러움을 보여준다. 복잡한 현실에 시달리며 살아가는 삶보다 그 모든 거추장스러운 관념의 때를 활활 벗어 던지고 가장 핵심적인 정신적 알맹이의 중요성을 일깨워 준다.

실제로 작품 제목 중에도 「관념을 벗고 세상의 나무를 보다」라는 것이 있질 아니한가? 때로는 추억의 환기로, 때로는 우리가 멍하게 먼지 낀 세상을 내다보고 있는 아파트의 베란다나 음울한 병실의 복도에서, 또 때로는 용산 천주교회 앞길이나 중국의 어느 낯선 거리에서 시인은 담백하게 살아가는 삶이 얼마나 고귀한 것인가를 보여준다.

우리가 살아가면서 흔히 겪고 보는 일상적인 삶의 현장에서 시인은 놀라운 장면의 순간포착에 능란하다. 사진작가들이 카메라의 앵글로 재빨리 담아내는 세계처럼 그의 시는 대개 감동적인 현실의 장면들이 싱그러운 생동감을 뿌리면서 살아있다.

「싱싱한 풍경」 「영롱한 날」 「비룡」 등의 작품을 읽으면서 우리들의 마음은 봄비를 머금은 풀잎처럼 새로운 생기로 부풀어 오른다.

그동안 우리가 전혀 아름다움으로 느끼지 못했던 것조차도 놀라운 아름다움을 자신들의 내부에 감추고 있었구나. 우리가 의미 있는 삶을 살아간다는 것은 바로 우리가 늘 대하던 평범한 것에 대하여 새로운 의미를 발견하고 그것을 인정하는 것이로구나.

나는 이시영 시집 『사이』를 읽고 현실 속에서 느슨히 풀어져 있거나 아예 단절되어 있는 우리들의 모든 사이관계를 하나로 탄탄하게 비끄러매게 하려는 시인의 따뜻한 속마음을 느꼈다.

김명인

▌ 시 「베트남 1」과 구치 땅굴의 추억

구치 마을은 남방 과일이 주로 생산되는 베트남 남부의 한 농촌 지역이다. 그런데 이곳 주민들은 자신들의 고향을 유린하는 미국에 대한 저항의식이 다른 지역보다도 특별히 두드러졌다. 폭격이 점점 심해져 가자 유격대가 조직이 되었고, 주민들은 스스로를 보위하는 삶의 체제로 들어가게 되었다. 그래서 주로 고무나무로 우거진 밀림지역에 땅굴을 파기에 이르렀다.

굴은 전체 길이가 수십 킬로미터에 이르는데, 이 굴을 모두 주민들이 직접 손으로 파내었다. 입구는 완벽하게 은폐되어 육안으로는 결코 발견하기 어렵다. 땅바닥에 위장된 아주 작은 문을 열면 그곳으로 비좁은 구멍이 하나 나타난다. 몸을 구부리니 머리는 굴 위쪽에 닿고 좌우는 한 사람만 겨우 빠져나갈 정도였다. 굴속은 후텁지근하였으며, 통풍이 잘 되지 않아서 높은 습도와 열기가 견디기 힘들었다. 이 캄캄한 굴속으로 작은 박쥐들이 날아다녔다. 내가 엉금엉금 굴을 빠져나가는 동안 그 좁은 통로 사이를 박쥐들이 어깨를 슬쩍슬쩍 스치며 날아다녔다. 약 50미터의 코스만 돌고 나왔는데도 온몸이 땀으로 흥건하였다.

쪼그리고 앉아서 엉금엉금 기는 듯이 구치터널을 빠져나가며 나는 김명인의 시 「베트남1」을 떠올렸다. 시인은 과거 베트남전 참전 경력을 가졌다. 그가 주둔했던 부대의 인근 지역에서 시인은 로이라는 한 베트남 여성을 만났다. 그녀의 남편은 베트남 초등학교의 교사였으나 베트남 민족해방군에 들어가 미국과 싸우고 있는 중이다. 로이는 미군의 점령지역에서 살아가면서 절박한 생계를 위해 몸을 파는 매춘부가

김명인 시인

되었다. 그녀의 가련한 처지와 운명이야말로 베트남의 현재성과도 너무 닮아 있다는 관점에서 이 시는 출발한다.

> 찢어진 천막 틈새로 꺾인 깃대 끝으로
> 다친 손가락 가만히 들어 올려 올라가 걸리는 푸른 하늘을 가리키기도 하였
> 다. 행복한가고
> 네가 물어서
> 생각하면 나도 행복했던 시절이 있었던 것 같았다
> 잊어야 할 것들 정작 잊히지 않는 땅 끝으로 끌려가며
> 나는 예사로운 일에조차 앞날 흐려 어두운데
> 빽빽한 눈 비비고 볼수록, 로이
> 적실 것 더 없는 세상 너는 부질없어도 비되어 내리는지
> (하략)

— 「베트남1」 부분

이 작품은 시인 김명인의 첫 시집 『동두천』에 실렸다. 이 시를 쓸 때의 김명인은 〈73그룹〉 동인으로 활동하고 있었다. 이후 그의 행동반경은 〈반시〉 동인으로 이어지면서 왕성한 창작의욕의 표출로 연결되었다. 사실 이 시기만 하더라도 김명인의 창작 스타일은 역사주의와 존재론을 통합한 방법론에 의존하고 있었다. 하지만 언제부터인가 역사주의를 버리고 존재론과 시적 모더니티를 더욱 중시하는 관점으로 방향전환을 하게 된다. 이후 『머나먼 곳 스와니』, 『물 건너는 사람』, 『푸른 강아지와 놀다』, 『바닷가의 장례』, 『길의 침묵』에 이어서 최근에는 시집

『바다의 아코디언』을 발간하였다.

　　다시 베트남의 구치터널의 암흑 속으로 돌아가자. 한 치 앞이 안 보이는 캄캄한 동굴 속에 잠시 멍하니 주저앉아서 나는 우리 인간의 보편적인 삶과 그 경로를 생각했다. 두 눈 뜨고 환한 거리를 걷고 있지만, 기실 인간이란 모두 앞을 못 보는 청맹과니처럼 이렇게 어두운 굴속을 더듬더듬 헤쳐가는 것은 아닐까? 터널을 기어가면서 사람들은 여기저기에 부딪쳐 비명을 질렀다.

　　놀란 박쥐들은 펄럭거리며 날아다녔다.

　　숨 막히는 열기에 땀은 이마에서 줄줄 볼을 타고 흘러 턱 끝에서 뚝뚝 떨어진다. 이렇게 얼마나 시간이 지났을까. 드디어 환한 광명세상이 보이기 시작했다. 굴 밖의 공기가 어찌 그리도 시원하고 상쾌한지. 이렇게 비좁은 굴을 베트남 무명전사들은 두더지처럼 기어 다니며 고통의 시간을 견디었을 것이다.

　　땅 위에는 미군들이 구치의 공산게릴라를 찾아내려고 엄청난 분량의 고엽제를 뿌려서 고무나무 정글이 온통 맨 흙으로 흉하게 드러나 있었다. 베트남전 당시에는 지상의 모든 식물이 말라죽었고, 주민들은 지하터널 속에서 어떤 나무의 뿌리 삶은 것만 주로 먹으며 겨우 연명했다고 한다.

　　굴 밖에 나오니 당시 주민들이 사용하던 식탁을 재현한 곳에 그 음식을 접시에 담아 차 한 잔과 내어놓았다. 하얀 전분으로 여겨지는 그 음식은 외형이 껍질 벗겨 놓은 바나나처럼 생겼는데, 가운데에 심이 들어 있었고, 맛은 단맛이 전혀 없는 고구마와 비슷했다. 이름을 '얌'이라고 했다. 이것을 소금과 설탕, 땅콩가루를 혼합한 분말에 찍어서 차와 함께 먹는 것이다.

현재 구치터널 위에는 다시 고무나무가 돋아나 비록 굵지는 않지만 예전의 수풀 형태를 회복해가고 있는 중이다. 그래서 굵은 나무가 보이질 않는다. 군데군데 미국의 B52 폭격기가 떨어뜨린 폭탄의 폭발 흔적이 커다란 구덩이로 남아있다. 깊이가 약 3~4미터, 지름이 약 20미터 정도가 대부분이다. 입구 부근에는 미군의 부서진 탱크와 파괴된 헬리콥터의 잔해가 그대로 전시되어 있었다. 또한 각종 포탄의 파편들을 한 곳에 모아 놓고 있었는데, 나는 그곳에서 베트남 전쟁의 격전지를 방문한 기념으로 날카롭게 찢어진 쇳조각 하나를 주웠다.

그것을 책장 선반에 올려 두고 나는 전쟁의 참혹함과 외세를 물리친 베트남 민중의 끈질긴 집념에 대하여 다시금 생각하곤 한다. 더불어 김명인의 작품 「베트남」 연작시를 읽으면서 문학과 역사와의 관계를 되짚어 보곤 하는 것이다.

정호승

시 「꿀벌」과 양봉 이야기

　번잡한 세상사에 넌더리가 날 적마다 나는 뚱딴지같은 생각을 하곤 한다. 무엇이냐 하면 모든 것 다 떨치고 양봉이나 한번 해볼까 하는 재미있는 상상이다. 벌통이나 한 수십 개 싣고 철따라 피는 전국의 꽃무더기를 뒤쫓아 다니며 야산의 벌통 옆에 천막을 치고 사는 사람들을 더러 본 적이 있었기에 하는 말이다. 사람보다 벌과 더 많은 대화와 교감을 나누며 산골에서 고즈넉하게 살아가는 생활이 외견상 멋이 있는 듯이 보였을 것이나, 양봉을 생업으로 하는 그들의 삶도 오로지 호젓하고 평화스러운 것만은 아닐 것이다.

　세상에 고통이 수반되지 않는 일이 어디 있으랴?

　수년 전 나는 경산 고죽리孤竹里의 집을 수리해 놓고 마당엔 제법 높다란 원두막도 하나 세웠는데, 원두막 추녀 모서리에는 풍경을 달아두어서 바람 불 적마다 물고기가 온몸을 흔들어 내는 맑은 소리를 듣는 것이 여간 즐겁지 않다.

　어느 날 이 원두막에 내 친한 벗 하나와 가볍게 한잔하고 나란히 누워서 이런저런 정담을 부질없이 엮어 가는데 벗은 문득 자신의 양봉 체험을 들려주는 것이었다. 지금의 벗은 몸이 건강하지만 불과 수년 전까지만 하더라도 만성신부전으로 시달리는 중환자의 처지였다. 하루하루를 연명해 가는 것조차 거의 기적에 가까운 삶이었다.

　당시 벗은 자신의 생가인 달성 하빈의 삼가헌三可軒에 거처하면서 벌통을 몇 개 갖다 두고 거기에 골몰함으로써 잠시나마 고통의 시간을 잊어보려 하였다. 벗이 들려준 양봉養蜂 일화逸話는 여러 가지였는데 그

얼굴이 해맑은 정호승 시인

중에 재미있는 것 몇 가지를 간추리면 대체로 다음과 같은 것들이다.

우선 꽃이 많이 핀 계절에 벌은 공중에 일제히 떠올라 목표지점을 향해 온몸으로 돌진해 가는 광경이 장관이라고 했다. 돌아와서는 꿀을 많이 먹어서 탱탱하게 불러진 배로 땅바닥에 곧장 부딪치는데, 그 충격에 잠시 쓰러져 있다가 다시 정신을 수습하여 벌벌 기어서 집을 찾아 들어가는 모습도 인상적이라고 했다.

한창 꽃이 만발해 있을 적에는 일벌들이 얼마나 꿀 따는 일에 전념하는지 등위의 솜털이 모두 벗겨지고, 날개는 만신창이로 찢겨져 있다는 것이었다. 대개 그런 상태의 벌들은 수명이 절반 이하로 줄어든다고 한다. 벌은 보통 두 달을 사는데 이처럼 과로한 벌들은 한 달을 채 못살고 죽어버린다고 했다. 대개 벌통 주변에는 이처럼 과로사한 벌들의 장렬한 주검이 수두룩하게 널브러져 있다고 했다. 이 얼마나 엄숙한 광경인가?

말벌의 공격을 받았을 때 대응하는 일벌들의 우직한 모습도 감동적이었다.

말벌은 잔인한 육식성 곤충이라 보통 말벌 두 마리가 벌통 하나에 달라붙으면 그 속의 일벌을 깡그리 전멸시키기까지 한다는 것이었다. 말벌이란 놈은 벌통 입구에 붙어서 일벌들이 나오는 대로 날카로운 입을 사용하여 일벌들의 목을 댕강 잘라버린다고 했다. 그리고는 체액을 모두 빨아먹는다고 했다. 일벌들은 말벌을 향해 침을 쏘아대지만 딱딱한 갑옷과도 같은 말벌에겐 전혀 효과가 없고, 앞에서 동료들이 물려 죽는 걸 보면서도 끊임없이 달려들어 모조리 옥쇄玉碎해 버린다는 것이었다. 아무리 곤충들 세계의 일이라 하지만 그 잔인함과 끔찍스러움에는 소름마저 끼쳤다.

벌들의 세계에서 일어나는 여러 가지 광경들이 인간 세상의 일과 무엇이 다른가를 곰곰이 생각해 본다. P는 이제 신장이식 수술을 받고 건강을 회복하여 활동적인 삶을 살고 있는데, 언젠가 다시 한 번 양봉을 시작해보아야겠다는 이야기를 했다.

나는 그 계획에 전적으로 동의했다. 벗이 고통의 시간을 벗어나 새 삶을 시작하려는 결의를 나타내는 것을 가까이에서 지켜보는 것은 얼마나 기쁘고 즐거운 일인가?

글의 서두에서 벌 이야기를 다소 길게 시작하고 있는 것은 양봉 일화를 나에게 들려준 벗처럼 언제나 정겨움이 남다른 문단의 외우畏友 정호승의 시작품 한 편을 이 자리에서 각별하게 소개하고 싶기 때문이다. 그 시는 다름 아닌 「꿀벌」이라는 제목의 작품이다. 나는 이 작품을 너무도 사랑하여 자주 즐겨 읽었을 뿐 아니라, 시인에게 이 시를 사랑하게 된 까닭을 작품의 전문을 함께 써서 마치 연서戀書처럼 보내기까지 했다.

네가 날으는 곳까지
나는 날으지 못한다
너는 집을 떠나서 돌아오지만
나는 집을 떠나면 돌아오지 못한다

네 가슴의 피는 시냇물처럼 흐르고
너의 뼈는 나의 뼈보다 튼튼하다

■ 1976년 서울 수유리에 있는 김수영 시비를 찾아서(「반시」 동인 시절의 김창완, 정호승 시인)

향기를 먹는 너의 혀는 부드러우나
나의 혀는 모래알만 쏘다닐 뿐이다

너는 우는 아이에게 꿀을 먹이고
가난한 자에게 단꿀을 준다
나는 아직도 아직도
너의 꿀을 만들지 못한다

너는 너의 단 하나 목숨과 바꾸는
무서운 바늘침을 가졌으나
나는 단 한번 내 목숨과 맞바꿀
쓰디쓴 사랑도 가지지 못한다

하늘도 별도 잃지 않는
너는 지난 겨울 꽁꽁 언
별 속에 피는 장미를 키우지만
나는 이 땅에
한 그루 꽃나무도 키워보지 못한다

복사꽃 살구꽃 찔레꽃이 지면 우는
너의 눈물은 이제 달디단 꿀이다
나의 눈물도 이제 너의 달디단 꿀이다

저녁이 오면

너는 들녘에서 돌아와

모든 슬픔을 꿀로 만든다

- 시 「꿀벌」 전문

이 시는 지금까지 아홉 권의 시집을 발간한 정호승 시인의 첫 시집 『슬픔이 기쁨에게』(1979)에 수록된 작품이다. 「맹인부부가수」 「파도타기」 「혼혈아에게」 「이별노래」 「수선화에게」 등 대중적으로 널리 알려진 정호승의 다른 시편들에 비해 이 시는 별로 조명을 받지 못한 작품에 속한다. 그런데 이 작품에는 시인 정호승이 나름대로 창작에 임하는 자신의 신념이라든가 지향, 혹은 정서의 빛깔 따위가 여실히 드러나 있는 흥미로운 작품이다.

이 시에서 '너'는 꿀벌이고 '나'는 시적 화자이다. 꿀벌은 자신의 삶과 공동체에 임하는 그 무한한 충직성, 성실성의 진정한 표상이다. 하지만 시적 자아로서의 '나'는 끊임없이 방황하고, 가슴속에 사랑도 가지지 못하였으며, 이타적利他的인 삶을 살아가지 못하였다. 생각하면 참으로 덧없는 세속의 삶만 살아왔을 뿐이다. '나'는 이러한 자신의 삶을 부지런한 꿀벌의 삶에 견주어서 스스로를 참회하고, 진정한 삶의 방향을 모색하고 있는 것이다.

곰곰이 되짚어 보면 정호승 문학의 정신적 경로는 대개 사랑에서 출발하여 사랑으로 마무리되는 형태가 아니었을까? 그 주변에는 언제나 우리들 삶의 잔잔한 감동과 애환이 있었고, 세속적인 우리가 늘 잊고 살았거나 나타내 보이기에 인색했던 '눈물'에 대한 강조가 있었다.

눈물이 마르지 않은 세상!

시인 정호승은 그의 문학적 출발부터 오늘까지 줄곧 그것을 염원해 왔고, 그 염원을 자신의 문학작품 속에서 따뜻한 체온으로 육화시키려 는 노력을 계속해왔던 것이다. 정호승의 시편들은 언제 읽어도 우리들 에게 따스한 온기를 불어넣어 준다. 우리가 삶에 지쳐서 늘어져 누웠을 때 그는 나직한 위로의 속삭임으로 우리들의 귓전에 미풍처럼 시를 들 려준다. 정호승의 문학에 대한 대중적 관심이 차츰 높아 가는 것도 바 로 이러한 생기를 독자들이 반색하고 있기 때문이 아닐까 한다.

흘러간 1970년대 후반, 정호승의 시「파도타기」가 계간지〈창작과 비평〉에 발표된 지 얼마 후에 나는 서울 상도동에 있던 시인의 집에서 하룻밤을 묵은 적이 있다. 그때가 몹시 추운 겨울밤이었던 것으로 기억 되는데, 시인은 정갈하게 쓴 글씨의 편지 한 통을 나에게 보여 주었다. 어느 묘령의 여성독자가 보내온 것인데, 시「파도타기」를 읽고 자신의 가파른 인생의 고비를 잘 넘길 수 있었노라는 내용이었다.

시 한 편이 독자 대중의 삶에 이처럼 깊은 영향을 줄 수 있다는 사실 이 놀라웠고, 또 한편으로는 여성독자로부터 이른바 펜 레터를 받은 것 이 부러운 마음도 들었다. 사실 정호승 시인과 나는 1973년에 신춘문예 를 통과한 사람들이 모여서 조직한〈73그룹〉의 같은 멤버였고, 동향에 동갑나기여서 남달리 가까워질 수밖에 없었다. 작가로서는 박범신, 이 경자, 이태호, 시인으로는 김창완, 하덕조, 김명인, 김승희 등이 참가했 던 이〈73그룹〉의 맹원들은 국립공보관 전시실에서 합동전시회도 가지 고, 밤늦도록 술을 마시며 문학적 기염을 토하는 시간들이 있었다.

조각 전공으로 문학의 길을 갈까 미술의 길을 갈까를 고민하고 있던 청년작가 이태호는 그 특유의 장발을 손바닥으로 쓸어 올리며 부리부리한 눈빛을 시대의 부조리를 향해 쏘아대던 시절이었다. 정호승 시인과는 〈73그룹〉시절을 거쳐서 그 이후에 결성된 〈반시反詩〉동인 시절까지 함께 했음은 물론이다. 〈반시〉 창간호가 나오던 무렵, 나는 늦은 나이로 군복무 중이었는데, 이때 연락을 받고 군복을 입은 채 서울 조계사에서 김우창, 한완상, 신경림 선생들을 모시고 강연회도 열고 시낭송도 했던 기억이 지금에도 새롭다.

마땅한 앤솔로지가 없던 시절, 청년기적 열정과 현실의식을 표방하고 나타난 동인지 〈반시〉에 대한 인기는 참으로 대단한 바가 있었다. 이러한 모든 활동들의 중심 역할을 하며 언제나 조직을 도맡아 이끌어 간 시인이 바로 정호승이었던 것이다.

이제 그는 그를 사랑하는 독자 대중들의 지지와 갈채를 한 몸에 집중하면서 줄곧 좋은 작품들을 써내고 있다. 언제나 만년 소년 같은 깨끗하고 맑은 이미지가 감도는 시인의 얼굴! 하지만 그 눈빛은 얼마나 매서운가?

정호승의 시에는 꿀벌의 성실성과 근면성, 게다가 불의를 향해 쏘아대는 매서운 독침이 언제나 준비되어 있다. 시집의 사진을 볼 때마다 느끼는 것이 바로 시인의 눈빛이다. 미소년 같은 시인도 어느덧 오십 줄에 접어들어 이마도 조금씩 넓어지고 흰 모발도 차츰 늘어나고 있다. 하지만 그의 문학을 향한 열정은 전혀 식을 줄을 모른다.

최근에는 해마다 한 권씩 시집을 내었고, 어른을 위한 동화집도 내었는데 내는 책마다 독자들의 반응이 대단히 뜨겁다고 한다. 다행스런 일이다.

▌ 2005년 여름 몽골 서북부 다달솜의 칭기스칸 탄생지에서(좌로부터 이동건, 정호승, 이동순, 김윤태)

하지만 시인이여! 독자들의 애타는 갈증을 적셔주기 위해서 우리 시인은 얼마나 또 길고 긴 불면의 밤을 보내야만 할 것인가? 얼마나 또 가혹하게 피를 말리는 고통의 시간을 지내야만 할 것인가? 나는 시인의 벗으로서 단지 그것이 안타깝고 아까운 것이다.

죽음과 부활을 일깨우는 별의 시인

정호승 시인의 시집 『별들은 따뜻하다』를 읽어가면서 우리는 시인 자신이 유난한 집념을 보이고 있는 몇 가지 시어를 발견한다. 그것은 '무덤' '죽음' '시체' 따위의 비극적 이미지를 반영하는 어휘들이다. 이 가운데 특히 '무덤' 이란 낱말은 시집 전체를 통틀어 대충 살펴본 것만으로도 30회는 족히 넘는다. 그 밖에도 '무덤' 과 관련된 말, 이를테면 '공동묘지' '묻다' '마지막' '사막' 등속까지 합치면 아마 백여 회를 훨씬 더 상회할 것이다.

시인이 한 권의 시집 속에서 어떤 특정한 빛깔의 어휘에 대하여 집중적인 관심을 갖고 있다면 거기엔 그만한 이유가 서려 있을 것이다. 이 이유를 제대로 알아보기 위해서 우리는 지금부터 그의 시집 「별들은 따뜻하다」를 다시금 처음부터 찬찬히 읽어보기로 한다.

무덤의 일반적 의미는 시체나 유골을 땅에 묻고 일정한 표시를 해둔 곳을 말한다. 정호승 시집에서의 '무덤' 의 의미도 그것이 비극적 의미로의 해석일 때는 의미의 일반성과 그대로 연결된다. 즉 '무덤' 은 현존하는 인간들의 장소이며, 동시에 그것은 살기 힘든 세상, 죽은 현실, 의미없는 과거, 부질없었던 사랑 등의 표상이다. 대상에 대한 불타오르는 증오심과 욕정, 세속적인 이기심, 온갖 희망의 소멸 등도 인간이 한 세상을 살아가는 일에 있어서 '무덤'과 무엇이 다를 것인가.

인간의 비인간화를 부채질하는 인간성 부재, 반인간주의, 제국주의, 분파주의, 생명의 본체성을 다시는 희생이 불가능하도록 낱낱이 파괴하는 물신의 폭력, 통일될 전망을 나타내지 않은 채 여전히 분단 상태에서 신음하는 조국의 모습 또한 '무덤' 속의 생활과 다를 바 없다.

i) 오늘도 내 마음이 무덤입니다

— 「갈대」 부분

ii) 산그림자가 소리없이 내 무덤을 밟고 지나가면

— 「당신에게」 부분

iii) 푸른 땅 끝 그 무덤 속에 너는 있다

— 「푸른 애인」 부분

iv) 내 무덤 위로
푸른 하늘이 잠시 머무르게 해다오

— 「박정만」 부분

v) 너는 죽어서도 무덤에 잠들 수 없다

— 「히로히토에게」 부분

vi) 그 배추밭 너머 마을산 공동묘지

— 「어머니」 부분

vii) 무덤 위에 내리는 봄눈이 되어
무덤은 왜 그리 슬프게 생겼는지

— 「산길에서」 부분

viii) 누가 내 가슴의 무덤을 안고 가나

— 「눈길」 부분

ix) 빈 손을 들고 무덤으로 간다

　　오직 빈 손으로 저녁날 무덤가에 가서

　　어느덧 무덤가에 스치는 저녁별

－「저녁별」 부분

x) 무덤 속에 누워서 창문을 열면

　　무덤가에 나뒹구는 솔방울 몇 개

　　푸른 하늘 날으는 죽은 새의 그림자

－「무덤에서」 부분

xi) 한 송이 무덤으로 피어난 아름다움을 위하여

－「윤동주 무덤 앞에서」 부분

xii) 내 그리운 금강산의 갈대꽃 되어

　　조국의 무덤 위에 피어나리라

－「또 하나의 조국」 부분

　많은 사람들은 지금 자기가 살아가고 있는 시대와 환경이 '무덤'이 아니라고 생각한다. 사람들이 자신의 삶을 얼마나 성실하게 살아가며, 얼마나 굳건하게 역경을 극복하고 튼튼한 역사를 건설해 가는가에 따라서 세상은 무덤이 아닐 수도 있다.

　그러나 대다수의 경우는 세상을 무슨 대단한 호사거리로 착각해서, 사치한 물질로 자신들의 주위를 가득 메운다. 최소한의 깨달음조차 지니지 않은 채, 이렇게 살아가는 사람들의 모습은 그야말로 진정한 생활의 생명력을 지니지 못하고 다만 요란스런 빛깔의 물질적 외식外飾으로 그들의 '무덤' 주변을 묘표墓標처럼 일정한 표시를 해둔다.

이처럼 '무덤'과도 같은 세속적인 터전에서 살아가는 사람들은 비록 그들의 육신이 꿈틀거리고는 있지만 기실은 참다운 생명을 지니고 있지 않다. 즉 살아 있는 주검들인 것이다. 살덩이만 살아 있는 인간들은 그들 살덩이의 시간을 조금이라도 더 연장해보기 위해 갖은 방법을 동원하지만, 대개는 그러한 탐욕과 이기심 때문에 도리어 일찍 죽어버리고 만다. 마치 한 마리의 징그러운 벌레와도 같이. 그러기에 시인은 세속성에 눈먼 사람들을 향하여 다음과 같이 진정한 죽음의 의미를 들려준다.

> 살아야 한다
> 또다시 살아서 죽어야 한다
> (중략)
> 거리엔 바람이 피를 흘리고
> 용서할 수 없는 밤은
> 또다시 깊어
> 죽어서 사는 길을 찾아야 한다
> 죽어도 살아서 죽어야 한다
>
> — 「삶」 부분

'살아서 죽는다'는 것은 무엇을 말함인가. 이것은 바로 우리네 삶에 더러운 곰팡이처럼 끼어 있는 욕정, 이기심, 분파주의, 봉건성, 반인간주의를 스스로 박멸시키려는 노력이다. 이 부정적인 속성들은 결코 먼 곳에 있는 것이 아니라, 우리들 자신의 내부에 은밀히 감추어져 있다.

대부분의 사람들은 자신의 내면에 이런 부정적 요소가 깊이 자리 잡고 있음을 인정하지 않는다. 이것이 인간을 더욱 독선으로 전락시켜 가는지도 모른다. 독선을 죽이는 길! 시인이 시 「삶」에서 말하는 "살아서 죽어야 한다"는 말은 바로 이 진정한 죽음의 실천에 대한 권유이자 당부이다.

이런 진정한 죽음을 실천하지 못한 인간은 시 「히로히토에게」의 한 대목처럼 '죽어서도 무덤에 잠들 수 없고' 무덤 속에서조차 다시 살아서 '완전한 죽음'을 성취시킨 다음에야 비로소 죽을 수 있다는 것이다. '완전한 죽음'을 성취하지 못한 1940년대의 악질적인 전범戰犯 히로히토는 "죽어서도 죽은 자의 행복을 누릴 수 없고" "죽어서도 죽은 자의 웃음을 웃을 수 없다"고 단언한다. 이 부분에서의 시인의 발언은 도덕적인 방종과 자기파탄, 무사안일주의에 빠진 동시대의 많은 인간들에게 매운 질책이 된다.

무릇 모든 인간에게 있어서의 죄악이란 인간 본래의 자아에 대한 방종과 절망 때문에 기인하는 것이라고 시인은 생각한다. 시인은 인간이 자아의 절망에 빠지는 상태야말로 질병의 상태이며, 이 질병의 상태가 인간을 영원한 죽음으로 떨어뜨린다고 여긴다.

질병상태의 세상, 혹은 질병상태를 깨닫지 못하고, 맹목적인 삶을 살아가는 인간들의 군거群居! 바로 이것을 '무덤'이라고 시인은 말한다. 인간은 이러한 무덤 상태를 극복할 수 있는 유일한 방법은 절망으로부터의 철저한 자각이다. 이렇게 생각하는 시인의 도덕적 의지는 다분히 키에르케고르의 담론을 연상케 한다.

절망으로부터의 자각은 반드시 치열성을 수반하는 자기극복의 태도가 되어야 한다. 오랜 세월 동안 자기 속에 깊이 뿌리박고 살아온 욕정을 죽이고, 이기심을 죽이고, 분파주의와 반인간주의의 모든 것까지 모조리 자기 손으로 소멸시켜야 한다. 이러한 자기죽임을 이루어낼 때 비로소 인간은 '살아서 죽는 죽음' 즉 진정한 죽음에 도달할 수가 있는 것이다.

'살아서 다시 죽는 죽음'을 기독基督의 용어로는 부활 또는 거듭남이라고 한다. '살아서 다시 죽는' 부활의 실천을 거칠 때 인간은 '죽어서 다시 사는 죽음'의 영원성으로 되살아날 수가 있는 것이다.

세속적인 현실 그 자체에 얽매어 있는 생활을 시인은 "죽음이 지나간 시대/다시 찾아온 죽음의 시대"「천지호텔 창가에 서서」라고도 하고, "아침이 없이 또 찾아오는 밤"「시인 윤동주지묘」이라고도 말한다. 한 마디로 밤 위에 또다시 덧쌓이는 밤의 한없이 지루한 연속뿐인 시간이므로, '무덤' 속의 시간이 바로 그것이다. 이런 시간 속에서 아무런 각성의 획기적 마련이 없이 살아가는 삶은 "죽어서도 죽은 자의 행복을 누릴 수 없는"「히로히토에게」 죽음이 될 수밖에 다른 도리가 없다.

그러므로 정호승의 시에서의 '무덤' 이미지는 비극적 세계관에 기초한 것이면서 동시에 비극적 현실 자체만을 단순히 일깨우는 것으로 끝나지는 않는다. 그것은 곧 우리가 앞서 두 죽음의 대비과정을 통해 이미 본 바 있는 '아름다운 무덤'까지도 그의 시가 보여준다는 점이다.

이 매력적인 문맥은 우리들로 하여금 무덤이 주는 공포, 불길함, 우울 따위로부터 성큼 벗어나게 한다. 일상적 삶에 지칠 대로 지쳐 있는 우리들에게 이 긍정적 세계의 떠올림은 절망에서 자각으로, 나태에서 왕성한 지적 탐구정신의 발동으로 굳건히 옮겨갈 수 있도록 우리를 격려하고 때론 무섭게 으름장을 놓기도 한다.

삶의 완성, 한 정신의 정점! 이것은 우리 모두가 끊임없이 몸부림으로 다가가야 할 지적 법열의 대상이 아니던가. 갸륵하여라, 시인이여! '죽어서도 죽은 자의 푸근한 웃음을 웃을 수 있는 죽음'은 곧바로 통일, 사랑, 조화, 화해, 균형, 일치, 친교, 원융의 정신을 쉽게 풀어서 말하고 있는 것이다. 이것도 모르고 이 시집을 보아선 반쪽 즐거움밖에 되지 않는다.

> ⅰ) 무덤 속에서도 만나보고 싶은 사람이 있다
>
> 무덤 속에서도 바라보고 싶은 별들이 있다
>
> (중략)
>
> 무덤 속에서도 열어보고 싶은 창문이 있다
>
> 무덤 속에서도 불러보고 싶은 노래가 있다
>
> – 「시인 윤동주지묘」 부분
>
> ⅱ) 한 사람 가고 나면 또 한 사람
>
> 붉은 손톱 뽑아 던지고 별이 되었습니다
>
> – 「또 기다림」 부분
>
> ⅲ) 죽은 들풀들이
>
> 죽어서 다시 사는 들녘
>
> – 「철원역에서」 부분
>
> ⅳ) 보라
>
> 그는 무덤이 되어
>
> 조국이 되었으나

우리는 사랑이 되어

조국이 되었다

– 「다시 휴전선에서」 부분

ⅴ) 무덤조차 한 점 부끄럼 없는

죽어가는 모든 것을 사랑했던 사나이

– 「윤동주 무덤 앞에서」 부분

ⅵ) 바람도 숨을 거두고

하늘도 마지막 숨을 거둔다

– 「천지에서」 부분

ⅶ) 내 그리운 금강산의 갈대꽃 되어

조국의 무덤 위에 피어나리라

무덤 속에서도 결코 잊지 않았다는

이 눈물밖에 오직 드릴 것이 없사오니

– 「또 하나의 조국」 부분

ⅷ) 살아야 한다

또다시 살아서 죽어야 한다

– 「삶」 부분

이 여덟 개의 인용문에는 아름다운 죽음의 종류, 이유, 방법, 정당성 따위가 잘 나타나 있다. 무덤 속에 묻힌 뒤에도 오래오래 기억에 남아 있는 사람은 별로 많지 않을 것이다. 무덤 자체는 잠깐 동안의 어둠을 거쳐 영원한 빛으로 나아가는 덮여진 다리에 불과하다고 성서는 우리들에게 가르친다.

중세 포르투갈의 시인 까모에스(1524~1580)라는 사람은 매우 불우한 생애 속에 이 세상을 떠나 아무도 그의 무덤을 모르게 되었다. 그를 존경하는 사람들이 훗날 시인 까모에스가 돌아다닌 곳의 먼지를 모아 훌륭한 무덤을 만들어 기념했다. 먼지 속에는 시인의 몸에서 떨어진 머리카락이나 비듬이 섞여 있으리라 여겼기 때문이다.

아름다운 무덤이란 바로 이런 것이 아닐까. 육신 따위가 무덤에 무슨 소용이 있으랴. 무덤 속의 백골청태白骨靑苔는 하나도 수중하지 않다. 그 무덤 속에 묻힌 이의 '죽어도 죽지 않는' 정신이 소중한 것이다. 헤아릴 수 없이 많은 사람들이 무덤으로 갔고, 또 많은 사람들이 앞으로 무덤으로 갈 것이다. 이때 우리는 보들레르의 한 구절을 떠올린다. "이승은 짧다! 무덤은 기다린다. 무덤은 배고프나니."(시 「악의 꽃」)

우리가 진실로 이승에서 노력해야 할 것은 '무덤 속에서도 썩지 않는 정신'을 만드는 일이 아닐까. 이런 최소한의 노력 없이는 즉시 배고픈 무덤에 먹혀버리고 말 것이다.

죽음은 끝이 아니라 영원한 생명에로 건너가는 길목이다. 저 유명한 몽떼뉴의 『수상록』도 "죽음을 배운 자는 굴종을 잊고, 죽음의 깨달음은 온갖 예속과 계박에서 우리들을 해방한다"고 말한다. 이 세상의 모든 것이 끊임없이, 줄기차게 새로워질 수 있도록 다른 삶들을 너그럽게 허용하는 것. 이것이 곧 죽음의 불변하는 정신이다.

그러므로 죽음이란 혼란하기 짝이 없는 인간의 삶에서 하나의 위대한 조정자調停者이다. 이런 까닭에 로마의 사색가 아우렐리우스 같은 사람은 죽음을 "감각의 휴식, 충동의 실이 끊어진 것, 마음의 만족, 혹은 비상소집 중의 휴식, 육체에 대한 봉사의 해방"에 지나지 않는다고 설파하였던 것이다.

　종교에서의 충고는 늘 우리들에게 삶이란 자신의 죽음을 겸허하게 준비하는 과정이라고 일러준다. 사실 정호승이 지난 1979년에 펴낸 첫 시집 『슬픔이 기쁨에게』 이후 『서울의 예수』 『새벽편지』 그리고 이번의 『별들은 따뜻하다』에 이르기까지 그의 시 정신들이 보여주는 전반적 전개 과정은 한마디로 도덕적 개결성이다.

　정호승 시의 주된 미적 범주 중의 하나는 그의 시가 주제어에 대하여 거의 '천착'이라고 할 수 있을 정도의 남다른 집념을 보여준다는 점이다. 이것은 시인 자신의 지적 탐구정신의 왕성함 때문일 것인데, 실제로 언젠가 그는 나에게 앞으로 쓰고 싶은 시의 제목이라고 하면서 대학노트에 촘촘히 적어놓은 명세서를 보여준 적이 있다.

　그때까지만 해도 나의 신념 속에는 대학 재학시절, 시인 김춘수가 이끌어가던 시론 강의에서의 한 대목이 요지부동으로 박혀 있었다. 그 신념이란 다름 아닌 "제목이 정해져야 시를 쓸 수 있는 사람은 내용에 결백한 나머지에 시의 기능의 중요한 여러 면을 돌보지 않는 일이 왕왕 있을 수 있다는 것을 염두에 두고, 시를 내용의 희생물로 바치지 않을 것을 경계하면 될 것이다"라는 부분이다.

　그러나 제목을 먼저 정해놓고 시를 쓰는 정호승의 시를 줄곧 눈여겨 지켜보면서, 나는 김춘수의 시론이 모두 들어맞는 말이 아님을 알게 되었다. 정호승이 제목을 결정해놓고 시를 써도 시의 중요한 여러 기능을 아주 세심히 파악하고 배려하는 것을 지켜보았기 때문이다.

　다음으로 그의 시의 미적 범주 중의 하나는 간결한 잠언箴言풍의 의고체를 상당히 즐겨 쓰고 있다는 점이다. 예를 들면 '흔드나니' '깨우나니' '일이었나니' '복이 있나니' 따위에서 나타나는 연결형, '용서하라' '사랑하라' '감사하라' '염려하라' 따위의 명령형, '보소서' '되소서' '주소서' '엎드리게 하소서' 따위의 청유형, '원하노니' 알리라 ' 따위의 설명형, ' 않았느냐 ' 따위의 설의형 등이 그것이다.

이런 잠언풍의 고어형은 실제로 시작품 속에서 도덕적 각성을 일깨우는 대목으로 작용될 때 어조의 준엄한, 결연함을 배가시키는 효력을 나타낸다. 정호승은 한때 나에게 구약성서 중 종교시를 모아놓은 시편을 읽고 작시법에 많은 도움을 얻는다는 말을 한 적이 있다.

한편 정호승의 시어가 채택하고 있는 계층은 평범한 도시중산층의 언어이다. 일견 현실에 대한 적극적인 풍자정신이 부족해 보이는 듯한 그의 시어가 건조한 느낌을 극복하고 있는 것은 시적 대상의 관념을 하나의 드라마틱한 구성으로 극화劇化시키고 있기 때문이다.

여기다가 그의 시가 즐겨 쓰는 음율인 4·4조, 혹은 4·3·5조 따위의 2음보 계열, 3음보 계열의 형태들은 시가 노래화 될 수 있는 가능성으로 이어지고, 이 가능성은 실제로 대중성을 지닌 효과로 연결되기도 한다. 그의 작품 중에서 「이별노래」는 이러한 대표적인 본보기이다. 이 밖에도 시의 미적 범주로서의 조화성, 직관성, 완결성도 원만하며, 이 점이 정호승 시의 독특한 개성을 창출하는 일에 이바지하고 있다.

이번 시집에서의 전반적인 주제어라 할 수 있는 '무덤' 이미지의 징후는 이미 그의 첫 시집에 수록된 작품 「아버지의 무덤」(1973)에서부터 나타나고 있었다. 베트남전쟁에 참전했던 한 청년이 시적 화자로 등장하는 이 작품은 도시빈민이었던 그의 아버지의 옛 무덤자리를 찾는다.

그러나 급속한 도시개발로 말미암아 아버지의 무덤 터는 흔적 없이 사라지고, 그 자리에는 웬 아파트 한 채가 늠름하게 자리 잡고 있는데, 기가 막힌 이 청년은 아파트 지붕 위에 앉은 무심한 참새를 향하여 목 멘 푸념을 절규로 엮어간다는 내용이다.

새야
배고파 우는 도시 참새야
두번 죽은 아버지 무덤 안을 날아다오
탱자나무 가시 찔려 흘린 피까지
흐르는 시궁창이 도시 변두리
해마다 거름 붓던 개똥참외밭
자는 무덤 밀어버린 자는 누구냐

– 「아버지의 무덤」 부분

이 시가 실렸던 첫 시집의 주제어는 '슬픔'이라는 낱말이었다. 「슬픔으로 가는 길」 「슬픔을 위하여」 「슬픔은 누구인가」 「슬픔이 기쁨에게」 「슬픔 많은 이 세상도」 따위의 시 제목에까지 드러난 '슬픔' 말고도 문맥 속에 박혀 있는 '슬픔'의 대목들은 "슬픔을 만나도 슬프지 않는" "슬픔으로 슬픔을 잊게 할 수 있습니까?" "슬픔을 사랑할 수 있을 때까지" "슬픔을 슬픔이라 말하는" "단 한번도 이 세상 슬픔을 달래보지 않으시고" "슬픔에 기대어 사는 사람/슬픔을 오늘밤 만나러 가게" "슬픔의 마지막 옷" "슬픔의 가난한 나그네" "슬픔을 향하여 칼을 던지고" "슬픔에 대하여 혹은 운명에 대하여" 등 부지기수이다. 이 여러 가지 '슬픔'의 시어 중에서 나는 그의 시 「꿀벌」의 한 대목을 가장 사랑한다.

저녁이 오면

너는 들녘에서 돌아와

모든 슬픔을 꿀로 만든다

– 「꿀벌」 부분

참된 슬픔이란 고통의 지팡이라고 누가 말했던가. 정호승은 당시의 모든 시대적, 개인적 고통을 '슬픔'이라는 시어로 육화시키며 살아간 듯하다.

이번 시집 중 「또 기다림」이란 시의 한 대목에서 "붉은 손톱 뽑아 던지고 별이 되었습니다"라는 표현이 있는데 이 '손톱' 이미지는 첫 시집에 실린 「파도타기」의 한 대목에서 이미 나타났던 부분이다. "어머니 손톱 같은 봄눈 오는 바다 위로"가 그것이다. 우리의 옛 속담에 "손톱은 슬플 때마다 돋고, 발톱은 기쁠 때마다 돋는다"는 말이 있다. 이는 기쁨보다 슬픔이 더 많은 세상살이를 뜻하는 말이다. 정호승은 이런 민속적인 정서도 결코 흘려버리지 않는다.

사실 단장斷腸의 고통이란 겪어보지 않은 사람이 어찌 알 것인가. 눈물로 빵을 먹은 사람이 아니면 고통도 모르고 또한 인생의 참맛을 모를 것이다. 눈물은 슬픔의 말없는 언어라고도 하는데 정호승의 시집에는 이 눈물이 언제나 촉촉이 젖어 있다. 세상에는 자기 자신과 자기선행에 아첨하는 악한 눈물이 있고 오랫동안 그의 마음속에 잠들고 있던 정신적 존재의 각성을 기뻐하는 선한 눈물이 있을 것이다.

정호승의 시는 항상 악한 눈물을 단호히 꾸짖고, 선한 눈물을 따뜻하게 두둔한다. 시인 신경림도 『반시反詩』선집 해설에서 정호승 시에 나타난 슬픔의 성격을 참된 것, 진실한 것, 깨끗한 것, 떳떳한 것, 아름다운 것의 상징이라고 규정한 바 있거니와, 우리는 이런 사실을 통해서도 정호승 시의 빛깔을 넉넉히 가늠해볼 수 있다.

1982년에 나온 그의 두 번째 시집 『서울의 예수』시선집으로 명명되어 있으나 대다수의 작품이 신작이므로 독립된 시집으로 보아야 한다. 는 기실 첫 시집 중 「넥타이를 맨 그리스도」의 발전적 공간이라 할 수 있다. 이 시집에서의 중심 어휘는 '서울' '죽은 사람' '가난' '눈물' '큰 슬픔' '사막' '고통' '고독' 등이다.

조국의 민주화를 위해 광주민중항쟁이 발발한 지 두해 뒤에 출간된 이 시집에는 당시의 질식할 것 같던 공포통치의 분위기 속에서 그는 '예수' 이미지의 변용에 집념을 가졌던 것으로 보인다. 정호승은 이미 이 두 번째 시집 속에서 다음 세계 쪽으로의 행보를 찾고 있다.

> 나는 오늘밤 어느 별에서
> 떠나기 위하여 머물고 있느냐
> 어느 별의 새벽길을 걷기 위하여
> 마음의 칼날 아래 떨고 있느냐
>
> – 「우리가 어느 별에서」 부분

그러나 세 번째 시집 『새벽편지』(1987)가 나오기까지 여러 해 동안 그는 시를 쓰지 못했다. 이루 말할 수 없는 개인적 춘사椿事를 겪었고, 그로 말미암은 충격 때문이었다. 1982년부터 이후 4년간 그가 나에게 보내온 서간문들은 대개 미움과 증오, 만남의 문제, 극단적인 자기혐오, 갈등, 방황심리, 생의 고통, 이사, 시인적 죽음에 대한 선망과 감동 따위로 점철되어 있었다. 1986년 1월 7일에 보낸 그의 편지는 다음과 같이 시작된다.

> 저는 그동안 뜻하지 않게 여러 가지 '인생 공부' 하느라 참으로 열심히, 그러나 퍽 부끄럽게 살아왔습니다. 근간의 3～4년이 언제 어떻게 지나가버렸는지, 지금 생각하면 저으기 안도감조차 느껴집니다. 어떻게 살아가야 할지, 무엇을 가장 중요하게 여기며 살아가야 할지, 다소 확실하게 느낀 지난 몇 년 간이었습니다.…… 이제 저는 퍽 건강합니다. 지난날에 비하면 그리 큰 악몽도 없습니다. 미움도 없고 증오도 없습니다. 오히려 잔잔한 미움, 싫음 등의 일에 매달리게 되는 제 자신이 요즘은 우습습니다. 올해는 그동안 제대로 쓰지 못했던 시를 좀 써볼까 합니다.

이 편지를 받은 그 이듬해 가을, 드디어 그의 세 번째 시집이 나왔다. 이 시집의 중심 주제어는 '별'과 '새벽'이다. '슬픔'의 관념성과 '예수'로 변용된 알레고리의 시대를 거쳐서 그의 시적 심상은 한층 정련되고 반짝이는 형태로 다듬어진 모습을 보였다. 말 그대로 그동안 그의 삶을 송두리째 뒤흔들어놓았던 충격과 고통의 극복이 필시 이런 완성으로 나타난 것이리라. 시집 『새벽편지』에서 '별' 이미지는 이 고통의 과정에서 결정結晶된 것이다.

> 나의 별에는 피가 묻어 있다
> 별들도 강물 위에 몸을 던졌다(「새벽편지」)

그대 죽어 별이 되지 않아도 좋다(「부치지 않은 편지」)

별들도 눈뜨지 않는 저 하늘(「새벽편지」)

그대 위해 별 한 송이 눈물의 꽃을 피운다(「조화」)

너는 죽어 별이 되고

나는 살아 밤이 되네(「여름밤」)

별들도 울고 싶은 밤이 계속되었다(「그날의 편지」)

별들도 짐승처럼 생각되던 밤이었다(「눈길」)

창은 별이 빛날 때만 창이다(「희망은 아름답다」)

별보다 깨끗하게 살고 간 너를 위하여(「기도하는 새」)

별들이 자유로운 것은

별 속에 새들이 날기 때문이다(「편지」)

새벽하늘 별빛마저 저물었나니(「새벽에 아가에게」)

내가 별들에게 죽음의 편지를 쓰고 잠들지라도(「새벽에 아가에게」)

가을에는 별들이 사막 속에 숨어 있다(「가을편지」)

별들도 휩쓸려 가버린(「다산」)

너는 별을 바라볼 두 눈을 잃었으나

나는 별을 바라볼 가슴을 잃었구나(「가을의 유형지에서」)

이상의 인용문은 시집 『새벽편지』에서 '별' 이미지가 반영된 원석原石들을 옮겨놓은 것에 불과하다. 이 '별' 이미지의 의미는 좀 더 다각적으로 시간을 두고 규명될 필요가 있다. 왜냐하면 이번의 네 번째 시집에서도 이 이미지는 여전히 긴장과 팽창을 유지하면서 살아 있기 때문이다.

시 「당신에게」의 4연, 「나의 낙타에게」의 3연, 「강변역에서」의 후반부, 「나의 길」의 후반부, 「겨울밤」의 부분, 「어느 시인의 죽음」의 끝행, 그리고 「너의 날개」 「또 기다림」 「휴전선에서」 「시인 윤동주지묘」 「또 하나의 조국」 「저녁별」 「길」 「별 하나의 나그네 되어」 「눈발」 「박정만」 「김종삼」 등의 시에서도 '별' 이미지는 여전히 중요한 부피를 지닌 채 의미의 확대를 이루어가고 있는 것이다. 특히 눈길을 끄는 것은 이번 네 번째 시집의 표제로 선택된 시가 「별들은 따뜻하다」인데, 이 사실은 무엇을 내포하고 있는가.

아마도 이것은 우리가 일찍이 앞에서 살펴본 바 있는 세상이라는 이름의 무덤 속에서 끊임없이 절망에 시달려온 인간의 자아각성, 자기완성을 의미함이 아닐까 한다. 동시에 '별'은 참된 죽음을 지향, 갈망하는 모든 존재들의 반짝임이 될 것이다.

'따뜻함'의 성질은 대상의 작용성, 적극성, 활발성, 생명성, 포용성, 진지성 따위의 의미망을 형성한다. 이런 해석의 측면에서 볼 때 시 「별들은 따뜻하다」의 문맥은 「백범묘소 앞에서」의 한 구절인 "혁명은 따뜻하다"라는 부분과 매우 적절한 일치를 느끼게 한다. 사실상 통일, 사랑, 조화, 균형, 원융, 화합, 친교의 성질을 지니고 있는 '별' 이미지는 '혁명' 또는 '부활'의 시적 언표言表에 다름 아니다. 혁명이란 곧 강한 용기이며, 새로운 의지의 실천, 즉 '살아서 다시 죽는' 진정한 부활인 것이다. 우리는 그의 시가 앞으로 더 큰 부활을 향해 고동치며 자신의 길을 열어갈 것임을 확신한다.

사람마다 가슴은 무덤이 되어

희망에는 혁명이

절망에는 눈물이 필요한 것인가

– 「눈발」 부분

신현림

저무는 세기말을 노래했던 시인

　지난 20세기말의 마지막 남은 한 해가 밝아올 때, 새로이 벽에 걸어 놓은 일 년치 달력을 바라보며 당신은 지금 어떤 상념에 잠겼던가? 이 열두 장 세월의 분량만 지나고 나면 과거와는 전혀 다른 신천지가 눈앞에 펼쳐질 것이라 믿고 있었던가? 아니면 지난 일백 년 세월보다 더 가혹한 업보의 시간이 기다리고 있다는 생각을 하였던가?

　인간의 달력문화는 누군가의 말처럼 유한한 인간 생명체가 끊임없이 재생을 꿈꿀 수 있도록 만들어낸 하나의 보상장치에 불과하다. 시간을 통제하려는 패기와 새로운 시작에 대한 열망을 담뿍 담고 있는 것이 달력문화의 본질이라면 우리는 밀레니엄이라는 시간성에 대하여 보다 담대하게 대응할 필요가 있다. 저무는 20세기의 마지막 한 해가 우울과 불안, 권태와 환멸로 얼룩질 것이라 우려되었지만 우리는 보다 대범하고 낙관적인 자세로 우리들의 다가오는 미래 시간을 살아가야만 한다.

　사실 세기말이란 단어는 인간이 만들어낸 하나의 관념적 조작에 불과한 것인지도 모른다. 어쩌면 우리가 이 말에 대해서 너무 민감하게 반응하고 있는 것은 아닌가? 이 말 속에는 분명히 한 세기와 다른 세기를 구획 지으려는 의도가 감추어져 있고, 전근대와 탈근대를 분리하려는 문화적 야심마저 깃들어 있다. 최근 수년간 전 세계를 휩쓸어온 정신적 불안사조, 경제적 대공황의 시작, 문화적 황폐성 등등……

　9세기말의 일반적 정황과 크게 다를 바 없는 세기말의 위기 징후는 모든 면에서 우리에게 감지되고 또 우리의 삶을 압도한다. 이럴 즈음에 세기말이 문화적 심리적 은유라는 한 문화비평가의 견해는 우리의 극

신현림 시인

단적 위기의식에 위로를 준다. 그에 따르면 세기말은 산업혁명 이후 일백 년 동안 계속되어온 생산이 거의 막다른 끝에 이르러 더 이상 어떤 진전을 보일 수 없게 되었을 때 나타나는 일반적 현상이라고 한다. 그리하여 세기말은 더 이상 창조적 기운이 보이지 않는 정신적 이완의 극점에서 작용하는 하나의 심리적 작용이 된다.

생산과 파괴가 뒤엉키는 하나의 혼돈상태! 그것이 바로 세기말의 특징이다.

서사적 설명적이었던 과거의 문학의 기류가 슬그머니 퇴조하고 언제부터인가 시각적 상징적인 문학들이 새로운 힘으로 떠오르고 있다. 의미를 가진 모든 문자와 활자들이 그래픽의 세계로 흡수되는 현상들은 이제 더 이상 낯선 것이 아니다. 이미 수년 전부터 그것은 하나의 엄연한 사실이며 시대의 변화가 가져다준 냉혹한 교체 현상이다. 우리는 이러한 문화적 패러다임이나 인식의 틀이 바뀌고 있는 것을 인정해야만 한다.

이처럼 생동하는 세계에 대하여 한국의 문학은 언제까지 엉거주춤한 자세로 방관만 하고 있을 것인가? 오늘날 우리의 시문학은 연극이나 전위무용, 혹은 록 음악 등에 비하여 매우 소극적인 듯하다. 이 말은 문학이 다른 예술 장르보다 한층 보수적인 기류에 머물러 있다는 뜻이다. 이 소극성과 보수성은 과거 근대문학에서도 예외가 아니었다.

서구에서는 이미 20년 전에 정리된 세기말 의식이 식민지 조선에서는 1920년대로 접어들어선 시점에서 뒤늦게 활발히 전개되고 있었던 것이다. 당시의 대표시인이던 황석우, 박종화, 박영희, 김석송 등의 시 작품에서 우리는 세기말의 우울과 혼돈의식의 파편을 읽어낼 수 있지만 그것은 매우 가볍고 표피적인 수준에 불과한 것이었다.

이 점은 당시 대중음악의 경우도 예외가 아니었다. 그 무렵 가요작품으로 「세기말의 노래」(김탄포 작사, 이경설 노래)의 가사는 세기 초에 어처구니없게도 세기말의 막다른 끝을 경험했던 당시 민중들의 심리적 음영을 다음과 같은 비유로 전해준다.

> 거미줄로 한 허리를 얽고 거문고에 오르니
> 일만 설움 푸른 궁창 아래 궂은비만 나려라
> 시들퍼라 거문고 내 사랑 거문고
> 까다로운 이 거리가 언제나 밝아지려 하는가

3.1운동의 실패로 인한 좌절과 상실감은 현실적 삶의 위기감으로 이어졌고, 급기야는 서글픔, 까다로움, 외로움, 뒤숭숭함, 답답함 따위의 병약한 감정으로 발전하게 되는데 이 과정이 노랫말 속에 어렴풋한 실루엣으로 반영되어 있다.

하지만 퇴폐와 허무를 간판으로 내세우던 당시의 세기말 의식은 동시대 사람들과의 공동체적 구원과는 사뭇 거리가 멀었고, 오직 외래적 가치와 감각의 맹목적 추구에 지나지 않았다. 이러한 결과는 고통스런 식민지 백성들의 삶을 더욱 고통 속으로 빠뜨렸고, 위기 속에 허덕이는 민중의 자존심에 깊은 상처를 주었다. 말하자면 작품 속에 마땅히 들어 있어야 할 핵심으로서의 비평적 본질이 사라지고 오직 빈껍데기만 앙상하게 남아 있는 이른바 위선적 세기말 의식이었던 것이다.

그로부터 불과 70여 년이 지나서 우리는 또 다시 세기말을 들먹거렸던 것이다. 지금 우리가 자주 일컫는 세기말 신드롬이 어쩌면 1920년대식 감정의 연장이 아닌가를 반성해볼 필요가 있다. 하지만 우리가 대하는 시작품들의 상당수가 지난날의 위선적 세기말 의식을 그대로 연상시키는 것은 대체 무엇 때문인가?

가장 먼저 눈에 띠는 현상은 시인들이 너무도 쉽사리 감각적 충동성에 자신을 의탁하고, 비관적 파괴적인 소재에 탐닉하고 있다는 사실이다. 그들의 문체에선 어떤 철학성도 느껴지지 않는다. 1930년대와 50년대의 불안한 모더니즘을 거쳐서 그들의 문화적 특성을 계승한 것으로 평가되는 80년대 방식의 포스트모던적 경향을 우리는 다시금 냉철하게 비판적으로 검증해 보아야 한다. 그들의 정신적 자질을 고스란히 계승한 문학적 신표현주의 세대에 이르러서는 시작품이 방향의 중심을 상실하고 언어의 자폭상태에 빠져들고 있기 때문이다. 청년시인들의 이러한 현실을 우리는 냉엄한 눈으로 읽어낼 수 있어야 한다.

이처럼 우울한 심정에 빠져 있다가 다음과 같은 작품을 발견하고 새삼 음미해보는 일은 찌는 듯이 무더운 여름날 한줄기 소나기를 만나는 일만큼이나 상쾌하고 시원하다.

삶이란 자신을 망치는 것과 싸우는 일이다

망가지지 않기 위해 일을 한다
지상에서 남은 나날을 사랑하기 위해
외로움이 지나쳐
괴로움이 되는 모든 것

마음을 폐가로 만드는 모든 것과 싸운다

슬픔이 지나쳐 독약이 되는 모든 것
가슴을 까맣게 태우는 모든 것
실패와 실패 끝의 치욕과
습자지만큼 나약한 마음과
저승냄새 가득한 우울과 쓸쓸함
줄 위를 걷는 듯한 불안과

지겨운 고통은 어서 꺼지라구

– 신현림 「나의 싸움」 전문

신현림은 이른바 「세기말 블루스」 연작을 통해 우리에게 이미 낯익은 젊은 여성시인이다. 가볍고 일상적인 사물에서 소재를 발견하고 있다는 점에서 세기말 이미지를 다루는 여느 젊은 시인들과 공통된다. 하지만 그녀의 미덕은 일상 속에 붙박여 있는 모순을 낱낱이 집어내어 그것들을 침착하게 폭파시킨다는 점이다.

'나중이란 없다' 라는 돌발 선언으로 이따금 우리를 놀라게 하기도 하지만 그것이 어디까지나 세기말이라는 시간성에 대한 낙관적 인식에서 뻗어 나온 파라독스임을 깨달으며 우리는 더 한층 즐겁고 미덥다. 그녀가 그동안 수련해온 사진학 공부가 시 창작에 커다란 기여를 주었다. 문제는 그녀가 하나의 화두로 보여준 낙관론으로서의 세기말 인식을 앞으로 얼마나 시련 속에서 튼튼하게 펼쳐 갈 것인가에 달려 있다.

이 점에서 우리는 그의 문학적 행보를 주시하고자 한다.

　세기말적인 특성에 대해 노래하면서도 우리 시대의 시인들은 결코 병적인 감정과 비인간성 속에 자신을 유폐시켜선 안 된다. 과거의 모든 권위와 따분한 질서를 적극적으로 파괴하고 해체하려는 시도는 오직 새로운 창조력에 대한 기대로 가득 찬 행동이어야 한다. 다시금 부언하자면 세기말은 새로운 희망의 시간을 준비하는 창조력의 잠재태潛在態이다. 지금 이 시간에도 우리를 휘감아 오는 무서운 세기말적 자본의 전략과 이미지의 버섯구름 속에서 시인은 모름지기 새로운 시대의 도래를 알리는 희망의 전령사가 되어야 하지 않을까?

나의 문학적
바이오그래피

고향, 어머니, 내 문학의 요람

나는 어느 날 문단의 친한 벗과 만나서 담소 중이었다.

무슨 이야기 끝에 벗은

"이형! 우리의 문단 데뷔가 올해로 만 30주년이야!" 라고 말했다.

"아니 뭐라고?"

처음엔 그의 말이 우리 주변의 어떤 타인의 경우를 두고 일컫는 말인 줄 알았다. 하지만 곧 그것이 우리들 자신의 시간성을 가리키는 말임을 알게 되었다. 한 순간 나의 눈앞은 아찔하고 몽롱한 현기증 같은 것을 느끼었다. 그것은 엄연한 사실에 대하여 종내 의문을 떨치지 못하는 반신반의의 심정과도 같았다. 등단 30년 되도록 나는 과연 나의 문학적 삶을 어떻게 살아왔나」 내가 걸어온 길에는 과연 어떠한 발자취가 남아 있는가? 생각하면 할수록 쓸쓸하고 텅 빈 공황의 느낌으로 비감해졌다.

1980년 첫 시집 이후로 올해까지 무려 22권이나 발간하고 있건만, 거의 수백여 편이나 되는 그 많은 작품들 가운데 시간의 시련을 견디고 끝까지 살아남을 작품이 과연 단 한 편이라도 있을까? 생각하면 할수록 나의 머리끝은 혼란하고 두려움으로 쭈뼛해졌다. 이상화李相和나 이육사李陸史 같은 선배 시인들은 불과 40여 편 남짓한 작품으로도 문학사에 길이 남는 고전을 이룩하였건만 나는 그분들보다 훨씬 안정된 세월을 살아오면서도 고작 내가 발표한 작품 편수와 시집 권수에만 덧없이 만족해온 것은 아닐까? 심한 자괴감에 빠져들어서 얼굴이 화끈 달아올랐다.

저자 이동순

나는 정말 좋은 시인이 되고 싶다. 독자들에게 존경받고, 널리 나의 작품이 사랑 받는 그러한 시인이 되고 싶다. 이러한 갈망은 시작품을 쓰는 모든 사람들의 공통된 갈망일 것이다. 이런 때에 즈음하여 나는 내가 걸어온 문학인으로서의 지난 도정을 다시금 되짚어 보면서 나 자신의 오늘을 가다듬어 보려는 것이다. 이러한 시간은 얼마나 소중한 것인가.

세상에 문학이라는 것이 있다는 사실을 알게 된 것은 나의 초등학교 시절의 일이 아닌가 한다. 담임선생님이 어느 날 핑크색 표지의 동시집 한 권을 나누어주면서 책값을 가져오라고 하였다. 지금 생각해 보니 아마도 그 책은 우리 담임의 친구 되는 분의 저서로 기억된다. 부모님께 어렵게 돈을 받아내서 책값을 납부한 다음 그 책은 나의 유일한 소유물이 되었다. 애지중지 읽고 또 읽으면서 글로 쓰는 이런 세계가 다 있구나 하는 경탄만 가질 뿐이었다.

그러다가 중학교를 들어가면서 문예반이란 것에 관심을 갖게 되었다. 문예반 주관으로 학교의 교지를 발간하는데 그곳에 나의 시작품을 발표하고 싶은 욕망에 사로잡혔다. 하지만 아무리 궁리하고 애를 써도 시는 나오지 않았다. 급기야 아버님께 졸라서 한 편의 시작품 비슷한 것을 만들어 내었는데 낙방이었다. 수치심이 느껴졌고, 시를 잘 쓰는 벗들이 말할 수 없이 부러웠다.

이런 상태로 고등학교에 진학하였는데, 당시 반세기 이상의 역사를 가진 그 학교의 도서실에는 오래된 시집들이 꽤나 많이 소장되어 있었다. 그때 나는 학교의 농장에서 저물도록 일하며 학비를 버는 일을 하고 있었는데, 농장 일을 끝내고 나면 대개 도서실로 가서 등 표지가 누렇게

■ 1973년 동아일보신춘문예 시상식을 마치고(뒷줄 왼쪽부터 이영규, 이동순, 하청호, 김봉호, 앞줄 왼쪽부터 조남현, 정채봉, 이태호, 오영빈 등의 수상자들과 함께)

바랜 시집들을 이것저것 빼어보면서 하루의 피로를 달래곤 하였다. 그때 주로 보던 것들이 주로 김석송金石松, 김해강金海剛, 정지용鄭芝溶, 김동환金東煥, 박용철朴龍喆, 장만영張萬榮 등이었고 차츰『청록집靑鹿集』을 비롯하여 해방 후 시인들의 시집까지 광범하게 읽어가게 되었다.

이 가운데서 나의 관심과 애착을 가장 깊게 끌었던 것은 단연코 신석정申夕汀의 시집들이다.『촛불』『슬픈 목가』『빙하』등의 시집들은 창작을 위한 나의 교과서였다 해도 과언이 아니다. 시집을 통째 외우다시피 하면서 좋은 작품들은 따로 종이에 정성스럽게 써서 바람벽에 붙여놓고 다시 줄줄 외우는 버릇이 있었다.

내가 신석정의 시 세계에 특히 빠져들게 된 까닭은 아마도 내가 첫돌이 되기 전에 돌아가신 어머니에 대한 하염없는 그리움과 무관하지 않을 것이다. '어머니, 그 먼 나라를 알으십니까?' 라든가 '저는 어머니를 위하여 촛불을 준비하겠습니다' 라는 구절을 읽을 때면 나도 모르게 주르르 눈물이 흘러내렸다.

고등학교 졸업반 시절 교내 백일장에서 드디어 장원을 하였는데, 그때 상품으로 받은 것은 모기윤毛麒允이란 분이 엮은『한국대표명시선』이란 책이었다. 그 책은 나의 보물 제1호로서 나는 수록 작품 전체를 외울 작정으로 달려들었다. 시를 외우는 버릇은 문학공부를 위해서 매우 도움이 되는 일이라 생각한다. 책의 갈피에 손때가 까맣게 앉을 정도로 나는 그 시선집을 읽고 또 읽었다.

신석정 이후로 내가 몰입했던 시인은 청마靑馬 유치환柳致煥의 작품세계였다. 그의 단호하고 결연한 문체, 준열하고 호방하기까지 한 분위기는 당시 로맨틱한 산문들과 함께 내가 배워야할 시인으로 판단되었다. 이 무렵에 나는 시조 형태의 작품을 만드는 작업에 골몰하고 있었다. 시조야말로 가장 완전한 우리의 문학이라는 생각을 가졌던 것이다.

이런 와중에서 대학을 입학하게 되었는데 물론 국문과였다. 나는 시인이 되겠다는 생각을 그때부터 어렴풋이 하고 있었던 것 같다. 1960년대 후반부터 시작된 나의 대학생활은 어수선한 현실의 분위기와 궁핍한 가정환경, 중심이 없이 표류하는 생활 속에서 외로움, 슬픔, 고통, 절망 따위는 아마도 나를 위해서 만들어진 말인 것 같았다.

순탄한 대학생활이 되지 못했다. 학비를 벌기 위해 일을 해야만 했다. 잠잘 곳을 구하지 못해 때로는 교수의 연구실 시멘트 바닥에서 새우잠을 자기도 했다. 이런 삶의 굴곡 속에서 나는 문학을 붙들었고, 그것이 내 삶을 구원해주기라도 할 것처럼 나는 문학의 멱살을 잡고 뒤흔들었다.

이때 만난 시인이 김수영金洙暎이다. 김수영의 문학세계는 나로 하여금 용기와 자유분방함, 문체의 활달한 걸음걸이를 가르쳐 주었다. 그때까지 나는 직접 강의를 듣던 김춘수金春洙 시인의 시 세계와는 전혀 다른 또 하나의 우주가 있다는 생각을 하게 되었다. 당시 김춘수의 문학은 단정하고 정갈한 문장을 갖추는데 상당한 도움이 되었다. 하지만 그것이 내 정신적 갈증을 아주 만족스럽게 적셔주지는 못하고 있었는데, 김수영으로부터 나는 그러한 갈증을 채울 수 있었던 것이다.

그 후 대학 졸업반이 되자 나는 도서관에 줄곧 나가서 나의 지적 갈증을 위한 광맥을 찾아서 헤매다녔다. 이때 발굴한 것이 단재丹齋 신채호申采浩라는 엄청난 정신적 뿌리와 줄기였다. 단재의 정신은 우리나라 민족정신사의 뿌리를 이어받으면서 그 스스로 굵은 줄기를 형성하여

▌ 2004년 이태준 문학비 제막식을 마치고 강원도 철원에서. 신경림 시인, 서정춘 시인과 함께

이후의 시간 속으로 내뻗고 있었다. 나는 그 가지 중의 한 가닥을 붙들었다. 그때의 느낌은 마치 감전된 듯하였다. 내가 그토록 찾고 있었던 것은 바로 이러한 세계였구나. 그 날부터 나는 단재 전집을 부둥켜안고 감동의 밑바닥을 더듬어나가기 시작하였다. 읽으면 읽을수록 단재의 그 결연하고 단호한 학문적 자세와 순정하기 짝이 없는 맑은 정신이 감로수와도 같았다. 나는 단재를 닮고자 하였다.

대학 졸업반 때 신춘문예에 당선하였는데, 이 작품은 그때까지 나의 정신적 궤적을 하나의 그릇에 담아서 빚어놓은 술이었다. 하지만 그 술은 아직 덜 익은 향내를 풍기고 있었다. 대학원에 입학한 뒤로 나는 또 다른 무엇을 찾아 헤매었다. 우리 문학사에는 아직도 발굴되지 않은 보물들이 분명히 있을 것이라는 막연한 추측만 할뿐이었다.

왜냐하면 분단이라는 것이 하나의 거대한 태풍 끝의 산사태로서 허다한 문학 유산들을 매몰시키고 있다는 생각이 들었던 것이다. 이 과정에서 찾아낸 것이 이용악李庸岳, 백석白石, 이찬李燦 등의 매몰시인들이었다. 나는 그 가운데서 백석의 문학세계에 깊이 몰입하였다.

백석의 문학이 끊임없이 내뿜고 있는 회복과 조화의 정신은 날이 갈수록 감동의 열기로 다가왔다. 나는 백석의 정신적 유산을 상속받는 양자가 되고자 하였다. 신석정, 유치환, 김춘수, 김수영, 신채호, 백석으로 이어져온 나의 지적 방랑은 드디어 그러한 모든 경과의 체험을 하나로 육화시키는 단계에 도달하고 있음을 깨닫게 되었다.

나는 한국문학사의 빛나는 광맥과 그 터널들을 찾아서 헤매다녔지만 마침내 나는 그 터널들을 빠져 나오지 않으면 안 되었다. 나는 기어이 나의 문학을 만들어야 했기 때문이다. 내 속에 살아있는 내 문학적 스승들의 흔적과 그 숨결의 바탕 위에서 나는 나의 문학을 일으켜 세웠다. 아직도 그 건축물의 구조와 강도가 그다지 견고하고 미학적 표준이 되지는 못하지만, 나는 내 문학의 좌표를 어느 정도 정리하였다고 생각한다. 하지만 그것이 어떤 성격의 것인지에 대해서 나는 감히 말할 자신이 없다.

내 문학적 가치관과 그 배경의 원천에는 내 몸과 마음의 뿌리 속에 잠재해 있는 내 조부님의 웅변적 가르침이 반드시 작용하고 있다는 생각을 하게 된다. 이민족에게 강탈된 주권을 되찾기 위한 숨 가쁜 노력을 하시던 그분은 1928년 대구형무소에 투옥 중 일제의 모진 고문으로 돌아가셨다. 이승에서 서로 대면조차 못한 조부님이시건만 당신께서는 후손인 나에게 항상 엄중한 목소리로 일러주신다.

"너는 지금 이 나라의 시인으로서 너의 문학을 어떻게 해가고 있느냐고……"